Wolfgang Hohlbein

FEUER

Roman

Knaur Taschenbuch Verlag

Besuchen Sie uns im Internet:
www.knaur.de

Vollständige Taschenbuchausgabe Januar 2006
Knaur Taschenbuch
Ein Unternehmen der Droemerschen Verlagsanstalt
Th. Knaur Nachf. GmbH & Co. KG, München

Umschlaggestaltung: ZERO Werbeagentur, München
Umschlagabbildung: FinePic, München
Satz: Ventura Publisher im Verlag
Druck und Bindung: Clausen & Bosse, Leck
Printed in Germany
ISBN-13: 978-3-426-63257-4
ISBN-10: 3-426-63257-8

2 4 5 3 1

FEUER

Prolog

1972

Dicke Regentropfen prasselten auf die Fensterscheibe ein, als wären es winzige Fäuste, die versuchten, das Glas einzuschlagen. In immer kürzeren Abständen rannten die Sturmböen gegen den Widerstand des frei stehenden Hauses an, zerrten mit erbarmungsloser Wucht an den Fensterläden, heulten wie ein Rudel wütender Wölfe, ein wildes Heer, das von zornigen Göttern über den dunklen Himmel getrieben wurde – von den zornigen Göttern aus den Geschichten, die den Jungen nachts nicht einschlafen ließen. Die plötzliche, unnatürliche Kälte, die den schönen Septembernachmittag in das tobende Inferno vor dem Fenster verwandelt hatte, schien keineswegs nur von den nachtschwarzen Wolkentürmen auszugehen, die wie ausgehungerte Raubtiere über dem schmalen, gelblichen Streifen am Horizont dahinjagten.

Der Drache in seiner Hand begann zu zittern, und ein kalter Schauer rann ihm über den Rücken. Ganz langsam, als könne eine unbedachte Bewegung ein Unglück hervorrufen, stellte er den kleinen Drachen auf den Boden zu den anderen Figuren, mit denen er gespielt hatte. Irgendetwas geschah, was nicht geschehen sollte.

Seine Hand fuhr über die wunde Stelle kurz über dem Knöchel, die heute mehr schmerzte als in den letzten Tagen, nachdem sein Vater das Unsagbare getan hatte. Die ringförmige gerötete Schwellung um sein Fußgelenk sollte ebenso wenig da sein wie das Unwetter, das vor dem geschlossenen Fenster mit ungebremster Wut tobte. Wie um auf den entfesselten Zorn der Elemente zu antworten, flackerte in ihm abgrundtiefes Entsetzen auf, und die Vorahnung, dass etwas Schreckliches geschehen würde. Er stand mit einem Ruck auf.

Sein Blick glitt wie von selbst zu dem Drachentisch mit den Beinen, die so lebendig wirkten. Lindwurmbeine nannte er sie, oder auch Drachenbeine. Sie wanden sich schlangengleich nach oben, und ihre Gesichter, auf denen die Tischplatte ruhte, befanden sich auf gleicher Höhe wie sein eigenes. Er hatte nie geglaubt, dass sie lediglich aus Holz bestanden und nur die wurmstichige Holzplatte des Tisches trugen, wie ihm sein Vater einzureden versucht hatte. Ihre schwarz-braun-roten Körper, das Muster, das sich über sie zog, ihre nach oben gereckten Köpfe mit den tückischen Augen, all das kündete von einer Lebendigkeit, die mindestens ebenso real war wie das Wüten des Sturmes. Auf einen flüchtigen Blick sahen sie aus wie Flammen, die aus dem Boden hervorschossen und nach oben züngelten. Nur wenn man genauer hinsah – und er hatte schon sehr oft genau hingesehen! –, sah man überhaupt, dass es sich um gewundene Drachenkörper handelte.

Als es donnerte und ein gezackter Blitz das Zimmer erhellte, ging ein Huschen und Gleiten über den Körper des Drachen, der ihm am nächsten war, als spanne er sich zum Sprung. Er hatte das Gefühl, dass sich der Lindwurm reckte und wand, dass er im Begriff war, sich von seinem angestammten Platz zu lösen und in plötzlicher Wut nach der Tischplatte zu züngeln. Er stieß einen Schrei aus, torkelte zwei, drei Schritte zurück und riss abwehrend die Hände nach oben. Wieder zerriss ein Blitz den Himmel, und diesmal war es viel schlimmer als zuvor; Donner und Licht waren fast eins, und der Knall so laut, als hätte jemand mit unglaublicher Wucht einen Hammer auf das Dach des Hauses geschlagen. Die Verästelungen des Blitzes trafen den Drachen genau in dem Sekundenbruchteil, in dem der Donner durch das Zimmer tobte; nicht wirklich, sondern nur mit dem Ausläufer gleißender Helligkeit, und doch kniff er instinktiv die Augen zusammen. Als er sie zitternd wieder aufriss, erstrahlte das Zimmer in einem merkwürdig milchigen, leicht bläulichen Glanz.

Er ließ die Hände sinken, und sein Blick wanderte zum Fenster. Irgendetwas war da draußen, er spürte es und glaubte es auch zu sehen, einen Schatten, der weghuschte, kaum dass er von seinen Blicken gestreift wurde … er erschrak, vielleicht, weil er darauf gefasst war, dass sich die Wölfe und sagenhaften Ungeheuer aus den Geschichten seines Vaters vor dem Fenster zusammengerottet hatten, um ihn in ihr dunkles Reich zu zerren.

Für die Dauer von ein paar wild hämmernden Herzschlägen stand er zitternd da, dann setzte er sich in Bewegung und humpelte auf das Fenster zu.

Die beschlagene, von Regentropfen benetzte Scheibe war ihm schon immer wie die Öffnung zu einer fremden Welt erschienen, und diesmal verstärkte sich der Eindruck noch. Er war sich ganz sicher, wenn er das Fenster aufreißen würde, um hinauszublicken, würde dort nicht der Garten sein, in dem er bei schönem Wetter spielte, sondern etwas ganz anderes. Der Wind heulte um das Haus, als wäre er ein lebendiges Wesen, das gekommen war, ihn zu holen, und dann klatschte eine Böe den Regen mit solcher Wucht gegen die Scheibe, dass es klang, als würde das Glas jeden Moment splittern. Blitze und Donner tobten, wie von Thor mit seinem Hammer selbst geschleudert – sein Vater hatte ihm immer und immer wieder davon erzählt –, der nie sein Ziel verfehlte und nach jedem Wurf wie von selbst in die Hand des Donnergottes zurückkehrte.

Er stieß mit dem Knie gegen den hölzernen Drachen, und durch die wunde Stelle über seinem Knöchel schoss ein scharfer Schmerz, der ihn fast einknicken ließ. Seine Hand angelte Halt suchend nach oben, zum Drachentisch, auf dem die alten Karten lagen, vergilbt, eingerissen und so brüchig, dass er sie bislang nicht anzufassen gewagt hatte vor Furcht, sie könnten ihm unter den Fingern zerbröseln; Karten mit den Zeichnungen alter Höhlen und dunkler Gänge, die sich tief unter der Erde in den Drachenhort bohrten. Wieder donnerte es, und ein Blitz fuhr herab, gezackt und verästelt und wie genau auf ihn gezielt, als er das Fenster erreichte.

Da war irgendetwas. Inmitten des heulenden Sturms und der gegen die Scheibe prasselnden Tropfen hörte er ein anderes Geräusch, ein Kratzen am Holz des Rahmens, das klang, als begehre dort etwas unglaublich Mächtiges Einlass, dem er nicht widerstehen konnte. Er streckte die Hand aus, um nach dem Fenstergriff zu greifen, und zuckte im selben Moment zurück. Die Hand, die er schon ausgestreckt hatte, fiel herab, als hätte sie jemand heruntergeschlagen.

»Komm vom Fenster weg.«

Es war die tiefe Stimme seines Vaters, die plötzlich von der Tür aus ertönte, die Stimme, die ihm bis vor wenigen Tagen noch unbedingtes Vertrauen eingeflößt hatte. Bis sein Vater das getan hatte, was ihn zu humpeln zwang und ihm in den ersten Tagen bei jedem Schritt einen scharfen Schmerz durch sein Bein jagte. Wieder war das Scharren am Fenster zu hören, und obwohl es klang, als sei eines der Wesen aus den Geschichten seines Vaters auf einmal lebendig geworden, streckte er die Hand in plötzlich aufflackerndem Trotz nach dem Fenstergriff aus und drehte ihn um.

»Komm da WEG!« Jetzt schrie sein Vater. Er hatte ihn noch nie so schreien hören.

Und er hatte noch nie gesehen, was er jetzt in dem vom Wind gepeitschten Fenster vor sich sah. Es war ein Gesicht. Nicht seitlich, dort wo sich das Fenster einen schmalen Spalt weit geöffnet hatte, sondern direkt vor ihm, in der Scheibe, oder beinahe so, als würde es aus dem Glas hinaus und auf ihn zuwachsen.

Es war ein Gesicht, wie er es noch nie zuvor gesehen hatte, halb Mensch und halb Tier, und sein Mund – sein Maul! – verzog sich zu einem wölfischen Lächeln. So, wie die Regentropfen an der Scheibe hinabliefen, schien auch sein Gesicht wegzulaufen, und doch sah er es ganz deutlich vor sich.

Er schlug die Hand vor den Mund, um einen Schrei zu ersticken; er war ganz sicher, dass etwas Schreckliches passieren würde, würde er schreien.

Der Wolfsgesichtige schien ihn direkt anzusehen. In seinen Augen funkelte ein gieriges Feuer. Der Junge versuchte die Hand zu heben, um das Fenster mit einem verzweifelten Schwung wieder zuzuschlagen, doch sie hing wie gelähmt an ihm herunter. Für den Bruchteil einer Sekunde fror das Bild des Gesichts an der Scheibe fest, wie durch plötzlichen Frost am Zerfließen gehindert, und in diesem Bruchteil einer Sekunde, während der Junge noch auf das Spiegelbild im Glas starrte, als ob es sich nicht von der Stelle bewegt hätte, musste die Gestalt mit einer geschmeidigen – wölfischen? – Bewegung ins Zimmer eingedrungen sein.

»Komm da weg!«, hörte er noch einmal die Stimme seines Vaters schreien und fühlte sich plötzlich weggerissen, ob von dem Wolfsgesichtigen oder seinem Vater, wusste er nicht. In Panik schlug er wild um sich, und zwischen den ruckartigen Bewegungen seiner Arme sah er schlaglichtartig Bruchstücke des Zimmers vor seinen Augen zucken, die von den immer wieder hell aufleuchtenden Blitzen in einer seltsamen, unnatürlichen Abfolge von Bildfetzen an ihm vorbeirasten. Gierige Hände zerrten an ihm und schüttelten ihn durch, dann klatschten harte Schläge, und er wurde zurückgeschleudert, vollkommen orientierungslos, während entstellte Fratzen an ihm vorbeischossen, das vor Wut und Angst verzerrte Gesicht seines Vaters, das Gebiss des Wolfsgesichtigen, und ehe er noch begriff, wie ihm geschah, kam er mit einem plötzlichen Ruck frei.

Er zögerte nicht einen Augenblick, stieß sich ab, fand nur mit Mühe sein Gleichgewicht und taumelte durch die plötzlich überall vom Boden heraufzüngelnden Flammen in die erstbeste Richtung. In seinem Kopf war ein einziges Chaos. Alles, was er denken konnte, war, dass der Wolfsgesichtige gekommen war, um ihn zu holen, mitzunehmen durch das vom Sturm aufgerissene Fenster in sein finsteres Reich.

»Komm jetzt!« Das war sein Vater. Er riss ihn hoch und schleifte ihn mit sich quer durchs Zimmer, durch den Ausgang hindurch, wirbelte noch in der Bewegung herum und trat mit aller Kraft gegen die mächtige Eisentür, die abkatapultierte, als bestünde sie nur aus leichtem Holz, und schon einen Augenblick später krachend in den Rahmen knallte und sich verschloss. Auf der anderen Seite schlug etwas mit einem dumpfen Aufprall gegen die Tür, und voll ungläubigen Entsetzens sah er, dass das Eisenblatt erzitterte, als hätte Thor persönlich seinen Hammer dagegenkrachen lassen. Wieder und wieder erbebte das stabile Eisen, und durch den Tränenschleier vor seinen Augen erkannte er das bleiche Gesicht seines Vaters, als dieser sich zur Tür umwandte und mit fliegenden Fingern große schwere Riegel vorlegte.

Auf der anderen Seite der Tür entlud sich etwas mit wilder Wut, als fände ein Kampf auf Leben und Tod statt, und vielleicht war es genau das, was dort gerade wirklich geschah: Die

Flammen, die vorhin nur am Boden entlanggezüngelt waren wie gierige kleine Schlangen, waren in unglaublicher Geschwindigkeit gewachsen und leckten nun unter der Tür hindurch nach dem Parkett des Flurs. Mit ungehemmter Kraft bahnten sie sich einen Weg hinaus und ergriffen alles, was in ihrer Reichweite lag. Wie ein entfesselter Drache, der seine jahrhundertealten Bande zerriss und alles verschlang, was ihm in den Weg kam, schien sich das Feuer seinen Weg bahnen zu wollen, bereit, die Welt zu zerstören und in einem gigantischen Brand auszulöschen, dem sich kein Sterblicher entgegenstellen konnte.

Buch 1

Brand entbrennt an Brand, bis er zu Ende brennt,
Flamme belebt sich an Flamme.
Feuer sah ich des Reichen Reichtümer fressen,
Und der Tod stand vor der Tür.

Edda, Des Hohen Lied

1

Es war fast eine Woche her, seit die Flammen erloschen waren, aber über dem Grundstück hing immer noch ein schwerer Brandgeruch, und obwohl sich das Feuer auf das Haupthaus und die angrenzende Doppelgarage beschränkt hatte, war die vorherrschende Farbe in dem parkähnlichen Garten Schwarz. Das vordere Drittel des ehemals so sorgsam manikürten englischen Rasens hatte sich in eine schwarzbraune Kraterlandschaft verwandelt, in der Pfützen aus ölig schimmerndem Löschwasser wie Scherben eines in tausend Stücke zerbrochenen Spiegels schimmerten, und auf den liebevoll gestutzten Rhododendron- und Azaleensträuchern glänzte ein schmieriger Film, der je nach Sonneneinstrahlung manchmal in allen Regenbogenfarben aufleuchtete, manchmal das Licht einfach zu verschlucken schien. Der lang gestreckte Anbau war trotz des leicht entzündlichen Reetdaches vom Feuer verschont geblieben, aber sämtliche Scheiben waren unter der Hitze geborsten, und die ehemals weiße Fassade hatte sich in ein Muster aus allen erdenklichen Grau- und Schwarzschattierungen verwandelt, vor dem sich das Skelett eines verkohlten Baumes wie eine moderne Drahtskulptur erhob. Mehr als drei Dutzend Feuerwehrleute mit der entsprechenden Anzahl von Schläuchen, Feuerlöschern und anderem Löschgerät hatten ein Übergreifen der Flammen auf die angrenzenden Gebäude verhindert, und angesichts dessen, was hätte passieren können, hielt sich der Schaden sogar noch in Grenzen; aber von der einstmals prachtvollen Jugendstilvilla mit der verspielten Fassade, dem sechseckigen Türmchen und den bunten Tiffany-

Fenstern war dennoch nicht viel mehr geblieben als ein verkohlter Trümmerhaufen, aus dem nur noch der – durch eine bizarre Laune des Zufalls – nahezu unversehrt gebliebene Kamin herausragte. Obwohl durch und durch ländlich, erinnerte der Anblick Will intensiv an Ground Zero, den er vor zwei Jahren besucht hatte, wenige Monate nach dem Attentat.

Will duckte sich unter dem verkohlten Rest eines heruntergebrochenen Dachbalkens hindurch, beugte die Schultern, um sich durch die schmale Lücke zwischen der Wand und der zweiten Hälfte desselben Balkens hindurchzuquetschen, der schräg dagegen gestürzt war, und verzog das Gesicht, als er das typische Geräusch zerreißenden Stoffs hörte. Den brennenden Schmerz, der an seiner Hüfte entlangfuhr und sich fast bis zu den Nieren hinaufzog, nahm er kaum noch zur Kenntnis. Gut, der Anzug war ruiniert, aber so, wie die Dinge lagen, spielte das wahrscheinlich keine Rolle mehr. Wenn er innerhalb der nächsten Minuten nicht eine ganze Jahresration an Glück hatte, dann waren seine Kleider für die nächsten zwei Jahre oder so seine geringste Sorge.

Behutsam richtete er sich auf, sah sich mit klopfendem Herzen im schwächer werdenden Licht des Abends dort um, wo noch vor einer Woche ein kostbar eingerichtetes Kaminzimmer gewesen war, und schloss für einen Moment die Augen, um zu lauschen. Alles, was er hörte, war das Rauschen seines eigenen Blutes in den Ohren und ein ununterbrochenes Knacken und Knirschen, das aus keiner bestimmten Richtung kam und ganz dazu angetan war, seine Angst noch zu schüren. Das Feuer war noch lange nicht tot. Löschwasser und Chemie hatten es geschlagen, aber nicht wirklich besiegt. Es wütete nicht mehr mit seiner ganzen, verheerenden Kraft, aber es war nicht erloschen, sondern allenfalls zurückgedrängt. Aber auch das war im Moment nicht sein Problem. Vielleicht wäre es überhaupt die einfachste Lösung, wenn einer von diesen verdammten Dachbalken nachgab und ihm auf den Kopf fiel oder er von einer Mauer zerquetscht wurde, die das Feuer gerade weit genug geschwächt hatte, um sie unter der leisen Erschütterung durch seine Schritte zusammenbrechen zu lassen. Wo war dieser verdammte Junge?

Die Stille, die über dem Trümmergrundstück lag, war keine wirkliche Stille, sondern schien mit jedem Herzschlag lauter zu werden. Wo war dieser Junge? Wo war dieser verdammte Junge?

Will trat einen weiteren Schritt in das ausgebrannte Kaminzimmer hinein, das allein ungefähr doppelt so groß wie seine ganze Wohnung war, und blieb sofort wieder stehen, als irgendetwas unter der dünnen Ascheschicht zerbrach, auf die er seinen Fuß gesetzt hatte. Sein Herz setzte für einen Moment aus und schien dann noch heftiger weiterzuhämmern. Nun, immerhin konnte er sicher sein, dass der Junge hier nicht entlanggekommen war. Wunderbar. Etwa fünfzig Quadratmeter mögliches Versteck eliminiert – von wie vielen? Vierhundert? Wahrscheinlich mehr.

Will gestand sich ein, dass wildes Herumsuchen rein gar nichts brachte. Er befand sich am Rande der Panik, und er tat noch sein Möglichstes, um sich weiter hineinzusteigern. Vielleicht wäre er gut beraten, es ausnahmsweise einmal mit logischem Überlegen zu versuchen. Irgendwo hinter ihm polterte etwas. Ein Stein kollerte davon, dann – vielleicht – Schritte. Möglicherweise hatte sich auch irgendwo nur ein Trümmerstück gelöst und eine kleine Kettenreaktion in Gang gebracht. Will sah sich einen Moment lang nachdenklich um, wandte sich dann wieder in die Richtung, aus der er gekommen war, und ging den gleichen Weg zurück, den Blick gesenkt und aufmerksam auf die deutliche Spur aus Fußabdrücken gerichtet, die er in der Mischung aus Morast und zusammengebackener Asche zurückgelassen hatte.

Er ging ungefähr zehn oder fünfzehn Schritte weit. Dann blieb er stehen, riss Mund und Augen auf und beschäftigte sich weitere drei oder vier Sekunden lang damit, sich selbst in Gedanken mit einer ganzen Reihe von Ausdrücken zu belegen, von denen »Idiot« vielleicht noch der schmeichelhafteste war. Er hatte eine Spur hinterlassen, die sogar der berühmte Blinde mit seinem Krückstock ertasten konnte. Selbst wenn dieser verfluchte Bengel nur halb so viel wog wie er, hätte er schon wie Jesus über das Wasser wandeln müssen, um nicht ebenfalls Fußabdrücke zu hinterlassen, denen er nur zu folgen brauchte.

Fast schon behutsam tastete er sich zurück zum Eingang der Ruine und ließ seinen Blick über die schlammige Mondlandschaft gleiten, die einmal ein gepflegter Vorgarten gewesen war. Er brauchte nur Augenblicke, um die Spur zu entdecken, die er selbst verursacht hatte, und nur einige weitere, bis er die zweite, etwas schmalere Fährte sah, die fast parallel dazu verlief. Großer Gott – wie blind war er eigentlich gewesen?

Sein erster Impuls war, einfach herumzufahren und ins Haus zurückzustürmen, aber diesmal behielt seine Vernunft die Oberhand. Aufmerksam folgte er der Spur, bis er den Punkt gefunden hatte, an dem sie im Haus verschwand, und ließ sich dort neben einem der schmalen Fußabdrücke in die Hocke sinken. Der Abdruck war deutlich flacher als seine eigene Spur – seltsam, der Junge war ihm größer und vor allem auch schwerer vorgekommen, als er sich aufgerappelt hatte und davongelaufen war. Aber wenn er die Abdrücke mit seinen eigenen verglich, dann konnte er kaum mehr als siebzig oder allerhöchstens fünfundsiebzig Pfund wiegen. Vermutlich so ein verzogener Luxusbengel, dessen Eltern ihm eine ganze Armee überbezahlter Anwälte auf den Hals hetzen würden. Wenn er den Jungen nicht fand und die Sache irgendwie geradebog, dann war er erledigt.

Im Inneren des Hauses war die Spur weit weniger deutlich als draußen, und dazu kam, dass es jetzt immer rascher dämmerte. In zehn, spätestens in fünfzehn Minuten würde es völlig dunkel sein, und wenn seine Glückssträhne anhielt, würde ihm allerspätestens eine Minute danach irgendein Trottel in den Wagen fahren, der mit laufendem Motor, offener Fahrertür und ausgeschalteten Scheinwerfern draußen am Straßenrand stand.

Vielleicht wäre es das Vernünftigste, wenn er machte, dass er hier wegkam – solange er noch konnte. Anscheinend hatte niemand den Unfall beobachtet. Er könnte es riskieren. Einfach zum Wagen zurückgehen, einsteigen und davonfahren, als wäre nichts passiert, und darauf hoffen, dass der Junge sich nach einer Weile wieder beruhigte, aus seinem Versteck herauskam und nach Hause humpelte, um seine blauen Flecken und Schrammen zu kühlen.

Aber was, wenn er mehr hatte als ein paar blaue Flecken?, flüsterte eine leise Stimme in seinem Kopf. Und eine andere, deutlich überzeugendere Stimme versicherte ihm das genaue Gegenteil: Der Kleine war aufgesprungen und davongeflitzt wie ein junger Hund, der einem Ball nachjagte. Niemand, der ein paar gebrochene Knochen oder gar innere Verletzungen hatte, konnte sich so bewegen. Er war erschrocken gewesen, das war alles. Wahrscheinlich verkroch er sich aus Angst und war der Meinung, *er* hätte den Unfall verursacht (hatte er ja auch: Dieses blöde Balg war wie aus dem Nichts zwischen zwei parkenden Autos aufgetaucht und so schnell auf die Straße hinausgestürmt, dass er ihm einfach nicht mehr hatte ausweichen können, ganz egal, ob mit oder ohne Alkohol im Blut), und wenn er nur ein ganz kleines bisschen Glück hatte, dann würde er zu Hause nicht einmal etwas davon erzählen, sondern sich schlimmstenfalls irgendeine wilde Geschichte ausdenken, nach der er vom Fahrrad gefallen, von einer Bande Türkenjungen verprügelt oder von Außerirdischen entführt worden war, um seine Schrammen zu erklären. Er sollte machen, dass er hier verschwand, dachte Will, zum Teufel noch mal, bevor jemandem sein Wagen auffiel oder rein zufällig eine Streife vorbeikam.

Ja, die Stimme klang überzeugend. Sie war selbstsicher, aber dieselbe selbstsichere, überzeugende Stimme war auch dafür verantwortlich, dass er acht seiner noch nicht annähernd vierzig Jahre im Gefängnis verbracht hatte. Und jedes Mal, wenn er sie hinterher zur Rede stellte, hatte sie geschwiegen.

Wenn er aber verschwand, und sie fanden in dieser Ruine ein schwer verletztes oder gar totes Kind, dann waren die zwei Jahre Bewährung, die im Moment wie ein Damoklesschwert über ihm hingen, sein geringstes Problem. Die Bullen waren nicht blöd. Sie waren manchmal ein bisschen bequem, manchmal ein bisschen langsam, oft ein bisschen stur, aber bei toten Kindern hörte auch für sie der Spaß auf, und wenn sie ihre ganze schwerfällige Maschinerie erst einmal in Gang gesetzt hatten, dann war es nur noch eine Frage der Zeit, bis sie ihn überrollte. Sie würden ihn kriegen, daran bestand nicht der geringste Zweifel, ganz egal, was die Stimme in seinen Gedanken auch behauptete.

Während seine Fantasie fortfuhr, ihn mit allen möglichen Schreckensszenarien zu plagen, richtete sich Will auf, kniff die Augen zusammen und versuchte, der Spur zu folgen. Hier drinnen im Haus war sie nicht mehr so deutlich zu erkennen, aber auch nicht ganz verschwunden: Da war ein einzelner Fußabdruck, dort ein feuchter Fleck, wo die Oberfläche des gerade erst im Trocknen begriffenen Morastes aufgerissen war … Es war eigentlich gar nicht so schwer, die Fährte nicht zu verlieren. Die Spur führte einige Meter weit in die Richtung, in die er selbst gerade gelaufen war, und knickte dann nach links ab, um hinter einer halb verkohlten und aus den Angeln gerissenen Tür zu verschwinden. Will quetschte sich durch den schmalen Spalt und wäre auf der anderen Seite um ein Haar in die Tiefe gestürzt, denn dort befand sich kein weiteres Zimmer, sondern eine schmale Treppe, die jäh nach unten führte. Eine Sekunde lang hatte er das Gefühl zu stürzen; dann fand er sein Gleichgewicht wieder, tastete vorsichtig mit den Füßen nach festem Halt und sank mit einem erleichterten Seufzen zurück. Verdammte kleine Kröte! Er sollte ihn einfach da unten liegen und verrecken lassen!

Stattdessen tastete Will mit dem rechten Fuß ins Leere, bis er die nächste, unerwartet tief liegende Stufe gefunden hatte, ließ sich vorsichtig in die Hocke sinken und atmete ein paar Mal ein und aus, bis sich sein rasender Puls beruhigt hatte. Ein Rest von Tageslicht sickerte über seine Schultern herein, und auch weiter unten war es wieder heller; ein Teil der Kellerdecke musste eingestürzt sein.

Zumindest war es hell genug, um zu erkennen, dass der Teil der Villa, der unter der Erde gelegen hatte, eine glatte Mogelpackung war. Der Treppenschacht hatte die Form eines Gewölbes, das in einem Winkel in die Tiefe führte, der vermutlich schon vorschriftswidrig gewesen war, bevor man dieses Haus gebaut hatte, und das über eine erstaunliche Distanz; fünf, wenn nicht sechs Meter, schätzte er. Will zögerte. Er war ganz und gar nicht sicher, dass der Junge wirklich hier unten war, aber andererseits – welche Wahl blieb ihm noch?

»Bist du da unten irgendwo?«, rief er.

Die einzige Antwort, die er bekam, war das Echo seiner eigenen Stimme.

Will fluchte lautlos in sich hinein. Wenn er Pech hatte, stand der Keller nicht nur unter Wasser, sondern erstreckte sich möglicherweise auch noch unter dem gesamten Gebäude, vielleicht sogar darüber hinaus. Das war so ungefähr das Letzte gewesen, was er sich für diesen Abend gewünscht hätte – einen knietief überfluteten Gewölbekeller, der vermutlich mit dem Gerümpel eines halben Jahrhunderts voll gestopft war, nach einem hysterischen Kind abzusuchen, das so ziemlich alles wollte, nur eines nicht: gefunden werden.

»Bist du da unten, Junge?«, rief er noch einmal. »Du brauchst keine Angst zu haben. Ich tu dir nichts.«

Er bekam auch diesmal keine Antwort, aber nach einer Weile war er sicher, Geräusche aus der Tiefe zu hören, und ging weiter. Seine Augen hatten sich mittlerweile an das Dämmerlicht hier unten gewöhnt, so dass er seine Umgebung wenigstens schemenhaft erkennen konnte, dennoch war der Abstieg nicht ungefährlich. Die Treppenstufen, die aus denselben, schon halb im Zerbröckeln begriffenen Feldbrandsteinen bestanden wie die Wände, waren leicht abschüssig und mit einer dünnen Schicht aus irgendeiner schwarzen Schmiere bedeckt, wahrscheinlich einer Mischung aus Löschwasser, Ruß und zweihundert Jahre altem Dreck, der von den Wänden heruntergewaschen worden war. Er setzte den Fuß jedes Mal sorgsam auf, suchte nach festem Halt, bevor er die nächste Stufe in Angriff nahm, und ließ zusätzlich die rechte Hand an der Wand entlangschleifen.Der Keller stand zwar nicht knietief unter Wasser, wie er befürchtet hatte, aber es reichte ihm immerhin bis über die Knöchel, und es war eiskalt. »He, Kleiner!«, rief er. » Ich weiß, dass du hier bist! Ich will dir doch nur helfen!«

Irgendwo vor ihm platschte etwas. Vielleicht Schritte, vielleicht auch nur ein Stein, der sich von der baufälligen Decke gelöst hatte. Will sah nach oben. Ganz wie er vermutet hatte, war ein Teil der Decke eingestürzt, als die unvorstellbare Hitze des Feuers den Mörtel zwischen den Steinen zu Asche verbrannt hatte. Das Licht reichte nicht nur aus, um den ganzen, erstaunlich hohen und ebenso verblüffend weitläufigen Gewölbekeller zu überblicken, sondern auch, um ihm zu zeigen, dass es mindestens drei Türen gab, die tiefer in dieses unterirdische Labyrinth hineinführten. Seine Laune sank weiter, und in seine Panik mischte sich ein immer größer werdender Anteil von Ärger. Verdammtes Balg! Das Platschen wiederholte sich, und Will war sich sicher, dass es nicht nur ein weiterer Stein war, der sich vom Rand des gezackten Lochs in der Decke gelöst hatte. Der Junge war hier irgendwo!

»Also gut, dann spielen wir eben ein Spielchen! Aber es ist vollkommen unnötig, weißt du? Ich bin dir nicht böse!«

Langsam setzte er sich in Bewegung. Das Platschen war irgendwo auf der anderen Seite des Kellers ertönt, was wohl bedeutete, dass der Junge in einem der anderen Räume war.

Während Will vorsichtig durch das eisige Wasser schlurfte und die kalten Schauer zu unterdrücken versuchte, die ihm in immer schnellerer Folge das Rückgrat hinabliefen, sah er sich aufmerksam in dem großen, halbdunklen Raum um. Das Licht reichte nicht aus, um alle Einzelheiten zu erkennen, aber das Schicksal hatte zumindest nicht alle Arschkarten ausgespielt. Noch nicht. Der Keller war fast leer. Hier und da ragte ein verschwommener Umriss aus dem Wasser, ein altes Möbelstück, ein Schatten, eine Kiste, ein leerer Schrankkoffer mit offen stehender Tür … kantige Dinge mit Konturen, die zu hart und zu unbeweglich waren, um zu etwas Lebendigem zu gehören. Dennoch blieb er ein paar Mal stehen, um den einen oder anderen Schatten genauer in Augenschein zu nehmen.

»Das wird langweilig«, rief er. »Ich finde dich sowieso. Also, warum hörst du nicht mit dem Unsinn auf und kommst heraus? Ich bin dir nicht böse. Ich weiß, dass du nichts dafür kannst.«

Und damit kam er der Wahrheit verdammt nahe. Wenn irgendjemand etwas für die Scheiße konnte, in der er bis zum Hals steckte, dann er selbst. Er hatte wieder einmal auf die Stimme gehört, an deren Argumenten es auch diesmal nichts zu rütteln gab, zumindest nicht auf den ersten Blick: Wenn er sich schon ans Steuer eines Wagens setzte, dessen Papiere nicht ganz koscher waren (schmeichelhaft ausgedrückt), dann war es ganz eindeutig cleverer, nicht mitten durch die Stadt zu fahren, wo die Gefahr größer war, in eine dieser verdammten Routine-Verkehrskontrollen zu geraten, die sie in letzter Zeit wieder eingeführt hatten (zur Hölle mit diesen verfluchten Moslems! Wenn es nach ihm ging, dann konnten sie auf der ganzen Welt Hochhäuser in die Luft sprengen und Passagierschiffe versenken, so viele sie wollten, aber diese fanatischen Gotteskrieger begannen allmählich, redlichen Kleinkriminellen wie ihm das Geschäft zu verderben!), sondern einen Umweg durch eine der besseren Wohngegenden am Stadtrand zu machen. Polizeistreifen gab es auch hier, vermutlich sogar mehr als irgendwo in der Südstadt oder im Zentrum, aber der Aston Martin fiel hier eindeutig weniger auf. So weit zu dem, was die Stimme gesagt hatte. Den Rest hatte er selbst erledigt. Zuerst hatte er sich kräftig verfahren, und dann war er an dieser Ruine vorbeigekommen und hatte eine Sekunde zu lang auf die brandgeschwärzten Mauern aus verkohlten Balken gestarrt. Vor einer Woche hatte er auf einem lokalen Fernsehsender einen Bericht über den Brand gesehen, und bei dem Anblick der Ruine hatte er für einen ganz kurzen Moment so etwas wie eine gehässige Befriedigung verspürt und gedacht, dass offenbar auch die Reichen und Schönen nicht vor Schicksalsschlägen gefeit waren. Zumindest war etwas an dem alten Spruch dran, dass der liebe Gott kleine Sünden sofort bestraft. Die Strafe für seine Schadenfreude jedenfalls folgte auf dem Fuß, und sie erschien in Form eines vielleicht zwölf- oder auch dreizehnjährigen Jungen, der wie aus dem Nichts zwischen zwei parkenden Wagen auftauchte und ihm direkt vor die Kühlerhaube rannte.

Will verscheuchte den Gedanken. Wenn er irgendwie heil aus dieser Geschichte herauskommen sollte, dann hatte er noch Zeit genug, sich selbst Leid zu tun. »Bitte, Kleiner!«, rief er. »Ich will doch nur sicher sein, dass dir nichts passiert ist.« *Nichts passiert?* Der Aufprall hatte sich angehört, als hätte er dem Jungen sämtliche Knochen im Leib gebrochen, und er war mindestens drei oder vier Meter weit durch die Luft geflogen, ehe er auf dem Straßenpflaster aufschlug. Er *war* verletzt. Garantiert. »Ich mache dir keinen Vorwurf, und ich sage auch deinen Eltern nichts. Ganz bestimmt!«

Diesmal bekam er eine Antwort, wenn auch nicht unbedingt die, die er sich erhofft hatte. Irgendwo hinter einer der Türen auf der anderen Seite des Kellers platschte es erneut, dann erklang ein lang anhaltendes Poltern und Kollern; ein Geräusch, das sich ganz so anhörte, als ob jemand über einen Berg von Trümmern zu klettern versuchte, der immer wieder unter ihm wegrutschte. Will vergaß jede Vorsicht und stürmte in die Richtung der Geräusche los, die er gehört hatte. Die erste Tür, die er aufriss, erwies sich als Niete: Der Raum dahinter war winzig, kaum mehr als ein Alkoven, und schien einmal als Wandschrank gedient zu haben. Irgendetwas Kleines sprang erschrocken unter den Trümmern hervor und verschwand mit einem Platschen im Wasser, bevor er es erkennen konnte.

»Also gut«, murmelte er. »Dann wähle ich Tor zwei. Hoffen wir, dass dahinter nicht auch noch ein Zonk ist.«

Vorsichtiger geworden, öffnete er die nächste Tür weit langsamer und wurde mit einem Schwall feuchtwarmer Luft belohnt, der ihm entgegenschlug. Dieser Raum war weit größer als der erste und vollkommen leer. Zwei von dreien, also gut. Wenigstens wusste er jetzt, wo der Junge war. *Wenn* er noch da war.

»Jetzt komm endlich raus, verdammte Kröte«, murmelte er, vorsichtshalber allerdings so leise, dass seine Worte auf der anderen Seite der letzten verbliebenen Tür nicht gehört werden konnten. »Du bewegst dich hart am Rand einer Tracht Prügel, ist dir das eigentlich klar?«

Die dritte Tür war eine Überraschung – selbstverständlich eine unangenehme. Sie führte nicht unmittelbar in einen weiteren Kellerraum, sondern in einen kurzen Gewölbegang, der nach vier oder fünf Schritten in grauem Zwielicht und dem Schimmern von schwarzem Wasser mündete. »Ich weiß, dass du hier bist!«, rief Will. »Jetzt komm raus. Ich finde dich ja doch!«

Diesmal antworteten weder ein Platschen noch das Geräusch von kollernden Steinen auf seine Worte. Entweder der Kleine war längst über alle Berge, oder er wollte das Spiel tatsächlich bis zum bitteren Ende spielen. So oder so, er *arbeitete* an einer Abreibung, ganz eindeutig.

Will zog die Tür weiter auf, machte einen zögernden Schritt in den niedrigen Gang hinein und blieb wieder stehen, um zu lauschen. Nichts. Er überlegte einen Moment und ging dann zur Tür zurück. Ein flüchtiges Grinsen huschte über sein Gesicht, als er sah, dass es einen Riegel auf der Innenseite gab, und es wurde noch deutlich breiter, als er ihn zuschob und dazu unerwartet viel Kraft aufwenden musste. Er würde wahrscheinlich noch viel mehr Kraft brauchen, um ihn wieder aufzubekommen, aber dem Jungen würde das ganz bestimmt nicht gelingen.

Er kehrte zum anderen Ende des Gewölbes zurück und

versuchte das graue Halbdunkel vor sich mit Blicken zu durchdringen. Jetzt, wo er den einzigen Ausgang verrammelt hatte, würde er den Jungen über kurz oder lang finden, da war er sicher.

Er korrigierte seine Schätzung, was die Größe des Kellers anging, um ein gutes Stück nach unten, aber dennoch lief ihm die Zeit davon. Dazu kam, dass er auch hier im Grunde nicht mehr als Schatten sah. Die Fenster waren nicht besonders groß, und das Licht wurde zusehends schwächer. Ihm blieben vielleicht noch zehn Minuten, bis es hier drinnen vollkommen dunkel sein würde. »Was soll denn das, Junge?«, fragte er. »Ich weiß, du hast Angst und wahrscheinlich auch Schmerzen, aber ich will dir wirklich nur helfen. Ich bringe dich zum Arzt. Oder, wenn du willst, auch nach Hause. Also komm schon raus. Es wird langweilig.«

Niemand kam raus, aber irgendwo in den Schatten vor ihm schien sich etwas zu bewegen, und er hörte ein leises Scharren. Der Junge war hier.

Langsam, mit halb geschlossenen Augen und sich weit mehr auf sein Gehör verlassend als auf die ohnehin eher verwirrenden Schemen, die er sah, bewegte er sich tiefer in den Raum hinein. Auch dieser Keller stand unter Wasser. Die schmutzige Brühe reichte ihm jetzt fast bis an die Waden, aber das Wasser war nicht annähernd so eisig wie dort drüben, und auch die Luft kam ihm deutlich wärmer vor. Auf sonderbar unangenehme Weise wärmer, als hätte das Feuer, das das Haus verzehrt hatte, einen Teil seiner Hitze hier unten zurückgelassen. Nicht weit von ihm entfernt platschte etwas im Wasser, und als Will dort hinüberblickte, glaubte er etwas Grünliches, Schuppiges zu sehen, auf den ersten flüchtigen Eindruck etwas geradezu Groteskes …

Will verscheuchte den Gedanken. Sein Appartement war

voll gestellt mit kleineren und mittelgroßen Drachenfiguren, eine Obsession, die er sich über die Kindheit hinweg bewahrt hatte, weil sie ihm Halt gab in einer Welt, die ihm nicht immer besonders freundlich gesinnt war. Vielleicht lag es daran. Wie sonst hätte er auf die Idee kommen können, in der Brühe schwimme etwas, das eine verteufelte Ähnlichkeit mit einem *Drachen* hatte? Als er seinen Blick weiterschweifen ließ, konnte er nichts mehr entdecken. Trotzdem war er plötzlich gar nicht mehr so sicher, dass es wirklich eine gute Idee gewesen war, die Tür hinter sich zu verriegeln. Was, wenn der Brand tatsächlich noch irgendwo hier unten schwelte und nur darauf wartete, plötzlich wieder auszubrechen und diesen Raum in einen unterirdischen Hochofen zu verwandeln, in dem er hilflos gefangen wäre?

Er versuchte, die Vorstellung als lächerlich abzutun. Das schmutzige Wasser, durch das er watete, war *Löschwasser*, das durch die Decke und das Mauerwerk gesickert war, nachdem die Feuerwehr es gleich hektoliterweise über dem brennenden Haus ausgeschüttet hatte. Alles hier war *nass*. Hier unten *konnte* nichts mehr brennen.

Und trotzdem streckte er die Hand aus und tastete mit gespreizten Fingern nach der Wand.

Das Feuer war da. Er konnte es spüren. Flammen und Glut waren erloschen, aber das, was das Feuer *wirklich* ausmachte, war noch immer da, still, abwartend und lauernd. So hastig, als habe er sich tatsächlich verbrannt, zog er die Hand zurück und betrachtete seine Finger. Ein wenig schmieriger Ruß klebte an seiner Haut, warm, aber nicht heiß. Natürlich nicht heiß. Dennoch streckte er nach kurzem Zögern noch einmal den Arm aus und legte diesmal die ganze Hand auf den Stein.

Er hatte sich nicht geirrt. Da *war* etwas. Will konnte nicht genau sagen, was, schon weil das Gefühl mit nichts zu vergleichen war, was er jemals erlebt hatte, aber irgendetwas *bewegte* sich in dieser Wand. Etwas Großes, Warmes, das sich schwerfällig zu regen schien, wie ein Drache, der sich im Schlaf bewegte. Trotz der Härte des unter der Hitze porös gewordenen Steins fühlte sich die Wand … *lebendig* an. Irgendetwas war darin eingeschlossen. Er konnte das Feuer *spüren.* Seine Heimtücke, seine Intelligenz, seinen absoluten Willen zu überleben und zu zerstören.

Unsinn!

Will schüttelte den Gedanken mit aller Macht ab, zog die Hand zurück und zwang ein nervöses Lächeln auf seine Lippen, das nicht nur keinem anderen Zweck diente als dem, seine Furcht zu überspielen, sondern diesen Zweck auch kläglich verfehlte. Ganz bewusst dachte er: Er saß seiner eigenen Fantasie auf, die mittlerweile wirklich alle Register zog, um ihn fertig zu machen, und er würde den Teufel tun und jetzt auch noch anfangen, an Gespenster zu glauben.

»Der Spaß ist jetzt zu Ende«, sagte er, während er sich umdrehte und dabei ein gutes Stück von der Wand wegtrat. »Du kommst jetzt freiwillig raus oder du kriegst mächtigen Ärger, mein Freund. Ich will dir ja helfen, aber ich habe meine Zeit nicht gestohlen.«

Vielleicht funktionierte es ja. Wenn man mit gutem Zureden nicht mehr weiterkam, dann half bei Kindern manchmal ein scharfer Ton, jedenfalls war das in seiner Jugendzeit so gewesen.

Heute offensichtlich nicht mehr. Er bekam keine Antwort, aber nach einer Weile hörte er wieder dieses sonderbare raschelnde Schleifen, und jetzt konnte er die Richtung ausmachen, aus der es kam. Er glaubte sogar, eine Bewegung zu erkennen, war aber nicht ganz sicher.

Gutes Zureden hatte jetzt vermutlich keinen Sinn mehr, und

ihm blieb auch keine Zeit mehr dafür. Der Junge war hier drinnen, und er würde ihn finden. Will warf einen letzten, sichernden Blick in Richtung der Tür, die er so sorgsam verschlossen hatte, und bewegte sich dann langsam tiefer in den Raum hinein. Seine Augen hatten sich mittlerweile so gut an das blasse Zwielicht gewöhnt, dass es immerhin ausreichend war, um zu sehen. Es gab eine Anzahl Kisten, Kartons und hüfthohe Stapel, die einfach nur aus *Krempel* bestanden, aber den größten Teil des vorhandenen Platzes nahm eine überdimensionale Heizungsanlage ein, uralt und klobig, und mit ziemlicher Wahrscheinlichkeit hockte der Kleine dahinter, beobachtete ihn und hoffte, dass er einfach nur lange genug stillhalten musste, damit er wieder ging.

Will bewegte sich langsam weiter, blieb stehen, um zu lauschen, und wurde mit einem neuerlichen Rascheln belohnt; ganz eindeutig das Geräusch von Kleidung, die über Stein oder auch Metall strich. Irgendwo rechts von ihm. Mit einiger Mühe widerstand er der Versuchung, einfach loszustürmen, änderte aber ein wenig seine Richtung, um dem Jungen den Weg abzuschneiden, sollte der ihn beobachten und nur darauf warten, auf der anderen Seite hinter dem Heizkessel hervorzustürmen, kaum dass er um die Ecke bog. Will tat ihm den Gefallen, führte die Bewegung aber nicht zu Ende, sondern machte mitten im Schritt kehrt und wurde mit dem Anblick eines Schattens belohnt, der ebenso hastig wie er zurückprallte und wieder in Deckung sprang. Etwas polterte.

»Also gut«, knurrte er. »Ich hab dich gesehen. Also tu uns doch bitte beiden einen Gefallen und komm endlich raus. Ich krieg dich doch sowieso.«

Natürlich bekam er keine Antwort, aber der Kleine war jetzt offensichtlich in Panik und gab sich keine Mühe mehr, leise zu sein. Will hörte ihn deutlich auf der anderen Seite des Heizkessels herumpoltern, dann gerieten seine Schritte aus dem Takt, und er hörte einen dumpfen Aufschlag, gefolgt von einem ebenso mühsam wie erfolglos unterdrückten Wimmern. Will beschleunigte seine Schritte, duckte sich unter einem mit Isolierschaum umwickelten Rohr hindurch und entdeckte den Jungen nicht nur genau dort, wo, sondern auch genau so, wie er ihn vermutet hatte: Er kauerte auf der anderen Seite des monströsen Heizkessels auf den Knien und hielt sich mit beiden Händen das Gesicht, auf das er gefallen sein musste. Zwischen seinen Fingern quollen hellrote Tropfen hervor. Er hatte sich tatsächlich die Nase blutig geschlagen. Schmerzhaft, aber selbst schuld.

»So, jetzt hab ich dich«, knurrte Will. »Jetzt ist Schluss mit lustig!«

Er machte einen raschen Schritt, beugte sich gleichzeitig vor und streckte den Arm aus, um den Jungen am Kragen zu packen, aber er hatte den Knirps trotz allem unterschätzt. Blutige Nase oder nicht – er sprang blitzschnell auf die Füße, tauchte unter Wills zupackender Hand weg und war im nächsten Augenblick in dem Gewirr von Rohrleitungen und Schläuchen hinter dem Heizkessel verschwunden. Will setzte ihm fluchend nach, übersah aber ein weiteres, unterarmdickes Rohr (das diesmal selbstverständlich *nicht* mit Schaumstoff umwickelt war) und knallte mit voller Wucht dagegen. Es war nicht so schlimm, wie es hätte sein können, aber er sah für ein paar Augenblicke buchstäblich Sterne. Und als sich das bunte Flimmern vor seinen Augen lichtete, war der Junge nicht mehr da. Will konnte seine Schritte irgendwo auf der anderen Seite des Kessels hören und nur einen Augenblick später ein angstvolles Keuchen und die Geräusche, mit denen er vergeblich an der verriegelten Tür zerrte.

Jetzt hatte er ihn! Zwar auf Händen und Knien, trotzdem

aber kroch Will sehr schnell hinter dem Heizkessel hervor, richtete sich auf und sprintete in Richtung Ausgang. Ohne auf den pochenden Schmerz hinter seiner Stirn zu achten, spurtete er los und erreichte den großen Gewölbegang gerade rechtzeitig genug, um zu sehen, wie der Junge enttäuscht von der Tür zurücktrat und sich herumdrehte.

»Jetzt hör mit dem Unsinn auf, Kleiner«, sagte Will schwer atmend. »Ich will dir doch nichts tun, verdammt noch mal!« Er schüttelte den Kopf, um seine Worte zu bekräftigen, machte einen weiteren Schritt in den Gang hinein und blieb überrascht stehen. *Der* Kleine war *eine* Kleine, das war das Erste: ein Mädchen von vielleicht elf oder zwölf Jahren, zwar erstaunlich groß für ihr Alter, aber auch so schlank, dass sie schon fast ausgemergelt wirkte. Ihre Wangen waren eingefallen und blass, und unter ihren Augen lagen dunkle, tief eingegrabene Ringe, wie bei einem Menschen, der eine schwere Krankheit hinter sich hatte oder endlosen Kummer. Ihre Kleidung war geradezu grotesk: Sie trug Jeans und die Nike-Turnschuhe, deren Spur ihn hierher geführt hatte, aber statt einer Bluse ein mit Rüschen besetztes, rosarotes Nachthemd, das selbst Barbie zu kitschig gewesen wäre und das sie nur nachlässig unter den Bund ihrer Jeans gestopft hatte.

Was Will jedoch am meisten erschreckte, das war der Ausdruck ihrer Augen. Natürlich hatte er Furcht erwartet, vielleicht sogar noch ein bisschen mehr, aber was er in ihrem Blick las, war blanke Todesangst. Blut lief aus ihrer Nase, und obwohl ihre Hände zu Fäusten geballt waren, konnte er sehen, dass sie sich mindestens zwei oder drei Fingernägel bei dem Versuch abgebrochen hatte, den Riegel aufzubekommen. »Hey«, sagte er unsicher. »Du musst keine Angst haben, wirklich. Ich wollte mich doch nur überzeugen, dass dir nichts passiert ist.«

Keine Antwort. Er machte einen vorsichtigen weiteren Schritt in den Gang hinein, blieb erneut stehen und hob langsam die Arme, um die leeren Handflächen nach außen zu drehen; eine Geste, von der er einmal gelesen hatte, dass sie überall auf der Welt als Bekundung friedvoller Absichten verstanden wurde.

Das Mädchen schien davon allerdings nichts gehört zu haben, denn sie fuhr zusammen, als hätte er statt einer leeren Hand eine durchgeladene Maschinenpistole in ihre Richtung gestreckt, stieß einen kurzen, schrillen Schrei aus und stürmte blindlings los. Will packte zu, und diesmal war er sicher, dass er sie zu fassen kriegte, aber die Kleine schlug im letzten Moment einen Haken, zerkratzte ihm den Handrücken und war in der nächsten Sekunde abermals im Schatten des Kellers hinter ihm verschwunden. Will fluchte, wirbelte auf dem Absatz herum und war keine zwei Schritte hinter ihr, als sie erneut hinter dem Heizkessel wegzutauchen versuchte.

Er nahm jetzt keine Rücksicht mehr, und das konnte er auch nicht. Das Mädchen war hoffnungslos in Panik. Wenn er das, was er in ihren Augen gesehen hatte, richtig deutete, dann würde sie hier unten eher verhungern, bevor sie freiwillig mit ihm kam.

Als das rosa Barbie-Nachthemd zu verschwinden drohte, warf er sich vor, streckte die Arme aus und spürte dünnen, seidigen Stoff unter seinen Fingern. Mit aller Kraft packte er zu.

Der Ruck hatte nicht nur ihn, sondern auch die Kleine aus dem Gleichgewicht gebracht. Sie stolperte, prallte schwer gegen den rostigen Heizkessel und schlug der Länge nach hin, und praktisch in der gleichen Sekunde landete auch Will auf der Nase und schlidderte hilflos hinter dem Mädchen her. Aber er reagierte trotzdem schnell genug, um den Arm auszustrecken und nach dem Mädchen zu greifen.

Diesmal *bekam* er sie zu fassen. Seine Hand schloss sich mit unerbittlicher Kraft um ein so erschreckend dünnes Fußgelenk, dass er um ein Haar sofort wieder losgelassen hätte, aber er widerstand dem Impuls, griff im Gegenteil sogar noch fester zu und stemmte sich ungeschickt auf den anderen Ellbogen hoch. Er musste sich verletzt haben. Sein Gesicht brannte, als hätte er versucht, sich mit einem Stück Schmirgelpapier zu rasieren, und er spürte Blut über seine Wange laufen.

»Jetzt hör endlich auf«, sagte er. »Ich will dir doch wirklich nur …«

Vermutlich stempelte der Turnschuh nicht *wirklich* das Nike-Logo auf seine Stirn, aber auf jeden Fall fühlte es sich so an, als ihm die Kleine mit aller Kraft ins Gesicht trat. Will brüllte vor Schmerz, ließ das Bein los und griff sofort wieder zu, aber selbstverständlich ins Leere. Ein rosa Schemen verschwand vor ihm in dem Durcheinander aus Rohrleitungen und Schläuchen.

Natürlich war es vollkommen sinnlos, trotzdem versuchte er noch einmal, an die Vernunft des Kindes zu appellieren. »Jetzt hör mir doch mal zu!«, rief er. »Ich verstehe ja, dass du Angst hast, aber dazu besteht wirklich kein Grund. Ich will dir nichts tun.« Sein Blick suchte aufmerksam das Durcheinander aus Rohren, Kabeln und allem anderen Krempel ab, der den Bereich hinter dem Heizkessel in ein undurchdringliches Labyrinth verwandelte.

»Außerdem kommst du hier sowieso nicht heraus. Die Tür ist zu, weißt du? Und ich hab Zeit.« Der letzte Satz hatte gute Chancen, in die Top Ten der dreistesten Lügen des Jahres aufgenommen zu werden, aber das wusste die Kleine ja schließlich nicht. »Also sei jetzt vernünftig, Mädchen. Wir können doch über alles reden.«

»Bitte, ich … ich habe niemandem was gesagt.« Wenn das, was er in den Augen des Mädchens gelesen hatte, Todesangst gewesen war, dann musste er für das Zittern in ihrer Stimme ein neues Wort erfinden. »Und ich werde auch niemandem etwas sagen. Ganz bestimmt nicht!«

»Das weiß ich doch«, erwiderte Will. Er versuchte vergeblich herauszufinden, aus welcher Richtung die Stimme kam. Irgendwo vor ihm, sicher – aber *wo* in diesem verdammten Durcheinander?

»Ich verrate bestimmt niemandem etwas«, versicherte das Mädchen. »Ganz bestimmt nicht! Sie … Sie müssen mich nicht umbringen! Ich werde niemandem etwas sagen, und … und außerdem würde mir doch sowieso niemand glauben.«

Umbringen?, dachte Will irritiert. Hatte er gerade *umbringen* verstanden? »Niemand will dich umbringen, Kleines«, sagte er. »Wie kommst du denn auf *den* Unsinn?«

Er versuchte verzweifelt, die Dunkelheit vor sich mit Blicken zu durchdringen, aber je konzentrierter er hinsah, desto weniger konnte er erkennen.

Und was zum Teufel meinte sie mit *umbringen?*

»Ich hab's aber genau gehört«, antwortete sie. »Sie haben gesagt, Sie würden mich umbringen, wenn …«

»Da musst du dich getäuscht haben, Kleines«, unterbrach sie Will. Seine Augen weigerten sich immer noch, ihm mehr als einen verwirrenden Tanz von Schatten und ineinander fließenden Umrissen zu zeigen, aber er glaubte jetzt die Richtung identifizieren zu können, aus der die Stimme kam. »Ich habe das ganz bestimmt nicht gesagt«, fuhr er fort, während er sich auf dem Bauch liegend Stück für Stück vorwärts schob und dabei nicht nur seinem Anzug endgültig den Rest gab, sondern sich auch die Handflächen blutig scheuerte. Gott, wie er Kinder *hasste!*

»Aber die anderen! Ich habe genau gehört, wie sie es gesagt haben!«

»Da musst du dich getäuscht haben«, ächzte Will, während er sich weiter vorwärts schob. »Hab ich nicht!« »Aber sie haben es bestimmt nicht so gemeint«, sagte Will gepresst. Endlich konnte er das Mädchen sehen. Noch ein paar Zentimeter, und er hatte sie – falls sie ihm nicht vorher eine lange Nase drehte und im allerletzten Moment doch noch entwischte.

»Haben sie doch«, beharrte das Mädchen. »Ich hab es genau gehört.«

»Vielleicht haben sie das nur gesagt, um dir einen Schrecken einzujagen«, antwortete Will, während er sich langsam, aber beharrlich weiter auf den verschwommenen und jetzt leicht barbie-rosa schimmernden Schatten zubewegte. Er musste weiter reden. Solange die Kleine mit ihm sprach, kroch sie nicht davon. Vielleicht. »Erwachsene tun so etwas manchmal, weißt du? Manchmal lügen sie, um ihr Ziel zu erreichen. Das ist zwar ganz schön blöd, aber manche machen es eben.«

Will schätzte seine Chancen ab, blitzschnell den Arm auszustrecken und die Kleine zu packen, aber *ihre* Chancen, ihm zu entwischen und sich dann noch tiefer in diese Müllhalde zu verkriechen, standen eindeutig besser. Also robbte er mit zusammengebissenen Zähnen weiter.

»Hör mal, Kleines. Warum kommst du nicht raus, und wir reden über alles? Ich weiß nicht, wer was zu dir gesagt hat, aber ich war es bestimmt nicht.«

»Ich glaube Ihnen nicht«, antwortete die Kleine stur. »Sie haben gerade selbst gesagt, dass Erwachsene manchmal lügen.«

»Ja«, knurrte Will. »Und manchmal lassen ihnen Kinder keine andere Wahl.« Allmählich machte ihn diese kleine Kröte wirklich *wütend,* trotz aller Verwirrung, die ihre Worte in ihm ausgelöst hatten. Dennoch beschloss er, auf Nummer Sicher zu gehen, und kroch auf Knien und Ellbogen weiter auf sie zu, statt alles auf eine Karte zu setzen und einen raschen Sprung in ihre Richtung zu riskieren. Das Wasser hatte seine Kleidung mittlerweile vollkommen durchnässt, und er war selbst nicht mehr ganz sicher, ob er nun vor Wut oder vor Kälte zitterte, als er schließlich anhielt und sich ächzend auf die Knie hochstemmte.

Die Kleine hatte sich in ihrer Panik selbst in eine Falle manövriert, aus der es kein Entkommen mehr gab. Sie hockte nur anderthalb oder zwei Meter entfernt von ihm in einem Winkel der Wand, hatte die Beine an den Körper gezogen und die Knie mit beiden Armen umschlungen, und obwohl das Licht hier so schlecht war, dass er ihr Gesicht nur als verschwommenen Fleck erkennen konnte, sah er trotzdem die Todesangst in ihren weit aufgerissenen, starr auf ihn gerichteten Augen.

Vielleicht war es dieser Blick, der ihn zögern ließ. Will war eindeutig nah genug, um den Arm auszustrecken und sie auf diese Weise zu packen, und dieses Mal würde er sich weder von Fingernägeln noch von Fußtritten beeindrucken lassen, aber er konnte einfach nicht vergessen, was sie gesagt hatte, und zumindest die Angst in ihrem Blick war nicht gespielt. Statt kurzen Prozess zu machen und sie aus ihrem Versteck herauszuschleifen, richtete er sich weiter auf und hob schließlich auch die Hände aus dem Wasser, aber nicht, um nach ihr zu greifen, sondern nur, um sie vor sich zu halten, damit sie sah, dass er ihr nichts tun wollte.

»Also gut, Kleine«, sagte er schwer atmend. »Du hast deinen Spaß gehabt. Was hältst du davon, wenn wir jetzt hier rausgehen und uns davon überzeugen, dass dir auch wirklich nichts passiert ist?«

Er bekam keine Antwort, aber er sah, wie sich das Mädchen vergeblich bemühte, noch weiter in den Winkel hineinzukriechen. Der Boden, auf dem er kniete, bebte. Ganz leicht nur, gerade an der Grenze des überhaupt Spürbaren, aber nur einen Moment später kräuselte ein Muster aus symmetrischen, nervösen kleinen Wellen die Oberfläche des eiskalten Wassers, in dem er kniete. Und dann spürte er etwas, das noch viel unheimlicher war: Das Wasser kam ihm plötzlich gar nicht mehr so entsetzlich kalt vor wie noch vor einem Moment, und auch die Luft schien plötzlich wärmer geworden zu sein. Etwas wie eine unsichtbare, aber deutlich zu spürende Spannung schien sich rings um ihn herum zu materialisieren, und ob er wollte oder nicht, er musste an das bizarre Gefühl zurückdenken, das ihn vorhin überkommen hatte, als er die Wand des Kellers berührt hatte. Ein Gefühl wie Feuer, das – natürlich vollkommener Unsinn war. Will schüttelte das Gefühl mit Macht ab, riss sich nicht nur innerlich, sondern auch körperlich zusammen, indem er sich weiter aufrichtete und die Schultern straffte.

»Ich mache dir einen Vorschlag«, sagte er. »Ich gehe jetzt zurück und warte dort draußen auf dich. Mir ist nämlich kalt, weißt du? Und du siehst auch nicht unbedingt aus, als ob du gerade aus der Sauna kommst.«

Ein Teil von ihm begann lautstark gegen diese Entscheidung zu protestieren, und Will musste zugeben, dass diese Stimme nicht unbedingt Unrecht hatte. Er hatte das Mädchen in der Falle, aber nur, weil sie sich selbst hineinmanövriert hatte. Ein zweites Mal würde sie ihm diese Gelegenheit bestimmt nicht freiwillig geben. Trotzdem sah er sie nur noch einen Moment lang ernst an, dann ließ er sich wieder auf Hände und Knie sinken und kroch rückwärts den Weg zurück, den er gerade gekommen war. Schaudernd stand er auf und drehte sich langsam einmal um sich selbst, wie um sich davon zu überzeugen, dass er auch tatsächlich allein war. Möglicherweise war irgendwo tief im Stein dieser Ruine tatsächlich noch ein Rest der Höllenglut gespeichert, mit der das Feuer dieses Haus heimgesucht hatte, aber der Brand war eine Woche her und das Wasser, durch das er gekrochen war, so kalt, dass seine Hände und Zehen mittlerweile völlig gefühllos geworden waren. Da war kein Feuerdämon, der in irgendeiner Ecke hockte und nur darauf wartete, über ihn herzufallen. Wenn es hier unten irgendetwas gab, wovor er Angst haben musste, dann nur vor seiner eigenen Fantasie.

Und vielleicht vor seiner eigenen Dummheit. Will drehte sich wieder herum und ließ sich noch in der Bewegung in die Hocke sinken, um einen Blick in das Durcheinander aus Rohrleitungen und Gerümpel zu werfen, aus dem er gerade hervorgekrochen war. Will rang noch mit sich, ob er noch einmal nach dem Mädchen rufen oder – obwohl es völlig sinnlos wäre – erneut nach ihr suchen sollte, als er einen hellrosa Schimmer in der Dunkelheit wahrnahm und dann keuchende Atemzüge und das Platschen von Wasser hörte. Impulsiv wollte er den Arm ausstrecken, um dem Mädchen zu helfen, aber das hätte sie möglicherweise nur erschreckt und doch wieder zurückgetrieben. So richtete er sich nur behutsam auf und blieb stehen, bis die Kleine zitternd aus ihrem Versteck hervorgekrochen war und sich unsicher erhob. Sie schien mit ihren Kräften völlig am Ende zu sein und schwankte so heftig, dass sie sich mit der linken Hand an einem Rohr festhalten musste, um nicht gleich wieder zu stürzen, aber Will widerstand auch jetzt der Versuchung, die Arme auszustrecken, um ihr zu helfen. »Alles in Ordnung?«, fragte er.

Natürlich bekam er keine Antwort. Der Blick der großen, auf beunruhigende Weise *wissend* wirkenden Augen des Mädchens irrte unstet zwischen seinem Gesicht und seinen Händen hin und her, so dass Will schließlich die Arme vollends sinken ließ und nach kurzem Zögern die Hände in den Hosentaschen vergrub. »Ich weiß nicht, was *du* vorhast«, sagte er mit einem

Schaudern, das er nicht mehr spielen musste, »aber ich gehe jetzt nach oben und suche mir ein trockenes Plätzchen.«

Obwohl es ihm schwer fiel, nicht ständig zu ihr zurückzublicken, durchquerte er mit raschen Schritten den Keller und den Gewölbegang und nahm dann die Hände aus den Hosentaschen, um den Riegel zu öffnen. Er hörte das Platschen ihrer Schritte hinter sich, aber die Akustik des voll gestopften Kellergewölbes war so verwirrend, dass er nicht sagen konnte, ob sie ihm wirklich folgte oder sich vielleicht nur ein besseres Versteck suchte. Es spielte auch keine Rolle. Mittlerweile war es hier drinnen fast vollkommen dunkel, und er hatte so oder so keine Chance mehr, sie zu kriegen, wenn sie sich nicht erwischen lassen wollte. Außerdem hatte er mit dem Riegel vielleicht ein bisschen zu gute Arbeit geleistet: Es kostete ihn all seine Kraft, ihn zurückzuziehen, und einen Moment lang war er nicht einmal sicher, ob es ihm überhaupt gelingen würde. Endlich aber fuhr das rostige Eisen mit einem scharrenden Laut zurück – und mit einem so plötzlichen Ruck, dass Will die Balance verlor und nach hinten gegen die Wand prallte. Irgendwie brachte er es fertig, nicht wirklich zu fallen, aber selbstverständlich nutzte das Mädchen die Chance, die sich ihr bot. Will sah nur einen verschwommenen Schemen aus den Augenwinkeln und hörte das Platschen hastiger Schritte im wadentiefen Wasser, und noch immer halb im Fallen begriffen, nutzte er den Schwung seiner eigenen Bewegung, um sich nach vorn zu werfen und die Arme auszustrecken, aber er griff ins Leere. Die Kleine raste an ihm vorbei die Treppe hinauf, und Will stürzte nun endgültig, rappelte sich mit einem Fluch wieder hoch und rannte hinter ihr her, so schnell er konnte. Schmerz, Kälte und Wut gaben ihm zusätzliche Kraft, und wäre die Treppe nur zwei oder drei Stufen höher gewesen, hätte er sie vielleicht sogar eingeholt. So aber sah er gerade noch, wie sie durch den schmalen Spalt, den der zusammengebrochene Türrahmen frei ließ, verschwand, bevor er mit fast ungebremster Geschwindigkeit gegen das brandgeschwärzte Holz prallte und um ein Haar rücklings die Treppe wieder hinuntergestürzt wäre. Im letzten Moment fand er Halt an der Ziegelsteinmauer, fluchte noch einmal und lauter und quetschte sich dann rücksichtslos durch den schmalen Spalt hindurch.

Auch hier draußen war es mittlerweile fast vollkommen dunkel. Er konnte nur wenige Meter weit sehen, aber er hörte die Schritte des Mädchens irgendwo rechts von sich, vergaß auch den allerletzten Rest von Vorsicht und jagte hinter ihr her. Zwei- oder dreimal prallte er gegen ein Hindernis, das er in der Dunkelheit einfach zu spät sah. Aber er wurde nicht langsamer, und nach einem oder zwei Dutzend Schritten wurde sein Wagemut belohnt: Er konnte das Mädchen vor sich sehen, dichter, als er zu hoffen gewagt hatte, und er hörte ihre Schritte und ihre keuchenden Atemzüge.

»Verdammt, Kleine, bleib doch stehen!«, schrie er. »Ich will dir doch nur helfen!«

Das Mädchen drehte im Rennen den Kopf und sah über die Schulter zu ihm zurück, machte aber keine Anstalten, langsamer zu werden oder gar stehen zu bleiben, sondern versuchte ganz im Gegenteil, seine Schritte noch mehr zu beschleunigen. Und vielleicht hätte es das besser nicht getan, denn nun erging es ihr genau wie Will einen Augenblick zuvor: Er hörte das Splittern von Holz und ihren Schrei und wusste, was geschehen war, noch bevor sie mit einem Bein fast bis zum Knie in den Boden einsank, der unter ihrem Gewicht nachgegeben hatte. Wills Herz machte einen erschrockenen Sprung, als er sah, wie sie mit wild rudernden Armen um ihr Gleichgewicht kämpfte, nach vorne und zugleich zur Seite gerissen wurde und dann mit furchtbarer Wucht zu Boden fiel. Mit zwei, drei gewaltigen Sätzen war er neben ihr, ließ sich neben dem Mädchen auf die Knie fallen und drehte sie hastig auf den Rücken. Die Kleine schrie vor Angst und vermutlich auch vor Schmerzen, schlug blindlings nach ihm und versuchte davonzukriechen, aber Will ignorierte die klatschenden Schläge einfach, die sein Gesicht trafen, packte sie mit beiden Händen an den Schultern und schüttelte sie zwei, drei Mal so kräftig, dass ihre Zähne mit einem hörbaren Geräusch aufeinander schlugen.

»Hör auf!«, schrie er. »Ich tu dir nichts! Ich will dir doch nur helfen, verstehst du das nicht?«

Vielleicht verstand sie ihn tatsächlich, vielleicht nahm ihr aber auch nur die Angst den Atem – so oder so hörte sie auf zu schreien und wild um sich zu schlagen und begann stattdessen leise zu wimmern, in einer Tonlage, die Will die Kehle zuschnürte und ihn all seinen Zorn auf der Stelle vergessen ließ. Plötzlich überschwemmte ihn eine Woge so intensiven Mitleids, dass er sich beherrschen musste, um das Mädchen nicht einfach in die Arme zu nehmen und schützend an sich zu drücken.

Stattdessen wartete er, bis sie sich halbwegs beruhigt zu haben schien, dann ließ er vorsichtig ihre Schultern los, richtete sich ein wenig auf und sah auf ihr Bein hinab. Ihre Jeans waren zerrissen. Das Holz, durch das ihr Fuß gebrochen war, hatte ihr ein halbes Dutzend tiefer, heftig blutender Wunden an Schienbein und Wade zugefügt. Sie musste große Schmerzen haben, und wahrscheinlich war sie halb wahnsinnig vor Angst. Will fühlte sich hilflos, und bei dem Gedanken, wie wütend er noch vor einem Moment auf dieses Kind gewesen war, meldete sich sein schlechtes Gewissen.

»Ich will dir wirklich nur helfen, Kleines«, sagte er. »Mach es mir doch nicht so schwer.«

Er wartete, bis der Blick ihrer fast schwarzen Augen dem seinen begegnete, dann zwang er sich zu einem Lächeln. »Das muss verdammt wehtun, wie?«

Immerhin: Er erntete ein angedeutetes Nicken als Antwort. »Ich hab einen Verbandskasten im Auto«, sagte er. »Soll ich ihn holen, oder willst du mit mir zum Wagen gehen?« Einen Moment lang wartete er vergeblich auf eine Antwort, dann fügte er mit einem neuerlichen, nicht mehr ganz so gezwungenen Lächeln hinzu: »Ich kann dich auch tragen, wenn du möchtest.«

»Ich kann gehen«, antwortete das Mädchen. »Aber ich …« Sie fuhr sich nervös mit der Zungenspitze über die Lippen, stemmte sich umständlich auf beiden Ellbogen hoch und sah rasch nach rechts und links, ehe sie ihm wieder in die Augen blickte. »Sie … Sie tun mir auch wirklich nichts?«

»Ganz bestimmt«, antwortete Will. »Wenn ich ehrlich sein soll: Ich habe genauso viel Angst wie du. Mindestens.«

»Angst?« Das Mädchen runzelte die Stirn. Ein Ausdruck tiefer Verwirrung erschien auf ihrem Gesicht.

»Du hast mir einen ganz schönen Schrecken eingejagt«, fuhr Will fort. »Ich weiß ja nicht, wer du bist und vor wem du davonläufst, aber ich habe dich vor zehn Minuten das erste Mal gesehen – als du mir vor den Wagen gerannt bist.« Mit leicht veränderter Stimme und neuer Sorge im Blick fügte er hinzu: »Und dir ist auch wirklich nichts passiert?«

»Nein«, antwortete das Mädchen. »Ich wollte nur … es … es tut mir Leid. Ich wollte nicht …«

»Das ist schon in Ordnung«, unterbrach sie Will. »Jetzt lass mich erst mal nach deinem Bein sehen. Kannst du den Fuß bewegen?«

Das Gesicht des Mädchens verzerrte sich vor Schmerz, aber sie biss tapfer die Zähne zusammen und bewegte auch das

Bein, noch bevor er sie dazu auffordern konnte. Wie es aussah, schien es zumindest nicht gebrochen zu sein.

»Das sieht wirklich nicht gut aus«, sagte Will. »Ich sollte dich zu einem Arzt bringen.«

»Nein, kein Arzt!« Die Stimme des Mädchens klang fast entsetzt, und für einen Moment loderte wieder die alte Angst in ihren Augen auf, so dass sich Will innerlich zur Vorsicht mahnte. »Dort … sie würden mich dort finden.«

»Ich verstehe«, sagte Will, obwohl er rein gar nichts verstand. »Aber dann komm wenigstens mit zum Wagen, okay? Ich verbinde dein Bein, und danach unterhalten wir uns über alles – einverstanden?«

Sie zögerte, fünf, zehn, zwanzig Sekunden. Aber dann, ganz langsam, nickte sie, und in ihren Augen erschien ein Ausdruck furchtsamer Hoffnung – und dann, nur einen Sekundenbruchteil später, jäh auflodernde Panik. Praktisch im gleichen Moment hörte Will ein Geräusch hinter sich und wollte herumfahren, aber es war zu spät. Den Schlag, der ihn zwischen die Schulterblätter traf, nach vorne schleuderte und halbwegs über dem Mädchen zusammenbrechen ließ, spürte er schon nicht mehr.

2

Er konnte nur einen Augenblick lang bewusstlos gewesen sein, denn als er erwachte, war das Zweite, was er nach rasenden Kopfschmerzen spürte, das warme Gefühl, mit dem ein einzelner Blutstropfen aus seinem Haar rann und auf seinem rechten Handrücken landete. Will öffnete stöhnend die Augen, blinzelte zwei oder drei Mal und hob dann, unendlich behutsam, damit der pochende Schmerz nicht noch schlimmer wurde, den Kopf, um verständnislos auf einen zweiten, dunkelroten Tropfen hinabzusehen, der aus seinem Haaransatz fiel und sich zu dem schmierigen Streifen auf seiner Hand gesellte, den der erste hinterlassen hatte. Dann hörte er einen Schrei.

Will fuhr mit einem Ruck hoch und biss die Zähne zusammen, als der Schmerz in seinem Hinterkopf regelrecht explodierte und dumpfe Wellen betäubender Pein durch seinen Nacken und bis in Schultern und Rücken hinabsandte, richtete sich aber dennoch weiter auf und sah sich um. Der Schrei war verstummt, doch so kurz er auch gewesen war, er hatte die Stimme erkannt: das Mädchen. *Sie wollen mich umbringen!* Vielleicht hatte sie doch nicht nur Unsinn geredet.

Etwas behutsamer als zuvor, denn der Schmerz in seinem Hinterkopf war mittlerweile so schlimm, dass Will ernsthaft befürchtete, sich übergeben zu müssen, richtete er sich vollends auf und drehte sich in die Richtung, aus der der Schrei gekommen war; zu der verkohlten Hecke, und zur Straße hin. Es war nun fast vollkommen dunkel. Sein Kopf tat so weh, dass alles vor seinen Augen zu verschwimmen begann, und im spärlichen Licht der Straßenlaternen waren nur noch Schemen zu erkennen. Trotzdem glaubte er eine Bewegung wahrzunehmen, und dann hörte er etwas, das wie ein halb erstickter Schrei klang; vielleicht auch ein panisches Keuchen, das von einer Hand zum Verstummen gebracht wurde. *Sie wollen mich umbringen!* Verdammt, wo war er da hineingeraten?

Hätte er auch nur einen Funken klaren Verstandes besessen, dann wäre er geblieben, wo er war, oder wenn schon gerannt, dann in die entgegengesetzte Richtung. Aber die Stimme, die ihm schon so oft falsche Ratschläge erteilt hatte, verhallte nun ungehört in seinem Kopf, und statt das zu tun, was er die meiste Zeit seines Lebens über getan hatte – nämlich sich rauszuhalten –, setzte sich Will taumelnd, aber zielstrebig auf die Straße zu in Bewegung. Das Blut tropfte jetzt nicht mehr aus seinem Haar, sondern lief seinen Nacken hinab, und er hatte Mühe, in dem Morast, durch den er stapfte, nicht das Gleichgewicht zu verlieren. Aber er wurde schneller und gewann mit jedem Schritt die Kontrolle über seinen Körper und auch über seine Gedanken weiter zurück. Er hörte nichts mehr, war aber nun sicher, dass die Schatten, die er sah, nicht nur Schatten waren. Etwas – jemand? – bewegte sich vor ihm. Schnell, hektisch. Da *war* jemand.

Will beschleunigte seine Schritte noch mehr und rannte jetzt wirklich. Nach wenigen Augenblicken schon hatte er die halb niedergebrannte Hecke erreicht. Er machte sich nicht die Mühe, einen Haken zu schlagen und durch das Tor zu laufen, wie vorhin, als er dem Mädchen auf das Grundstück gefolgt war, sondern brach rücksichtslos durch das hindurch, was die Flammen und die Reifen der Feuerwehrwagen von der Hecke übrig gelassen hatten. Die Straße lag nahezu menschenleer vor ihm. Der Aston Martin stand noch immer genau so da, wie er ihn zurückgelassen hatte – mit laufendem Motor und offener Fahrertür. Will sah sogar noch den riesigen schwarzen Kombi auf der anderen Straßenseite, der mit ebenfalls laufendem Motor, dafür aber mit geschlossenen Türen und eingeschalteten Scheinwerfern dastand, aber ihm blieb keine Zeit, diesem Bild irgendeinen Sinn abzugewinnen. Die Gestalt tauchte wie aus dem Nichts vor ihm auf, und Will *sah* den Schlag nicht einmal, der seinen Solarplexus traf und sein Atemzentrum lähmte. Er krümmte sich, schnappte vergeblich nach Luft und wäre nach vorne gestürzt, hätte ihn nicht die gleiche Faust, die ihm gerade den Atem aus dem Leib geprügelt hatte, im nächsten Moment an der Schulter gepackt und in die Höhe gerissen. Will wusste, was nun kam, aber er war viel zu sehr damit beschäftigt, das Atmen wieder zu lernen, um sich zu wehren. Der zweite Hieb traf ihn mit noch größerer Wucht im Gesicht, schleuderte ihn zurück und ließ ihn hilflos in die verkohlte Hecke stürzen. Die fast fingerlangen, nadelspitzen Dornen der Brombeerhecke drangen ohne die geringste Mühe durch seine Haut, so dass er vor Schmerz aufgeschrien hätte, hätte er die nötige Luft dazu gehabt. Aber er konnte immer noch nicht atmen. Es tat nicht einmal besonders weh, aber er bekam einfach keine Luft. Wie durch einen Vorhang aus ineinander fließenden Schatten sah er die riesige Gestalt des Angreifers über sich aufragen und hob schwächlich die Hände, um sich vor den Schlägen zu schützen, die jetzt kommen mussten. Doch statt weiter auf ihn einzuprügeln und zu Ende zu bringen, was er angefangen hatte, blickte der Kerl nur reglos ein paar Sekunden auf ihn herab, dann beugte er sich vor, grub die linke Hand in Wills Jacke und zog ihn ohne sichtbare Mühe in die Höhe. Will schlug ganz instinktiv nach seinem Arm, aber ebenso gut hätte er auch auf einen Laternenpfahl eindreschen können. Seine Schläge waren so ungezielt und schwach wie die eines Kindes. Er konnte immer noch nicht atmen.

Wieder traf ein Schlag sein Gesicht, aber diesmal war es

kein Fausthieb, sondern ein klatschender Schlag mit der flachen Hand, der seinen Kopf nach hinten fliegen ließ. Will sackte in sich zusammen und wäre gestürzt, hätte der Kerl ihn nicht unerbittlich am Kragen festgehalten. Er rang immer verzweifelter nach Atem, aber weiterhin vergeblich, und aus der Mischung aus Schmerz und Furcht, die ihn erfüllte, wurde allmählich echte Panik. Es war nicht das erste Mal, dass er verprügelt wurde – beileibe nicht –, und auch nicht das erste Mal, dass er einen solchen Schlag abbekam; Fausthiebe in den Solarplexus, die nicht besonders viel Kraft oder Geschicklichkeit erforderten, ihr Opfer aber praktisch auf der Stelle hilflos machten, gehörten zum Lieblingsrepertoire der diversen Schläger, mit denen er es dann und wann zu tun bekommen hatte. Aber er war noch nie *so* getroffen worden. Der Kerl musste so stark wie ein Elefantenbulle sein, und er hatte offensichtlich mit aller Gewalt zugeschlagen. »Hast du jetzt genug, Freundchen?«

Es fiel Will schwer, die Worte durch das immer lauter werdende Pochen des Blutes in seinen Ohren zu verstehen. Er rang immer verzweifelter nach Luft, aber es gelang ihm einfach nicht zu atmen. Wo seine Lunge sein sollte, war nur ein Quell unerträglicher Qual.

Sein Schweigen schien seinem Gegenüber jedenfalls nicht zu gefallen, denn er ohrfeigte ihn erneut und ungleich härter als beim ersten Mal. Will spürte, wie seine Unterlippe aufplatzte und warmes Blut über sein Kinn lief. »Jetzt hör mir genau zu, Freundchen! Wenn du nicht willst, dass ich wiederkomme und wir unsere kleine Unterhaltung fortsetzen, dann vergisst du besser alles, was du gerade gesehen und gehört hast. Hast du mich verstanden?«

Natürlich hatte er verstanden. Er *wollte* ja antworten, aber er konnte es einfach nicht. Er spürte, wie sich seine Sinne zu verschleiern begannen. Wenn er das Bewusstsein verlor, das wusste er, dann würde er sterben. Er würde entweder ersticken, oder dieser riesige Kerl, der aus dem Nichts aufgetaucht und über ihn hergefallen war, würde ihn zu Tode prügeln. Und ganz offensichtlich hatte er auch genau das vor, denn Will sah trotz allem, wie er erneut den Arm zurückriss und die Hand zur Faust ballte. »Ob du mich verstanden hast, will ich wissen?«

»Er kann dir nicht antworten, weil er keine Luft bekommt. Lass ihn los!«

Will war nicht mehr in der Lage, die Richtung zu identifizieren, aus der die zweite Stimme kam. Er begann das Bewusstsein zu verlieren, diesmal vielleicht endgültig, aber er spürte immerhin noch, wie der andere einen Moment zögerte und ihn dann tatsächlich losließ. Hilflos brach er zusammen und hätte sich vermutlich endgültig den Schädel auf dem harten Straßenpflaster eingeschlagen, hätte die Dornenhecke seinen Sturz nicht im letzten Moment aufgefangen. Stöhnend rollte er zur Seite und rang immer verzweifelter um Atem.

Und endlich bekam er wieder Luft. Mit einem röchelnden, qualvollen Geräusch sog er seine Lunge voll, atmete pfeifend aus und wieder ein und brachte es irgendwie fertig, bei Bewusstsein zu bleiben. Mehr aber auch nicht. Will lag wie gelähmt da, unfähig, sich zu rühren oder irgendetwas anderes zu tun, als keuchend ein- und wieder auszuatmen, und auch sein Blick klärte sich nur langsam. Er sah Lichter und Schatten, die einen verworrenen Tanz über ihm aufführten, einen verzerrten Umriss, der sich über ihn beugte, und dann einen kleineren, etwas schmaleren Schatten, der näher kam. Es vergingen noch drei oder vier weitere, qualvolle Atemzüge, bis die Schatten vor seinen Augen langsam ineinander flossen und sich zu Umrissen zusammensetzten.

Das Erste, was er unterschied, war das Gesicht des Kerls,

der ihn niedergeschlagen hatte. Er war erstaunlich jung – allerhöchstens zwanzig, schätzte Will, wahrscheinlich jünger – und hatte langes, dunkelblondes Haar, das im Nacken zu einem Pferdeschwanz zusammengebunden war. Ein wenig unpassend dazu trug er einen schwarzen Anzug, Hemd und Krawatte, und auf den zweiten Blick sah sein Gesicht eigentlich nicht wie das eines Profischlägers aus, sondern eher wie das des netten Jungen von nebenan, wären da nicht das tückische Glitzern in seinen Augen gewesen und der grimmige Zug um seine Mundwinkel.

Mühsam drehte Will den Kopf und sah zu der zweiten Gestalt hinauf; der, die den Burschen davon abgehalten hatte, ihn endgültig als Fußabtreter zu benutzen. Es war eine Frau. Will war nicht in der Verfassung, sie wirklich eingehend zu betrachten. Sie trug etwas, was er nur aus altmodischen Filmen kannte: einen Schleier. Das schwarze, dünne Netz verhüllte ihr Gesicht fast zur Gänze, und doch ließ es erahnen, dass es edel geschnitten und schmal war und von einer Strenge, die zu dem Ton passte, den er gerade in ihrer Stimme vernommen hatte. Sie trug ein schlichtes, schwarzes Kostüm, das viel zu dünn für die Jahreszeit war, und ein ebenfalls schwarzes Kopftuch, das ihr Gesicht noch strenger erscheinen ließ. Als sie neben ihm in die Hocke sank und den Arm nach ihm ausstreckte, stellte er fest, dass sie schwarze Lederhandschuhe trug.

»Können Sie mich verstehen?«, fragte sie.

Will atmete zweimal keuchend ein und aus und beließ es dann bei einem Nicken. Zum Sprechen fehlte ihm immer noch die Luft.

»Das ist gut«, sagte sie. »Ich bin froh, dass Ihnen nichts passiert ist. Bitte glauben Sie mir, dass mir das alles schrecklich Leid tut. Das hätte nicht passieren dürfen.« Sie hob den Kopf, und Will kam es vor, als blitzte unter dem Schleier ehrlicher

Zorn in ihren Augen auf, als sie den Langhaarigen musterte. »Du solltest ihn *aufhalten,* nicht halb totschlagen.«

Der Junge fuhr so heftig zusammen, als hätte sie *ihn* geschlagen, und wich instinktiv einen halben Schritt zurück, straffte sich dann aber wieder und sah drohend auf Will herab. Seine Lippen wurden zu einem dünnen, blutleeren Strich, und Will konnte sehen, wie seine Kiefer mahlten.

»Können Sie aufstehen?«, fragte die Frau. »Ich hoffe doch, Sie sind nicht schwer verletzt.«

Das hoffte Will auch. Sicher war er nicht. Abgesehen von den beiden Schlägen auf seinen Hinterkopf und in seinen Solarplexus, hatten die Stacheln der Brombeerhecke ihr Bestes getan, um seinen ganzen Körper in ein Nadelkissen zu verwandeln. Er spürte, dass er an Dutzenden von Stellen blutete. Umständlich versuchte er sich in die Höhe zu stemmen, knickte ein und schluckte schließlich seinen Stolz herunter, als der Langhaarige die Hand ausstreckte, um ihm beim Aufstehen zu helfen. Wahrscheinlich war es *kein* Zufall, dass er dabei so fest zugriff, dass Will das Gefühl hatte, die Finger seiner rechten Hand wären in einen Schraubstock geraten.

»Ist alles in Ordnung?«, fragte die Frau.

Will nickte nur stumm.

Jetzt, da er wieder halbwegs aufrecht stand, sah Will, dass die Frau ebenso klein, wie ihr Begleiter riesenhaft war. Selbst er, der allenfalls von durchschnittlichem Wuchs war, überragte sie fast um einen Kopf. Seltsam – er kam sich dennoch kleiner und irgendwie hilflos vor, als er ihr in die Augen blickte. »Und Sie sind auch wirklich nicht verletzt?«

»Nein«, murmelte Will. »Aber ich …«

»Ich kann mir vorstellen, wie Sie sich jetzt fühlen«, unterbrach ihn die Frau. Will glaubte das nicht, aber sie fuhr fort, ohne seine Antwort abzuwarten: »Das alles tut mir schrecklich

Leid, und ich kann mich nur dafür entschuldigen. Bitte glauben Sie mir, dass es nicht so ist, wie es für Sie aussehen muss.«

»Was?«, murmelte Will. Er sah aus den Augenwinkeln, wie es in den Augen des Langhaarigen drohend aufblitzte, und mahnte sich innerlich zur Vorsicht. Vielleicht spielten die beiden ja nur ein übles Spielchen mit ihm.

»Es ist keine Zeit, um Ihnen alles zu erklären«, fuhr die Frau fort. »Ich kann Ihnen nur versichern, dass hier nichts geschehen ist, was nicht seine Ordnung hätte. Das Beste wird sein, wenn Sie alles vergessen, was Sie gesehen und gehört haben.«

Also doch, dachte Will. Sie *spielten* ein Spielchen. *Good Cop – bad Cop* – auch wenn die beiden mit ziemlicher Wahrscheinlichkeit *keine* Bullen waren. Er schwieg, aber die Art, in der er *nichts* sagte, schien seinem weiblichen Gegenüber nicht zu gefallen, denn ihr Blick wurde plötzlich noch härter, obwohl er das noch vor einer Sekunde gar nicht für möglich gehalten hätte. Sie maß sein Gesicht und dann, nachdem sie einen Schritt zurückgetreten war, seine ganze Gestalt mit einer neuen Art von aufmerksam taxierendem Blick, dann drehte sie sich halb herum und sah nachdenklich einen Moment lang zu dem Aston Martin hinüber, der auf der anderen Straßenseite stand. »Ist das Ihr Wagen?«

Will nickte.

»Dann sollten Sie jetzt vielleicht besser einsteigen und nach Hause fahren.« Sie griff in die Tasche ihrer schwarzen Kostümjacke, zog etwas heraus und hielt ihm die Hand hin. Als Will fast automatisch den Arm ausstreckte, sah er, dass es ein Bündel Geldscheine war. »Das sollte als Schmerzensgeld reichen. Und für Ihren ruinierten Anzug. Und bitte glauben Sie mir: Es ist nicht so, wie es aussieht. Sie würden sich und uns nur unnötige Schwierigkeiten einhandeln, wenn Sie irgendjemandem davon erzählen.«

Zumindest *das* verstand Will. Fast ohne wirklich zu wissen, warum, griff er nach dem hingehaltenen Geld, blickte die eng zusammengelegten Scheine einen Moment lang verständnislos an und ließ sie dann in der Jackentasche verschwinden. Als er wieder aufsah, glaubte er für den Bruchteil einer Sekunde das erste Mal so etwas wie ein menschliches Gefühl in den Augen der Frau aufblitzen zu sehen. »Aber was …?«

»Sie steigen jetzt besser wirklich in Ihren Wagen und fahren nach Hause«, unterbrach sie ihn. Fast gleichzeitig hob sie die linke Hand und gab dem Langhaarigen einen Wink. »Sven, vielleicht bist du so nett und hilfst ihm dabei?«

Das ließ sich der Langhaarige natürlich nicht zweimal sagen. In seinem Gesicht erschien ein grimmiges Lächeln, als er mit schnellen Schritten um seine fast zwei Köpfe kleinere Begleiterin herumging und den Arm ausstreckte. Will beeilte sich, einen hastigen Schritt zu machen, und verfluchte sich selbst, als er spürte, wie deutlich er schwankte. Das Dröhnen in seinem Hinterkopf und auch die diversen anderen Schmerzen in seinem Körper waren fast erloschen, aber er fühlte sich so wacklig auf den Beinen, dass er tatsächlich nicht ganz sicher war, ob er die wenigen Schritte bis zur anderen Straßenseite schaffen würde. Dennoch biss er die Zähne zusammen und ging langsam weiter. Die Frau mit den kalten Augen sah ihm noch für eine oder zwei Sekunden nach, dann wandte sie sich mit einem Ruck um und ging mit schnellen Schritten auf den wartenden Kombi zu, während Sven dicht hinter ihm blieb und ihn zu seinem Aston Martin eskortierte. Dass er sich dabei so zwischen ihm und der Straße hielt, dass er den Kombi nahezu vollkommen verdeckte, war gewiss kein Zufall.

Will versuchte trotzdem, aus den Augenwinkeln einen unauffälligen Blick auf den schwarzen Wagen zu erhaschen. Er sah nicht viel, nur dass es ein großer, mit Sicherheit sehr teurer

Kombi mit abgedunkelten Scheiben war. Aber da war eine Bewegung hinter den Scheiben, etwas Hektisches, als fände im Inneren des Wagens ein Kampf statt oder zumindest eine heftige Auseinandersetzung. Er wagte es jedoch nicht, den Kopf ganz zu drehen, denn wahrscheinlich wartete Sven nur darauf, um zu Ende zu bringen, was er vorhin angefangen hatte. Gehorsam trottete Will auf den Aston Martin zu, ließ sich mit einem erleichterten Seufzen in den Ledersitz hinter dem Lenkrad fallen und schloss die Augen.

Er streckte die linke Hand aus, um die Tür zu schließen, aber Sven riss sie mit einem Ruck wieder auf und beugte sich zu ihm in den Wagen. Sein Gesicht war dem Wills plötzlich ganz nahe, und als er sprach, konnte er seinen Atem riechen, der nach Pfefferminz, aber auch ganz schwach nach etwas Unangenehmem roch.

»Ich hoffe, du hast verstanden, Freundchen«, sagte er. »Versuch nicht den Helden zu spielen. Und falls das Wort ›Zivilcourage‹ in deinem Vokabular überhaupt vorkommt, dann vergiss es am besten gleich wieder.« Er grinste, zog den Kopf ein kleines Stück zurück und griff dann mit einer plötzlichen Bewegung in Wills Jacke. Ohne die geringste Sorge, dass sein Opfer etwas dagegen unternehmen könnte, zog er seine Brieftasche heraus, klappte sie auf und nahm Wills Personalausweis heraus. Er sah nicht einmal flüchtig darauf, sondern ließ ihn in seiner Jacke verschwinden, dann warf er die Brieftasche achtlos auf den leeren Beifahrersitz. »Keine Sorge, du bekommst ihn wieder. Sobald wir sicher sind, dass du wirklich den Mund hältst. Wenn nicht, dann weiß ich jedenfalls, wie du heißt und wo du wohnst. Und sollte es sich als nötig erweisen, dass wir uns wiedersehen, dann kommst du nicht noch mal so ungeschoren davon.«

Da Sven offensichtlich auf eine Antwort wartete, zwang

Will sich zu einem Nicken, und das schien dem Schläger wohl auch zu genügen, denn er verzog nur noch einmal grimmig das Gesicht, dann trat er zurück und warf die Tür zu. Will sah nicht hin, aber er registrierte trotzdem, dass Sven noch ein paar Sekunden stehen blieb und ihn anstarrte, bevor er sich herumdrehte und zu dem wartenden Kombi auf der anderen Straßenseite hinüberging. Er stieg ein, und der Wagen fuhr los, noch bevor er die Tür ganz hinter sich geschlossen hatte.

Und damit war der Albtraum vorbei. Mehr konnte es nicht gewesen sein: ein Albtraum, und noch dazu einer, der weder besonders originell noch in irgendeiner Art komisch gewesen war. Will starrte für eine kleine Ewigkeit in die Richtung, in der die Rücklichter des Kombi verschwunden waren, und während der ganzen Zeit wartete er ernsthaft darauf, dass irgendetwas geschah, sich die Erde auftat, um ihn zu verschlingen, oder ein Dutzend weiterer Schläger aus dem Nichts auftauchten, um ihn aus dem Aston Martin zu zerren und endgültig zu Brei zu schlagen, und erst als nichts von alledem geschah, wagte er es, erleichtert aufzuatmen. Er versuchte erst gar nicht dem, was er in den letzten zehn Minuten erlebt hatte, so etwas wie Sinn abzugewinnen, sondern akzeptierte einfach nur die Tatsache, dass er noch am Leben und – zumindest auf den ersten Blick – halbwegs bei Gesundheit war. Jetzt, als der Schock abklang, begann er allmählich zu spüren, wie miserabel er sich wirklich fühlte: Sein Kopf dröhnte und überschwemmte seinen Körper nach wie vor mit Wogen aus dumpfem Schmerz, er hatte immer noch Mühe, richtig zu atmen. Aber er war am Leben. Ganz offensichtlich hatte ihm Sven auch keinen Knochen gebrochen, und ebenso offensichtlich war bisher auch noch niemandem der herrenlos dastehende Wagen aufgefallen; jedenfalls niemandem, der sich durch den Anblick genötigt fühlte, die Polizei zu alarmieren.

Aber das musste schließlich nicht immer so bleiben. Will investierte noch eine kostbare Sekunde in einen aufmerksamen Blick nach rechts, nach links und in den Rückspiegel, dann schob er den Hebel des Automatikgetriebes nach vorn, und der Aston Martin setzte sich nahezu lautlos in Bewegung. Erst nachdem er gut hundert Meter weit gefahren war, fiel ihm auf, dass er kein Licht eingeschaltet hatte. Will korrigierte seinen Fehler, fuhr bis zur nächsten Ecke und bog wahllos nach rechts ab; an der nächsten Kreuzung nach links und dann noch einmal nach rechts. Erst, als er sich drei oder vier Blocks weit von der Ruine der ausgebrannten Jugendstilvilla entfernt hatte, wagte er es, den Aston Martin wieder an den rechten Straßenrand zu lenken und den Motor auszuschalten. Er zitterte am ganzen Leib. Je mehr er darüber nachdachte, desto unwirklicher und erschreckender kam ihm das vor, was er gerade erlebt hatte. Wo war er da nur hineingeraten?

Mindestens fünf Minuten lang saß er einfach reglos hinter dem Steuer und wartete darauf, dass sich der hämmernde Rhythmus seines Pulsschlags beruhigte und seine Hände aufhörten, wie wild zu zittern. Beides geschah nach und nach, aber das Gefühl, aus einem Albtraum erwacht zu sein, ließ nicht nach, sondern wurde im Gegenteil mit jedem Moment stärker. Wills etwas außergewöhnliche Berufswahl brachte es mit sich, dass er schon mehr als einmal in Situationen geraten war, die einem braven Bürger die Haare hätten zu Berge stehen lassen, und er hatte Abgründe menschlichen Verhaltens erlebt, die sich der gewöhnliche Spießer nicht einmal hätte *vorstellen* können. Und dennoch war er noch niemals so erschrocken gewesen wie jetzt. Er wusste nicht einmal, was ihm mehr Angst gemacht hatte: dieser völlig ausgeflippte langhaarige Kerl, der ihm, ohne mit der Wimper zu zucken, das Genick gebrochen hätte, oder die absolute Kälte in den Augen seiner Begleiterin.

Davon abgesehen hatten sich die beiden alles andere als klug benommen. Wenn es ihnen wirklich darum gegangen war, ihn zum Schweigen zu bringen, hätten sie ihn einfach liegen lassen können, nachdem Sven ihm diesen gemeinen Schlag verpasst hatte; oder die Sache auch zu Ende bringen. Was immer sie waren – eines waren sie ganz bestimmt nicht: Profis. Er ließ weitere zwei oder drei Minuten verstreichen, in denen er sich vergeblich sein Hirn über das Erlebte zermarterte und noch vergeblicher versuchte, der Sache irgendeinen Sinn abzugewinnen, dann streckte er die Hand wieder nach dem Zündschlüssel aus, führte die Bewegung jedoch nicht zu Ende, sondern griff stattdessen in die Jackentasche und nahm die Geldscheine heraus, die ihm Svens Begleiterin gegeben hatte. Mit wachsender Verblüffung zählte er sie ab. Es waren genau achthundertfünfundachtzig Euro – eine Summe, die keinerlei Sinn zu ergeben schien; bis ihm klar wurde, dass sie auch keinen Sinn haben konnte. Die Frau hatte einfach in die Tasche gegriffen und herausgenommen, was sie bei sich hatte. Aber auch das war erstaunlich. Will kannte eine Menge Leute, die eine solche Summe – und auch mehr – achtlos in der Jackentasche mit sich herumtrugen, aber die allermeisten von ihnen fuhren rosarote oder himmelblaue Corvettes, führten einen Pitbull an der Leine oder trugen dünne Goldkettchen um den Hals. Irgendetwas stimmte an dieser ganzen Geschichte nicht.

Für zwei oder drei Sekunden nahm ein völlig verrückter Gedanke in Wills Gehirn Gestalt an: Vielleicht war er ja wirklich besser beraten, wenn er zur Polizei ging. Dann aber musste er über seinen eigenen Einfall lachen. Selbst wenn er verrückt genug wäre, so etwas Dummes zu tun – wer sollte ihm schon glauben?

Kopfschüttelnd blickte er noch einen Moment auf die Geldscheine in seiner rechten Hand herab – gut, für einen neuen

Anzug würde es reichen, und es blieb auch noch ein ansehnliches Schmerzensgeld übrig –, steckte sie dann wieder ein und startete den Motor, um weiterzufahren. Es wurde Zeit, in die Wirklichkeit zurückzukehren. Er hatte fast eine halbe Stunde verloren, Georg würde allmählich nervös werden, und wenn er noch mehr Zeit verlor, würde Georg anfangen, sich Sorgen zu machen. Und wenn es einen Menschen gab, der noch unangenehmer war als Georg, wenn er nervös war, dann Georg, wenn er sich Sorgen machte. Will blickte einen Moment lang auf das Autotelefon des Aston Martin hinab und überlegte, in der Bar anzurufen und seine Verspätung anzukündigen, entschied sich aber dann dagegen. Es war zwar unwahrscheinlich, aber immerhin *möglich,* dass der rechtmäßige Besitzer dieses Wagens die Nummer überwachen ließ, und Will wagte sich gar nicht vorzustellen, wie Georg reagieren würde, wenn er in die Verlegenheit kam, zu erklären, wieso die Nummer seiner Bar vom Telefon eines gestohlenen Wagens aus angerufen worden war. Er würde noch einmal nach Hause fahren – auch wenn das seine Verspätung noch vergrößerte –, sich umziehen und von dort aus anrufen. Er gab Gas, bog nach links ab – und trat so hart auf die Bremse, dass der Aston Martin im ersten Moment auszubrechen drohte.

Die Straße vor ihm war blockiert. Quer auf der Fahrbahn stand ein grün-weißer Streifenwagen mit offenen Türen und flackerndem Blaulicht und dahinter, noch unmöglicher abgestellt, so dass er auch noch den Rest der Straße blockierte, ein dunkelblauer Ford, der nur auf den ersten Blick wie ein ganz normales Auto aussah; der instinktive Blick, den Will auf das Nummernschild warf, enttarnte ihn als Zivilstreife. Sowohl seine als auch die uniformierte Besatzung des Streifenwagens waren ausgestiegen und rannten wie aufgescheuchte Hühner in dem vergeblichen Versuch hin und her, die rasch anwachsende

Menschenmenge im Zaum zu halten, die sich auf beiden Bürgersteigen, aber auch auf der Straße selbst drängelte, so dass sogar über den Fußweg kein Durchkommen war.

Nicht, dass es etwas genutzt hätte. Hinter der doppelten Barrikade aus Fahrzeugen und Menschen schien die gesamte Straße Feuer gefangen zu haben. Die Glut war so grell, dass alles, was sich hinter der lebenden Barriere aufhielt, in einer Lohe aus reinem weißen Feuer zu verschwimmen schien und der Himmel über der Straße fast orangefarben leuchtete.

3

Für geschlagene fünf Sekunden saß Will wie erstarrt hinter dem Lenkrad, blickte abwechselnd die beiden Polizeiwagen, die uniformierten Beamten und den Ball aus weiß-orangefarbenem Licht an, der keine zwanzig Meter entfernt die Straße verschlungen hatte, und während der gleichen, endlosen Zeitspanne war er felsenfest davon überzeugt, dass diese Straßensperre niemand anderem als ihm galt. Er konnte sich nicht wirklich ernsthaft eingebildet haben, mit dieser Irrsinnsaktion von gerade durchzukommen; zweifellos *hatte* jemand die Polizei gerufen, vermutlich direkt nachdem er den Unfall beobachtet und gesehen hatte, wie er aus dem Wagen sprang und das Kind, das er gerade angefahren hatte, in die verkohlte Ruine der Jugendstilvilla hineinjagte. Und nun hatten die Bullen ihm diese raffinierte Falle gestellt, aus der es kein Entkommen mehr gab. Schon im nächsten Moment mussten auch hinter ihm zuckende Blaulichter auftauchen. Erst nachdem Will diesen Gedanken bis zur letzten schrecklichen Konsequenz ausgekostet hatte, kam ihm zu Bewusstsein, wie idiotisch er war. Das mit der Straßensperre mochte ja noch angehen, falls die Bullen ihn beobachtet hatten und nicht das Risiko eingehen wollten, dass er die Kleine in dem Barbie-Nachthemd als Geisel nahm, aber sie würden kaum so weit gehen, dafür die halbe Stadt in Brand zu setzen. Außerdem hätten sie mehr als genug Zeit gehabt, ihn in aller Ruhe einzusammeln, nachdem der Kombi verschwunden war und er wie das berühmte hypnotisierte Kaninchen starr im Wagen gesessen hatte. Diese Straßensperre war keine richtige Straßensperre, und sie galt schon gar nicht ihm. Irgendwo dort vor ihm hatte es einen Unfall gegeben, einen wirklich schlimmen Unfall, wie es den Anschein hatte, aber das war auch schon alles.

An diesem Punkt seiner Überlegungen angekommen, atmete Will erleichtert auf, legte den Rückwärtsgang des Aston Martin ein und nahm den Fuß von der Bremse. Die schwere Limousine setzte sich gehorsam in Bewegung, rollte drei oder vier Meter weit, und Will bremste erneut, kuppelte aus und zog die Handbremse an. Ein Teil von ihm schrie wie in Agonie auf, aber Will ignorierte die Stimme, zog den Zündschlüssel ab und stieg aus. Warme Luft schlug ihm ins Gesicht, und zu dem apokalyptischen Bild, das sich ihm bisher nahezu stumm geboten hatte, gesellten sich nun auch die passenden Geräusche: aufgeregte Rufe und Schreie, die Laute wild durcheinander hastender Menschen, das Prasseln der Flammen und irgendwo, noch weit entfernt, das klagende Wimmern einer Sirene. Will blinzelte einen Moment lang direkt in das grell lodernde Licht, dann kniff er die Augen zusammen und senkte den Kopf ein wenig, so dass der Feuerschein jetzt nur noch unangenehm, aber nicht mehr quälend war. Er zögerte noch einen Moment. Die Stimme, die ihm zuschrie, er solle machen, dass er hier wegkam, bevor er wirklich die Aufmerksamkeit seiner uniformierten Freunde und Helfer auf sich zog, wurde immer lauter, aber Will tröstete sich damit, dass er vermutlich mehr Aufmerksamkeit erregen würde, wenn er einfach einstieg und mit quietschenden Reifen wendete. Möglicherweise war eine winzige Spur von Wahrheit in dieser Behauptung, aber die *ganze* Wahrheit lautete, dass er schlicht und einfach neugierig war. Da vorne brannte eindeutig mehr als eine Mülltonne oder ein Auto. Wenn er die Wärme selbst hier spürte, musste die Hitze weiter vorne schier unerträglich sein, und das Wimmern der näher kommenden Sirene war mittlerweile in drei, wenn nicht sogar vier oder fünf unterschiedliche Töne zerfallen; allem Anschein nach rückte dort eine ganze Armada von Feuerwehrwagen an.

Immerhin war er geistesgegenwärtig genug, sich noch einmal in den Wagen zu beugen, seinen leichten Sommermantel von der Rückbank zu nehmen und überzuziehen, um die Tatsache zu verbergen, dass sein Anzug von oben bis unten zerfetzt und mit Schlamm, Asche und Blut verschmiert war. Langsam, die linke Hand jetzt schützend über die Augen erhoben, löste er sich von seinem Platz und ging zwischen dem Streifenwagen und dem Ford hindurch. Die eben noch warme Luft war jetzt heiß, und der Gestank von brennendem Gummi und glühendem Metall machte ihm das Atmen schwer. Obwohl er nicht direkt in die Flammen sah, war das Licht so grell, dass die Gestalten der Neugierigen, die sich vor ihm auf der Straße drängten, zu verschwimmenden Schemen wurden, die selbst kaum mehr Substanz zu haben schienen als die Flammen, vor denen sie sich bewegten. Dennoch sah er, dass das Feuer zumindest auf einer Straßenseite bereits auf die Hecke übergegriffen hatte, die den Bürgersteig säumte. Milliarden winziger, grellweißer Funken tanzten wie ein Schwarm bösartiger Feuerkäfer auf der Suche nach irgendetwas, das sie in Brand setzen konnten.

Und in den Gestank von brennendem Gummi und schmelzendem Metall mischte sich jetzt noch etwas anderes, Schärferes, das ein Gefühl leiser Übelkeit in Wills Magen erwachen ließ. Was um alles in der Welt brannte dort vorne? Es sah aus, als wäre ein Tanklaster umgekippt und in Flammen aufgegangen.

Gegen jede Vernunft bewegte sich Will weiter, als wäre in diesem Feuer irgendetwas, das ihn magisch anzog, kniff die Augen noch enger zusammen und zwang sich, direkt ins Herz der lodernden weißen Hölle zu blicken. Irgendetwas war dort, etwas Dunkles, das zu zucken und sich wie im Todeskampf zu winden schien, aber das grelle Licht trieb ihm die Tränen in die Augen und zwang ihn, mit einem Ruck den Kopf wegzudrehen.

»He! Sie da!«

Will fuhr sich mit dem Handrücken über die Augen, um die Tränen fortzuwischen, bevor er sich weiter herumdrehte und in die Richtung blinzelte, aus der die Stimme gekommen war. Sein Pulsschlag beschleunigte sich, als aus dem Schemen ein Umriss und aus diesem einen halben Atemzug später eine Gestalt wurde, die ein beigefarbenes Hemd, eine grüne Hose und eine ebenfalls grüne Uniformmütze trug. Der Polizist kam mit energischen Schritten auf ihn zu, gestikulierte mit beiden Armen und deutete immer wieder auf den Aston Martin, der zwar hinter dem Streifenwagen stand, die Straße aber fast ebenso gründlich und beinahe auf ganzer Breite blockierte. »Was suchen Sie da? Verdammt noch mal, fahren Sie die Karre weg!«

Es kostete Will jedes bisschen Selbstbeherrschung, um nicht auf dem Absatz herumzufahren und wegzu*rennen*, stattdessen starrte er den Polizeibeamten mit einer Mischung aus gespielter Verständnislosigkeit und Erschrecken an und stammelte: »Aber was … was ist denn hier passiert?«

»Ein Wagen hat Feuer gefangen«, antwortete der Beamte ruppig. »Das sehen Sie doch. Jetzt hauen Sie ab, Mann! Wir haben genug Gaffer hier, und wenn die Feuerwehr kommt, muss die Straße frei sein!«

Er unterstrich seine Worte mit einer weiteren unwilligen Geste und einem drohenden Blick, der ganz und gar nicht aufgesetzt war. Sein Gesicht und seine Hände waren rußverschmiert und seine linke Wange gerötet, als wäre er den

Flammen zu nahe gekommen, und jetzt gewahrte Will auch Brandspuren an seiner Kleidung. Wenn er nicht sofort reagierte, würde der Polizist vielleicht etwas Unbedachtes tun, und was immer es war – Will würde es garantiert mehr bedauern als er.

Hastig machte er zwei Schritte zurück und drehte sich um. »Ich bin schon weg. Entschuldigen Sie.«

Der Polizeibeamte verzichtete auf eine Antwort, aber Will spürte die misstrauischen Blicke, mit denen der Mann ihm folgte, während er im Slalom zwischen dem Ford und dem Streifenwagen hindurch zum Aston Martin zurückeilte. Als er einstieg und die Tür hinter sich zuzog, stand der Beamte immer noch da und starrte ihn an.

Will fragte sich, ob er vielleicht versuchte sich das Kennzeichen einzuprägen, verwarf diesen Gedanken aber sofort wieder. Der Mann war aufgebracht, verängstigt und eindeutig überfordert. Selbst wenn das Kennzeichen des Aston Martin schon auf der Fahndungsliste gestanden hätte (was ganz und gar unmöglich war: Sein Besitzer befand sich in Südamerika und würde nicht vor Ablauf eines Monats zurückkehren, einem Zeitpunkt, zu dem die Luxuskarosse schon in tausend Einzelteile zerlegt und in alle Welt verkauft sein würde), war er ganz bestimmt nicht in der Verfassung, sich daran zu erinnern; geschweige denn, irgendetwas zu unternehmen. Will kramte umständlich den Schlüssel aus der Tasche, startete den Motor und musste auf der schmalen Straße dreimal vor- und zurückrangieren, um zu wenden. Bevor er um die Ecke bog, warf er noch einmal einen Blick in den Rückspiegel, und was er sah, jagte ihm einen kalten Schauer über den Rücken. Das Feuer schien noch an Wut und Intensität zugenommen zu haben. Nicht nur die Hecke, sondern auch mindestens einer der Bäume in dem dahinterliegenden Garten hatten bereits Feuer gefangen, und die Glutkäfer über der Straße schienen noch hektischer zu tanzen. Der Polizeibeamte stand immer noch da und starrte ihm hinterher.

Er gab Gas, bog ohne zu blinken nach rechts ab und beschleunigte rücksichtslos weiter, bis die Tachometernadel fast die Hundert berührte und er zwei oder drei Straßenzüge von der Feuersbrunst entfernt war. Erst dann wagte er es, den Fuß vom Gas zu nehmen und sogar leicht abzubremsen. Sein Puls beschleunigte sich noch einmal, als er in den Rückspiegel sah und ein zuckendes blaues Licht entdeckte, aber er begriff auch fast im gleichen Moment, dass es nicht ihm galt. Hinter ihm raste die Feuerwehr heran, um zu löschen, was auch immer dort brennen mochte.

Will hätte jetzt erleichtert aufatmen können, doch stattdessen zog er nur die Unterlippe zwischen die Zähne, begann darauf herumzukauen und verfluchte sich selbst in Gedanken für seinen Leichtsinn und seine Dummheit. Die Sache war gut gegangen – gerade so –, aber der Polizist hatte ihn gesehen und, wenn er Pech hatte, deutlich genug, um sich nicht nur an ihn zu erinnern, sondern auch eine passable Personenbeschreibung abzugeben, und Will machte sich nichts vor: Selbst wenn noch Wochen vergehen würden, Momente wie diese vergaß man nicht so leicht. Und wenn der Aston Martin irgendwann doch auf der Fahndungsliste auftauchte und sich der Beamte erinnerte, dann konnte das Ergebnis dieses Erinnerns durchaus aus einer hübschen kleinen Phantomzeichnung bestehen, die ihm ähnlicher war, als ihm lieb sein konnte. Heute war wirklich nicht sein Tag. Er hatte schon immer ein gewisses Talent dafür besessen, sich umso ungeschickter zu benehmen, je weniger Fehler er sich leisten konnte, aber so dämlich wie heute benahm er sich eigentlich selten. Und wenn er sich jetzt nicht beeilte, zu Georg zu kommen und den Wagen abzuliefern, dann würde dieser Tag möglicherweise noch unangenehmer für ihn enden, als er begonnen hatte.

Er erreichte die Hauptstraße, drosselte das Tempo auf gerade noch tolerierte fünfundfünfzig Stundenkilometer und bog nach wenigen Minuten auf den Militärring ab. Statt nach links und nach Hause zu fahren, schlug er die Richtung zur City hin ein; eine Ausrede für sein lädiertes Äußeres zu finden, erschien ihm mittlerweile wesentlich einfacher, als seine Verspätung noch größer werden zu lassen, als sie ohnehin schon war. *Dreihundert Euro für eine Stunde Arbeit. Leicht verdientes Geld. Ha, ha, ha!* So, wie er Georg kannte, würde der die halbe Stunde, die er mittlerweile zu spät dran war, zum Anlass nehmen, sein Honorar um die Hälfte zu kürzen, wenn nicht ganz zu streichen. Aber selbst das war Will mittlerweile egal. Er wollte die Sache nur noch hinter sich bringen, diesen verdammten Wagen loswerden und nach Hause zurückkehren.

»Sind sie weg?«

Will fuhr so erschrocken zusammen, dass er das Lenkrad verriss und der Aston Martin einen leichten Schlenker nach links machte, bevor er ihn wieder unter Kontrolle bekam. Hinter ihm quietschten Reifen, und ein zorniges Hupen erschallte, und selbstverständlich entblödete sich seine Fantasie nicht, ihm praktisch in der gleichen Sekunde das Zucken eines Blaulichts im Rückspiegel vorzugaukeln. Alles, was er jedoch darin sah, waren die Scheinwerfer des nachfolgenden Wagens, dessen Fahrer sich zwar anscheinend entschlossen hatte, das gesamte Morsealphabet mit der Lichthupe herunterzubuchstabieren, dennoch aber klug genug war, rasch zurückzufallen. Begann er jetzt schon, Gespenster nicht nur zu sehen, sondern auch zu hören?

Will war selbst klar, wie albern es war – trotzdem warf er nicht nur einen raschen Blick auf den leeren Beifahrersitz, sondern auch in den Fußraum davor, so als müsse er sich selbst davon überzeugen, dass er auch tatsächlich allein war.

Hinter ihm raschelte etwas. Das Geräusch von Stoff auf teurem Leder, dann tauchte ein bleiches, von zerstrubbeltem dunklem Haar eingerahmtes Gesicht im Innenspiegel auf, und das Mädchen fragte noch einmal: »Sind sie weg?«

Immerhin hatte Will sich jetzt gut genug in der Gewalt, um nicht mit aller Kraft auf die Bremse zu treten oder das Lenkrad zu verreißen. Trotzdem spürte er, wie es ihm gleichzeitig heiß und kalt über den Rücken lief und sein Herz plötzlich irgendwo dicht unter seinem Zungenbein weiter klopfte, wo es keinesfalls hingehörte. »Was …«, krächzte er. »Wo kommst du denn her?«

Statt seine Frage zu beantworten, richtete sich das Mädchen endgültig auf, kniete sich auf die Rückbank und drehte sich herum, um sehr konzentriert durch das Fenster zu sehen. »Du hast sie abgeschüttelt«, murmelte sie schließlich. »Das ist gut.«

»Das … das kann doch nicht wahr sein«, flüsterte Will. Fast gewaltsam musste er seinen Blick vom Spiegel losreißen, um sich auf den Verkehr zu konzentrieren, bis er endlich eine Parklücke entdeckt hatte. Mit aufheulendem Motor schoss der Aston Martin hinein und kam mit einem so harten Ruck zum Stehen, dass Will in die Gurte geworfen wurde und das Mädchen mit einem erschrockenen Quietschen das Gleichgewicht auf der Rückbank verlor und wieder in den Fußraum zurückplumpste, in dem es sich bisher verborgen gehalten hatte; im gleichen Moment entpuppte sich die Parklücke als Bushaltestelle, aber das war ihm egal. Er war so wütend, dass er drei Anläufe brauchte, um den Sicherheitsgurt zu lösen und sich im Sitz herumzudrehen.

»Was zum Teufel tust du hier?«, schrie er. »Bist du wahnsinnig geworden? Was hast du hier zu suchen? Wie kommst du überhaupt hier rein?«

Das Mädchen arbeitete sich umständlich zum zweiten Mal auf den Sitz hinauf und bedachte ihn mit einem vorwurfsvollen Blick, dachte aber gar nicht daran zu antworten. Stattdessen drehte es sich nur noch einmal herum, suchte die Straße in allen Richtungen mit aufmerksamen Blicken ab – und kletterte dann langsam, aber erstaunlich geschickt über die Rückenlehne des Beifahrersitzes, um sich mit einem erleichterten Seufzer in die Polster sinken zu lassen.

»Dein Fahrstil lässt zu wünschen übrig«, sagte sie. »Ist die Karre neu, oder fährst du immer so? Wenn ja, wundert es mich, dass du deinen Führerschein noch hast.«

Will starrte sie mit offenem Mund an. Einen Moment lang wusste er nicht, ob er einfach hysterisch loslachen oder brüllen sollte. »Wie … wie kommst du hier rein?«, murmelte er schließlich kopfschüttelnd.

»Die Tür war offen«, antwortete das Mädchen. »Niemand hat hingesehen, nachdem du ausgestiegen bist, und da habe ich mich hinter den Sitzen versteckt.«

Will machte eine Bewegung, die wie eine Mischung aus einem Kopfschütteln und einem Nicken aussah und nichts anderes ausdrückte als seine Hilflosigkeit. »Das meine ich nicht«, sagte er. »Diese Frau … wie … wie bist du aus ihrem Wagen herausgekommen?«

»Sie hatten einen Unfall«, antwortete das Mädchen. Sie lächelte zuckersüß. »Der Kerl am Steuer war ein noch schlechterer Fahrer als du. Ich hab die Gelegenheit genutzt und bin abgehauen.«

»Einfach so?«, fragte Will misstrauisch. Irgendetwas stimmte hier nicht. Er *wusste* es.

»Einfach so«, bestätigte sie und zuckte mit den Schultern.

»War gar nicht so schwer. Ich bin ziemlich schnell, weißt du? Wenn ich nicht will, kriegt mich keiner – außer er fährt mich vorher mit dem Wagen an.«

Will zuckte leicht zusammen, schluckte die Spitze aber kommentarlos herunter und schüttelte mit ärgerlich zusammengezogenen Augenbrauen den Kopf. »Ich glaube dir kein Wort, Schätzchen«, sagte er. »Du wirst mir jetzt sagen, was wirklich passiert ist, oder du …«

»Du«, unterbrach ihn das Mädchen betont und deutete mit dem Zeigefinger der Rechten auf den Innenspiegel, »solltest jetzt lieber weiterfahren. Wir stehen hier auf einer Haltestelle, und da hinten kommt der Bus.«

Auch Will sah jetzt in den Innenspiegel, und er musste zugeben, dass sie Recht hatte. Tatsächlich näherte sich ein riesenhafter Bus der Haltebucht, in der der Aston Martin regelwidrig stand, und Will hatte für diesen Tag schon genug Ärger gehabt. »Gut«, knurrte er. »Bleib meinetwegen sitzen, bis wir eine Parklücke gefunden haben. Aber wenn dir bis dahin keine verdammt gute Geschichte eingefallen ist, Schätzchen, dann steigst du aus und gehst zu Fuß weiter.«

»Eine Parklücke? Um diese Uhrzeit und hier auf dem Ring?« Das Mädchen lachte leise. »Mach dich nicht lächerlich. Und hör auf, mich Schätzchen zu nennen. Ich heiße Dumarest.«

»Du*was?«*, antwortete Will automatisch.

Das Mädchen zog eine Grimasse. »Eben. Das ist irgendwas Altägyptisches – glaub ich.« Sie tippte sich mit dem Zeigefinger gegen die Schläfe. »Meine Eltern hatten 'ne echte Macke. Sie fanden das wahrscheinlich komisch, aber ich nicht. Meine Freunde nennen mich Duffy.«

Will beobachtete die rasch größer werdenden Scheinwerfer des Busses im Rückspiegel, legte den Automatikhebel auf

›Drive‹ und fuhr los, als sich ihm eine Lücke im fließenden Verkehr bot. »So wie Duffy Duck?«, fragte er grinsend.

Er sah nicht nach rechts, aber irgendwie konnte er den ärgerlichen Blick der Kleinen spüren. »Das finde ich auch nicht komisch«, zischte sie.

Will *fand* es komisch, und er wollte gerade ein breites Grinsen in sein Gesicht zaubern, als das Armaturenbrett zu flackern begann. Sämtliche Zeiger rasten bis zum Anschlag hoch, die Temperaturanzeige schnellte binnen einer einzigen Sekunde in den roten Bereich, und aus den Lüftungsschlitzen der Klimaanlage drang ein Schwall heißer, nach verschmorendem Gummi riechender Luft. Erschrocken nahm Will den Fuß vom Gas, und im gleichen Moment erlosch der elektronische Albtraum vor ihm so jäh wieder, wie er gekommen war. Hätte die Luft im Wagen nicht noch immer nach verbranntem Gummi gestunken, wäre er nicht einmal sicher gewesen, sich nicht alles nur eingebildet zu haben. Trotzdem fuhr er langsam und deutlich vorsichtiger weiter und schielte immer wieder mit einem Auge auf das Armaturenbrett hinab. Er verstand eine Menge von Autos, und sein Job als Teilzeit-Autodieb brachte es mit sich, dass er sich auch gerade mit moderner Bord-Elektronik auskannte, aber ein Fehler wie dieser war ihm noch nie untergekommen. Davon abgesehen war der Wagen praktisch fabrikneu. Seltsam.

»Duffy also«, sagte er schließlich, ohne die mindeste Spur von Spott in der Stimme. »Mir soll es recht sein. Aber du bist mir noch eine Antwort schuldig.«

»Ich bin ihnen wirklich entwischt«, antwortete Dumarest – Duffy! – mit ebenfalls veränderter, plötzlich eindeutig kindlich klingender Stimme, in der eine ganz sachte Spur von Verletztheit mitzuschwingen schien. Will konzentrierte sich weiter auf den Verkehr und das Armaturenbrett vor sich, sah aber dennoch aus den Augenwinkeln, wie sie nach oben griff und sich anschnallte. Mit einem leisen Anflug von schlechtem Gewissen hangelte auch er nach dem Verschluss des Haltegurtes, zog ihn über die Brust und ließ ihn erneut einrasten.

»Einfach so?«

»Nicht einfach so«, antwortete Duffy. »Genau genommen hast du mir dabei geholfen.«

»Ich?«

Das Mädchen nickte heftig. »Sie haben mein verletztes Bein gesehen und gedacht, ich könnte nicht richtig damit laufen«, sagte sie. »Und ich hab sie in dem Glauben gelassen. Als der Unfall passiert ist, sind wir alle ausgestiegen, und da hab ich mich losgerissen und bin weggerannt.«

»Und sie haben nicht versucht, dich einzuholen?« Wills Blick suchte den Straßenrand ab.

Wie es aussah, hatte Duffy Recht gehabt: Es war ziemlich vermessen, in dieser Gegend, und noch dazu um diese Uhrzeit, nach einem Parkplatz Ausschau zu halten.

»Versucht schon.« Duffys Tonfall war jetzt belehrend. »Ich hatte Glück. Da waren plötzlich all diese Leute auf der Straße. Und dann kam ganz schnell die Polizei. Und die Gelegenheit habe ich ausgenutzt.«

»Das Feuer«, vermutete Will.

Duffy nickte. Sie sagte nichts, sondern machte nur: »Mmh.«

»Diese Leute«, sagte Will nachdenklich. »Diese Frau und ihr Begleiter – das waren die, vor denen du weggelaufen bist, habe ich Recht?«

»Ja«, antwortete Duffy einsilbig.

»Die, von denen du glaubst, dass sie dich umbringen wollen.«

Diesmal bekam er gar keine Antwort, und als er den Kopf drehte und das Mädchen ansah, starrte sie mit unbewegtem

Gesicht durch die Windschutzscheibe nach draußen. Aber das war Antwort genug.

»Warum bist du nicht zur Polizei gegangen?«, fragte Will. »Du hast selbst gesagt, die Polizei wäre schnell da gewesen. Warum hast du dich nicht an sie gewandt? Sie hätten dir bestimmt geholfen.«

»Sie hätten mir nicht geglaubt«, antwortete Duffy; leise, widerwillig und erst nach einer geraumen Weile, noch immer ohne ihn anzusehen: »Niemand glaubt mir.«

Das liegt möglicherweise daran, dass du Unsinn redest, Schätzchen, dachte Will. Vorhin, in der Enge und Dunkelheit des Kellers, der Panik nahe und kaum zu einem vernünftigen Gedanken fähig, war ihm ihre Behauptung schon sonderbar vorgekommen, aber jetzt erschien sie ihm geradezu grotesk. Schließlich war das hier kein amerikanischer Fernsehkrimi, sondern die Wirklichkeit. Sie war schlimm genug, aber geheimnisvolle, schwarz gekleidete Frauen, die nachts in dunklen Limousinen durch die Gegend fuhren und Jagd auf unschuldige Kinder machten, gehörten im Allgemeinen doch nicht dazu.

Sie legten die nächsten fünf Minuten in unbehaglichem Schweigen zurück. Will sah immer wieder auf das Mädchen neben sich hinab, mindestens genauso oft aber auf das Armaturenbrett. Der elektronische Epilepsie-Anfall, den er vorhin beobachtet hatte, wiederholte sich jedoch nicht. Alle Instrumente arbeiteten zuverlässig, und das einzig Beunruhigende, was er sah, war der Zeiger der Uhr, der unerbittlich vorrückte. Er war schon fast eine Dreiviertelstunde über der Zeit.

»Du glaubst mir nicht«, sagte Duffy plötzlich.

Wills erster Impuls war, heftig den Kopf zu schütteln und ihr zu versichern, dass er ihr selbstverständlich jedes Wort glaube. Aber er spürte selbst, wie wenig überzeugend diese

Lüge gewesen wäre, und so schwieg er erneut für ein paar Sekunden und hob schließlich die Schultern. »Ehrlich gesagt weiß ich nicht, was ich glauben soll«, antwortete er. »Deine Geschichte klingt schon ein bisschen komisch, das musst du zugeben.«

»Es ist aber die Wahrheit«, beharrte Duffy.

Ohne seine unangenehme Begegnung mit der schwarz gekleideten Frau und vor allem mit Svens Fäusten hätte Will ihre Worte weiter als hoffnungslos übertrieben und albern abgetan; ein verängstigtes Kind, das zu viele schlechte Filme gesehen hatte oder sich einfach nur interessant machen wollte – aber so … Nein. Er wusste es nicht.

Und er wollte es auch gar nicht wissen.

»Selbst wenn ich dir glauben würde«, begann er von neuem und in einem Tonfall, von dem er wenigstens hoffte, dass er einigermaßen verständnisvoll klang, »dann hätte ich erst recht keine andere Wahl, als dich bei der Polizei abzuliefern. Aber das kann ich mir nicht leisten, weißt du?«

Duffy bedachte ihn mit einem schrägen Blick. »Hast du was ausgefressen?«

»Nein«, behauptete Will. »Ich will nur keinen Ärger mit der Polizei, das ist alles. Und ich will nicht in irgendetwas hineingezogen werden.« Er schüttelte den Kopf. »Ich mache dir einen Vorschlag: Wenn du nicht zur Polizei gehen willst, dann ist das deine Sache. Ich respektiere das. Aber es gibt doch bestimmt irgendjemanden, der dir helfen kann.«

»Nein«, sagte Duffy leise. »Niemand kann mir helfen.«

»Unsinn!«, widersprach Will. »Du musst doch jemanden haben. Eine Familie, Freunde.«

»Nein«, sagte Duffy.

»Was ist mit deinen Eltern?«

»Die sind tot.«

»Das tut mir Leid«, antwortete Will, und es war in diesem Moment ehrlich gemeint.

Duffy schüttelte jedoch nur den Kopf und machte eine wegwerfende Bewegung mit beiden Händen. »Muss es nicht. Sie sind gestorben, als ich zwei oder drei Jahre alt war. Ich kann mich kaum noch an sie erinnern.«

»Und irgendwelche anderen Verwandten? Eine Tante, ein Onkel …?«

»Es gibt niemanden«, beharrte das Mädchen. »Meine Eltern hatten keine Verwandten mehr.«

Das konnte stimmen oder auch nicht, aber es *interessierte* ihn nicht. Er hatte wahrlich genug andere Sorgen, als sich um eine wildfremde Göre zu kümmern, die vermutlich aus dem Kinderheim abgehauen war und sich jetzt diese Räuberpistole ausdachte, nur um nicht zurückgebracht zu werden.

Das war möglicherweise eine Erklärung für die wüste Story, die sie ihm aufgetischt hatte. Unglückseligerweise aber nicht für das, was Sven mit ihm angestellt hatte; und schon gar nicht für das, was der Schläger ihm angedroht hatte für den Fall, dass er sich nicht raushielt.

Will verscheuchte auch diesen Gedanken. Obwohl er sich selbst ein bisschen darüber wunderte, musste er sich eingestehen, dass die Kleine ihm wirklich Leid tat. Aber er *konnte* sich einfach nicht auch noch ihren Ärger aufhalsen.

»Wir sind jetzt gleich da.« Er machte eine Kopfbewegung auf die rote Ampel, die vielleicht einen Kilometer vor ihnen aufgetaucht war. »Da vorne setze ich dich ab – es sei denn, dir fällt doch noch jemand ein, den ich anrufen oder zu dem ich dich bringen könnte.«

»Kann ich … nicht bei dir bleiben?«, fragte Duffy.

Seltsam – aber diese Bitte überraschte ihn kein bisschen. Genau genommen hatte er damit gerechnet. »Keine Chance«, sagte er. »Von allem anderen einmal abgesehen: Ich bin bestimmt nicht der richtige Umgang für dich. Ich kann dir nicht helfen, Kleines. Selbst wenn ich es wollte.«

»Aber du willst nicht«, schloss Duffy.

Will zögerte lange genug mit seiner Antwort, um ihr klar zu machen, wie Recht sie hatte. »Das ist es nicht«, behauptete er. »Ich *kann* nicht. Wie stellst du dir das vor? Soll ich dich mit nach Hause nehmen und dort verstecken?«

»Vielleicht nicht für lange«, bettelte Duffy. »Nur für heute Nacht. Höchstens für ein paar Tage, bis ich weiß, wo ich unterkomme.«

»Klar«, antwortete Will. Er lachte rau. »Bis du weißt, wo du unterkommst, ich verstehe. Wie alt bist du?«

»Ich werde fünfzehn«, behauptete Duffy.

»In wie viel Jahren?«

»In drei«, gestand Duffy.

Will maß sie mit einem sehr aufmerksamen Blick. Er glaubte ihr. Kinder, die nach ihrem Alter gefragt werden, machen sich niemals jünger, als sie sind. Aber wenn sie die Wahrheit sagte und tatsächlich erst zwölf war, dann war sie groß für ihr Alter und erstaunlich weit entwickelt. Und sie benahm sich auch nicht wie eine Zwölfjährige. Ihre Wortwahl war fast die einer Erwachsenen, und die wenigen Male, die er ihr direkt in die Augen geblickt hatte, hatte er einen Ernst darin gesehen, der nicht zu einem zwölfjährigen Kind passte. Was immer an der haarsträubenden Geschichte dran sein mochte – er war plötzlich sicher, dass dieses Mädchen schon Schlimmeres erlebt hatte, als er bis zu diesem Moment auch nur geahnt hatte.

Will verscheuchte auch diesen Gedanken. Er würde es nicht zulassen, dass sie ihn einwickelte, egal, ob bewusst oder unbewusst. »Es geht nicht«, beharrte er. »Ich kann dir ein bisschen

Geld geben, wenn dir das weiterhilft, aber mehr kann ich nicht für dich tun.«

Duffy antwortete nicht. Sie starrte Will nur aus ihren großen, traurigen Augen vorwurfsvoll an, und obwohl er unverwandt nach vorne sah, spürte er ihren Blick und kam sich mit jeder Sekunde schäbiger und erbärmlicher vor. Hätte die Fahrt noch ein wenig länger gedauert, wäre er vielleicht wirklich weich geworden und hätte ihr und vor allem diesem *Blick* nachgegeben und womöglich etwas ziemlich Dummes getan. Aber diesmal meinte das Schicksal es ausnahmsweise gut mit ihm.

Sie erreichten die Ampel, die im gleichen Moment auf Grün umsprang, in dem der Aston Martin herangerauscht kam, er bog nach rechts ab und hielt nach weiteren zwanzig oder dreißig Metern an.

»Endstation«, sagte er. Duffy schaute ihn nur weiter wortlos und vorwurfsvoll an. Will hielt ihrem Blick noch eine einzige Sekunde lang stand, dann beugte er sich über sie, öffnete die Beifahrertür und löste mit der anderen Hand ihren Sicherheitsgurt.

»Du musst jetzt aussteigen«, sagte er. »Ich kann dich nicht mitnehmen, glaub mir. Bei dem, was ich hier zu tun habe, kann ich dich nicht gebrauchen.«

»Ich könnte ja im Wagen warten«, sagte sie.

»Ich fahre nicht mit dem Wagen zurück«, antwortete Will. Diesmal gelang es ihm nicht mehr, ihrem Blick standzuhalten. Stattdessen griff er in die Tasche, zog einen der Geldscheine heraus, die ihm die Frau gegeben hatte, und hielt Duffy den Hunderter hin. »Nimm das«, sagte er. »Vielleicht hilft es dir weiter. Wenigstens kannst du dir etwas zu essen dafür kaufen. Aber zeig es niemandem. Das hier ist keine besonders gute Gegend. Schon gar nicht für Kinder.«

Ihr Blick machte deutlich, was sie von diesen Worten hielt – und vor allem davon, dass er sie trotzdem in dieser Gegend und lange nach Dunkelwerden so einfach auf die Straße setzte. Aber sie versuchte nicht noch einmal, ihn umzustimmen, sondern griff nach dem Geldschein, steckte ihn ein und stieg wortlos aus. Will zog die Tür hinter ihr zu und gab Gas. Er gestattete sich nicht, noch einmal in den Rückspiegel zu blicken.

4

Am Schluss war es dann doch nicht so schlimm gekommen, wie er befürchtet hatte. Georg war über die Verspätung nicht erbaut gewesen, aber anscheinend hatte er einen guten Tag und gab sich mit der fadenscheinigen Erklärung zufrieden, die sich Will für seine Verspätung und den abenteuerlichen Aufzug aus den Fingern gesogen hatte, und bezahlte ihm nicht nur den vereinbarten Betrag, sondern lud ihn auch hinterher noch auf einen Drink ein. Als Will die Bar schließlich verließ und in das Taxi stieg, das ihn nach Hause brachte, war er zwar nicht betrunken, aber doch deutlich mehr als nur ein bisschen angeheitert und dazu in einer ausgelassenen Stimmung, die von dem Bewusstsein herrührte, eine Riesen-Dummheit gemacht zu haben und wie durch ein Wunder ungestraft davongekommen zu sein. Er hatte nicht nur den Wagen abgeliefert und dabei einen guten Schnitt gemacht, die Summe, die ihm diese sonderbare Frau gegeben hatte, würde darüber hinaus ausreichen, um ihn für mindestens zwei oder drei Wochen über Wasser zu halten, ohne dass er sich in die Gefahr begeben musste, für ein paar Kröten seine Bewährung aufs Spiel zu setzen.

Er schlief dennoch nicht gut in dieser Nacht, und er wurde am nächsten Morgen ziemlich unsanft geweckt, als irgendjemand beharrlich den Daumen auf den Klingelknopf an seiner Tür presste.

So penetrant das Geräusch war, es brauchte ein paar Sekunden, um durch den Nebel aus Benommenheit und Schlaf zu dringen, der sich über Wills Gedanken ausgebreitet hatte. Er erwachte praktisch sofort, und ein Teil von ihm wusste auch sofort, was dieses Geräusch bedeutete – nämlich Ärger –, aber er war so schlaftrunken und müde, dass er noch einige Sekunden einfach liegen blieb und wider besseres Wissen darauf hoffte, dass das nervende Schrillen endlich aufhören würde. Schließlich aber gab er auf, setzte sich mühsam auf der Bettkante auf und verbarg für einen weiteren Moment das Gesicht in den Händen. Hinter seiner Stirn drehte sich alles, und er war nicht ganz sicher, ob er tatsächlich die Kraft aufbringen würde, aufzustehen und zur Tür zu wanken.

Das Schrillen der Klingel hielt weiter an. Und wenn der Lärm nicht bald aufhörte, würde der eine oder andere Nachbar die Tür aufreißen und nachsehen, was der Radau zu bedeuten hatte, und das konnte er nun wirklich nicht gebrauchen. Er lebte seit vier Monaten in dieser Wohnung, und zumindest bis jetzt hielten ihn seine Nachbarn für einen anständigen, wenn auch vielleicht etwas verschlossenen Menschen, der einer geregelten Arbeit nachging und keinerlei Anlass zu Beschwerden bei der Hausverwaltung bot, und wenn es nach Will ging, dann sollte das auch so bleiben. Widerwillig nahm er die Hände herunter, stand auf und schlurfte, nur mit Boxershorts und T-Shirt bekleidet, aus dem Schlafzimmer in den Flur. Die Klingel schrillte noch immer.

»Ist ja gut, ich komm ja schon!«, rief er, laut, aber noch immer verschlafen nuschelnd. »Verdammt noch mal, was soll denn dieser Radau? Ich …«

Will brach erschrocken mitten im Wort ab, als er die Tür aufriss und sah, wer davor stand. Genauer gesagt sah er es im allerersten Moment nicht wirklich, denn er blieb eine geschlagene Sekunde lang wie erstarrt stehen und blinzelte verständnislos auf den in Plastik eingeschweißten grünen Dienstausweis, den ihm einer seiner beiden frühmorgendlichen Besucher vor das Gesicht hielt.

»Herr Lokkens? Wieland Lokkens?«

Will nickte automatisch und trat ebenso instinktiv einen halben Schritt zurück, wobei er die linke Hand aber auf der Türklinke liegen ließ. Er war schlagartig hellwach, was aber nicht bedeutete, dass er etwa eines klaren Gedankens fähig gewesen wäre. Er hatte es zwar sich selbst gegenüber behauptet, sich aber nicht wirklich und ernsthaft eingebildet, einen solchen Dienstausweis nie wieder zu Gesicht zu bekommen – aber er hatte gehofft, dass es doch etwas länger dauerte. »Das bin ich«, murmelte er. »Aber wer …«

Der Ausweis sank herab, und das Gesicht, das dahinter zum Vorschein kam, trug so überdeutlich die Züge eines vorzeitig im Dienst ergrauten Kriminalbeamten, dessen harter Kern sich unter einer kaum weniger harten Schale verbarg, dass es schon fast wie eine Karikatur wirkte. Will war jedoch kein bisschen zum Lachen zumute.

»Mein Name ist Reimann«, sagte der Grauhaarige. »Hauptkommissar Reimann. Das«, er zeigte auf seinen deutlich jüngeren Begleiter, »ist Kommissar Falkenberg. Dürfen wir einen Moment hereinkommen?«

Will trat wortlos zwei weitere Schritte zurück und zog die Tür vollends auf. Reimann und sein mindestens fünfundzwanzig Jahre jüngerer Adlatus traten an ihm vorbei, und während der Blick des Hauptkommissars weiter auf Will gerichtet blieb, sah sich der jüngere Kriminalbeamte unverhohlen um. Als sein Blick über Wills Drachensammlung schweifte, verzog sich sein Gesicht zu einem abfälligen Lächeln. »Darf ich erfahren, was Sie von mir wollen?«, fragte Will. Er hob den Arm, sah auf die Uhr und erschrak selbst ein bisschen. »Es ist noch nicht einmal halb sieben.«

»Das weiß ich, Herr Lokkens«, antwortete Reimann. »Und ich muss mich auch für die frühe Störung entschuldigen. Aber wir waren gerade in der Gegend, und da wir ein paar Fragen an Sie haben, dachten wir, es wäre eine günstige Gelegenheit, uns einen unnötigen Weg zu ersparen. Ich hoffe doch, das macht Ihnen nichts aus?«

Hinter Wills Stirn begannen sämtliche Alarmglocken zu schrillen. Reimanns Freundlichkeit war mindestens so falsch wie seine Zähne, und sein Begleiter gab sich gar nicht erst die Mühe, Höflichkeit zu heucheln. Sein Blick war nicht kalt, sondern von einer Art gehässiger Vorfreude erfüllt, dachte Will, wie der einer Spinne, deren Opfer bereits unrettbar in ihrem Netz zappelte und die nur noch überlegte, an welcher Stelle sie zubeißen sollte.

»Fragen?«, wiederholte er, stirnrunzelnd und langsam, um auf diese Weise vielleicht noch ein paar Sekundenbruchteile mehr Zeit zu schinden. Seine Gedanken überschlugen sich immer noch, und obwohl sie sich auf der einen Seite so zäh bewegten, als hätte jemand seinen Kopf mit klebrigem Honig ausgegossen, blitzten zugleich in irrsinnig rascher Folge die erschreckendsten Horrorszenarien hinter seiner Stirn auf. »Was für Fragen?«

Reimanns Lächeln erlosch endgültig, aber er sah trotzdem nicht unbedingt unfreundlich aus, nur interessiert. Er war eindeutig der Profi von den beiden. »Sie sind Herr Lokkens?«, fragte er noch einmal. »Wieland Lokkens. Das ist doch richtig?«

»Ja«, bestätigte Will. »Aber worum geht es denn?«

»Es ist nur eine Routine-Überprüfung, wirklich«, versicherte Reimann. Er war ungefähr so glaubwürdig wie ein Finanzbeamter, der seinem Gegenüber versicherte, dass der Staat ihm die kompletten Steuern des vergangenen Jahres zurückerstatten wollte. »Könnten wir vielleicht Ihren Personalausweis sehen?«

»Meinen …« Will rieb sich mit der linken Hand über die Augen und unterdrückte ein Gähnen. »Warum?«

»Wenn Sie sich die kleine Mühe machen, sind wir sofort wieder weg«, versicherte Reimann.

Seinen Personalausweis? Aber wieso?

Will *hoffte* zumindest, dass er nicht zu deutlich sichtbar zusammenzuckte. Wenn noch eine Spur von Schlaftrunkenheit in ihm gewesen war, so war sie jetzt fort. Er fühlte sich wach und alarmiert wie selten zuvor im Leben. »Das geht nicht«, sagte er.

»Warum?«

»Ich habe ihn nicht«, antwortete Will. »Nicht mehr. Er ist gestohlen worden. Zusammen mit meiner Brieftasche – vor ungefähr einer Woche.«

Reimann wirkte nicht überrascht. Nicht im Mindesten. »Das ist bedauerlich«, sagte er. »Ich nehme doch an, Sie haben den Diebstahl angezeigt?«

»Nein«, antwortete Will. »Habe ich nicht.«

»Und warum nicht?«

Will bemühte sich, so beiläufig wie möglich mit den Schultern zu zucken. »Wozu?«, fragte er. »In der Brieftasche waren nur der Ausweis, eine seit einem Jahr abgelaufene Kreditkarte und zehn oder zwanzig Euro. Die Mühe hätte sich nicht gelohnt.«

»Aber Sie wissen doch, dass Sie verpflichtet sind, den Diebstahl Ihres Ausweises zur Anzeige zu bringen«, mischte sich Reimanns Assistent ein, wodurch er sich allerdings einen mahnenden Blick seines Vorgesetzten einhandelte.

»Ja«, antwortete Will. »Ich werde das nachholen. Gleich heute. Wenn Sie darauf bestehen.«

»Möglicherweise ist das gar nicht nötig«, fuhr Reimann fort, nachdem er sich wieder zu Will herumgedreht hatte.

»Möglicherweise?«

»Es kommt ganz darauf an«, sagte Reimann.

»Worauf?«, fragte Will. Er war verwirrt. Will hatte Reimann anders eingeschätzt und war jetzt erstaunt, dass er so offensichtlich um den heißen Brei herumredete.

»Wir hätten da noch ein paar Fragen an Sie«, antwortete der Hauptkommissar. »Nur Routinefragen. Nichts Schlimmes.«

»Selbstverständlich«, erwiderte Will in wenig freundlichem Ton. Er wartete eine Sekunde lang vergeblich darauf, dass Reimann sofort antwortete, dann drehte er sich demonstrativ um und machte eine Kopfbewegung auf die offen stehende Tür am Ende des Flures. »Macht es Ihnen etwas aus, wenn ich mich anziehe und ein wenig frisch mache?«

»Keineswegs«, antwortete Reimann.

»Und soll ich vielleicht ein paar Sachen zusammenpacken?«, fügte Will hinzu. »Eine Zahnbürste, Unterwäsche und was man so braucht?«

Der Kriminalbeamte blinzelte verblüfft, aber dann lachte er. »Nein, sicher nicht«, sagte er. »Wir haben wirklich nur ein paar Fragen. Je eher Sie die beantworten, desto schneller sind wir wieder weg.«

Will öffnete den Mund zu einer Antwort, aber dann riss er sich im letzten Moment zusammen und beließ es bei einem stummen Kopfnicken. Er tat sich keinen Gefallen, wenn er Reimann weiter unnötig reizte.

Vielleicht waren die beiden ja tatsächlich nur hier, um ihm ein paar harmlose Fragen zu stellen. Wenn man es erst einmal geschafft hatte, in der Verbrecherkartei der Polizei zu landen, dann war man immer für eine kleine *Routine-Überprüfung* gut.

Will drehte sich betont brüsk herum, schlurfte zum Badezimmer und warf die Tür hinter sich zu. Das Schloss war noch nicht ganz eingerastet, da fiel die mühsam aufrechterhaltene Ruhe nicht nur innerlich, sondern auch äußerlich von ihm ab; seine Hände und Knie begannen plötzlich zu zittern, als hätte er Fieber, und er ließ sich so schwer gegen den Rand des Waschbeckens sinken, dass das altersschwache Porzellan protestierend ächzte. Die Anspannung, die er draußen gerade noch unterdrückt hatte, verschaffte sich nun mit Macht Luft. Panik beherrschte für einen kurzen Moment all sein Denken, und er begann noch heftiger zu zittern. Was wollten diese Kerle von ihm? Das war keine *Routinebefragung,* wie Reimann ihm weismachen wollte – dann wären sie kaum zu zweit und noch dazu in Herrgottsfrühe hier aufgetaucht. Irgendetwas war passiert – aber was?

Irgendwie gelang es Will, die Panik niederzukämpfen und seine Gedanken in halbwegs geordnete Bahnen zu zwingen, aber er kam der Antwort auf seine Fragen damit um keinen Schritt näher. Georg hatte gestern Abend irgendetwas von einem *großen Ding* gefaselt, das er am Laufen hatte – aber das tat er ja praktisch immer, und Will war gar nicht so versessen darauf, mehr Einzelheiten über seine zwielichtigen Geschäfte zu kennen. Ganz im Gegenteil hatte er schon das eine oder andere lukrative Angebot abgelehnt, und das aus gutem Grund. Irgendwann an einem nicht mehr näher zu definierenden Tag, der tief in seiner Vergangenheit lag, hatte er sich entschieden, die Seiten zu wechseln und seinen Lebensunterhalt zu verdienen, ohne Steuern zu zahlen und ohne in irgendeine Betriebskrankenkasse einzutreten. Aber es gab Grenzen, die er nie überschreiten würde, und auch Georg und seine zwielichtigen Kumpel wussten und akzeptierten das. Die Polizei übrigens auch. Was also wollten sie von ihm?

Mit einer zweiten, noch größeren Willensanstrengung bezwang Will das Zittern seiner Hände, aber als er den Kopf hob und sich in dem rostfleckigen Spiegel betrachtete, der über dem Waschbecken hing, erschrak er. Sein Gesicht war blass, er hatte dunkle Ringe unter den Augen, sah müde und deutlich verkatert aus, aber dazu hatte er jedes Recht der Welt. Was ihn erschreckte, war der Ausdruck tief in seinen Augen; Angst, und ein so übergroßes Schuldbewusstsein, dass es für Reimann einem unterschriebenen Blanko-Geständnis gleichkommen musste. Will hätte niemals den Fehler begangen, Polizeibeamte zu unterschätzen. Wer so weit gekommen war wie der grauhaarige Hauptkommissar, war garantiert kein Dummkopf und besaß fast zwangsläufig eine große Menschenkenntnis; und oft genug die fast an Zauberei grenzende Fähigkeit, Lüge und Wahrheit auseinander zu halten. Wenn er ihn mit *diesen* Augen ansah, dann musste Reimann einfach merken, dass er ihm etwas vormachte.

Und das Unangenehmste war: Will wusste nicht einmal, *was*.

Aber noch länger hier herumzustehen und zu grübeln würde die Sache nicht besser, sondern nur schlimmer machen. Will verschwendete noch eine Sekunde darauf, das schmale Badezimmerfenster hinter sich anzusehen und ganz ernsthaft die Möglichkeit in Betracht zu ziehen, hinauszuklettern und einfach zu verschwinden, verwarf die Idee aber gleich wieder. Vielleicht hatte Reimann ja die Wahrheit gesagt. Vielleicht waren sie ja wirklich nur gekommen, um ihm ein paar Fragen zu stellen, und wenn er ihnen die richtigen Antworten gab, würden sie wieder gehen und ihn in Ruhe lassen. Und vielleicht gab es ja auch den Weihnachtsmann wirklich.

Er schenkte seinem Konterfei im Spiegel ein kurzes, humorloses Lächeln, drehte den Hahn auf und schöpfte sich zwei Hände eiskaltes Wasser ins Gesicht. Rasch bückte er sich nach den Kleidungsstücken, die überall auf dem Boden verstreut lagen, suchte eine halbwegs passabel aussehende Hose und ein mäßig zerknittertes Hemd heraus, zog sich an und fuhr sich in Ermangelung einer Bürste oder eines Kamms mit den gespreizten Fingern durch das Haar. Das Ergebnis seiner Bemühungen wäre nicht dazu angetan gewesen, ihm ernsthafte Siegeschancen beim Schönheitswettbewerb einzuräumen, aber die beiden Polizisten waren vermutlich auch nicht gekommen, um PR-Fotos von ihm zu machen.

Reimann und sein Assistent standen noch genau so da, wie er sie stehen gelassen hatte, als wäre er nicht gute fünf Minuten im Bad geblieben, sondern nur einige Sekunden. Falls Reimann sich über die vergeudete Zeit ärgerte, ließ er es sich jedenfalls nicht anmerken. Mit einer gemächlichen Handbewegung stellte er den Miniaturdrachen ab, den er in der Hand gehalten hatte, eine wunderschöne Arbeit aus bearbeitetem Vulkangestein, dessen raue Oberflächenstruktur dem wie erschrocken hochfahrenden Drachen so viel Lebendigkeit verlieh, als würde er gleich im nächsten Moment herumfahren und nach Reimanns Hand hacken. Falkenberg schenkte der sorgsam zusammengetragenen Drachensammlung jedoch keine Aufmerksamkeit, sondern funkelte Will unverhohlen feindselig an, und auch wenn er seine Mimik perfekt unter Kontrolle hatte, machte sein Blick doch klar, dass er nur auf eine Gelegenheit wartete, es Will heimzuzahlen; und sie schlimmstenfalls sogar konstruieren würde.

»Bitte entschuldigen Sie, meine Herren«, sagte Will. Er war beinahe selbst über den fast schon gelassenen Klang seiner Stimme erstaunt, und irgendwie spürte er, dass er auch seine Züge wieder hundertprozentig unter Kontrolle hatte. »Aber jetzt fühle ich mich schon besser. Kaffee?«

Falkenberg spießte ihn mit Blicken geradezu auf, aber Reimann nickte und folgte Will, als dieser an ihm vorbei in die winzige, unaufgeräumte Küche ging, die zu seiner Zweieinhalb-Zimmer-Altbauwohnung gehörte. Will wurde sich peinlich des Durcheinanders bewusst, das auf dem kleinen Tisch aus kunststoffbeschichtetem Holzimitat herrschte, während er den beiden Beamten vorauseilte und die Kaffeemaschine einschaltete. Wasser und Kaffeepulver befanden sich schon darin; Will hatte es sich zur Angewohnheit gemacht, die Maschine immer wieder sofort zu befüllen, sobald er sie benutzt hatte. Es gab Morgen, an denen er die zwei Minuten Verzögerung, die es bedeutet hätte, auf den ersten Kaffee zu warten, vielleicht nicht ausgehalten hätte. Während die Maschine fast augenblicklich zu gluckern begann, öffnete er die Tür des Hängeschranks, nahm drei Tassen heraus und stellte sie auf die Kante des überfüllten Tisches. Reimann runzelte nur die Stirn, aber Falkenberg sagte in leicht angeekeltem Tonfall: »Nein danke. Nicht für mich.«

Will zuckte mit den Schultern und stellte die Tasse in den Schrank zurück. Falkenberg war entweder ein schlechter Beobachter, oder er wollte ihn brüskieren. Bei all der Unordnung, die in der Küche herrschte, war es doch nur *Chaos*, kein Schmutz. In dem gewaltigen Durcheinander aus Geschirr, Gläsern, Tassen, Besteck, aufgerissenen Cornflakes-Packungen, Kaffeedosen und Flaschen ringsum hätte man vergeblich nach nur einem einzigen benutzten Teller, einer einzigen nicht gespülten Gabel oder einem schmutzigen Glas gesucht; Will war ein Chaot, aber kein Schmutzfink.

Zumindest Reimann schien das wohl auch bemerkt zu haben, denn er warf zwar noch einen stirnrunzelnden und mehr als nur *ein wenig* missbilligenden Blick in die Runde, ging aber dann zum Tisch, schob einen Stuhl zurück und ließ sich darauf nieder. Als er sich setzte, machte er eine Bewegung, wie um die Arme auf die Tischplatte aufzustützen und die Hände zu falten, führte sie aber nicht ganz zu Ende. Auf dem Tisch vor ihm war einfach nicht genug Platz dazu.

»Also, meine Herren?«, begann Will. »Was kann ich für Sie tun?«

»Sie können uns Ihren Personalausweis zeigen«, sagte Falkenberg. »Ich glaube, wir haben Sie schon einmal darum gebeten.«

»Das würde ich ja gern«, antwortete Will. Mit einem nur angedeuteten, aber auch deutlich zynischen Lächeln fügte er hinzu: »Aber ich glaube, das habe ich Ihnen auch schon gesagt: Er ist gestohlen worden.«

»Gestohlen, so.« Falkenberg verzog geringschätzig die Lippen. Er schien noch mehr sagen zu wollen, aber Reimann brachte ihn mit einem Blick zum Verstummen und wartete sichtlich darauf, dass auch Will sich setzte. Die beiden waren kein besonders gut aufeinander eingespieltes Team, fand Will. Aber vielleicht täuschte er sich auch. Vielleicht *sollte* er ganz genau das glauben.

»Ihre Brieftasche ist also gestohlen worden«, sagte Reimann und zuckte bedauernd mit den Schultern. »Nun, so etwas kommt leider immer öfter vor. Das ist bedauerlich.«

»Das ist vor allem *lästig«*, sagte Will. »Ihnen muss ich bestimmt nicht erklären, was für eine elende Lauferei es ist, sich neue Papiere zu besorgen.«

»Und manchmal auch ziemlich teuer, nicht wahr?«, fragte Falkenberg.

Will beschloss, das Einzige zu tun, was ihm sinnvoll erschien, und diesen Idioten für den Rest des Gespräches zu ignorieren. Statt Reimanns Assistenten auch nur eines weiteren Blickes zu würdigen, drehte er sich wieder zur Spüle herum und sah ungeduldig auf die Kaffeemaschine hinab. Der Apparat blubberte noch immer emsig vor sich hin, aber in der

Glaskanne befand sich schon genug Kaffee für zwei Tassen. Will schenkte Reimann und sich ein, stellte die Kanne in die Maschine zurück und brauchte ein paar Sekunden, um die Zuckerdose in dem Chaos auf dem Tisch zu identifizieren. Reimann schüttelte stumm den Kopf, als er sie ihm hinhielt, und Will antwortete mit einem ebenso wortlosen Achselzucken darauf und versenkte sieben oder acht gehäufte Teelöffel Zucker in seinem Kaffee; nicht, dass er pervers genug wäre, *das* zu mögen, aber er hatte herausgefunden, dass so ein Miniatur-Zuckerschock das beste Mittel war, um schnell wach zu werden – besser als Speed, aber nicht annähernd so schädlich. Reimann jedenfalls bedachte ihn mit offenkundiger Verwunderung und schien nahezu gespannt darauf zu warten, ob Will das heiße Zuckerwasser auch tatsächlich trank, enthielt sich aber jeden Kommentars und nippte schließlich an seinem eigenen, ungesüßten Kaffee, nachdem Will einen gewaltigen Schluck getrunken und genießerisch die Lippen verzogen hatte.

»Wissen Sie ungefähr, wo Ihre Brieftasche abhanden gekommen ist?«, fragte er.

»Nein«, antwortete Will. »Und auch nicht genau, *wann*, bevor Sie fragen.« Die Wahl seiner Worte suggerierte mehr Selbstbewusstsein, als seine Stimme ausdrückte, aber Will versuchte erst gar nicht, cooler zu klingen, als er war. Reimann gehörte nicht zu den Menschen, die sich so plump belügen ließen.

»Das ist schade«, sagte Reimann, und hinter Wills Rücken und in deutlich schärferem Ton fügte Falkenberg hinzu:

»Aber vielleicht können Sie sich wenigstens erinnern, wo Sie gestern waren? Sagen wir: so gegen neunzehn Uhr?«

Will brachte tatsächlich das Kunststück fertig, nicht entsetzt zusammenzufahren, aber er drehte sich vielleicht eine Spur zu schnell zu Reimanns Assistenten herum. »Gestern?«

»Um neunzehn Uhr«, bestätigte Falkenberg. »Daran werden Sie sich doch sicher erinnern, oder?«

»Selbstverständlich«, antwortete Will. Seine Gedanken begannen sich schon wieder zu überschlagen. Gestern um sieben? Er hatte nicht auf die Uhr gesehen, aber das war auch nicht nötig. Gegen neunzehn Uhr begann es zu dämmern, und zu der Zeit, nach der sich Falkenberg erkundigte, war er auf Händen und Knien durch schlammiges Wasser gekrochen, das den Keller einer niedergebrannten Villa in der Südstadt füllte, und hatte ein Mädchen in einem rosa Barbie-Nachthemd gejagt. Also doch. Irgendjemand *hatte* ihn gesehen, und irgendwie – auch wenn er sich beim besten Willen nicht vorstellen konnte, wie – hatten es die Bullen geschafft, ihn zu identifizieren. Vielleicht über den Wagen. Vielleicht hatten sie den Aston Martin gefunden, und solange der Wagen noch nicht auseinander genommen und seine Einzelteile über halb Europa verstreut waren, wimmelte er geradezu von Wills Fingerabdrücken.

»Verraten Sie uns also, wo Sie gestern um sieben waren?«, fragte Falkenberg, als er nicht sofort antwortete. »So schwer kann das doch nicht sein.«

»Nein, natürlich nicht«, erwiderte Will. Falkenbergs Blick wurde lauernd, und Will drehte sich wieder herum und sah Reimann an, bevor er fortfuhr: »Ich war gestern den ganzen Abend in meiner Lieblingsbar«, sagte er. »Dem *Roten Fasan.* Ich kann Ihnen die Telefonnummer geben, wenn Sie das möchten.«

»Ich kenne das Lokal«, sagte Reimann.

»Und dort wird man Ihr Alibi selbstverständlich bestätigen«, vermutete Falkenberg.

Will sah ihn nicht an, sondern sprach weiter in Reimanns Richtung. »Ich war ungefähr ab sechs Uhr da«, behauptete er.

»Vielleicht bis Mitternacht, vielleicht auch ein bisschen länger. Aber wieso Alibi?«

Falkenberg holte Luft zu einer Antwort, aber auch diesmal kam ihm Reimann zuvor, brachte ihn mit einem Blick zum Schweigen und griff gleichzeitig in seine Jacke. Eine schmale Plastiktüte knisterte zwischen seinen Fingern, als er die Hand wieder hervorzog. Will versuchte ihren Inhalt zu identifizieren, konnte im ersten Moment aber nur etwas Schwarzes und sonderbar Verkrümmtes erkennen.

»Ist das hier zufällig Ihr Ausweis?«, fragte Reimann und streckte ihm die Hand über den Tisch entgegen.

Wills Augen weiteten sich überrascht. Das verschmorte Etwas in der Plastiktüte entpuppte sich bei genauem Hinsehen als die halb zerschmolzenen und zu einem guten Drittel völlig weggebrannten Überreste eines in Plastik eingeschweißten Personalausweises. Um genau zu sein: *seines* Personalausweises, oder um noch genauer zu sein – des Ausweises, den ihm der Langhaarige am vergangenen Abend abgenommen hatte.

Will starrte etliche Sekunden lang scheinbar konzentriert auf die zerschmolzenen Überreste des Dokuments, gewann noch ein paar Sekunden, indem er einen weiteren Schluck Kaffee trank, und schüttelte dann den Kopf. »Das kann er nicht sein«, sagte er. »Der Kerl auf dem Bild ist ein Neger. So schwarz bin ich nicht.«

Weder Falkenberg noch Reimann lachten über den schalen Witz. In Reimanns Augen erschien etwas Neues, das Will beunruhigte. Rasch und in ernstem Tonfall sagte er: »Ja. Ich glaube, das ist er. Woher haben Sie ihn?«

»Aus einem ausgebrannten Wagen«, antwortete Reimann. »Genau gesagt: aus der Brieftasche eines Toten, den wir in diesem Wagen gefunden haben.«

»Eines Toten?«

Reimann hätte schon taub sein müssen, um nicht zu hören, dass in seiner Stimme nicht nur Überraschung, sondern Entsetzen mitschwang. Er lächelte unerschütterlich weiter, aber die Härte in seinem Blick nahm zu. »Das überrascht Sie?«, fragte er, während er die Plastiktüte mit dem verbrannten Ausweis wieder einsteckte und zugleich mit der anderen Hand nach seiner Kaffeetasse griff.

»Natürlich überrascht es mich«, stammelte Will. *Überrascht?* Das war eindeutig das falsche Wort. »Ich meine … es …« Er schüttelte hilflos den Kopf. »Immerhin ist so etwas … eine schlimme Sache. Was ist denn passiert? Gab es einen Unfall?«

»Sagen wir: Der Wagen hat Feuer gefangen«, antwortete Reimann. »Es war kein weiteres Fahrzeug daran beteiligt, aber das ist im Moment auch leider schon alles, was wir wissen.«

»Aber den Rest finden wir heraus, keine Sorge«, fügte Falkenberg hinzu.

»Und dieser Mann – der Tote? Wer … wer war er?«, erkundigte sich Will zögernd.

»Wir hatten gehofft, dass Sie uns das vielleicht sagen könnten«, antwortete Reimann. Er nippte weiter an seinem Kaffee, behielt Will über den Rand der Tasse hinweg jedoch scharf im Auge. »Leider ist er nahezu bis zur Unkenntlichkeit verbrannt.«

»Ist er … der Einzige …?«, fragte Will. »Ich meine: Waren noch andere in dem Wagen?«

Reimanns Augen verengten sich zu Schlitzen. »Das lässt sich schwer sagen. Der Wagen ist regelrecht zusammengeschmolzen.« Will wunderte sich ein bisschen über die Bereitwilligkeit, mit der er ihm Fragen beantwortete, die ihn – zumindest vom Standpunkt eines Polizisten aus – nicht das

Mindeste angingen. Nachdem er einen weiteren Schluck aus seiner Kaffeetasse genommen hatte, fuhr er fort: »Ob noch mehr Personen in dem Wagen waren, und wie viele es waren, können uns wohl erst die Pathologen sagen – vielleicht.«

»Vielleicht?«

Reimann hob die Schultern und stellte die Tasse mit einem unnötig lauten Knall auf den Tisch zurück. »Das Feuer hat nicht viel übrig gelassen«, antwortete er. »Der arme Kerl, in dessen Jackentasche wir Ihren Ausweis gefunden haben, ist wohl aus dem Wagen geschleudert worden. Trotzdem waren wir im ersten Moment nicht ganz sicher, ob es sich bei dem Ausweis nicht um seinen eigenen handelt.«

Das war eindeutig gelogen, dachte Will. Falkenberg und Reimann waren kein bisschen überrascht gewesen, als er ihnen gerade die Tür geöffnet hatte. Außerdem hätten sie sich nicht die Mühe gemacht, Sturm zu klingeln, wenn sie der Meinung gewesen wären, vor der Tür eines Toten zu stehen. »Na, Gott sei Dank war er das ja nicht. Aber wie kommt dieser Fremde an meinen Ausweis?«

»Die Frage wollten wir eigentlich Ihnen stellen«, sagte Falkenberg.

Will behielt seine Taktik bei und ignorierte ihn weiter. Stur an Reimann gewandt, sagte er: »Vielleicht hat *er* meine Brieftasche gestohlen?«

»Das wäre immerhin möglich, aber nicht sehr wahrscheinlich«, antwortete Reimann. »Der Tote sah nicht aus wie ein kleiner Taschendieb.«

»Ich dachte, es wäre nicht viel von ihm übrig geblieben?«

»Nicht besonders viel«, räumte Reimann ein, »aber genug für eine oberflächliche Beschreibung. Der Mann muss Anfang zwanzig gewesen sein. Ziemlich groß, durchtrainierte Statur, ein teurer Anzug, und er trug wertvollen Schmuck und eine

Rolex. Kennen Sie jemanden, auf den diese Beschreibung zutrifft?«

Will schüttelte den Kopf, obwohl er mindestens ein Dutzend Männer kannte, die Reimann gerade so präzise beschrieben hatte, wie man diesen durchschnittlichen Unterwelttyp nur beschreiben konnte; zwielichtige Gestalten mit dem Intelligenzquotienten einer Bratkartoffel, die schnell Karriere machten und meistens genauso schnell wieder verschwanden – entweder hinter schwedischen Gardinen oder unter zwei Meter guter, rheinländischer Erde. »Ich würde Ihnen gerne helfen, Herr Reimann«, sagte er, »aber ich kenne wirklich niemanden, auf den diese Beschreibung zutrifft. Jedenfalls niemanden, der mir meine Brieftasche stehlen würde.« Er lachte, ebenso leise wie gekünstelt. »Wer mich kennt, der weiß im Allgemeinen auch, dass es sich nicht lohnt.«

»Das ist schade«, sagte Reimann. Er griff noch einmal nach seiner Tasse, hob sie auf und setzte sie dann wieder ab, ohne getrunken zu haben. Während er aufstand, versenkte er abermals die Hand in der Jackentasche und zog eine Visitenkarte hervor, die er mit einer sonderbar geziert wirkenden Bewegung neben die halb geleerte Kaffeetasse legte. »Ich lasse Ihnen meine Nummer hier. Rufen Sie mich heute Nachmittag an, damit wir einen Termin ausmachen können.«

»Einen Termin?«, wunderte sich Will. Seine Beunruhigung stieg weiter. Reimann hatte ihm längst nicht alles gesagt.

»Sie müssen Ihre Aussage zu Protokoll geben«, sagte Reimann, der irgendwie das Kunststück fertig brachte, seine Worte so klingen zu lassen, als bedauere er sie tatsächlich. »Immerhin wurde Ihr Ausweis in der Tasche eines Menschen gefunden, der unter bisher nicht geklärten Umständen zu Tode gekommen ist. Da ist so etwas leider Vorschrift. Ich finde es auch lästig, aber es muss nun einmal sein.«

»Und ich vermute, ich soll auch bis dahin die Stadt nicht verlassen«, sagte Will. Er bedauerte seine Worte, noch bevor er den Satz ganz zu Ende gesprochen hatte. Reimann war bisher erstaunlich sanft mit ihm umgegangen, aber er sollte sich dadurch besser nicht dazu verleiten lassen, ihn unnötig zu provozieren.

»Aber das dürfen Sie doch sowieso nicht«, antwortete Reimann ruhig. »Wenn ich mich richtig erinnere, ist es Teil Ihrer Bewährungsauflage.« Er machte eine Kopfbewegung zu der Karte hin. »Vergessen Sie nicht, mich anzurufen. Und bleiben Sie ruhig sitzen – wir finden allein hinaus.«

5

Die Panik, die Will die ganze Zeit über noch halbwegs hatte unterdrücken können, schlug mit doppelter Wucht zu, kaum dass er das Geräusch gehört hatte, mit dem die Tür hinter Reimann und Falkenberg ins Schloss fiel. Plötzlich begannen seine Hände zu zittern; doppelt so heftig wie vorhin im Bad, so stark, dass es schon fast spastischen Zuckungen glich und der ganze Tisch, auf den er die Arme gestützt hatte, zu beben begann. Tassen, Gläser und Flaschen, die darauf abgestellt waren, begannen zu klirren, wie um eine atonale Begleitmelodie zum immer schneller werdenden Hämmern seines Herzens zu spielen, und für einen Moment rasten die Gedanken so schnell hinter seiner Stirn im Kreis, dass er den Halt in der Realität zu verlieren drohte und plötzlich das Bedürfnis hatte, einfach nur loszuschreien. Ein Gefühl ungläubigen Entsetzens hatte sich in ihm breit gemacht, schon in dem Moment, in dem Reimann und sein Assistent die Wohnung betreten hatten, und obwohl er es die ganze Zeit über irgendwie unterdrückt hatte, war es in dieser Zeit doch nur weiter angewachsen und drohte das bisschen an klarem Denken, über das er noch gebot, mit sich in den Abgrund zu reißen. Alles war aus. Er hätte sich niemals auf diesen Wahnsinn einlassen dürfen. Ein leichter Job, ohne Risiko – von wegen! An dieser Behauptung war ungefähr genau so viel Wahres wie an der Reimanns, ihm nur ein paar Routinefragen stellen zu wollen. Offensichtlich hatten die Bullen den Aston Martin noch nicht gefunden, denn sonst hätten die beiden ihn garantiert gleich mitgenommen, aber ebenso offensichtlich hatte ihm Reimann die Geschichte von der gestohlenen Brieftasche nicht für eine Sekunde geglaubt. Er wusste noch nicht, was, aber er spürte ganz genau, dass an Wills Geschichte etwas nicht stimmte, und Reimann gehörte zu jener Art von Polizeibeamten, die Will am allermeisten fürchtete. Karrieregeile Newcomer wie Falkenberg jagten ihm keine Angst ein; er wusste, wie solche Leute dachten, und auch, wie man am besten mit ihnen umging, aber Reimann war ein anderer Schlag. Wenn er glaubte, dass Will irgendetwas mit dem ausgebrannten Wagen und dem Toten darin zu tun hatte, dann würde er diese Spur aufnehmen und akribisch und geduldig verfolgen, und am Ende würde er ihn kriegen; das war so sicher wie das Amen in der Kirche. Er brauchte dazu nicht einmal den Scharfsinn eines Sherlock Holmes oder die Nase eines Spürhundes – im Zweifelsfall würde es schon ausreichen, wenn er den Streifenbeamten, die gestern Abend vor Ort gewesen waren, sein Foto zeigte.

Will verfluchte sich zum hundertsten Mal selbst dafür, am vergangenen Abend diesen Umweg gemacht zu haben, nur weil er Angst gehabt hatte, einer Polizeistreife über den Weg zu laufen. Die Streife hatte er vermieden, aber dafür war er möglicherweise in den größten Schlamassel seines Lebens hineingeschlittert – und, um das Maß voll zu machen, noch dazu, ohne das Geringste dafür zu können. Wenn es so etwas wie eine ausgleichende Gerechtigkeit gab, dachte er bitter, dann musste der, der ihre Regeln ersonnen hatte, einen ziemlich makabren Sinn für Humor haben.

Mit einer fahrigen Bewegung griff er nach Reimanns Visitenkarte und drehte sie unschlüssig in den Händen. Unter der Büronummer des Hauptkommissars war auch die seines Mobiltelefons vermerkt, und einen Moment lang überlegte Will ganz ernsthaft, Reimann anzurufen und noch einmal zurückzuholen, um ihm die ganze Geschichte zu erzählen. Natürlich würde er aus dem gestohlenen einen *geliehenen* Wagen machen, sich aber ansonsten streng an die Wahrheit halten. Was hatte er zu verlieren?

Weder Reimann noch irgendjemand sonst auf der Welt würde ihm diese haarsträubende Geschichte glauben. Selbst ihm fiel es ja beinahe schwer.

Will ließ die Visitenkarte in der Brusttasche seines Hemdes verschwinden, schloss die Augen und verbarg mit einem fast gequält klingenden Seufzer das Gesicht in den Händen. Es war die klassische Situation: Ganz egal, was er jetzt tat, es war falsch.

Die Kaffeemaschine hatte aufgehört zu blubbern. Will schenkte sich eine zweite Tasse ein, stürzte sie herunter und merkte kaum, dass er sich die Zunge an dem kochend heißen Getränk verbrannte. Der Panikanfall ebbte ganz allmählich ab, aber das Gefühl vollkommener Ausweglosigkeit blieb. Plötzlich hatte er das Bedürfnis, *irgendetwas* zu tun, ganz egal was und selbst auf die Gefahr hin, einen weiteren Fehler zu begehen. Wenn er Reimann richtig einschätzte, dann war der jetzt vermutlich schon auf dem Weg in den *Roten Fasan,* um sein Alibi zu überprüfen. Er musste Georg auf jeden Fall anrufen und ihn vorwarnen.

Will eilte in das kaum weniger unaufgeräumte Wohnzimmer, in dem das Telefon stand, nahm den Hörer ab und wählte die ersten vier Ziffern, bevor er mitten in der Bewegung innehielt. Vielleicht war er dabei, schon wieder einen Fehler zu machen. Wenn Georg irgendetwas noch mehr hasste als Unzuverlässigkeit, dann war es, in irgendetwas hineingezogen zu werden, das ihn nichts anging – umso mehr, wenn dieses Etwas dazu angetan war, die Aufmerksamkeit der Behörden auf ihn und seine Geschäfte zu lenken. Er *musste* Georg anrufen, und zwar bevor Reimann und sein Pitbull bei ihm auftauchten, aber er würde sich eine verdammt gute Geschichte zurechtlegen müssen. Wenn Georg auch nur das *Gefühl* hatte, durch ihn in eine unangenehme Situation geraten zu sein, dann waren Reimann und seine Polizeikollegen eindeutig Wills geringstes Problem. Georg hatte seine ganz eigenen Methoden, sich mit unbequemen Zeugen zu beschäftigen.

Er hängte ein, nahm den Hörer nach kurzem Zögern erneut in die Hand und hatte gerade die ersten beiden Ziffern gewählt, als eine Stimme hinter ihm fragte: »Wen rufst du an?«

Will erschrak so heftig, dass er den Telefonhörer fallen ließ. Er knallte auf das Kunststoffgehäuse des Telefons, von dort aus zu Boden und riss den ganzen Apparat mit sich, aber Will registrierte es kaum. Er war bereits herumgefahren und starrte die schlanke, dunkelhaarige Gestalt in verwaschenen Jeans und rosafarbenem Barbie-Nachthemd an, die hinter ihm in der Tür erschienen war.

»Was …?«, krächzte er. Mehr bekam er nicht heraus. Seine Augen quollen vor Schrecken schier aus den Höhlen, und im ersten Moment weigerte er sich einfach, zu glauben, was er sah. Das konnte doch nicht wahr sein!

»Oh, entschuldige«, sagte Duffy. »Ich wollte dich nicht erschrecken.« Sie wirkte ehrlich betroffen, aber auch das nahm Will in diesem Moment kaum wahr.

»Was ist denn mit dir?«, fragte das Mädchen schüchtern. »Du siehst aus, als hättest du ein Gespenst gesehen.«

Ein Gespenst wäre ihm in diesem Moment auch hundertmal lieber gewesen. Die Lähmung fiel von Wills Gedanken ab, aber er war nicht sicher, ob er sich darüber freuen sollte. Ein eiskalter Schauer lief ihm über den Rücken, als er sich vorzustellen versuchte, was Reimann und Falkenberg wohl gesagt hätten, hätten sie das Mädchen in seiner Wohnung entdeckt – und er hatte ihnen auch noch großzügig angeboten, sich umzusehen! »Was machst du hier?«, murmelte er. »Wie kommst du hier herein? Wie lange bist du schon hier, und … und woher weißt du überhaupt, wo ich wohne?«

Duffy legte den Kopf auf die Seite. »Welche Frage soll ich denn jetzt zuerst beantworten?«

Fassungslosigkeit und Erschrecken machten jäher Wut Platz. »Ich habe dir eine Frage gestellt!«, herrschte er das Mädchen an. »Ich will wissen, wie du hier reingekommen bist!«

Duffy prallte vor dem plötzlichen Zorn in seinem Blick ein kleines Stück zurück, und der Ausdruck von Betroffenheit auf ihrem Gesicht machte aufkeimendem Trotz Platz. »Die Tür war offen«, sagte sie. »Ich schätze, du warst gestern Abend so betrunken, dass du vergessen hast, sie zuzumachen.«

Das war nicht wahr. Will war einigermaßen angeheitert gewesen, als er nach Hause kam, aber so betrunken, dass er vergaß, die Tür hinter sich zu schließen, konnte er gar nicht sein. Seine Furcht vor unverschlossenen Türen war beinahe so groß wie sein Hass auf verschlossene; je nachdem, auf welcher Seite sich der Riegel befand. Aber er beließ es für den Moment dabei. »Gestern Abend?«, fragte er. »Woher weißt du das? Wie kommst du hierher? Wie hast du mich gefunden?«

»Das war nicht schwer«, antwortete Duffy. Sie wirkte jetzt nicht nur trotzig, sondern auch deutlich herablassend. Aber Will fiel auch auf, dass sie noch schlechter aussah als am vergangenen Abend. Die Ringe unter ihren Augen waren dunkler geworden, sie war noch blasser, und ihre Kleidung sah jetzt so aus, als hätte Duffy in einer Mülltonne übernachtet. Sie roch auch ungefähr so. »Sven hat deine Adresse laut vorgelesen, als er ins Auto gestiegen ist«, fuhr sie fort. »Er hat dir deinen Ausweis abgenommen, habe ich Recht?« Sie nickte, um ihre eigene Frage zu beantworten. »Das macht er gern. Er prahlt oft damit, dass das die Leute einschüchtern würde.«

Die korrekte Formulierung hätte gelautet: *Hat oft damit geprahlt*, dachte Will. Sven würde mit nichts und vor niemandem mehr prahlen. Aber er schluckte seine entsprechende Antwort gerade noch herunter, trat einen Schritt auf das Mädchen zu und blieb sofort wieder stehen, als Duffy zwei Schritte zurückwich und instinktiv die Arme hob; als hätte sie Angst, er würde sie schlagen. Der Anblick weckte sein schlechtes Gewissen. Obwohl er so gut wie nichts über das Mädchen wusste – und schon gar nichts über den Wahrheitsgehalt der Geschichte –, ergriff ihn wieder ein Gefühl intensiven Mitleids. Unter all dem Trotz und der gespielten Stärke in ihrem Blick sah er einen tief eingegrabenen, unermesslichen Schmerz, den er keinem Erwachsenen gegönnt hätte, und schon gar keinem Kind.

Als er weitersprach, klang seine Stimme noch immer verärgert, aber es gelang ihm nicht mehr, den Zorn darin zu bewahren. »Und wie kommst du hierher? Die Bar liegt am anderen Ende der Stadt.«

»Ich hab mir ein Taxi genommen«, antwortete Duffy. »Von dem Geld, das du mir gegeben hast.«

»So, ein Taxi«, murmelte Will. Sein Zorn war verraucht, und sosehr er sich auch bemühte, es gelang ihm nicht, ihn wieder zu beleben. Aber auch die Woge intensiven Mitleids, die ihn gerade überspült hatte, war weitergezogen. Ganz im Gegenteil führte ihm Duffys Anblick wortwörtlich wieder vor Augen, in welchen Schwierigkeiten er steckte. Und auch wenn sie nichts dafür konnte: Sie war der *Grund* für seine Schwierigkeiten.

»Dann warst du die ganze Nacht über hier?«

»Ich habe im Badezimmer gewartet«, bestätigte Duffy. »Als ich gehört habe, dass du aufgestanden bist, bin ich schnell auf den Balkon hinausgelaufen.« Sie machte eine Kopfbewegung zur Tür. »War das die Polizei?«

Will nickte.

»Du hast Ärger mit ihnen?«

»Nein«, antwortete Will. »Sie wollten mir nur ein paar Fragen stellen. Aber wenn sie dich hier gefunden hätten, dann hätte ich Ärger bekommen, ist dir das eigentlich klar?« Er war ziemlich sicher, dass die Kleine ihn anlog; wenn sie tatsächlich draußen auf dem Balkon gestanden hatte, musste sie jedes Wort verstanden haben, das Reimann und er in der Küche miteinander gewechselt hatten. Aber er ging auch darauf nicht weiter ein. Noch nicht.

»Das wollte ich nicht«, sagte Duffy. Sie sah ihn herausfordernd an, aber als er ihr die erwartete Absolution nicht erteilte, zuckte sie mit den Schultern und wechselte das Thema. »Ich habe Hunger. Hast du was zu essen da?«

Statt zu antworten, ging Will an ihr vorbei in die Küche. Duffy runzelte in verständnisvoller Missbilligung die Stirn, als sie das Chaos sah, aber ihr Gesicht hellte sich schlagartig auf, als er die Kühlschranktür öffnete.

Beim Anblick seines Negativbeispiels einer Junggesellenküche hatte sie vermutlich nichts anderes als Dosenbier und einen sechs Monate alten Kohlkopf erwartet, aber er hatte am Tag zuvor eingekauft und sich mit Lebensmitteln für eine Woche eingedeckt, und da seine Geschmacksnerven irgendwann im Alter zwischen zwölf und dreizehn aufgehört hatten, sich weiterzuentwickeln, und Will zu den glücklichen Menschen gehörte, deren Stoffwechsel ungefähr so sensibel reagierte wie eine moderne Müllverbrennungsanlage, ließ der Inhalt des Kühlschranks normalerweise jedes Kinderherz höher schlagen. »Bedien dich«, sagte er knapp. »Was möchtest du trinken?«

»Cola?«, schlug Duffy vor.

Will schüttelte den Kopf. »Keine Chance«, sagte er. »Nicht

zum Frühstück. Du kannst Milch haben oder meinetwegen auch Kakao.«

»Milch«, antwortete Duffy. Sie klang enttäuscht, was sie aber nicht daran hinderte, sich auf die Zehenspitzen zu stellen und mit beiden Händen den Kühlschrank zu plündern. Will ging unterdessen zum Tisch und versuchte mit mehr gutem Willen als wirklichem Erfolg, ihn weit genug frei zu räumen, damit Duffy Platz für ihr Frühstück fand.

»So, und jetzt erzähl mal in aller Ruhe«, sagte er, während er den Flaschen- und Geschirrberg auf der Anrichte noch vergrößerte, ohne dass der auf dem Tisch dadurch merklich kleiner zu werden schien. »Was genau ist gestern passiert? Nachdem sie dich ins Auto gezerrt haben, meine ich.«

Duffy stapelte ein halbes Pfund Butter, vier Scheiben Brot, ein Eckchen Schnittkäse, eine Lage Schinken, ein halbes Pfund in Zellophan eingewickelten Aufschnitt und eine Dose Thunfisch auf den Tisch, betrachtete ihr Werk stirnrunzelnd und ging noch einmal zum Kühlschrank zurück, um das Ensemble mit einem Glas Erdnussbutter abzurunden. »Nachdem Sven dich verprügelt hat, meinst du?«, fragte sie.

»Er hat mich überrascht«, verteidigte sich Will. »Außerdem war ich damit beschäftigt, hinter dir herzujagen.«

»Mach dir nichts draus«, sagte Duffy, ohne seine Worte auch nur zur Kenntnis zu nehmen. »Du bist nicht der Erste, den er verdroschen hat. Sven ist ein ganz gemeiner Kerl. Es macht ihm Spaß, Leuten wehzutun.« Sie nahm eine Flasche Cola aus dem Kühlschrank und zog einen enttäuschten Schmollmund, als Will sie ihr kommentarlos aus den Händen nahm und gegen einen Liter Vollmilch austauschte.

»Wir sind gleich losgefahren«, fuhr sie fort, während sie auf demselben Stuhl Platz nahm, auf dem Reimann vorhin gesessen hatte. Ihr Blick taxierte nachdenklich den Berg an

Lebensmitteln, den sie vor sich aufgehäuft hatte. Will konnte regelrecht *sehen,* wie hungrig sie war, aber sie ließ sich trotzdem Zeit, nach dem Messer zu greifen und die erste Scheibe Brot fast fingerdick mit Butter zu bestreichen. »Sven hat deinen Ausweis aus der Tasche genommen und deinen Namen und deine Adresse laut vorgelesen, und dann haben sie sich noch über dich lustig gemacht, und Ma...« Sie verbesserte sich: »*Sie* hat schließlich gesagt, sie sollen mit dem Unsinn aufhören und sich lieber beeilen.«

Will sah das Mädchen nachdenklich an. *Ma...?* Was hatte sie sagen wollen? *Mama?* Er versuchte sich das verschleierte Gesicht der fremden Frau noch einmal vor Augen zu führen, aber es gelang ihm nicht. Abgesehen von dem Schleier, der die Gesichtszüge der Frau fast vollständig verborgen hatte, war das Licht zu schlecht gewesen, und er hatte sie ja auch nur ganz kurz gesehen. Trotzdem ... er konnte sich beim besten Willen nicht vorstellen, dass diese Frau Duffys Mutter sein sollte. »Und dann?«, fragte er.

Duffy legte zwei Scheiben Schinken, eine Scheibe Emmentaler und vier Scheiben grobe Salami auf ihr Brot, betrachtete ihr Werk kritisch und ging dann erneut zum Kühlschrank, um ein Glas Gurken herauszuholen. Nachdem sie es geöffnet und eine Gurke in dicke Scheiben geschnitten hatte, die sie gleichmäßig auf ihrem essbaren babylonischen Turm verteilte, bestrich sie eine zweite Scheibe Brot nicht wesentlich dünner mit Butter und legte sie obenauf. Das Ergebnis war so dick, dass sie Mühe hatte, es mit beiden Händen zu umfassen.

»Noch ein bisschen Majonäse?«, fragte Will. »Oder vielleicht Ketchup?«

»Hast du welchen?«

»Nein.« Will seufzte. »Du wolltest erzählen, was weiter passiert ist.«

Irgendwie brachte Duffy es fertig, in das Monstrum von Sandwich hineinzubeißen, das sie sich zusammengebastelt hatte. »Genau kann ich mich gar nicht erinnern«, antwortete sie mit vollem Mund, erstaunlicherweise aber noch halbwegs verständlich. »Es gab Streit, aber ich weiß nicht, weshalb. Dann hat es plötzlich furchtbar gekracht, und die Tür ist aufgeflogen. Sven ist mit dem Kopf gegen den Vordersitz geknallt. Er hatte sich nicht angeschnallt, weißt du? Geschieht ihm recht. Jedenfalls hat er mich losgelassen, und ich hab die Gelegenheit genutzt und bin weggelaufen.«

»So einfach war das?«, fragte Will. Natürlich war es *nicht so einfach* gewesen. Aber wenn das Mädchen log, dann tat es das sehr überzeugend. »Du bist weggelaufen? Einfach so?«

Duffy schluckte den gewaltigen Bissen herunter, den sie sich in den Mund gestopft hatte, und trank in einem einzigen Zug fast ein ganzes Glas Milch. Bevor sie antwortete, grub sie die Zähne erneut in ihr Brot, um einen noch größeren Happen abzubeißen, und ihre Worte wurden nun undeutlicher.

»Ich glaube, der Wagen hat Feuer gefangen, und deshalb haben sie mich nicht weiter verfolgt. Passiert so was nicht andauernd bei einem Unfall?«

»Nur im Kino«, antwortete Will. »Feuer gefangen? Wieso?«

Duffy hob die Schultern. »Weiß nicht. Du bist ja dann gleich gekommen, und ich hab mich in deinem Wagen versteckt. Aber sie hätten mich auch ohne das Feuer nicht gekriegt.«

Sie log sehr überzeugend, aber nicht besonders klug, wie man es eben von einem Kind von elf oder zwölf Jahren erwarten konnte. Will hatte den verschmorten Personalausweis gesehen, den ihm Reimann hingehalten hatte. Immerhin hatte Sven ihn in seiner Jackentasche gehabt, und wer immer in der zugehörigen *Jacke* gesteckt hatte, hatte sich eindeutig mehr zugezogen, als sich nur den Kopf anzuschlagen. Aber er behielt auch diese Überlegung für sich. Mittlerweile war ihm klar geworden, was er zu tun hatte. Duffys plötzliches Auftauchen hatte ihn völlig aus dem Konzept gebracht. Jetzt aber war ihm vollkommen klar, was er nun tun musste. Anscheinend hatte das Schicksal beschlossen, ihm doch noch eine allerletzte Chance zu geben, auf den Pfad der Tugend und Wahrheit zurückzukehren. Es würde nicht leicht werden. Er würde trotz allem eine Menge unangenehmer Fragen beantworten müssen, und mit größerer Wahrscheinlichkeit, als er sich jetzt schon einzugestehen bereit war, würde er ziemlichen Ärger bekommen, aber er hatte trotzdem keine Wahl. Er würde Reimann anrufen und ihm das Mädchen übergeben, und um den Rest sollten sich gefälligst die staatlich bestallten Ordnungshüter Gedanken machen.

Trotzdem fragte er: »Was du gestern Abend im Keller gesagt hast, war das wirklich wahr? Dass dich jemand umbringen will?«

»Ich lüge nie«, sagte Duffy. »Jedenfalls nicht so.«

»Die Leute gestern Abend im Wagen – hast du die damit gemeint. Sven und diese … Frau?«

Er hatte absichtlich hörbar gezögert, aber Duffy zog es ganz offensichtlich vor, die unausgesprochene Frage zu ignorieren, die sich in der laut gestellten verbarg. »Sie kriegen mich nicht«, sagte sie. »Sie hätten mich auch gestern nicht gekriegt, wenn ich ein bisschen besser aufgepasst hätte. Aber noch mal passiert mir das nicht.«

Gut. Sie wollte nicht darüber sprechen. Es war ihre Sache. Wahrscheinlich war es sogar besser so. Will schloss die Kühlschranktür, die sie vorsichtshalber offen gelassen hatte – nur für den Fall, dass die Hafenarbeiter-Portion vor ihr nicht ausreichen würde und sie Nachschub bräuchte –, verließ die

Küche und trat an die Wohnungstür, um sie abzuschließen. Er zog den Schlüssel ab, steckte ihn ein und legte vorsichtshalber auch noch die Sicherungskette vor. Sie hatte kein Schloss, befand sich aber so hoch oben an der Tür, dass ein Kind von Duffys Größe schon auf einen Stuhl steigen musste, um sie zu erreichen.

Als er in die Küche zurückkam, hatte Duffy nicht nur das schier Unmögliche geschafft und ihr Vier-Lagen-Sandwich bis auf den letzten Krümel verputzt, sondern war bereits dabei, sich eine weitere Collage aus Lebensmitteln anzufertigen; diesmal mit einer anderthalb Zentimeter dicken Schicht Erdnussbutter als Fundament. Sie musste tatsächlich halb verhungert sein. Ohne in ihrer Arbeit innezuhalten oder auch nur aufzublicken, fragte sie: »Warum hast du die Tür abgeschlossen?«

Will war überrascht. Er war sich sicher, so gut wie kein Geräusch verursacht zu haben – er hatte sogar die Kette mit beiden Händen festgehalten, damit sie nicht verräterisch klimperte. »Nur zur Sicherheit«, sagte er achselzuckend. »Du hast ja gerade gesehen, wie schnell man unliebsamen Besuch bekommen kann.«

»Du bist so eine Art Gangster, nicht wahr?«, fragte Duffy.

Will ächzte. »Eine Art … was?«

»Ein Ganove. Ein Gauner. Der Wagen gestern Abend war geklaut, stimmt's?«

»Nein!«, protestierte Will empört.

»Aber er gehört dir nicht«, beharrte Duffy. Sie streute Schokoladenstreusel auf die Erdnussbutter und begann ein hart gekochtes Ei zu schälen und in dünne Scheiben zu schneiden. Wills Magen begann bei dem Anblick leicht zu rebellieren, und er sah weg.

»Wie kommst du darauf?«, fragte er noch einmal.

Zu dem Ei gesellte sich eine weitere, in Scheiben geschnittene Gurke, und obendrauf – Wills Magen protestierte etwas heftiger – landeten zwei Lagen fettiger Schinkenwurst. »Die Kiste war ein Aston Martin. Ich verstehe was von Autos. Wer so einen Wagen fährt, der lebt bestimmt nicht in einer solchen Bruchbude.«

»Vielen Dank«, antwortete Will säuerlich. »Aber du täuschst dich. Der Wagen gehört mir zwar wirklich nicht, aber er war nicht gestohlen.« Gleichzeitig fragte er sich, wieso er sich eigentlich vor diesem Balg rechtfertigen musste. Es wurde wirklich Zeit, dass er sie sich vom Hals schaffte.

»Wenn du willst, räume ich nachher hier ein bisschen auf«, sagte Duffy, während sie eine weitere Scheibe Brot in die Hand nahm und sichtbar angestrengt darüber nachdachte, womit sie die bestreichen sollte.

»Das ist nicht nötig«, schnappte Will. »Meine Putzfrau kommt in einer Stunde.«

»Deine Putzfrau?«, wiederholte Duffy. Sie war fündig geworden. Die Erdbeermarmelade, mit der sie das Brot bestrich, das den Deckel für ihr Sandwich abgeben sollte, konnte den Geschmack ihres Kunstwerkes vermutlich auch nicht mehr nachhaltig beeinträchtigen. »Und ich dachte, sie wäre gestorben. Vor zwei oder drei Jahren.«

»Allmählich beginne ich zu glauben, dass es Leute gibt, die dich umbringen wollen«, sagte Will mit einem schiefen Grinsen. Duffy grinste deutlich breiter zurück, während sie in ihr Brot biss, und Will drehte sich hastig herum, damit ihm nicht wirklich schlecht wurde. »Iss dich erst einmal richtig satt«, sagte er. »Ich sehe inzwischen nach, ob ich irgendetwas zum Anziehen für dich finde. Wahrscheinlich hast du Glück gehabt, dass man dich gestern in diesem Aufzug nicht gleich verhaftet hat.«

Er verließ die Küche, ging ins Schlafzimmer hinüber und

öffnete die Türen des Kleiderschrankes, wobei er sich diesmal nicht die geringste Mühe gab, leise zu sein. Es war absolut nichts darin, was dem Mädchen auch nur annähernd gepasst hätte, aber er suchte auch nicht wirklich nach Kleidern für sie. Stattdessen lauschte er einen Moment lang angestrengt in Richtung Küche, ging wieder ins Wohnzimmer hinüber und starrte das kleine Schränkchen an, auf dem das Telefon stand. Er konnte sich gar nicht erinnern, es aufgehoben zu haben, aber das musste er wohl, denn es lag nicht mehr auf dem Boden, sondern stand ordentlich da, wo es hingehörte, und der Hörer lag auf der Gabel. Will hob ab, suchte mit der freien Hand in der Brusttasche nach Reimanns Visitenkarte und wählte die sechzehnstellige Mobilnummer. Das Freizeichen, auf das er wartete, kam nicht. Stattdessen erklärte ihm eine freundliche Automatenstimme, dass der gewünschte Teilnehmer momentan nicht erreichbar sei und er es später noch einmal versuchen oder auch eine Nachricht auf der Mailbox hinterlassen könnte.

»Du willst nicht zufällig diesen Polizisten anrufen, mit dem du vorhin gesprochen hast?«

Immerhin gelang es Will dieses Mal, nicht den Hörer fallen zu lassen oder gleich den ganzen Apparat vom Tisch zu reißen. Dennoch war er kaum weniger erschrocken als vorhin; und er fuhr auch kaum weniger hastig herum. Das Mädchen stand genau so in der Wohnzimmertür wie beim ersten Mal, als sie ihn mit dem Hörer in der Hand überrascht hatte, aber damit hörte die Ähnlichkeit auch schon auf. Sie hielt ein gut sechs oder sieben Zentimeter dickes Sandwich in der rechten und ein halb geleertes Glas mit Cola in der linken Hand, und sie gab sich jetzt nicht mehr die Mühe, verlegen oder auch nur ein bisschen schuldbewusst auszusehen, sondern maß ihn mit einem Blick, der Will einen eisigen Schauer über den Rücken laufen ließ.

Im ersten Moment wollte er instinktiv leugnen, Reimanns Nummer gewählt zu haben, aber dann fragte er sich, warum eigentlich – und zugleich auch, woher Duffy das überhaupt wissen konnte. Er hatte mit dem Rücken zur Tür dagestanden und die Karte so in der Hand gehalten, dass sie sie unmöglich hatte sehen können.

»Um ehrlich zu sein: doch«, antwortete er.

»Das würde ich nicht tun«, sagte Duffy. Bildete er es sich ein, oder war in ihrer Stimme ein deutlich drohender Unterton?

Er verscheuchte den Gedanken. »Ich kann mir vorstellen, dass du Angst hast«, sagte er, wobei er gleichzeitig versuchte, ein möglichst beruhigendes Lächeln über den Ausdruck von Nervosität und ertapptem Schuldbewusstsein zu stülpen. »Ich habe auch nicht gerne mit der Polizei zu tun, weißt du? Niemand hat das. Aber ich kann dir nicht helfen. Die Polizei schon.«

»Du wirst nicht anrufen«, sagte Duffy. Sie biss ein Stück von ihrem Brot ab, kaute zweimal und spülte den Bissen mit einem gewaltigen Schluck Cola herunter, ehe sie erneut in ihr Sandwich biss und mit vollem Mund hinzufügte: »Ich will das nicht.«

Will seufzte. Einen Moment lang blickte er hilflos auf die Visitenkarte in seiner Hand hinab, als müsse er sie nur intensiv genug anstarren, um die Antwort auf alle seine Fragen darauf zu entdecken, dann steckte er die Karte ein, zögerte noch einmal gute zehn Sekunden und legte schließlich den Hörer auf den Apparat zurück. Langsam und mit betont ruhiger, aber (wie er wenigstens hoffte) auch entschiedener Stimme wandte er sich wieder an das dunkelhaarige Mädchen: »Sieh mal, Kleines«, begann er.

»Du sollst mich nicht so nennen, habe ich gesagt«, unterbrach ihn Duffy scharf. »Ich habe einen Namen.«

»Duffy, gut«, seufzte Will. »Ich würde dir wirklich gern helfen. Aber ich kann es nicht. Ich weiß weder, wer diese Leute sind, noch was du mit ihnen zu tun hast oder was ich für dich tun könnte.«

»Und du willst es auch nicht, stimmt's?«, fragte Duffy.

»Das steht hier gar nicht zur Diskussion«, antwortete Will. »Selbst wenn ich es wollte: Bei dem Unfall gestern Abend ist ein Mann ums Leben gekommen. Wenn wir davon ausgehen, wer mit ihm im Auto saß, dann gab es mindestens noch ein weiteres Opfer.«

»Und?«, machte Duffy. »Geschieht ihnen recht.«

In ihrer Stimme lag eine Kälte, die Will einen eisigen Schauer über den Rücken jagte. Er erwartete von einem Mädchen ihres Alters nicht, dass es wirklich wusste, wovon es sprach, wenn die Rede auf Leben und Tod kam – aber seltsamerweise vermittelte ihm Duffy gerade das Gefühl, dass sie es ganz genau wusste. Vielleicht besser, als sie es eigentlich sollte. Er musste sich beherrschen, um nicht wütend zu antworten.

»Selbst wenn es stimmen sollte, es ist nicht mein Problem«, sagte er. »Und wenn diese Leute dir wirklich etwas angetan haben, dann wird die Polizei es herausfinden.« Er schüttelte den Kopf. »Glaub mir – ich bin alles andere als ein Freund der Bullen. Aber wir haben gar keine andere Wahl.«

»Nein!«, sagte Duffy noch einmal.

Will resignierte. Er hätte sich gar nicht erst auf diese Diskussion einlassen sollen. Mit einem bedauernden Achselzucken drehte er sich halb um, nahm den Hörer ab und streckte den Zeigefinger aus, um die Wiederholungstaste zu drücken.

»Wenn du diesen Knopf drückst«, sagte Duffy, »dann erzähle ich der Polizei von dem gestohlenen Wagen.«

Will erstarrte – allerdings weniger vor Schrecken als vor Ungläubigkeit. »Wie … bitte?«, murmelte er fassungslos.

»Und von dem, was ihr gestern Abend in der Bar besprochen habt«, fügte Duffy hinzu.

»In welcher Bar?«

Das Mädchen schob sich den Rest seines Brotes in den Mund und wischte die fettigen Finger an der Jeans ab. »Im *Roten Fasan*. Ich bin dir nachgeschlichen, nachdem du mich rausgeworfen hast. War gar nicht so schwer, die Hintertür zu finden und reinzukommen.«

»Blödsinn!«, sagte Will.

»Vor dem Notausgang steht ein Berg mit leeren Bierkästen«, sagte Duffy ruhig. »Da ist ein langer Korridor, der mit einem roten Samtvorhang abgetrennt ist, und dahinter geht eine Treppe nach oben. An der Wand hängen überall Spiegel, und gleich hinter dem Vorhang ist ein großes Bild, das einen Sonnenuntergang und ein Segelschiff zeigt.«

Will starrte sie aus aufgerissenen Augen an. Die Beschreibung stimmte. Das Mädchen *war* in der Bar gewesen.

»Ihr habt darüber gesprochen, wohin ihr die Autos verschiebt und dass du nächste Woche noch zwei oder drei Wagen überführen sollst«, fuhr Duffy fort. Sie stand auf und ging auf das Regal zu, aus dem heraus sie Dutzende von Drachen anzufunkeln schienen, manche aus roten aggressiv wirkenden Augen, als wollten sie sich im nächsten Augenblick auf sie stürzen und ihr eine feurige Lohe ins Gesicht speien. »Ich habe zwar nicht alles verstanden, aber was ich gehört habe, das habe ich mir gemerkt. Ich hab ein gutes Gedächtnis.«

»Du … du willst mich erpressen?«, murmelte Will. Das war absurd. Bildete sich diese spindeldürre kleine Kröte tatsächlich ein, ihn unter Druck setzen zu können?

Die simple Antwort auf diese Frage lautete: Ja. Und das Schlimme war: Sie bildete es sich nicht nur ein.

»Ich werde Reimann alles erzählen, was ich gehört habe«,

bestätigte Duffy, ohne sich zu ihm umzudrehen. Sie nahm einen Drachen in die Hand, eines der größten und schönsten Modelle aus Wills Sammlung, dessen ausgebreitete Schwingen fast so groß waren wie die eines Raubvogels. »Und wenn das nicht reicht, dann denke ich mir eben noch was aus.« Sie hob die Schultern, wie um jeden Einwand von vornherein zu entkräften. »Wahrscheinlich werden sie früher oder später rausfinden, dass es nicht stimmt, aber das macht nichts. Jedenfalls kriegst du eine Menge Ärger.«

»Du verdammte kleine Ratte«, sagte Will. »Du willst mich tatsächlich erpressen? Ist das der Dank dafür, dass ich dir geholfen habe?«

»Zuerst einmal hast du mich über den Haufen gefahren«, erwiderte Duffy trocken. Sie drehte sich zu ihm um – den Drachen vorgestreckt, der aussah, als wolle er jeden Moment aus ihren Händen heraus aufsteigen –, grinste und schüttelte ihr verletztes rechtes Bein. Die Schrammen unter der zerfetzten Jeans waren längst verschorft, aber sie sahen nicht besonders hübsch aus. »Und das hier stammt auch von dir, wenn ich mich richtig erinnere.«

»Du …!« Will trat drohend einen Schritt auf sie zu und blieb wieder stehen. Seine Fassungslosigkeit wich allmählich aufkeimendem, rasch stärker werdendem Zorn. Aber zugleich fühlte er sich auch immer hilfloser.

»Tu dir nur keinen Zwang an«, grinste Duffy. »Wenn du mich schlagen willst …« Sie zuckte mit den Schultern, drehte sich wieder um und stellte den Drachen zurück, so langsam und bedächtig, als habe sie alle Zeit der Welt. »Aber ich kann auch ziemlich laut schreien, weißt du?«

»Ich habe nicht vor, dich zu schlagen«, antwortete Will, und das war die Wahrheit. Er war niemals ein gewalttätiger Mensch gewesen, und erst recht nicht Kindern gegenüber –

was allerdings keineswegs bedeutete, dass er sie mochte. Und ein ganz bestimmtes Kind zumindest im Augenblick schon gar nicht. »Aber ich habe auch nicht vor, mich von dir erpressen zu lassen, Schätzchen.«

»Du hast gar keine andere Wahl«, behauptete Duffy. Diesmal nahm sie das *Schätzchen* kommentarlos hin, wenn auch mit einem missbilligenden Stirnrunzeln.

»Du stellst dir das zu leicht vor«, erwiderte Will. »Ich fürchte, du hast ein paar Kriminalfilme zu viel gesehen. In Wirklichkeit ist es nicht ganz so einfach, weißt du?«

»Ach?«, machte Duffy und nahm einen anderen Drachen in die Hand, eine kleine, aggressiv wirkende Ausgabe von Smaug, dem Drachen aus dem *Kleinen Hobbit*.

»Du bist nicht die Einzige, die ein paar interessante Dinge zu erzählen hat«, sagte Will. »Du hast mich belogen.«

Mit einem nachdenklichen Stirnrunzeln stellte Duffy den rotgoldenen Smaug wieder an seinen Platz zurück und wandte sich Will zu. »Wieso?«

»Der Unfall«, erwiderte Will. »Er kann sich nicht ganz so abgespielt haben, wie du es erzählt hast. Nicht so, wie sie den Wagen und vor allem den Toten gefunden haben.« Er behielt Duffy scharf im Auge, während er sprach, und die Reaktion auf ihrem Gesicht verriet ihm, dass er auf dem richtigen Weg war. Trotz allem kam er sich ein bisschen albern vor, wie er hier in seinem eigenen Wohnzimmer stand und mit einem *Kind* diskutierte, als wäre es eine zwergwüchsige Oberstaatsanwältin, die es auf seinen Skalp abgesehen hatte. Zugleich aber fand er allmählich beinahe Gefallen an diesem Disput. Der Kampf war unfair und im Grunde nicht einmal seiner würdig, aber er genoss das Gefühl trotzdem, ihren heimtückischen Angriff nicht nur abgeschmettert zu haben, sondern auch ihre Verteidigung Stück für Stück zu zerpflücken.

»Ich kann mir ungefähr vorstellen, was passiert ist«, fuhr er fort. »Es *hat* einen Unfall gegeben. Aber nicht, weil der Fahrer unaufmerksam war. Es war deine Schuld, habe ich Recht? Du hast irgendetwas gemacht. Vielleicht hast du dich gewehrt oder den Kerl hinter dem Steuer angegriffen … ich weiß es nicht. Aber das Ergebnis war ein Unfall. Ein ziemlich schwerer Unfall. Und ob du das Recht hattest, dich zu wehren oder nicht – es sind Menschen dabei ums Leben gekommen. Die Polizei wird das nicht lustig finden.« Er grinste breit, als die Mischung aus Trotz, Überheblichkeit und Wut in Duffys Gesicht allmählich aufkeimender Betroffenheit Platz machte. »Na, willst du mich immer noch bei der Polizei anzeigen?«

»So war es nicht«, verteidigte sich Duffy.

»Das kann sein – oder auch nicht«, antwortete Will. »Ehrlich gesagt, interessiert es mich auch nicht. Reimann wird die Wahrheit schon herausfinden. Ich glaube, dass er ein ziemlich kluger Mann ist. Aber wie du gerade selbst gesagt hast: Du wirst erst einmal eine Menge Ärger bekommen.«

»Gar nichts wird passieren«, beharrte Duffy. »Sie können mir überhaupt nichts tun. Selbst wenn ich irgendwen umgebracht hätte, könnten sie mir nichts anhaben.«

Das stimmte sogar. Da Duffy noch keine vierzehn war, war sie auch noch nicht strafmündig, und kein Richter konnte ihr irgendetwas anhaben. Aber obwohl sie das ganz genau zu wissen schien, war in ihrer Stimme nur noch Trotz, keine Spur von Sicherheit mehr.

»Ich schlage vor, wir lassen diesen Unsinn jetzt und verhalten uns wie zwei vernünftige Menschen«, sagte er. »Auch wenn du es mir nicht glaubst, ich will dir wirklich helfen. Aber ich kann es nicht. Nicht, nachdem Reimann hier war. Und weil er denkt, dass ich irgendetwas mit der Sache zu tun habe.«

»Hast du ja auch«, beharrte Duffy.

Sie hatte sich wieder gefangen und starrte ihn aus Augen an, die vor hilflosem Zorn zu glühen schienen. »Wenn er mich fragt, dann werde ich behaupten, dass der Unfall deine Schuld war. Ich werde einfach sagen, dass du uns verfolgt hast, abgedrängt oder irgend so was.«

»Du weißt, dass das nicht stimmt.«

»Und?«, fragte Duffy. Es war fast unheimlich, wie schnell sie nicht nur ihre Fassung zurückgewonnen hatte, sondern auch wieder zum Angriff übergegangen war, und auf welch berechnende Art. »Selbst wenn du beweisen kannst, dass es nicht stimmt, wirst du eine Menge Fragen beantworten müssen. Und sie werden alles über dich und deine Freunde und eure krummen Geschäfte herausfinden.«

Will sparte es sich zu antworten. Das Gespräch drehte sich im Kreis, und das würde es selbst dann noch tun, wenn sie es bis zum nächsten Sonnenaufgang fortsetzten. Dieses verdammte Balg hatte Recht. So absurd es ihm selbst vorkam – aber sie hatte ihn in der Hand. Und sie wusste es. Der billige Triumph, den er gespürt hatte, war verfrüht gewesen. Er hatte ihre Selbstsicherheit nicht für eine Sekunde erschüttert. Sie war überrascht gewesen, dass er sich überhaupt wehrte, aber das war auch alles.

»Und was erwartest du jetzt von mir?«, fragte er. Plötzlich war er es, der sich wie ein trotziges Kind benahm. Selbst seine Stimme klang ein bisschen so.

»Darüber muss ich erst nachdenken«, antwortete Duffy. »Jedenfalls nicht, dass du die Polizei anrufst. Ich will nicht zurück.«

»Das musst du auch nicht«, antwortete Will. »Wenn es stimmt, was du mir gestern Abend erzählt hast, dann wirst du ganz bestimmt nicht zu diesen Leuten zurückmüssen.«

»Ich will auch nicht in ein Waisenhaus oder so was«, sagte Duffy.

»Aber du kannst nicht hier bleiben«, erwiderte Will. »Jedenfalls nicht für immer. Nicht einmal für lange – das ist dir doch klar?«

Die Wut in Duffys Augen nahm eher noch zu, aber er spürte, dass sie zugleich begriff, dass er Recht hatte.

»Ich mache dir einen Vorschlag«, sagte er. »Die Tür hinter dir ist das Badezimmer. Du lässt dir jetzt eine Wanne ein und badest erst einmal ausgiebig, und in der Zeit versuche ich ein paar Kleider für dich aufzutreiben. Und danach überlegen wir gemeinsam, wie es weitergehen soll. Einverstanden?«

Duffy schwieg. Sie starrte abwechselnd ihn, das Telefon und dann wieder ihn an, und schließlich fragte sie: »Und wenn du lügst? Woher soll ich wissen, ob du nicht doch die Polizei anrufst, während ich in der Wanne bin?«

Will lachte leise. »Du hast mir ziemlich klar gemacht, was dann passiert. Wenn ich Reimann trotzdem anrufen wollte, würde ich es jetzt tun.«

»Das wagst du nicht«, sagte Duffy.

»Willst du mich daran hindern?« Will lachte. Aber dieses Lachen klang unecht, und es wurde noch ein wenig gekünstelter, als er ihr in die Augen sah. Ohne dass es irgendeinen Grund dafür gegeben hätte, hatte er plötzlich das ungute Gefühl, dass sie es tatsächlich *konnte.*

»Also gut«, sagte Duffy schließlich. »Ich vertraue dir. Aber mach keinen Fehler.«

»Bestimmt nicht«, versprach er. »Welche Konfektionsgröße hast du?«

»Keine Ahnung«, antwortete Duffy. »Warum?«

»Weil *Keine Ahnung* zufällig nicht *meine* Größe ist«, antwortete Will, »und sich in meinem Kleiderschrank nichts

Passendes für dich finden wird. Es sei denn, du möchtest meine Anzüge tragen und dir einbilden, darin nicht aufzufallen.« Er machte eine Kopfbewegung zur Tür hin. »Zwei Straßen weiter ist ein Secondhandladen. Ich denke, da wird sich was für dich finden. Hast du irgendwelche Vorlieben – außer für rosafarbene Nachthemden?«

6

Der Secondhandladen war nur eine Straße entfernt, nicht zwei, wie er behauptet hatte, was ihm an diesem Morgen besonders übel aufstieß, denn schon bei den ersten Schritten in Richtung der Einkaufsstraße hatte die Stelle oberhalb seines Knöchels zu pochen begonnen, die sich schon seit Ewigkeiten nicht mehr gerührt hatte, und dann war aus dem unangenehmen ein schmerzhaftes Gefühl geworden, das ihm immer mehr zu schaffen gemacht hatte, bis er wieder wie in schlimmen alten Zeiten zu humpeln begonnen hatte. Zudem erwies sich auch noch der Secondhandladen als durchaus dieses verkorksten Tages würdig. Will hatte ihn nie betreten und ihm bisher auch stets nur im Vorbeigehen einen allerhöchstens flüchtigen Blick zugeworfen, und er musste auch diesmal nicht hineingehen, um zu begreifen, dass er dort nicht fündig werden würde. Es war zwar ein Secondhandshop, der sich aber ganz offensichtlich auf Kleinkinder spezialisiert hatte und vom Strampler bis zum Buggy alles bot, was das Herz einer jungen (und finanzschwachen) Mutter höher schlagen ließ, in dem sich aber kaum etwas für eine Duffy finden würde. Nur fünf Minuten zu Fuß entfernt gab es jedoch ein Kaufhaus, in dem er sicher etwas Passendes auftreiben würde. Er würde deutlich länger brauchen, als er Duffy versprochen hatte, aber er baute darauf, dass ihm schon eine passende Ausrede einfallen würde.

Als Will diesen Gedanken zu Ende gedacht hatte, blieb er mitten im Schritt stehen und hätte sich am liebsten mit der flachen Hand vor die Stirn geschlagen. War er eigentlich verrückt, sich ernsthafte Gedanken darüber zu machen, wie er sich vor einem *Kind* rechtfertigen sollte? Das Einzige, worüber er sich dringend Gedanken machen musste, war er selbst. Irgendwie hatte er seit dem vergangenen Abend keinen vernünftigen Gedanken mehr zustande gebracht, und die Zeit heilte in diesem speziellen Fall nicht alle Wunden, denn es wurde eher schlimmer statt besser. Gut, er war in einer ziemlich unangenehmen Situation, aber sie war nur unangenehm, nicht verzweifelt, und wenn er sich nur dazu bringen konnte, länger als fünf Sekunden logisch nachzudenken, würde ihm schon eine Lösung einfallen. Im Grunde lag die Lösung sogar klar auf der Hand; er hatte nur noch nicht den Mut gehabt, sie zu sehen. Reimann und Falkenberg waren ihm so oder so schon auf der Spur, und so bitter die Erkenntnis auch war: Sein eigener dummer Fehler gestern Abend hatte dafür gesorgt, dass sie ihn über kurz oder lang mit einem Wagen in Verbindung bringen würden, der ihm nicht gehörte. Und mit ziemlicher Sicherheit würden sie auch den Rest herausbekommen. Je länger er zögerte, Reimann anzurufen und ihm seinen ungebetenen Logierbesuch zu präsentieren, desto schlimmer würde er es nur machen.

Aber von dem *Begreifen* einer Lösung zu deren Umsetzung in die Tat war es ein weiter Weg. Und vor allem ein Weg, der verdammt viel Mut erforderte. Er würde sich dieser Entscheidung stellen, aber noch nicht jetzt. Später, wenn er seine Einkäufe erledigt hatte und sich auf dem Rückweg befand, war immer noch Zeit dazu.

Das Kaufhaus hatte noch geschlossen, aber hinter den großen Glastüren brannte bereits Licht, und er konnte hier und da Bewegung ausmachen. Ein Messingschildchen neben der Tür informierte ihn darüber, dass er sich nur noch gute zehn Minuten gedulden musste – deutlich weniger als die Zeit, die er für den Hin- und Rückweg zu seiner Wohnung brauchen würde, ganz davon abgesehen, dass er den Weg dann zweimal zurücklegen müsste. Will hasste es, zu Fuß zu gehen. So geduldete er sich, auch wenn er sich reichlich albern dabei vorkam, wie eine Hausfrau bei Beginn des Sommerschlussverkaufs vor der geschlossenen Tür auf und ab zu gehen und darauf zu warten, dass sich die Tore zum Paradies endlich öffneten.

Offensichtlich war er auch nicht der Einzige, dem er komisch vorkam. Die junge Verkäuferin, die schließlich mit einem gewaltigen Schlüsselbund in der Hand erschien und zuerst die beiden unteren, dann die zwei oberen Schlösser der Automatiktür entriegelte, warf ihm einen schrägen Blick zu, und auch Will selbst fühlte sich auf sonderbare Weise unbehaglich, als erster Kunde in das zwar bereits taghell erleuchtete, aber vollkommen leere und irgendwie noch verschlafen wirkende Kaufhaus zu gehen.

Ebenso wie den Secondhandshop hatte er auch dieses Geschäft bisher nur von außen gesehen und sich noch nie sonderlich viele Gedanken über sein Inneres und die Ware gemacht, die dort angeboten wurde. So hatte er im ersten Moment Mühe, sich zu orientieren, und kam sich ebenso hilflos wie verloren vor. Die junge Verkäuferin, die die Tür geöffnet hatte, stand noch immer hinter ihm und blickte unverhohlen neugierig in seine Richtung, und Will überlegte eine Sekunde lang, sie um Hilfe zu bitten, entschied sich dann aber dagegen und humpelte rasch weiter und auf die Rolltreppe zu. Sie *war* bereits auf ihn aufmerksam geworden, und wenn er sie nun ansprach – egal, weshalb –, würde sie sich später noch genauer an ihn erinnern. Und auch wenn es im Moment vermutlich keine Rolle mehr spielte, war er doch nach dem Patzer, den er sich gestern Abend erlaubt hatte, doppelt vorsichtig.

Wenigstens war die Rolltreppe keine Enttäuschung. Sie lief noch nicht, aber daneben befand sich eine große Tafel, auf der die einzelnen Abteilungen des Kaufhauses aufgelistet waren.

Kinderkleidung wurde im zweiten Stockwerk feilgeboten. Will betrat die Rolltreppe, die sich automatisch in Bewegung setzte, als die unsichtbaren Sensoren sein Gewicht registrierten, fuhr nach oben und kam sich noch hilfloser und deplatzierter vor, als er das riesige Angebot an Kinderkleidung sah, das die Abteilung bereithielt. Diesmal beging er aber nicht den Fehler, stehen zu bleiben und sich verwirrt umzusehen, sondern steuerte zielsicher die gegenüberliegende Wand an und fand sich unversehens inmitten einer Auswahl prachtvoller Kommunionkleider und -anzüge. Was er suchte – nämlich Jeans, T-Shirts und vielleicht eine preiswerte Jacke –, war nirgends zu entdecken.

Während er nach dem Gewünschten Ausschau hielt, sah er sich gleichzeitig unauffällig nach eventuellen Beobachtern um. Als er heraufgekommen war, war er auch hier oben praktisch allein gewesen; hinter der einzigen Kasse, die es im gesamten Stockwerk zu geben schien, kämpften zwei junge Verkäuferinnen gegen ihre Müdigkeit an und versuchten sich nicht allzu deutlich anmerken zu lassen, wie hart die zurückliegende Nacht gewesen war, und irgendwo auf der anderen Seite war eine ältere Kollegin damit beschäftigt, in den Regalen die Lücken aufzufüllen, die der gestrige Tag hinterlassen hatte. Als er seine Drehung jedoch fast vollendet hatte, lud die Rolltreppe eine weitere Kundin ab. Anscheinend war er doch nicht der einzige Frühaufsteher in dieser Stadt.

Was nichts daran änderte, dass er vermutlich schon wieder auffiel. Will stand reglos mitten im Raum und sah sich so hilflos um wie ein überzeugter Veganer, den es in einen Schlachthof verschlagen hatte, und je verzweifelter er nach dem Gesuchten Ausschau hielt, desto weniger sah er es. Verdammt, es konnte doch wohl nicht so schwer sein, ein paar ordinäre Jeans und ein T-Shirt aufzutreiben!

»Brauchen Sie Hilfe?«

Will fuhr erschrockener zusammen, als ihm lieb war, und drehte sich hastig herum. So winzig die Zeitspanne auch war, die er dazu brauchte, sie reichte seiner auf Hochtouren laufenden Fantasie allemal aus, ihm die allerschlimmsten Schreckgespenster vorzugaukeln. Aber hinter ihm standen weder Reimann noch der wie Phönix aus der Asche aus dem Feuer wiederauferstandene Schläger Sven und auch nicht der kleine Plagegeist, der so unversehens in sein Leben gebrochen war, sondern nur die junge Frau, die er gerade auf der Rolltreppe gesehen hatte. Aus der Nähe betrachtet, wirkte sie ausgesprochen attraktiv, zugleich aber auf eine schwer in Worte zu fassende Weise … seltsam. Sie war hübsch, hatte glattes, bis weit über die Schultern fallendes Haar, dessen Farbe weniger blond als tatsächlich schon fast golden war, und ein schmales, fein geschnittenes Gesicht, das sehr verletzlich aussah. Will registrierte fast unbewusst, dass sie ein schlichtes, dunkelgraues Kostüm trug, und mehr als nur beiläufig, wie sehr ihn ihr plötzliches Auftauchen erschreckt hatte. In Gedanken rief er sich zur Ordnung. Er begann, eine gehörige Paranoia zu entwickeln, und auch wenn er vermutlich jeden Grund dazu hatte, konnte er sich *das* im Moment wirklich nicht leisten.

So hastig, dass sein grundloses Zögern zuvor dadurch noch mehr betont wurde, zwang er sich zu einem Lächeln und machte eine Kopfbewegung, die irgendwo zwischen einem Nicken und einem hilflosen Achselzucken angesiedelt war. »Nein, danke«, sagte er. Dann grinste er noch ein bisschen breiter – und ganz bewusst verlegen – und verbesserte sich: »Oder vielleicht doch. Ich kenne mich hier nicht aus. Sie vielleicht?«

»Das kommt ganz darauf an, was Sie suchen«, antwortete sein goldhaariges Gegenüber.

»Wenn ich das wüsste«, sagte Will. Die junge Frau blickte fragend, und Will fuhr mit einer hilflosen Geste fort: »Ich kenne mich mit Kinderkleidung nicht besonders gut aus, wissen Sie? Meine Nichte ist überraschend zu Besuch gekommen, und Sie wissen ja, wie Kinder sind. Sie hatte noch nicht einmal zu Ende gefrühstückt, da hat sie sich schon das erste Glas Kakao über das Kleid gekippt. Und ihr Koffer ist noch am Bahnhof.«

»Und jetzt suchen Sie irgendetwas, um sie auf die Schnelle wieder stadtfein zu machen«, vermutete die junge Frau. Sie lächelte verständnisvoll. »Wissen Sie ihre Größe?«

»Hundertvierundsechzig … glaube ich«, sagte Will.

»Wie alt ist denn die Kleine?«

»Zwölf«, antwortete Will, hob erneut die Schultern und rettete sich wieder in ein verlegenes Lächeln. Wenn er den Gesichtsausdruck der jungen Frau richtig deutete, sah er damit ziemlich dämlich aus. Aber so fühlte er sich auch. »Vielleicht auch elf«, gestand er. »Aber sie ist groß für ihr Alter.«

»Dann könnte hundertvierundsechzig sogar schon zu klein sein«, sagte die junge Frau. »Wenn Sie nur etwas als Notlösung suchen, würde ich ein einfaches Sommerkleid empfehlen. Die sind im Moment im Angebot – da drüben an der Wand, sehen Sie?«

Wills Blick folgte ihrem ausgestreckten Arm. Er sah absolut nichts, aber er nickte dennoch, wandte sich mit einem dankbaren Lächeln um und ging los, wobei er bemüht war, zwar nur mit mäßigem Erfolg, jede Unregelmäßigkeit in seinem Gang zu verbergen.

Anscheinend hatte er die Hilfsbereitschaft der jungen Frau aber unterschätzt, denn er hatte die Wand mit den Sonderangeboten, auf die sie ihn aufmerksam gemacht hatte, noch nicht ganz erreicht, als sie auch schon wieder zu ihm aufschloss und sich mit einem Blick an ihn wandte, den er unmöglich ignorieren konnte, ohne sie zu brüskieren. »Ich habe es gefunden«, sagte er, »danke.«

»Ich will mich nicht aufdrängen«, sagte die junge Frau, fast als hätte sie seine Gedanken gelesen. »Aber Sie sehen irgendwie … hilflos aus, wenn ich ehrlich sein soll.«

»Ich habe nicht sehr viel Erfahrung im Umgang mit Kindern«, gestand Will. »Um ehrlich zu sein: gar keine.«

»Das sieht man«, antwortete sie mit einem melodischen Lachen. Irgendetwas an ihr verwirrte Will mit jeder Sekunde mehr. Mit Sicherheit war sie nichts anderes als eben eine x-beliebige junge Frau, der seine Hilflosigkeit aufgefallen war und die vielleicht die frühe Stunde nutzen wollte, um die gute Tat des Tages hinter sich zu bringen, aber sie war zugleich auch mehr. Etwas an ihr irritierte Will mit jedem Moment stärker. Irgendetwas an ihr war einfach falsch.

Und dann erkannte er, was ihn an ihr so befremdete: Sie stammte aus der falschen Zeit. Ihre Frisur, ihre Kleidung, ihr schmales, zerbrechlich wirkendes Gesicht, das dezente Make-up, das ihre Verwundbarkeit noch zu betonen schien, selbst der Blick ihrer Augen, ihre Bewegungen und ihre Art zu reden machten sie zu einer Figur aus einem Siebziger-Jahre-Film; ein junges Mädchen, das es in eine Hippie-Kommune verschlagen hatte. Will hätte sie sich gut mit einer Gitarre in der Hand abends am Lagerfeuer vorstellen können, wo sie Lieder von Joan Baez sang und ab und zu an einem Joint zog. Es war verwirrend und ein bisschen beunruhigend.

»Das da oben.« Sie deutete mit einer Kopfbewegung auf ein Kleid, das zu hoch hing, als dass sie es erreichen konnte. Selbst Will musste sich auf die Zehenspitzen stellen, um den Bügel mit dem ausgestreckten Arm fassen zu können. »Das sieht doch hübsch aus.«

Will hatte nichts anderes erwartet nach dem absurden Vergleich, der sich ihm gerade aufgedrängt hatte. Es war ein einfaches weißes Kleid mit einem dezenten Blumenmuster, dessen Schnitt es vermutlich nicht nur schon vor dreihundert Jahren gegeben hatte, sondern der auch damals schon unmodern gewesen war. Er versuchte sich vorzustellen, wie Duffy in diesem Kleid aussehen mochte, aber es gelang ihm nicht. Er würde sie vermutlich auch nicht darin sehen, denn er war ziemlich sicher, dass sie ihm den Hals umdrehen würde, wenn er damit nach Hause kam. Trotzdem nahm er das Kleid vollends herunter, drehte es einen Moment lang in den Händen und tat so, als prüfe er es aufmerksam, ehe er hilflos mit den Schultern zuckte.

Die junge Frau nickte verständnisvoll. »Es gefällt Ihnen nicht«, sagte sie. »Sie können es ruhig zugeben. Schließlich sind Sie nicht verpflichtet, den gleichen Geschmack zu haben wie ich.«

»Es geht nicht um mich«, sagte Will hastig. »Ich finde das Kleid hübsch, aber meine Nichte …«

Er ließ den Satz unvollendet, und sein blondes Gegenüber sah ihm einen Moment lang tief in die Augen, dann lachte sie, nahm ihm das Kleid aus der Hand und hängte es achtlos über eine in ihrer Griffhöhe angebrachte Stange. »Jeans und T-Shirt?«, schlug sie vor.

»Damit kann man jedenfalls nichts falsch machen«, sagte Will. Er fühlte sich immer noch ein bisschen hilflos, jetzt aber aus einem völlig anderen Grund als noch vor einem Augenblick. Es gab überhaupt keinen Zweifel mehr daran, dass die junge Frau das Gespräch mit ihm suchte. Unter normalen Umständen wäre er vielleicht genauso überrascht darüber gewesen wie jetzt, hätte die Chance aber ganz gewiss nicht ungenutzt verstreichen lassen. Vollkommen egal, welche Auflagen die *Emma* mittlerweile erreichte und wie sich emanzipierte Frauen im Fernsehen gaben – gut aussehende junge Frauen wie diese, die keinen Hehl daraus machten, dass sie sich für einen bestimmten Mann interessierten, und so deutlich die Initiative ergriffen, gehörten immer noch zu den großen Ausnahmen. Unglückseligerweise war er nicht in der Verfassung, sich über ihr Interesse zu freuen. Und es hatte vermutlich auch nicht viel Sinn, sich mit ihr für später zu verabreden – nicht, wenn die Wahrscheinlichkeit, den Rest des Tages auf einer Polizeiwache oder – noch wahrscheinlicher – in einer Zelle zu verbringen, so hoch war wie jetzt.

Dennoch war er dankbar, als sie ihn mit einer entsprechenden Geste aufforderte, ihr zu folgen, und ihn zu einem Wühltisch mit herabgesetzten Jeans führte. Er erstand zwei Hosen unterschiedlicher Größe – nur zur Sicherheit – und kaufte dann gleich einen Sechserpack T-Shirts in verschiedenen Farben. »Das wird wohl reichen«, sagte er. »In einer Stunde fahre ich sowieso zum Bahnhof und hole ihren Koffer.«

»Also, viel falsch machen kann man damit nicht«, bestätigte seine Wohltäterin. »Wie heißt denn Ihre Nichte?«

Will sah sie überrascht an, und vielleicht sogar ein bisschen *zu* misstrauisch, denn ihm entging nicht, dass sie unter seinem Blick innerlich zurückprallte. »Warum?«, fragte er.

»Nur so«, antwortete die junge Frau. Sie lächelte nervös. »Ich … wollte nur …« Sie brach ab, schien für einen Moment nicht zu wissen, wohin mit ihrem Blick, und setzte dann neu an. »Entschuldigen Sie. Ich wollte nicht aufdringlich sein.«

»Das waren Sie nicht«, antwortete Will. *Er* sollte es sein, der sich bei ihr entschuldigte. Das gesunde Maß an Verfolgungswahn, das ein fester – und wichtiger – Bestandteil seines Lebens war, begann allmählich auf gefährliche Weise zu wuchern. »Ganz im Gegenteil. Sie haben mir wirklich geholfen. Vielen Dank.«

Rasch, bevor sie antworten und ihn möglicherweise in ein Gespräch verstricken konnte, das er nur zu gern geführt hätte, sich im Moment aber einfach nicht leisten konnte, drehte er sich herum und ging zur Kasse. Er bezahlte bar, ließ sich eine Plastiktüte geben, in der er die erstandenen Kleider verstaute, und ging dann mit schnellen Schritten zur Rolltreppe. Als er sie betrat, drehte er noch einmal den Kopf und sah zurück. Die Frau mit den goldblonden Haaren stand noch immer genau dort, wo er sie zurückgelassen hatte, und sah in seine Richtung. Vermutlich fragte sie sich, was sie falsch gemacht hatte, und Will entschuldigte sich in Gedanken bei ihr. Vielleicht wollte es ja der Zufall, dass er sie irgendwann wiedersah und ihr die ganze Geschichte erklären konnte. Aber so, wie die Dinge im Moment lagen, wohl in frühestens zwei Jahren.

Ohne weitere Zwischenfälle verließ er das Kaufhaus und machte sich auf den Rückweg. Er hatte länger gebraucht, als er angenommen hatte, und so schlug er ein scharfes Tempo an, gerade an der Grenze, um nicht aufzufallen. Trotz der frühen Stunde hatte der Verkehr auf der Straße bereits deutlich zugenommen, und auch die Bürgersteige wimmelten zwar nicht gerade von Menschen, waren aber jetzt nicht mehr so leer wie noch vorhin. Ein Mann Mitte dreißig in unauffälliger Kleidung, der eine Plastiktüte des größten Kaufhauses in diesem Viertel in der Hand trug, würde wohl kaum auffallen, sondern gehörte so selbstverständlich zum Straßenbild, dass man ihn praktisch nicht wahrnahm. Dennoch hatte er das unangenehme Gefühl, ununterbrochen angestarrt, ja belauert zu werden. Und das war ungewöhnlich, selbst angesichts seiner momentanen Situation, denn wenn es etwas gab, worauf er sich in seinem Leben verlassen konnte, dann war es sein Gefühl. Will war schon mehr als einmal aus wirklich brenzligen Situationen entkommen, weil er einfach *gespürt* hatte, dass etwas nicht stimmte. So ungeschickt und – ja – dumm er sich auch manchmal benahm, schien doch zumindest ein Teil von ihm über die feinen Instinkte eines Raubtiers zu verfügen. Manchmal spürte er es einfach, wenn er beobachtet wurde, auch wenn sich sein Verfolger noch so viel Mühe gab, nicht entdeckt zu werden, und ganz gleich, wie gut er war.

Aber wer sollte ihn beobachten? Reimann würde sich kaum die Mühe machen, ihn klammheimlich zu observieren, und Falkenberg wartete vermutlich nur auf einen Anlass, ihm die Tür einzutreten; und vielleicht auch gleich noch die Zähne, wenn er ihm Grund dazu gab. Aber es blieb dabei: Irgendetwas stimmte nicht.

Obwohl Zeit im Moment sein knappstes Gut war, bog Will an der nächsten Kreuzung nicht nach links ab, wie er es getan hätte, um nach Hause zu kommen, sondern in die entgegengesetzte Richtung. Nur wenige Schritte entfernt lag ein kleines Straßencafé, das trotz der frühen Stunde schon geöffnet hatte und eine erstaunliche Anzahl von Frühstücksgästen anzog. Will ignorierte die einladend geschmückten Tische unter den großen Sonnenschirmen jedoch, betrat das Café und nahm an dem einzigen freien Tisch am Fenster Platz. Er hatte gar nicht vorgehabt, zu bleiben oder irgendetwas zu verzehren, aber er hatte sich noch nicht ganz gesetzt, da erschien die Bedienung und fragte nach seinen Wünschen. Will bestellte einen Kaffee und das kleinste Frühstücksmenü, verstaute seine Plastiktüte unter dem Tisch und kramte in der Jackentasche nach Zigaretten, während er sich gleichzeitig rasch und unauffällig umsah.

Die Wahl seines Verstecks erwies sich im Nachhinein als geradezu genial. In dem Café hielt sich ein buntes Sammelsurium der unterschiedlichsten Gäste auf; Hausfrauen, die zu einem frühmorgendlichen Einkaufsbummel aufgebrochen waren, ein paar Männer mittleren Alters in Anzug und Krawatte, die zu bequem waren oder zu wenig Zeit hatten, zu Hause zu frühstücken, zwei oder drei junge Leute, die auf dem Weg zur Uni noch die Zeit für eine Kaffee fanden ... Niemand würde sich hier an ihn erinnern, und niemand, der vorbeikam und einen flüchtigen Blick durch die Scheibe warf, würde ihn sehen. Dafür hatte *er* die gesamte Straße im Blick. Reimann musste sich schon unsichtbar machen oder sich einer aufwändigen kosmetischen Operation samt einer Geschlechtsumwandlung unterziehen, um ungesehen an ihm vorbeizukommen.

Er hatte Zigaretten und Feuerzeug gefunden, zog eine Marlboro aus der Verpackung und ließ das Zippo aufflammen. Aber er setzte die Zigarette nicht in Brand.

Plötzlich begann seine Hand zu zittern. Erst ganz sacht, so dass er es fast nur am stärker werdenden Flackern der kleinen Benzinflamme erkannte, aber dann immer heftiger und schließlich so stark, dass er die andere Hand zu Hilfe nehmen musste, um seine Rechte zu beruhigen. Es war die Flamme. Eine winzige gelbe Benzinflamme mit kaum sichtbaren blauen Rändern, die gleiche Art von Flamme, an der er sich schon Hunderttausende Zigaretten angezündet hatte und die er normalerweise nicht einmal wirklich zur Kenntnis nahm. Aber plötzlich erfüllte sie ihn mit einer Furcht, die an Panik grenzte. Das Bild tauchte völlig grundlos vor seinem inneren Auge auf, und es gab auch keinen Zusammenhang, weder mit seiner momentanen Situation noch mit irgendetwas anderem, was er je erlebt hatte, und doch erfüllte ihn dieses harmlose Feuer plötzlich mit einer Angst, deren er kaum Herr werden konnte. Auf einmal musste er an den vergangenen Abend denken, an die Wärme, die er gespürt hatte, als er die Hand auf den Stein der Kellermauer legte, und an das unheimliche Gefühl, darin etwas Lebendiges, Wütendes zu spüren; etwas, das eingesperrt war und mit immer größerer Wut und Wildheit an den Mauern seines Gefängnisses zerrte.

Unsinn!

Es waren gierige Flammen, die nach ihm griffen, die sich um ihn wanden, die ihm die Luft zum Atmen nahmen, und von einem Moment auf den anderen verschwamm die Umgebung vor seinen Augen und machte einer anderen *Szenerie Platz, einem Café ähnlich wie diesem hier, doch einfacher, altmodischer, düster gehalten; die Beleuchtung war auf ein Mindestmaß heruntergeregelt, so dass man kaum noch die Umgebung erkennen konnte. Mein Blick fiel auf das Kalenderblatt, und ich begriff, warum ich so fror, als ich den geschwungenen Sütterlin-Schriftzug 11. Februar las, und ich dachte an Clara, die, hoffentlich, jeden Moment auftauchen würde, damit wir endlich in den Zug steigen konnten, um aus der Stadt herauszukommen an diesem unseligen Tag dieses fürchterlichen, dieses schon längst verlorenen Krieges …*

Unsinn!

Will schlug den Deckel des Zippo mit der linken Hand herunter und erstickte die Flamme damit, und das mit solcher Wucht, dass ein paar der anderen Gäste überrascht ihr Gespräch unterbrachen und in seine Richtung blickten. So viel zu seiner Überzeugung, hier nicht aufzufallen.

Ohne die Zigarette angezündet zu haben, steckte er das Feuerzeug wieder ein, krümelte die Marlboro mit der linken Hand in den Aschenbecher und wandte sich mit steinernem Gesicht ganz zum Fenster um. Einige der anderen Gäste starrten ihn immer noch an, er spürte es, aber er widerstand der Versuchung, sich herumzudrehen und ihren Blicken zu begegnen. Sein Herz klopfte, und seine Finger zitterten immer noch so stark, dass er jetzt die Hände nebeneinander und mit großer Kraft auf die Tischplatte presste, um sie zu beruhigen, aber so erschreckend der kleine Zwischenfall auch gewesen war, er hatte ihm gezeigt, was das wirkliche Problem war. Es war weder Reimann noch Sven und seine verbrannten Freunde, und es war auch nicht Duffy – es war er selbst. Irgendetwas war gestern Abend in diesem Keller geschehen, das ihn den Bezug zur Wirklichkeit hatte verlieren lassen. Will bildete sich nicht ein, ein Mensch zu sein, der allzu fest mit beiden Beinen auf dem Boden der Realität stand, aber er war auch kein abgehobener Spinner, der an Spuk, paranormale Phänomene oder irgendeinen anderen Mist in dieser Art glaubte. Gestern Nacht jedoch musste er eine Grenze überschritten haben, ohne es in diesem Moment selbst zu bemerken. Er hatte dort unten in diesem unheimlichen, halb überfluteten Keller etwas berührt, das er sich nicht erklären konnte und das ihn genau deshalb zutiefst verunsicherte, und nun bemühte sich irgendetwas in ihm, dieser Verunsicherung Herr zu werden, indem es sich mit völlig übertriebener Akribie auf ganz greifbare Probleme stürzte, die sich ihm boten.

Die Erklärung war simpel, aber gerade deshalb einleuchtend. Will atmete innerlich auf, und er hätte es vielleicht sogar laut getan, wäre nicht in diesem Moment *eines* genau dieser Probleme um die Ecke gebogen, um die auch er vor zwei oder drei Minuten gekommen war. Statt erleichtert aufzuatmen, versteifte sich Will auf seinem Stuhl und spürte, wie sein Gesicht noch mehr von seiner ohnehin kaum noch vorhandenen Farbe verlor.

Die junge Frau mit dem goldfarbenen Haar ging auf der anderen Straßenseite, und sie trug jetzt einen leichten Sommermantel über ihrem grauen Kostüm, aber Wills Sinne arbeiteten auf Hochtouren, und auch wenn es nicht so gewesen wäre, hätte er sie vermutlich selbst in einer hundertköpfigen Menschenmenge sofort erkannt. Ihr Haar leuchtete im klaren Licht der Morgensonne wie eine goldene Fackel, und sie wirkte selbst über die große Entfernung hinweg so zerbrechlich wie eine Figur aus feinem Porzellan. Sie trug jetzt eine Handtasche in der Linken, und sie bewegte sich nicht sehr schnell, aber dennoch zielstrebig. In der Rechten hielt sie ein Handy, das so winzig war, dass Will es im Grunde nur sah, weil sie es von Zeit zu Zeit ans Ohr hob und ein paar Worte hineinzusprechen schien, und obwohl sie sich Mühe gab, ihre Bewegungen nicht zu auffällig werden zu lassen, erkannte er doch, dass sie aufmerksam die Straße auf beiden Seiten absuchte. Außerdem fehlte etwas. Obwohl sie in demselben Kaufhaus wie er gewesen war, trug sie keine Plastiktüte der Art, wie er sie vor sich unter den Tisch geschoben hatte.

Das bestellte Frühstück kam. Will bezahlte sofort, ohne die Kellnerin oder das Wechselgeld, das sie ihm hinlegte, auch nur eines Blickes zu würdigen, nippte an dem kochend heißen Kaffee und schob den Teller mit unappetitlich aussehendem Rührei, halb verbranntem Speck und zwei aufgebackenen Brötchenhälften angewidert ein kleines Stück von sich; alles, ohne die blonde Frau auf der anderen Straßenseite auch nur für einen Sekundenbruchteil aus den Augen zu lassen. Ihm war klar, dass sein Starren auffallen musste, aber das war ihm mittlerweile egal. Die junge Frau ging langsam weiter und hatte das Café jetzt schon fast passiert; mindestens einmal hatte sie auch direkt in seine Richtung geblickt, ohne ihn jedoch hinter der Scheibe zu erkennen. Will war nicht ganz sicher, wie weit er seiner eigenen Beobachtungsgabe im Moment trauen konnte, aber er hatte den Eindruck, dass sie mit jedem Schritt nervöser wurde. Möglicherweise war er nicht der Einzige hier, der allmählich in Panik geriet.

Die junge Frau ging langsam weiter. Irgendwann hob sie das Telefon ans Ohr und schien wieder mit jemandem zu sprechen, und nachdem sie vielleicht vierzig oder fünfzig Schritte zurückgelegt hatte und sich schon fast der nächsten Straßenkreuzung näherte, blieb sie stehen und drehte sich langsam herum. Für einen kurzen Moment schien ihr Blick genau auf Will gerichtet zu sein, und für einen noch kürzeren Moment war er sicher, dass sie ihn entdeckt hatte. Doch dann ging sie weiter, und wenn er jemals einen Menschen gesehen hatte, dessen Haltung Hilflosigkeit und Furcht ausdrückte, dann sie.

Will nippte erneut an seinem Kaffee. Seine Gedanken rasten, aber zumindest verloren sie sich nicht mehr in heillosem Chaos.

Auch wenn es völlig widersinnig klang – er war sicher, dass die junge Frau nicht zufällig hier war, so wenig, wie sie zufällig vorhin im Kaufhaus aufgetaucht war. Sie war ganz eindeutig auf der Suche nach etwas oder jemandem, und die Vermutung, dass er dieser Jemand war, lag auf der Hand; auch wenn er sich beim besten Willen nicht vorstellen konnte, warum. Aber sie war gut. Ihre Art, nicht nur in seine Nähe zu gelangen, sondern ihm auch noch ein paar Informationen zu entlocken, die er unter normalen Umständen niemals preisgegeben hätte, war perfekt gewesen, das musste er zugeben. Und hätte er sich nicht in einer Ausnahmesituation befunden, hätte er nicht unter einem Anfall akuter Paranoia gelitten, und hätten seine Sinne nicht mit ungefähr achthundert Prozent ihrer normalen Leistungsfähigkeit gearbeitet, wäre ihm vermutlich nicht einmal aufgefallen, dass sie ihm folgte.

Aber es *war* ihm aufgefallen, und Will gedachte das Spiel ab sofort zu *seinen* Bedingungen weiterzuspielen.

Er griff zum zweiten Mal in die Jackentasche, um Zigaretten und Feuerzeug hervorzuholen, und diesmal bereitete es ihm nicht die geringste Mühe, dem Anblick der Flamme standzuhalten und die Zigarette anzuzünden. Ihm war nicht nach

Rauchen – das war ihm selten. Eine Packung Zigaretten reichte bei ihm manchmal eine Woche, manchmal länger, und schon mehr als einmal hatte er sie halbvoll weggeworfen, weil der Tabak auszutrocknen begann und aus den Hüllen herausrieselte, wenn er eine Zigarette aus der Packung nahm – aber die fünf oder sechs Minuten, die er brauchen würde, um die Marlboro zu rauchen, erschienen ihm eine gute Frist, falls die Blonde tatsächlich hinter der nächsten Ecke verschwinden und nicht mehr auftauchen würde. Auf jeden Fall wäre es lang genug, um ihr einen gehörigen Vorsprung zu sichern, und falls sie auf der Straße blieb oder gar auf ihn zukam, würde ihm vermutlich ausreichend Zeit bleiben, um sich etwas Neues einfallen zu lassen.

Genau genommen geschah beides. Die Frau mit dem goldfarbenen Haar ging zögernd und immer wieder anhaltend, einen Blick zurückwerfend, zum Ende der Straße und bog dann nach links ab, und Will war schon versucht, seine Zigarette auszudrücken und das Café zu verlassen, entschied sich aber dann dagegen und, wie sich zeigte, zu Recht. Es verging nicht einmal eine halbe Minute, bis sie zurückkam. Sie hatte das Handy nicht mehr am Ohr, und sie war viel zu weit entfernt, als dass er ihr Gesicht erkennen konnte; aber Will konnte ihre Nervosität beinahe riechen. Bis zu diesem Moment hatte er sich – auch wenn es lächerlich war – immer noch irgendwie einreden können, dass dies alles nichts als Zufall war; allerhöchstens, dass sie sich tatsächlich für ihn interessierte und sich als ganz besonders hartnäckig erwies. Aber die junge Frau, die nun drüben auf der anderen Straßenseite allmählich wieder näher kam – wobei sie diesmal deutlich langsamer ging und nicht nur die Straße selbst, sondern auch die Schaufenster der Geschäfte, an denen sie vorbeikam, äußerst gründlich inspizierte –, war kein weiblicher Schürzenjäger. Sie suchte jemanden, und es war nicht besonders schwer, sich auszurechnen, wer dieser Jemand war.

Nicht, dass es für Will irgendeinen Sinn gemacht hätte. Also gut, dachte er, Plan B. Er hatte einige Erfahrung im Verfolgtwerden und fast ebenso große im Verfolgen, und wenn diese Frau dort drüben kein absoluter Profi war, hatte er die eine oder andere Überraschung für sie auf Lager. Mit einer fast bedächtigen Bewegung drückte er seine Zigarette im Aschenbecher aus, trank noch einen Schluck Kaffee und zog dann die Plastiktüte unter dem Tisch hervor. Er überzeugte sich davon, dass seine Verfolgerin noch gute hundert Meter entfernt und somit viel zu weit weg war, um Gesichter zu identifizieren, dann zog er die Jacke aus, nahm die Kleider, die er gekauft hatte, aus der Tüte und warf erst sie, dann sein Jackett über den linken Arm, den er dann angewinkelt an den Körper drückte. Keine perfekte Tarnung, aber die beste, die er auf die Schnelle improvisieren konnte. Und da es zugleich die einzig verfügbare war, musste sie reichen.

Ohne verräterische Hast verließ er das Café, schlängelte sich zwischen den mittlerweile fast vollständig besetzten Tischen hindurch und wandte sich nach links. Er widerstand der Versuchung, in die andere Richtung zu blicken und nach seiner Verfolgerin Ausschau zu halten, aber er wusste, dass sie immer noch gut siebzig oder achtzig Meter entfernt sein musste, wenn sie ihre Schritte nicht dramatisch beschleunigt hatte. Im gleichmäßig raschen Tempo eines Mannes, der sich auf dem Weg ins Büro befand und keine übermäßige Eile, aber auch keine Zeit zu vertrödeln hatte, humpelte er mit leicht nachgezogenem linken Bein den Weg zurück, den er vorhin gekommen war, bog an der Kreuzung nach rechts ab und legte, kaum außer Sicht, so viel Tempo zu, wie es gerade noch ging, ohne wirklich zu rennen. Nach weniger als einer Minute erreichte er die nächste Straßenkreuzung, bog ein und blieb stehen. Sein Atem ging schnell. Er hatte das Gefühl, von jedermann angestarrt zu werden, der sich auf der Straße befand, aber es war nicht mehr so intensiv wie vorhin. Was er jetzt spürte, war die normale Nervosität, die jeder empfand, der wusste, dass er verfolgt wurde. Er blieb noch einige Sekunden stehen, bis sein Atem wieder ruhig und gleichmäßig ging, dann schlüpfte er in die Jacke, klemmte sich Duffys Kleider kurzerhand unter den Arm und lief zur Hausecke zurück, um einen Blick zu riskieren. Von seiner Verfolgerin war keine Spur zu sehen. Entweder sie war auf seine Maskerade hereingefallen, oder sie hatte begriffen, dass er sie entdeckt hatte, und die Verfolgung abgebrochen. Will wusste nicht, welcher Antwort er den Vorzug geben sollte. Er war auch nicht wirklich beruhigt. Diese Runde ging eindeutig an ihn – aber das änderte rein gar nichts daran, dass es gar keine Runde hätte geben dürfen.

7

Als er in die Wohnung zurückkehrte, war aus seinem Humpeln wieder ein erstaunlich sicherer Schritt geworden, und von dem scharfen Schmerz oberhalb seines Knöchels war nichts weiter als ein sanftes Ziehen übrig geblieben. Trotzdem sank seine Laune auf einen neuen Tiefpunkt, als er die Tür aufschloss. Der Fernseher lief in einer Lautstärke, die durchaus dazu angetan war, ihm seinen ersten richtigen Krach mit den Nachbarn zu bescheren. Leicht verärgert ging er ins Wohnzimmer und fand Duffy in einem der drei schweren Ohrensessel vor, die er anstelle der obligatorischen Couchgarnitur besaß. Sie hatte die Füße auf den Tisch gelegt und irgendwo in der Küche noch eine Tüte Chips gefunden, mit deren Inhalt sie sich so intensiv beschäftigte, dass ihre Kaugeräusche beinahe die Stimmen aus dem Fernseher übertönten. Will sparte sich gleich die Mühe, irgendetwas zu sagen, ging mit weit ausgreifenden Schritten an ihr vorbei und schaltete den Fernseher aus. In dem Moment, in dem das Bild erlosch, registrierte er, dass sie eine Nachrichtensendung geschaut hatte, was ihn leicht verwunderte – er hätte eher auf MTV getippt oder möglicherweise auch auf Super RTL.

»Hey!«, protestierte Duffy. »Schalt sofort wieder ein!«

»Wozu?«, knurrte Will, während er sich zu ihr herumdrehte und zuerst sie, dann das Chaos aus zerkrümelten Chips, Keksen, Käse- und Wurstresten und anderen Nahrungsmittelfragmenten musterte, das ihren Sessel umgab, als wäre dort ein zur Bombe umfunktioniertes Carepaket eingeschlagen.

»Wenn du willst, dass gleich ein wütender Nachbar gegen

die Tür hämmert, dann weiter so. Aber vielleicht rufen sie auch sofort die Polizei, um sich über den Lärm zu beschweren.«

»Schalt wieder ein!«, nörgelte Duffy. »Ich will die Nachrichten sehen. Sie bringen etwas über den Unfall!«

Will begriff erst nach zwei oder drei Sekunden, wovon sie überhaupt sprach, und er zögerte auch danach noch einmal einen Moment, drehte sich dann aber gehorsam herum, um den Apparat wieder einzuschalten und gleichzeitig die Lautstärke herunterzudrehen. Der Fernseher war nicht mehr der jüngste – alles, was er für sein begrenztes Budget in einem Secondhandladen hatte bekommen können –, und er brauchte weitere zehn oder fünfzehn Sekunden, bis er ein leises elektrisches Knistern von sich gab und etwas wie ein schattenhaftes Geisterbild auf der Mattscheibe erschien, das nur langsam deutlicher wurde.

»Ich sehe nichts!«, protestierte Duffy. »Du stehst im Weg.«

Will machte einen raschen Schritt zur Seite, ohne den Blick vom Bildschirm zu nehmen. Es gab allerdings nicht mehr viel zu sehen. Er hatte gerade rechtzeitig genug wieder eingeschaltet, um die letzten anderthalb Sekunden des Berichtes mitzubekommen – und die wenigen Bilder, die er wirklich deutlich sah, verwirrten ihn mehr, als dass sie ihm Informationen lieferten. Ganz offensichtlich waren sie aus einem tief fliegenden Hubschrauber heraus aufgenommen worden und alles andere als scharf, und er erkannte die Straße im Grunde nur wieder, weil Duffy ihm gesagt hatte, worum es sich in dem Bericht drehte. Von einem ausgebrannten Wagen jedenfalls war weit und breit nichts zu sehen. Offensichtlich war das Wrack bereits fortgeschafft worden, aber dafür waren die Spuren des Brandes umso deutlicher. Wie es aussah, hatte man die Straße auf ganzer Länge gesperrt, und Will konnte sich lebhaft vorstellen, wie die Anwohner dieser teuren Wohngegend darauf reagieren würden, was ein schadenfrohes Grinsen auf seinen Lippen erscheinen ließ. Dort, wo er gestern Abend den gleißenden Feuerball des brennenden Wagens gesehen hatte, wimmelte es derart von Männern in weißen Schutzanzügen, dass der Boden praktisch nicht mehr zu sehen war, aber der Asphalt war auch in weiterem Umkreis geschwärzt, und trotz der schlechten Bildqualität kam es ihm hier und da so vor, als wäre er an manchen Stellen sogar *geschmolzen* – was natürlich vollkommen unmöglich war. Will zählte mindestens ein halbes Dutzend Einsatzfahrzeuge der Polizei und noch mehr Feuerwehrwagen, dann erlosch das Bild endgültig und machte dem Konterfei einer blonden Moderatorin Platz, die ihn auf beunruhigende Weise an seine Verfolgerin von vorhin erinnerte. Vielleicht war das der Grund, weshalb er rasch die Hand ausstreckte und das Gerät wieder ausschaltete.

»Jetzt habe ich nicht gehört, was sie gesagt haben«, rief Duffy enttäuscht.

»Reg dich nicht auf«, antwortete Will. »Die Sendung wird in einer Stunde wiederholt.« Und spätestens dann würde auch *er* sich den Bericht ansehen, und zwar sehr aufmerksam. Gerade als er auf den Bildschirm geblickt hatte, war es ihm selbst nicht wirklich zu Bewusstsein gekommen, aber im Nachhinein spürte er nun eine immer stärker werdende Beunruhigung, deren Grund er zwar nicht nennen konnte, die aber irgendetwas mit dem zu tun hatte, was er gerade gesehen hatte; ein Gefühl, das ihn an den archaischen Schrecken erinnerte, den ihm die Feuerzeugflamme eingejagt hatte, und das Gefühl, in einem altertümlichen Café am Ende eines verlorenen Krieges zu sitzen und auf jemanden zu warten, den er nicht kannte. Er verjagte den Gedanken und schnitt Duffy, die zu einer weiteren nörgelnden Beschwerde ansetzte, mit einem Kopfschütteln das Wort ab. »Wir müssen uns unterhalten«, sagte er.

»Ich hätte lieber die Nachrichten gesehen«, antwortete Duffy patzig. Sie stopfte sich eine weitere Hand voll Chips in den Mund und begann sie unter lautstarkem Krachen zu zermahlen. »Such lieber einen anderen Sender. Vielleicht bringen sie ja noch mehr.«

Will setzte zu einer scharfen Antwort an, aber dann besann er sich eines Besseren, schüttelte nur noch einmal den Kopf und ging um den überladenen Tisch herum, um sich in einen der beiden anderen Sessel sinken zu lassen. »Ich glaube nicht, dass das nötig ist«, sagte er.

Duffy hörte auf zu kauen und starrte ihn an. Sie schwieg.

»Ich glaube nicht, dass sie in den Nachrichten mehr bringen, als du mir erzählen kannst«, sagte Will. Er behielt Duffy bei diesen Worten sehr aufmerksam im Auge, aber sie beherrschte sich entweder meisterhaft, oder sie wusste wirklich nicht, wovon er sprach. Sie sagte immer noch nichts, sah plötzlich aber ein wenig hilflos aus und schon wieder auf diese seltsame Art erschrocken, die es ihm fast unmöglich machte, seinem Mitleid nicht zu erliegen.

»Erzähl mir von den Leuten, vor denen du Angst hast«, sagte er.

Duffy sagte immer noch nichts, aber sie legte die Chipstüte auf den Tisch, schluckte den Rest, den sie noch im Mund hatte, mit sichtbarer Anstrengung herunter und starrte dann an Will vorbei auf den leeren Bildschirm. »Das ... das möchte ich nicht«, sagte sie.

»Das glaube ich dir, Kleines«, sagte Will sanft. »Ich meine: Immerhin habe ich diese Leute kennen gelernt und weiß, dass mit ihnen nicht gut Kirschen essen ist. Aber wenn ich dir helfen soll, musst du mir schon ein bisschen mehr erzählen.«

»Du kannst mir nicht helfen«, antwortete Duffy. Sie starrte noch immer auf den Fernseher, aber ihr Blick war jetzt so leer wie die erloschene Bildröhre. Ihre Stimme wurde nicht nur leiser, sondern verlor nahezu jede Modulation und damit auf eine schreckliche Weise auch einen großen Teil ihrer Menschlichkeit. »Niemand kann mir helfen«, fuhr sie fort. »Diese Leute sind gefährlich. Und sie sind stark.«

»Sie sind nicht unbesiegbar«, antwortete Will. *Wie sich gestern Abend gezeigt hat,* fügte er in Gedanken hinzu. »Erzähl mir einfach von ihnen. Vielleicht fällt mir ein Weg ein, wie ich dir helfen kann – wenn ich erst ein bisschen mehr weiß.«

Für den Bruchteil eines Atemzuges glomm eine fast verzweifelte Hoffnung in Duffys Augen auf, allerdings nur, um nicht nur sofort wieder zu erlöschen, sondern einer ungleich tieferen, jähen Enttäuschung Platz zu machen. Sie schüttelte den Kopf. »Ich habe schon einmal jemandem vertraut«, flüsterte sie. »Sie haben ihn ...«

Sie sprach nicht weiter, aber Will hätte in diesem Moment nicht sagen können, was ihn mehr erschreckte: die Möglichkeit, die der nicht ausgesprochene Teil ihrer Antwort implizierte, oder diese grässliche Leere in ihrer Stimme. Hätte er Angst, Entsetzen, ja selbst die unverhohlene Todesangst von gestern Abend in ihrer Stimme gehört, es wäre nicht so schlimm gewesen, denn er begriff sehr wohl, was die vollkommene Teilnahmslosigkeit in Duffys Worten zu bedeuten hatte. Ein verzweifelter Schutz, vielleicht die einzige Möglichkeit, die es für sie gab, über das Erlebte zu sprechen, ohne von dem Schrecken überwältigt zu werden.

»Manchmal hilft es zu reden«, sagte er. Er lachte ganz leise. »Und um ehrlich zu sein – ich bin ziemlich neugierig. Man trifft schließlich nicht jeden Tag jemanden wie dich. Apropos ...« Er warf Duffy die Kleider zu, die er gekauft hatte, und sie griff instinktiv danach, verfehlte sie aber, so dass sie sich zu dem bunten Sammelsurium aus Krümeln und Lebensmittelresten auf dem Teppich vor ihr gesellten. Duffy hob eines der bunten T-Shirts auf und runzelte vielsagend die Stirn.

»Vielleicht nicht der letzte Schrei«, gestand Will, »aber immer noch besser als das, was du im Moment anhast.« Er machte eine Kopfbewegung in Richtung Tür. »Ich nehme an, du hast nicht gebadet?«

»Wozu?«, erwiderte Duffy, während sie weiter abwechselnd kritisch das T-Shirt und mehr als nur strafend ihn ansah. »Hat nicht viel Sinn, zu baden und dann die dreckigen Klamotten wieder anzuziehen, oder? Oder warst du scharf darauf, mich nackt zu sehen?«

»Höchstens, weil es dann leichter wäre, dir den Hintern zu versohlen«, erwiderte Will. In der Zeitspanne, die er brauchte, um die Worte auszusprechen, wurden seine Augen hart und seine Stimme so kalt wie Eis. »Lass das. Ich mag solche Scherze nicht.«

»Entschuldigung«, antwortete Duffy. Es klang ehrlich. Sie hob die Schultern. »Aber ich wusste wirklich nicht, was ich anziehen sollte. In deinem Kleiderschrank habe ich jedenfalls nichts Passendes gefunden. Du hast offensichtlich nicht viel Damenbesuch?«

»Keinen, der seine Sachen hier lässt«, erwiderte Will. »Und wenn, dann würden sie dir nicht passen.« Diesmal lächelte er, während er antwortete, und obwohl Duffy keine Miene verzog, spürte er, wie sich die plötzlich angespannte Stimmung wieder löste. Die Schärfe, mit der er auf die Anspielung reagiert hatte, die sie vermutlich aus keinem anderen Grund gemacht hatte als dem, ihn zu reizen, tat ihm längst wieder Leid. Er hatte plötzlich das fast sichere Gefühl, dass Duffy deutlicher wusste, worüber sie sprach, als es ein Kind ihres Alters wissen sollte.

»Diese Leute gestern Abend«, begann er erneut, »die Frau in

dem schwarzen Kostüm – waren das die, vor denen du Angst hast?«

Fast zu seiner eigenen Überraschung bekam er eine Antwort, auch wenn sie nur in einem starren Blick und einem abgehackten Nicken bestand. Duffys Gesicht blieb weiter unbewegt, aber ihm fiel auf, mit welcher Kraft sie plötzlich das T-Shirt umklammerte.

»Die, die gedroht haben, dich umzubringen.«

Wieder ein wortloses Nicken. Duffys Hand schloss sich noch fester zur Faust. Noch ein wenig mehr, dachte er besorgt, und sie würde sich die Fingernägel durch den Stoff des T-Shirts hindurch in die eigene Handfläche graben. Er konnte fast körperlich fühlen, unter welch furchtbarer Anspannung das Mädchen plötzlich stand, und es fiel ihm immer schwerer, des Mitleids Herr zu werden, das ihn erfüllte. Zum ersten Mal in seinem Leben verspürte er das intensive Bedürfnis, einfach aufzustehen und sein Gegenüber in die Arme zu schließen, um es schützend an sich zu drücken. Aber er widerstand diesem Drang. Das Mädchen tat ihm unendlich Leid, und ihm war klar, wie sehr er sie mit seinen Fragen quälen musste, aber er spürte auch, dass er ganz dicht davor stand, endlich ein paar Antworten auf die unzähligen Fragen zu bekommen, die ihn quälten.

»Was durftest du nicht verraten?«, fragte er. »Was war so schlimm, dass sie damit gedroht haben, dich umzubringen, wenn du es jemandem erzählst?«

»Sie … sie haben mich in diesem … diesem Haus gefangen gehalten«, antwortete Duffy leise, stockend und erst nach einer kleinen Ewigkeit. Ihr Blick blieb weiter leer, aber in ihrer Stimme war jetzt ein Gefühl – auch wenn Will eine Menge dafür gegeben hätte, diesen grässlichen Schmerz nicht hören zu müssen. »Und sie haben … sie haben schreckliche Dinge mit mir getan. Mit … mir und … den anderen.«

»Den anderen?« Will wurde hellhörig. »Waren da noch andere Kinder? Und von was für schrecklichen Dingen sprichst du?«

»Ich ... ich will nicht darüber reden«, flüsterte Duffy. »Sie hat es mir verboten.«

»Sie?«

»Sie hat gesagt, dass sie ... dass sie mich töten werden, wenn ich darüber rede«, flüsterte Duffy. Ihre Stimme wurde noch leiser und war jetzt kaum noch zu hören. »Sie hat gesagt, dass sie mich kriegen werden, ganz egal, wo ich mich verstecke, und ich weiß, dass sie Recht hat. Sie finden einen überall.«

»Von wem sprichst du?«, fragte Will. Er hatte sich aufgerichtet und gebannt ein wenig vorgebeugt, aber als ihm seine Haltung bewusst wurde, zwang er sich, sich wieder zurücksinken zu lassen und sich ganz demonstrativ zu entspannen. Er bewegte sich auf dünnem Eis; viel dünnerem, als ihm bis zu diesem Moment selbst klar gewesen war. Jeder Kinderpsychologe, der der Szene ansichtig geworden wäre, hätte vor Entsetzen wahrscheinlich die Hände über dem Kopf zusammengeschlagen, aber man musste auch keine zwölf Semester studiert haben, um einfach zu *sehen,* dass das Mädchen kurz vor dem Zusammenbruch stand. Will mahnte sich in Gedanken zur Vorsicht. Er war vielleicht nahe daran, endlich ein paar Antworten zu bekommen, aber wenn er jetzt einen Fehler machte, dann würde er womöglich gar nichts mehr von ihr hören.

»Schon gut«, sagte er. »Wir können später weiterreden, wenn du möchtest.«

Duffys Blick machte klar, dass sie das nicht wollte, weder später noch irgendwann. Aber als sie antwortete, hatte ihre Stimme wieder ein ganz kleines bisschen an Festigkeit gewonnen. »Sven war der Schlimmste von ihnen«, sagte sie. »Und jetzt ist ihm etwas ... passiert. Ich weiß das.«

»Das habe ich befürchtet«, sagte Will.

»Aber da … da sind noch andere«, murmelte Duffy stockend.

»Andere«, wiederholte Will langsam. Er sah das Mädchen jetzt ganz bewusst nicht mehr direkt an. »Männer oder Frauen – ich meine: Kannst du sie mir beschreiben?«

»Warum?« Die Leere in Duffys Augen machte schlagartig Misstrauen und jäher Bestürzung Platz; vielleicht sogar Panik.

»Nur so«, behauptete Will. »Ich meine: Die Polizei wird dir die gleichen Fragen stellen.«

»Ich will nicht zur Polizei!«

»Ich weiß«, antwortete Will geduldig, schüttelte zugleich aber auch den Kopf. »Aber wir werden es müssen. Wenn diese Leute wirklich so gefährlich sind, wie du sagst, dann bin ich vielleicht nicht in der Lage, dir zu helfen.«

»Die Polizei schon gar nicht«, behauptete Duffy. »Sie haben keine Angst vor ihr. Sie fürchten niemanden, auch nicht die Polizei.«

Gegen seinen Willen schmunzelte Will. »Ich glaube, jetzt unterschätzt du die Polizei aber gewaltig«, sagte er. »Wenn es um Kinder geht, dann sind sie weder langsam, noch nehmen sie auf irgendjemanden Rücksicht.«

»Du weißt ja nicht, wovon du redest«, behauptete Duffy.

»Dann erklär es mir«, verlangte Will.

»Versprich mir, dass du nicht die Polizei anrufst«, beharrte Duffy. »Sonst sage ich kein Wort mehr!«

Will seufzte tief. »Zu irgendjemandem werden wir gehen müssen«, sagte er geduldig. »Du kannst nicht einfach hier bei mir bleiben, bis du achtzehn geworden bist.« Er schüttelte den Kopf, als Duffy schnaubend die Luft einsog, um zu protestieren, und fuhr etwas lauter fort: »Überleg doch mal. Wenn diese

Leute wirklich so gefährlich sind, wie du behauptest, dann werden sie früher oder später herauskriegen, wo du bist. Wenn ich dir wirklich helfen soll, dann musst du mir schon Gelegenheit dazu geben.«

»Keine Polizei«, beharrte Duffy.

Will registrierte mit einem Gefühl vorsichtiger Erleichterung, dass sie zwar immer zorniger wurde, zugleich aber ihre Fassung zurückgewann. »Ich mache dir einen Vorschlag«, sagte er. »Ich verspreche dir nicht, *nicht* die Polizei zu rufen, aber ich gebe dir mein Wort, dass ich es nur tue, wenn uns beiden wirklich nichts anderes einfällt. Gibt es sonst niemanden, der dir helfen könnte? Deine Eltern oder irgendwelche Verwandten?«

»Meine Eltern haben mich doch ...«, begann Duffy, schluckte den Rest des Satzes herunter und biss sich so heftig auf die Lippe, dass es wehtun musste; als wollte sie sich selbst für die Worte bestrafen, die ihr um ein Haar entschlüpft wären. »Sie sind tot«, sagte sie. »Schon lange.«

»Und andere Verwandte?«

Duffy hob die Schultern. »Ich weiß nicht.«

»Du weißt nicht, ob du Verwandte hast?«

»Ich war so lange dort. Meine Mutter hat ... hat Verwandte gehabt, aber ich weiß nicht, wo sie leben. Oder wie sie heißen.«

Will seufzte. Als er sie das letzte Mal danach gefragt hatte, hatte sie behauptet, dass es keine lebenden Verwandten ihrer Eltern mehr gebe. Aber es spielte keine Rolle, ob das Mädchen diesmal die Wahrheit sagte oder nicht – so kam er jedenfalls nicht weiter.

»Lass uns später weiterreden«, sagte er. »Jetzt geh dich säubern und umziehen. Wenn du willst, beziehe ich dir das Bett frisch. Wenn du wirklich die ganze Nacht auf dem Balkon gewesen bist, musst du todmüde sein.«

»Das bin ich auch«, gestand Duffy. »Aber ich glaube nicht, dass ich schlafen kann.«

»Dann ist ein heißes Bad die beste Methode, um das herauszufinden«, antwortete Will. Er stand auf, blickte auffordernd auf Duffy hinab und wartete darauf, dass auch sie sich erhob. Sie tat es auch, aber erst nach einer Weile, zögernd und auf eine Weise widerwillig, die ihm klar machte, dass sie es nur um seinetwillen tat, nicht weil ihr wirklich danach war. Als sie sich mühsam aus dem Sessel hochstemmte, fiel sein Blick wieder auf ihr zerrissenes Hosenbein und die verschorften Kratzer darunter.

»Vielleicht sollte ich besser in die Apotheke gehen und einen Verband besorgen. Und etwas zum Desinfizieren.«

»Das ist nicht nötig«, antwortete Duffy rasch und fast erschrocken. »Es ist wirklich nur eine Schramme.«

Das war untertrieben, aber ihre Behauptung hatte nichts mit der falschen Tapferkeit zu tun, die Kinder manchmal an den Tag legen; vielmehr machte allein der Schrecken in ihren Augen Will klar, dass sie fast panische Angst davor hatte, sich von ihm berühren zu lassen. Wenn sie wirklich das erlebt hatte, was er aus ihrem kurzen Bericht herauszuhören glaubte, dann war sie wahrscheinlich schon viel zu oft von Erwachsenen berührt worden.

»Ganz wie du willst«, sagte er.

Duffy schien einen Moment lang darauf zu warten, dass er noch mehr sagte und vielleicht auch etwas ganz anderes, aber als er sie nur schweigend anblickte, erschien zumindest die Andeutung eines schüchternen Lächelns in ihrem Gesicht. Sie sammelte die Kleidungsstücke auf, die sie fallen gelassen hatte, aber sie ging nicht direkt zur Tür, sondern machte einen kleinen Umweg, der wie zufällig wirkte, sie aber – bestimmt *ganz und gar nicht zufällig* – am Fenster vorbeiführte.

Und der Blick, mit dem sie die Straße unten absuchte, war ein bisschen zu beiläufig, um noch überzeugend zu wirken. Will sagte nichts dazu, und er blieb auch reglos stehen, bis sie nicht nur das Wohnzimmer verlassen, sondern die Badezimmertür hinter sich geschlossen hatte, dann aber trat auch er ans Fenster und sah sehr viel aufmerksamer als Duffy zuvor hinaus.

Er wusste nicht, wonach sie gesucht hatte, aber das, wonach *er* Ausschau hielt, war nicht da. Und wahrscheinlich würde es auch nie auftauchen, dachte er. Jetzt, mit einigem Abstand, war er sich gar nicht mehr so sicher, dass die junge Frau ihn wirklich verfolgt hatte. Sie hatte sich seltsam benommen, aber das konnte Zufall sein. Das Leben bestand schließlich zum überwiegenden Teil aus nichts anderem als einer Reihe sich gegenseitig bedingender Zufälle. Die Situation, in der er sich befand, war kompliziert genug. Er musste Acht geben, dass er nicht ein Opfer seiner eigenen Fantasie wurde und noch mehr Fehler beging.

Er konnte hören, wie drüben im Badezimmer Wasser in die Wanne lief, sah einen Moment nachdenklich in die entsprechende Richtung und wandte sich dann wieder dem Fenster zu. Der Verkehr unten auf der Straße war vollkommen normal, und auch an den Passanten, die auf dem gegenüberliegenden Bürgersteig vorbeigingen, war rein gar nichts Außergewöhnliches. Es war sogar die eine oder andere blonde Frau dabei, aber keine, deren Haar aussah, als wäre es mit flüssigem Gold getränkt worden, und die sich alle Mühe gab, wie eine geistige Zwillingsschwester von Joan Baez aufzutreten.

Er blieb dennoch gut fünf Minuten am Fenster stehen und beobachtete die Straße, dann machte er sich mit einem resignierten Seufzer daran, das Chaos zu beseitigen, das Duffy hinterlassen hatte.

Als er damit fertig war, war das Zimmer nicht wirklich aufgeräumter als zuvor, aber zumindest die Keks- und Chipskrümel auf dem Teppich waren verschwunden.

Da er im Moment nichts Besseres mit sich anzufangen wusste, schaltete er aufs Neue den Fernseher ein. Der Sender, auf dem vorhin die Nachrichtensendung gelaufen war, zeigte jetzt die Wiederholung einer Soap vom vergangenen Abend, und auch die anderen Programme waren nicht wesentlich informativer. Will rief sich noch einmal die Bilder von vorhin in Erinnerung und verspürte erneut diese tiefe Beunruhigung, die die zwei oder drei Sekunden lange Sequenz, die er wirklich gesehen hatte, in ihm hinterlassen hatte. Vielleicht hätte er sich mit Duffys lapidarer Erklärung doch nicht so schnell zufrieden geben sollen. Irgendetwas stimmte mit diesem angeblichen Unfall nicht. Das, was er auf den verwackelten Luftaufnahmen erkannt hatte, sah nicht aus wie ein ausgebrannter Pkw – schon eher wie das, was übrig bleiben mochte, wenn ein mit hochexplosiven Chemikalien beladener Tanklaster Feuer fing.

Er schaltete weiter und fand schließlich einen Kanal, auf dem tatsächlich eine Nachrichtensendung lief, und im ersten Moment glaubte er sogar, Glück gehabt zu haben, aber noch bevor die Bild- und Wortfetzen einen Sinn ergeben konnten, klingelte es an der Wohnungstür.

Will sah überrascht auf. Ganz davon abgesehen, dass er keinen Besuch erwartete, war es noch nicht einmal neun, und absolut *niemand,* der ihn kannte, wäre auf die Idee gekommen, ihn zu dieser gotteslästerlichen Zeit aus dem Bett zu klingeln.

Deutlich beunruhigter schaltete er den Fernseher aus und trat mit einem raschen Schritt ans Fenster, um noch einmal auf die Straße hinabzusehen. Das Bild hatte sich nicht geändert.

Das Klingeln wiederholte sich. Es war nicht annähernd so aufdringlich wie vorhin, als Reimann ganz offensichtlich den Daumen auf dem Klingelknopf hatte liegen lassen, aber es klang schon erheblich fordernder als das erste Mal, und Wills Beunruhigung stieg noch weiter, als er sich der Wohnungstür näherte. Instinktiv sah er zum Bad zurück. Die Tür war geschlossen, und er vernahm immer noch das Rauschen des einlaufenden Wassers, so dass Duffy die Klingel vermutlich gar nicht hören konnte.

Will öffnete die Tür – und riss so ungläubig Mund und Augen auf, dass er einen ziemlich dämlichen Anblick bieten musste, denn nicht nur Reimann, der zwei Schritte von der Tür zurückgetreten war und es seinem jüngeren Kollegen überließ, den Klingelknopf zu malträtieren, sondern auch Falkenberg hatten im ersten Moment sichtlich Mühe, nicht allzu breit zu grinsen. Vielleicht war es aber auch nur Schadenfreude.

»Was ist denn jetzt schon wieder?«, entfuhr es Will. Er war nicht einmal wirklich erschrocken, sondern einfach nur vollkommen perplex.

»Sie sind wirklich die Freundlichkeit in Person, wie?«, fragte Reimann. »Wir dürfen doch hereinkommen?«

Natürlich wartete er Wills Antwort nicht ab, sondern trat einfach an ihm vorbei in die Wohnung, dicht gefolgt von Falkenberg, der die Tür hinter sich ins Schloss drückte und sich dann demonstrativ dagegen lehnte. Er ging nicht so weit, die Arme vor der Brust zu verschränken, aber dennoch drückte seine Haltung genau diese Absicht aus, ihm notfalls den Weg zu versperren.

»Nein«, antwortete Will mit einiger Verspätung. »Dürfen Sie nicht.« Das war albern, aber das Einzige, was ihm im Moment einfiel.

Falkenberg lächelte dünn, und Reimann runzelte demonstrativ die Stirn, betrachtete ihn mit einem langen, schwer zu deutenden Blick und sagte dann freundlich: »Und Sie dürfen uns nicht anlügen.«

»Anlügen?«

Reimann seufzte. »Wo ist sie?« Er machte eine Kopfbewegung zur Badezimmertür, hinter der noch immer das Geräusch von fließendem Wasser zu hören war. »Im Bad?«

Will antwortete nicht, aber weder Reimann noch Falkenberg schienen auch damit gerechnet zu haben. Reimann tat weiterhin sein Bestes, um ihn mit vorwurfsvollen Blicken einzuschüchtern, während Falkenberg sich mit einer kraftvollen Bewegung von der Tür abstieß und an Will vorbei zum Badezimmer gehen wollte.

Will trat ihm mit einem raschen Schritt in den Weg. »Was ist hier los?«, fragte er. »Was soll der Unsinn? Verschwinden Sie sofort aus meiner Wohnung. Es sei denn, Sie haben einen Haftbefehl oder etwas in der Art.«

Reimann seufzte. Er klang enttäuscht, als hätte er auf genau diese Reaktion gewartet und sich innerlich nichts sehnlicher gewünscht, als dass sie nicht käme. »So etwas brauchen wir nicht«, sagte er. »Nicht in diesem Fall.«

»Und Sie brauchen mir auch nicht zu erklären, was hier los ist?«, schnappte Will. Die Feindseligkeit in seiner Stimme überzeugte nicht einmal ihn selbst.

»Es tut mir Leid, dass wir so spät kommen«, sagte Reimann. Er griff in die Tasche, zog ein Handy heraus und wedelte fast triumphierend damit herum. »Ich muss mich entschuldigen, aber ich bin leider erst vor ein paar Minuten dazu gekommen, meine Mailbox abzuhören.«

»Mailbox?«, wiederholte Will verständnislos.

»Ja«, antwortete Reimann. »Dieses kleine praktische Ding, auf dem man Nachrichten hinterlassen kann, wissen Sie?«

Will starrte ihn einige weitere Sekunden lang verständnislos an, aber dann rastete etwas hinter seiner Stirn spürbar ein, und endlich begriff er. Er hatte Reimanns Mobilanschluss gewählt, als Duffy hereingekommen war, und er war so überrascht und schockiert gewesen, dass er den Hörer nicht sofort aufgelegt hatte. Anscheinend hatte dieses verdammte Ding einen Teil seines Gesprächs mit dem Mädchen aufgezeichnet; wenn nicht sogar alles.

»Also?« Reimann seufzte. »Finden Sie nicht, dass es an der Zeit ist, mit dem Theater aufzuhören?«

»Ich habe Besuch, na und?«, machte Will trotzig. »Ist das verboten?«

»Nicht, wenn dieser Besuch älter als achtzehn Jahre alt ist und sich nichts hat zuschulden kommen lassen«, antwortete Reimann kühl. »Sind Sie so dumm oder einfach nur stur? Noch werfen wir Ihnen nichts vor.«

»Aber das kann sich ändern«, fügte Falkenberg hinzu.

Will bedachte ihn mit einem weiteren trotzig-herausfordernden Blick, aber innerlich begann er bereits zu resignieren. Reimann hatte vollkommen Recht – er machte sich mit jedem weiteren Versuch, sich herauszureden, nicht nur lächerlicher, sondern verschlimmerte seine Lage vermutlich auch noch.

»Es ist alles ganz anders, als Sie glauben«, sagte er.

»Sicher«, meinte Falkenberg.

»Und wenn ich für jedes Mal, wenn ich diesen Satz höre, auch nur zehn Cent bekommen würde, könnte ich bereits in Rente gehen«, fügte Reimann hinzu. Seltsamerweise klang die Bemerkung aus seinem Mund einfach nur resignierend, nicht spöttisch oder gar vorwurfsvoll. »Machen Sie die Tür auf.«

»Es sei denn, Sie haben den Schlüssel verloren«, fügte Falkenberg hinzu und grinste. »In diesem Fall helfe ich Ihnen natürlich gerne.«

Will ignorierte ihn weiter – seiner Meinung nach die einzige Methode, mit diesem Dummkopf umzugehen –, drehte sich aber gehorsam herum und trat an die Badezimmertür. Das

Wasser lief immer noch. Mit ein bisschen Glück hatte Duffy bisher nicht einmal mitbekommen, dass er nicht mehr allein war. Er klopfte, wartete einen Moment lang vergeblich auf eine Antwort und klopfte dann noch einmal deutlich lauter. Als auch darauf keine Reaktion erfolgte, drückte er die Klinke herunter. Er hatte fest damit gerechnet, dass das Mädchen die Tür hinter sich abschließen würde, aber sie war offen. Will schob die Tür jedoch nur einen Spaltbreit auf und nahm die Hand dann wieder von der Klinke.

8

Duffy?«

Das Wasser hörte auf zu rauschen, dann hörte er ein fast erschrockenes Platschen. »Was ist?«

»Ich komme jetzt herein«, sagte Will. »Ist das in Ordnung?«

»Untersteh dich! Ich will nicht, dass du reinkommst!«

»Aber das muss ich«, antwortete Will. »Im Schrank neben dem Spiegel hängt ein Hausmantel. Zieh ihn bitte an. Ich muss mit dir reden. Es ist wichtig.«

Diesmal bekam er keine Antwort, aber er konnte hören, wie das Mädchen aus der Wanne stieg und das Wasser auf die Fliesen platschte; und einen Augenblick später das Geräusch der Schranktür, die aufgemacht wurde.

»Wehe, wenn es nicht wichtig ist!« sagte Duffy. »Was ist denn so dringend, dass ich nicht einmal …«

Sie verstummte mitten im Satz, als sie die Tür aufzog und sah, dass Will nicht allein war. Im allerersten Moment war das, was Will in ihrem Gesicht las, pures Entsetzen, das aber schon einen Sekundenbruchteil danach in eine so lodernde Wut umschlug, dass er instinktiv einen halben Schritt zurückwich. »Also doch«, flüsterte Duffy. »Und ich dachte, ich könnte dir vertrauen, aber du hast …«

»Du brauchst keine Angst zu haben, Kleines«, unterbrach sie Reimann. Er schob Will mit sanfter Gewalt zur Seite, ging auf Duffy zu und blieb sofort wieder stehen, als sie erschrocken einen Schritt zurückprallte und ihn aus Augen anstarrte, die schwarz vor Zorn waren. »Wir sind hier, um dir zu helfen.«

Duffy ignorierte ihn. Ihr Blick suchte den Wills und hielt ihn mit einer Kraft fest, der er nichts entgegenzusetzen hatte. »Ich hab dir vertraut«, zischte sie. »Ich wusste, dass ich es nicht tun sollte. Aber ich hab dir trotzdem vertraut, und du hast mich verraten!«

Irgendetwas geschah. Will hatte plötzlich das unheimliche Gefühl, dass es wärmer wurde und ihm das Atmen größere Mühe bereitete. Der Zorn in Duffys Augen erlosch nicht, sondern wurde zu etwas Anderem, Bedrohlichem.

»Bitte, Kleines«, sagte Reimann. Er machte einen weiteren halben Schritt, blieb wieder stehen und ließ sich leicht in die Hocke sinken, bis sich sein Gesicht auf gleicher Höhe mit dem des Mädchens befand. »Du tust deinem Freund unrecht. Er hat dich nicht verraten. Wirklich nicht.«

»Und wie kommt ihr dann hierher?«, fragte Duffy, immer noch ohne Wills Blick loszulassen. Das Atmen fiel ihm immer schwerer. Es *war* wärmer geworden, auf eine unangenehme, unbekannte Art und Weise.

»Wir sind die Polizei«, antwortete Reimann. »Wir werden dafür bezahlt, solche Dinge herauszufinden, wusstest du das nicht?«

»Und wir werden auch dafür bezahlt, kleine Mädchen wie dich zu beschützen«, fügte Falkenberg hinzu. »Ganz egal, vor wem.«

Vielleicht waren es tatsächlich *seine* Worte, die den Bann brachen, nicht Reimanns unzulänglicher Versuch, sich auf das Niveau eines Kindes herabzulassen. Einen kurzen Moment lang starrte Duffy Will noch weiter auf diese unheimliche Weise an, aber schließlich zog sich die Schwärze aus ihrem Blick zurück. Sie war noch immer wütend und frustriert, aber es war jetzt bloß noch Zorn, was Will in ihren Augen las, nicht mehr jenes andere, unheimliche Gefühl, das ihm vollkommen fremd war und ihn trotzdem mit einer Furcht erfüllte, die fast an Entsetzen grenzte. Und endlich löste sich ihr Blick auch von Wills Gesicht, glitt für weniger als eine Sekunde über das Falkenbergs und wandte sich schließlich Reimann zu. »Ich habe nichts getan«, sagte sie patzig. »Ihr könnt mich nicht verhaften.«

»Verhaften?« Reimann lachte, leise und unecht. »Aber wer erzählt denn einen solchen Unsinn? Niemand will dich verhaften.«

»Warum seid ihr dann hier?«

»Zuerst einmal, um uns davon zu überzeugen, dass es dir gut geht«, antwortete Reimann. Will, der seine Fassung allmählich wiederfand, verdrehte innerlich die Augen. Er hatte nie von sich behauptet, ein besonderes Talent im Umgang mit Kindern zu haben – aber im Vergleich zu Reimann war er offensichtlich ein pädagogisches Genie.

»Mir geht es gut«, antwortete Duffy. »Ich bin freiwillig hier, und er hat mir nichts getan.«

Reimann lächelte, aber Falkenberg fragte: »Wie kommst du denn auf die Idee, dass wir annehmen könnten, er hätte dir etwas getan?«

Duffy biss sich auf die Unterlippe, und Will entschuldigte sich in Gedanken bei Reimann für alles, was er über ihn gedacht hatte. Falkenberg war offensichtlich der größere Trottel.

»Ich sage jetzt gar nichts mehr«, sagte Duffy.

»Klar, und gleich wirst du verlangen, deinen Rechtsanwalt sprechen zu dürfen«, fügte Falkenberg hinzu.

Ganz offensichtlich war das selbst für Reimann zu viel. Er richtete sich auf, maß seinen Assistenten mit einem vernichtenden Blick und sagte dann: »Halten Sie die Klappe.«

Falkenberg schwieg beleidigt, und Reimann schoss einen warnenden Blick in seine Richtung ab, ehe er sich wieder zu dem Mädchen herumdrehte und gleichzeitig demonstrativ einen Schritt zurück machte. »Wir wollen wirklich nur mit dir reden«, sagte er. »Geht das in Ordnung?«

Duffy dachte einen Moment lang sichtlich konzentriert über diese Frage nach, aber dann zuckte sie mit den Schultern und deutete ein Nicken an; auf eine Art, die ganz deutlich sagte: *Ich habe ja sowieso keine andere Wahl.*

»Dann schlage ich vor, dass du dir jetzt etwas anziehst, und danach fahren wir zusammen aufs Präsidium und unterhalten uns ein bisschen«, sagte Reimann.

»Und das gilt auch für Sie«, ergänzte Falkenberg, in Wills Richtung gewandt und mit seinem gewohnt süffisanten Lächeln.

»Ich *bin* angezogen«, erwiderte Will, »oder soll ich meine Zahnbürste einpacken?«

»Das wird wohl kaum nötig sein«, sagte Reimann an Falkenbergs Stelle, aber sein Assistent konnte sich nicht verkneifen hinzuzufügen: »Und wenn doch, dann leihen wir Ihnen eine. Wir sind immer auf lieben Besuch vorbereitet.«

Diesmal fiel es Will wirklich *schwer,* gute Miene zum bösen Spiel zu machen und Falkenberg nicht zu sagen, was er von seiner Bemerkung im Besonderen und im Allgemeinen hielt. Vielleicht hätte er es dennoch getan, hätte Reimann ihm nicht einen beinahe beschwörenden, zugleich aber auch fast resignierten Blick zugeworfen und beinahe unmerklich den Kopf geschüttelt. So beließ er es bei einem abfälligen Verziehen der Lippen und wandte sich stattdessen mit einer entsprechenden Geste an Duffy.

»Tu, was die Herren von dir verlangt haben. Die Sachen, die ich dir mitgebracht habe, liegen auf dem Bett.«

Duffy sah nicht so aus, als sei sie in irgendeiner Form geneigt, ihm zu gehorchen oder gar den beiden Polizisten zu vertrauen. Für einen Moment blitzte der gleiche Zorn in ihren

Augen auf, den Will schon zur Genüge kannte und fürchtete, dann – fast zu seiner Überraschung – zuckte sie nur mit den Schultern und ging ins Schlafzimmer. Falkenberg schien ihr folgen zu wollen, aber Reimann hielt ihn mit einer herrischen Geste zurück, zog demonstrativ die Tür hinter Duffy zu und schien für einen Moment nicht genau zu wissen, wohin mit seinem Blick. Die beiden ungleichen Polizisten hatten offensichtlich nicht nur Probleme mit Will, sondern auch miteinander. Für einen winzigen Augenblick tat Reimann ihm beinahe Leid. Aber nur beinahe.

Falkenberg schien weniger Probleme mit seinem Blick als vielmehr mit sich selbst zu haben, denn er begann unruhig in dem kleinen Flur auf und ab zu tigern, wobei er immer wieder zur Schlafzimmertür hinsah und keinen Hehl daraus machte, dass er sie lieber offen als geschlossen gesehen hätte; und wohl noch viel lieber auf der anderen Seite gewesen wäre. Will ertappte sich bei der Frage, ob Falkenberg sich möglicherweise mehr für kleine Mädchen interessierte, als gut für ihn war, entschuldigte sich aber fast im gleichen Moment in Gedanken bei ihm. Sosehr er diesem aufgeblasenen Dummkopf auch die Pest an den Hals wünschte, tat er ihm hiermit vermutlich unrecht. Dagegen war er wohl auf der richtigen Spur mit seinem Verdacht, dass die beiden Polizeibeamten etwas vor ihm verheimlichten. Sie waren eindeutig wegen Duffy hier, aber es ging auch ebenso eindeutig um mehr als ein x-beliebiges Mädchen, das aus einem Heim oder von zu Hause weggelaufen war.

Nach einer Weile hielt Falkenberg in seinem rastlosen Auf und Ab inne und sah demonstrativ auf die Uhr.

»Wie lange dauert denn das noch?«

»Gedulden Sie sich, Falkenberg«, sagte Reimann seufzend. »Oder haben Sie schon einmal eine Frau erlebt, die nicht endlos braucht, um sich anzuziehen?«

Falkenberg fand das nicht lustig. Er sagte zwar nichts, aber sein Gesichtsausdruck war dafür umso beredter.

»Was ist hier eigentlich los?«, fragte Will. »Erzählen Sie mir nicht, Sie wären mit zwei Mann hier aufgetaucht, um eine kleine Ausreißerin zurückzuholen.«

»Wer hat gesagt, dass sie ausgerissen ist?«, schnappte Falkenberg.

Will verfluchte sich in Gedanken – nicht weil er Falkenberg in die Falle getappt war, sondern weil er gegen seinen eigenen Vorsatz verstoßen und überhaupt mit ihm gesprochen hatte. Er hielt Falkenbergs Blick drei oder vier Sekunden lang stand, dann drehte er sich mit einem Ruck weg und starrte die Schlafzimmertür an. Auch wenn er es niemals laut ausgesprochen hätte: Er fragte sich selbst, wo zum Teufel Duffy so lange blieb. Es konnte allerhöchstens eine Minute dauern, in Jeans und T-Shirt zu schlüpfen.

Falkenberg machte einige weitere ruhelose Schritte, bevor er wieder stehen blieb und demonstrativ mit dem Zeigefinger unter seinen Hemdkragen fuhr. »Wieso ist es eigentlich so warm hier drinnen?«, ächzte er. »Haben Sie etwa die Heizung an, Sie Irrer?«

»Klar«, antwortete Will. »Sie etwa nicht? Immerhin haben wir Ende August. In gut vier Monaten ist Weihnachten.«

In Falkenbergs Augen blitzte es auf. Er holte Luft zu einer wütenden Antwort, drehte sich aber dann nur wortlos um und trat mit zwei Schritten an den Heizkörper neben der Badezimmertür. Der Thermostat stand auf null, aber Falkenberg legte trotzdem die flache Hand auf die rostfleckigen Rippen und lauschte für einen Moment in sich hinein. Als er sich wieder aufrichtete, schwankte sein Gesichtsausdruck zwischen Verwirrung und Wut. Selbstverständlich war die Heizung *nicht* eingeschaltet. Es war vermutlich nicht wirklich der heißeste

Sommer des Jahrhunderts (oder vielleicht doch, wenn man bedachte, dass das Jahrhundert erst wenige Sommer alt war), aber doch einer der heißesten, an die Will sich erinnern konnte. Seit er in diesem erbärmlichen Loch von einer Wohnung hauste, hatte er sich nichts sehnlicher gewünscht als eine Klimaanlage.

Was nichts daran änderte, dass Falkenberg gleich in zweierlei Hinsicht Recht hatte: Es *war* unangenehm warm hier drinnen, und Duffy brauchte wirklich lange, um sich anzuziehen. Bevor der Zorn in Falkenbergs Augen sich auf ein Ziel fokussieren konnte – und die Auswahl war nicht besonders groß –, drehte Will sich hastig um und trat an Reimann vorbei an die Schlafzimmertür.

Er klopfte, wartete einen Moment lang auf eine Antwort und trat ein. Duffy saß mit angezogenen Knien auf dem Bett und starrte ins Leere. Der nasse Hausmantel war ihr von der Schulter gerutscht und entblößte nicht nur ihre blasse Haut, sondern auch einen so ausgemergelten Körper, dass Will für einen Moment erschrocken in der Bewegung innehielt. Er hatte gewusst, dass Duffy mager war, und das bis an die Grenze zu Untergewicht. Was aber zumindest teilweise unter dem durchnässten Frotteemantel zum Vorschein kam, das war kaum mehr als ein Skelett. Außerdem glaubte Will das Ende einer dunkelroten, gut kleinfingerbreiten Linie zu erkennen, die irgendwo auf Duffys Rücken begann, sich bis zum Schlüsselbein hinaufzog und möglicherweise eine noch nicht annähernd verheilte Narbe darstellte, aber Duffy hob rasch die Hand und zog den Mantel wieder hoch, bevor er noch einmal hinsehen konnte. Als er jedoch in ihr Gesicht blickte, waren ihre Augen so leer wie zuvor. Ihre Bewegung war ein bloßer Reflex gewesen, keine bewusste Reaktion auf sein Eintreten.

»Brauchen Sie da drinnen Hilfe?«, rief Falkenberg vom Flur her.

»Brauchen Sie Hilfe?«, wiederholte die alte Dame noch einmal.

Ich blickte verwirrt hoch. Clara hatte ihren Kopf tief in meinem Mantel vergraben, doch jetzt schreckte sie auf und rückte so weit von mir weg, wie das auf der Holzpritsche möglich war, auf der wir zusammengepfercht waren wie Schweine im Hinterhof einer Großschlachterei.

»Nein, nein«, sagte ich rasch. »Es ist alles in Ordnung.« Ich rang mir ein Lächeln ab, soweit das möglich war. »Die trockene Luft. Sie lässt sich ohne Wasser schlecht ertragen.«

Die alte Dame nickte. Die Brille in der teuren Goldeinfassung rutschte ihr dabei ein Stück die Nase herunter, und sie schob sie mit einer ungelenken Bewegung zurück, die verriet, dass sie die Brille noch nicht lange trug. Wahrscheinlich hatte sie einem gefallenen Familienmitglied gehört. »Als wir den Umweg über Cottbus gemacht haben und dort vor dem Bahnhof standen, habe ich gesehen, wie sie eine Frau aus dem Zug getragen haben. Sie war tot. Wahrscheinlich hat sie auch die trockene Luft nicht vertragen.«

Will hielt sich am Türrahmen fest und kniff die Augen zusammen, bis der fremde Erinnerungsfetzen verblasste. Es war nicht das erste Mal, dass ihn das Bruchstück einer vergangenen Szene wie ein Blitz aus heiterem Himmel durchzuckte, die überhaupt nichts mit ihm selbst oder alten Familiengeschichten zu tun hatte, aber heute war es anders, so lebendig gewesen, dass er den Geruch nach Angstschweiß, Essensresten, dem Rauch der Dampflokomotive und Schlimmerem noch in der Nase zu haben glaubte, der in dem alten Dritte-Klasse-Abteil der Reichsbahn vorgeherrscht hatte …

»Was ist?«, rief Falkenberg ungeduldig. »Brauchen Sie nun Hilfe oder nicht?«

Will fügte der Liste von Beleidigungen, mit denen er Falkenberg in Gedanken belegt hatte, zwei oder drei weitere Begriffe hinzu und räusperte sich künstlich. Duffy hob den Kopf. Sie sah ihn zwar an, aber da war etwas in ihrem Blick, das ihn zutiefst erschreckte. Die unheimliche Leere war aus ihren Augen verschwunden, aber für einen Moment wünschte er sie sich fast zurück. In Duffys Augen schien etwas wie – Will fand einfach kein anderes Wort dafür – *schwarzes Feuer* zu brennen, eine lodernde Glut, unsichtbar, aber von einer so verzehrenden Kraft, dass Will – auch ganz konkret körperlich – davor zurückprallte. Für einen winzigen, dennoch durch und durch schrecklichen Moment glaubte er sich in den Keller der niedergebrannten Villa zurückversetzt, und möglicherweise spielte ihm seine Fantasie damit einen böseren Streich, als sie beabsichtigt hatte, denn er sah nicht nur wieder das unheimliche Feuer in Duffys Augen, er spürte auch wieder die Anwesenheit jenes anderen, weit machtvolleren Feuers, der alles verzehrenden, zerstörerischen Urkraft, lauernd unter der erkalteten Oberfläche des Steins, den er flüchtig mit der Hand berührt hatte. Plötzlich hatte er das Gefühl, nicht mehr atmen zu können, und wenn doch, dann würde er Flammen atmen, sengendes Feuer, das seine Lungen verbrennen und sein Fleisch zu Schlacke zusammenschmelzen musste, und seine Fantasie spielte ihm noch einen viel übleren Streich, denn für jenen winzigen Zeitraum, der zwischen einem Blinzeln und dem nächsten verging, sah er Duffys Gesicht von einem Kranz gleißender Flammen eingerahmt, ein loderndes Fanal der Vernichtung, wie die blitzartige Vision einer Zukunft, die niemals eintreten durfte.

Dann blinzelte er, und das Trugbild war ebenso verschwunden wie das schwarze Feuer in Duffys Augen. Natürlich war es das. Es war ebenso wenig real gewesen wie die unheimliche Vision. Seine Fantasie lief Amok, das war alles.

»Was willst du?«, fragte Duffy unfreundlich. Weniger ihre Worte als vielmehr die Art, wie sie sie aussprach, ließ in Will das ungute Gefühl aufkommen, dass sie diese Frage vielleicht nicht zum ersten Mal stellte.

»Zieh dich bitte an«, antwortete Will, unbeholfen und in einem Ton, der seinem Bemühen, ein verlegenes Räuspern zu unterdrücken, eine lange Nase drehte. »Die beiden werden langsam ungeduldig, weißt du?«

»Du hast mich verraten«, sagte Duffy. In ihrer Stimme war kein Vorwurf oder Zorn.

Es war eine Feststellung, mehr nicht, und obwohl ihre Behauptung ganz und gar falsch war, trafen ihn ihre Worte wie winzige Pfeile, die nicht wirklich wehtaten, aber ein schleichendes Gift in seine Seele injizierten.

»Das habe ich nicht«, antwortete er. Selbst in seinen eigenen Ohren klang es wie eine Lüge, obwohl es keine war.

»Und wo kommen die beiden dann so plötzlich her?«

»Das weiß ich nicht«, erwiderte Will – was nicht der Wahrheit entsprach. Aber er hatte wirklich keine Lust, Duffy jetzt einen Vortrag über Handys, Mailboxen und die Funktion von Freisprechanlagen zu halten. »Ich habe dich nicht verraten, wirklich. Warum sollte ich das tun? Ich bekomme jetzt wahrscheinlich mehr Ärger als du.«

»Du hast mich verraten«, beharrte Duffy.

»Das habe ich nicht ... und wenn doch, dann wenigstens nicht absichtlich!«

Verdammt, was tat er hier eigentlich? Diskutierte er wirklich mit einem *Kind?* Vielleicht. Aber vielleicht galten diese verzweifelten Beteuerungen seiner Unschuld auch in Wirklichkeit weniger ihr als dem schwarzen Feuer, das tief am Grund ihrer Augen lauerte ... Will räusperte sich ein paar Mal, trat tatsächlich von einem Fuß auf den anderen und antwortete, ohne Duffy direkt anzusehen: »Die beiden da draußen sind nicht unbedingt meine Freunde.«

»Ich denke, du kennst sie gar nicht.«

»Sie sind Bullen«, antwortete Will. Mit einem flüchtigen Lächeln verbesserte er sich: »Polizisten.«

»Und du bist ein Verbrecher.«

»Also genau genommen fallen die meisten Dinge, derentwegen ich bisher angeklagt wurde, unter den Begriff *Vergehen*«, antwortete Will mit einem schiefen Grinsen. »Aber *Vergeher* ist, glaube ich, kein Wort, das im Duden steht.«

Duffy sah ihn verstört an, aber seine Taktik schien zu funktionieren. Das schwarze Feuer zog sich tiefer in ihre Augen zurück, und die unsichtbaren Flammen, die ihr Gesicht einrahmten, brannten jetzt nicht mehr ganz so heiß. Will atmete innerlich auf. Vielleicht war er auf dem richtigen Weg.

»Und was werden sie jetzt mit mir machen?«, fragte Duffy.

»Das weiß ich nicht«, gestand Will wahrheitsgemäß. Ebenso wahrhaftig fuhr er fort: »Aber du brauchst keine Angst vor ihnen zu haben. Sie werden dir helfen. Dazu sind sie da, weißt du?« Er zögerte einen Moment. »Um ehrlich zu sein: Sie können dir wahrscheinlich besser helfen als ich.«

»Was ist da los?«, fragte Clara. »Wieso fahren wir nicht endlich weiter? Und was sind das für Geräusche?«

Ich verstand sie kaum in dem Durcheinander aufgeregter Rufe und dem fernen Grollen, dem Dröhnen der bedrohlich nahen und bedrohlich großen Flugzeuge, deren bösartig brummende Motoren sie mitsamt ihrer schweren Last an uns vorbei in Richtung Stadt brachten – hoffentlich an uns vorbei, auch auf dem Rückweg; es wäre nicht das erste Mal, dass alliierte Bomber die über ihrem eigentlichen Ziel nicht losgewordenen Bomben auf einen Zug voll unschuldiger Menschen abgeworfen hätten.

Die ältere Frau hatte ihre Brille abgenommen und starrte Clara an, als sähe sie eigentlich jemand ganz anderen. »Hab keine Angst, Kleines. Uns wird nichts passieren.«

Duffys Blick wurde bohrend. Irgendetwas flackerte tief am Grunde ihrer Augen, aber es war nicht das schwarze Feuer, sondern eine ganz normale kindliche Mischung aus Wut und Trotz. Dann geschah etwas Unerwartetes: Mutlosigkeit machte sich auf ihrem Gesicht breit. Will konnte regelrecht sehen, wie jedes bisschen Kraft aus ihrem Körper wich. Ihre Schultern sackten nach vorne, und ihr Kinn sank kraftlos auf die Brust hinab. Ein paar Strähnen ihres nassen Haares rutschten nach vorne und bewegten sich wie Fetzen eines zerrissenen Schleiers vor ihrem Gesicht, und durch die Bewegung glitt auch der Hausmantel wieder von ihrer Schulter. Will konnte die schwach rote Schlangenlinie erneut sehen, und im ersten Moment war er sich fast sicher, dass es eine Narbe war, wie von einem Peitschenhieb, doch dann hatte er das Gefühl, als habe sich dort gerade etwas Lebendiges entlanggeschlängelt, das eine sichtbare Spur auf dem Rücken hinterlassen hatte. Aber das eine war so absurd wie das andere und offensichtlich nichts weiter als das Produkt seiner überreizten Fantasie.

»Niemand kann mir helfen«, sagte Duffy leise.

Plötzlich überschwemmte Will eine Woge so intensiven Mitleids, dass er am liebsten ans Bett herangetreten wäre, um Duffy in die Arme zu schließen. Es war nicht nur der Anblick des Jammers, den sie bot. Will *spürte* den Schmerz, der dieses bedauernswerte Geschöpf plagte, so intensiv, als wäre es sein eigener.

»Das ist nicht wahr«, sagte er mitfühlend. »Ich weiß, es klingt blöd, wenn ausgerechnet ich das sage, aber du solltest Reimann vertrauen. Er kann dir viel besser helfen als ich.« Zumal er selbst ja nicht einmal wusste, worum es überhaupt ging.

»Zieh dich an«, wiederholte er. »Ich warte draußen. Wenn … wenn du willst, dann komme ich mit zur Wache.« Was für ein Blödsinn. Er *würde* mit zur Wache kommen, ob er wollte oder nicht – die Frage war nur, ob Reimann oder Falkenberg ihm erlaubten, mit Duffy zu reden. »Beeil dich«, fügte er mit einem unbehaglichen Räuspern hinzu, während er sich bereits herumdrehte, um das Zimmer zu verlassen.

Reimann stand an derselben Stelle, an der er ihn zurückgelassen hatte, telefonierte aber mit seinem Handy, während Falkenberg sich anscheinend in Luft aufgelöst hatte. Will sah sich suchend um und wandte sich nach rechts, als er ein Scheppern aus dem Wohnzimmer hörte. Er war nicht überrascht, als er Falkenberg mit dem Rücken zur Tür dastehen und die Schubladen seines Schranks durchwühlen sah. Der Begriff *Durchsuchungsbefehl* gehörte anscheinend nicht zu Falkenbergs aktivem Wortschatz.

»Die Pornovideos sind in der Schublade rechts unten«, sagte er.

Falkenberg richtete sich zwar auf, aber Will suchte vergebens nach einer Spur von Schuldbewusstsein in seinem Gesicht. »Sind auch welche mit kleinen Jungen dabei?«, fragte er.

»Nicht hier«, antwortete Will. »Aber falls Sie was zum Tauschen haben, gebe ich Ihnen eine Liste.«

Volltreffer.

In Falkenbergs Augen loderte blanke Wut. Er trat einen halben Schritt auf Will zu und blieb dann abrupt wieder stehen; auf eine ganz bestimmte Art und Weise, die sämtliche Alarmglocken in Will zum Schrillen brachte.

»Das reicht!«

Noch während sich Will zu Reimann herumdrehte, sah er nicht nur das zornige Aufblitzen in Falkenbergs Augen, sondern begriff auch, dass es nicht ihm galt. Hatte er gerade gedacht, dass Falkenberg und Reimann Probleme miteinander hatten? Das war die Untertreibung des Jahres gewesen.

»Reißt euch zusammen!«, fuhr Reimann fort. »Beide!« Er hatte das Handy zusammengeklappt, aber nicht eingesteckt, sondern fuchtelte damit herum wie mit einer Waffe. »Wir sind doch hier nicht im Kindergarten, verdammt noch mal!« Er schoss einen wütenden Blick in Falkenbergs Richtung ab, klappte mit einer wütenden Bewegung das Telefon zusammen und rammte es mit einer noch wütenderen Bewegung in seine Manteltasche, ehe er sich direkt an Will wandte. Die Voltzahl in seinem Blick sank deutlich, war aber noch immer tödlich.

»Vielleicht wäre es einfacher für mich, wenn ich wüsste, worum es hier eigentlich geht«, sagte Will.

Reimann bedachte ihn nur mit einem stirnrunzelnden Blick, aber Falkenberg sagte: »So weit waren wir schon mal, oder? Wir hatten gehofft, dass *Sie* uns diese Frage beantworten.«

Will drehte sich widerwillig zu ihm herum. »Zum Beispiel?«

»Zum Beispiel würden wir gerne wissen, wieso gestern Abend ein Wagen zusammengeschmolzen und seine Insassen vollkommen verbrannt sind«, sagte Falkenberg. »Und das bei einem ganz normalen Unfall – an dem übrigens kein anderes Fahrzeug beteiligt war.«

Will setzte zu einer scharfen Antwort an, aber dann behielt seine Vernunft im letzten Moment doch die Oberhand, und er beließ es bei einem kalten Grinsen.

Hinter Reimann fiel eine Tür ins Schloss, und dann erschien eine schmale Gestalt in Jeans, T-Shirt und mit nassem Haar neben dem Polizeibeamten. »Ich bin so weit«, sagte Duffy.

Wills Herz begann zu klopfen, während er sich regelrecht zwang, in Duffys Gesicht zu blicken. Um ein Haar hätte er erleichtert aufgeatmet. Duffy sah einfach nur trotzig aus und auf jene Art furchteinflößend, auf die eine Zwölfjährige jeden Erwachsenen zum Zittern bringen konnte, aber mehr auch nicht. Da war kein schwarzes Feuer in ihren Augen, keine Flammen, die ihr Haar verzehrten, ohne es wirklich zu berühren.

»Dann gehen wir jetzt.« Reimann wirkte erleichtert. Er lächelte Will auf eine Art an, die fast absurd ehrlich wirkte. »Ich nehme an, es macht Ihnen nichts aus, uns freiwillig zu begleiten?«

Bevor Falkenberg die Gelegenheit bekam, ihn in Handschellen abzuführen? Ganz bestimmt. »Kein Problem«, antwortete Will. »Mit oder ohne Zahnbürste?«

Reimann lachte. »Ohne.«

Falkenberg strahlte eine Enttäuschung aus, die Will spürte, ohne sich zu ihm umzudrehen. Er tat ihm auch nicht den Gefallen, es in irgendeiner Form nachzuholen, sondern trat mit zwei schnellen Schritten an Reimann vorbei und an Duffys Seite. Er nahm seine Jacke vom Haken und warf sie sich über die rechte Schulter, ohne sich die Mühe zu machen, auch nur mit einem Arm hineinzuschlüpfen.

Der Zug ruckte wieder an. Uns allen war mittlerweile klar, was passiert war, dass weder der ferne Feuerschein Zeugnis von einem der zahllosen, fast zum Alltag gewordenen Bombenangriffe gab, mit denen die feindlichen Bomberstaffeln ihre vernichtende Last über unsere Stadt ausluden, noch die Geräusche, das Wummern und Beben, das Heulen der mitten im Ton ausgelöschten Sirenen und das wütende, zum Schluss spürbare nachlassende Flakfeuer ... dass das alles Zeugnis von etwas Monströsem gab, von etwas noch nie Dagewesenem, unvorstellbar Schrecklichem. Doch keiner traute sich die Wahrheit auszusprechen. Irgendwo quengelte ein kleines Kind, und aus der Nähe war das schwere, keuchende Atmen eines Schwerverwundeten zu hören, der geglaubt hatte, auf dem Weg nach Hause zu sein, bevor die Irrfahrt des Zuges begonnen hatte, und über allem lag das Keuchen der Lokomotive und das Rumpeln der alten Wagen über gottlob bislang noch unzerstörte Bahngleise.

Claras Hand schlich sich fast verstohlen in die meine. Sie war schweißnass. Als sich unsere Blicke begegneten, erschrak ich beinahe; es waren nicht mehr länger die Augen eines Kindes, die mich ansahen, sondern die einer jungen Frau, die schon viel zu viel erlebt hatte, die längst abgeschlossen hatte mit ihrem Leben und nur so tat, als könne ich ihr Trost spenden, um mich nicht zu enttäuschen.

Will ging zur Tür, öffnete sie und blickte für die Dauer eines Herzschlags vollkommen verständnislos in ein schmales, auf sonderbare Weise vertraut erscheinendes Gesicht, das von goldfarbenem glattem Haar eingerahmt wurde. Er war nicht ganz sicher, wer im ersten Moment erschrockener war – er oder die junge Frau im Hippie-Look, aber zu einem zweiten Moment kam es nicht. Plötzlich ging alles so schnell, dass Will nicht wirklich begriff, was geschah; nicht einmal später, als er mit einigem Abstand und der angemessenen Ruhe über die Geschehnisse nachzudenken versuchte:

Möglicherweise setzte er sogar noch dazu an, etwas zu sagen oder auch nur einen Laut der Überraschung hören zu lassen, aber wenn, dann kam er nicht einmal dazu; und zumindest in seiner Erinnerung explodierte der Schmerz in seinem Körper, noch *bevor* die Hand der jungen Frau in die Manteltasche glitt und mit etwas Kleinem, Schwarzem wieder zum Vorschein kam. In dem gegeneinander verschobenen Zeitablauf, mit dem seine Erinnerung die Ereignisse reproduzierte, überlagerte die Woge reinen weißen Feuers, die seine Nervenbahnen entlangtobte, alle anderen Bilder und Eindrücke, ob ihre Bewegung nun tatsächlich so unvorstellbar schnell war, wie sie ihm vorkam, oder er vielleicht nur so langsam und vor Schrecken wie gelähmt; aber immerhin erinnerte er sich, wie sonderbar ihm das Ding vorkam, das sie aus der Manteltasche zog: ein leicht klobiges schwarzes Etwas, das wie eine bizarre Mischung aus einem Diktiergerät und einem Rasierapparat aussah. Nur, dass es weder das eine noch das andere war und die einzige Botschaft, die man darauf speichern konnte, *Qual* hieß. Dann entluden sich die fünfzigtausend Volt des Elektroschockers mit der Gewalt eines Blitzschlags in seine Schulter, und Will kippte gelähmt und unfähig zu schreien zur Seite gegen den Türrahmen.

Er wäre hilflos daran hinabgesunken, aber die junge Frau trat mit einem einzigen Schritt an ihm vorbei durch die Tür, wobei sie gegen ihn prallte, so dass sich Will noch im Zusammenbrechen wie eine Marionette mit zerschnittenen Fäden halb um seine Achse drehte und auf die Seite fiel. Sein rechter Arm geriet dabei so unter seinen Körper, dass das Schultergelenk bis über die Grenzen des Erträglichen hinaus verdreht und belastet wurde und er buchstäblich hören konnte, wie das Gelenk aus der Pfanne sprang. Der Schmerz sollte grässlich sein, aber er war es nicht. Möglicherweise war der Elektroschock gnädig genug gewesen, auch die für diesen Schmerz zuständigen Rezeptoren in seinem Gehirn größtenteils zu paralysieren – aber wahrscheinlicher war, dass die lodernde Agonie, die in binnen Sekundenbruchteilen aufeinander folgenden Wellen durch sein gesamtes Nervensystem pulsierte, einfach zu schlimm war, um noch Platz für eine Banalität wie ein ausgekugeltes Schultergelenk zu lassen.

Will fiel auf die Seite, rollte noch ein kleines Stück herum und knallte zu allem Überfluss auch noch mit dem Hinterkopf gegen irgendetwas Hartes, was ein schieres Feuerwerk winziger, grellgelber Schmerzblitze vor seinen Augen explodieren ließ. Trotzdem sah er, wie die junge Frau mit einem einzigen weiteren Schritt endgültig an ihm vorbei war und wie ein biblischer Racheengel über Reimann und Falkenberg kam. Der Elektroschocker in ihrer Hand summte. Der dünne Faden aus gezacktem bläulichem Licht züngelte nach Falkenbergs Gesicht und verfehlte es um Haaresbreite, als der jüngere der beiden Kriminalbeamten im buchstäblich allerletzten Moment den Kopf nach hinten warf, aber Reimann hatte weniger Glück: Der Elektroschocker surrte weiter, eine der beiden Elektroden schrammte über seine Wange und hinterließ einen fingerlangen blutigen Kratzer darauf, und Reimann riss mit einem wütenden Knurren den Arm hoch, um nach dem Handgelenk der Angreiferin zu fassen.

Fast hätte er es sogar geschafft.

Nur den Bruchteil einer Sekunde, bevor sich seine Finger um das zerbrechliche Handgelenk der blonden Frau schließen konnten, berührte der zweite Kontakt seine Kinnspitze, und der Lichtbogen sprang über. Reimann brüllte vor Qual, torkelte zurück und schlug beide Hände vors Gesicht, während er keuchend und ebenso qualvoll wie vergeblich nach Luft rang. Er war nicht so vollständig paralysiert wie Will. Vielleicht war er resistenter gegen Stromschläge als er, vielleicht benötigte der Elektroschocker auch einige Sekunden, um seine volle Ladung wieder aufzubauen. Dennoch gaben seine Beine unter ihm nach. Kaum weniger hilflos als Will eine Sekunde zuvor, prallte er gegen den Garderobenschrank und zertrümmerte ihn mit seinem Körpergewicht. Die Angreiferin führte ihren begonnenen Ausfallschritt zu Ende – ihre Bewegungen sahen irgendwie sonderbar aus, dachte Will, zugleich tänzerisch und elegant, aber auch so unglaublich schnell, dass sie schon wieder fast absurd schienen –, wich dem zusammenbrechenden Polizisten aus und ließ ihren Schritt in einer bizarren Pirouette münden, an deren Schlusspunkt sie sich wieder zu Falkenberg herumgedreht hatte.

Möglicherweise war das ein Fehler. Falkenberg war zwar zurückgeprallt, um dem Angriff des Elektroschockers zu entgehen, und er hatte eine gute weitere Sekunde damit verloren, mit heftig fuhrwerkenden Armen um sein Gleichgewicht zu kämpfen, ein Anblick, den Will unter den meisten anderen vorstellbaren Umständen sicherlich genossen hätte. Jetzt hatte er sein Gleichgewicht aber zurückerlangt, und damit hatte der bizarre Spuk ein Ende: Er griff zu, packte das Handgelenk der Blonden und verdrehte es mit einem so harten Ruck, dass sie vor Schmerz aufschrie und den Elektroschocker fallen ließ. Den anderen Arm schlang er um ihre Schultern, um sie herumzureißen und auf diese Weise festzuhalten.

Jedenfalls in der Theorie.

In der Praxis machte die junge Frau eine Bewegung, die so schnell und gleichzeitig fast unmöglich war, dass Will ihr nicht wirklich folgen konnte. Aber er wusste plötzlich, warum ihm ihre Bewegung gerade so bizarr und zugleich sonderbar vertraut vorgekommen war: Es war kein Tanz, sondern Teil einer *Kata,* und falls Falkenberg dies auch begriff, dann kam diese Einsicht auf jeden Fall zu spät, denn plötzlich war *er* es, der sich hilflos in einem Polizeigriff gefangen fand. Allerdings nur für eine Sekunde. Die Angreiferin wirbelte ihn herum, krallte die freie Hand in sein Haar und trat ihm gleichzeitig in die Kniekehle. Falkenberg fiel mit einem viel mehr erstaunt als schmerzhaft klingenden Grunzen auf die Knie, und die Blonde riss seinen Kopf nach hinten und stieß ihn dann mit solcher Wucht nach vorne gegen die Wand, dass seine Stirn eine sichtbare Delle im Putz hinterließ. Falkenberg japste, verlor das Bewusstsein und kippte zur Seite, als die Blonde ihn losließ, und damit war es vorbei.

Will, der noch immer hilflos auf der Seite lag und jedes noch so winzige Detail der unglaublichen Szene mit angesehen atte, konnte nicht sagen, was ihm unglaublicher vorkam: die schreckliche Präzision und Kaltblütigkeit, mit der diese zerbrechliche junge Frau ihren Angriff durchgeführt hatte, oder ihre Schnelligkeit. Seit der Elektroschock seinen Körper gelähmt hatte, waren keinesfalls mehr als fünf Sekunden vergangen.

Die junge Frau richtete sich mit einer fließenden Bewegung auf, sah nach rechts und links, wie um sich davon zu überzeugen, dass Reimann und Falkenberg im Moment auch wirklich keine Gefahr mehr darstellten, und bückte sich dann nach ihrem Elektroschocker. »Keine Angst«, sagte sie. »Keinem von ihnen ist etwas passiert. In zehn Minuten sind sie alle wieder auf den Beinen. Aber wenn ihnen etwas zugestoßen wäre, dann wäre es ganz allein deine Schuld.« Sie seufzte. »Das hier wäre wirklich nicht nötig gewesen.«

Es dauerte einen Moment, bis Will begriff, dass die Worte nicht ihm galten, sondern jemandem, der irgendwo außerhalb seines eingeschränkten Gesichtsfeldes stand, und sein vom Schmerz verwüstetes Gehirn benötigte eine weitere geschlagene Sekunde, bevor es auch die Information weitergab, wer dieser Jemand war.

»Ich … ich komme nicht mit zurück«, stammelte Duffy. »Ich gehe nie wieder zurück!«

»Oh doch, das wirst du«, antwortete die Blonde. »Zwing mich nicht, dich zu zwingen.« Sie befand sich jetzt am Rand von Wills Blickfeld und setzte gerade dazu an, einen weiteren Schritt zu machen. Trotzdem sah er noch, wie sie den rechten Arm hob.

»Ich komme nicht mit zurück«, beharrte Duffy. »Nie wied…«

»Sieh nicht nach draußen«, sagte ich zu Clara, die mit starrem Gesicht aus dem verschmierten und durch unseren kollektiven Angstatem beschlagenen Fenster nach draußen starrte.

Die Toten lagen noch so da, wie sie die Druckwelle, die Bombensplitter oder ein direkter Einschlag getötet hatten, und ich erkannte die qualmenden Überreste eines Sanitätsfahrzeugs, und daneben die zerrissenen Überreste einer jungen Frau in der typischen Rotkreuzkluft; ihr rechter Arm war verschwunden und die eine Hälfte ihres Gesichts eine blutige Masse, während die andere vollkommen unversehrt war und erkennen ließ, dass sie jung und schön gewesen war.

Ich verstand nichts – weder, was hier geschehen war, noch, warum, und schon gar nicht, warum wir trotzdem in die rauchende Trümmerstadt einfuhren, die noch nicht einmal mehr die Kraft hatte, ihre Toten in den Schoß der Erde aufzunehmen. In den letzten zwei Tagen hatten wir eine wahre Odyssee durch verschiedenste kleine Orte hinter uns gebracht, immer in der Hoffnung, dass es besser werden würde, wenn wir in Dresden einfahren würden. Jetzt war das genaue Gegenteil der Fall.

»Ich will hier nicht hin«, sagte Clara, und noch einmal, entschieden lauter: »Ich will hier nicht hin!«

Etwas summte, ein dünner, elektrischer Laut voller knisternder Bosheit, und der Rest des Wortes ging in einem verwehenden Seufzen unter. Will wartete auf das dumpfe Geräusch, mit dem Duffys Körper auf dem Boden aufschlug, aber es kam nicht. Vielleicht hatte die Blonde sie aufgefangen, bevor sie zusammenbrechen konnte.

Der Abstand zwischen den Schmerzwellen, die noch immer durch sein Nervensystem rasten, wurde größer, und es kam ihm zumindest so vor, als wäre die Agonie nicht mehr ganz so unerträglich wie bisher. Nicht, dass dieser Gedanke irgendetwas Tröstliches gehabt hätte. Die Blonde hatte von zehn

Minuten gesprochen. Vorausgesetzt, das war nicht nur so dahingesagt, war das mindestens zwanzigmal so lange, wie er bisher hier auf dem Boden lag; und damit mehr als genug Zeit, die Strecke zur Hölle und zurück mehr als einmal zu befahren. Aber wenigstens würde er es überleben – auch wenn er nicht ganz sicher war, dass er das im Moment auch tatsächlich *wollte.*

Ein Fegefeuer später, das eines mittelmäßigen, aber fleißigen Sünders würdig gewesen wäre, begannen seine Finger- und Zehenspitzen zu kribbeln, und nur einen Moment darauf fing er am ganzen Leib zu zittern an. Der Schmerz ließ jetzt rasch nach, und obwohl er sich hütete, es auszuprobieren, spürte er, dass er sich wieder bewegen konnte. Irgendwo außerhalb des Flurstücks waren schleifende, polternde Geräusche und ein schweres Atmen zu hören, das von mühsam niedergehaltener Furcht und ebenso großer Konzentration kündete.

Die junge Frau tauchte wieder in seinem Blickfeld auf, und das Bild, das sie bot, war fast noch erstaunlicher als alles, was Will zuvor gesehen hatte, wenn auch auf eine gänzlich andere Art. Sie hatte den Elektroschocker unter ihren Gürtel geschoben, wie ein Revolverheld aus einem futuristischen Film seine Waffe, und obwohl sie selbst kaum mehr als hundertzwanzig Pfund wiegen konnte, hatte sie sich Duffys bewusstlosen Körper aufgeladen und trug ihn so mühelos, wie es jeder anderen Frau ihrer Statur allerhöchstens mit einer Federboa gelungen wäre. Will revidierte den ersten Eindruck, den er von ihr gewonnen hatte, endgültig. Nicht nur, dass die Haarfarbe nicht stimmte, sie hatte auch sonst rein gar nichts mit Joan Baez gemeinsam. Wenn er schon einen Vergleich aus den Sechzigern des vergangenen Jahrhunderts bemühen wollte, dann kam Emma Peel der Sache schon viel näher …

Er versuchte sich zu bewegen, aber schon der bloße *Gedan-*

ke zog eine neue Woge von Krämpfen nach sich, und obwohl er nicht den mindesten Laut von sich gab, schien die junge Frau irgendetwas zu spüren, denn sie war schon fast an ihm vorbei und auf halbem Wege zur Tür, blieb aber plötzlich stehen und sah stirnrunzelnd auf ihn herab. Ihr Gesichtsausdruck verwirrte Will, denn es war so ziemlich das Allerletzte, was er erwartet hatte: eine Mischung aus Bedauern, Mitleid und tief empfundener Scham; und nicht einmal eine *Spur* von Zufriedenheit.

»Versuchen Sie nicht, sich zu bewegen«, sagte sie. »Die Lähmung vergeht in ein paar Minuten von selbst, aber je mehr Sie dagegen ankämpfen, desto schlimmer wird es.« Der Ausdruck von schlechtem Gewissen in ihrem Blick verstärkte sich noch, als sie den Kopf wandte und eine Sekunde lang auf Reimann hinabsah, der sich ebenfalls wieder zu regen begonnen hatte. »Es … es tut mir wirklich Leid. Aber ich hatte keine andere Wahl.«

»Ja, ich verstehe«, presste Reimann zwischen zusammengebissenen Zähnen hervor. Er versuchte sich auf den rechten Ellbogen hochzustemmen und fiel mit einem schmerzerfüllten Keuchen zurück, fuhr aber trotzdem fort: »Und ich fürchte, Sie haben auch leider keine Zeit, um uns all das hier zu erklären – sonst würden wir bestimmt verstehen, warum Sie so handeln mussten.«

»Ich bete darum, dass Sie das niemals werden«, antwortete die junge Frau. Sie sprach ganz leise, flüsterte beinahe, aber in ihrer Stimme war irgendetwas, das Will einen eisigen Schauer über den Rücken laufen ließ. Sie schien noch mehr sagen zu wollen, aber dann beließ sie es bei einem angedeuteten Kopfschütteln, warf Will einen letzten bedauernden Blick zu und setzte ihren Weg zur Tür fort. Als sie die Hand nach der Klinke ausstreckte, zitterte der Fußboden.

9

Die Erschütterung war so sacht, dass Will sie unter den – schwächer werdenden, aber immer noch schlimmen – Krämpfen, die seinen Körper schüttelten, nicht einmal bemerkt hätte, wäre die Blonde nicht so heftig zusammengefahren, als hätte sie unversehens selbst Bekanntschaft mit ihrem Elektroschocker gemacht. Sie erstarrte für eine geschlagene Sekunde mitten in der Bewegung, und in dieser Zeitspanne verwandelte sich ihr Gesichtsausdruck von Bedauern und Scham zu etwas, das Will nur als nackte Panik bezeichnen konnte. Sie fuhr so heftig herum, dass Duffy um ein Haar von ihrer Schulter gerutscht wäre, ihr Kopf bewegte sich mit einem Ruck nach rechts, links und wieder zurück, und in ihrem Blick war plötzlich das verzweifelte Flehen eines Menschen, der sich mit einer schon lange befürchteten Wahrheit konfrontiert sieht und sie verzweifelt zu leugnen versucht, ohne es wirklich zu können.

Dann zitterte der Boden erneut, und diesmal so heftig, dass Will die Erschütterung nicht nur deutlich spürte, sondern auch die Gläser und Tassen auf der Anrichte in der Küche zu klirren begannen. Irgendwo weiter oben im Haus erschallte der erschrockene Ruf einer Frau, und das Gesicht der Blonden verlor auch noch das letzte bisschen Farbe. Für eine Sekunde waren ihre Augen von nichts anderem als blanker Panik erfüllt.

»Oh mein Gott!«, flüsterte sie. »Es … es hat schon begonnen!«

Reimann sagte irgendetwas, das Will nicht verstand, und versuchte abermals, jedoch wieder vergebens, sich in die Höhe zu stemmen, und auch Will biss die Zähne zusammen und drehte sich wenigstens so weit auf die Seite, dass er den ausgekugelten Arm unter seinem Körper hervorziehen konnte. Die junge Frau starrte ihn eine halbe Sekunde lang – nicht fast, sondern *ganz eindeutig* hilflos – an, dann ließ sie sich in die Hocke sinken, nahm das bewusstlose Mädchen von ihrer Schulter und legte es fast behutsam vor sich auf den Boden. Und dann tat sie etwas ganz und gar Unvorstellbares: Sie zog den Elektroschocker unter dem Gürtel hervor, setzte die Elektroden an Duffys Hals und drückte den Auslöser. Will konnte den hellblauen Lichtfaden aus beißendem Schmerz nicht sehen, aber er hörte das widerwärtige Zischen, und er glaubte den Schmerz wie seinen eigenen zu spüren, als Duffy sich in Krämpfen wand.

Der Fußboden erzitterte zum dritten Mal, und diesmal glaubte Will etwas wie ein dumpfes Grollen zu hören, das irgendwo tief unter der Erde erklang, und die Blonde drückte erneut auf den Auslöser ihrer zum Folterinstrument umfunktionierten Waffe. Wieder bäumte sich Duffy auf, aber es war nur noch ein bloßer Reflex ihrer Muskeln und Nerven auf den Stromstoß. Sie hatte längst das Bewusstsein verloren, und wenn die junge Frau den Elektroschocker noch zwei oder drei Mal betätigte, dann würde das Mädchen wahrscheinlich nie wieder erwachen.

»Hören Sie … auf«, keuchte Will. »Wollen Sie sie … umbringen?« Er stemmte seinen unverletzten Arm gegen den Boden und versuchte sich hochzuarbeiten, und auch Reimann mobilisierte alle seine Kräfte, um ungeschickt unter seinen Mantel zu greifen. Will nahm an, dass er seine Waffe zu ziehen versuchte.

Die Blonde schlug seinen Arm zur Seite, schob praktisch in der gleichen Bewegung den Elektroschocker wieder unter ihren Gürtel und warf sich das bewusstlose *(hoffentlich* nur bewusstlose!, flehte Will in Gedanken) Mädchen wieder über die Schulter.

»Raus hier!«, keuchte sie, während sie aufsprang und zur Tür herumwirbelte. »Ihr müsst raus hier, schnell! Und warnen Sie die anderen Hausbewohner!«

Damit riss sie die Tür auf und stürmte hinaus, und Will hörte sie draußen mit schriller, panikerfüllter Stimme *»Feuer!«* schreien. Ihre Schritte polterten auf der Treppe und waren wenige Augenblicke später verklungen.

Der Boden zitterte wieder. Die Erschütterung war nicht so heftig wie die vorhergehenden, aber irgendwie *machtvoller*, und diesmal war Will sicher, dass er sich das unheimliche Grollen dazu nicht nur einbildete.

Mit zusammengebissenen Zähnen stemmte er sich weiter in die Höhe, presste die Hand gegen seine gezerrte Schulter und versuchte dann zu Reimann zu gelangen, aber der Polizeibeamte schüttelte heftig den Kopf.

Das Chaos am Dresdener Hauptbahnhof war unvorstellbar. Überall, wo ich hinblickte, sah ich Menschen in Panik und Tote, Verwundete und Sterbende. Es war ein Wunder, dass der Bahnhof selbst so gut wie nichts von der verheerenden Bombennacht abbekommen hatte und dass die Gleise noch intakt waren, aber auch bis hierhin drang flackernder Feuerschein aus der Stadt, und ich glaubte den süßlichen Geruch von Blut und Verwesung wahrzunehmen. Ich hatte versucht, Claras Augen zuzuhalten, ein dummer, hoffnungsloser Reflex, und natürlich hatte sie meinen Griff gesprengt … und jetzt stand sie auf, nein, sie sprang geradezu hoch, und ehe ich mich versah, zwängte sie sich mit dem Geschick einer Katze durch die dicht gedrängten Menschen in unserem Abteil.

»Clara!«, schrie ich mit überschnappender Stimme. Ich versuchte hochzukommen, aber ich war zu langsam; die alte Frau

mit der Männerbrille stieß mir versehentlich den Ellbogen gegen das Nasenbein, und ich stolperte über ein zu spät zurückgerissenes Bein …

»Kümmern Sie sich um … Falkenberg«, keuchte er. Will glaubte seinen Augen nicht zu trauen, als er sich – umständlich hin und her schwankend wie das berühmte Schilfrohr im Wind, aber dennoch erstaunlich schnell – aufrichtete und nun doch seine Waffe zog. Er brauchte zwei Ansätze, um die Tür zu erreichen und hindurchzustürmen, aber als er draußen auf dem Flur angekommen war, wurde das Geräusch seiner Schritte flüssiger.

Will hingegen hatte immer größere Mühe, sich zu bewegen. Die Schmerzen waren fast erloschen – selbst sein ausgekugelter Arm tat kaum noch weh, zumindest wenn er ihn nicht zu intensiv zu bewegen versuchte –, aber nicht nur der Schmerz hatte sich verabschiedet, sondern auch nahezu jedes Gefühl unterhalb seiner Hüfte. Er konnte seine Beine bewegen, aber sie fühlten sich an, als wären sie mit Gelee gefüllt. Er brauchte gut zwanzig Sekunden, um Falkenberg zu erreichen, und noch einmal dieselbe Zeit, um ihn mühsam auf den Rücken zu drehen, wobei er nur seine linke Hand einsetzen konnte.

Falkenbergs Gesicht sah aus, als wäre es mit einem Baseballschläger behandelt worden; wenigstens auf den ersten Blick. Auf den zweiten entpuppte sich die Verletzung als nicht ganz so schlimm – er hatte eine hässliche Platzwunde auf der Stirn, die wie die meisten Kopfverletzungen sehr stark blutete. Vermutlich würde er außer heftigen Kopfschmerzen keinen weiteren Schaden zurückbehalten – und die gönnte ihm Will von Herzen.

Offensichtlich durch die rüde Bewegung geweckt, öffnete Falkenberg die Augen, blinzelte einen Moment verständnislos zu Will hoch und stöhnte dann leise. »Wo …?«

»Sie ist weg«, unterbrach ihn Will. »Reimann ist hinter ihr her, keine Sorge. Aber wir müssen raus hier.«

»Was ist passiert?« Falkenberg stemmte sich unsicher in eine halbwegs sitzende Position hoch, presste die Lippen aufeinander, um ein neuerliches Stöhnen zu unterdrücken, und fuhr sich mit der flachen Hand zuerst über die Stirn, dann durchs Gesicht, womit er das Blut, das noch immer aus seiner Platzwunde sickerte, noch weiter verschmierte. Er sah jetzt vollends aus wie ein abgestochenes Schwein, fand Will.

»Keine Ahnung«, antwortete er – was zugleich gelogen wie auch irgendwie wahr war. Er hätte Falkenberg sagen können, was er *gesehen* hatte, aber nicht, was es bedeutete.

Irgendwie gelang es ihm, nicht nur auf die Füße zu kommen, sondern trotz seines verletzten Arms auch Falkenberg auf die Beine zu helfen. Draußen im Treppenhaus war es mittlerweile laut geworden. Stimmen schrien aufgeregt durcheinander, und er hörte die Schritte mehrerer Menschen, die hastig die Stufen hinunterpoltern; seiner Meinung nach fast die gesamte Bewohnerschaft des Hauses, soweit sie zu dieser Uhrzeit nicht ohnehin unterwegs war.

Wenigstens hoffte er es. Der Fußboden hatte aufgehört zu zittern, und auch das unheimliche Grollen war verstummt, aber trotzdem: Irgendetwas … geschah. Er wusste nicht, was es war – und *wollte* es auch gar nicht wirklich wissen –, aber es machte ihm Angst. Es war, als spüre er die Annäherung von etwas Großem, das ebenso unaufhaltsam wie böse war. Er hatte den Gesichtsausdruck der jungen Frau ebenso wenig vergessen wie das Entsetzen in ihrer Stimme. *Es hat bereits begonnen!*

Will verscheuchte den Gedanken und wollte sich zur Tür umdrehen, aber Falkenberg hielt ihn zurück. »Was haben Sie vor?«

»Genau das, was Ihr Chef mir geraten hat: von hier zu verschwinden«, antwortete Will. »Und das sollten Sie auch tun!«

Falkenberg starrte ihn einen Moment lang verständnislos an und sah dann zur Tür. Der Lärm im Treppenhaus hielt noch immer an, hatte sich aber entfernt, weil die flüchtende Stampede der Hausbewohner mittlerweile die nächstuntere Etage erreicht hatte. Falkenberg legte die Stirn in Falten, als versuche er ebenso angestrengt wie vergebens, der bizarren Geräuschkulisse irgendeinen Sinn abzugewinnen, dann atmete er hörbar ein, wandte sich wieder an Will und sagte: »Sie gehen nirgendwohin. Jedenfalls nicht« – er griff in die Manteltasche – »ohne die hier.«

Will starrte fassungslos auf das Paar verchromter Handschellen, das zwischen Falkenbergs Fingern baumelte. »Was ... was soll denn das?«

»Ich verhafte Sie«, antwortete Falkenberg. »Was soll die Frage? Ich dachte, darin hätten Sie Übung.«

»Haben Sie mir nicht zugehört?«, keuchte Will. »Wir müssen hier raus! Reimann hat mich beauftragt, Sie hier rauszubringen, und zwar *schnell!*«

»Das sagen Sie.« Falkenberg schüttelte den Kopf. »Für mich sieht die Sache ganz einfach aus. Jemand hat mich niedergeschlagen, und als ich wieder aufwache, ist nicht nur Reimann verschwunden, sondern auch die Kleine und dieses Karate-Weib. Was soll ich Ihrer Meinung nach tun? Sie laufen lassen und mich für die Störung entschuldigen?«

Das Schlimmste war, dachte Will, dass Falkenberg von seinem Standpunkt aus betrachtet sogar Recht hatte. Er hätte ihn nicht einmal laufen lassen dürfen, wenn er es gewollt hätte – und er wollte es ganz bestimmt nicht. Und sie hatten keine Zeit mehr zu verlieren. Der Lärm aus dem Treppenhaus war fast verstummt, aber Will hatte noch immer das unheimliche

Gefühl, dass irgendetwas *kam*. Etwas war im Erwachen begriffen. Und es war nichts Gutes. Resignierend streckte er Falkenberg die linke Hand entgegen und ließ zu, dass er die stählerne Fessel um sein Gelenk schnappen ließ. Als Falkenberg jedoch auch nach seinem anderen Arm greifen wollte, schüttelte er hastig den Kopf. »Ich kann den Arm nicht bewegen.«

Falkenberg machte keinen Hehl aus seinem Zweifel, trat dann jedoch ohne ein weiteres Wort an Will vorbei und hinter ihn. Will hörte, wie er überrascht die Luft einsog. »Sie scheinen ein harter Bursche zu sein«, sagte er in einem Ton, in dem sich widerwillige Anerkennung mit unverhohlener Schadenfreude mischte. »Eigentlich müssten Sie sich vor Schmerz auf dem Boden wälzen. Einen so klaren Fall von ausgekugeltem Schultergelenk habe ich selten gesehen.«

»Sie können sich darüber freuen, solange Sie wollen, aber bitte nicht *hier!«,* antwortete Will gepresst. »Können wir jetzt endlich gehen?«

»Nur einen Moment noch«, antwortete Falkenberg. »Das sieht schlimmer aus, als es ist. Halten Sie still!«

Will gehorchte ganz instinktiv. Ihm wurde erst klar, was Falkenberg vorhatte, als dessen Finger rasch und unsanft über sein Schulterblatt tasteten.

»Unterstehen Sie sich!«, keuchte er.

Falkenberg unterstand sich tatsächlich. Der Schmerz, mit dem er sich den Arm ausgekugelt hatte, war nichts gegen den, mit dem ihm Falkenberg das Schultergelenk wieder *ein*kugelte. Will tat ihm nicht wirklich den Gefallen, sich wimmernd vor ihm am Boden zu wälzen, aber viel hätte dazu nicht gefehlt. Irgendwie gelang es ihm, auf den Beinen zu bleiben, aber für einen Moment sehnte er sich fast danach, in Ohnmacht zu fallen, und seine Augen füllten sich mit Tränen.

Falkenberg trat wieder um ihn herum und verzog die Lippen

zu einem breiten, blutigen Grinsen. »Sehen Sie?«, sagte er. »Jetzt glaube ich Ihnen sogar, dass Sie den Arm nicht bewegen können.«

Er griff wieder nach der Handschelle, die von Wills linkem Arm baumelte, verzichtete aber darauf, auch sein anderes Gelenk zu fesseln, sondern zog Will nur hinter sich her. Die Vorstellung, auf diese Weise aus dem Haus und auf die Straße hinausgeschleppt zu werden, kam ihm fast noch entwürdigender vor als die, mit auf dem Rücken zusammengebundenen Händen abgeführt zu werden.

Sie verließen die Wohnung. Weiter unten im Haus erschallte noch immer Lärm und Stimmengewirr, aber zumindest auf dieser Etage schienen sie die einzigen lebenden Menschen zu sein. Die Tür gegenüber stand sperrangelweit offen, und irgendwo in der Wohnung dahinter plärrte ein Radio. Falkenberg machte einen Schritt in Richtung der Treppe und blieb dann noch einmal stehen, um die offen stehende Tür nachdenklich zu mustern. Zu Wills Erleichterung verzichtete er jedoch darauf, kehrtzumachen, um in die Wohnung zu gehen und dort nach dem Rechten zu sehen. Vielleicht begann ja mittlerweile sogar er zu spüren, dass hier irgendetwas nicht stimmte.

Als sie die Hälfte der ersten Treppe hinter sich hatten, kam ihnen Reimann entgegen. Sein Gesicht war puterrot angelaufen, und er schnaufte vor Anstrengung. Man sah ihm an, wie schwer es ihm fiel, eine Stufe nach der anderen zu nehmen. Als er Falkenbergs und Wills ansichtig wurde, hielt er an und ließ sich mit einem erleichterten Seufzen gegen die Wand sinken. Allerdings nur für einen Moment, dann erblickte er die Handschelle an Wills Arm, und sein Gesicht verdüsterte sich.

»Was soll denn dieser Unsinn?«, schnappte er.

»Unsinn?«, wiederholte Falkenberg. »Aber ich dachte …«

»Das ist Ihr Problem, Falkenberg«, fiel ihm Reimann ins

Wort. »Sie denken immer im falschen Moment. Machen Sie ihn los!«

Falkenberg funkelte seinen Vorgesetzen trotzig an, aber er beeilte sich trotzdem, seinem Befehl nachzukommen und Wills Handgelenk zu befreien.

»Danke«, sagte Will, an Reimann gewandt. »Wo sind sie?«

»Weg«, antwortete Reimann düster. »Ich konnte gerade noch sehen, wie sie in einen Wagen gesprungen sind. Aber ich habe das Kennzeichen. Die Fahndung ist bereits raus.« Er schürzte grimmig die Lippen. »Keine Sorge. Die kommen nicht weit.«

»Was ist hier eigentlich los?«, wollte Falkenberg wissen.

»Das wüsste ich auch gern«, antwortete Reimann. Der Blick, den er Will bei diesen Worten zuwarf, gefiel ihm gar nicht. Aber Reimann ging auch nicht weiter auf das Thema ein, sondern stieß sich mit der Schulter von der Wand ab und drehte sich herum. »Aber das klären wir später. Jetzt erst mal raus hier!«

Falkenberg wirkte nun völlig verwirrt, aber er sparte sich jede weitere Frage und bedeutete Will nur durch eine komische Kopfbewegung, vor ihm herzugehen. Unter ihnen war es mittlerweile vollends still geworden. Als sie den ersten Treppenabsatz erreichten, fiel die Haustür mit dem typischen schweren Geräusch ins Schloss, und Will verspürte ein kurzes, aber heftiges Schaudern. Es war nur der Luftzug, den die zufallende Haustür auslöste, aber seine Fantasie ließ ihn zu einem Nachhall der unheimlichen Kräfte werden, die das Haus gerade geschüttelt hatten.

Sie nahmen die Treppe ins erste Geschoss in Angriff, doch Reimann hatte kaum drei Stufen hinter sich gebracht, als er abermals stehen blieb und schwer gegen die Wand sank.

»Was ist?«, fragte Falkenberg alarmiert.

Reimann presste seine Hand gegen die Brust und wollte antworten, brachte im ersten Moment aber nur einen japsenden Laut zustande. Sein Gesicht war jetzt nicht mehr rot, sondern begann sich grau zu färben, und das so schnell, dass man dabei zusehen konnte.

»Ihr Herz?«, fragte Falkenberg.

»Es … es geht gleich wieder«, antwortete Reimann. Seine Gesichtsfarbe behauptete das Gegenteil, und der Klang seiner Stimme erst recht. Falkenberg sah auch nicht so aus, als glaube er ihm.

»Diese beschissenen Elektroschocker«, grollte er. »Die Scheißdinger gehören verboten. Ich rufe einen Krankenwagen.«

Er griff in die Tasche und zog sein Handy heraus, aber Reimann schüttelte heftig den Kopf. »Nicht jetzt. Von mir aus draußen, aber nicht jetzt.« Er versuchte aufmunternd zu lächeln, aber es geriet eher zur Grimasse. »Keine Angst. Ist schließlich nicht das erste Mal, dass meine Pumpe Ärger macht.«

»Aber das erste Mal, dass Sie einen Stromschlag bekommen haben.« Falkenberg wirkte nicht überzeugt, doch Reimann nahm seinen Protest gar nicht zur Kenntnis. Seine Hand blieb weiter dort, wo sie war, aber er straffte trotzig-entschlossen die Schultern und setzte seinen Weg fort. Will beobachtete ihn besorgt, während sie weiter die Treppe hinuntergingen. Seine Sorge galt allerdings weniger Reimann. Er mochte der sympathischere der beiden Polizisten sein, aber Bulle blieb Bulle, und es war ihm im Grunde herzlich egal, was mit einem von ihnen passierte. Aber er musste wieder an Duffy denken. Auch wenn sie vermutlich kein schwaches Herz hatte wie Reimann und er mindestens fünfmal so alt war – sie hatte *drei* dieser mörderischen Stromschläge kassiert!

Ich hetzte Clara hinterher, aber ich hatte verloren, von Anfang an. Sie war schmal, abgemagert, fast hager, und dabei so geschickt wie eine Straßenkatze, die einem hinter ihr herhetzenden Rudel räudiger Straßenköter entkommen will. Mein Herz schlug so hart und schnell, dass ich das Gefühl hatte, seine Schläge bis in den Hals hinauf zu spüren. Nirgends war Sicherheit, aber alles, was uns geblieben war, war der Zug; die Verheißung, dass er uns an einen Ort bringen konnte, wo Tod und Vernichtung eine Pause einlegten, wo wir zur Ruhe kommen konnten, und sei es nur für ein paar Tage.

Die Lokomotive stieß einen fast gequält wirkenden Pfiff aus, als ich die Tür erreichte und heraussprang, und dann bemerkte ich aus den Augenwinkeln, wie der Zug langsam und fast zitternd Fahrt aufnahm, rückwärts statt vorwärts und mit der Kraft eines angeschlagenen Raubtiers, das sein Heil nur noch in der Flucht finden kann. »Clara!«, schrie ich zum wiederholten Male. Ich sah sie sich am Rande des Bahngleises durch die Menschenmenge quetschen, zwanzig, dreißig Meter von mir entfernt, eine Unendlichkeit unter den unvorstellbaren Bedingungen, der kollektiven Panik, dem Stöhnen, Weinen und Wehklagen, die die Menschen erfasst hatte.

Sie erreichten den nächsten Absatz, und als sie die Treppe zum Erdgeschoss in Angriff nahmen, erzitterte das gesamte Haus wie unter dem Fußtritt eines wütenden Dinosauriers, und aus dem Keller erklang das sonderbarste – und zugleich unheimlichste – Geräusch, das Will jemals gehört hatte. Es war sehr laut, aber es war keine Explosion; nicht einmal ein wirklicher Knall. Wenn es überhaupt mit etwas zu vergleichen war, dann vielleicht noch am ehesten mit dem Geräusch, mit dem sich ein Sektkorken aus der Flasche löste – wenn auch der größte Sektkorken, den es jemals gegeben hatte. Das Geräusch war so bizarr und in seiner Fremdartigkeit furchteinflößend, dass sie alle drei mitten in der Bewegung erstarrten. Für die nachfolgende, schier endlose Sekunde breitete sich eine fast erstickende Stille in dem heruntergekommenen Treppenhaus aus.

»Was …«, murmelte Falkenberg, »was war das?«

Niemand antwortete. Reimann presste noch immer eine Hand gegen die linke Brustseite, und er hatte die Kiefer so fest aufeinander gebissen, dass Will fast meinte, seine Zähne knirschen zu hören. Sein Gesicht war komplett grau geworden. Im Halbdunkel des Treppenhauses sah es mehr denn je aus wie das eines Toten, der sich nur aus irgendeinem gespenstischen Grund noch bewegte. Sein Herz bereitete ihm offensichtlich weit größere Probleme, als er zugeben wollte. Und Will spürte immer noch, dass da etwas war, etwas Unheimliches, Riesiges, das sich tief unter ihnen zusammenballte wie eine Hand, die sich zum Zuschlagen schloss. Er hob die Schultern, aber es war viel mehr ein Ausdruck von Furcht als von Hilflosigkeit.

Vielleicht hätten sie es sogar geschafft, wären sie sofort weitergegangen, denn es waren nur noch ein knappes Dutzend Stufen nach unten und wenige Schritte zur Tür, aber sie blieben noch endlose Sekunden stehen, von einer Mischung aus Furcht und Verwirrung wie gelähmt und – jeder auf seine Art – sich der Tatsache bewusst, dass sie mit etwas Neuem, zugleich Uraltem und unbegreiflich Fremdem konfrontiert waren. Und als Reimann schließlich als Erster seine Lähmung überwand und den Fuß auf die nächste Stufe setzte, war es zu spät.

Die unsichtbare Riesenhand hatte sich zur Faust geballt und schlug von unten gegen den Fußboden. Holz, Beton und Fliesen zerbarsten und wurden gegen die Wände und bis unter die Decke geschleudert, und noch bevor der Hagel aus Trümmerstücken und Schutt auf Will und die beiden anderen niederregnete, brach eine Woge grausamer Hitze aus dem mehr als zwei Meter messenden Loch im Fußboden hervor, versengte die schmutzigen Tapeten und ließ die Milchglasscheibe der Haustür platzen. Will riss mit einem Schreckensschrei den linken Arm über den Kopf und drehte sich gleichzeitig weg, um sein Gesicht vor Hitze und Trümmern zu schützen, aber er sah auch, dass Reimann weniger Glück hatte als Falkenberg und er: Irgendetwas traf ihn mit furchtbarer Wucht an der Stirn und riss ihn halbwegs von den Beinen, und die Hitze war schlimm genug, seine Brauen zu versengen.

Dann brach der Drache, dessen bloßen Atem sie bisher verspürt hatten, endgültig aus dem Boden. Seltsam – Will hatte Feuer erwartet, aber es war scheinbar das Gegenteil, eine Säule aus brüllendem, kochend heißem Dampf, durchsetzt mit glühenden Metallfetzen und Trümmern, die auf die Geschwindigkeit von Schrapnellgeschossen beschleunigt waren. Die Haustür explodierte in einem Hagel von Glasscherben auf die Straße hinaus, was einen Chor von Schreien und Rufen und ein zorniges Bremsenquietschen zur Folge hatte; Reimann brüllte vor Schmerz, als der kochende Dampf sein ungeschütztes Gesicht und seine Hände verbrühte, und brach zusammen.

Bevor er vollends stürzen konnte, hatte Will ihn gepackt und herumgerissen. Sein rechter Arm quittierte die unvorsichtige Bewegung mit einer Explosion aus Pein, die ihn unter normalen Umständen sofort niedergeworfen hätte, aber in diesem Moment spürte er sie kaum. Sein Selbsterhaltungstrieb hatte auf das Notprogramm umgeschaltet, das ihn weder Schmerz noch Angst *wirklich* spüren und nur Platz für einen einzigen Gedanken ließ: *Weg hier!* Er schrie, aber das Brüllen des künstlichen Geysirs war so gewaltig, dass er nicht einmal das Geräusch seiner eigenen Stimme hörte. Kochender Dampf verbrühte seinen Nacken und versuchte seinen Rücken zu versengen. Die Hitze war so gewaltig, dass er sie selbst durch seine

Kleidung hindurch spürte, und Reimann, den er mit sich zerrte, schien mit jeder Sekunde schwerer zu werden. Wo zum Teufel war Falkenberg?

Ohne in seinem ungeschickten Stolpern innezuhalten, sah er nach oben. Falkenberg hatte die Treppe überwunden und stürmte weiter, ohne seinen Schritt zu verlangsamen oder auch nur zurückzublicken. Er rannte den Flur entlang, machte den vorletzten Schritt seines Lebens, um die nächste Treppe zu erreichen, und den unwiderruflich letzten, um den Fuß auf die erste Stufe zu setzen.

10

Das Haus erbebte, von einem zweiten, noch gewaltigeren Fausthieb getroffen. Die Treppe hob sich um fast einen halben Meter und versuchte, Will und die anderen abzuschütteln, und in der Wand neben ihnen erschien ein geometrisches Muster aus zerberstendem Putz und reißender Tapete, wie eine pulsierende Ader, die bei einem Schlaganfall durch die Haut getrieben wird. Das Muster raste die Wand hinauf, beschrieb einen scharfen Knick und legte noch einmal an Tempo zu, um Falkenberg zu verfolgen.

Unmittelbar neben ihm explodierte es.

Tausend Grad heißer Dampf riss die altersschwachen Wasserleitungen in Stücke, pulverisierte die dünne Haut aus Gips und Papier, unter der sie zwei Generationen lang verborgen gewesen waren, und verbrannte Falkenberg von Kopf bis Fuß, bevor die zerfetzte Kupferleitung wie eine Peitschenschnur aus der Wand schoss und ihn enthauptete. Falkenbergs kopfloser Torso kippte nach links, prallte gegen das Treppengeländer und stürzte hinüber. Seine hilflos pendelnden Hände schienen verzweifelt nach einem Halt zu suchen, und der abgeschlagene Kopf rollte noch ein Stück weit über den Boden, blieb aber barmherzigerweise dann so liegen, dass man sein Gesicht nicht sehen konnte. Falkenbergs Körper fiel wie ein Stein in die Tiefe, und Will, den die Erschütterung auf die Knie geworfen hatte, folgte ihm mit fassungslosem Blick.

Clara hatte ihren Vorsprung weiter ausgebaut, und wenn ich nicht gewusst hätte, wohin sie wollte, hätte ich nie die Chance gehabt, ihr auf den Fersen zu bleiben. Nach dem, was ich aus dem Zugfenster gesehen hatte, hatte ich geglaubt, dass die Stadt schlimm getroffen worden war. Doch das stimmte nicht. Sie war nicht schlimm, sie war verheerend getroffen, und die Menschen, die auf ihren Straßen Verletzte stützten, Habseligkeiten schleppten oder voll banger Vorahnung Freunde und Verwandte suchten, wirkten wie aufgeschreckte Parasiten im Pelz eines tödlich getroffenen Untiers. Unmöglich, die Toten zu zählen, an denen ich vorbeihetzte, unmöglich, die Übersicht über die Bombenkrater, die qualmenden Autos, die zerstörten, eingestürzten Hausfassaden und auseinander gerissenen Häuserzeilen zu behalten; und unmöglich, die Leichenteile zu ignorieren, die zu bergen sich im Moment niemand die Mühe machte.

Als Clara in die einst dunkle und jetzt durch brennende Häuserzeilen in rötlichem Licht flackernde und seltsam unwirklich wirkende Gasse einbog, in der sie ein paar Jahre gelebt hatte, sah ich ihren Haarschopf kurz aufblitzen. Ich eilte ihr hinterher. Was auch immer geschah: Ich musste verhindern, dass sie dieses Haus betrat, das ihr viel zu lange Heim und Gefängnis zugleich gewesen war.

Falkenbergs Leichnam stürzte an der Treppe vorbei und weiter in den Keller hinab, aber dort, wo gerade noch brodelnder grauer Dampf gewesen war, loderte jetzt ein bösartiges, gelbes Licht. Sie hatten die Atemstöße des Drachen überlebt, aber nun blickten sie in sein Auge, und Will spürte die Wut der Bestie auf alles Lebende. Es war nicht vorbei. Es hatte noch nicht einmal richtig begonnen.

Und plötzlich war die Angst doch da; eine Furcht, die nicht dem Tod galt, sondern etwas ungleich Schlimmerem, nicht der körperlichen Gefahr, die von diesem gelben Licht ausging, sondern dem, wofür es stand, der absoluten Verneinung alles Lebenden und Atmenden, und die alles andere einfach hinwegfegte. Will sprang auf die Füße, zerrte Reimann einfach mit sich und erlebte einen Moment jähen Schreckens, als Reimann keine Anstalten machte, ihm zu helfen, sondern so schlaff wieder in sich zusammensank, dass er Will um ein Haar gleich wieder von den Füßen gerissen hätte. Aber dann öffnete Reimann die Augen. Er lebte, und auch wenn sein Blick verschleiert war, schien er doch zu begreifen, was um ihn herum geschah. Stöhnend versuchte er, sich in die Höhe zu stemmen, aber seine Kraft reichte nicht.

»Wir müssen raus hier!«, schrie Will. »Reimann! Ich schaffe es nicht allein! Sie müssen mir helfen!«

Er bezweifelte, dass Reimann seine Worte überhaupt hörte. Reimanns Gesicht bot einen furchtbaren Anblick. Seine Haut war nach wie vor grau, und die Lippen hatten sich bläulich verfärbt. Die Dampfexplosion hatte das Blut von seinem Gesicht gewaschen, aber die Hitze hatte auch ein Dutzend großer, nässender Brandblasen auf seinen Wangen und der Stirn entstehen lassen. Wenn Reimann überhaupt noch in der Lage war, etwas zu empfinden, dann musste er vor Schmerz nahezu wahnsinnig sein. Doch das Wunder geschah: Wenigstens für einen Moment hob sich der Schleier von seinem Blick. Seine Hand krallte sich in Wills Arm, und irgendwoher nahm er trotz seiner schrecklichen Verletzungen doch noch die Kraft, sich in die Höhe zu ziehen und mit der anderen Hand am Treppengeländer Halt zu suchen.

»Kommen Sie!«, keuchte Will. »Wir müssen weg! Hier fliegt gleich alles in die Luft!«

Reimann würgte eine Antwort hervor und kämpfte sich eine weitere Stufe voran, und Wills Herz machte einen Sprung, als er den Fehler beging, einen weiteren Blick in den Keller hinabzuwerfen. Falkenbergs Leichnam war spurlos verschwunden, aber das gelbe Licht loderte jetzt intensiver. Es schien näher gekommen zu sein, und ein Netz dunkler Linien hatte sich auf seiner Oberfläche gebildet. Ein Schwall trockener Hitze wehte aus der Tiefe herauf und ließ die Feuchtigkeit auf Wills Gesicht und Haar verdunsten, und er konnte Flammen riechen …

War das … *Lava?*

Der Gedanke war so bizarr, dass Will eine geschlagene Sekunde lang einfach dastand und in die Tiefe blickte, und plötzlich war es *Reimann,* der *ihn* weiterriss. Unter ihnen loderte gelbe Glut weiter empor, und die Hitze stieg mit jedem Sekundenbruchteil. Der schmale Hausflur bündelte die glühende Luft und ließ sie wie in einem Kamin in die Höhe fauchen. Seit der Dampfexplosion waren erst wenige Sekunden vergangen, ganz gleich, was in dieser Zeit auch geschehen war und wie endlos sie ihm vorkommen mochte, aber jeder Tropfen Feuchtigkeit hier drinnen war bereits verdunstet, und die Hitze war so gewaltig, dass sie kaum mehr atmen konnten.

Ich war nicht schnell genug. Das Haus stand noch, doch es brannte. Aus seinem Dachstuhl schlugen helle Flammen – dort, wo der Orden seine geheimen Unterlagen gehortet hatte, bevor dieser furchtbare Vernichtungskrieg begonnen hatte –, und die Fensterscheiben waren geplatzt; grün-gelbe Flammen züngelten daraus so weit hervor, als wollten sie über die Gasse hinweg auf die wie durch ein Wunder unversehrt gebliebene Häuserzeile auf der gegenüberliegenden Straßenseite übergreifen. Niemand kümmerte sich um das brennende Haus – oder um das Mädchen, das gerade die schwere Holztür aufriss und mitten in den Rauch hineinsprang, in das finstere, graue Dräuen, das dahinter lauerte, als wäre es kein in Flammen stehender Hausflur, sondern die düstere und unheimliche Höhle eines Drachen, der allen Verderben brachte, die sich ihm unvorsichtigerweise auslieferten.

Ich hatte das Gefühl, als würde sich mein Hals zusammen-

ziehen, immer enger und enger, wie zusammengedrückt, so als würde mich jemand meiner Atemluft berauben wollen, als wolle man mich erdrosseln. Ich wurde langsamer, ohne jedoch meinen Schritt ganz zu verlangsamen. Das Entsetzliche, das dort in diesem Haus auf Clara lauerte, hatte nichts zu tun mit dem Grauen des Bombenangriffs; und wenn doch, dann auf eine düstere, unaussprechliche Weise. Die Tür stand weit offen, und als ich vor ihr ankam, schälten sich die dunklen Umrisse der unversehrt wirkenden Treppe vor meinen Augen heraus: Von Clara war keine Spur zu sehen. Ich zögerte, bevor ich meinen Fuß in das Wallen hineinsetzte, ich zögerte vielleicht einen Augenblick zu lange, denn im selben Moment, als ich mich mit einem nächsten Schritt den grauen Schwaden, dem erstickenden Dräuen auslieferte, hörte ich einen fürchterlichen, markerschütternden Schrei …

Sie erreichten das Ende der Treppe, und ein noch heftigerer Stoß erschütterte das Gebäude. Über ihnen zerbarst irgendetwas und stürzte mit gewaltigem Getöse zu Boden. Zerbrechendes Glas klirrte, und die Erschütterung riss Will und Reimann abermals von den Füßen.

Er fiel schwer auf den Rücken, blieb einen Moment benommen liegen und stemmte sich wieder hoch. Ein unterdrücktes Stöhnen kam über seine Lippen.

Der Anblick unter ihnen hatte sich radikal verändert. Die brodelnde gelbe Masse hatte das Erdgeschoss erreicht und drang gleichzeitig über die Treppe und das gezackte Loch im Fußboden herein, und so unglaublich es Will selbst jetzt noch erschien: Es *war* Lava. Eine zähflüssige Masse, die an der Oberfläche immer wieder erkaltete und von Gelb nach Rot abkühlte, um erneut aufzubrechen und in gleißendem bösem Gelb zu erstrahlen. Alles, was mit den Rändern der zähflüssigen gelben Masse in Berührung kam und nicht aus Stein oder

Beton bestand, ging unverzüglich in Flammen auf, und in die glühend heiße Luft, die zu ihnen emporfauchte, mischte sich jetzt auch noch erstickender Qualm.

Die Flammen griffen mit rasender Geschwindigkeit um sich, leckten an den Wänden und dem hölzernen Treppengeländer hoch und setzten den Türrahmen in Brand, während sich die zähflüssige gelbe Masse mit trügerischer Langsamkeit ausbreitete, eine gierige gelbe Zunge auf die Straße hinausstreckte und schließlich die Treppe berührte. Das uralte Holz zerfiel unter der Berührung des flüssigen Gesteins praktisch sofort zu Asche, aber die zweite und auch die darüber liegende Stufe fingen mit einer Reihe trockener, an gedämpfte Pistolenschüsse erinnernder Knallgeräusche Feuer, und obwohl er wusste, dass es eigentlich unmöglich war, hatte Will das Gefühl, dass die Hitze schlagartig noch weiter anstieg.

Die vierte Stufe fing Feuer, dann die fünfte, und es war nicht die brodelnde Lava, sondern der Anblick der knisternd die Treppe hinaufspringenden Flammen, der Will klar machte, dass er sich nach wie vor in akuter Lebensgefahr befand. Er raffte sich auf, stemmte sich auf die Knie hoch und versuchte auch Reimann in die Höhe zu ziehen. Es gelang ihm nicht. Sein rechter Arm tat erstaunlicherweise kaum noch weh, aber die Anstrengung war zu viel für das überdehnte Schultergelenk gewesen; der Arm war praktisch gelähmt, und Reimann war viel zu schwer, um ihn mit nur einer Hand in die Höhe zu ziehen.

»Reimann«, flehte er. »Sie müssen mir helfen!«

Reimann stöhnte. Er versuchte die Augen zu öffnen, aber diesmal blieb der trübe Schleier auf seinen Netzhäuten, und Will begriff, dass er seine Worte möglicherweise noch hörte, aber nicht mehr in der Lage war, darauf zu reagieren. Zum ersten Mal gestattete er dem Gedanken Gestalt anzunehmen, dass Reimann vielleicht sterben könnte, nicht irgendwann, sondern hier und jetzt. Wenn ihn sein Herz nicht umbrachte, dann würden es die schrecklichen Verletzungen tun, die er davongetragen hatte, und wenn nicht sie, dann die Hitze und der Rauch. Verzweifelt krallte er seine linke Hand in Reimanns Mantel und zerrte ihn so weit von der Treppe fort, dass seine Beine wenigstens nicht mehr in die Tiefe baumelten. Die Aktion brachte ihnen nur Sekunden, aber vielleicht waren es die entscheidenden, denn als Will nach unten sah, erkannte er, dass die Lava aufgehört hatte, sich auszubreiten. Vielleicht ließ der Druck, der sie aus dem Erdinneren herauspresste, allmählich nach, vielleicht hatte sich das weißglühende Gestein auch irgendwo im Kellergeschoss des Hauses einen anderen Weg gesucht – der Pfannkuchen aus geschmolzenem Erdreich und Stein hörte nicht nur auf, sich auszudehnen, sondern begann bereits abzukühlen und glühte an den Rändern nicht mehr gelb, sondern in einem rasch dunkler werdenden Rot, das hier und da bereits von einer runzeligen braun-roten Haut bedeckt war.

Dennoch gab es keinen Zweifel daran, dass das Gebäude nicht mehr zu retten war. Die Treppe brannte bereits zu mehr als zwei Dritteln. Es konnte nur noch Sekunden dauern, bis die Flammen den ersten Stock erreicht hatten, und damit Reimann und ihn. Er versuchte noch einmal, seinen rechten Arm zu zwingen, nicht nur wie ein nutzloses Stück Holz von seiner Schulter zu baumeln, sondern sich zu bewegen, und fast zu seiner eigenen Überraschung gelang es ihm sogar.

Reimann machte eine instinktive, unbeholfene Abwehrbewegung, als er die Hände unter seine Achselhöhlen schob und ihn in die Höhe zerrte, aber Will achtete nicht darauf, sondern verdoppelte seine Anstrengungen nur noch. Reimann machte einen taumelnden Schritt und fand dann in einen stolpernden Rhythmus, der unbeholfener aussah, als er war. Der

Abstand zwischen ihnen und den Flammen, die sie verfolgten, wuchs wieder ein wenig, während sie sich der nächsten Treppe näherten.

Wovor sie nicht davonlaufen konnten, das war die Hitze. Selbst die Luft, die sie atmeten, schien zu brennen, und obwohl sie sich mit jedem Schritt weiter vom brennenden Teil des Treppenhauses entfernten, wurde es immer heißer. Dazu kam, dass der Rauch mit jeder Sekunde dichter zu werden schien. Selbst wenn er seine Lunge zwang, hundert Grad heiße Luft einzuatmen, würde die bald einfach nicht mehr so viel Sauerstoff enthalten, wie sie brauchten, um zu überleben.

Reimann ließ sich schwer atmend gegen die Wand sinken. »Ich ... ich schaffe es ... nicht«, keuchte er. »Gehen Sie ... allein weiter.«

»Kommt überhaupt nicht in Frage«, bellte Will. Aber seine Antwort war kaum mehr als ein blinder Reflex; etwas, das man in einer Situation wie dieser eben sagte, weil es sich so gehörte. Unglückseligerweise hatte Reimann Recht: Nicht nur der Polizist, sondern auch er selbst hatte wahrscheinlich kaum noch die Kraft, die nächste Treppe zu überwinden. Und selbst wenn: Es gab nicht den geringsten Zweifel daran, dass das Gebäude ein Raub der Flammen werden würde, binnen sehr weniger Minuten und mit allen, die sich darin befanden.

Vielleicht aber auch nicht.

Ein noch härterer Stoß traf das Haus, heftig genug diesmal, um Will um ein Haar von den Füßen zu reißen. Das polternde Geräusch von oben wiederholte sich und war dieses Mal so laut, als bräche der gesamte Dachstuhl zusammen. Möglicherweise würden Feuer und Hitze nicht mehr genug Zeit bleiben, um sie umzubringen.

Sie stand in der Tür der Wohnung, die ihr einst Schutzraum und Gefängnis gleichermaßen gewesen war. Dicke Qualm-

wolken drangen aus dem Wohnungsinneren heraus, erstickend und grau-schwarz, fast stofflich wirkend. Clara hatte die Hand vor das Gesicht geschlagen; ob in einer Geste lähmenden Erschreckens oder um sich vor dem Rauch zu schützen, hätte ich nicht einmal zu sagen vermocht.

Aus der Wohnung drang ein leises Wimmern, kaum hörbar in dem Prasseln, Zischeln und Tosen, das durch das Treppenhaus tobte. Ich hätte nach vorne springen müssen, zu Clara hin, um sie zu packen und notfalls gewaltsam aus dem Haus zu schleifen. Aber ich konnte es nicht. Es hätte niemand mehr in der Wohnung sein dürfen, nicht nach dem Fliegeralarm, der alle in die Keller und Schutzräume trieb, angetrieben vom Blockwart. Es durfte einfach niemand mehr hier sein.

Es sei denn, er war, wie Clara, nach dem Fliegerangriff hier heraufgeeilt.

Während Will versuchte, Reimann wieder auf die Füße zu helfen, sah er sich gleichzeitig und mit wachsender Verzweiflung um. Trotz der immer dichter werdenden Qualmwolken bemerkte er, dass die Flammen aus dem Erdgeschoss bereits über das Treppengeländer züngelten. Und selbst wenn sie die Kraft gehabt hätten, weiter nach oben zu flüchten, hätte dies das Ende nur um Minuten hinausgezögert. Es gab nichts, wohin sie flüchten konnten. Sie befanden sich in der Lage zweier Männer, die eine brennende Fahnenstange hinaufkletterten – ohne einen Fallschirm im Gepäck zu haben.

Reimann wankte erneut, und Will legte sich den linken Arm des Mannes über die Schulter und biss die Zähne zusammen, als er plötzlich dessen gesamtes Gewicht auf sich lasten spürte. Er machte einen vorsichtigen Schritt, aber statt die Treppe hinaufzugehen, wandte er sich in die entgegengesetzte Richtung, den Flur hinab und den Flammen wieder entgegen.

Wie auf jeder Etage gab es auch hier drei Türen zu den

dahinter liegenden Wohnungen. Will ignorierte die erste, steuerte die Tür der mittleren Wohnung an und atmete erleichtert auf, als er die Klinke herunterdrückte und die Tür ohne Probleme öffnete.

Auch in der Wohnung dahinter brannte es bereits. Die Gardinen im Wohnzimmer schienen Feuer gefangen zu haben, und auch durch die Ritzen der fest geschlossenen Küchentür sah er ein unheilvolles, gelbes und rotes Licht flackern. Aber die Luft war hier nicht ganz so verqualmt – und nicht annähernd so *heiß!* – wie draußen im Hausflur, so dass sie wenigstens wieder atmen konnten.

Will bugsierte Reimann ächzend in die Wohnung, stieß die Tür hinter sich zu und stolperte weiter. Nach den ersten zwei, drei Atemzügen vermeintlich kühlerer Luft spürte er, wie heiß es auch hier drinnen war. Schwarz-grauer Qualm bildete eine wogende Wolkendecke dicht über ihren Köpfen, aus der sich tastende graue Tentakel nach unten reckten, wie die Fangarme eines Monsters aus einer Lovecraft-Story, die nach Beute suchten. Irgendwie hatte das Feuer, das sich draußen noch im Erdgeschoss austobte, hier drinnen schon seinen Weg nach oben gefunden. Sie waren keineswegs in Sicherheit, sondern hatten nur ein paar Minuten gewonnen; bestenfalls.

Er unterdrückte den Impuls, tief einzuatmen und sich für einen Moment gegen die Wand sinken zu lassen, um neue Kraft zu schöpfen, und taumelte mit zusammengebissenen Zähnen weiter. Reimann schien sein Gewicht mit jedem Schritt zu verdoppeln, zu dem er seine protestierenden Muskeln zwang, aber irgendwie schaffte Will es, die Schlafzimmertür zu erreichen und aufzustoßen.

Der Raum dahinter brannte. Das Bett – ein wahres Monstrum aus geschnitztem Holz und langsam verkohlenden Klöppeldeckchen – schwelte an einem Dutzend Stellen, und auch hier standen die Gardinen bereits lichterloh in Flammen. Selbst ein Teil der Tapeten hatte schon Feuer gefangen, und der Boden schien zu glühen.

Aber das war nicht alles. Es war noch nicht einmal das Schlimmste.

Viel intensiver noch als die äußere Gefahr spürte Will den Zorn des Ungeheuers, das tief unter ihnen endgültig seine Ketten gesprengt hatte und in seinem Wüten kein Maß oder Ziel fand. Es war nicht nur Feuer, geschmolzenes Gestein und Hitze, sondern eine Schöpfungsgewalt, die keine Grenzen und weder Freund noch Feind kannte, sondern nur das, was ihre Natur war: Vernichtung.

Vielleicht im letzten Moment begriff Will, dass es mit einem Mal seine eigenen Gedanken waren, die sich als sein größter Feind entpuppten. Ihnen blieben bestenfalls Minuten, um aus dieser Hölle zu entkommen, und jeder Atemzug, den er mit dieser hirnrissigen Metaphorik verschwendete, war unwiederbringlich verloren. Er stieß die Schlafzimmertür hinter sich zu, quälte sich weiter und riss mit der freien Hand die schwelende Spitzendecke vom Bett. Er seufzte erleichtert, als er Reimann auf der Bettkante ablud und weiter zum Fenster wankte.

Worauf er gehofft hatte, stellte sich als Tatsache heraus. Seit er seine Wohnung bezogen hatte – vor weniger als zwei Monaten, auch wenn ihm diese Zeit in diesem Dreckloch zehn Mal so lange vorgekommen war –, hatte er vielleicht ein Dutzend Mal aus dem Schlafzimmerfenster hinunter in den schmuddeligen Innenhof geblickt, den sich das fünfzig Jahre alte Gebäude mit einem halben Dutzend Nachbarn teilte. Aber seine verzweifelte Hoffnung bewahrheitete sich: Nicht einmal einen Meter unter dem Schlafzimmerfenster erstreckte sich das mit Teerpappe gedeckte Dach einer Garagenreihe, die sich wie eine gemauerte Zunge in den Hinterhof schob und ihn asymmetrisch teilte. Auch der Hinterhof war nicht unbeschadet davongekommen: Hier und da loderten kleine Flammennester, und die Teerpappe auf den Garagendächern hatte an einigen Stellen Blasen geschlagen. Die Luft über dem Hof flimmerte vor Hitze. Dort hinauszugehen musste einem Spießrutenlauf durch die Hölle gleichkommen, aber es war dennoch die einzige Chance, die sie hatten; und damit zugleich die beste.

Will verschwendete kaum mehr als eine Sekunde auf diesen Gedanken, dann schob er alle – ohnehin nutzlosen – Bedenken beiseite und riss mit einem einzigen Ruck die brennenden Gardinen herunter. Flammen strichen über seine Haut und versengten sie, aber der Schmerz war sonderbar irreal und vermochte ihn nicht wirklich aufzuhalten. Er machte sich nicht die Mühe, die Flammen des brennenden Vorhangstoffs auszutreten, sondern stieß ihn nur mit einem hastigen Tritt beiseite, riss das Fenster auf und fuhr in nahezu derselben Bewegung zu Reimann herum.

»Schnell!«, stieß er hervor. »Wir müssen hier raus!«

Reimann hob müde den Blick und sah Will an, aber seine Augen blieben auf eine furchteinflößende Art leer. »Ich … kann nicht weiter«, murmelte er.

»Wollen Sie sterben?«, fragte Will.

»Bringen Sie sich in Sicherheit«, beharrte Reimann. »Ich schaffe es nicht, aber Sie schon.«

»Das könnte Ihnen so passen«, antwortete Will grob. »Sie legen sich hier auf die faule Haut, und ich kann Ihren Kollegen später erklären, wieso ich aus einem brennenden Haus flüchte, in dem zwei tote Polizisten zurückgeblieben sind.«

Reimann verzog die Lippen zu einer Grimasse, die irgendwo auf halbem Wege zu einem Lächeln erstarb – aber er raffte auch sichtbar all seine Kraft zusammen, um sich in die Höhe zu stemmen. Will überzeugte sich mit einem misstrauischen Blick davon, dass er auch tatsächlich aus eigener Kraft stehen konnte, dann wandte er sich wieder zum Fenster um und riss es mit einer entschlossenen Bewegung auf. Kalte Luft und ein ganzer Chor hektischer Geräusche fauchten zu ihnen herein; Schreie, Klirren, Bremsenquietschen und das entfernte Jaulen einer Sirene. Will musste plötzlich an alles denken, was er jemals über Brandbekämpfung und Feuer gehört hatte – das offene Fenster war vermutlich der größte Gefallen, den er dem noch im Entstehen begriffenen Zimmerbrand tun konnte –, aber welche Wahl hatte er schon?

Er beugte sich vor und sah auf das Garagendach hinab. Es lag deutlich tiefer unter dem Fenster, als er angenommen hatte, aber es war dennoch ein Sprung, den er schaffen konnte. Und Reimann? Er *musste* es schaffen, so einfach war das. Er drehte sich wieder zu dem Polizeibeamten um und registrierte erleichtert, dass Reimann nicht nur immer noch stand, sondern sogar einen unsicheren Schritt in seine Richtung getan hatte. Will streckte den Arm aus, um ihm zu helfen, Reimann machte einen weiteren Schritt, und der Boden gab unter seinem Gewicht nach und verschlang ihn.

Es ging einfach zu schnell, als dass Will noch irgendetwas hätte tun können, selbst wenn er dazu in der Lage gewesen wäre. In der einen Sekunde war Reimann noch da und seine Hand nur noch Zentimeter von Wills hilfreich ausgestreckten Fingern entfernt, und in der nächsten Sekunde war er einfach fort, und wo er gestanden hatte, gähnte ein gezacktes Loch im Boden, aus dem prasselnde Flammen und eine Woge grausamer trockener Hitze emporschlugen. Kein Schrei. Will sah ihn nicht einmal wirklich stürzen. Es war, als wäre Reimann von einem Sekundenbruchteil auf den andern einfach verschwunden.

Ich legte Clara beide Hände auf die Schultern. Der Qualm biss in meinen Augen, der giftige Rauch brannte in meinen Lungen. Ich merkte es kaum.

An Clara vorbei starrte ich auf die verkrümmte, verkohlte Gestalt, die vor uns auf dem schweren Teppich im Flur lag und sich in Agonie wand, obwohl sie eigentlich gar nicht mehr hätte leben dürfen. Ein fürchterliches Feuer hatte sie verheert, ein Feuer, das grausamer und tobender war als die flammende Hölle, in die die Phosphorbombe dieses Haus verwandelt hatte.

Alles hier, das Haus, die Gasse und die angrenzenden Straßen würden ein Opfer der Flammen werden, alles würde bis auf die Grundfesten niederbrennen, und niemand würde auch nur im Entferntesten auf den Gedanken kommen, dass nicht alleine die heimtückische Gewalt der Phosphorbomben für die Urgewalt ausreichte, die hier und jetzt gerade entfesselt wurde. Das Feuer brach sich Bahn in den Armen und Beinen der Ordensschwester, die Flammen züngelten und krochen aus der bereits verkohlt wirkenden Haut hervor, winzigen Schlangen ähnlich, die gerade geschlüpft waren und dennoch schon bereit waren, ihr Gift an den Erstbesten zu verspritzen, der ihnen zu nahe kam. Die Augen, die eben noch gleichermaßen anklagend in unsere Richtung geblickt hatten, wurden zu Brandnestern; und ich wandte vor Entsetzen den Blick ab, als sich der Zerstörungsprozess im Gesicht fortsetzte, als die Haut aufplatzte, gleichzeitig an mehreren Stellen. Wir hätten uns umdrehen und versuchen können, durch das mittlerweile lichterloh brennende Treppenhaus zu entkommen, aber weder Clara noch ich machten auch nur den geringsten Ansatz dazu.

Wir hätten es nicht mehr geschafft. Die brennende Gestalt zu unseren Füßen wand sich ein letztes Mal, stieß einen fürchterlichen, ohrenbetäubenden Schrei aus – und erschlaffte dann.

Es war vorbei.

Aber der Hunger des Drachen war noch lange nicht gestillt. Will spürte erneut dieses unheimliche, unterirdische Grollen, das diesmal nicht das gesamte Gebäude erschütterte, dafür aber bis in die letzten Fasern seines Körpers zu spüren war. Und die Hitze stieg jetzt buchstäblich mit jedem Sekundenbruchteil. Die Ränder des Lochs, das Reimann verschlungen hatte, fingen mit einem hässlichen Zischen Feuer, und die Bettdecke ging in ihrer gesamten Ausdehnung mit einem dumpfen *Wusch!* in Flammen auf. Die Hitze war buchstäblich atemberaubend. Will wagte es nicht, Luft zu holen, aus der ganz konkreten Angst heraus, sich Kehlkopf und Lunge zu verbrennen. Ohne auch nur einen Sekundenbruchteil länger zu zögern, kletterte er aufs Fensterbrett und sprang auf das Garagendach hinab.

Er kam besser auf, als er zu hoffen gewagt hatte, aber damit hörte seine Mini-Glückssträhne auch schon wieder auf. Will federte den Aufprall aus gut anderthalb Metern Höhe mit einer Geschicklichkeit ab, die ihn selbst überraschte, aber sein eigener Schwung riss ihn vorwärts, und als er versuchte, den Sturz mit nach vorne gerissenen Händen abzufangen, vergaß er seinen verletzten rechten Arm. Seine Schulter tat nicht einmal besonders weh, aber in seinem Arm war plötzlich keine Kraft mehr. Er kippte nach rechts und schlug mit dem Gesicht auf der Teerpappe auf, und das *tat* weh; so schlimm, dass er nicht einmal mehr versuchte, seinen Sturz weiter abzufangen. Der Bewusstlosigkeit näher als der anderen Seite, rollte er über das Dach, schwebte eine grässliche halbe Sekunde lang im Nichts und schlug weitere zwei Meter tiefer auf dem gepflasterten Hof auf.

Wie durch ein Wunder raubte ihm dieser zweite Sturz nicht etwa endgültig das Bewusstsein, sondern weckte ihn im Gegenteil brutal wieder auf – wenn auch auf eine Art, auf die er gerne verzichtet hätte.

Dennoch blieb er noch einen Moment mit geschlossenen Augen liegen und lauschte in sich hinein. Er schmeckte salziges Blut – anscheinend hatte er sich auf die Zunge oder die Unterlippe gebissen –, und seine rechte Schulter fühlte sich an, als wäre sie auf die Größe einer preisverdächtigen Wassermelone angeschwollen, aber er fühlte erstaunlicherweise noch immer nicht den mindesten Schmerz. Und er schien sich auch nichts gebrochen zu haben, zumindest, soweit er das beurteilen konnte. Sah man davon ab, dass er das Gefühl hatte, auf einer heißen Herdplatte gelandet zu sein, hatte er ein schier unvorstellbares Glück gehabt.

Will öffnete die Augen, blinzelte die Benommenheit weg und verzog das Gesicht, als er automatisch seine Handflächen gegen den Boden presste, um sich hochzustemmen. Der Stein war nicht wirklich so heiß wie eine Herdplatte, aber heiß genug, um wehzutun. Will stand vollends auf, ohne die Hände zu Hilfe zu nehmen – was sich als gar nicht so einfach erwies –, und machte einen raschen Schritt zur Seite, als die Hitze durch die dünnen Sohlen seiner Turnschuhe zu dringen begann.

Doch dadurch wurde es nur noch schlimmer. Dort, wo er gelegen hatte, war der Boden heiß; nicht einmal einen Schritt daneben schien er zu glühen. Es stank nach verbranntem Gummi, und als er rasch wieder zurücktrat, zogen die schmelzenden Gummisohlen dünne Fäden. Möglicherweise war seine Erleichterung ein wenig voreilig gewesen. Will sah sich mit klopfendem Herzen auf dem verwinkelten Innenhof um, und er war plötzlich nicht mehr sicher, nicht aus einer Gefahr in eine noch viel größere geflohen zu sein. Hier und da auf dem Hof brannte es tatsächlich, aber nur an weit weniger Stellen, als er angenommen hatte; brennende Trümmerstücke, Stoff und Papier, die aus den Fenstern geweht waren. Dafür war der Boden an manchen Stellen umso heißer. Seine Turnschuhe hatten sichtbare Abdrücke auf dem Stein hinterlassen, die bereits zu schmelzen begannen und zu dampfenden Pfützen aus kochendem Gummi zerliefen. Dort, wo er stand, war der Boden noch immer heiß, aber nicht glühend. Es war, als versuche er über die Oberfläche eines erstarrten, aber noch lange nicht erkalteten Vulkans zu laufen.

Er musste wieder an die glühend flüssige Masse denken, die aus dem Keller emporgequollen war und das Haus in Brand gesetzt hatte. Lava. So unglaublich ihm der Gedanke selbst jetzt noch vorkam, es *war* Lava, und wenn nicht, dann etwas, das wie Lava aussah und so heiß wie Lava war. Trotzdem: ein Lava-Ausbruch mitten in der Kölner Südstadt? Das war vollkommen lächerlich!

Und wenn er nicht bald machte, dass er hier wegkam, dann würde er tot sein.

Will versuchte, die Panik niederzukämpfen und seine Gedanken wenigstens weit genug zur Ordnung zu zwingen, um nach einem Fluchtweg Ausschau zu halten. Es war möglich. Wenn man genau hinsah, konnte man die heißen Stellen erkennen: Der Stein glänzte wie poliert, und die Luft darüber flimmerte vor Hitze. Ein einziger falscher Schritt, und das nächste, was am Boden kleben blieb, waren nicht seine *Schuh*sohlen.

Ein dumpfer Knall wehte aus dem Haus herüber, und nicht weit von Will entfernt stürzte eine glitzernde Flut glühender Glasscherben vom Himmel. Er unterdrückte den Impuls, sich herumzudrehen und den Kopf zu heben, um in die Richtung zu sehen, aus der der Trümmerregen gekommen war – er wusste, was er sehen würde, nämlich ein weiteres zerberstendes

Fenster, aus dem prasselnde Flammen oder auch schwarzer Rauch herausquollen –, sondern hob stattdessen schützend die Arme über den Kopf und rannte los. Vermutlich hatte er auf diese Weise gute Chancen herauszufinden, wie sich ein Minutensteak auf dem Grill fühlte, aber wenn er hier blieb, würde er mit nahezu hundertprozentiger Sicherheit sterben.

Er rannte los, und er konnte hinterher nicht sagen, ob er einfach nur Glück gehabt oder die Linien flimmernder Luft über dem glühenden Stein tatsächlich gesehen hatte; wenn auch möglicherweise auf einer tiefen, dem direkten Zugriff verschlossenen Ebene seines Bewusstseins. Vielleicht war er auch ganz simpel schnell genug – er rannte in einem fast willkürlichen Zickzack über den Garagenhof und erreichte irgendwie die Einfahrt, und mindestens ein- oder zweimal hatte er tatsächlich das Gefühl, über eine glühende Herdplatte zu laufen. Als er das gemauerte Torgewölbe erreichte und sich krampfhaft um Luft ringend gegen die Wand sinken ließ, qualmten seine Schuhsohlen nicht wirklich wie die einer Comicfigur aus einem albernen Zeichentrickfilm, aber sie fühlten sich klebrig an, und der Gestank nach zerschmolzenem Gummi nahm ihm für einen Moment schier den Atem.

Das Sirenengeheul draußen auf der Straße war lauter geworden, und ein zweiter, noch entfernterer Ton hatte sich dazugesellt – Polizei, keine Feuerwehr; Will kannte den Unterschied des Sirenensignals genau –, und der rechteckige Ausschnitt der Straße auf der anderen Seite der Einfahrt war ein reines Chaos aus Bewegung und Farben, durchwoben von der Geräuschkulisse einer in Panik geratenen Menschenmenge. Seine Aussichten, zu Tode getrampelt zu werden, wenn er sich dort hinauswagte, waren nicht schlecht, aber hier drinnen bleiben konnte er auf keinen Fall.

Ein weiterer dumpfer Knall wehte aus dem Haus herüber;

fast mehr zu spüren, als wirklich zu hören, ein Geräusch, als bräche tief unter dem gepflasterten Hof ein gewaltiger Hohlraum zusammen, und obwohl der Laut im Vergleich zu dem Höllenlärm, der sein Gehör zuvor gepeinigt hatte, fast harmlos wirkte, reichte er doch aus, Wills letzte Bedenken zu zerstreuen. Er stieß sich von der Wand ab, rannte durch das Torgewölbe und brachte irgendwie die Geistesgegenwart auf, seine Schritte im allerletzten Moment ein wenig zu verlangsamen. Als er auf die Straße hinaustrat, ging er noch immer sehr schnell, aber er rannte nicht mehr wie von Furien gehetzt, was ihm zweifellos mehr Aufmerksamkeit eingebracht hätte, als ihm lieb war.

Möglicherweise aber auch nicht, denn die Straße hatte sich in einen Hexenkessel verwandelt. Schwarzer Qualm kam aus den Fenstern des Hauses zu seiner Rechten, Funken, brennendes Holz und glühende Glassplitter regneten auf den Bürgersteig herab, und wohin er auch blickte, sah er flüchtende Menschen, die rannten, als ginge es um ihr Leben – auch wenn die allermeisten sich nicht einmal in der *Nähe* des brennenden Hauses aufhielten. Niemand nahm von ihm Notiz. Wer nicht wie von Furien gehetzt rannte, stand in sicherer Entfernung da und starrte das lichterloh brennende Haus an, und selbst wenn jemandem die keuchende Gestalt in den angesengten Kleidern aufgefallen wäre, hätte er ihn vermutlich nur für einen weiteren Hausbewohner gehalten, der sich auf diese Weise in Sicherheit brachte. Was der Wahrheit ja auch ziemlich nahe kam.

Dennoch ging Will kein unnötiges Risiko ein. Er überquerte mit schnellen Schritten die Straße und senkte dabei gerade weit genug den Kopf, dass es nicht auffiel, ihm aber auch niemand direkt ins Gesicht schauen konnte. Er wusste selbst nicht genau, warum er das tat – schließlich war es sein legitimes Recht, aus einem brennenden Haus zu flüchten, das vermutlich innerhalb der nächsten Minuten zusammenbrechen würde –, aber dieses Verhalten war ihm so sehr in Fleisch und Blut übergegangen, dass er es schon fast nicht mehr bemerkte.

Erst als er auf der anderen Straßenseite angekommen und in der Menge der Schaulustigen untergetaucht war, die sich hier in sicherer Entfernung versammelt hatten, wagte er es, stehen zu bleiben und sich wieder herumzudrehen. Obwohl er eigentlich hätte wissen müssen, was er sah, ließ ihm der Anblick einen eisigen Schauer über den Rücken laufen. Das Haus brannte lichterloh. Es stand nicht einfach in Flammen, sondern loderte wie ein Scheiterhaufen, der mit dem Feuer der Hölle gespeist wurde. Die Flammen hatten längst auch auf die beiden Nachbarhäuser übergegriffen, aber dort wüteten sie nur wie ein normales Feuer, schlimm genug, um keinen Zweifel daran aufkommen zu lassen, dass auch diese beiden Gebäude nicht mehr zu retten waren, aber es war nicht die grausame Glut aus dem Herzen der Erde, die sie verzehrte. Das Haus, das noch vor wenigen Minuten Wills Heimat gewesen war, war schon jetzt kaum mehr als ein ausgeglühtes Skelett, das nur wie durch ein Wunder noch nicht zusammengebrochen war: Hinter der zerborstenen Eingangstür loderte grellgelbe, fast weiße Glut, die eine so unvorstellbare Hitze ausstrahlte, dass selbst der Asphalt auf der Straße davor Blasen zu werfen begann. Die Fenster waren leere Löcher, das Glas längst zerborsten und die hölzernen Fensterrahmen zu Asche zerfallen, aus denen gelbe und rote Flammen schlugen, und selbst das Dach schwelte bereits. Die wenigen Minuten, die Will gebraucht hatte, um auf das Garagendach herunterzusteigen und den Hof zu verlassen, hatten dem Feuer ausgereicht, das gesamte vierstöckige Haus zu erobern. Schon der Gedanke, dass er selbst noch vor ein paar Minuten dort drüben gewesen war, jagte ihm einen weiteren Schauer des Entsetzens über den Rücken.

»Mein Gott, was … was ist denn da nur passiert?«, stammelte eine junge Frau, die unmittelbar neben Will stand und die brennenden Fassaden auf der anderen Seite aus ungläubig aufgerissenen Augen anstarrte. »Das … das ist doch kein normales Feuer!«

»Da muss irgendwas explodiert sein«, sagte eine andere Stimme. »Vielleicht die Gastanks im Keller.«

Wenn, dann musste es ein Gastank von der Größe eines Flugzeugträgers gewesen sein, dachte Will benommen. Er erinnerte sich wieder an die zähflüssige Glut, die sich aus dem Kellergeschoss nach oben gewälzt hatte, und der Gedanke kam ihm mit jeder Sekunde absurder vor. Es konnte keine Lava gewesen sein. Nicht hier, mitten in dieser Stadt und in einem Land, in dem ein leichtes Zittern der Erde schon als Katastrophe gewertet wurde und ein Erdstoß, der anderenorts nicht einmal zur Kenntnis genommen wurde, eine landesweite Hysterie auslöste. Er musste sich geirrt haben. Was er gesehen hatte, war real gewesen, aber es konnte nicht das sein, wofür er es hielt.

»Hoffentlich sind die Leute alle noch rausgekommen«, murmelte einer der Schaulustigen – allerdings mit einem verräterischen Unterton. Er spekulierte offensichtlich darauf, dass die Katastrophe noch viel größere Ausmaße hatte, als es im Moment schien. Will starrte den Sprecher an, so dass der seinerseits den Kopf drehte und ihn anblickte. Es war ein junger Mann mit einer Zweihundert-Euro-Frisur und einem Anzug, der mehr kostete, als Will in einem ganzen Monat (legal) verdiente, aber im Moment schien sein weltmännisches Outfit das gierige Glitzern in seinen Augen eher noch zu unterstreichen. Für den Bruchteil einer Sekunde verspürte Will den heftigen Wunsch, die Faust zu ballen und dem sensationslüsternen Gaffer stellvertretend für alle anderen hier ins Gesicht zu schlagen.

»Was … haben Sie gesagt?«, murmelte er.

»Die Leute dort drüben«, antwortete der Bursche mit einer entsprechenden Kopfbewegung, »wenn da noch jemand drin ist …« Er führte den Satz nicht zu Ende, sondern ließ ihn in ein vielsagendes Schweigen übergehen, aber dann runzelte er die Stirn und sah Will mit neu erwachendem Interesse an. »Sie waren doch nicht etwa da drin?«

Wills Ärger auf diesen sensationslüsternen Gaffer machte einer anderen, noch viel größeren Wut auf sich selbst Platz. Er hatte ganz genau das erreicht, was er unter allen Umständen hatte vermeiden wollen, aber anscheinend war es sein Schicksal, dass er umso mehr Aufsehen erregte, je mehr er versuchte, unauffällig zu sein.

»Nein«, sagte er hastig. »Ich war nur hinten auf dem Hof, als der Tanz losging. Keine Ahnung, was passiert ist.«

Er drehte sich mit einer brüsken Bewegung um, die allein den Burschen daran hinderte, eine weitere Frage zu stellen, und tat so, als starre er wie alle anderen gebannt auf das lichterloh brennende Haus. Seine Gedanken rasten. Wie viele Menschen hatten sich dort drüben im Haus aufgehalten, als das Inferno losbrach? Vermutlich nicht allzu viele – die meisten waren wahrscheinlich schon längst unterwegs zur Arbeit oder zur Schule, aber eben nicht alle –, und mit ein wenig Glück hatten die Schreie der Blonden dafür gesorgt, dass sie das Haus verließen. Und wenn nicht … Will machte sich nichts vor. Sosehr er ihn auch dafür hasste, der Kerl neben ihm hatte Recht. Wer immer es nicht *vor ihm* geschafft hatte, das Haus zu verlassen, der war längst tot. So wie Falkenberg und Reimann.

Das Heulen der Sirene, das er vorhin schon aus der Ferne wahrgenommen hatte, kam jetzt rasch näher. Will sah in die entsprechende Richtung, aber noch blieb die Straße leer. Selbst wenn der Feuerwehrwagen in diesem Moment um die Ecke gebogen wäre, hätte er vermutlich keine Chance gehabt, bis hierhin vorzudringen. Mindestens ein Dutzend Autos hatte kreuz und quer auf der Fahrbahn angehalten, einige Fahrer waren ausgestiegen, um das Schauspiel zu betrachten, das sich ihnen bot. Und die Zahl der Schaulustigen, die zusammengelaufen waren, versuchte er nicht einmal zu schätzen. Aber früher oder später *würde* die Feuerwehr hier aufkreuzen und in ihrer Begleitung auch ganz bestimmt die Polizei. Es wurde Zeit, dass er verschwand.

Die Frage war nur – wohin? Das Heulen der Sirene schien jetzt immer rascher näher zu kommen, aber es fiel Will auch im gleichen Maße schwerer, die Richtung zu identifizieren, aus der es sich näherte. Wenn er Pech hatte, lief er der Polizei direkt in die Arme.

Ihm wurde klar, wie albern dieser Gedanke war. Auf der anderen Straßenseite tobte ein Feuer, das gute Aussichten hatte, nicht nur auf die Nachbargebäude, sondern auch auf einen Großteil der ganzen Stadt überzugreifen, und die Anzahl der Schaulustigen, die aus allen Richtungen zusammengelaufen und -gefahren kamen, wurde mit jeder Minute größer. Selbst wenn die Polizei im Anmarsch war, hatte sie ganz bestimmt Besseres zu tun, als auf ihn zu achten. Will wandte sich fast wahllos nach links und setzte sich in Bewegung.

Die Hitze war zwar mittlerweile auch hier intensiv genug, um die Leute zurückzutreiben, aber von hinten drängten immer noch weitere Schaulustige nach, so dass er sich bei den ersten Schritten fast vorkam wie ein Schwimmer, der einen Katarakt hinaufzukraulen versucht. Nach ein paar Augenblicken wurde es besser, und als er den halben Weg zur Kreuzung zurückgelegt hatte, konnte er beinahe ganz normal gehen – auch wenn er tatsächlich der Einzige zu sein schien, der sich in *diese* Richtung bewegte. Im Gehen wandte Will den Kopf und sah noch einmal zurück. Am anderen Ende der Straße war das flackernde Blaulicht eines Feuerwehrwagens aufgetaucht. In dem Durcheinander aus Menschen und Fahrzeugen fiel es ihm schwer, den Löschzug zu fixieren, aber er sah immerhin, dass der sich bewegte und gegen alle Wahrscheinlichkeit nicht im Verkehrsgewühl stecken geblieben war, sondern sogar unerwartet schnell näher kam. Trotzdem würde er zu spät kommen. Ein einziger Feuerwehrwagen würde hier wenig ausrichten, um nicht zu sagen: gar nichts.

Will stürmte weiter, und der Anblick erfüllte ihn zugleich mit einem Zorn, den er im ersten Moment selbst nicht richtig verstand. Er war alles andere als ein Engel oder auch nur ein guter Mensch, sondern im Gegenteil ein bekennender Zyniker, der vermutlich noch vor Tagesfrist selbst inmitten dieser gaffenden Meute gestanden und insgeheim darauf gewartet hätte, dass sich das Feuer weiter ausbreitete und aus einem normalen Wohnhaus-Brand eine richtige Katastrophe wurde. Etwas, das nicht nur vom überregionalen Fernsehen gezeigt wurde, sondern wovon man auch noch wochenlang zehren, was man entsprechend ausschmücken und seinen Freunden und Arbeitskollegen erzählen konnte. Ein bisschen von dieser Sensationslust war auch jetzt noch in ihm, aber da war plötzlich auch noch mehr; ein Teil von ihm, der erst Gestalt angenommen hatte, seit er selbst durch diese Hölle da drüben gegangen war und vor seinen Augen zwei Menschen gestorben waren. Seltsam – er hatte die beiden kaum gekannt, und zumindest was Falkenberg anging, hätte er selbst auf dieses *Kaum* gerne verzichtet, aber ihr Tod machte ihm zu schaffen. Es war eben doch ein Unterschied, ob man davon las oder darüber hörte – oder ob man es mit eigenen Augen *sah*. Ganz davon abgesehen, dass der Tod der beiden Polizeibeamten möglicherweise ein Problem noch nicht abschätzbarer Größenordnung für ihn darstellte. All diese Überlegungen hinderten Will nicht daran, seinen Weg fortzusetzen, so schnell es gerade noch ging, ohne aufzufallen. Nach wenigen Augenblicken hatte er die Kreuzung erreicht und bog wahllos nach rechts ab, ohne noch einen Blick zurückgeworfen zu haben.

Auch hier war der Verkehr bereits zusammengebrochen, und die Anzahl der Menschen, die ihm entgegenkamen, übertraf die derjenigen, die sich in seine Richtung bewegten, um ein Mehrfaches, aber niemand nahm von ihm Notiz, und das war im Moment alles, was zählte. Will ging wieder ein wenig langsamer, behielt aber ein scharfes Tempo bei und entfernte sich weiter von der Kreuzung. Das Sirenengeheul wurde noch einmal lauter und brach dann schlagartig ab, als der Feuerwehrwagen offensichtlich sein Ziel erreicht hatte. Der bloße Gedanke an das, was sich jetzt hinter ihm abspielte, kam Will geradezu grotesk vor. Alle Löschzüge dieses Viertels zusammengenommen hatten vermutlich keine Chance, das Feuer auch nur nennenswert einzudämmen. Oder gar, es zu löschen. Die Stadt stand am Rande einer Katastrophe, und möglicherweise war er der einzige lebende Mensch, der auch nur eine Ahnung hatte, wie groß die Gefahr tatsächlich war.

Will beschleunigte seine Schritte trotzdem noch weiter und war schon wieder kurz davor, wirklich zu rennen, als er die nächste Kreuzung erreichte und um die Ecke bog. Hier machte er jedoch nur noch einen einzigen Schritt und blieb dann so abrupt stehen, als wäre er gegen ein unsichtbares Drahtseil geprallt, das jemand heimtückisch quer über die Straße gespannt hatte.

Der Anblick, der sich ihm bot, unterschied sich nicht grundlegend von dem zwei Straßen zurück. Es gab keine brennende Häuserzeile, aber auch hier war der Verkehr zusammengebrochen. Der Grund dafür war ein geradezu monströs großer

Feuerwehrwagen, der aussah, als stamme er direkt aus einem Science-Fiction-Film, und der seine Fahrt zu dem brennenden Häuserblock notgedrungen unterbrochen hatte, um einen hell in Flammen stehenden Kombi zu löschen, der quer auf der Straße stand und beide Fahrspuren blockierte. Wills Herz begann zu rasen. Für einen winzigen, aber durch und durch entsetzlichen Moment geriet er so vollkommen in Panik, wie er es noch nie zuvor erlebt hatte. Sein bewusstes Denken setzte einfach aus, und für eine Sekunde oder weniger bestand er nur noch aus Instinkten, dem übermächtigen Impuls, einfach auf der Stelle herumzufahren und davonzurennen, so schnell und so weit er nur konnte. Und zugleich war er einfach paralysiert; im wahrsten Sinn des Wortes gelähmt vor Schrecken, so dass er einfach dastand und das lodernde Autowrack aus weit aufgerissenen Augen anstarrte, obwohl die Flammen so grell waren, dass ihr Licht ihm die Tränen in die Augen schießen ließ.

Dann verging der Moment, und etwas fast noch Erschreckenderes, auf jeden Fall aber Unheimlicheres geschah: Im gleichen Moment, in dem die Lähmung von Will abfiel, verschwand auch die Panik, und eine fast ebenso große Ruhe ergriff von ihm Besitz. Plötzlich schienen seine Sinne mit schon fast übernatürlicher Klarheit zu arbeiten. Er sah, hörte und roch alles mit einer Schärfe, die er zuvor ebenso wenig gekannt hatte wie das Gefühl allumfassender Panik. Statt herumzufahren und wegzulaufen, ging er mit schnellen, aber ruhigen Schritten weiter und näherte sich dem brennenden Wagen. Obwohl die äußeren Umstände vollkommen anders waren, erinnerte ihn der Anblick auf unheimliche Weise an den vergangenen Abend. Der Wagen war nicht annähernd so verheert wie der gestern, und es gab auch keine formlosen Körper, die hastig mit Plastikplanen zugedeckt worden waren. Unter dem Auto hatte sich nicht die Erde aufgetan, um mit dem Feuer der Hölle nach ihm zu greifen. Er konnte sogar noch das Fabrikat, die Farbe und die ersten drei Buchstaben des Nummernschildes erkennen. Das lodernde Etwas zehn Meter vor ihm war noch vor wenigen Minuten ein weißer Volvo gewesen, drei oder vier Jahre alt und eindeutig aus der gehobenen Preisklasse, und Will konnte allein an der Art des Feuers erkennen, was – vermutlich – passiert war. Offensichtlich hatte der Motor des Wagens Feuer gefangen, und der Brand hatte sich – was selten vorkam, aber dafür mit manchmal umso dramatischeren Folgen – rasch genug ausgebreitet, um den Insassen des Volvo gerade noch Zeit zu lassen, aus dem Kombi zu fliehen, aber nicht mehr, ihn vorher an den Straßenrand zu lenken. Ein ganz normaler Fahrzeugbrand, wie er vermutlich allein hier in Köln mindestens dreimal pro Woche vorkam, nur, dass es eben kein *ganz normaler* Fahrzeugbrand war.

Will konnte seine Überzeugung nicht begründen, aber er wusste einfach, dass hier etwas nicht stimmte. Selbst wenn er bereit gewesen wäre, alles zu vergessen, was er je über Statistik und Wahrscheinlichkeiten gelernt hatte, und den Gedanken zu akzeptieren, dass im gleichen Moment, in dem nur zwei Straßen entfernt ein halber Häuserblock in die Luft flog, rein zufällig hier ein Wagen in Flammen aufging – da war noch mehr. Irgendetwas war hier, etwas, das unsichtbar war, das man weder hören, riechen, schmecken, anfassen noch auf irgendeine andere Weise fühlen konnte, das aber trotzdem einfach *da* war. So präsent, dass es mit seiner puren Gegenwart alles andere erschlug. Etwas Unbekanntes und zugleich auf unheimliche Weise Vertrautes. Er hatte es schon einmal gespürt, auch wenn es ihm erst jetzt, im Nachhinein, erst wirklich bewusst wurde. Gestern Abend, als er vor einem anderen, ungleich verheerteren Autowrack gestanden hatte. Etwas umgab diesen Wagen, was nicht richtig war. Der bloße Gedanke reichte schon aus, um die Panik wieder aufflackern zu lassen. Will kämpfte sie mühsam nieder und unterdrückte auch den Impuls, sich erschrocken umzusehen.

Stattdessen schob er sich unauffällig näher an den brennenden Wagen heran. Er wusste nicht, warum, aber plötzlich hatte er das Gefühl, dass es wichtig war, möglichst viel über ihn in Erfahrung zu bringen. Das Risiko hielt sich in Grenzen. Die Polizei hatte im Moment Besseres zu tun, als sich um einen brennenden Kombi zu kümmern, so dass die einzige Absperrung aus der Hitze-Barriere bestand, die die prasselnden Flammen allen Bemühungen der Feuerwehr zum Trotz errichtet hatten. Der beißende Gestank von brennendem Plastik drang ihm in die Nase, und die Hitze war so schlimm, dass seine Augen immer stärker tränten und er kaum noch etwas sehen konnte, aber es reichte allemal, um den goldfarbenen Haarschopf auf der anderen Straßenseite aufblitzen zu sehen.

Irgendetwas im Inneren des Volvo explodierte. Es war keine richtige Explosion, kein rot-orangefarbener Feuerball wie von einer Aktentaschen-Atombombe, in dem brennende Autos in Spielfilmen zu explodieren pflegen, sondern eher ein kurzes Aufblitzen und ein jäher Funkenschauer, aber als es vorbei war, war das schmale Gesicht auf der anderen Straßenseite verschwunden. Er sah noch eine Menge blonder Haare, doch keines davon hatte die Farbe von geschmolzenem Gold, und trotzdem war er sicher, es sich nicht nur eingebildet zu haben. Seine Sinne arbeiteten längst nicht mehr mit jener übernatürlichen Schärfe wie gerade, aber es war nach wie vor ein Moment vollkommener Klarheit. Er *wusste,* dass er die Blonde dort drüben gesehen hatte. Sie hatte nicht den brennenden Wagen angestarrt, sondern ihn. Und das wiederum bedeutete, dass auch Duffy noch irgendwo in der Nähe sein musste.

Will drehte sich herum, kämpfte sich mit erheblicher Anstrengung durch die immer größer werdende Menge der Schaulustigen und bahnte sich mit noch mehr Mühe einen Weg um den Feuerwehrwagen und den brennenden Volvo herum auf die andere Straßenseite, um nach der jungen Frau mit dem goldfarbenen Haar zu suchen, aber natürlich fand er sie nicht.

Genauso wenig wie den Widerhall der Erinnerungen an Clara, das kleine Mädchen, das irgendwo weit weg und in einer längst vergangenen Zeit das Opfer gieriger Flammen geworden war.

Buch 2

Da wurden ihnen düster die dunkeln Nächte,
Sie schliefen den süßen Schlaf nicht mehr.
Aus diesem Harme erwuchs der Hass
zwischen Bundesbrüdern.

Edda, Das Sonnenlied

11

Er erwachte mit hämmernden Kopfschmerzen und dem schlechtesten Geschmack im Mund, den jemals ein Mensch nach dem Erwachen geschmeckt hatte. Jedenfalls kam es ihm so vor. Es war so schlimm, dass ihm augenblicklich übel wurde, als er versehentlich etwas von seinem eigenen Speichel herunterschluckte. Sein Magen revoltierte, und möglicherweise hätte Will sich auf der Stelle übergeben, hätte er nicht instinktiv die Augen geöffnet und seinen Blick auf einen imaginären Punkt irgendwo zwischen sich und der gegenüberliegenden Wand fixiert. Es funktionierte. Seine Kopfschmerzen explodierten regelrecht, und zu der Übelkeit, die in seinen Eingeweiden wühlte, gesellte sich auch noch ein heftiges Schwindelgefühl, aber der Anfall hatte tatsächlich etwas von einer Explosion: kurz, überaus heftig und brutal, aber letzten Endes zu schnell vorbei, um wirklichen Schaden anzurichten.

Will richtete sich – vorsichtig und ohne den Blick auch nur einen Sekundenbruchteil von dem unsichtbaren Ankerplatz in der Wirklichkeit zu nehmen – auf der Bettkante auf und blinzelte dann verständnislos um sich. Im ersten Moment wusste er nicht, wo er war, geschweige denn, wie er hierher gekommen war. Aber dieser Augenblick der Desorientierung hielt nicht lange an. Dann rastete irgendetwas hinter Wills Stirn mit einem fühlbaren Ruck ein, und sein Gedächtnis kam endlich wieder auf Touren. Er befand sich im *Roten Fasan,* genauer gesagt, in einem der billigen Séparées des als Nachtclub kaschierten Puffs, und er war hierher gekommen, weil es im

Moment in dieser ganzen verdammten Stadt einfach keinen anderen Platz gab, wo er bleiben konnte. Etwas präziser ausgedrückt, wo er sich *blicken lassen* konnte.

Für einen Moment schloss er noch einmal die Augen, lauschte aufmerksam in sich hinein und atmete mehrmals hintereinander bewusst tief ein und aus. Es half. Als er die Lider wieder hob, war die Übelkeit verschwunden, und auch das Schwindelgefühl ebbte rasch ab. Will grinste flüchtig. Es hatte eben doch Vorteile, wenn man eine gewisse Übung darin hatte, einen über den Durst zu trinken und dann mit den Folgen fertig zu werden. Nicht, dass er gestern tatsächlich einen über den Durst getrunken hätte. Soweit er sich erinnerte, hatte er gestern nicht einen Tropfen Alkohol angerührt. Er hatte noch eine gute Viertelstunde nach der Blonden gesucht – selbstverständlich vergebens – und war schließlich gute *zwei* Stunden lang ziellos durch die Stadt geirrt, bevor er endlich auf das Nächstliegende gekommen war und sich auf den Weg zum *Fasan* gemacht hatte; zwar mit einem unguten Gefühl, aber wohin sollte er sonst gehen? Georg hatte ihn jedoch überrascht. Er hatte weder eine Frage gestellt noch irgendetwas gefordert oder verlangt, ja, nicht einmal eine seiner üblichen zynischen Bemerkungen angebracht, sondern ihn kommentarlos hereingelassen und anschließend hier heraufgebracht. Seither – Will sah auf die Armbanduhr und erschrak ein wenig – hatte er geschlafen. Gute achtzehn Stunden, wenn er richtig rechnete. Er konnte sich nicht erinnern, jemals zuvor achtzehn Stunden am Stück geschlafen zu haben, aber ein rascher Blick zum Fenster zerstreute auch noch die letzten Zweifel. Das Fenster ging nach Osten hinaus, und er konnte die Sonne als gleißende Sichel am oberen Rand des verzogenen Rahmens erkennen. Es war wieder Vormittag.

Will stand auf. Angesichts der Zeit, die er geschlafen hatte, sollte er sich eigentlich zum Bäume-Ausreißen fühlen, aber das genaue Gegenteil war der Fall. Jede Bewegung kostete ihn große Mühe. Unsicher tastete er sich zum Waschbecken, drehte den Kaltwasserhahn auf und hielt die Handgelenke unter den dünnen, aber eisigen Strahl. Vorsichtshalber dachte er nicht darüber nach, wozu dieses Becken sonst wohl noch benutzt wurde, sondern konzentrierte sich lieber darauf, sein Konterfei in dem rostfleckigen Spiegel darüber zu studieren. Er sah nicht besonders gut aus. Seine Haut war teigig und blass, und er war den Flammen anscheinend doch näher gekommen, als ihm bewusst gewesen war, denn er hatte sich das Haar aus der Stirn gesengt, und seine Brauen und Wimpern waren praktisch verschwunden. Darüber hinaus hatte er eine Anzahl leichter Verbrennungen im Gesicht. Man musste schon zweimal hinsehen, um es überhaupt zu erkennen, und sie taten nicht sehr weh, aber allein der Anblick reichte, um Will klar zu machen, *wie* nahe er dem Tod gewesen war. Reimann hatte keine anderthalb Meter hinter ihm gestanden, als sich der Boden unter ihm auftat, um ihn zu verschlingen. Hätte er sich nur eine Sekunde eher zu ihm herumgedreht …

Will schüttelte die Erinnerung ab, drehte den Wasserhahn zu, warf einen flüchtigen Blick auf das schmuddelige Handtuch und entschied dann, sich die Hände an der Hose abzutrocknen. Viel verderben konnte er ohnehin nicht mehr. Sein Gesicht hatte vielleicht nicht viel abbekommen, seine Kleider dafür umso mehr. Wenn er sich bisher überhaupt der Illusion hingegeben hatte, unauffällig bis hierher gekommen zu sein, so zerplatzte sie spätestens nach diesem ersten Blick in den Spiegel. Er fuhr sich noch einmal mit den feuchten Händen übers Gesicht, versuchte das, was von seinem Haar noch übrig war, irgendwie zu ordnen, und wandte sich dann zur Tür. Sein Blick glitt noch einmal flüchtig durch das kleine, heruntergekommene Zimmer. Zwanzig Jahre alte Textiltapeten, deren Farben schon vor einer Dekade verblasst und die überall an den Nähten aufgeplatzt waren, abgewetztes Linoleum auf dem Boden und überall fadenscheinig gewordener Plüsch – und das war der einzige Ort in dieser ganzen Stadt, zu dem er überhaupt noch gehen konnte. Und um das Maß voll zu machen, dachte er resignierend, würde ihm Georg diese Nacht garantiert gepfeffert in Rechnung stellen.

Er verließ das Zimmer, wandte sich nach links und ging die steile Treppe ins Erdgeschoss hinab. Im Treppenhaus war es dunkel. Es gab keine Fenster, und Will war oft genug hier gewesen, um sich den Griff zum Lichtschalter sparen zu können. Trotzdem wäre er auf dem Weg nach unten um ein Haar gestürzt, als sein Fuß eine der schmalen Stufen verfehlte und die nächste Stufe ein gutes Stück tiefer lag, als sie es eigentlich sollte. Er streckte hastig die Arme nach rechts und links aus und fing den Sturz auf diese Weise ab, rutschte aber trotzdem aus und landete reichlich unsanft auf dem Hinterteil. Es tat nicht einmal besonders weh, aber er konnte einen Fluch nicht mehr völlig unterdrücken, und aus den Halbschatten am unteren Ende der Treppe antwortete ein gedämpftes Lachen.

»Du kannst dir gar nicht vorstellen, wie lange ich auf diesen Anblick gewartet habe – dich zum Umfallen erschöpft aus einem meiner Séparées kommen zu sehen!«

»Sehr witzig«, knurrte Will. Er arbeitete sich mühsam hoch und ging weiter, allerdings erst, nachdem er sich pedantisch davon überzeugt hatte, dass er diesmal auch wirklich aus eigener Kraft gehen konnte. Mühsam erreichte er die letzte Stufe, und seine Knie zitterten, als hätte er einen Fünf-Kilometer-Lauf hinter sich gebracht. Anscheinend waren achtzehn Stunden Schlaf am Stück doch nicht das Wahre.

Georg wich zwei Schritte zurück, als hätte er Angst, Will

könnte im letzten Moment doch noch das Gleichgewicht verlieren und auf ihn fallen. Sein Gesicht lag in denselben weichen Schatten verborgen, die sich über die gesamte Bar ausgebreitet hatten, so dass Will es nicht richtig erkennen konnte, aber er spürte trotzdem, dass Georg ihn sehr aufmerksam musterte; deutlich angespannter auf jeden Fall, als er nach seiner flapsigen Begrüßung erwartet hätte.

Er schien darauf zu warten, dass Will irgendetwas Bestimmtes sagte oder tat. Als dieser einfach nur dastand und ihn anblickte, wobei er sich vorsichtshalber mit der rechten Hand an dem fadenscheinigen Samtvorhang festhielt, der das schmale Treppenhaus von der eigentlichen Bar trennte, deutete Georg ein Achselzucken an, drehte sich herum und bedeutete Will mit einer knappen Geste, ihm zu folgen. Die Handbewegung hatte etwas Befehlendes an sich, fand Will, etwas, worauf er unter normalen Umständen ziemlich allergisch reagierte, aber er schob diesen Eindruck auf das offensichtlich gerüttelte Maß an Paranoia, das er zu entwickeln begann, und folgte Georg.

Sie durchquerten die Bar, in der es nicht nur halb dunkel, sondern auch ungewohnt ruhig war. Will hatte sie selten so erlebt wie jetzt, obwohl es weiß Gott nicht das erste Mal war, dass er sich außerhalb der normalen Öffnungszeiten hier befand. Ganz im Gegenteil kam er meistens hierher, wenn die Bar eigentlich geschlossen hatte. Dennoch kam es selten vor, dass Georg allein war – wenn er es recht bedachte, hatte er ihn eigentlich noch nie ohne mindestens einen der brutalen Schlägertypen gesehen, mit denen er sich gerne umgab. Georg hatte entweder sein Vertrauen in die Menschheit wiederentdeckt – oder er wollte ihm auf diese subtile Art zeigen, wie wenig Angst er vor ihm hatte. Will hätte nicht sagen können, welcher Gedanke ihn mehr irritierte oder beunruhigte.

Georg öffnete die Tür zu seinem Büro und schaltete das

Licht ein. Im Gegensatz zur Bar hatte der Raum ein Fenster, das Will aber noch nie offen gesehen hatte, und obwohl draußen heller Sonnenschein herrschte, waren die schwarzen Lichtschutz-Rollos auch jetzt heruntergelassen. Wären die äußeren Umstände anders gewesen, wäre Will wahrscheinlich etwas unbehaglich zumute geworden. Die schwarzen Jalousien vor den Fenstern erinnerten ihn ebenso wie die ständig präsenten Schläger und der Wagen mit den schusssicheren Scheiben daran, dass Georg Beziehungen zu Kreisen pflegte, für die ein Menschenleben eine Lappalie war.

»Setz dich.« Georg wedelte aufgeregt mit der rechten Hand, während er sein Tempo beschleunigte, um hinter den riesigen – und vollkommen leeren – Schreibtisch zu gelangen, der den Großteil des vorhandenen Platzes beanspruchte, und sich in den ebenso überdimensionierten Ledersessel dahinter fallen zu lassen. »Auf der Anrichte steht frischer Kaffee. Du siehst aus, als könntest du einen gebrauchen. Und bring mir auch einen mit.«

Wenn Will jemals einen starken Kaffee gebraucht hatte, dann jetzt. Es war nicht nur die Erschöpfung, die ihm zu schaffen machte und seine Hände leicht zittern ließ, sondern auch die wie üblich viel zu kalt eingestellte Klimaanlage, die Georgs Büro auf unangenehme fünfzehn bis sechzehn Grad herunterkühlte. Will steuerte die Anrichte an, die ebenso überdimensioniert und kostbar war wie der Schreibtisch, schenkte sich ein und stürzte die erste Tasse hinunter, ohne sich auch nur die Zeit zu nehmen, Zucker oder Milch hineinzutun. Der Kaffee schmeckte scheußlich und war so heiß, dass er sich die Zunge daran verbrannte, aber er konnte beinahe augenblicklich spüren, wie das Koffein seine Lebensgeister zu wecken begann. Will wartete mit geschlossenen Augen, bis der Kaffee seine belebende Wirkung vollends entfaltet hatte, dann schenkte er –

ein wenig ruhiger – zwei weitere Tassen ein, trug sie zum Schreibtisch und ging noch einmal zurück, um das Milchkännchen und die Zuckerdose zu holen. Er hätte auch das Tablett nehmen können, aber er tat es ganz bewusst auf diese umständliche Art, um Zeit zu gewinnen. Er hätte nicht einmal selbst sagen können, wozu, aber er hatte plötzlich das Gefühl, dass es wichtig war. Sein allererster Gedanke war richtig gewesen, nicht der zweite:

Es war keine Paranoia, die er fühlte. Hier stimmte etwas nicht. Georg benahm sich ganz und gar nicht so, wie er es erwartet hätte, oder, um es genauer auszudrücken: Georg benahm sich nicht wie Georg. Will war sich durchaus des Umstandes bewusst, dass vor allem er es war, mit dem etwas nicht stimmte, und dass durchaus die Möglichkeit bestand, dass Georg völlig der Alte und hier alles in Ordnung war, während er selbst sich einfach auf dem besten Wege befand, seinem Verfolgungswahn endgültig zu erliegen. Aber er war eben nicht sicher.

So unauffällig, dass es einfach auffallen musste, ging er mit seiner Last zum Tisch zurück, lud sie darauf ab und gewann noch einmal eine gute halbe Minute, indem er Zucker und Milch in seine Tassen gab und dann so lange umrührte, bis Georg die linke Augenbraue hob und ihn zwar lächelnd, aber nun doch mit leiser Ungeduld anblickte.

Will grinste entschuldigend, deutete ein Achselzucken an und nippte am Kaffee. Anschließend lehnte er sich zurück und schloss geschlagene zehn Sekunden die Augen, als genieße er den Geschmack des viel zu starken Gebräus. Vermutlich machte er sich in Georgs Augen damit endgültig zum Narren, aber das interessierte ihn nicht. Georg hatte nie einen Hehl daraus gemacht, dass er ihn für einen Idioten hielt; oft genug behandelte er ihn auch so.

»Wie fühlst du dich?«, fragte Georg.

»Schon besser«, antwortete Will. Er nippte wieder an seinem Kaffee. »Ehrlich gesagt habe ich dich immer für verrückt gehalten, diesen teuren Kaffee aus Jamaika zu importieren, aber ich muss meine Meinung wohl ändern.« Er grinste schief. »Das Zeug weckt Tote auf.«

»Damit hast du wohl Recht«, gab Georg zurück. »Ich meine: Für einen toten Mann bist du ziemlich lebendig.«

Will zog es vor, nicht auf diese Bemerkung einzugehen, sondern verzog nur die Lippen zur Karikatur eines Lächelns und stellte die Tasse ab. Seine Hände zitterten so heftig, dass er sogar ein wenig von der Flüssigkeit verschüttete, und Georg konnte ein missbilligendes Stirnrunzeln nicht mehr ganz unterdrücken, als er den dünnen Kranz bemerkte, den der Kaffee auf der polierten Mahagoniplatte des Schreibtisches hinterließ. Zu Wills Erstaunen machte er jedoch keine entsprechende Bemerkung, obwohl er normalerweise keine Gelegenheit verstreichen ließ, darauf hinzuweisen, wie teuer seine Einrichtung war und wie vorsichtig man damit umzugehen hätte. Er lächelte nur (nicht ganz echt), trank seinerseits von seinem Kaffee und fuhr mit dem Handrücken unter der Tasse entlang, bevor er sie absetzte; Will hatte sich nicht die Mühe gemacht, Untertassen mitzubringen.

Obwohl er gerade so sichtlich ungeduldig gewesen war, war Georg es nun, der eine geraume Weile einfach sitzen blieb und Will nachdenklich ansah. Und Will begann sich unter diesen Blicken zunehmend unbehaglicher zu fühlen. Es gab eine Menge (zumeist unangenehmer) Attribute, die auf Georg zutrafen, aber eines war er bisher immer und unter allen denkbaren Umständen gewesen: berechenbar. Doch genau das war plötzlich anders geworden. Er saß einfach da, trommelte manchmal leise und unrhythmisch mit den Fingerspitzen auf der Tischplatte und sah ihn an, als warte er auf eine ganz bestimmte Reaktion.

Will hielt dieses Starren gute zwei, vielleicht auch drei Minuten aus, dann griff er wieder nach seiner Tasse und leerte sie in einem einzigen, nervösen Zug. In der gleichen Bewegung fuhr er mit den Fingern der anderen Hand über die Tischplatte, um den Kranz wegzuwischen, den die Tasse darauf hinterlassen hatte. Statt den hässlichen Fleck zu entfernen, verschmierte er ihn nur, aber Georg sagte erstaunlicherweise auch dazu nichts. Er ließ sich tiefer in den gewaltigen gesteppten Ledersessel sinken, und zumindest für einen kurzen Moment wurde er wieder genau zu dem Georg, den Will kannte. Er war kein sehr großer Mann und auch nicht besonders breitschultrig, aber er hatte die zumindest halbwegs durchtrainierte Gestalt eines Mannes, der dreimal pro Woche ins Fitnessstudio ging, um sich dort zwei Stunden abzumühen, ohne allerdings mit wirklichem Enthusiasmus bei der Sache zu sein. Georg bevorzugte schlichte, allerdings sehr teure Kleidung und kostspieligen und alles andere als schlichten Schmuck. Und obwohl er weder Pomade im Haar noch einen dünnen Oberlippenbart trug, hatte man stets das Gefühl, er wäre direkt aus einem amerikanischen Krimi der dreißiger Jahre entsprungen. Außerdem war er der gefährlichste Mann, den Will kannte. Während seiner Zeit im Gefängnis war Will einer Menge Typen begegnet, die brutaler waren als Georg, gewalttätiger und heimtückischer, dennoch hätte er sich mit jedem von ihnen zehnmal lieber angelegt als mit Georg, denn der Hehler, Zuhälter und mit Sicherheit noch in ganz andere, weitaus kriminellere Machenschaften verwickelte Barbesitzer war auf die vielleicht schlimmstmögliche Art verkrüppelt, die einem Menschen zustoßen konnte: Er hatte kein Gewissen. Will konnte nicht sagen, ob er so geboren oder irgendwann im Laufe seines Lebens so geworden war, aber das Ergebnis blieb das gleiche. Es gab nur einen Menschen auf der Welt, für den Georg irgendetwas empfand, und dieser Mensch hieß Georg. Will wusste nicht, ob er Kinder hatte, aber er zweifelte nicht daran, dass er sie – sollte es sie geben – ohne mit der Wimper zu zucken an einen Organhändler verkaufen würde, wenn nur der Preis stimmte.

»Was ist?«, fragte er nervös.

»Was soll denn sein?«, antwortete Georg. Er beugte sich ein Stück vor, und ein Lichtstrahl fiel auf das Amulett mit dem Wolfskopf, das er um den Hals trug, und Will hatte für einen winzigen, unbehaglichen Moment das Gefühl, als würde ihn der silberne Miniatur-Wolf anspringen wollen. »Fehlt dir irgendetwas? Soll ich dir noch einen Kaffee holen oder etwas zu essen?«

»Nein«, erwiderte Will. »Du … siehst mich nur so komisch an.«

»Ich habe nur noch nie einen toten Mann gesehen«, antwortete Georg. »Jedenfalls keinen, der dasitzt, meinen Kaffee trinkt und sich mit mir unterhält.«

Es war das zweite Mal, dass Georg diese seltsame Anspielung machte, aber Will überging sie auch jetzt. Wahrscheinlich war es nur Georgs Art, eine verkappte Drohung auszustoßen. Als er ihm nicht den Gefallen tat, irgendetwas darauf zu erwidern, sondern ihn nur weiter gleichermaßen fragend wie beunruhigt ansah, schüttelte Georg mit einem angedeuteten Seufzen den Kopf, stand auf und ging mit bewusst langsamen Schritten um seinen Schreibtisch herum. »Du hast uns eine Menge Kopfzerbrechen bereitet, weißt du das eigentlich, mein Freund?«

»Wenn du das Zimmer meinst«, antwortete Will, »ich bezahle natürlich dafür. Aber du musst mir ein bisschen Zeit geben. Ich bin im Moment …«

»Abgebrannt?« Georg blieb stehen, drehte sich für einen Moment zu ihm herum und grinste.

»So könnte man es nennen«, gestand Will. Er versuchte sich an gestern zu erinnern, daran, was er Georg gesagt oder nicht gesagt hatte. Hatte er mit ihm über das Feuer gesprochen? Er wusste es nicht.

»Du bist sogar noch viel mehr, mein Lieber«, sagte Georg mit einem leisen, nicht wirklich amüsiert klingenden Lachen; es war eher ein Meckern. »Du bist tot – und jetzt sag mir nicht, davon hättest du nichts gewusst.«

»Wie bitte?«, machte Will.

Georg stand ein paar weitere Sekunden reglos da und machte keinen Hehl aus der Schadenfreude, die ihm Wills verwirrter Gesichtsausdruck bereitete, dann setzte er seinen Weg fort und trat an einen verchromten Teewagen neben der Tür, auf dem ein Fernsehgerät und ein angeschlossener Videorecorder standen. Ohne irgendein Wort der Erklärung schaltete er beides ein, legte eine Kassette ein und ging mit der Fernbedienung in der Hand zurück zu seinem Sessel. Wills Blick wanderte verstört zwischen dem Bildschirm und Georgs Gesicht hin und her, aber Georg wäre nicht Georg gewesen, hätte er Will nicht endlose Sekunden lang weiter mit dem bestimmten Blick gemustert, mit dem er selbst abgebrühte Schläger nervös machen konnte. Schließlich tat ihm Will den Gefallen und fragte: »Tot?«

»Mausetot«, erwiderte Georg. Er hob die Fernbedienung, zielte damit aber nicht auf den Recorder, sondern auf Will und tat so, als handele es sich um irgendeine Science-Fiction-Waffe, mit der er ihn im nächsten Moment einäschern würde.

Er schwenkte die Fernbedienung ein wenig nach links und drückte auf eine Taste. Will konnte hören, wie der Recorder ansprang, und als er sich im Sessel herumdrehte, nahm auf dem

Bildschirm das dreifarbige Logo der Vorabendnachrichten Gestalt an. Das ungewohnt ernste Gesicht einer blonden Moderatorin blickte ihn an, dann erfolgte ein harter Schnitt, und schon ihre ersten Worte unterlegten die reißerischen Aufnahmen eines brennenden Häuserblocks, den Will nur wenige Stunden zuvor mit eigenen Augen gesehen hatte. Trotzdem erschrak er. Das Haus, in dem Will bis zum vergangenen Morgen gewohnt hatte, hatte sich in den Schlot eines Hochofens verwandelt, aus dem rot-gelbe Flammen und schwarzer, fettiger Rauch quollen, und auch die beiden benachbarten Gebäude waren eindeutig nicht mehr zu retten, trotzdem schien das Feuer aus unerfindlichem Grund dort Halt gemacht zu haben. Doch das war es nicht, was ihn erschreckte.

Was Will vor Entsetzen fast lähmte, wie erstarrt dasitzen und die hektisch flackernden Bilder auf der Mattscheibe anstarren ließ, das war zweierlei: Es war die unglaubliche Realität des Films. Es sollte umgekehrt sein. Will hatte vor ein paar Stunden selbst dort gestanden und genau diese Bilder mit eigenen Augen gesehen, live, dreidimensional und in Farbe, und doch kam ihm dieser Fernsehbericht hundertmal wirklicher vor als das, dessen Zeuge er gewesen war. Es war, als begriffe er erst jetzt, als aus dem Albtraum, den er erlebt hatte, bewegte Bilder im Fernsehen wurden, die Millionen Menschen gleichzeitig überall im Land sehen konnten, was tatsächlich geschehen war. Und da war noch etwas. Etwas, das er tatsächlich erst jetzt wirklich sah: Gestern Morgen hatte er dort, wo sich die zerborstene Haustür befinden sollte, ein grelles, blinzelndes gelbes Auge aus purer Glut gesehen. Nun war daraus ein Schlund geworden, aus dem eine zähflüssige rote Masse quoll, die sich langsam wie halb erstarrter, leuchtender Gelee in einem größer werdenden Halbkreis auf dem Bürgersteig und der Straße ausbreitete und alles in Brand setzte, womit sie in

Berührung kam; selbst den Asphaltbelag der Straße. Zwei der mittlerweile sicher sieben oder acht Feuerwehrwagen, die zusammengekommen waren, konzentrierten ihren Wasserstrahl auf die allmählich vorrückende, zäh fließende Masse, aber Will sah auch, dass ein Großteil des Wassers verdampfte, lange bevor er der Lava auch nur nahe kam, und der kümmerliche Rest praktisch nichts ausrichtete.

Das Bild erstarrte, als Georg auf eine Taste seiner Fernbedienung drückte. »Beeindruckend, nicht?«, fragte er. »Aber wahrscheinlich kannst du mir viel mehr darüber erzählen. Ich meine – du warst doch dabei.«

»Nicht … nicht wirklich«, antwortete Will. Er riss seinen Blick für einen Moment vom Fernseher los und sah Georg an, und er wünschte sich fast, es nicht getan zu haben. Georg sah eindeutig neugierig aus, aber in seinen Augen schien auch noch etwas anderes zu sein, etwas Lauerndes, das dem unguten Gefühl in Will noch weitere Nahrung gab.

»Ich verstehe.« Georg wirkte ein wenig enttäuscht, hob aber nur die Schultern und ließ das Band weiterlaufen. »Ich nehme an, da warst du schon tot.«

Diesmal fiel es Will schwer, nicht darauf zu antworten. Das war eine von Georgs zahlreichen unangenehmen Angewohnheiten: Er pflegte seine sarkastischen Bemerkungen mit einer Eiseskälte von sich zu geben, die nicht im Geringsten komisch wirkte. Will konzentrierte sich wieder auf das Geschehen auf dem Bildschirm. Die Moderatorin im Off gab sich Mühe, ihre Stimme gebührend entsetzt klingen zu lassen, während sie die rasch wechselnden Bilder kommentierte, aber er hörte kaum hin. Der Fernseher zeigte jetzt eine Luftaufnahme, die offensichtlich von einem tief fliegenden Helikopter aus gemacht worden war und abrupt abbrach, als die Maschine sich der schwarz-grauen Rauchwolke näherte, die aus dem brennenden

Dachstuhl quoll. Es folgten weitere Bilder des brennenden Hauses aus allen nur denkbaren Positionen und weitere Kommentare, und nach einer Weile drückte Georg erneut auf die Pause-Taste und fror das Bild ein. Als sich Will diesmal zu ihm herumdrehte und ihn auffordernd ansah, schüttelte er nur den Kopf und legte die Fernbedienung demonstrativ vor sich auf den Tisch.

»Was zum Teufel ist da passiert?«, wollte er wissen.

»Ich habe keine Ahnung«, antwortete Will. »Ich weiß nur, dass plötzlich Feuer ausgebrochen ist. Ich bin aus dem Haus gerannt und einfach weg.« Er hätte selbst nicht sagen können, warum er Georg anlog. Er wurde sich seiner eigenen Worte erst in dem Moment bewusst, als er sie aussprach, aber aus dem Schrillen einer Alarmglocke in seinem Kopf war mittlerweile ein Kreischen geworden, das eigentlich auch Georg hätte hören müssen.

»Blödsinn!«, sagte Georg. Er machte eine Kopfbewegung zum Fernseher hin, hob die Fernbedienung und ließ das Bild so präzise bis zu einer bestimmten Stelle vorlaufen, als hätte er es ein Dutzend Mal geübt; wahrscheinlich hatte er es. »Das da wird dich interessieren!«

Für weniger als eine Sekunde war noch das Lodern eines brennenden Hauses auf dem Fernsehgerät zu sehen, dann wechselte das Bild, und Will fuhr erschrocken zusammen. Auf der Mattscheibe war jetzt ein wenig schmeichelhaftes Porträtfoto eines mindestens zehn Jahre jüngeren Falkenberg zu sehen, von dem die leichenbittere Stimme der Kommentatorin erklärte, dass es sich um einen hoffnungsvollen jungen Polizeibeamten handelte, der bei dem mutigen Versuch, die Hausbewohner in Sicherheit zu bringen, höchstwahrscheinlich ums Leben gekommen sei. *Höchstwahrscheinlich* stimmte eindeutig nicht, dachte Will. Und was die anderen Hausbewohner anging, so waren sie Falkenberg vermutlich vollkommen egal gewesen. Er lauschte einen Moment in sich hinein, aber er fand keine Spur von Mitleid. Das würde er allerhöchstens empfinden, wenn sie gleich ein vermutlich noch älteres Foto von Reimann zeigten, aber sie zeigten es nicht. Das Bild wechselte, und anstelle von Reimanns Konterfei erschien ein nicht ganz so altes Polizeifoto, auf dem Will niemand anderen als sich selbst erkannte. Georg hielt das Bild wieder an, wartete, bis Will sich zu ihm herumgedreht hatte und ihm so die Gelegenheit bot, ein breites Grinsen anzubringen, und schaltete den Fernseher dann mittels der Fernbedienung aus.

»Du bist berühmt, mein Lieber«, sagte er, während er sein Wolfsamulett zwei-, dreimal gedankenverloren hin und her drehte. »Immerhin hast du es geschafft, dass dein Name im Fernsehen genannt wird – wenn auch leider nur bei deinem Nachruf.«

Verwirrt blickte Will noch einmal zu der jetzt schwarz gewordenen Mattscheibe des Fernsehgerätes hin, ehe er sich endgültig im Sessel umwandte. »Sie … sie denken, ich wäre … tot?«

»Genau wie dieser Polizist.« Georg nickte.

»Nur dieser eine?« Will verfluchte sich innerlich für seine eigenen Worte, kaum dass er sie ausgesprochen hatte, denn die Häme in Georgs Augen machte einem Misstrauen Platz, das die ganze Zeit über in seinem Blick gewesen war und das er bisher nur mühsam unterdrückt hatte. Vielleicht hatte Will es auch einfach nur nicht gesehen.

»Wieso?«

»Ich meine: Es hat sonst keine Toten gegeben? Nur diesen Polizisten?«

Das war nicht die Antwort, die Georg hatte hören wollen. Er starrte Will ein paar Sekunden lang durchdringend an, aber dann hob er leicht enttäuscht die Schultern und schüttelte übertrieben den Kopf. »Nur ihn und dich – jedenfalls sagen sie das. Ein paar Leute hat es wohl ziemlich übel erwischt, aber angeblich schwebt keiner davon in Lebensgefahr.«

Aber er hatte doch *gesehen,* wie Reimann starb! Er war vor seinen Augen abgestürzt und von der lodernden Hölle unter dem Fußboden verschlungen worden!

»Also, was war da los?«, fragte Georg. »Und versuch mir keinen Bären aufzubinden. Was wollte der Bulle von dir?«

Wieso hatten sie nichts von Reimann gesagt? Und wieso stellte Georg solche Fragen? Es fiel Will schwer, seine Gedanken so weit zu ordnen, dass er wenigstens antworten konnte. »Ich weiß es nicht, verdammt noch mal!«, sagte er. »Ich habe nicht mal mit ihm gesprochen. Er hat an die Tür geklopft, und ich hatte gerade aufgemacht, als das Feuer ausgebrochen ist.«

»Du solltest bei der Wahrheit bleiben«, sagte Georg kalt. »Die Bullen waren zweimal hier.«

Als ob das etwas Besonderes wäre, dachte Will. Manche Polizisten verkehrten fast so häufig in Georgs Etablissement wie die Freier der Mädchen, an die er seine verwanzten Rattenlöcher vermietete; manchmal in Personalunion. »Und?«

Georgs Augen wurden schmal. Seine rechte Hand schloss sich für eine Sekunde so fest um das Wolfsamulett, dass die Adern wie dünne blaue Stricke durch die Haut stachen, und Will konnte ihm ansehen, wie schwer es ihm fiel, sich zu beherrschen, aber es gelang ihm. »Mach es mir doch nicht so schwer, Junge«, sagte er seufzend. »Die Bullen waren hier und haben nach dir gefragt. Zweimal. Einmal gestern, einmal vor einer Stunde. Also, was wollten sie?«

»Ich habe wirklich keine Ahnung«, versicherte Will. Aus der leichten Gänsehaut auf seinem Arm begann so etwas wie die Vorstufe zu einem Schüttelfrost zu werden, und Will musste sich zusammenreißen, um Georg nicht zu bitten, die Klimaanlage auszuschalten. »Aber es hat nichts mit dir zu tun, keine Sorge«, fügte er rasch hinzu, als er sah, dass ihm Georg nicht glaubte.

»Ich mache mir mehr Sorgen um dich als um mich«, behauptete Georg. »Aber ich bin auch Geschäftsmann. Ich kann es mir nicht leisten, die Aufmerksamkeit der Bullen auf mich zu ziehen. Also: Hast du mit diesem Feuer irgendwas zu tun?«

Will schüttelte nur den Kopf. Das war es nicht, was Georg wissen wollte. Da war noch mehr. »Ich weiß darüber weniger als du«, sagte er. »Ich bin einfach weggelaufen. Ich war in Panik. Ich wollte dir keinen Ärger bereiten, aber ich ... ich wusste einfach nicht, wohin, und ...«

Georg unterbrach ihn mit einer großspurigen Handbewegung. »Das ist völlig in Ordnung«, sagte er. »Du hast Hilfe gebraucht und bist zu mir gekommen. Dazu sind Freunde schließlich da. Und ich habe niemandem was gesagt, keine Angst. Offiziell giltst du als vermisst, aber sie nehmen an, dass du tot bist.«

»Und was wollten sie dann hier?«

»Das ist ja das Komische«, erwiderte Georg. »Bis jetzt weiß niemand, was überhaupt passiert ist. Du kannst die Kassette mitnehmen und sie dir später in Ruhe ansehen, wenn du willst. Es sind noch ein paar weitere Berichte drauf. Sie haben praktisch den ganzen Tag nichts anderes gebracht. Aber so wie es aussieht, sind die Bullen ganz aus dem Häuschen. Und nicht nur sie. Die halbe Stadt steht Kopf. Bis jetzt ist es ihnen nicht gelungen, den Brand vollkommen zu löschen.« Sein Blick wurde lauernd. »Und sie haben eine Menge komischer Fragen gestellt.«

»Komische Fragen?«

»Über dich, deine Gewohnheiten, deine Freunde, was du so

tust, wovon du lebst, mit wem du Umgang hast …« Er hob die Schultern, eine Bewegung, die klar machte, dass er auf diese Weise noch beliebig lang fortfahren konnte. »Du bist vielleicht nicht der Schlauste, Will, aber man muss schon komplett dämlich sein, um nicht zu begreifen, dass sie dich irgendwie mit dem Brand in Verbindung bringen.«

»Blödsinn!«, antwortete Will. »Was soll ich damit zu tun haben? Ich fackele doch nicht das Haus ab, in dem ich selber wohne!«

»Und schon gar nicht so«, fügte Georg hinzu. »Ich weiß das, aber ich kenne die Bullen genauso gut wie du. Wenn sie sich einmal richtig festgebissen haben, geben sie nicht eher Ruhe, bis sie etwas herausfinden. Sie haben auch nach einem Mädchen gefragt.«

Will fuhr so heftig zusammen, dass Georg sich nicht mehr die Mühe gab, so zu tun, als hätte er es übersehen. Er machte ganz im Gegenteil ein befriedigtes Gesicht, als hätte er genau die Reaktion gesehen, auf die er gewartet hatte. »Na also.«

»Ich weiß wirklich nicht …«

Die Handbewegung, mit der Georg ihn diesmal unterbrach, war nicht mehr großspurig, sondern eindeutig herrisch. »Mach es mir doch nicht so schwer«, sagte er. »Ich will dir helfen, kapier das doch endlich. Aber dazu muss ich wissen, was los ist. Was ist mit diesem Mädchen? Und was hast du mit diesem Feuer zu tun?«

»Mit dem Feuer nichts«, antwortete Will, was ja auch der Wahrheit entsprach. Auch wenn er nicht ganz sicher war. Aber er war zumindest hinlänglich unsicher genug, um es sich halbwegs erfolgreich einreden zu können. »Und das Mädchen …« Er hob die Schultern und versuchte vergeblich, Georgs Blick standzuhalten. »Keine Ahnung. Eine Ausreißerin, die ich vorgestern getroffen habe.«

»Eine Ausreißerin? Woher?«

»Ich weiß nicht einmal ihren Namen«, behauptete Will mit vor Kälte fast bebender Stimme. »Ich habe ihr eine warme Mahlzeit spendiert, und danach ist sie wieder verschwunden, und das ist alles, was ich dir sagen kann.«

Man musste keinen Doktorgrad in Psychologie haben, um Georg anzusehen, dass er ihm kein Wort glaubte, und um zu erkennen, wie schwer es ihm fiel, nicht einfach aufzustehen und die Wahrheit aus ihm herauszuprügeln, aber er beherrschte sich.

»Und deshalb rennen mir die Bullen die Bude ein?«, fragte er kopfschüttelnd. Er deutete mit der Fernbedienung auf den Recorder. »Du solltest dir das Band wirklich in Ruhe zu Ende ansehen. Die Pressefuzzis überschlagen sich mit den wildesten Spekulationen. Die Theorien reichen von einer Gasexplosion bis hin zu einem geheimen Waffenlager im Keller.«

»Klar.« Will schlang die Arme um die Brust, aber auch dadurch wurde ihm natürlich nicht wärmer. »Ich war die letzten beiden Jahre gar nicht im Knast, weißt du? In Wahrheit war ich in Afghanistan und habe dort mitgeholfen, neue Terroristen auszubilden. Wolltest du das hören?«

Das hatte Georg nicht hören wollen, und augenscheinlich fand er Wills Bemerkung auch überhaupt nicht komisch. »Mir würde schon die Wahrheit reichen«, sagte er kalt. »Aber wenn wir schon dabei sind: Was glaubst du wohl, was passiert, wenn die Bullen auf dieselbe Idee kommen? Blödsinn oder nicht, irgendjemand muss nur das Wort *Terroristen* erwähnen, und sie fallen über jeden, mit dem du in deinem ganzen Leben auch nur ein Wort gewechselt hast, mit einer Hundertschaft her und krempeln sein Leben um. Das kann ich mir nicht leisten.«

»Ich weiß«, sagte Will, dem seine Worte bereits wieder Leid taten. »Es ist ja auch nur ...«

»Ich will dir wirklich helfen«, unterbrach ihn Georg. »Also, verdammt noch mal, was ist mit dem Mädchen los? Wenn du weißt, wo sie ist, dann sag es mir. Ich gebe den Bullen einen diskreten Tipp, sie schnappen sie sich, und alles ist in Ordnung.« Er grinste. »Dir kann sowieso nichts passieren. Ich meine: Du bist ja schon tot.«

Das *war* eine Drohung. »Ich *weiß* nicht, wo sie ist«, beharrte Will. »Das musst du mir glauben. Mach mit mir, was du willst, aber ich kann dir nichts verraten, was ich nicht weiß.«

»Tja, dann bleibt mir wohl keine andere Wahl ...«, murmelte Georg, ließ drei oder vier Sekunden verstreichen, in denen er Will finster, aber auch ein wenig bedauernd anstarrte, und führte den begonnenen Satz erst dann zu Ende: »... als dir zu glauben.«

Will blinzelte. »Wie?«

»Ich glaube dir«, wiederholte Georg. Plötzlich grinste er. »Was hast du denn erwartet?« Er stand auf. »Tut mir Leid, wenn du das Gefühl hattest, dass ich dich unter Druck setze, aber es macht mich nervös, wenn unsere Freunde in Grün hier ein und aus gehen. Und wenn ich dir helfen soll, dann muss ich schon wissen, was wirklich Sache ist.«

»Das wüsste ich selbst gern«, murmelte Will. Er war verwirrt. Erleichtert, aber zugleich noch beunruhigter als zuvor. Georg glaubte ihm kein Wort. Er war niemals ein guter Lügner gewesen. Seine Position in den unteren Rängen der Ganoven-Hierarchie Kölns hatte er nicht durch Verschlagenheit, Diplomatie und List erlangt, sondern durch eine Mischung aus Brutalität, Gewissenlosigkeit und fast schon unverschämtem Glück. Aber zumindest in einem Punkt hatte er eindeutig die Wahrheit gesagt: Die achtzehn Stunden, die Will geschlafen hatte, hatten die Vorzeichen umgekehrt. Georg wusste eindeutig mehr über die ganze Angelegenheit als er.

»Nimm die Kassette mit nach oben und schau sie dir an.« Georg wedelte ungeduldig mit der Fernbedienung in der Luft herum. »Ich lasse dir gleich was zu essen raufbringen und saubere Klamotten. Ich werde ein paar Leute anrufen und mich umhören, und vielleicht krieg ich ja das eine oder andere raus. Und du denkst einfach noch mal in Ruhe nach. Vielleicht fällt dir ja noch was ein, was uns weiterhilft.«

12

Oben in seinem Zimmer angekommen, war Wills Unmut über diesen scheinbar so plötzlichen und vollkommen unmotivierten Rauswurf bereits wieder verraucht, und vor allem war es hier deutlich wärmer als in Georgs Büro, so dass er das Gefühl hatte, nach einem Besuch im Kühlschrank langsam wieder aufzutauen. Wenn ihm das kurze Gespräch mit Georg eines gezeigt hatte, dann, dass er vor allem erst einmal Zeit für sich selbst brauchte. Zeit, um seine Gedanken zu ordnen und sich über das eine oder andere klar zu werden. Georg hatte ihn weder aus reiner Menschenfreundlichkeit noch aus Freundschaft aufgenommen – beides waren Worte, die nicht zu seinem Vokabular gehörten. Dass er hier war und Georg die Polizei belogen hatte, um ihn zu schützen, hatte einen bestimmten Grund. Und auch wenn sich Will nicht vorstellen konnte, welchen, so war er doch ziemlich sicher, dass er ihm nicht gefallen würde.

Erstaunlicherweise fühlte er sich müde, seine Glieder waren schwer, und hinter seiner Stirn hatte sich ein dumpfer Druck ausgebreitet, wie von einem langsam abklingenden Kater. Der Anblick des schäbigen, nach kaltem Schweiß und Sperma riechenden Bettes weckte den intensiven Wunsch in ihm, sich darauf auszustrecken, die Augen zu schließen und sofort wieder einzuschlafen. Und der einzige Grund, aus dem er diesem Drängen nicht nachgab, war vielleicht tatsächlich der Gedanke daran, was sich auf diesem schäbigen Möbelstück in den letzten Wochen und Monaten abgespielt haben mochte. Will war nicht prüde und war es nie gewesen; ganz im Gegenteil hatte er die Dienste von Georgs Mädchen schon oft und meist mit großem Vergnügen in Anspruch genommen (zumindest, wenn er es sich leisten konnte), aber jetzt, in diesem Moment, fühlte er sich von dem bloßen Gedanken plötzlich angewidert. Statt sich auf dem Bett auszustrecken und der bleiernen Schwere in seinen Gliedern nachzugeben, zog er sich den einzigen Stuhl heran, den es im Zimmer gab, und ließ sich auf dem unbequemen Sitzmöbel nieder, nachdem er den Fernseher eingeschaltet und die Kassette in den angeschlossenen Videorecorder eingelegt hatte. Ihm war nicht wirklich danach, sich die schrecklichen Bilder vom vergangenen Tag noch einmal anzusehen; er würde nichts sehen, was er nicht selbst direkter und ungleich erschreckender miterlebt hatte, zugleich aber hatten ihn Georgs Worte auch neugierig gemacht und – schlimmer noch – ein unbehagliches Gefühl in ihm geweckt, das vermutlich grundlos war, das er aber nicht loswerden würde, solange er sich das Band nicht zu Ende angesehen hatte.

Eine Aufgabe, die sich als weitaus langwieriger und zeitraubender erwies, als er angenommen hatte. Das Drei-Stunden-Band war nahezu voll; offensichtlich hatte Georg alles aufgenommen, was sie gestern und auch in den frühen Morgenstunden des heutigen Tages über die Brandkatastrophe gesendet hatten. Es war so, wie Will erwartete: Er erfuhr rein gar nichts Neues – aber zugleich beunruhigten ihn die hektisch wechselnden Bilder und vor allem die Kommentare in zunehmendem Maße. Die Moderatoren überboten sich in den wildesten Spekulationen, was die Ursache der Brandkatastrophe anging, und es verging nicht viel Zeit, bis alle möglichen – zum Teil selbst ernannten, zum Teil wirklichen – Fachleute auftraten, um noch mehr und noch wilder zu spekulieren. Die Zahl der angenommenen Todesopfer schwankte beständig, bis sie sich irgendwann im Laufe des Nachmittags wieder auf eine halbwegs realistische Schätzung eingependelt hatte, und natürlich wurden von der Möglichkeit eines schlichten Kabelbrandes bis hin zu einem Anschlag islamischer Terroristen alle nur denkbaren (und ein paar ganz und gar undenkbare) Ursachen für den Brand diskutiert. Vielleicht waren es einige dieser undenkbaren Ursachen, die Will so sehr beunruhigten.

Als gut eine halbe Stunde vergangen war, klopfte es an der Tür, und Georg selbst kam herein und brachte ihm ein Tablett mit Kaffee und kalten Sandwichs, das er kommentarlos neben dem Fernseher ablud, um sich dann wieder zu entfernen, noch bevor Will, dem vor Verblüffung schier der Unterkiefer heruntergeklappt war, irgendetwas sagen konnte. Er hatte noch nie erlebt, dass Georg einen seiner Gäste selbst bewirtete; so etwas war normalerweise deutlich unter seiner Würde, und das machte Will nur umso klarer, dass hier irgendetwas nicht mit rechten Dingen zuging.

Er nahm das Tablett, stellte es neben sich auf das Bett und ertappte sich tatsächlich bei der kindischen Vorsichtsmaßnahme, die Sandwichs aufzuklappen und sich davon zu überzeugen, dass sie auch tatsächlich nur Wurst, Käse und Salat enthielten und nicht etwa geriebene Glassplitter oder kleine Stücke Stacheldraht. Will schüttelte den Kopf über seine eigene Narrheit – selbst wenn Georg wirklich etwas gegen ihn im Schilde führte, hätte seine Fantasie niemals ausgereicht, um sich eine so subtile Falle auszudenken –, biss vorsichtig von dem ersten Brot ab und schlang den Rest des Sandwichs dann mit Heißhunger herunter. Die ersten Bissen hatten seinen Appetit erst richtig geweckt, er hatte seit mehr als vierundzwanzig Stunden nichts Vernünftiges mehr gegessen.

Während er den Teller methodisch bis auf den letzten Krümel leerte, ließ er die Kassette weiter laufen und spulte dann und wann ein Stück vor; die Bilder des brennenden Gebäudes waren immer gleich, auch wenn ihn das Ausmaß, das das Feuer am Ende angenommen hatte, wider besseres Wissen doch noch erschreckte. Aber er hielt stets an, wenn ein Zeuge befragt wurde, ein Spezialist seine Meinung zum Besten gab oder die Kommentatoren irgendeine Neuigkeit zu verkünden hatten.

Das, worauf er wartete, kam nicht. Kein Wort über Reimann. Falkenbergs Verbrecherfoto wurde ein paar Mal gezeigt und sein eigenes Fahndungsbild ebenfalls, aber dass es noch ein weiteres Opfer gegeben hatte, schien außer ihm niemand zu wissen. Aus einem Grund, den Will selbst nicht wirklich benennen konnte, beunruhigte ihn diese Erkenntnis mehr, als sie es sollte. Und dazu kam noch etwas: Er hatte den brennenden Volvo eine Straße weiter mit eigenen Augen gesehen, aber in den Nachrichten wurde der Wagen mit keiner Silbe erwähnt. Natürlich war ein in Brand geratener Pkw nichts, was mit einer abgefackelten Häuserzeile mithalten konnte, doch zumindest eine kleine Meldung hätte er wert sein sollen. Und niemand sagte etwas über Duffy. Was ging hier vor?

Will sah sich das Band bis zum Ende an und stellte nach einem Blick auf die Uhr überrascht fest, dass beinahe zwei Stunden vergangen waren. Georg hatte sich nicht wieder blicken lassen, und auch unten in der Bar war es erstaunlich ruhig. Der *Fasan* öffnete erst gegen sechs, aber Will war oft genug hier gewesen, um zu wissen, dass es in der Bar im Grunde niemals wirklich ruhig war, und schon gar nicht für so lange Zeit. Davon abgesehen, dass sie Georg tagsüber als konspirativer Versammlungsort für seine nicht ganz koscheren Geschäfte diente, herrschte auch auf der legalen Seite der Gesetzeslinie meist ein ständiges Kommen und Gehen. Seit er hier oben saß, hatte er jedoch nicht den mindesten Laut von unten gehört, obwohl er den Fernseher bewusst leise eingestellt hatte.

Er erwog, sich das Band noch einmal und gründlicher anzusehen, entschied sich aber dann dagegen und stand auf, um das Zimmer zu verlassen. Allerdings blieb es bei diesem Versuch. Die Türklinke ließ sich herunterdrücken, aber die Tür selbst bewegte sich nicht. Will runzelte, eher verblüfft als verärgert, die Stirn, blickte die Klinke eine Sekunde lang fast vorwurfsvoll an und versuchte es dann noch einmal, mit dem gleichen Ergebnis. Aus seiner Verwirrung wurde jäher Zorn, dann Bestürzung. Georg hatte ihn eingeschlossen.

Für einen Moment drohte er wieder in Panik zu geraten. Er fuhr herum, war mit zwei Schritten am Fenster und wollte es aufreißen, führte die Bewegung aber dann nicht zu Ende. Das Zimmer lag im ersten Stock, und darunter befand sich nur eine senkrechte, glatt verputzte Wand, die in einen Innenhof hinabführte, der keine Verbindung zur Straße hatte. Sämtliche Fenster an diesem Gebäude waren vergittert. Will hatte sich oft gefragt, vor wem Georg eigentlich solche Angst hatte, dass er diese schäbige Kaschemme in eine Festung verwandelte, in die absolut niemand hereinkam, der weniger als eine Panzerfaust oder ein Schweißgerät zu Hilfe nahm, aber nun kam ihm zum ersten Mal zu Bewusstsein, dass es genauso gut auch umgekehrt funktionierte: Dieses Haus war nicht nur eine Festung, es war auch ein Gefängnis. Und vielleicht war das sogar der eigentliche Sinn der Gitter vor den Fenstern. Seine Panik nahm für einen Moment sogar noch zu. Er konnte nur noch mit Mühe den Impuls unterdrücken, das Fenster doch aufzureißen und mit aller Kraft an den Gittern zu rütteln, und es kostete ihn fast noch mehr Selbstbeherrschung, nicht den Stuhl zu nehmen und an der geschlossenen Tür zu zerschlagen.

Der Panikanfall verging so schnell, wie er gekommen war. Wills Herz hörte auf wie rasend zu klopfen, und plötzlich kam er sich selbst albern vor, weil er so hysterisch reagiert hatte.

Georg hatte ihn eingeschlossen, und das ärgerte ihn, aber er konnte sich ein Dutzend Gründe denken, aus denen er das getan hatte – und sei es nur, um zu verhindern, dass er sein Zimmer verließ und rein zufällig jemandem in die Arme stolperte, dem er besser nicht begegnen sollte. Immerhin galt er offiziell als tot.

Will ging wieder zur Tür, ließ sich davor in die Hocke sinken und begutachtete einen Moment lang das Schloss. Es war ein einfaches, altmodisches Schloss, mit einem noch einfacheren, altmodischen Schlüssel, das selbst einen weit weniger talentierten Einbrecher als ihn vor keine unüberwindlichen Probleme gestellt hätte. Er sah sich im Zimmer um. Georg war nicht so rücksichtsvoll gewesen, einen Kasten mit Dietrichen oder anderen Einbruchswerkzeugen für ihn zurückzulassen, aber es dauerte nur einen kurzen Moment, bis Will ein Stück Draht gefunden hatte, das er mit wenigen Handgriffen zurechtbiegen konnte. Nicht einmal zehn Sekunden später hatte er das Schloss entriegelt und drückte behutsam die Klinke hinab. Diesmal öffnete sich die Tür gehorsam, und Will schob sie noch behutsamer wenige Zentimeter weit auf, um zu lauschen. Der Flur draußen war so dunkel wie vorhin, und auch unten in der Bar war es vollkommen still. Wenn Georg noch da war, dann schlief er entweder oder tat etwas, das absolut kein Geräusch verursachte.

Will wartete mit klopfendem Herzen lange genug, um sicher zu sein, dass niemand auf der anderen Seite der Tür stand und ihm auflauerte, dann verließ er das Zimmer, wandte sich nach links und ging auf Zehenspitzen die Treppe hinunter. Diesmal tastete er sich mit der linken Hand an der Wand entlang und achtete auch sorgsam darauf, seinen Fuß sicher auf der nächsten Stufe aufzusetzen. Vor ihm herrschte das gleiche, von Schatten erfüllte Halbdunkel wie vorhin, aber die Stille war nicht so vollkommen, wie er bisher angenommen hatte. Als er den Samtvorhang zur Seite schob, der das Treppenhaus vom Gastraum trennte, hörte er gedämpftes Stimmengemurmel, das durch die geschlossene Tür von Georgs Büro drang. Es war unmöglich, einzelne Worte zu verstehen, aber Will war fast sicher, seinen eigenen Namen zu hören. Er blieb stehen, spielte einen Moment lang mit dem durch und durch irrsinnigen Gedanken, einfach in Georgs Büro zu platzen und ihn zur Rede zu stellen, und entschied sich dann, etwas weitaus Vernünftigeres zu tun, nämlich von hier zu verschwinden, so schnell er konnte. Er hatte keine Ahnung, wohin, und er machte sich auch nichts vor: Die Menschen mochten im Allgemeinen schnell vergessen, aber sein Gesicht war gestern und heute einfach ein paar Mal zu oft im Fernsehen gezeigt worden, als dass er sich ernsthaft einbilden konnte, nicht nach ein paar Minuten von zufällig vorbeikommenden Passanten erkannt zu werden. Aber er hatte das immer intensiver werdende Gefühl, dass von allen Orten in dieser Stadt *dieser* hier vielleicht derjenige war, an dem er sich am wenigsten sicher fühlen konnte.

Statt etwas wirklich Dummes zu tun, steuerte er mit schnellen Schritten den Ausgang der Bar an und drückte die Türklinke ebenso vehement und mit dem gleichen Ergebnis herunter wie gerade oben. Die Tür war abgeschlossen. Und diesmal sparte Will es sich, das Schloss auch nur einer flüchtigen Untersuchung zu unterziehen. Die Tür war scheinbar aus Eichenholz, aber unter dem dünnen Furnier befand sich massives Eisen, und das Sicherheitsschloss hätte selbst einen Spezialisten nach wenigen Augenblicken zu der Erkenntnis gelangen lassen, dass man es besser gleich mit einer Handgranate versuchte.

Enttäuscht wandte sich Will um und erlebte gleich die nächste, noch bösere Überraschung. Er war nicht mehr allein.

Die Tür zu Georgs Büro war aufgegangen, auch wenn man es im ersten Moment leicht hätte übersehen können. Der schwarzhaarige Kerl, der in der Türöffnung stand, füllte den Rahmen nicht nur mit Leichtigkeit aus, sondern musste sich sogar bücken, um nicht mit dem Kopf oben anzustoßen, und der Ausdruck seiner Augen war mindestens so finster wie die Farbe des schwarzen Leders, mit dem die Tür bezogen war. Will kannte Slavko seit gut fünf Jahren, seit er nämlich für Georg arbeitete und vom einfachen Handlanger rasch zum Chef des Schlägertrupps aufgestiegen war, den Georg als seine Bodyguards bezeichnete. Der Mazedonier stand einfach nur da und lächelte ihn an; das hieß: Er hatte das Gesicht zu etwas verzogen, das von allen Menschen auf der Welt vermutlich nur er selbst für ein Lächeln hielt – und obwohl er darüber hinaus keine Miene verzog und auch nicht die mindeste drohende Bewegung machte, begann Wills Herz schon wieder schneller zu schlagen, und seine Handflächen wurden feucht. Nicht, dass jemand, der über zwei Meter groß war und gute hundertzehn Kilo wog, es nötig gehabt hätte, eine drohende Haltung anzunehmen. Will war bisher noch niemals mit Slavko aneinander geraten (er kannte auch niemanden, der das getan hätte, ohne die nächsten vier Wochen im Krankenhaus zu verbringen), aber er wusste, welchen Spaß es Slavko bereitete, anderen nicht nur Schmerzen zuzufügen, sondern sie ganz bewusst zu verletzen.

»Wo willst du hin?«, fragte Slavko. Er sprach ein ausgezeichnetes Deutsch, aber sein slawischer Akzent war dennoch zu hören, und zumindest in diesem Moment verlieh er der an sich harmlosen Frage etwas ungemein Drohendes. Will kämpfte seine Angst mühsam nieder, reckte trotzig die Schultern und ging mit schnellen Schritten auf Slavko zu. Er machte keine Anstalten, seine Frage zu beantworten, und irgendwie brachte er sogar das Kunststück fertig, seinem Blick standzuhalten. Und es geschah sogar noch ein zweites, weit größeres Wunder: Slavko gab sich zwar alle Mühe, ihn mit Blicken zu durchbohren, doch als Will näher kam, nahm er die Hand von der Türklinke und wich ein paar Schritte zurück, um ihn vorbeizulassen.

Will marschierte erhobenen Hauptes und mit unbewegtem Gesicht an ihm vorbei und bemühte sich, einen möglichst finsteren Gesichtsausdruck aufzusetzen, während er Georgs Schreibtisch ansteuerte und sich davor aufbaute. Georg und Slavko waren nicht allein. Außer ihnen hielt sich noch ein dritter Mann hier drinnen auf, der auf demselben Stuhl saß wie Will vor einigen Stunden; ein schmalgesichtiger dürrer Kerl in schäbiger Kleidung, dessen Haar zu einem unordentlichen Pferdeschwanz zusammengebunden war und der Will mit Blicken taxierte, die einer hungrigen Ratte zur Ehre gereicht hätten.

Will kannte ihn nicht, und er schenkte ihm auch nur einen flüchtigen Blick, bevor er sich mit grimmigem Gesichtsausdruck an Georg wandte. »Was soll das?«, fragte er.

»Was?« Irgendwie brachte es Georg fertig, fast überzeugend den Ahnungslosen zu spielen, aber eben nur fast.

»Wieso hast du mich eingeschlossen? Bin ich dein Gefangener, oder was?«

Georg antwortete nicht gleich. Er tauschte einen raschen Blick mit Rattengesicht, und Will glaubte zumindest ein angedeutetes Kopfschütteln zu sehen, war sich aber nicht ganz sicher. Als er sich jedenfalls wieder an ihn wandte, hatte sich Georg perfekt in der Gewalt und spielte nun wirklich überzeugend den Nichtsahnenden. »Die Tür ist immer abgeschlossen, solange kein Publikumsverkehr herrscht.« Er wollte noch mehr sagen, aber Will fiel ihm ins Wort.

»Ich meine die Tür oben. Wieso hast du mich eingeschlossen?«

»Eingeschlossen?« Georg verzog nicht eine Miene. »Offenbar nicht erfolgreich genug, sonst wärst du nicht hier. Erinnere mich daran, dass ich die Schlösser austauschen lasse.«

Es fiel Will jetzt wirklich schwer, weiter ruhig zu bleiben. Er war so wütend, dass er für einen Moment sogar seine Angst vergaß. »Du …«

»Reg dich nicht auf«, fiel ihm Georg ins Wort. »Eine reine Vorsichtsmaßnahme, mehr nicht. Die Bullen waren schon wieder hier, weißt du?«

»Meinetwegen?«

»Jedenfalls nicht, um einen Tisch für heute Abend zu reservieren.« Georgs Stimme klang nicht im Mindesten amüsiert, und als er fortfuhr, hatte seine Stimme wieder den seltsam kalten Klang angenommen, der genauso zu ihm gehörte wie das silberne Wolfsamulett, das er niemals abzulegen schien. »Ich weiß nicht, was los ist.« Er legte den Kopf schräg. »Könnte es sein, dass du mir das eine oder andere verschwiegen hast? Ich meine: Schließlich arbeitest du für mich, und da sollte ich vielleicht wissen, was du in deiner Freizeit so treibst.«

»Nichts, was dich etwas anginge«, schnappte Will. Er bereute die Worte schon, bevor er sie ganz ausgesprochen hatte, aber Georgs Reaktion verblüffte ihn. Er wurde nicht wütend. Er sah ihn nicht einmal ärgerlich an, sondern hob nur die Schultern und antwortete in bewusst gleichgültigem Ton: »Entschuldige. Ich frage mich nur, warum sich die Polizei plötzlich so dringend für jemanden interessiert, der eigentlich tot sein sollte.« Er zuckte abermals mit den Schultern. »Aber wie gesagt: Das geht mich nichts an.«

Von allen Arten, auf die Georg hätte reagieren können, war dies die, die Will am meisten alarmierte. Georg hatte sich fast perfekt in der Gewalt, seine Augen hielten Wills bohrendem Blick gelassen stand, sein Gesicht verriet keine Spur von Nervosität, und trotzdem strahlte er das Wort *Lüge* so überdeutlich aus, als wäre es mit roter Neonfarbe auf seine Stirn tätowiert. Will war jetzt sicher, dass er vorhin seinen Namen gehört hatte, als er draußen an der Tür vorbeiging. Und da die Tür dick und zumindest notdürftig schallisoliert war, musste er ihn ziemlich laut ausgesprochen haben. Ja, Georgs Reaktion überraschte ihn, aber er spürte auch, wie mühsam Georg diese Maske trotz allem aufrechterhielt. Vermutlich hätten zwei oder drei scharfe Fragen gereicht, um ihn in die Enge zu treiben. Nur war es nicht besonders ratsam, einen Mann wie Georg in die Enge zu treiben, noch dazu auf seinem eigenen Territorium und in Gegenwart zweier seiner Schläger.

Will zog es daher vor, sich seinerseits mit einem unecht wirkenden Lächeln zu entschuldigen. »Tut mir Leid«, sagte er. »Ich war … ein bisschen nervös. Ich mag keine verschlossenen Türen.«

»Geschenkt.« Georg winkte großmütig ab und deutete aus der gleichen Bewegung heraus auf einen freien Stuhl. »Setz dich. Willst du etwas trinken?«

Will war nicht nach Trinken zumute und schon gar nicht nach Alkohol. Dennoch nickte er nach kurzem Zögern.

»Hol uns zwei Whisky, Fred«, sagte Georg.

Während der Bursche mit dem Pferdeschwanz aufstand und sich schon fast provozierend langsam herumdrehte, unterzog Will sein Gesicht einer zweiten, etwas eingehenderen Musterung. Er kannte den Kerl nicht. »Ein Bier wäre mir lieber.«

Georg deutete ein Schulterzucken an. »Dann einen Whisky und ein Bier.« An Will gewandt und mit einem breiten Grinsen fügte er hinzu: »Macht achtzehnfünfzig.« Als Will daraufhin nur die linke Augenbraue hochzog, wurde sein Grinsen noch breiter. »Mach dir keine Sorgen. Ich schreibe es auf die Rechnung.«

»Ich hoffe, du musst dich damit nicht an meine Erben wenden«, sagte Will. Georg nickte. Er grinste weiter, aber es war kein Lächeln in seinen Augen, und die Alarmsirene hinter Wills Stirn begann wieder zu heulen. »Womit wir beim Thema wären. Was um alles in der Welt fange ich jetzt mit dir an?«

»Was meinst du damit?«

»Unsere Freunde in Grün scheinen wirklich fest davon überzeugt zu sein, dass es dich erwischt hat.« Georg machte eine Kopfbewegung auf das Telefon. »Und paar Presseheinis haben auch schon angerufen und dumme Fragen gestellt.«

»Und jetzt hast du Angst, dass sie noch dümmere Fragen stellen könnten, wenn ich einfach hier herausmarschiere«, vermutete Will. »Hast du mich deshalb eingeschlossen?«

»Blödsinn!«, erwiderte Georg. »Ich finde nur, wir sollten jetzt nichts Übereiltes tun. Ich weiß noch nicht, wie, aber irgendwie bin ich davon überzeugt, dass man den einen oder anderen Vorteil daraus ziehen kann, wenn man für tot gehalten wird.«

Vor allem war er wahrscheinlich davon überzeugt, dass *er* Profit daraus schlagen konnte, dachte Will. Doch er sagte nichts, sondern sah Georg nur weiter abwartend an.

»Vielleicht ist es besser, wenn du erst mal hier bleibst und dich niemand sieht«, fuhr Georg fort. »Nur für zwei, drei Tage – bis wir wissen, was wir mit dir anfangen sollen.«

»Und wenn ich das nicht will?«

Georg grinste nur. Die Frage war vollkommen überflüssig gewesen. Sie waren hier auf seinem ureigenen Terrain, auf dem er keine Vorschläge machte, sondern Entscheidungen kundtat.

Rattengesicht kam zurück, reichte Georg ein Glas Whisky

und Will eine Flasche Beck's. Die Mühe, ein Bierglas mitzubringen, hatte er sich nicht gemacht. Will nahm die Flasche entgegen, trank jedoch nicht, sondern drehte sie nur nachdenklich in den Händen. Mit der freien Hand fuhr er sich über die Stirn und fühlte das, was er vorhin im Spiegel gesehen hatte: Wo seine Augenbrauen sein sollten, waren nur Stoppeln, und sein Haaransatz schien ein gutes Stück die Stirn hinaufgerutscht zu sein. So ungern er es zugab: Georg hatte Recht. Es würde mindestens zwei oder drei Tage dauern, bis er sich wieder unter Menschen trauen konnte, ohne wie ein bunter Hund aufzufallen.

Als hätte er seine Gedanken gelesen, sagte Georg: »Unter alten Freunden gestattest du mir doch bestimmt ein offenes Wort?«

Will nickte.

»Du siehst aus wie ausgekotzt«, sagte Georg. »Wenn du ausgetrunken hast, bringt Fred dich nach oben, und ich lasse dir ein paar neue Klamotten besorgen.«

»*So* gute Freunde sind wir nun auch wieder nicht«, antwortete Will mit einem säuerlichen Grinsen. »Ich nehme es mit nach oben, wenn du nichts dagegen hast.«

Georg zuckte andeutungsweise mit den Schultern. »Wenn du keinen Wert auf unsere Gesellschaft legst ...«

Als er aufstand, klingelte das Telefon. Georg rührte keinen Finger, um abzuheben, aber Will beobachtete, wie sein Blick rasch über das Display huschte und er offenbar die Nummer des Anrufers erkannte.

Er tat so, als hätte er Georgs verräterischen Blick nicht bemerkt, klemmte sich den Hals der Bierflasche zwischen Daumen und Ringfinger der linken Hand und drehte sich herum, um Rattengesicht zu folgen. Er widerstand der Versuchung, sich in der Tür noch einmal zu Georg herumzudrehen, aber er konnte seine bohrenden Blicke regelrecht zwischen den Schulterblättern spüren.

Fred begleitete ihn nicht nur nach oben, er überholte ihn auf der Treppe und machte zwei schnelle Schritte, um als Erster die Tür zu erreichen. Mit übertriebener Gestik hielt er sie auf, betrachtete dann stirnrunzelnd das Schloss und warf Will einen strafenden Blick zu, als der an ihm vorbei in das winzige Bordellzimmer ging, das nun auch ganz offiziell zu seinem Gefängnis geworden war. »Georg hat Recht«, sagte er. »Die Schlösser gehören wirklich langsam ausgetauscht.«

»Du kannst die Tür ja von außen vernageln, wenn es dir lieber ist«, sagte Will.

Freds Blick wurde noch strafender, aber er wirkte nicht wirklich wütend, allerhöchstens ein bisschen verwirrt. Nach einer Sekunde zuckte er mit den Schultern und drehte sich mit der Hand auf der Türklinke herum, um zu gehen und die Tür hinter sich zu schließen.

»Warte!«, sagte Will rasch.

Fred blieb stehen. Er sagte nichts, aber jetzt wirkte er eindeutig ungehalten, und Will fragte sich, was er und die beiden anderen vorhin unten in Georgs Büro besprochen hatten. Vielleicht war sein Urteil vorschnell, schon weil er Fred nicht kannte und seine Reaktionen überhaupt nicht einschätzen konnte, aber er behandelte ihn nicht wie einen Gast; nicht einmal wie einen ungebetenen.

»Sag Georg, dass ich einen Wagen brauche«, sagte er.

»Wozu?«, wollte Fred wissen.

Die Antwort, die Will auf der Zunge lag, schluckte er vorsichtshalber herunter. »Ich muss ein paar Dinge erledigen«, sagte er stattdessen.

Fred schien einen Moment lang ernsthaft über diese Antwort nachdenken zu müssen, dann antwortete er so, wie er anscheinend auf alles reagierte, nämlich mit einem Achselzucken, und schloss die Tür.

Für einen Moment wartete Will auf das Geräusch des Schlüssels, der sich im Schloss drehte, aber vergeblich. Er blieb reglos stehen, wo er war, zählte in Gedanken langsam bis zwanzig und ging dann ebenfalls zur Tür. Dort wartete er noch einmal gute zehn Sekunden, bevor er die Klinke herunterdrückte und behutsam öffnete. Er wäre nicht überrascht gewesen, Fred mit einem breiten Grinsen draußen auf dem Flur stehen zu sehen, aber der schummrige Korridor war leer, und auch vom unteren Ende der Treppe drangen jetzt keine Stimmen mehr herauf. Will überlegte angestrengt, was er tun sollte. Er hätte gar nicht erst herkommen sollen. Wohin aber sollte er gehen? Dass er offensichtlich für den Rest dieser Stadt als tot galt, beruhigte ihn keineswegs, und es half ihm auch nicht wirklich, ganz im Gegenteil. Sein Bild war heute öfter und ausführlicher im Fernsehen gewesen als das des Bundeskanzlers, und andere Kleider und ein Bart könnten daran auch nichts ändern. Aber vielleicht würde ein wenig Maskerade wenigstens dazu führen, dass er sich etwas besser fühlte. Lautlos schloss er wieder die Tür.

Zu dem Séparée gehörte eine winzige Duschkabine, die sich den vorhandenen Platz mit einem Waschbecken und einer Toilette teilte, die so angebracht war, dass man sich den Schädel am Spülkasten blutig stieß, wenn man nicht vorsichtig genug aufstand. Will kämpfte eine geraume Weile mit den Armaturen, bis es ihm gelungen war, das Wasser auf eine zumindest halbwegs verträgliche Temperatur einzustellen, und schälte sich umständlich aus seinen Kleidern – ein paar Mal tat es so weh, als wäre der Stoff mit seiner Haut verschmolzen, und zumindest zwei der zahllosen Schrammen, Kratzer und Verbrennungen, die unter seinen Kleidern zum Vorschein kamen, sahen auch ganz genau so aus –, trat unter die Dusche und verbrachte die nächsten zwanzig Minuten mit nichts anderem als damit, einfach dazustehen und das köstliche Gefühl zu genießen, wie prickelndes Wasser über seine Haut lief und zuerst Schmutz und eingetrockneten Schweiß und danach auch den Schmerz fortspülte.

Als er nach einer kleinen Ewigkeit erfrischt und auch innerlich gereinigt wieder unter der Dusche hervortrat und halb blind nach dem Handtuch tastete, das er sich vorher zurechtgelegt hatte, da kam ihm zum ersten Mal zu Bewusstsein, wie unangenehm seine Situation tatsächlich war. Und da waren auch noch Duffy und diese sonderbare Frau mit den noch sonderbareren Haaren. Er hatte weder das Hippie-Mädchen vergessen noch die Kleine. Der Gedanke an Duffy war im Gegenteil die ganze Zeit über in seinem Hinterkopf gewesen; nicht bewusst, aber so präsent wie ein klopfender Zahn, den man für eine Weile durchaus ignorieren konnte, ohne den pochenden Schmerzwellen, die er durch das Nervensystem sandte, jedoch wirklich zu entgehen.

Vielleicht, überlegte Will, war es wieder die Stimme gewesen, dieser verdammte Teil von ihm, der ihm immer wieder zuflüsterte, seinen eigenen Vorteil zu suchen und zu nehmen, was er kriegen konnte. Der Gedanke *war* verlockend: Georg war niemand, dem er vertrauen konnte, aber er war berechenbar, und mit einigem Geschick konnte er, Will, vielleicht tatsächlich Kapital aus der Situation schlagen. Es *hatte* Vorteile, zumindest für eine Weile als tot zu gelten, und vielleicht reichte die Frist, die ihm übereifrige Journalisten und Georgs Gier verschafft hatten, tatsächlich, um nicht nur Kapital aus der Situation zu schlagen, sondern auch zu verschwinden. Aber wohin? Er hatte kein Geld, um sich falsche Papiere zu besorgen, und – um der Wahrheit die Ehre zu geben – auch nicht die dazu notwendigen Verbindungen. Und außerdem war da immer noch das Mädchen. Es war vollkommen absurd, und sosehr er sich auch anstrengte, fand nicht einmal der masochistischste Teil von ihm irgendein Argument für den Gedanken, er könne schuld daran sein, was Duffy zugestoßen war. Trotzdem war es genau das, was er empfand. Vielleicht musste er aber gar keine Exkursion in die unergründlichen Weiten der Tiefenpsychologie unternehmen, um den Grund dafür herauszufinden. Duffy war ein Kind in Not, und er war ein Erwachsener. Und ganz egal, was sie getan oder auch nicht getan hatte, es war seine verdammte Pflicht und Schuldigkeit, diesem Kind zu helfen. Eine Pflicht, der er nicht nachgekommen war.

Er trocknete sich ab, benutzte das Handtuch anschließend, um den beschlagenen Spiegel sauber zu wischen, und unterzog sein Konterfei einer eingehenden Musterung. Er sah immer noch nicht besonders gut aus. Unter seinen Augen lagen dunkle Ringe, als hätte er nicht achtzehn Stunden am Stück geschlafen, sondern ganz im Gegenteil drei Nächte durchgemacht, und die Brandwunden auf seiner Stirn fielen mehr auf, als ihm lieb sein konnte. Er hatte einige weitaus schlimmere Verbrennungen an der Schulter und unter dem rechten Rippenbogen, aber die machten ihm weniger Sorgen. Sie taten weh, und wenn er nicht aufpasste, würden sie sich vermutlich entzünden, aber sie blieben unter seiner Kleidung verborgen.

Er hob die Lider, schnitt seinem Spiegelbild eine Grimasse und verließ das Bad.

Während er unter der Dusche gewesen war, hatte er offensichtlich Besuch gehabt. Auf dem Sideboard standen zwei weitere Flaschen Bier, und auf dem Bett lagen frische Kleider. Will ignorierte das Bier – wenn er im Moment irgendetwas *nicht* brauchte, dann war es Alkohol, und vermutlich hatte Georg ihm dieses Geschenk aus ganz genau diesem Grund geschickt –, ging jedoch mit schnellen Schritten zum Bett und zog sich an. Jeans und Polohemd waren nicht genau seine Größe und ganz und gar nicht seine Preisklasse (vermutlich stammten sie aus Georgs Kleiderschrank), aber zumindest die Schuhe passten genau. Was hatte er erwartet? Dass Georg ihm Reißnägel unter die Einlegesohlen streute? Will schüttelte den Kopf über seinen albernen Gedanken und begab sich dann noch einmal zur Tür, um sie zu überprüfen. Er war nicht überrascht, sie wieder abgeschlossen vorzufinden. Im Gegenteil, er wäre vermutlich eher misstrauisch geworden, wäre es anders gewesen. Und er sparte sich auch gleich die Mühe, ein weiteres Stück Draht oder irgendein anderes Werkzeug zu suchen, um dem Schloss zu Leibe zu rücken. Diese Chance hatte er gehabt, und nicht einmal Georg würde so dumm sein, sie ihm ein zweites Mal zu gewähren.

Da er im Moment ohnehin nichts anderes tun konnte, öffnete er nun doch eine der Bierflaschen, die Georg ihm geschickt hatte. Er setzte sich aufs Bett, nahm die Fernbedienung zur Hand und sah sich die Videokassette ein zweites Mal an.

13

Durch die geschlossene Tür drang gedämpfte Musik und das undeutliche Murmeln der Gäste unten in der Bar, dann und wann unterbrochen von einem schrillen Lachen, einmal auch vom Klirren eines zerbrechenden Glases. Die Bar hatte vor einer Stunde geöffnet, und seit einer halben Stunde drangen mehr oder weniger eindeutige Geräusche durch die dünne Wand, die Wills Zimmer vom Séparée nebenan trennte. Er hatte die dritte Flasche Bier geleert, aber die erhoffte Wirkung wollte sich nicht einstellen. Weder wurde er müde und schlief ein, noch vertrieb der Alkohol diese sonderbar unangenehme Klarheit, die von seinem Denken Besitz ergriffen hatte; ganz im Gegenteil.

Er hatte die Videokassette ein zweites Mal und sehr viel aufmerksamer angesehen, und seitdem zappte er mit der Fernbedienung hin und her, wobei ihn das Unterhaltungsprogramm jedoch nicht interessierte. Vielmehr verfolgte er aufmerksam jeden Nachrichtenfetzen, den er noch erwischen konnte, und nichts von dem, was er sah oder hörte, war in irgendeiner Form dazu angetan, ihn zu beruhigen. Dabei war es im Großen und Ganzen bei dem geblieben, was er ohnehin schon gewusst hatte. Die Nachrichtensendungen der öffentlich-rechtlichen Programme unterschieden sich im Auftreten ein wenig von denen ihrer privaten Konkurrenz und versuchten sich zumindest den Anschein größerer Seriosität zu geben, aber am Ergebnis änderte das nichts. Der Feuerwehr war es im Laufe des Tages gelungen, den Brand endgültig zu löschen, aber mittlerweile war das Gebiet weitläufig abgesperrt worden, so dass es keine

Neuigkeiten und nur sehr wenige neue Bilder gab, die allesamt von einem über dem ausgebrannten Wohnblock kreisenden Hubschrauber stammten und kaum mehr als geschwärzte Ruinen und Qualm zeigten. Noch immer kein Wort von Reimann. Nicht einmal in dem zusammengeschrumpften Anteil der Nachrichten, die sich nicht mit dem Großbrand befassten, fand sich auch nur irgendeine Bemerkung über Duffy oder einen verbrannten Volvo. Dafür ein langer Bericht über Falkenberg, der sein Leben bei dem tapferen Versuch eingebüßt hatte, eventuell Überlebende aus dem brennenden Haus zu retten (an dieser Stelle der Nachrichten hätte Will fast laut aufgelacht), und ein nicht ganz so langer und wenig schmeichelhafter Bericht über ihn selbst, der sich im Wesentlichen auf seine Vorstrafen und zwei kurze Interviews mit Leuten beschränkte, die ihn zwar kaum gekannt hatten, trotzdem aber eine Menge über ihn zu erzählen wussten.

Das Geräusch der Tür riss ihn aus seinen Gedanken, und Will setzte sich auf und blinzelte einen Moment lang fast verständnislos in Slavkos Gesicht. Aus irgendeinem Grund war er überzeugt davon gewesen, dass Georg Rattengesicht schicken würde, um ihn zu holen, aber anscheinend zog er es vor, schwereres Geschütz aufzufahren. Slavko sagte kein Wort, sondern bedeutete ihm nur mit einer knappen Geste, aufzustehen und ihm zu folgen, und Will beeilte sich, dem Befehl nachzukommen. Mittlerweile war es ihm fast egal, was Georg von ihm wollte oder was er mit ihm vorhatte. Er wollte nur aus diesem verdammten Zimmer heraus.

In der Bar herrschte mäßiger Betrieb. Zwei Pärchen saßen in den kleinen, nur mit Kerzen beleuchteten Nischen, und an der Theke lümmelte ein einzelner, schon halb betrunkener Gast herum und hielt sich an seinem Bier fest, während zwei von Georgs Mädchen ihn vergeblich zu animieren versuchten, etwas Teureres zu bestellen. Will konnte einen sehnsüchtigen Blick in Richtung des Ausgangs nicht unterdrücken, aber er verscheuchte den Gedanken, der diesem Blick folgen wollte, sofort wieder. Slavko ging nur einen Schritt hinter ihm, und die bloße Vorstellung, diesem Kerl davonzulaufen – oder es gar mit ihm aufzunehmen! –, war grotesk.

Vor der Tür zu Georgs Büro blieben sie stehen. Slavko drückte die Klinke, und eine Sekunde später erschallte ein leises elektrisches Summen, und die schwere Tür sprang auf. Wenn die Bar in Betrieb war, ließ sich die Tür nur durch Georgs elektrischen Türöffner entriegeln. Der Knopf befand sich unter seinem Schreibtisch, direkt neben einem winzigen Monitor, auf dem er sehen konnte, wer draußen vor der Tür stand; ein weiterer Beweis für Georgs Paranoia. Sie traten ein. Georg saß allein hinter seinem Schreibtisch, was Will im ersten Moment überraschte. Er konnte nicht sagen, warum, aber er war fest davon überzeugt gewesen, dass noch jemand hier war und wartete.

Georg wedelte ungeduldig mit der Hand. »Mach die Tür zu!«

Während Slavko seinem Befehl nachkam, ging Will langsam weiter, wobei er sich aufmerksam – und völlig überflüssig – nach rechts und links umsah. Sein Herz klopfte. Er spürte, dass sich etwas verändert hatte. Georg hatte sich umgezogen und trug nun einen anthrazitfarbenen Seidenanzug mit einem Rüschenhemd, zu dem er einen dunkelblauen Seidenschal angelegt hatte statt einer Krawatte. Er lächelte, aber dieses Lächeln wirkte noch falscher als sonst und fast bedrohlich. Er sagte nichts mehr, sondern wedelte nur erneut ungeduldig mit der Hand, damit Will sich setzte, und als er es – zögernd – schließlich getan hatte, gab Georg das Theater endgültig auf. Das Lächeln in seinen Augen erlosch so übergangslos wie die aufgesetzte Freundlichkeit in seinem Gesicht.

Will musste sich nicht herumdrehen, um zu wissen, dass Slavko jetzt unmittelbar hinter seinem Stuhl Aufstellung genommen hatte.

»Was ist los?«, fragte er.

»Das frage ich dich«, antwortete Georg. Er deutete ein Kopfschütteln an, das enttäuscht oder vielleicht auch wütend gewirkt hätte, wenn da nicht wieder diese Kälte in seiner Stimme gewesen wäre. »Ich dachte, wir wären Freunde.«

»Sind wir das denn nicht?«, fragte Will. Seine Gedanken begannen zu rasen. Vielleicht hätte er sich doch nicht wünschen sollen, unter allen Umständen aus seinem Zimmer herauszukommen.

Georg sagte darauf erst einmal gar nichts, und dann lächelte er, ganz leicht und versonnen, als wäre er mit seinen Gedanken irgendwo ganz anders. »Freunde belügen sich normalerweise nicht, oder?«

»Belügen?« Will hob die Schultern. »Ich weiß nicht, wovon du …«

»Ich glaube, das weißt du ganz genau«, fiel ihm Georg ins Wort. Er gab Slavko einen Wink mit den Augen.

Will hörte Stoff hinter sich rascheln. Er drehte sich nicht herum, um zu sehen, was der Mazedonier tat, aber er war ziemlich sicher, dass es ihm nicht gefallen würde. »Was soll der Unsinn?«, fragte er. »Ich verstehe nicht, wovon du überhaupt sprichst.«

Georg seufzte. »Schade«, sagte er. »Ich dachte immer, dass wir einigermaßen ehrlich zueinander sind. Warum sagst du mir nicht die Wahrheit, verdammt noch mal? Wenn du meine Hilfe haben willst, muss ich alles wissen.«

»Alles worüber?«

»Die Bullen waren schon wieder hier«, sagte Georg. »Sie haben schon wieder eine Menge komischer Fragen gestellt.

Fragen über dich und dieses Mädchen. Du kannst dir nicht denken, worum es geht?«

»Nein«, antwortete Will, und das war in diesem Moment sogar die Wahrheit. Ein Mädchen? Sie konnten nichts von Duffy wissen. Die beiden einzigen Menschen, die gewusst hatten, dass sich die Kleine bei ihm befand, waren tot.

»Ich verstehe das nicht«, behauptete Georg und schüttelte den Kopf. »Ich meine: Es ist klar, dass sie Fragen stellen. Immerhin ist die halbe Stadt abgebrannt, und bei so was verstehen sie keinen Spaß. Aber dass sie mir die Bude einrennen, nur um ein paar Informationen über einen kleinen Knacki zu bekommen, dessen schlimmstes Verbrechen bisher darin bestand, ein paar Autos zu klauen, ist schon komisch, findest du nicht?«

Will zuckte nur stumm mit den Schultern.

»Und sie fragen immer wieder nach diesem Mädchen«, fuhr Georg fort. »Bettina Schmidt. Sagt dir der Name was?«

Erneut schüttelte Will nur stumm den Kopf. Dieser Name sagte ihm wirklich nichts.

Georg zog eine Schublade auf, nahm Zigaretten und Feuerzeug heraus und hielt Will die Schachtel hin. Nach all der Zeit, die er oben in seinem Zimmer eingesperrt gewesen war, verspürte Will einen regelrechten Heißhunger auf eine Zigarette, aber er schüttelte trotzdem nur den Kopf, und Georg zuckte mit den Schultern, zündete sich selbst eine Marlboro an und ließ Zigaretten und Feuerzeug gemächlich wieder in der Schublade verschwinden. Metall blitzte für einen kurzen Moment auf. Das Schimmern eines verirrten Lichtstrahles auf schwarz poliertem Stahl. Will konnte ein Zusammenzucken gerade noch unterdrücken. Er wusste, dass Georg stets eine geladene Waffe in seiner Schreibtischschublade aufbewahrte. Waffen waren nichts Außergewöhnliches in der Welt, in der er sich im Moment aufhielt. Aber er fragte sich, ob Georg wirklich nur nachlässig gewesen war oder ob er *gewollt* hatte, dass er die Pistole sah. Und wenn ja, warum?

Georg nahm einen tiefen Zug aus seiner Zigarette, blies eine blau-graue Qualmwolke in Wills Richtung und fuhr dann mit leiserer Stimme und ohne ihn direkt anzusehen fort: »Bettina Schmidt. Eine zwölfjährige Göre aus reichem Elternhaus, die seit einer Woche spurlos verschwunden ist. Die Eltern denken, sie wäre entführt worden, aber die Bullen sind der Meinung, dass sie einfach abgehauen ist. Du bist ihr nicht zufällig begegnet?«

Wieder schüttelte Will nur den Kopf.

»Schade.« Georg seufzte. Er sog so heftig an seiner Zigarette, dass die Spitze fast weiß aufglühte, hielt sie dann zwischen Daumen und Mittelfinger vor sein Gesicht und blies zusätzlich in die Glut, während er sie langsam hin und her rollte. »Schade«, sagte er noch einmal. »Es hätte doch sein können, dass du zufällig über sie gestolpert bist und dein großes Herz für kleine Mädchen entdeckt hast? Noch dazu für kleine Mädchen aus einem reichen Elternhaus.«

»Ich habe keine Ahnung, wovon du sprichst«, behauptete Will. Er versuchte so überzeugend wie möglich zu klingen, aber er hörte selbst, dass seine Stimme leicht zitterte, und spürte, dass er sein Gesicht und vor allem seinen Blick nicht wirklich unter Kontrolle hatte. Also gut. Georg wusste ganz offensichtlich von Duffy. Er hatte die Wahrheit gesagt, als er behauptet hatte, niemanden zu kennen, der Bettina Schmidt hieß, aber ihm war von der ersten Sekunde an klar gewesen, dass Duffy nicht ihr richtiger Name gewesen war, genauso wenig wie Dumarest, von dem sich das Kürzel Duffy angeblich ableiten sollte. Niemand hieß so. Wie konnte Georg von ihr erfahren haben? Ganz sicher nicht von der Polizei, wie er behauptete. Selbst wenn Reimanns Kollegen – woher auch immer – wussten, dass das Mädchen bei ihm gewesen war, hätten sie es ganz bestimmt nicht ausgerechnet Georg verraten.

»Vielleicht denkst du noch mal drüber nach«, schlug Georg vor. Er blies in die Glut seiner Zigarette, streckte dann die linke Hand aus und tat so, als wollte er die Glut auf seiner Handfläche ausdrücken; vermutlich hielt er das für eine subtile Drohung. »Ich kann dich ja verstehen. Ich nehme es dir nicht übel, wenn du mit dem Gedanken gespielt hast, das Ding allein durchzuziehen.«

»Was für ein Ding?« Will versuchte es, aber es gelang ihm nicht, seinen Blick ganz von der glühenden Zigarette zu lösen, die fünf Zentimeter über Georgs Handfläche schwebte. Platt oder nicht – die Drohung wirkte. Er wusste, dass Georg keine Sekunde zögern würde, die Zigarette auf *seiner* Handfläche auszudrücken – oder auch auf einem weit empfindlicheren Körperteil.

»Ein kleines Mädchen, das von zu Hause wegläuft. Eltern, die Geld bis zum Abwinken haben und halb verrückt vor Angst sind …« Georg sah ihn lauernd an. »Da könnte man schon auf die eine oder andere Idee kommen, oder?« Er schnitt Wills Widerspruch mit einem energischen Kopfschütteln ab. »Wie gesagt: Ich kann dich verstehen. Aber im Moment bist du kaum in der Lage, das Geschäft allein zu machen. Ich meine: Die halbe Stadt hält dich für tot, und die andere Hälfte scheint nach dir zu suchen. Du kannst dich draußen kaum blicken lassen.« Er sog wieder an seiner Zigarette und zerquetschte sie dann so wuchtig im Aschenbecher, dass die Funken flogen. »Warum sind wir nicht ehrlich zueinander?«

»Wie … meinst du das?«

»Ganz einfach«, antwortete Georg. »Du sagst mir, wo die Kleine ist, und ich kümmere mich um den Rest.«

»Du?«, entfuhr es Will.

»Jetzt tust du mir aber unrecht«, sagte Georg mit einem Ausdruck gespielter Verletztheit in der Stimme. »Nur für den Fall, dass du plötzlich dein Herz für gequälte Kinder entdeckt hast, verspreche ich dir, dass ich ihr kein Haar krümmen werde. Ganz im Gegenteil. Slavko und Fred werden dafür sorgen, dass ihr absolut nichts zustößt. Und ich rufe ihre Eltern an.«

»Wozu?«, erkundigte sich Will.

Georg grinste. »Ich bin ziemlich sicher, dass du sie nicht entführt hast«, sagte er. »Nur, damit das klar ist. Aber wenn Herr und Frau Schmidt schon der Meinung sind, dass ihr Töchterchen entführt wurde, dann können sie genauso gut auch bezahlen.« Sein Grinsen gefror. »Und jetzt erzähl mir nicht, du wärst nicht schon selbst auf den gleichen Gedanken gekommen.«

»Und wenn?«

»Dann muss ich mich wohl bei dir entschuldigen«, erwiderte Georg kalt. »So ein Ding hätte ich dir gar nicht zugetraut. Aber egal. Denk einfach drüber nach: Du sagst mir, wo ich die Kleine finde, ich regle den Rest mit ihren Eltern, und den Gewinn teilen wir uns.«

»Ganz fair, fifty-fifty?«, erkundigte sich Will.

»Fifty-fifty ist nicht fair«, sagte Georg. »Immerhin trage ich das ganze Risiko. Zwanzig Prozent für dich scheinen mir angemessen.«

»Und wenn ich nein sage?«

»Das steht dir natürlich frei«, sagte Georg. »Was soll dir schon passieren? Du bist ja sowieso schon tot.«

»Ich weiß wirklich nichts«, beteuerte Will. »Du hast Recht. Ich habe dieses Mädchen getroffen. Sie hat einen anderen Namen genannt, deswegen wusste ich nicht gleich, wovon du sprichst. Aber ich weiß nicht, wo sie ist.«

»Blödsinn!«, behauptete Georg.

»Das ist die Wahrheit«, sagte Will. »Sie war gestern bei mir, das stimmt. Aber ich weiß nicht, wo sie jetzt ist. Ich … ich weiß nicht einmal, ob sie noch lebt. Sie war im Haus, als … als das Feuer ausbrach. Ich glaube, sie ist rausgekommen, aber ich bin nicht sicher.«

»Blödsinn!«, sagte Georg noch einmal, und diesmal war etwas in seiner Stimme, das jenseits einer Drohung lag. Will wurde schlagartig klar, dass er einen Fehler gemacht hatte. Woher auch immer, Georg wusste weit mehr, als ihm bisher klar gewesen war. Er wusste nicht nur, dass er Duffy kannte, sondern auch, dass sie nicht mehr im Haus gewesen war, als die Katastrophe losbrach. »Schade«, sagte Georg wieder. »Und ich hatte so gehofft, dass wir uns in aller Freundschaft einigen können.« Er gab Slavko einen Wink. »Bring ihn wieder nach oben.«

Will spannte sich, aber im letzten Moment behielt die Vernunft dann doch die Oberhand. Statt sich gegen den eisenharten Griff des Mazedoniers zu wehren, stand er sogar auf und bewegte sich freiwillig in die Richtung, in die dessen Hand ihn dirigierte. Er hatte nicht damit gerechnet, aber Slavko verzichtete selbst darauf, so hart zuzupacken, dass es wehtat, sondern beließ es dabei, seine gewaltige Pranke auf Wills Schulter ruhen zu lassen; was durchaus Drohung genug war.

»Ich weiß wirklich nicht, wo sie ist«, beteuerte Will noch einmal. »Ich wusste ja nicht einmal ihren richtigen Namen. Sie hat 'ne Menge wirres Zeug erzählt, aber das ist auch schon alles.«

»Die Polizei scheint da anderer Meinung zu sein«, antwortete Georg. Er seufzte wieder, schüttelte erneut den Kopf und versuchte es noch einmal in versöhnlicherem Ton: »Versteh mich doch, Will. Ich kann es mir nicht leisten, drei Mal am Tag die Polizei im Haus zu haben. So etwas ist schlecht fürs

Geschäft. Sie fangen schon an, in deiner Vergangenheit herumzuschnüffeln, und damit automatisch auch in meiner. Ich werde Ärger kriegen, wenn sie rausfinden, dass wir zusammen Geschäfte gemacht haben. Und wenn das schon so ist, dann will ich wenigstens was davon haben.« Er machte eine wedelnde Geste in Richtung Tür. »Also tu mir und vor allem dir selbst einen Gefallen, und denk noch mal in aller Ruhe nach. Vielleicht hat die Kleine ja doch irgendetwas gesagt, was uns weiterhilft.« Er stand auf und sah dabei auf die Uhr. »Ich habe jetzt einen Termin, aber ich müsste spätestens gegen Mitternacht zurück sein. Danach unterhalten wir uns noch einmal.«

14

Nach Mitternacht wurde es unten in der Bar deutlich lauter, aber Georg kam nicht, um ihn abzuholen, und er schickte auch keinen seiner Schläger. Will hatte sich wider besseres Wissen noch zweimal an dem Schloss zu schaffen gemacht, das er vorhin so mühelos geknackt hatte, aber diesmal hatte es seinem Angriff hartnäckig standgehalten; er konnte spüren, wie der Riegel zurücksprang, aber die Klinke rührte sich trotzdem nicht. Nach allem, was geschehen war, war Will keineswegs überrascht – allenfalls darüber, dass es Slavko oder Fred gelungen war, das Schloss in so kurzer Zeit so effektvoll zu manipulieren. Ihm blieb jedenfalls nichts anderes übrig, als sich in Geduld zu fassen.

Es verging noch eine gute Stunde, in der der Geräuschpegel aus der Bar an- und abschwoll – einmal hörte er aufgeregten Lärm, nicht die Geräusche eines Kampfes, aber doch aufgeregte Stimmen und das Klirren eines Glases –, und jede Sekunde, die verstrich, schien eine Winzigkeit länger als die davor zu sein. Eine Zeit lang konnte er sich sogar noch halbwegs erfolgreich einreden, dass er einfach nur überdreht, nervös und wütend über die Tatsache war, eingesperrt zu sein, aber natürlich stimmte das nicht. Er hatte Angst. Und vermutlich hatte er jeden Grund, sich zu ängstigen.

Ein Scharren an der Tür drang in seine Gedanken. Will fuhr so heftig herum, dass er beinahe das Gleichgewicht verloren hätte, und sein Herz begann zu jagen. Das Scharren wiederholte sich, dann ging die Tür auf, und Slavko blickte mit dem einzigen Gesichtsausdruck zu ihm herein, zu dem er fähig war:

vollkommen ausdruckslos. Er sagte nichts und machte sich nicht einmal die Mühe, Will mit einer Kopfbewegung oder irgendeiner entsprechenden Geste aufzufordern, mit ihm zu kommen, aber das war auch nicht nötig; Georg war einer der unpünktlichsten und unzuverlässigsten Menschen, die Will kannte, aber das bedeutete nicht, dass er eine dieser beiden Eigenschaften bei irgendjemand anderem tolerierte.

Will beeilte sich, einen möglichst gefassten Gesichtsausdruck aufzusetzen und dem Mazedonier zu folgen. Als er an Slavko vorbeitrat, warf er einen raschen Blick auf die Tür, und trotz allem konnte er ein überraschtes Heben der Augenbrauen nicht verhindern, denn ihm wurde nicht nur die Bedeutung des scharrenden Geräuschs klar, das er gerade gehört hatte, er begriff auch, warum es ihm nicht möglich gewesen war, die Tür zu öffnen: Die raffinierte Ausbruchssicherung, an der er gescheitert war, bestand aus nichts anderem als einem passgenau abgesägten Besenstiel, der jetzt an der Wand neben der Tür lehnte. Vermutlich hatte Slavko ihn vorhin einfach von außen unter die Türklinke geschoben.

Georg wartete gottlob nicht in seinem eiskalten Büro auf ihn, sondern lümmelte an der Bar und nippte demonstrativ gelangweilt an einem Glas Sekt. Als er Will erblickte, winkte er ihn mit der freien Hand zu sich, schnitt ihm aber auch mit der gleichen Bewegung bereits das Wort ab, als er etwas sagen wollte. »Tut mir Leid, dass es ein bisschen länger gedauert hat«, sagte er. »Ich weiß, es gehört sich nicht, gute Freunde warten zu lassen, aber ich muss dich noch einmal um ein bisschen Geduld bitten.«

»Das macht nichts«, antwortete Will. »Ich hatte sowieso gerade nichts Besseres vor.«

Georg nippte ohne eine Miene zu verziehen an seinem Sekt – Will tat so, als bemerke er es nicht, aber ihm entging keineswegs, dass Georg nicht wirklich trank, sondern nur so tat – und machte ein fragendes Gesicht. »Willst du etwas trinken?«

Will verneinte. »Ich würde lieber wissen …«

»Das kann ich mir vorstellen«, fiel ihm Georg ins Wort. Er setzte das Glas ab, sah auf die Armbanduhr und warf einen raschen, stirnrunzelnden Blick in Richtung Tür. Kopfschüttelnd wandte er sich wieder zu Will um. »Ich hasse Unpünktlichkeit.«

»Wartest du auf jemanden?«, erkundigte sich Will.

»Und das seit einer guten halben Stunde«, bestätigte Georg. Er seufzte tief, ließ seinen Blick noch einmal und unübersehbar missbilligend durch die gut gefüllte Bar schweifen und machte dann eine Kopfbewegung nach links. »Vielleicht ist es besser, wenn du in meinem Büro wartest«, sagte er. »Du siehst zwar wieder einigermaßen menschlich aus, aber wir wollen doch nicht, dass dich jemand erkennt und dumme Fragen stellt.«

Will hob nur stumm die Schultern. Georg ging es vermutlich eher darum, keine überflüssigen Zeugen zu haben, wenn er sich mit ihm unterhielt. Aber welche Wahl blieb ihm schon? Gehorsam folgte er Slavko, der zwar vorausging und die Tür öffnete, aber keine Anstalten machte, ihn in Georgs Büro zu begleiten, sondern nur wartete, bis Will eingetreten war, und die Tür dann hinter sich zuzog.

Es kam Will beinahe vor, als würde er in ein Kühlhaus eingesperrt. Automatisch streckte er die Hand aus und versuchte die Klinke herunterzudrücken. Anders als vorhin bewegte sie sich – offensichtlich stand jetzt kein abgesägter Besenstiel auf der anderen Seite darunter –, aber die Tür ließ sich dennoch nicht öffnen. Will rüttelte noch zwei- oder dreimal vergebens an der Klinke, dann drehte er sich frustriert herum und ließ seinen Blick durch den großen, nur halb erleuchteten Raum schweifen. Natürlich gab es keinen Weg hier heraus. Das Büro hatte keinen zweiten Ausgang – hinter der holzvertäfelten Tür auf der rechten Seite befand sich nur ein winziger Waschraum, der nicht einmal ein Fenster hatte, und das vergitterte Fenster hinter den Lichtschutz-Jalousien bestand nicht nur aus schusssicherem Glas, sondern hatte nicht einmal einen Griff, um es zu öffnen.

Trotzdem suchte Will einen Moment lang fast verzweifelt nach irgendeinem Fluchtweg. Er war in Panik, ganz eindeutig, und das lag nicht nur daran, dass ihm die leise summende Klimaanlage viel zu kalte Luft um die Ohren blies. Irgendwie war es oben leichter gewesen, mit der Furcht fertig zu werden, aber nun kam er sich vor wie ein Gladiator, der soeben die Arena betreten hatte und wusste, dass in wenigen Augenblicken die Löwen hereingelassen würden. Er versuchte sich zur Ruhe zu zwingen. Vielleicht redete er sich ja auch alles nur ein. Georg hatte ihn bisher noch nicht wirklich bedroht. Möglicherweise – nein: wahrscheinlich –, sagte sich Will, interpretierte er Bedeutungen in Dinge hinein, die in Wirklichkeit bedeutungslos waren. Aber möglicherweise war auch dieser Gedanke nur ein weiterer unfruchtbarer Versuch, sich selbst zu beruhigen.

Will rüttelte noch einmal und jetzt mit aller Kraft an der Tür, aber sie bewegte sich nicht einmal um einen Millimeter. Dann humpelte er rückwärts zwei Schritte in den Raum hinein – bei Kälte begann die verfluchte Stelle über seinem Knöchel wieder zu schmerzen, die er ansonsten kaum noch spürte – und drehte sich noch einmal langsam um sich selbst, als hoffe er ernsthaft, plötzlich eine Tür oder irgendeinen anderen Fluchtweg zu entdecken, die aus dem Nichts aufgetaucht waren. Er sah nichts dergleichen. Stattdessen blieb sein Blick auf der Mattscheibe des eingeschalteten Fernsehgerätes hängen. Allerdings sah er nicht das Nachtprogramm von RTL oder einen von Georgs

Pornokanälen, sondern eine Schwarz-Weiß-Aufnahme der Bar, offensichtlich von einer versteckten Kamera, die so angebracht war, dass man nahezu den gesamten Innenraum überblicken konnte. Kein Wunder, dass sein Fluchtversuch vom Vormittag so kläglich gescheitert war. Vermutlich hatten sich Georg und seine beiden Prügelknaben einen Ast gelacht, während sie ihm dabei zusahen, wie er sich hinauszuschleichen versuchte.

Sein Herz machte einen erschrockenen Satz, als er sah, wie die Tür aufging und eine junge Frau mit langem Haar die Bar betrat. Auf dem Schwarz-Weiß-Bild, das die Kamera lieferte, sah es aus wie eine Perücke aus geschmolzenem Silber oder verchromtem Metall, aber er wusste, dass es in Wahrheit die Farbe von poliertem Gold hatte. Will starrte mindestens zehn Sekunden und vollkommen verständnislos auf den Bildschirm, ehe ihm ganz allmählich klar wurde, was er da sah und was es bedeutete: Auf dem Monitor bewegte sich die junge Frau nach einem kurzen, suchenden Blick in die Runde zielstrebig auf die Bar und damit auf Georg zu, der sich zwar nicht von der Stelle rührte, sein Sektglas aber sinken ließ und sich so bewusst aufrichtete, dass es nicht mehr den geringsten Zweifel an der Erkenntnis gab, auf *wen* er gewartet hatte. Fast nebenher registrierte Will, dass er offensichtlich nicht der Einzige war, dem die sonderbare Frisur und Haarfarbe der jungen Frau auffiel, denn etliche von Georgs Gästen unterbrachen ihre Gespräche und sahen auf, um ihr mit Blicken zu folgen, aber das alles nahm Will nur fast beiläufig wahr.

Seine Gedanken überschlugen sich. Er war jetzt wirklich in Panik. Georg hatte ihn reingelegt, aber auf eine vollkommen andere Art, als er erwartet hatte. Er sah, wie die Blonde mit schnellen Schritten zu Georg ging und dann abrupt stehen blieb. Der Fernseher lieferte nur Bilder, keine Geräusche, so dass er nicht hören konnte, was die beiden besprachen, aber was er sah, war eindeutig genug: Die Blondine war offensichtlich nicht gekommen, um einen Freundschaftsbesuch zu machen.

Georg beherrschte sich – zumindest für seine Verhältnisse – meisterhaft; das einzige Anzeichen von Unmut auf seinem Gesicht bestand aus einem leichten Verziehen der Lippen, das er vergeblich als Lächeln zu tarnen versuchte, aber er lümmelte jetzt nicht mehr gemütlich an der Bar, sondern stand stocksteif aufgerichtet da, und auch sein weibliches Gegenüber wirkte alles andere als gelöst. Sie redete in offensichtlich scharfem Ton auf Georg ein, und das ebenso offensichtlich alles andere als leise, denn der eine oder andere Gast sah noch immer aufmerksam in ihre Richtung.

Will stand weiterhin wie gelähmt und mit rasendem Herzen da und starrte auf den Bildschirm, und sein Zeitgefühl war ebenso ausgeschaltet wie seine Fähigkeit, klar zu denken, so dass er nicht sagen konnte, wie lange der lautlose Streit anhielt, dessen Zeuge er wurde. Für Georgs Verhältnisse war es jedenfalls ungewöhnlich lange. Er stand sicher eine Minute einfach da und sah die junge Frau nur wortlos an, aber schließlich geschah genau das, womit Will im Grunde schon viel früher gerechnet hatte: Georg unterbrach sie mit einer herrischen Handbewegung und machte gleichzeitig eine entsprechende Geste zum Ausgang. Sein Gegenüber ließ sich davon nicht beeindrucken, aber Georgs Geduld war offenbar endgültig erschöpft (ganz davon abgesehen, dass ihn mittlerweile *alle* Gäste der Bar anstarrten), denn nun machte er eine knappe Handbewegung hinter sich, und im nächsten Sekundenbruchteil erschien Slavkos breitschultrige Gestalt im Aufnahmebereich der Videokamera.

Die Blonde zeigte auch jetzt noch keine Spur von Angst –

was ziemlich deutlich bewies, dass sie Georg nicht wirklich kannte –, sondern schien eher noch wütender zu werden, und Will sah, wie ihre Linke in die schmale Handtasche glitt, die sie mit der anderen Hand gegen ihren Leib presste. Falls sie jedoch das darin trug, was Will vermutete, so kam sie nicht dazu, es zu benutzen. Slavko war mit zwei schnellen Schritten neben ihr, packte mit der Linken ihr Handgelenk, hielt es fest und drehte sie mit der Rechten grob herum. Mehr von Slavko gestoßen und geschubst als aus eigener Kraft oder gar freiem Willen durchquerte die Frau mit dem sonderbaren Haar die Bar zum zweiten Mal – schneller als zuvor – und war im nächsten Moment durch die Tür verschwunden. Slavko blieb noch einen Moment mit vor der Brust verschränkten Armen dort stehen, als rechne er ernsthaft damit, dass sie wieder hereinkommen könnte, während Georg irgendetwas sagte, das offensichtlich bei einigen Gästen für Belustigung sorgte, bei den allermeisten allerdings nur ein befremdetes Stirnrunzeln oder ein Kopfschütteln und ein angedeutetes Achselzucken hervorrief. Schließlich drehte sich Georg wieder demonstrativ zur Bar herum und griff nach seinem Sektglas, und auch Will erwachte endlich aus seiner Erstarrung.

Für eine oder zwei Sekunden geriet er endgültig in Panik, schlug die Faust vor den Mund und biss sich selbst auf die Knöchel, um ein Wimmern zu unterdrücken. Auf dem Monitor drehte sich Slavko herum und ging auf seinen Chef zu, und auch Georg glitt erneut von seinem Barhocker herunter und blickte für einen Moment so direkt in die Kamera, dass es kein Zufall mehr sein konnte. Er runzelte nachdenklich die Stirn. Vielleicht fragte er sich, ob das Gerät angeschaltet war und Will somit alles gesehen hatte. Und irgendwie sah Will ihm an, dass er zu einer Antwort kam, die ihm nicht gefiel. Er machte eine Kopfbewegung, auf die hin Slavko seinen Kurs änderte, so dass er nunmehr direkt auf die Tür zum Büro zuhielt, und auch Georg selbst setzte sich in die gleiche Richtung in Bewegung. In einer oder zwei Sekunden würden sie hier sein, und wenn er dann noch da war, würde vielleicht eine Menge von dem, was er sich in den letzten Stunden ausgemalt hatte, Wirklichkeit werden.

Als hätte er mehr Angst vor ihren elektronischen Abbildern als vor Georg und Slavko selbst, wich Will Schritt für Schritt vor dem eingeschalteten Fernseher zurück, bis er mit der Hüfte gegen den Schreibtisch hinter sich prallte. Irgendetwas schepperte leise, und ein dumpfer, aber heftiger Schmerz fuhr durch Wills Hüftgelenk. Es war nicht so schlimm, dass er ihm die Tränen in die Augen trieb, aber er riss ihn in die Wirklichkeit zurück. Will wich mit unsicheren Schritten rückwärts gehend weiter von der Tür zurück, und als Georg und Slavko hereinkamen, hatte er den Schreibtisch fast umkreist und stand zwischen ihm und dem gewaltigen Ledersessel, in dem der Barbesitzer normalerweise thronte. Georg machte einen Schritt in den Raum hinein, blieb stehen und sah Will einen Moment lang verständnislos an, als er erkannte, in welchem Zustand er sich befand. Dann drehte er den Kopf und blickte den Monitor an. Sein Gesicht verdüsterte sich. Er sagte nichts, sondern machte nur einen Schritt zur Seite, und Slavko folgte der unausgesprochenen Aufforderung, trat hinter ihm ein und schloss die Tür.

»Ich hatte also Recht«, sagte Will. »Du hast nur auf den Erstbesten gewartet, an den du mich verkaufen kannst.«

»Du hattest deine Chance«, antwortete Georg. Er machte sich nicht einmal die Mühe, zu leugnen oder sich irgendeine Ausrede auszudenken. »Du wolltest ja nicht mit mir ins Geschäft kommen.«

»Weißt du überhaupt, wer diese Frau ist?«, fragte Will, ohne das Zittern in seiner Stimme verbergen zu können, das nicht nur durch den kalten Luftzug der Klimaanlage ausgelöst wurde.

Georg lächelte. »Nein. Du?«

»Ich weiß nicht, *wer* sie ist, aber ich habe gesehen, was sie getan hat«, antwortete Will. Seine Gedanken rasten. Georg stand immer noch reglos neben der Tür, und auch sein Bodyguard hatte bisher keinen Finger gerührt, um sich auf ihn zu stürzen, aber das würde nicht mehr lange so bleiben. Georg war kein besonders geduldiger Mensch. Er liebte Spielchen, aber er spielte sie nie sehr lange. »Ich weiß nicht, was sie dir versprochen hat«, fuhr er fort, »aber was immer es ist, du solltest ihr nicht trauen.«

»Ich traue niemandem«, erwiderte Georg. »Ich dachte, ich könnte dir vertrauen, nach allem, was ich für dich getan habe, aber das scheint wohl ein Irrtum gewesen zu sein.« Er gab Slavko einen beiläufigen Wink mit der linken Hand.

Der Mazedonier nahm die Arme herunter und kam langsam auf Will zu, und Will wich im gleichen Tempo vor ihm zurück. Seine Gedanken überschlugen sich. Eine Sekunde lang spielte er ernsthaft mit dem Gedanken, sich auf Slavko zu stürzen und einfach zuzuschlagen; aber der Gedanke kam ihm schon lächerlich vor, noch bevor er ihn ganz zu Ende gedacht hatte. Slavko war doppelt so schwer wie er und dreimal so groß, ganz egal, wie hart Will ihn traf – er würde es wahrscheinlich gar nicht merken.

Sein Blick fiel auf die Schreibtischschublade, die Georg am Nachmittag geöffnet hatte. Und dann geschah alles wie von selbst, fast ohne sein Zutun: Er stolperte einen weiteren Schritt rückwärts, spürte, wie er die Balance verlor, als seine Kniekehlen gegen Georgs Sessel prallten und er stürzte, aber mit der gleichen Bewegung streckte er den Arm aus, riss die Schublade auf und griff nach dem kurzläufigen Revolver, der darin lag. Die Bewegung war unbeholfen und fahrig, und um ein Haar hätte er die Waffe wieder fallen lassen, und hätte Slavko auch nur irgendwie reagiert, so hätte er nicht die Spur einer Chance gehabt, aber der Mazedonier schien mindestens ebenso überrascht von dem zu sein, was er tat, wie Will selbst.

Slavko blieb mitten im Schritt stehen und riss ungläubig die Augen auf, während Will endgültig nach hinten kippte und in den schweren Ledersessel fiel. Der Stuhl rollte zurück und prallte so unsanft gegen die unter dem Fenster angebrachte Heizung, dass Wills Zähne hart aufeinander schlugen und er Blut schmeckte. Trotzdem griff er auch mit der anderen Hand zu, packte den Revolver fester und richtete die Waffe drohend auf den Bodyguard. Er hatte nicht die mindeste Erfahrung mit Waffen, aber er hatte genug Kriminalfilme gesehen, um zu wissen, was er tun musste. Sein linker Daumen tastete nach dem Sicherungshebel und legte ihn um, und der andere zog den Hahn zurück. »Bleib stehen!«, sagte er. »Noch einen Schritt, und ich schieße!«

Er war nicht sicher, ob er es überhaupt gekonnt hätte. Er lag mehr im Sessel, als er saß, und seine Hände zitterten so heftig, dass es ihm Mühe bereitete, die Waffe überhaupt zu halten. Vermutlich hätte er auch jetzt noch keine allzu großen Chancen gehabt, hätte sich Slavko entschieden, dem Spiel ein Ende zu machen und sich auf ihn zu werfen – immerhin war er keine anderthalb Meter von ihm entfernt und hatte vermutlich weniger Angst vor der Waffe als Will selbst, obwohl er am gefährlicheren Ende stand.

Aber Slavko griff ihn nicht an. Stattdessen hob er langsam die Hände in Schulterhöhe und machte zwei Schritte zurück, ehe er wieder stehen blieb.

»Hast du den Verstand verloren?«, fragte Georg.

»Ja«, antwortete Will. »Und zwar schon gestern Abend, als

ich hierher gekommen bin.« Er stand unsicher auf, machte einen Schritt zur Seite und zugleich zurück und brachte den Sessel auf diese Weise zwischen sich und den Mazedonier, der ihn aufmerksam, aber ohne die geringste Spur von Angst musterte. Er musste wissen, dass Will nicht schießen würde. Sie kannten sich lange genug.

»Hör mit dem Quatsch auf«, sagte Georg. »Leg die Waffe weg, und wir reden über alles.«

»Ich denke nicht daran.« Will schwenkte den Revolver für die Dauer eines Herzschlags in Georgs Richtung und zielte dann hastig wieder auf Slavko, als er aus den Augenwinkeln eine Bewegung wahrzunehmen glaubte. Ihm war klar, dass er die beiden nicht lange in Schach halten konnte. »Geh von der Tür weg«, sagte er. »Ich will dir nichts tun. Ich will hier nur raus, sonst nichts.«

Tief in seinem Innern war er felsenfest davon überzeugt, dass Georg sich nicht von der Stelle rühren würde; schon weil er nicht auf ihn, sondern unverwandt weiter auf den Mazedonier zielte. Dann aber hob Georg langsam die Arme und brachte beide Hände in Schulterhöhe. Er lächelte scheinbar unerschütterlich weiter, aber sein Grinsen wirkte jetzt ein bisschen gequält, und darunter glaubte Will nicht nur eine Spur von Nervosität, sondern ganz eindeutig *Angst* zu sehen. Er sah auch, dass Georg einen raschen Blick mit Slavko tauschte, aber er konnte nicht sagen, ob es ein geheimes Zeichen war, sich auf ihn zu stürzen, oder ein Wink, besser zu tun, was Will verlangte.

»Was glaubst du, wie weit du kommst?«, wollte Georg wissen.

Will wedelte ungeduldig mit dem Revolver und entfernte sich rückwärts von Slavko, versuchte dabei aber zugleich, Georg aus den Augenwinkeln zu beobachten. Die Stimme war wieder da, und diesmal *schrie* sie ihm zu, dass er dabei war, sich sein eigenes Grab zu schaufeln, und dass er nur noch eine einzige, winzige Chance hatte, diese Situation zu überleben, wenn er nämlich sofort die Waffe weglegte und sich ergab. Georg konnte ihm gar nichts tun. Schließlich brauchte er ihn. Vielleicht würde Slavko ihm ein oder zwei Schläge verpassen, aber das würde er überleben – es wäre nicht das erste Mal. Georg konnte es nicht riskieren, ihm wirklich etwas anzutun. Nicht, wenn er glaubte, dass er ihn zu dem Mädchen führen konnte. Aber diesmal hörte er nicht auf die Stimme. Er hatte in seinem Leben viel zu oft auf sie gehört.

Langsam, die Waffe immer noch mit beiden Händen haltend und auf Slavko gerichtet und schlimmer humpelnd als je zuvor in seinem Leben, bewegte sich Will um den Schreibtisch herum und schlug einen großen Bogen, um in Georgs Rücken zu gelangen.

Georg wollte sich herumdrehen, aber Will machte eine drohende Bewegung mit der Waffe, und er hielt mit einem Schulterzucken und einem verächtlichen Schürzen der Lippen inne. »Und jetzt?«, fragte er.

Statt zu antworten, trat Will mit einem raschen Schritt vollends hinter ihn und stieß ihm den Revolverlauf zwischen die Schulterblätter. Georg ächzte; ob vor Wut oder vor Schmerz – er hatte ziemlich hart zugestoßen –, konnte er nicht sagen, aber die Liste der Dinge, die Slavko ihm zweifellos antun würde, wurde ein gutes Stück länger.

»Du bist wahnsinnig geworden«, sagte Georg. »Ich nehme einfach zu deinen Gunsten an, dass das alles zu viel für dich war.«

»Nimm an, was du willst, aber wir gehen jetzt hier raus«, sagte Will grob. Er widerstand der Versuchung, seinen Worten mit einem weiteren Stoß in Georgs Rücken Nachdruck zu verleihen, sondern schob ihn nur mit sanfter Gewalt ein kleines Stück in Richtung Tür. »Mach auf! Und sag Slavko, dass er hier bleiben soll.«

Georg warf dem Mazedonier einen raschen Blick zu. »Du hast ihn gehört.«

Slavko nahm langsam die Arme herunter, wobei er seine Hände ganz bewusst so hielt, dass Will sie sehen konnte, und nickte nur. Natürlich würde er nichts dergleichen tun, sondern aus seiner Erstarrung erwachen und im Gegenteil wieder höchst lebendig werden, sobald Georg und Will hier heraus waren, aber das spielte jetzt keine Rolle. Obwohl seine Hände nicht mehr so heftig zitterten wie am Anfang und er sogar wieder halbwegs klar denken konnte, war Will noch immer überzeugt davon, dass er im Grunde keine Chance hatte, hier herauszukommen. Er hatte das nicht gewollt. Die Situation war einfach eskaliert, und das Schlimmste daran war – es war ganz eindeutig seine eigene Schuld. Nicht die Georgs, nicht die der Blonden, nicht einmal die der Stimme in seinem Kopf. Georg streckte die Hand nach der Tür aus, aber Will hielt ihn mit einer hastigen Bewegung zurück.

»Nimm die Arme herunter«, sagte er. »Und keine Tricks. Ich weiß, dass du draußen wahrscheinlich auch Leute hast. Denk dran, ich bin direkt hinter dir.«

»Ja, und du hast den Finger am Abzug, ich weiß«, fügte Georg spöttisch hinzu. »Was willst du tun? Mich erschießen?« Er senkte trotzdem gehorsam die Arme und öffnete einen Moment später die Tür.

Musik und Stimmengewirr aus der Bar schlugen ihnen entgegen. Will ließ den Revolverlauf ein Stück hinabgleiten, so dass Georg die Mündung der Waffe nun in der Nierengegend spürte, und zog mit der linken Hand die Tür hinter sich zu. Er war fast überrascht, dass nicht alle Gäste Georg und ihn anstarrten, aber mit Ausnahme der jungen Frau hinter der Bar schien niemand auch nur Notiz von ihnen zu nehmen. Zum allerersten Mal begann Will zu hoffen, dass er es vielleicht doch schaffen könnte.

»Was hast du vor, wenn ich fragen darf?«, fragte Georg. Er ging langsamer und blieb nach einer unsicheren, fast stolpernden Bewegung schließlich stehen. Die junge Frau hinter der Bar beobachtete sie nun aufmerksam, und ihr Gesichtsausdruck gefiel Will ganz und gar nicht. Wo war Rattengesicht? Will sah sich rasch nach rechts und links um, konnte den Langhaarigen aber nirgendwo entdecken und versetzte Georg schließlich einen unsanften Stoß mit dem Revolver. »Geh weiter«, zischte er.

»Und wenn nicht?«, fragte Georg, setzte sich aber dennoch gehorsam, wenn auch sehr langsam in Bewegung. »Willst du mich erschießen? Hier, vor all den Leuten?«

»Nein«, antwortete Will wahrheitsgemäß. Sie hatten die Bar zu einem Drittel durchquert, vor ihnen lagen noch zehn oder zwölf Schritte. Vielleicht schaffte er es ja wirklich. »Ich werde einfach ein bisschen hier rumballern. Ich bin kein Schütze. Vielleicht wird ja jemand verletzt. Aber selbst wenn nicht, kannst du ja hinterher den Bullen erklären, wieso ein toter Mann, den du das letzte Mal vor einer Woche gesehen hast, hier mit einer Waffe herumfuchteln konnte.«

Georg nickte anerkennend. »Du lernst schnell. Aber dir ist doch klar, dass du damit nicht durchkommst?«

»Im Moment habe ich die Pistole, oder?«

»Revolver«, verbesserte ihn Georg. Sie hatten die Tür fast erreicht, und Georg wurde wieder langsamer. Täuschte sich Will, oder war das nervöse Zittern in seiner Stimme stärker geworden? »Hör zu«, fuhr er fort. »Ich mache dir einen Vorschlag: Du hörst sofort mit diesem Unsinn auf und gibst mir die

Waffe, und ich verspreche dir, dass dir nichts passiert. Ich will nur wissen, wo die Kleine ist. Wir machen halbe-halbe. Du musst weiter nichts dazu tun, als mir zu sagen, wo ich sie finde. Alles andere erledigen wir.«

»Darauf wette ich.«

Sie hatten die Tür erreicht. Georg versuchte noch einmal stehen zu bleiben, aber diesmal versetzte ihm Will einen so harten Stoß mit dem Revolverlauf, dass es wirklich *weh*tun musste. Georg beeilte sich, die Tür zu öffnen und hinauszutreten, und Will atmete erleichtert auf und wäre ihm um ein Haar direkt gefolgt. Es war pures Glück, dass Georg sich nach links wandte, genau in die Richtung, in der Fred auf sie gewartet hatte, und Will zugleich einen Sekundenbruchteil zögerte, ihm zu folgen. Natürlich war Slavko nicht zur Salzsäule erstarrt und wartete geduldig auf die Rückkehr seines Chefs, aber Will war jetzt auch klar, warum er ihnen nicht direkt hinterhergerannt war. Stattdessen hatte er Rattengesicht angerufen, der an diesem Abend als Türsteher draußen auf der Straße Dienst tat. Und wäre Will auch nur eine halbe Sekunde früher aus der Tür getreten – gehumpelt –, wäre er ihm direkt in die Arme gelaufen.

So aber behinderten sich Georg und Fred im allerersten Moment gegenseitig, und als Rattengesicht Georg endlich zur Seite geschoben hatte und sich auf ihn werfen wollte, hatte Will seine erste Überraschung überwunden und reagierte mit einer Kaltblütigkeit, die ihn selbst vielleicht am meisten überraschte. Ohne zu zögern, wich er zur Seite aus und schlug Fred den Revolverlauf ins Gesicht. Der Langhaarige keuchte vor Schmerz, fiel auf die Knie und schlug wimmernd beide Hände vor den Mund, und Will half der Bewegung noch einmal nach, indem er ihm einen Tritt versetzte, der ihn rücklings zu Boden schleuderte. Praktisch gleichzeitig fuhr er herum und richtete den Revolver auf Georg, der halbwegs gegen die Wand gesunken war und sich gerade mühsam aufrappelte. Auf seinem Gesicht lag ein Ausdruck vollkommener Fassungslosigkeit. Wahrscheinlich war er so sicher gewesen, Will in einen Hinterhalt zu locken, dass er das Scheitern seines Plans nicht einmal glauben konnte, als er es sah.

»Mach jetzt lieber nichts Falsches«, sagte Will. »Ich habe nicht mehr viel zu verlieren, weißt du?«

Georg nickte grimmig. »Da hast du verdammt Recht«, sagte er. »Du bist ein toter Mann.«

»Das weiß ich«, antwortete Will. »Die ganze Stadt weiß das.« Er wedelte ungeduldig mit dem Revolver. »Den Autoschlüssel!«

Georg riss die Augen auf. »Wie bitte?« Nur ein kleines Stück neben ihm rappelte sich Fred stöhnend auf die Knie hoch. Er hatte die linke Hand noch immer gegen den Mund gepresst. Blut quoll zwischen seinen Fingern hervor und lief an seinem Kinn herab, aber in seinen Augen loderte nicht nur Schmerz, sondern blanke Mordlust.

Will machte zwei hastige Schritte zur Seite, um aus seiner Reichweite zu gelangen, und wiederholte seine auffordernde Geste. »Die Schlüssel! Ich brauche deinen Wagen!«

Georg starrte ihn hasserfüllt an, griff aber trotzdem gehorsam in die Jackentasche und zog den Schlüsselbund hervor. Mit wohl eher vor Wut als vor Furcht zitternden Fingern nestelte er den Wagenschlüssel ab und streckte die Hand in Wills Richtung aus.

»Leg ihn auf den Boden!«, befahl Will. »Und dann geh zurück! Fünf Schritte, mindestens.«

Aus dem Hass in Georgs Augen wurde etwas anderes, das weit über normalen Zorn hinausging, aber er ließ sich dennoch gehorsam in die Hocke sinken, legte den Jaguar-Schlüssel vor sich auf den Boden und stand dann rasch auf, um sich drei Schritte rückwärts zu entfernen.

Will befahl Fred mit einer entsprechenden Bewegung, sich zu ihm zu gesellen, und wartete, bis die beiden sich in sicherer Entfernung befanden, bevor er hinging und den Schlüssel aufhob. Es gab einen kurzen, aber gefährlichen Moment, in dem er ganz deutlich spürte, dass Fred sich auf ihn stürzen würde, ganz egal, ob er nun eine Waffe in der Hand hatte oder nicht, aber Georg schüttelte im letzten Moment kaum sichtbar den Kopf, und Fred entspannte sich wieder.

»Was glaubst du, wie weit du kommst?«, fragte Georg. »Spätestens in einer Stunde sucht die ganze Stadt nach dir, das schwöre ich.«

Will wollte antworten, beließ es aber dann bei einem bloßen Achselzucken. Er ließ Georg und Fred keine Sekunde aus den Augen, aber er registrierte trotzdem, dass die kurze Szene nicht unbemerkt geblieben war. Der *Fasan* lag nicht in einer Gegend der Stadt, in der es von Touristen und Spaziergängern wimmelte, aber die Straße war auch alles andere als menschenleer. Wenn die Glückssträhne, die ihn seit zwei Tagen heimsuchte, weiter anhielt, dann hatte jetzt schon irgendein übereifriger Musterbürger sein Handy aus der Tasche gezogen, um die Polizei anzurufen.

Georgs Wagen stand auf der anderen Seite der Straße; ein flacher zweisitziger Jaguar von jener genau bemessenen Schlichtheit, die schon wieder protzig wirkte. Will bedeutete Georg mit einer entsprechenden Kopfbewegung, hinüberzugehen, wedelte aber zugleich abwehrend mit der Waffe, als Fred seinem Chef folgen wollte. »Geh zurück in die Bar«, sagte er. »Sag Slavko, dass er uns besser nicht verfolgt, wenn ihr euren Chef lebend wiedersehen wollt.«

Fred machte keine Anstalten, dem Befehl zu folgen, sondern

trat im Gegenteil einen halben Schritt auf ihn zu. Zwischen seinen Fingern quoll immer noch Blut hervor. Will erinnerte sich daran, wie hart er zugeschlagen hatte. Vermutlich hatte er Rattengesicht ein paar Zähne ausgeschlagen, möglicherweise sogar den Kiefer gebrochen. Das Gefühl von Schadenfreude, das er bei diesem Gedanken empfand, hielt sich in Grenzen. Ihm war klar, dass Slavko und Fred ihn früher oder später erwischen mussten, und die Rechnung, die die beiden mit ihm offen hatten, wurde immer länger.

»Tu, was er sagt, du Idiot«, zischte Georg. »Ihr bleibt, wo ihr seid. Ich melde mich.«

Will dirigierte ihn mit drohend erhobener Waffe über die Straße und auf den Jaguar zu, setzte dazu an, den Wagen zu umrunden, und blieb dann wieder stehen, um Georg stattdessen die Wagenschlüssel hinzuhalten.

»Was …?«, machte Georg verständnislos.

»Du fährst«, erklärte Will. »Keine Sorge. Wenn deine beiden Trottel keine Dummheiten machen, lasse ich dich an der nächsten Ecke raus.«

Georg verzog verächtlich das Gesicht, zuckte aber nur mit den Schultern und wollte nach den Wagenschlüsseln greifen, aber Will wedelte erneut drohend mit dem Revolver, legte die Schlüssel auf das Dach des Jaguars und wartete, bis der Zuhälter sie ergriffen und den Wagen umrundet hatte. Er sah noch einmal über die Straße, bevor er einstieg. Fred hatte Georgs Befehl nicht befolgt, sondern stand noch immer an der gleichen Stelle und blutete hasserfüllt vor sich hin, und mittlerweile hatte sich auch Slavko zu ihm gesellt. Zumindest machten die beiden keinen Versuch, die Straße zu überqueren. Und nach allem, was bisher passiert war, war das, realistisch betrachtet, im Grunde schon mehr, als er erwarten konnte.

Er stieg ein, fuchtelte drohend mit dem Revolver in Georgs

Richtung und machte eine Kopfbewegung zum Lenkrad hin. »Fahr los!«

Georg startete den Motor und blickte ihn finster an. »Wohin?«

Will hätte eine Menge darum gegeben, die Antwort auf diese Frage selbst zu kennen. »Fahr einfach los. Und schalt die Heizung an. Gefroren habe ich gerade für mein ganzes Leben genug.«

Georgs Gesichtsausdruck wurde noch verächtlicher, aber er zuckte nur mit den Schultern und gehorchte. Während sich der Wagen nahezu lautlos in Bewegung setzte, sah Will noch einmal zu Slavko und Fred zurück. Die beiden standen noch immer reglos da und starrten in seine Richtung, aber ihm war klar, dass sich das schlagartig ändern würde, sobald er außer Sichtweite war.

Sie fuhren bis zur nächsten Kreuzung, und Georg bog, als Will nichts sagte, auf die Hauptstraße ein, Richtung stadtauswärts. Obwohl es mittlerweile halb zwei war, herrschte noch reger Verkehr, so dass sie nicht besonders schnell vorankamen.

»Ist dir eigentlich klar, worauf du dich da eingelassen hast?«, fragte Georg nach einer Weile.

»Vermutlich mehr als dir«, antwortete Will. »Weißt du, wer diese Frau ist?«

»Nein«, erwiderte Georg. »Du?«

»Nein«, sagte Will. »Aber ich weiß, *was* sie ist. Ziemlich gefährlich.«

»Das kann ich auch sein, wenn es sein muss«, sagte Georg, aber Will schüttelte heftig den Kopf.

»Nicht so.« Er meinte es ernst. Er hatte weder vergessen, wie scheinbar spielerisch die Blonde mit Reimann und Falkenberg fertig geworden war, noch, was sie dem Mädchen angetan hatte. Was Skrupellosigkeit anging, nahm Georg es mit jedem anderen Menschen auf, den Will kannte. Er zweifelte nicht einmal daran, dass Georg ebenso leicht mit Reimann und seinem Assistenten fertig geworden wäre. Trotzdem war diese harmlos aussehende junge Frau ungleich gefährlicher als er. Das wusste er einfach. Ihre Entschlossenheit und ihre Fähigkeiten hatten eine ganz andere Qualität.

»Wirklich? Und jetzt?« Georg deutete nach vorn, wo sich die Straße in vier verschiedene Richtungen teilte.

»Auf die Autobahn«, antwortete Will nach kurzer Überlegung. »Richtung Flughafen.«

»Cleverer Plan«, sagte Georg spöttisch. »Was darf's denn sein: Südamerika oder vielleicht China? Transsilvanien wäre auch noch eine Möglichkeit. Ich weiß zwar nicht, ob die da einen Flughafen haben, aber auf jeden Fall sind sie es gewöhnt, dass tote Leute rumspazieren. Vielleicht fragen sie dich bei der Einreise nicht einmal nach deinen Papieren.«

»Halt die Klappe!«, sagte Will.

Georgs Mundwinkel umspielte ein Lächeln kalter Verachtung, aber er sagte keinen Ton, fädelte den Jaguar in die entsprechende Spur ein und beschleunigte, als sie auf die Autobahnauffahrt einbogen. Er versuchte noch zwei- oder dreimal ein Gespräch in Gang zu bringen, aber Will antwortete nicht mehr. Er brach sein Schweigen erst nach gut zehn Minuten, als sie den halben Weg zum Flughafen zurückgelegt hatten.

»Halt da vorne an, auf dem Rastplatz.«

»Hier?« Georg riss ungläubig die Augen auf.

»Du kannst auch die Tür aufmachen und rausspringen, wenn dir das lieber ist«, erwiderte Will. »Mir ist es gleich.«

»Überspann den Bogen nicht«, sagte Georg, trotzdem setzte er gehorsam den Blinker und lenkte den Wagen auf den verlassenen Rastplatz. Er hielt an, und Will öffnete mit der Linken den Verschluss seines Sicherheitsgurtes, während er Georg bereits ungeduldig mit der Waffe zufuchtelte, die Tür zu öffnen und auszusteigen. »Deine Brieftasche!«

»Willst du mich auch noch ausrauben?«

»Sagen wir: Ich nehme mir einen Vorschuss«, antwortete Will. »Ich bin nicht gerne ohne Bargeld auf Reisen.«

Georg sah aus, als würde er im nächsten Moment vor Wut einfach platzen, aber er händigte ihm trotzdem gehorsam seine Brieftasche aus. Will klappte sie auf und fand genau das, was er sich erhofft hatte: Georg pflegte stets eine größere Summe Bargeld mit sich herumzuschleppen, und gottlob machte er da heute keine Ausnahme.

Will nahm die Geldscheine an sich und gab Georg die Brieftasche mit seinen Kreditkarten und Papieren zurück. »Schreib es auf die Rechnung.«

»Worauf du dich verlassen kannst«, grollte Georg. Er betrachtete düster den Lauf des Revolvers, der noch immer auf seinen Magen gerichtet war, und Will konnte regelrecht sehen, wie es hinter seiner Stirn arbeitete. Er nahm Georgs Warnung ernster, als dieser vielleicht glaubte. Sein Hinweis, den Bogen nicht zu überspannen, war nur zu berechtigt. Trotzdem fuhr er nach einer Sekunde fort: »Und jetzt dein Handy.«

Georg schob trotzig das Kinn vor. »Sonst noch was? Willst du vielleicht noch meine Uhr? Oder meine Schuhe?«

»Das mit den Schuhen ist gar keine schlechte Idee«, sagte Will. »Aber das Handy reicht mir erst einmal. Du bekommst es wieder. Und keine Angst – ich führe keine Ferngespräche.«

Georg starrte ihn mit unverhohlener Mordlust in den Augen an, knallte das Handy auf das Armaturenbrett und öffnete die Tür. »Sonst noch was?«

»Tritt einfach ein paar Schritte zurück«, sagte Will, während er bereits auf den frei gewordenen Fahrersitz hinüberrutschte.

»Wenn der Wagen auch nur eine Schramme abbekommt, bist du tot«, sagte Georg.

»Keine Angst, ich kann damit umgehen«, erwiderte Will. Er grinste. »Schließlich habe ich ihn selbst für dich geklaut, oder?« Er legte umständlich mit der linken Hand den Gang ein, um mit der Waffe in der anderen Hand weiter auf Georg zielen zu können, und fuhr los.

Nach zwanzig Metern hielt er wieder an, legte den Revolver auf den Beifahrersitz und ergriff das Lenkrad mit beiden Händen. Im Rückspiegel sah er, dass Georg einfach nur dastand und ihm nachstarrte. Aber Wills Lächeln war längst erloschen, und plötzlich zitterten seine Hände so stark, dass er alle Mühe hatte, das Lenkrad festzuhalten, als er wieder losfuhr.

15

Er fuhr tatsächlich weiter zum Flughafen, allerdings nicht, um eine Reise zu buchen, sondern um sich andere Nummernschilder zu beschaffen. Der Trick war so alt wie simpel: Er fuhr in das Langzeit-Parkhaus, in dem Urlauber ihre Fahrzeuge meist für mehrere Wochen abstellten, und suchte sich einen Wagen, dessen Scheiben noch nass vom Regen des vergangenen Abends waren. Binnen weniger Minuten hatte er die Nummernschilder gegen die von Georgs Jaguar ausgetauscht. Dann bezahlte er brav sein Ticket am Kassenautomaten und fuhr wieder in Richtung Stadt. Der Besitzer würde die Manipulation frühestens nach seiner Rückkehr in einer, zwei oder sogar erst nach drei Wochen bemerken, und vielleicht nicht einmal dann sofort. Das bedeutete, dass er mindestens eine Woche Zeit hatte, bis die Kennzeichen auf der Fahndungsliste der Polizei erschienen. Nicht, dass er ernsthaft damit rechnete, dass Georg den Diebstahl anzeigen würde; aber er würde Himmel und Hölle in Bewegung setzen und jeden in dieser Stadt, den er kannte, nach dem Jaguar mit dem auffälligen Nummernschild Ausschau halten lassen.

Während Will in die Stadt zurückfuhr, achtete er nicht nur streng darauf, die zulässige Höchstgeschwindigkeit nicht zu überschreiten und sich auch sonst an sämtliche Verkehrsregeln zu halten, sondern fragte sich auch immer verzweifelter, was er jetzt eigentlich tun sollte. Er hatte seine Flucht weder geplant, noch hatte er wirklich damit gerechnet, dass sie gelingen könnte. Und wenn er ehrlich zu sich selbst war, war er längst mit seinem Latein am Ende. Es gab niemanden, an den er sich um

Hilfe wenden konnte. Keinen Platz, wo er sicher war, und im Grunde auch nichts, was er *tun* konnte.

Gut, er konnte zur Polizei gehen und ihnen die ganze Geschichte erzählen, was mit ziemlicher Sicherheit dazu führen würde, dass man ihn einsperren oder gleich in die Klapsmühle bringen würde. Er konnte die Stadt verlassen und irgendwo untertauchen, aber so etwas funktionierte auf Dauer nur in Kriminalfilmen; in Wirklichkeit nur für eine begrenzte Zeit und meistens für eine sehr viel kürzere Zeitspanne, als allgemein angenommen wurde. Sowenig der Gedanke Will gefiel – im Grunde hatte er nur eine einzige Chance: Er musste Duffy finden und sie ihren Eltern zurückbringen; oder schlimmstenfalls der Polizei. Immerhin hatte er jetzt einen Namen – und dank Georgs großzügiger Spende auch genug Geld, um wenigstens ein paar Tage durchzuhalten. Er machte sich nichts vor. Seine Chancen, Duffy zu finden, tendierten unangenehm weit in Richtung null, und auch die gestohlenen Nummernschilder würden ihn nicht allzu lange vor Georgs Nachforschungen schützen. Er musste Duffy schnell finden, oder es war aus.

Will fuhr in die City zurück, stellte den Jaguar in die Tiefgarage des Dorint und mietete sich im gegenüberliegenden Renaissance-Hotel ein; kein Hotel der allerobersten Preisklasse, aber auch keine von den billigen Absteigen, in denen Georg ihn vermuten und die er folgerichtig eine nach der anderen absuchen würde. Es war fast halb drei in der Nacht, als er sein Zimmer betrat, und Will war alles andere als sicher, dass sich dieses Versteck als wirklich gute Wahl erweisen würde. Auf den Meldezettel an der Rezeption hatte er einen Fantasienamen geschrieben und das Zimmer für drei Tage im Voraus bezahlt, und der einzige Gesichtsausdruck des jungen Mädchens, das ihm den Schlüssel ausgehändigt hatte, war ein freundlich-nichtssagendes Lächeln gewesen.

Das Läuten des Telefons weckte ihn auf die Sekunde genau am nächsten Morgen zur bestellten Zeit, und neben seinem Bett standen weder zwei Polizeibeamte, um ihn festzunehmen, noch erwartete ihn draußen auf dem Flur eine Horde von Journalisten, die begierig darauf waren, einen von den Toten Zurückgekehrten vor die Kameras zu bekommen. Will hatte das Hotel mit Bedacht gewählt, unter anderem auch wegen seiner Lage. Er brauchte zu Fuß nur wenige Minuten, um die City mit ihren zahllosen Geschäften und Einkaufspassagen zu erreichen, und als er eine Stunde später am Frühstücksbüfett des Hotels vorbeiflanierte, hatte er sich äußerlich so weit verändert, wie er es gerade noch wagte, ohne dadurch schon wieder auffällig zu werden: Statt Jeans und T-Shirt trug er nun einen leichten Sommeranzug, ein weißes Hemd und eine dazu passende, dezente Krawatte sowie eine schlichte Sonnenbrille mit nur halb getönten Gläsern. In einem Drogeriemarkt hatte er ein einfach anzuwendendes Haarfärbemittel erstanden, so dass er nun blond statt brünett war, und dazu eine schnell wirkende Bräunungscreme, die seinen Teint deutlich dunkler erschienen ließ. Die Verkleidung war alles andere als perfekt, aber Will war dennoch zuversichtlich, dass sie ihren Zweck erfüllen würde. Falsche Bärte und Perücken – zumindest solche, die man in einem x-beliebigen Geschäft kaufen und selbst anbringen konnte – wirkten fast immer künstlich und sorgten eher dafür, dass die Leute zu genau hinsahen.

Will zwang sich, in aller Ruhe und vor allem ausführlich zu frühstücken, und dann verließ er das Hotel, um den Wagen aus der gegenüberliegenden Tiefgarage zu holen. Er war vorsichtig und nahm einen großen Umweg in Kauf, um sich dem Dorint von der rückwärtigen Seite her zu nähern, obwohl er sich selbst sagte, dass er vermutlich übertrieb. Hätten die beiden ungleichen Parteien, vor denen er auf der Flucht war, auch nur eine Ahnung von seinem momentanen Aufenthaltsort gehabt, wäre er wahrscheinlich nicht einmal dazu gekommen, sein Zimmer zu verlassen, geschweige denn das Hotel. Trotzdem ging er auch jetzt noch nicht direkt zu seinem Wagen, sondern benutzte bewusst diejenige der beiden Treppen, die ihn ans jenseitige Ende des Parkdecks brachte, so dass er die gesamte Tiefgarage durchqueren musste und auf diese Weise Gelegenheit fand, noch einmal nach eventuellen Verfolgern Ausschau zu halten. Doch niemand tauchte wie aus dem Nichts auf, um ihn zu überwältigen, als er in den Wagen einstieg, und niemand versuchte ihn aufzuhalten, als er zum Kassenautomaten ging und sein Ticket bezahlte. Nur wenige Minuten später verließ er in Georgs Jaguar die Tiefgarage und bog in südlicher Richtung auf die Hauptstraße ein.

Bisher hatte er sich erfolgreich darum herumgemogelt, ernsthaft über sein weiteres Vorgehen nachzudenken, aber nun war er unwiderruflich unterwegs, und es war vielleicht an der Zeit, sich ein Ziel auszusuchen. Besonders groß war seine Auswahl nicht. Nicht mehr. Noch vor wenigen Tagen wäre ihm die Entscheidung leicht gefallen. Er hätte die Stadt verlassen, so schnell er konnte und so weit das von Georg geliehene Geld reichte, und (vermutlich erfolglos) versucht, sich irgendwo anders eine neue Identität aufzubauen. Aber etwas hatte sich geändert, nicht nur in seinem Leben, sondern vor allem in ihm. Er musste das Mädchen finden. Selbstverständlich auch, um sie vor Georg oder wem auch immer zu schützen und mit ihrer Hilfe vielleicht sogar seine Unschuld zu beweisen (Unschuld woran? Er galt als tot, zumindest vermisst, aber niemand legte ihm irgendeine Straftat zur Last), aber längst nicht mehr nur aus diesen Gründen. Ein Teil von ihm, von dessen Existenz er bisher nicht einmal selbst etwas geahnt hatte, war wild entschlossen, Duffy zu finden und ganz egal vor welcher Gefahr zu beschützen. Und das nicht aus egoistischen Gründen, sondern einfach, weil er sich Sorgen um sie machte.

Will war nicht einmal überrascht, als ihm nach einer Weile klar wurde, dass sein zielloses Umherfahren nicht annähernd so ziellos war, wie er bisher selbst angenommen hatte. Er hatte nicht den direkten Weg eingeschlagen, aber er befand sich jetzt nur noch zwei oder drei Blocks von der Ruine entfernt, vor der er auf Duffy gestoßen war. Er hatte nicht die mindeste Ahnung, was er dort eigentlich wollte, aber dieser Platz war so gut wie jeder andere und vielleicht sogar noch besser. Er bildete sich nicht wirklich ein, dort eine Spur zu finden oder gar so etwas wie eine Erklärung, aber irgendwo musste er ja schließlich anfangen. Er konnte das Gefühl nicht begründen, aber jedes Mal, wenn er an das düstere Kellergeschoss dachte, in dem er Duffy gefunden hatte, überlief ihn ein eisiges Frösteln; als wäre dort unten irgendetwas, das er vielleicht nicht mit seinem Verstand erfassen konnte, aber das ihm – vielleicht gerade deswegen – Angst machte.

Er bog von der Hauptstraße ab und dann nach links, aber als er die nächste Kreuzung erreichte und erneut abbiegen wollte, war die Straße gesperrt. Eine rot-weiße Bande und ein Sperrschild blockierten beide Fahrspuren, und als wäre das nicht genug, parkte schräg dahinter ein Streifenwagen. Er war offensichtlich verlassen, aber allein die Autorität des grün-weiß lackierten Wagens reichte wohl aus, um den hartnäckigsten Anwohner abzuschrecken, der die Barrikade sonst vielleicht ignoriert hätte. Auch Will machte der Anblick nervös, aber er reagierte trotzdem kaltblütig genug, ganz ruhig den Blinker zu setzen und statt nach rechts in die entgegengesetzte Richtung abzubiegen. Erst als er wieder beschleunigte und fast automatisch noch einmal in den Rückspiegel blickte, begriff er, dass er dieses Bild schon einmal gesehen hatte, und es war noch keine sechsunddreißig Stunden her. Es gab einen Unterschied. Vorgestern Abend hatten zwei Streifenwagen mit rotierenden Blaulichtern die Straße blockiert, anstelle einer harmlosen, rot-weiß gestreiften Absperrbarke, und an der Stelle des schmucklosen, khakifarbenen Zeltes, das sich nun mitten auf der Straße erhob, hatte ein lichterloh brennendes Auto gestanden, aber es war unzweifelhaft dieselbe Straße. Seit dem mysteriösen Unfall waren zwei Nächte und ein kompletter Tag vergangen, und die Straße war immer noch abgesperrt. Und das war höchst mysteriös.

Will fuhr erschrocken zusammen, als die Bremslichter des vor ihm fahrenden Wagens plötzlich aufleuchteten, und trat seinerseits so hart auf die Bremse, dass er im Gurt nach vorne geworfen wurde und nicht einmal mehr überrascht gewesen wäre, hätten sich die Airbags ausgelöst. Im buchstäblich allerletzten Moment brachte er den Jaguar zum Stehen und hätte am liebsten mit einem erschöpften Seufzer die Stirn auf das Lenkrad sinken lassen; ein Auffahrunfall mit einem gestohlenen Wagen und noch dazu in Sichtweite der Polizei war im Moment so ungefähr das Letzte, was er gebrauchen konnte. Er wartete, bis der Wagen vor ihm weitergefahren war, bog bei der nächsten Gelegenheit ab und hielt unmittelbar hinter der Kurve an, damit sich sein hämmernder Puls wieder beruhigen konnte. Er klammerte die Finger so fest um das Lenkrad, dass das Leder hörbar knirschte, schloss die Augen und zählte in Gedanken ganz langsam bis fünfzig. Als er die Lider wieder hob, raste sein Puls noch immer, aber er hatte wenigstens nicht das Gefühl, sich mit Riesenschritten einem Herzinfarkt zu nähern, und seine Hände zitterten nicht mehr.

Will wartete noch einmal gut zwei oder drei Minuten, bevor er den Wagen verließ. Als er die Tür abschloss, sah er, dass er den Jaguar unmittelbar unter einem Halteverbotsschild zum

Stehen gebracht hatte, und absurderweise verspürte er ein heftiges schlechtes Gewissen, als er an den Besitzer der Nummernschilder dachte, die der Wagen jetzt trug. Doch er verscheuchte den Gedanken, wechselte auf die andere Straßenseite und ging den Weg zurück, den er gerade erst gekommen war.

Die Straße war nicht sehr lang. Will brauchte keine zwei Minuten, um die nächste Kreuzung und damit die Absperrung zu erreichen. Der Streifenwagen dahinter war immer noch leer und von seiner Besatzung keine Spur zu sehen. Aber etwas anderes fiel ihm auf: Der Polizeiwagen war ganz zweifellos der *einzige* Wagen auf der ganzen Straße. Die versetzt auf den gegenüberliegenden Seiten eingezeichneten Parkflächen waren verwaist, und auch die meisten Garageneinfahrten waren leer. Als er an der Absperrung vorbeiging, konnte er einen zweiten Streifenwagen am anderen Ende der Straße erkennen, das ebenso blockiert war wie dieses. Für einen simplen Verkehrsunfall – selbst einen mit ungeklärter Ursache – ein ziemlich großer Aufwand, fand Will. Er fand auch, dass das, was er im Moment tat, kompletter Wahnsinn war. Der Streifenwagen hinter ihm war möglicherweise leer, aber seine Besatzung ganz bestimmt nicht weit, und er ging nicht nur ein großes, sondern auch ein vollkommen überflüssiges Risiko ein, indem er sich hier herumtrieb. Aber er musste wissen, was in diesem Zelt war. Es war ungewöhnlich groß. Und es stand ganz bestimmt nicht zufällig an genau derselben Stelle, wo der Wagen explodiert war. Irgendetwas sagte ihm, dass es wichtig für ihn war, herauszufinden, was sich unter der schmucklosen Zeltplane verbarg; möglicherweise lebenswichtig.

16

Es war nur ein knappes Dutzend Schritte bis zum Zelt, aber der Eingang lag auf der anderen Seite, und als er es einkreiste, stellte er fest, dass der zweite Streifenwagen keineswegs so verlassen wie der erste war. Ein Polizeibeamter lehnte offensichtlich gelangweilt am Kotflügel und unterhielt sich mit einem Kollegen, der vorschriftswidrig eine Zigarette rauchte; vermutlich der Fahrer des anderen Wagens, an dem er gerade vorbeigekommen war.

Und selbstverständlich sahen sie beide direkt in seine Richtung.

Will schwenkte ohne lange nachzudenken nach rechts, schlug die Zeltplane zurück und trat ein. Das Zelt war so hoch, dass er sich nicht einmal bücken musste, und auch sein Inneres war geräumiger, als sein ohnehin schon imposantes Äußeres erwarten ließ. Der schwere Stoff sperrte das Sonnenlicht zuverlässig aus, aber dafür sorgten zwei auf dürren metallenen Spinnenbeinen stehende Scheinwerfer für schon fast unangenehme künstliche Helligkeit. Der ausgebrannte Wagen war weggeschafft worden, und der Boden so sauber, als hätte ihn jemand sorgfältig geschrubbt. Wo das Fahrzeugwrack gestanden hatte, gähnte jetzt ein gut anderthalb Meter messendes Loch im Asphalt, dessen Ränder sonderbar schimmerten, als wären sie mit Plastik überzogen, oder mit Glas. Die beiden oberen Sprossen einer Aluminiumleiter ragten daraus hervor, und aus der Tiefe drangen Geräusche und gelbes Licht herauf.

Gerade als Will sich vorbeugen wollte, um einen neugierigen Blick nach unten zu werfen, erschien ein orangefarbener

Schutzhelm auf der Leiter, und im nächsten Augenblick Kopf und Schultern des dazugehörigen Mannes. Im ersten Moment schien er mindestens so überrascht zu sein, Will zu sehen, wie dieser umgekehrt ihn, und das auch auf mindestens ebenso unangenehme Weise. Dann zog er die Augenbrauen zusammen, kletterte zwei weitere Sprossen die Leiter hinauf und fragte: »Was suchen Sie denn hier? Schickt Sie Bergmann?«

Will hätte um ein Haar genickt, aber das hätte ihm nur weitere Fragen eingehandelt, auf die er ganz bestimmt keine Antworten gehabt hätte. So machte er eine Bewegung, die irgendwo zwischen einem Nicken, einem Kopfschütteln und einem Achselzucken angesiedelt war, und antwortete: »Ganz im Gegenteil. Ich bin auf der Suche nach ihm. Ist er da unten bei euch?«

»Hier?« Der andere machte ein Gesicht, als hätte Will ihn allen Ernstes gefragt, ob er noch an den Weihnachtsmann glaubte. Aber er brachte ihn nicht durch eine weitere Frage in Verlegenheit, sondern drehte den Kopf und rief zu irgendjemandem unter sich hinab: »Toni! Hat einer von euch den Prof gesehen?«

»Ich habe ihn nicht in der Tasche«, brüllte die übellaunig klingende Stimme zurück. »Verdammt noch mal, wir können uns doch nicht zerreißen. Sag ihm, dass ich die Proben schicke, sobald ich einen Mann entbehren kann!«

Der Mann auf der Leiter wandte sich wieder Will zu und zwang ein leicht gequält wirkendes Lächeln auf sein Gesicht – jedenfalls nahm Will das an. Sein Gesicht war so schmutzig, dass er die Züge darunter eigentlich nur erraten konnte. »Sie haben's gehört. Wir sind hier völlig unterbesetzt. Wenn Bergmann die Hälfte der Mannschaft abzieht, braucht er sich nicht zu wundern.«

»Sie kennen ihn doch«, sagte Will. Er versuchte, an dem

Helmträger vorbei einen Blick in die Tiefe zu erhaschen, konnte aber nur gelbes Licht und schwach schimmernden Stein erkennen. Aus der gleichen Bewegung heraus warf er einen raschen Blick über die Schulter zurück, und was er durch den schmalen Spalt in der Zeltplane sah, ließ sein Herz ein wenig schneller schlagen. Der Polizeibeamte hatte seine Zigarette weggeworfen und bewegte sich in seine Richtung. Er schloss die Jacke, während er auf das Zelt zukam, und auf halbem Wege zog er die Dienstmütze unter dem linken Am hervor und setzte sie auf. Das würde er wahrscheinlich nicht tun, wenn er nur zu seinem Wagen zurückgehen wollte.

Will schätzte, dass er in spätestens zehn Sekunden hier war. Und er war ziemlich sicher, dass *er* sich nicht mit einer improvisierten Ausrede zufrieden geben würde.

»Wenn ich schon mal da bin, kann ich die Proben doch auch gleich selbst mitnehmen«, sagte er. »Vielleicht beruhigt sich Bergmann dann ja wieder.«

Sein Vorstoß war gewagt, das war ihm klar. Aber der Polizeibeamte war jetzt höchstens noch fünf Sekunden von ihm entfernt, und selbst wenn er ihn nicht erkannte, musste ihm spätestens nach dem ersten Wortwechsel klar werden, dass hier etwas nicht stimmte. Will hatte gar keine andere Wahl, als die Flucht nach vorne anzutreten. Und es funktionierte. Der andere maß ihn – und vor allem seinen nagelneuen Anzug – mit einem langen, zweifelnden Blick, aber dann deutete er ein Achselzucken an und begann ohne ein weiteres Wort die Leiter wieder hinabzusteigen.

Will ging um das Loch herum, angelte umständlich mit dem Fuß nach der nächsten erreichbaren Leitersprosse und folgte ihm, wobei er es fast krampfhaft vermied, nach unten zu blicken. Er war durchaus schwindelfrei, aber auf Leitern hatte er sich noch nie wohl gefühlt; schon gar nicht auf einer billigen

Haushaltsleiter, die mindestens fünf oder sechs Meter in die Tiefe führte und schon unter der Last eines Menschen bedrohlich ächzte.

Als er den zweiten Fuß auf der Sprosse hatte und herabzusteigen begann, wurde die Zeltplane weiter zurückgeschlagen, und der Polizeibeamte lugte herein. Er sagte nichts, sondern sah Will nur fragend und durchdringend für vielleicht zehn Sekunden an, dann nickte er leicht.

Will erwiderte seinen Gruß und sah nun doch nach unten. Das mulmige Gefühl, das er sowieso schon hatte, wurde noch stärker, als er sah, dass seine vollkommen willkürliche Schätzung der Wahrheit unangenehm nahe gekommen war. Die Leiter war zu ihrer ganzen Länge ausgefahren worden und führte *mindestens* sechs oder sieben Meter weit in die Tiefe, wenn nicht mehr. Das Licht war dort unten so grell, dass er nur Schemen erkennen konnte, obwohl er eine getönte Brille trug. Selbst der Mann unter ihm, der deutlich schneller die Leiter herabkletterte, war nur noch als schwarzer Schemen zu erkennen, wie eine Statue, die langsam in der Glut eines Hochofens verschwand.

Und es *war* warm. Merklich wärmer, als es ein paar Meter unter der Erde sein sollte, selbst im Hochsommer.

Will widerstand der Versuchung, noch einmal zu dem Polizisten hinzusehen, sondern kämpfte sein Unbehagen nieder und kletterte schneller weiter.

Obwohl die Stelle über seinem Knöchel kaum noch schmerzte und er sich deswegen wieder fast normal bewegen konnte, brauchte er doppelt so lange wie sein Führer, um das Ende der Leiter zu erreichen. Aber als er unten ankam, hatten sich seine Augen zumindest so weit an das grelle Licht gewöhnt, dass er seine Umgebung wenigstens teilweise erkennen konnte.

Der halbrunde, gut drei Meter hohe Gang gehörte zur Kanalisation. Es stank durchdringend nach abgestandenem Wasser, Moder und Fäkalien, vor allem aber nach heißem Stein und verbranntem Metall.

Der Gestank, der mir entgegenschlug, drohte mir den Atem zu nehmen. Aber ich kümmerte mich nicht darum, ich hetzte weiter, so schnell mich meine Beine trugen, weg von der Meute, die mir und Maria die Schuld an dem Großbrand geben wollte, dem bereits der Hafen und die angrenzenden Gebäude zum Opfer gefallen waren; ich hetzte die Straße entlang, auf das mächtige Obertor zu, das normalerweise von schwer bewaffneten Posten bewacht wurde, die jederzeit bereit waren, das Fallgitter herunterrasseln zu lassen, das die Feldseite von der Stadt trennte, und auch im Gebrauch ihrer Schwerter alles andere als zimperlich waren.

Jetzt war der lang gestreckte, dunkle, in die Ausfallstraße nach Süden mündende Torgang unbewacht. Ein grässlicher Odem aus Fäulnis und Tod stieg mir in die Nase, schlimmer noch als das, was mich die letzten Tage verfolgt hatte, gespeist durch die Feuersbrunst, die den größten Teil der Stadt verheert hatte; aber es war auch Blutgeruch in der Luft und der leicht süßliche Verwesungsgestank, der schon seit Tagen über den Gassen und Straßen gehangen hatte, seitdem die Spanier unser Heer niedergemacht hatten. Auf dem Wehrgang, der sich über das Tor spannte, lagen die Erschlagenen und von Pfeilen Durchbohrten, und in dem dunklen Gang, der hinaus und in die Freiheit führte, sah ich direkt unterhalb der Ausgusslöcher die Überreste einer von Pech und Jauche verklebten Leiche in der verhassten Uniform der Spanier.

Will unterdrückte ein eisiges Frösteln, als ihm bewusst wurde, dass er sich zum wiederholten Mal in einer düsteren, bedrückenden Tagträumerei zu verlieren drohte. Er bemerkte, dass die Leiter keineswegs auf dem Grund der Kanalisation endete, sondern auf einem (hoffentlich) stabilen Metallgitter, mit dem man die Fortsetzung des Schachtes abgedeckt hatte, durch den er heruntergeklettert war. Er hatte einen Durchmesser von guten anderthalb Metern und verlief senkrecht nach unten, und zumindest bis dorthin, wo sich seine Wände in vollkommener Dunkelheit verloren, schimmerten auch sie wie erstarrtes, schwarzes Glas. Scharfer Brandgeruch wehte ihm von unten entgegen, aber auch noch etwas, das zugleich fremd und auf beunruhigende Weise vertraut war.

Will riss sich von dem unheimlichen Anblick los und machte rasch zwei Schritte zur Seite, um wieder festen Boden unter die Füße zu bekommen. Das Metallgitter, mit dem der Schacht abgedeckt war, machte einen mehr als massiven Eindruck; vermutlich war es fest genug, um einen Panzer zu tragen. Aber obwohl er nur die ersten anderthalb oder zwei Meter des Schachtes sehen konnte, spürte er doch, dass er noch ein gehöriges Stück weiter nach unten führte.

»Kein angenehmes Gefühl, wie?«, fragte der Mann mit dem Schutzhelm.

Will wandte sich wieder in seine Richtung um, beantwortete seine Frage mit einem nervösen Nicken und machte einen weiteren demonstrativen Schritt zur Seite. Etwas im Blick des anderen hatte sich verändert.

Will war nicht ganz, aber doch fast sicher, jetzt eine Spur von Misstrauen in seinen Augen zu erkennen. Seinem Führer konnten weder seine Nervosität noch die verwirrten Blicke entgangen sein, mit denen er seine Umgebung maß, und Will spürte selbst, wie verkrampft und unbeholfen er dastand. Die allermeisten Menschen verstehen die Körpersprache ebenso gut wie die laut gesprochene, auch wenn sie sich dessen in den seltensten Fällen bewusst sind, und Wills Körper schrie sein schlechtes Gewissen im Moment geradezu hinaus. »Das hier ist eigentlich nicht mein Metier«, sagte er. »Ich bin von der Presseabteilung.«

»Seit wann habt ihr denn so was?«, fragte der andere.

»Seit wir *so was* haben«, antwortete Will mit einer weit ausholenden Geste. Das Eis, auf dem er sich bewegte, wurde dünner. »Bergmann meinte, ich sollte mir selbst ein Bild machen.«

»Na, dann viel Spaß.« Die Stimme des anderen klang nicht so, als ob er ihm wirklich glaubte. Er wusste noch nicht so genau, was er mit diesem sonderbaren Besucher anfangen sollte, das war alles.

Bevor er eine weitere unangenehme Frage stellen konnte, trat Will mit einem schnellen Schritt an ihm vorbei und auf den schmalen gemauerten Absatz hinauf, der den eigentlichen Kanal säumte. Der Boden, über den er ging, knirschte wie trockenes Laub, und als Will hinabsah, entdeckte er, dass er auch genau so aussah: eine braun-graue glatte Masse, die von unzähligen Sprüngen und Rissen durchzogen wurde. Das Wasser war verdunstet und der zurückbleibende Schlamm unter offenbar sehr hohen Temperaturen blitzartig getrocknet. Auch die Wände des Kanals waren schwarz, als wären sie großer Hitze ausgesetzt gewesen, und Will zweifelte jetzt nicht mehr daran, dass der Schacht, durch den er herabgekommen war, nicht nur wie in den Stein geschmolzen *aussah*.

Er richtete sich wieder auf, nahm die Sonnenbrille ab und sah sich aufmerksamer um. Bisher hatte er wie ganz selbstverständlich angenommen, dass die Leiter durch einen Kanalisationsschacht herabführte, der möglicherweise gewaltsam erweitert worden war, aber das stimmte nicht. Nur wenige Meter links von ihm führte eine schmale Eisenleiter an der Wand nach oben, wo sie in einem runden Schacht von allerhöchstens achtzig Zentimeter Durchmesser verschwand. Der Schacht, durch den er gekommen war, war gewaltsam geschaffen worden; ein anderthalb Meter durchmessendes Loch, das mühelos durch drei Meter Erdreich, Gestein und massiven Fels gestanzt worden war. Wills Fantasie kapitulierte vor dem Versuch, sich die Gewalten vorzustellen, die notwendig waren, um so etwas zu tun.

»Ich beneide Sie nicht um Ihre Aufgabe.«

Will drehte sich herum. Sein Führer war ihm auf den Sims hinauf gefolgt und hatte den Helm abgenommen. »Ich möchte der Presse nicht erklären müssen, was hier passiert ist.«

»Ich auch nicht«, sagte Will.

Der andere lachte. »Waren Sie schon auf der Venloer Straße?«

Es dauerte einen Moment, bis Will begriff, was der Mann meinte. Seine Wohnung hatte nicht direkt an der Venloer Straße gelegen, sondern einen Block dahinter – aber aus dem Fernsehen und von Georgs Videoband wusste er, dass die Polizei nicht nur die Straße vor dem niedergebrannten Wohnhaus, sondern mehrere Blocks in weitem Umkreis abgesperrt und damit eine der Hauptverkehrsadern Kölns lahm gelegt hatte. Er schüttelte den Kopf.

»Sie sind noch dabei, die Trümmer wegzuräumen. Aber ich glaube, das hier reicht mir schon beinahe.«

Ich zuckte zusammen, als ich erkannte, dass ich mich getäuscht hatte. Die Ausgusslöcher, durch die die Verteidiger siedendes Pech, kochendes Wasser und andere Ferkeleien auf die Angreifer gekippt hatten, hatten nicht vermocht, die Truppen des Erzbischofs aufzuhalten, und natürlich hatten die Spanier nach der gewonnenen Schlacht ihre eigenen Toten sofort in geweihter Erde begraben.

Der Spanier, den ich für tot gehalten hatte, war in Wahrheit quicklebendig. Er hatte sich nach einem Schwert gebückt, und als er sich jetzt aufrichtete, fiel sein Blick direkt auf mich. Das helle Sonnenlicht ließ ihn blinzeln; und das allein war es vielleicht, was mich in diesem Moment vor ihm und seinen sicherlich nicht weit entfernten Kumpanen rettete. Ich hastete nach rechts, weg aus seinem Sichtbereich und auf das dreistöckige Haus zu, das sich dort ans Obertor schmiegte. Ich hatte mehrfach die Pferde des Hausherrn beschlagen, ich kannte die Familie, zumindest hatte ich sie gekannt, denn es bestand Anlass zu befürchten, dass keiner mehr von ihnen lebte …

Aber ich musste raus aus dieser verfluchten, von Gott verlassenen Stadt, ich musste Maria hinterher, die schon in der von hellem Feuerschein zerrissenen Nacht entwichen war, ich musste mit ihr nach Süden, um den Orden zu warnen vor dem, was hier vorgegangen war …

Will verscheuchte den fernen Traumfetzen, der sich ihm aufgedrängt hatte, als wäre er ein Bestandteil seiner ureigensten Erinnerungen, begann in den Jackentaschen zu graben und förderte Zigaretten und Feuerzeug zutage. Während er die Packung aufklappte, fragte er: »Darf man hier rauchen, oder fliegt einem dann der ganze Laden um die Ohren?«

Der Mann schüttelte den Kopf. »Klärgase und so 'n Zeugs meinen Sie? Nein. So schnell geht das nun auch wieder nicht. Außerdem – was immer hier brennen konnte, *ist* schon verbrannt.« Er machte eine entsprechende Geste hinter sich, und als Will der Geste folgte, registrierte er zum ersten Mal wirklich, wie sehr sich der Teil des Kanals, der hinter dem Loch im Boden lag, von dem hier unterschied. Der Teil des Kanals, der auf der anderen Seite des Schachtes lag, der in den Boden geschmolzen worden war, sah aus wie die Pforte zur Hölle.

Der Stein war schwarz und schimmerte hier und da wie mit Glas überzogen, und es gab kein Wasser auf dem Boden. Die schwarzbraune Brühe verschwand in einer Miniatur-Ausgabe der Niagarafälle unter dem Gitterrost, mit dem die Männer den Schacht abgedeckt hatten.

Und Will lief trotz der Hitze, die hier unten herrschte, ein eiskalter Schauer über den Rücken, als ihm klar wurde, dass er nicht den mindesten Laut hörte. Wo immer dieses Wasser auch aufschlug – der Schacht war so tief, dass das Geräusch keine Chance hatte, bis zu ihm heraufzudringen.

Unsicherer, als er zugeben wollte, drehte er sich zu dem Mann um, der ihn hier heruntergeführt hatte, und sah ihn fragend an, bekam aber nur ein angedeutetes Achselzucken zur Antwort; und das Misstrauen in seinem Blick wurde noch ein bisschen stärker. Er schluckte die Frage herunter, die ihm auf der Zunge lag. Seine ohnehin dünne Tarnung begann noch weiter zu bröckeln, und er arbeitete heftig daran, sie endgültig zu zerstören.

Als hätte er seine Gedanken gelesen, sagte der Mann in diesem Moment: »Was genau tun sie eigentlich in dieser *Presseabteilung?«*

»Fragen beantworten, die ich vorher anderen gestellt habe«, antwortete Will. Er machte eine entsprechende Kopfbewegung in die Dunkelheit jenseits des Schachtes hinein. »Was ist dort hinten?«

Das war die falsche Frage. Er hätte den anderen nicht einmal ansehen müssen, um das zu spüren. Rasch, bevor der Mann nachhaken konnte, fuhr er fort: »Haben Sie eine Lampe für mich?«

»Sie wollen doch da nicht rein? Nicht mit Ihren Klamotten!«

Es schien zu funktionieren. Zumindest im Moment zweifelte der andere mehr an seinem Verstand als an seiner Legende. »Manchmal ist das Leben hart.«

Zwei oder drei Sekunden lang blickte er ihn noch zweifelnd an, dann drehte er sich mit einem angedeuteten Kopfschütteln um und ging zu seinen Kollegen, um einen Moment später mit einem klobigen Handscheinwerfer zurückzukommen. Die Männer waren insgesamt zu viert: Zwei von ihnen sahen nicht einmal von ihrer Tätigkeit auf, sondern fuhren fort, zu tun, was immer sie taten, während der dritte – Will vermutete, dass es Toni war, mit dem sich sein Führer schon auf der Leiter unterhalten hatte – den Kopf drehte und für Wills Geschmack eindeutig zu lange und stirnrunzelnd in seine Richtung blickte. Dann tat er etwas, was Will *wirklich* beunruhigte: Er griff unter seine orangerote Latzhose, zog ein Handy hervor und klappte es auf. Eine oder zwei Sekunden lang blickte er stirnrunzelnd auf das kleine Display, bevor er das Gerät mit einem angedeuteten enttäuschten Achselzucken wieder einsteckte. Will vermutete, dass das Gerät hier unten nicht funktionierte. Aber seine Erleichterung hielt nur einen Atemzug.

Der Mann wandte sich keineswegs wieder seiner Arbeit zu, sondern bedachte ihn mit einem weiteren, ganz unverhohlen neugierig-misstrauischen Blick und ging dann langsam, aber auch sehr zielstrebig auf die Leiter zu, über die sie heruntergekommen waren. Seine Tarnung war aufgeflogen, begriff Will. Vielleicht noch nicht ganz, aber die Lunte brannte bereits.

»Gehen Sie bloß nicht zu weit«, sagte sein Führer, während er ihm die Lampe reichte. Die Worte machten zugleich klar, dass er nicht gedachte, ihm in den verkohlten Bereich jenseits des Schachtes zu folgen. »Da hinten ist es nicht nur dreckig. Das ist das reinste Labyrinth, in dem man sich problemlos verirren kann.«

Will schaltete den Handscheinwerfer ein und drehte sich mit einem wortlosen Nicken herum. Hinter ihm erklang das typische Geräusch von Schritten auf einer Aluminiumleiter. Will musste den unangenehm berührten Gesichtsausdruck, mit dem er sich in Bewegung setzte, nicht einmal mehr schauspielern.

Toni war auf dem Weg nach oben, um entweder Bergmann anzurufen und sich nach dem angeblichen Pressesprecher zu erkundigen oder gleich mit einem Polizisten zurückzukommen. Vielleicht sogar beides.

Will richtete den Strahl des Handscheinwerfers nach vorne. Der Gang setzte sich auf unbestimmte Entfernung auf der anderen Seite fort, aber es war nicht zu erkennen, wie weit. Eine schmierige Schicht aus Ruß und verbranntem Schmutz bedeckte Boden, Wände und Decke, die das Licht des Scheinwerfers regelrecht zu verschlucken schien, so dass es beinahe unmöglich war, die Entfernung zu schätzen. Aber die Lampe war ziemlich stark.

Und da war noch etwas. Das Feuer war wieder da. Will versuchte vergeblich, sich selbst davon zu überzeugen, dass dieses Gefühl ebenso unsinnig wie närrisch war.

Das Feuer war da, und er war nicht der Einzige, der es spürte. Die Warnung seines Führers bezog sich nur vordergründig auf den Schmutz und die eher hypothetische Gefahr, sich zu verirren. Tief in sich spürte er das Ungeheuer, das dort vorne in der Dunkelheit auf sie lauerte, ebenso deutlich wie er – aber natürlich war er ein viel zu rationaler und aufgeklärter Mensch, um das zuzugeben.

Es war tiefe Schwärze, in die ich eintauchte, kaum dass die Haustür hinter mir zugefallen war, gleichermaßen verlockende wie bedrängende Schwärze, die alles ausschloss, was hinter mir war, und mich einhüllte wie ein wärmender Mantel. Ich stolperte halbblind vorwärts, mit ausgestreckten Händen und voller Angst, hier auf jemanden zu stoßen, der gleich mir Zuflucht vor den spanischen Truppen genommen hatte. Alle waren meine Feinde – die Spanier, die Stadtbewohner, die Truppen Gebhards –, doch noch mehr als sie fürchtete ich das, was die Stadt verheert hatte, das Ungeheuer, das einmal von den Ketten gelassen nicht eher ruhen würde, bis es alles verschlungen hatte, was sich zwischen den Stadtmauern befand; die wilde, ungezügelte Kraft, die uns alle zu vernichten drohte, wenn wir ihrer nicht noch im letzten Moment Herr werden konnten.

Dort vorne war etwas, und vielleicht war es besser, wenn man es nicht weckte. Möglicherweise musste man auch keine mythischen Gefahren bemühen, um das Gefühl zu begründen, das Will immer drängender davon abzuhalten versuchte, auch nur einen einzigen Schritt in diese unheimliche lichtfressende Dunkelheit hinein zu tun. Vielleicht hatte sein Führer ja Recht, und dort vorne lauerten ganz handfeste Gefahren, die er auf einer unbewussten Ebene sehr wohl spürte. Ein bodenloser Schacht, der plötzlich vor ihm aufklaffte und nur auf einen unvorsichtigen Dummkopf wartete, der hineinstolperte. Ein Teil der Decke, der von der unvorstellbaren Hitze so weit geschwächt worden war, dass die sachte Erschütterung eines Schrittes ausreichte, um sie zusammenstürzen zu lassen. *Oder das berühmte Krokodil, das jemand im Klo runtergespült hatte und das nun, zu einem dreiköpfigen Monster von mindestens zwölf Metern Länge ausgewachsen, dort vorne auf ihn lauerte, um ihn in den Arsch zu beißen,* fügte er ärgerlich in Gedanken hinzu. Er begriff, was ein Teil seines rebellischen Unterbewusstseins tat: Es kratzte sämtliche Argumente zusammen, um *nicht* in dieses schwarze Loch hineingehen zu müssen.

Will griff den Scheinwerfer fester und warf noch einen raschen Blick zu seinem Führer zurück, bevor er sich endgültig in Bewegung setzte. Der Mann setzte sichtbar dazu an, ihn zurückzuhalten, und das nicht nur, weil er Angst um seine Sicherheit hatte. Aber er zögerte eine Winzigkeit zu lange.

Will bedauerte seinen vorgetäuschten Mut schon nach den ersten Schritten. Er hatte beschlossen, das warnende Flüstern in seinem Inneren zu ignorieren, aber diese Umgebung war wirklich unheimlich. Die schwarze Schmelzschicht unter seinen Füßen war klebrig wie Teer, so dass ihn jeder Schritt eine spürbare Anstrengung kostete, und der Brandgeruch schien mit jedem Atemzug durchdringender zu werden. Was ihm sein Führer vorhin halb im Scherz gesagt hatte, das fragte sich Will nun allen Ernstes: Was hatte hier unten eigentlich gebrannt? Der Tunnel bestand aus uraltem Mauerwerk, und in dem jetzt trocken daliegenden Kanal hatten sich nichts als schmierige Abwässer entlanggewälzt, in denen es möglicherweise brennbare Beimengungen gegeben oder sich auch explosive Gase gebildet haben mochten – aber doch nichts, was eine *solche* Katastrophe auslösen konnte. Da, wo der Stein unter der schwarzen Schmierschicht sichtbar wurde, wirkte er wie gesotten. An vielen Stellen war der Mörtel verbrannt und zu einer krümeligen Masse geworden, die nur noch durch ihr eigenes Gewicht zusammengehalten zu werden schien. Vielleicht hätte er die Warnung doch etwas ernster nehmen sollen.

Hier unten, am Rande der schmalen Stiege, mit nackten Füßen auf kaltem Lehmboden stehend, dröhnte mein Herzschlag so laut, als wolle er mich verhöhnen und mir klar machen, dass es eine verrückte Idee war, mich ausgerechnet in einem Keller vor der entfesselten Kraft des Feuers in Sicherheit bringen zu wollen. Irgendetwas zischte, und dann jagte etwas über meinen Fuß hinweg, eine Maus, oder vielleicht auch eine Ratte, ganz egal, nichts, was mir wirklich gefährlich werden konnte – und doch zuckte ich so heftig zusammen, als würde jemand mit dem blanken Schwert auf mich eindringen.

Ich spürte seine Anwesenheit. Wie hatte ich nur so dumm sein können? Ich wusste, dass ich die Stadt hinter mir lassen musste, so schnell wie möglich, wenn ich noch eine Chance haben wollte, seinem Zugriff zu entgehen – oder dem der auf-

gebrachten Bürger, die ausgerechnet mich für das verantwortlich machten, was sie sich selbst eingebrockt hatten, indem sie sich in diesem verdammten Truchsessischen Krieg auf die falsche Seite gestellt hatten …

Der Gedanke zerplatzte, als ich etwas vor mir hörte, ein Rascheln, ein Schaben, Wirrwarr kleiner, kaum wahrnehmbarer Geräusche … Das waren keine Ratten, das war etwas ganz anderes, und es bedurfte nicht meiner übersprudelnden Fantasie, um zu wissen, dass ich nicht alleine hier war …

Will hatte sich vielleicht zwanzig oder fünfundzwanzig Schritte weit von der Stelle entfernt, an der er die Kanalisation betreten hatte, und somit auch weit genug von den Scheinwerfern, um allseits von Dunkelheit umgeben zu sein, die so massiv war, dass er sich nur mit Mühe gegen die bizarre Vorstellung erwehren konnte, sie tatsächlich fühlen zu können, wie eine sachte, aber unangenehme Berührung auf der Haut.

Er blieb stehen, senkte den Scheinwerferstrahl zu Boden und sah in die Richtung, aus der er gekommen war. Er erschrak ein wenig, als ihm klar wurde, wie weit er sich schon von den Männern entfernt hatte. Er sollte zurückgehen, solange er es noch konnte.

Wahrscheinlich hätte er es sogar getan, wäre Toni nicht in diesem Moment die Leiter wieder heruntergekommen, und er war nicht allein. Ein Paar dunkelgrüner Hosenbeine tauchte über ihm auf der Leiter auf. Er war nicht nach oben gegangen, um Bergmann anzurufen. Jedenfalls nicht nur.

Nun hatte er keine Wahl mehr. Den Scheinwerfer immer noch zu Boden gerichtet, um wenigstens zu sehen, wohin er seine Füße setzte, wenn schon nicht direkt, wohin er ging, wandte er sich wieder um und setzte seinen Weg fort. Er glaubte nicht, dass der Polizist wusste, wer er war, aber er konnte sich auch eine rein routinemäßige Überprüfung seiner Person nicht leisten. Immerhin war er offiziell tot, und wenigstens für eine gewisse Zeit gedachte er das auch noch zu bleiben. Obwohl er sich mit jedem Schritt, den er tiefer in den Tunnel eindrang, unwohler zu fühlen begann, ging er nur noch schneller. Auch die Stimmen blieben jetzt hinter ihm zurück, und zumindest in einem Punkt erwies sich die schwarze Schmiere auf dem Boden als nützlich: Seine Schuhe schienen noch immer daran festzukleben, aber sie verschluckte auch das Geräusch seiner Schritte nahezu vollkommen, und sie absorbierte den Großteil des Lichtes, das der Handscheinwerfer spendete. Will nahm an, dass er für jeden, der ihm in mehr als einem Dutzend Schritte Abstand folgte, so gut wie unsichtbar war.

Flüchtig richtete er den Strahl des Scheinwerfers nach vorne, um sicherzugehen, dass er nicht unversehens gegen ein Hindernis lief oder in ein Loch fiel, und wandte dann im Gehen den Kopf. Das Licht hinter ihm war zu einem matten roten Schimmer geworden, in dem sich Schatten bewegten, die nicht mehr genau zu identifizieren waren. Da war kein anderes Licht, das sich in seine Richtung bewegte. Niemand verfolgte ihn. Und doch war ihm, als wäre da etwas anderes, als würde die Umgebung um ihn herum zu etwas anderem werden, zu etwas Dunklem, Dräuendem, zu einem fast pechschwarzen Kellergewölbe …

Das Rascheln war das von Stoff, und das Klirren das von Waffen. Irgendetwas zischte auf, und dann breitete sich ein heller, in meinen Augen schmerzender Lichtschein aus. Meine Hand fuhr automatisch zum Gürtel, dorthin, wo ich den Schmiedehammer verklemmt hatte – aber ich ließ ihn stecken, wo er war. Der Span, der aufgeflammt war, entzündete die Kerze in der Hand eines Mannes, und kurz darauf tauchte ein warmer, gelblicher Schein den Keller in ein überraschend helles Licht. Es waren zwei Männer, die nur wenige Schritte vor mir standen: der Zimmermannmeister Gernot und der Wagner Diether.

»Wieland.« Gernots Stimme klang gepresst, als er meinen Namen aussprach. Auf seiner Stirn perlte frischer Schweiß. »Ich hätte es mir denken können. Warum gibst du nicht endlich Ruhe?«

Nur mit Mühe gelang es Will, das Bild des mittelalterlichen Gewölbes zurückzudrängen, in dem ihm zwei fremde Männer gegenüberstanden, so plastisch, als sähe er sie leibhaftig vor sich. Es wurde schlimmer. Bislang war es nur das kurze Aufflackern fremder Bilder gewesen, doch jetzt … es war beinahe so, als würde er in die alte Geschichte mit hineingesogen, die sich ihm so aufdrängte, als sei sie einst tatsächlich genauso passiert – obwohl sie doch kaum mehr als der Beweis dafür war, dass er anfing, die Kontrolle über sich zu verlieren, wenn nicht Schlimmeres. Solange er denken konnte, waren da immer wieder fremde Bilder in ihm gewesen, und er hatte sie für einen Wesenszug gehalten, der vielleicht etwas sonderbar, aber doch nicht wirklich bedrohlich war. Doch bislang waren sie auch noch nie so übermächtig geworden, dass er Fantasie und Wirklichkeit kaum auseinander halten konnte …

Er verscheuchte den Gedanken und konzentrierte sich dagegen mit aller Willenskraft auf seine direkte Umgebung, die sich fast unmerklich zu verändern begann, je weiter er kam. Die Wände zeigten noch immer Brandspuren, aber sie waren hier nicht mehr ganz so deutlich, und zwischen dem zusammengebackenen Morast auf dem Boden schimmerte es hier und da schon wieder feucht. Er entfernte sich ganz eindeutig vom Zentrum der Katastrophe. Einerseits war er auf eine unbestimmte Art erleichtert darüber, aber zugleich begann er sich auch immer mehr und mehr zu fragen, was zum Teufel er eigentlich jetzt tun sollte. Zurück konnte er nicht. Selbst wenn er wartete, bis die Männer ihre Arbeit beendet hatten und gegangen waren – was durchaus den ganzen Tag dauern konnte, wenn er Pech hatte –, dann wartete oben immer noch die Polizei auf ihn. Und weitergehen?

Will betrachtete missmutig die Lampe, die ihm der Mann gegeben hatte. Sie brannte ruhig und ohne das geringste Flackern, aber selbst wenn die Batterien frisch geladen waren, konnten sie nicht allzu lange halten, so stark, wie der Scheinwerfer war. Vielleicht eine halbe Stunde, schätzte er, wohl kaum mehr. Geschichten von Menschen, die sich hier unten verirrt hatten und nie wieder aufgetaucht waren, gehörten zwar eher ins Reich der Schauermärchen, vermutete Will, aber die Vorstellung, möglicherweise stundenlang in vollkommener Dunkelheit hier unten herumzuirren, bis er einen Ausgang fand, hatte auch nicht besonders viel Erbauliches.

Will begriff, dass seine Fantasie schon wieder drauf und dran war, kräftig über die Stränge zu schlagen, und rief sich innerlich zur Ordnung. Das hier war schließlich ein Teil der Kanalisation, und die zog sich nicht nur unter der ganzen Stadt entlang, sondern musste buchstäblich zahllose Zugänge haben, weil sie sonst nämlich ziemlich sinnlos gewesen wäre. Wahrscheinlich musste er einfach nur lange genug geradeaus gehen, um einen Ausstieg zu finden. Die einzige Gefahr, mit der er hier unten zu rechnen hatte, bestand vermutlich aus der Begegnung mit ein paar Ratten und dann, sich seinen Anzug zu versauen.

Aber zumindest darin hatte er ja mittlerweile eine gewisse Übung.

Immerhin war das unheimliche Gefühl verschwunden, dass irgendetwas in dieser Dunkelheit war, das nicht dorthin gehörte, dachte Will. Man musste die Sache eben positiv sehen.

Er schaltete die Lampe aus, senkte die Lider und zählte in

Gedanken bis zehn, um seinen Augen Gelegenheit zu geben, sich an die Dunkelheit zu gewöhnen. Es funktionierte. Als er die Lider wieder hob, war die Dunkelheit vor ihm nicht mehr komplett. In fast regelmäßigen Abständen fiel graues Licht von der Decke. Ohne die Lampe wieder eingeschaltet zu haben, ging er zu dem ersten dieser unsicheren Stützpfeiler aus Licht und wurde mit dem Anblick dreckstarrender Metallsprossen belohnt, die in die Wand eingelassen nach oben führten. Er legte die Lampe auf den Boden, griff leicht angeekelt zu und kletterte nach oben, und in diesem Moment wurde es schwarz vor seinen Augen …

… und als ich auf Gernot zugehen wollte, trat mir dieser in den Weg und hob die Kerze höher. Ihr flackerndes Licht züngelte nach mir, die Flammen leckten mir über Hals und Kinn, doch ich spürte es kaum. »Maria«, brachte ich mühsam hervor.

Der Lichtschein biss in meine Augen, so dass ich kaum zwei Schritte weit sehen konnte, und doch ließ mir das wenige, was ich am anderen Ende des Kellers gewahrte, das Blut in den Adern gefrieren. Eine stattliche, um nicht zu sagen dicke und ungemein kräftige Frau hatte Marias Arme nach hinten gebogen und drückte das arme Kind nach unten.

»Keinen Schritt weiter«, zischte Gernot. »Oder wir machen von unseren Waffen Gebrauch.«

Ich wäre wahrscheinlich doch nach vorne gestürmt, wenn nicht die dicke Frau den Kopf geschüttelt hätte und mir das kurze Aufblitzen in ihrer rechten Hand gezeigt hätte, dass sie das Kunststück vollbracht hatte, dort neben einer Kerze auch ein mit der Klinge nach unten zeigendes Messer zu umklammern. »Die Hexe wird das bekommen, was ihr zusteht«, sagte sie mit tiefer, rauchiger Stimme. »Und wenn du uns versuchst daran zu hindern, dann werden wir auch mit dir kurzen Prozess machen.«

Will hielt sich eine ganze Weile an den Metallsprossen fest, bis sich das Zittern seiner Hände und das Flackern vor seinen Augen wieder halbwegs beruhigt hatten. Maria … Dieser Name löste einen merkwürdigen Nachhall in ihm aus. Es war nicht das erste Mal, dass er einen Teil des mittelalterlichen Stadtbrands geglaubt hatte mitzuerleben, aber es war das erste Mal, dass er Zeuge der Szene in dem Keller neben dem Obertor geworden war. Als er begriff, was er da dachte, hätte er vor lauter Schreck beinahe den Halt verloren. *Zeuge geworden …* was für ein Unsinn. Wenn er hier wieder raus war, sollte er sich Gedanken machen, was mit ihm los war. Tagträumerei war eine Sache, sich in irgendwelchen Hirngespinsten zu verlieren eine ganz andere.

Weniger als zwei Minuten später stieg er die Leiter in umgekehrter Richtung wieder hinab und schaltete missmutig die Lampe ein. Sein rudimentäres Wissen über die Kölner Kanalisation hatte ihn nicht im Stich gelassen. Seine Muskeln schon. Über ihm war ein Kanaldeckel, genau wie er angenommen hatte. Aber das verdammte Ding war einfach zu schwer, als dass er es auch nur um einen Zentimeter hätte bewegen können!

Unter dem nächsten Ausstieg blieb er zwar stehen, richtete den Scheinwerferstrahl aber nur kurz nach oben und ging weiter, ohne die Leiter auch nur angerührt zu haben. Der Kanaldeckel war identisch mit dem, an dem er gerade gescheitert war, und vermutlich auch genauso schwer – irgendetwas zwischen zwei und drei Zentnern, schätzte Will. Er war alles andere als ein Schwächling, aber sich mit einer Hand an einer rostigen Leitersprosse festzuhalten und mit der anderen einen Gullydeckel hochzustemmen, der schwerer war als er selbst, überstieg eindeutig seine Kräfte.

Nummer drei war auch kein größerer Erfolg, ebenso wenig wie vier oder fünf. Noch gestattete Will dem Unbehagen, mit dem ihn diese Entdeckung erfüllte, nicht, zu wirklicher Sorge zu werden, oder gar zu Angst, aber er konnte die Frage nicht mehr weiter verdrängen, ob es nicht wirklich klüger gewesen wäre, auf die Warnung zu hören. Er würde einfach noch ein kurzes Stück weitergehen und dann schlimmstenfalls kehrtmachen, bevor er am Ende noch Gefahr lief, sich *wirklich* zu verirren.

Der Moment, in dem er sich entscheiden musste, kam eher, als er gehofft hatte. Will schätzte, dass er insgesamt vielleicht hundertfünfzig oder zweihundert Meter zurückgelegt hatte – ein Katzensprung oben auf den Bürgersteigen einer belebten Stadt, fünf Meter tiefer aber eine kleine Ewigkeit, die seiner Fantasie ausreichend Gelegenheit gab, Amok zu laufen –, als das Licht des Scheinwerfers, den er von Zeit zu Zeit nach vorne schwenkte, plötzlich auf ein Hindernis fiel. Nur noch ein paar Schritte von seinem Standort entfernt teilte sich der Stollen.

Will ging hin, drehte sich unschlüssig nach rechts, dann nach links und schaltete schließlich die Lampe aus. Der nach rechts führende Gang war vollkommen dunkel. Auf der linken Seite schimmerte Licht, aber es war so blass, dass er nicht einmal sicher war, ob er es wirklich sah oder ob er es nur sah, weil er es sehen *wollte*.

Will überlegte angestrengt. Er musste wahrlich nicht lange darüber nachdenken, was das einzige auch nur halbwegs Vernünftige war, was er jetzt noch tun konnte – auf dem Absatz kehrtmachen und zurückgehen, solange er wenigstens noch den Hauch einer Chance hatte, den Männern irgendeine fadenscheinige Erklärung aufzutischen und einfach auf sein Glück zu vertrauen. Vielleicht war der Polizist ja gar nicht mehr da. Und er war noch nicht so lange unterwegs, wie es ihm selbst vorkam; allerhöchstens zehn Minuten, schätzte er. Noch nicht zu lange, um zurückzugehen und den Trottel zu spielen, der seinen eigenen Mut längst bedauerte und heilfroh war, den Rückweg gefunden zu haben, ohne an mehr als seinem Stolz Schaden genommen zu haben.

Die Alternative gefiel ihm noch weniger, nämlich weiterzugehen und Gefahr zu laufen, sich tatsächlich in diesem unterirdischen Labyrinth zu verirren.

Aber er konnte es sich einfach nicht leisten, diesem verdammten Polizisten zu begegnen!

Unschlüssig wandte sich Will noch einmal nach rechts und links und sah in die beiden Stollen hinein. Er war im Moment noch zu sehr damit beschäftigt, wütend auf sich selbst zu sein, um *wirklich* logisch nachdenken zu können, aber ihm war klar, dass zumindest der rechte Tunnel nicht in Frage kam. Es gab dort kein Licht, doch als er vorhin mit dem Scheinwerfer hineingeleuchtet hatte, hatte sich der Strahl auf trübem Wasser und schmierigen Schimmelflechten gespiegelt, und er meinte auch, eine weitere Abzweigung gesehen zu haben; und somit eine weitere Möglichkeit, sich zu verirren. Blieb nur die andere Richtung.

Will zögerte noch einen Moment und ging dann los, allerdings erst, nachdem er sich selbst das Versprechen gegeben hatte, nur bis zu der Stelle zu gehen, an der er den grauen Schimmer gesehen hatte, und dann kehrtzumachen, wenn er dort keinen Ausgang fand.

Das Licht, das er gesehen hatte, kam nicht durch einen Kanaldeckel, sondern ein rostiges Metallgitter in der Decke, zu dem eine derart vergammelte Eisenleiter hinaufführte, dass Will etliche Sekunden zögerte, ihr sein Körpergewicht anzuvertrauen, bevor er schließlich fast resignierend die Schultern hob und den kurzen Aufstieg begann.

Seine Bedenken waren nicht vollkommen grundlos, wie sich zeigte: Die verrosteten Trittstufen ächzten unter seinem

Gewicht, und eins der verdammten Dinger gab tatsächlich nach und brach aus der Wand. Wäre ihm das mit der ersten Stufe passiert, hätte er vermutlich aufgegeben und sich resignierend auf den Rückweg gemacht. Aber er war schon fast oben. Zwischen ihm und dem rostigen Gitter, durch das das staubgraue Licht mehr hindurchzubröseln als zu -scheinen schien, lag jetzt nur noch eine einzige Sprosse. Will testete ihre Festigkeit mit einem zaghaften Rütteln, klammerte sich mit der linken Hand fest und streckte die andere nach dem Gitterrost aus.

Wenn seine Glückssträhne weiter so anhielt wie bisher, saß das verdammte Ding sowieso so fest wie angeschweißt.

Im ersten Moment rührte sich das Gitter tatsächlich nicht. Will verstärkte seine Bemühungen. Etwas knirschte, und Will konnte spüren, wie sich irgendetwas von dem Rost löste und zur Seite glitt. Es saß immer noch fest, bewegte sich aber nun spürbar. Will rüttelte heftiger. Diesmal rieselte ihm kein graues Licht ins Gesicht, sondern pulverfeiner Staub, der heftig in den Augen brannte und einen Hustenanfall auslöste, der ihn um ein Haar von der Leiter geworfen hätte.

Will wartete, bis der Hustenanfall abgeklungen war, wischte sich mit der Linken das Gemisch aus Tränen und Staub aus den Augen (es fühlte sich ein bisschen an wie flüssiges Schmirgelpapier, fand er) und änderte dann seine Taktik: Er klammerte sich mit beiden Händen fest, kletterte eine Sprosse weiter nach oben und stemmte die Schultern gegen das Hindernis.

Es funktionierte. Das Gitter verharrte störrisch noch einen Moment an seinem Platz und flog dann mit einem Scheppern davon, das noch auf der anderen Rheinseite zu hören sein musste. Will zog instinktiv den Kopf zwischen die Schultern und war fest davon überzeugt, dass ihm im nächsten Moment irgendetwas Schweres und vor allem *Scharfkantiges* das Gesicht aufreißen würde.

Aber anscheinend war das Schicksal der Meinung, ihm für diesen Tag übel genug mitgespielt zu haben. Das Scheppern und Krachen hielt noch einen Moment lang an, aber das war auch alles.

Fast erstaunt über so viel Glück, hob Will vorsichtig den Kopf und sah sich um. Er befand sich nicht unter freiem Himmel, sondern in einem staubigen Kellergewölbe, das nur von schmalen grauflirrenden Lichtstreifen erhellt wurde, die durch zwei vergitterte Fenster hoch oben unter der Decke hereinfielen.

Dennoch reichte das schwache Licht aus, um ihn den Keller sofort wiedererkennen zu lassen.

Es war der Heizungskeller, in dem er Duffy getroffen hatte.

Eigentlich hätte er nicht einmal überrascht sein dürfen. Der Kanal verlief genau unter der Straße, die zu der niedergebrannten Villa führte, und auch die Entfernung stimmte. Und da war noch etwas.

Das Feuer war hier.

Und plötzlich wusste ich, dass ich nicht zum ersten Mal hier in diesem düsteren Kellergewölbe war, und dass das, was mir und Maria drohte, auch schon anderen geschehen war. All die Erinnerungsfetzen, die mich in den letzten Jahren gequält hatten, all die langatmigen Einweisungen, die ich von den Ordensschwestern erhalten hatte, all die Hinweise, dass unsere Macht und unser Einfluss nie offenbar werden durften, wollten wir nicht untergehen – all das brach wie eine Flutwelle über mir zusammen, und ich sprang vorwärts, auf die Frau zu, die ihr Messer hob, und auf Maria, die so schreckerstarrt war, dass sie nicht einmal jetzt einen Ton hervorbrachte …

Und dann war das Feuer da, wie es schon immer da gewesen war, eingesperrt in diesem Gemäuer, eingesperrt in dieser Stadt im Jahre des Herrn fünfzehnhundertsechsundachtzig, wie es seit Anbeginn hier gewesen war. Es entwich der Hand der Frau in Form der Kerze, die sie zusammen mit dem Messer fest umklammert gehalten hatte …

… und griff nach ihm mit seiner unheimlichen Kraft, so wie er es schon vorhin befürchtet hatte, noch bevor er in die Dunkelheit hineingetreten war. Irgendwie war es Will gelungen, das Gefühl auf dem Weg hierher zu verdrängen, aber natürlich war es die ganze Zeit über da gewesen und hatte sich mit den wirren Erinnerungsfetzen an einen längst vergangenen Stadtbrand in ihm geregt, und nun sprang es ihn an wie eine Spinne, die geduldig auf der Lauer gelegen und auf den günstigsten Moment gewartet hatte, sich auf ihre Beute zu stürzen.

Behutsam stemmte sich Will vollends aus dem Schacht heraus und sah sich um. Nichts hatte sich verändert. Die Luft roch noch immer nach Alter und verbranntem Staub, und auf der anderen Seite des Raumes, dessen Boden offensichtlich nicht ganz eben war, stand noch immer knöcheltief schmutziges Wasser.

Und auch das Feuer war noch immer da. Genauso wie die Erinnerung an den kurzen, heftigen Kampf in einem Keller, bei dem es um ein Mädchen namens Maria gegangen war.

Will versuchte seine verwirrten Gedanken als so lächerlich abzutun, wie sie es der Meinung des für Logik zuständigen Teils seines Verstandes nach sein sollten.

Unglückseligerweise war dieser Teil im Moment nicht besonders stark, und selbst, wenn er es gewesen wäre: Das Gefühl und die damit verbundenen Bruchstücke einer fremden Erinnerung waren einfach zu stark, um sie zu ignorieren oder ins bloße Reich der Einbildung abzuschieben. Etwas *war* hier. Er konnte es spüren, eine lauernde Macht, die auf dem messerscharfen Grat zwischen Licht und Dunkelheit lebte. Es war da, und es hatte auf ihn *gewartet*.

Wie schon einmal gesellte sich nun ein anderes, unwillkommenes Gefühl hinzu: Angst.

Will war noch lange nicht bereit, die Existenz irgendeiner mystischen oder gar übernatürlichen Macht anzuerkennen, aber eines war ihm vollkommen klar: *Irgendetwas* war hier, und er war vermutlich gut beraten, nicht lange genug hier zu bleiben, um herauszufinden, was es *wirklich* war.

Trotzdem verließ er den Keller noch nicht sofort, sondern ging noch einmal zu dem monströsen altmodischen Heizkessel, hinter dem sich Duffy versteckt hatte – eigentlich ohne selbst zu wissen, warum. Er hielt sogar den Atem an, um zu lauschen, aber natürlich war niemand da. Was hatte er denn erwartet?

Vielleicht war die Frage aber auch falsch gestellt.

Vielleicht hatte *etwas* hier auf *ihn* gewartet.

17

Er wandte sich mit einem Ruck ab, durchquerte den Keller mit schnellen Schritten und musste noch einen letzten, aber unangenehmen Disput mit seiner randalierenden Fantasie ausfechten, die ihn davon zu überzeugen versuchte, dass der Riegel der eisernen Zwischentür mittlerweile vollkommen verbogen und selbst mit aller Anstrengung nicht mehr aufzubekommen war, so dass er sich hilflos hier unten gefangen finden würde, bis irgendjemand kam und die Tür von außen aufbrach – falls nicht gleich ein Abrisstrupp mit einer Planierraupe anrückte, um das Ruinengrundstück in einen Zustand zu versetzen, der den Vorstellungen der Immobilienspekulanten entsprach, die vermutlich schon um den Zaun schlichen und mit den Füßen scharrten.

Der Riegel war nicht nur zurückgeschoben, die Tür stand sperrangelweit offen, und als er sich über die mit Schutt und verkohlten Trümmern übersäte Treppe vorsichtig nach oben kämpfte, begrüßte ihn helles Sonnenlicht.

Will atmete erleichtert auf. Es war zwar verrückt, aber er hatte das Gefühl, nach endlosen Stunden endlich wieder ans Tageslicht zurückzukehren, nicht nach den wenigen Minuten, die es in Wahrheit gewesen waren. Und mit jeder Stufe, die er weiter nach oben kam, ließ das unheimliche Gefühl, das ihn dort unten beinahe überwältigt hatte, weiter nach. Selbstverständlich war es nur Einbildung gewesen; allenfalls eine Mischung aus Klaustrophobie, (vollkommen berechtigter) Paranoia und dem lauter werdenden Flüstern in seinen Gedanken, das ihm hartnäckig klar zu machen versuchte, wie gründlich er sich wieder einmal in die Scheiße geritten hatte, und zwar ganz allein und ohne die geringste fremde Hilfe.

Endlich war er oben und trat mit einem erleichterten Aufatmen in den schmalen, halb zusammengestürzten Flur hinaus, in den die Kellertreppe mündete. Die Luft stank immer noch nach Ruß, verschmortem Plastik und Chemie, aber er atmete sie trotzdem in tiefen, gierigen Zügen ein, als hätte er niemals etwas Köstlicheres geschmeckt.

Will sah sich unschlüssig um. Er hatte schon wieder das nächste Problem: nämlich ungesehen aus der Ruine heraus und zu seinem Wagen zu kommen.

Andererseits – wenn er schon einmal hier war, konnte er sich ebenso gut auch ein wenig gründlicher umsehen. Bei seinem ersten Besuch war es dunkel gewesen, und außerdem hatte er wahrlich Besseres zu tun gehabt. Aber vielleicht sollte er die Gelegenheit nutzen, um sich ein Bild von den früheren Bewohnern dieses Hauses zu machen. Will wusste zwar selbst nicht ganz genau, warum, aber irgendwo *musste* er schließlich anfangen, und wenn man ohnehin blind im Nebel herumstocherte, dann war ein Ort so gut wie der andere. Darüber hinaus *gab* es eine Verbindung, auch wenn Will selbst zugeben musste, wie dünn der Strohhalm war, an den er sich klammerte: Es war dieses Haus. Auch wenn hier alles in Schutt und Asche lag, war doch nicht zu übersehen, dass seine Besitzer nicht unbedingt zu den ärmsten Einwohnern der Stadt gehört hatten. Und der Wagen, in den sie Duffy gezerrt hatten, hatte ebenso nach Geld gestunken wie die sonderbare Frau. Es *gab* eine Verbindung zwischen dem Mädchen und diesem Haus. Es *musste* sie einfach geben – und sei es nur, weil er sonst mit seinem Latein wirklich am Ende gewesen wäre und genauso gut auch gleich zu Georg und seinen Schlägern zurückgehen konnte.

Oder sich den Bullen stellen, was vermutlich gesünder wäre – auch wenn es das Ergebnis letzten Endes nur hinauszögern würde. Dass Georg die Intelligenz nicht mit dem Schaumlöffel gefressen hatte, bedeutete nicht, dass man ihn unterschätzen durfte. Wenn er jemanden fertig machen wollte, dann gelang es ihm im Allgemeinen auch, ob sein potentielles Opfer nun im Knast saß oder nicht.

Statt das Gebäude also zu verlassen, drang Will vorsichtig weiter in die Ruine ein und begann sie zu untersuchen. Er wusste selbst nicht genau, wonach er eigentlich suchte, aber sogar wenn er es gewusst hätte, hätte er es vermutlich nicht gefunden. Das Feuer hatte entweder ganze Arbeit geleistet, oder es war schon jemand hier gewesen, der sorgfältig alle Spuren beseitigt hatte, die irgendwelche Rückschlüsse auf die früheren Bewohner dieses Hauses zuließen. Das Einzige, was er herausfand, war etwas, das er schon gewusst hatte: Die Leute waren wirklich *reich* gewesen. Die Trümmer, über die er stolperte, bestanden zum größten Teil aus den verkohlten Überresten wertvoller Antiquitäten, und er schätzte, dass allein die Tapeten in dieser Bude mehr gekostet hatten, als er in seinem Job als ehrlicher Autodieb und Hehler in einem Jahr verdiente.

Dennoch hielt sich die gehässige Befriedigung, die er bei diesem Gedanken eigentlich empfinden sollte, erstaunlicherweise in Grenzen. Stattdessen stellte sich ein Gefühl ein, das ihn selbst überraschte: Je tiefer er in die Ruine eindrang und je mehr Spuren der Zerstörung er sah, umso größer wurde das Gefühl des Bedauerns, das er empfand. Nicht etwa, weil er diese Leute gekannt hätte oder sie ihm Leid taten, sondern einfach, weil etwas so Schönes wie dieses Haus so vollkommen sinnlos zerstört worden war, vielleicht nur wegen einer Nachlässigkeit, weil jemand mit einer Zigarette in der Hand eingeschlafen war oder vergessen hatte, ein Bügeleisen auszuschalten, oder irgendwann vor zehn Jahren ein überforderter Elektriker Mist gebaut und eine Leitung nicht richtig isoliert hatte. Es war einfach nicht gerecht. Etwas so Großes und Prachtvolles wie dieses Haus hätte es verdient gehabt, auch durch etwas Großes zerstört zu werden, nicht durch eine Banalität.

Obwohl ihm schon nach wenigen Minuten klar wurde, dass das, was er hier betrieb, reine Zeitverschwendung war, durchsuchte er das Erdgeschoss der niedergebrannten Villa sehr gründlich. Noch einmal in den Keller hinabzugehen kam nicht in Frage, denn dort unten wartete das Feuer auf ihn. Ein Teil des Obergeschosses war ebenfalls stehen geblieben, und es gab sogar etwas, das vage an die verschmorten Überreste einer Treppe erinnerte, aber Will wagte es nicht, sie hinaufzugehen. Mit Ausnahme der Außenmauern war diese ganze Bude aus *Holz* gewesen, und er hatte keine besondere Lust, durch die verkohlte Decke zu brechen und sich an dem vermutlich einzigen stabil gebliebenen Trümmerstück weit und breit aufzuspießen wie ein Schmetterling auf der Nadel eines Insektensammlers.

Also blieb ihm noch das Nebengebäude, das wie durch ein Wunder von den Flammen verschont geblieben war. Will zögerte jedoch. Er war mittlerweile sicher, dass vor ihm schon jemand hier gewesen war, um gründlich aufzäumen, und wer und warum auch immer es getan hatte, er war ganz bestimmt nicht so zuvorkommend gewesen, das Nebengebäude zu übersehen. Wahrscheinlich fand er nichts anderes als eine leere Garage mit ein paar Ölflecken auf dem Boden. Dazu kam noch etwas. Wenn ihn jemand dabei beobachtete, wie er durch diese Ruine stolperte und seinen Anzug endgültig ruinierte, war das eine Sache. Sah ihn jemand, wie er in das vermutlich verschlossene Gebäude einbrach, eine ganz andere.

Aber nach allem, was er auf sich genommen hatte, um

hierher zu kommen, wollte er einfach nicht mit leeren Händen wieder gehen. Will hatte in seinem Leben schon genug Fehler gemacht, um zu wissen, dass jeder irgendwann einmal etwas vergaß – einige dieser Fehler hatten ihm etliche Monate gesiebte Luft eingebracht und Essen auf Staatskosten. Vielleicht hatten sie ja wirklich irgendetwas übersehen.

Vielleicht ein kleines Zettelchen mit der neuen Adresse der Besitzer, flüsterte eine spöttische Stimme in seinen Gedanken, *oder gleich eine Videokassette, auf der der genaue Verlauf der Katastrophe festgehalten war?*

Will lächelte über seine eigenen Gedanken, machte sich aber trotzdem auf den Weg.

Er verließ das Gebäude auf der Rückseite und ging in großem Bogen um die weitläufige Ruine herum, um nicht sofort gesehen zu werden, falls jemand von der Straße aus einen neugierigen Blick auf das Grundstück werfen sollte.

Wie er erwartet hatte, war die Tür des stehen gebliebenen Anbaus verschlossen. Es gab eine weitere Tür, die sich aber auf der von der Straße aus einsehbaren Vorderseite befand, und außerdem zwei überbreite Tore, die zu so etwas wie doppelten Doppelgaragen führen mussten, aber Will war sicher, dass auch sie sorgsam abgeschlossen waren. Außerdem war das Risiko, dabei beobachtet zu werden, wie er sich an den Türen zu schaffen machte, einfach zu groß. Also begab er sich zur Rückseite des wie ein spätmittelalterliches Fachwerkhaus gebauten Anbaus.

Hier gab es keine Tür, aber eine Anzahl kleiner Sprossenfenster, durch die er wenigstens schon einmal einen Blick ins Innere riskieren konnte. Wenn er nichts weiter sah als nackten Betonboden und leere Wände, würde er aufgeben und sich irgendwo ein ruhiges Plätzchen suchen, an dem er sich in aller Ruhe selbst Leid tun und darüber nachdenken konnte, wie er sich möglichst effektiv noch weiter in die Scheiße reiten konnte.

Will warf noch einen sichernden Blick nach rechts und links. Das Feuer hatte den Anbau unversehrt gelassen, aber Löschwasser und Ruß hatten ihn dennoch gezeichnet, und, wie es aussah, auch die Motorsägen der Feuerwehr. Die einstmals vermutlich prachtvolle Rhododendron-Hecke, die die Rückseite des Gebäudes vor allzu neugierigen Blicken vom Nachbargrundstück aus geschützt hatte, war nur noch ein verkohltes Gerippe ohne Blätter. Das Haus dahinter war keine zwanzig Meter entfernt. Wenn jemand dort zufällig aus dem Fenster sah, konnte er ihn praktisch gar nicht übersehen.

Aber ganz ohne Risiko würde er nicht auskommen. Außerdem hatte er schließlich nicht vor, die Kronjuwelen zu stehlen, sondern nur einen Blick durch ein Fenster zu werfen. Und je länger er hier herumstand, desto größer war die Gefahr, dass ihn *tatsächlich* jemand sah.

Will huschte zu dem nächsterreichbaren Fenster, aber das Einzige, was er sah, war die blasse Spiegelung seines eigenen Gesichts. Will hob die Hand über die Augen und presste das Gesicht gegen die leicht nach außen gewölbte Butzenscheibe, auf der ein fast unsichtbarer, aber ekelhaft klebriger Schmierfilm pappte.

Er blickte noch immer in sein eigenes, jetzt verdutzt wirkendes Gesicht.

Mehr verwirrt als wirklich beunruhigt, versuchte er es bei der benachbarten Scheibe und auch noch einer dritten, ehe er zum nächsten Fenster ging.

Es blieb dabei: Die Scheiben waren keine Scheiben, sondern Spiegel.

Das war wirklich sonderbar. Natürlich wusste er, dass den Verrücktheiten der Leute keine Grenzen gesetzt waren – vor allem nicht bei Leuten, die *Geld* hatten –, aber warum um alles in der Welt sollte jemand dieses sündhaft teure Spezialglas, durch das man hinaus-, aber nicht hineinsehen konnte, in eine *Garage* einsetzen? Nur um seinen neuen Ferrari vor den neidischen Blicken der Nachbarn zu schützen, bestimmt nicht. Autos, die in solchen Garagen abgestellt wurden, dienten im Allgemeinen dem einzigen Zweck, genau solche Blicke zu provozieren.

Will sah noch einmal zum Nachbargrundstück hin, hob aber dann nur mit einem angedeuteten resignierenden Seufzen die Schultern. *No risk, no fun,* wie es so schön hieß. Er holte aus und stieß seinen Ellbogen mit aller Gewalt gegen die Butzenscheibe, wobei er hoffte, dass das Klirren des zerbrechenden Glases nicht zu weit zu hören war.

Das Einzige, was er im nächsten Moment klirren zu hören glaubte, war sein Ellbogengelenk.

Es war, als hätte er gegen Stahl geschlagen, nicht gegen Glas. Der Schmerz raste bis in seine Schulter hinauf und trieb ihm die Tränen in die Augen. Stöhnend presste er die linke Hand gegen seinen pochenden Ellbogen, biss die Zähne zusammen und wartete, bis der Schmerz wenigstens so weit abgeklungen war, dass er nicht mehr das Bedürfnis verspürte, laut loszuschreien.

Sein Ellbogen pochte immer noch wie verrückt, als er sich endlich herumdrehte und die so harmlos aussehende Fensterscheibe einer eingehenderen Inspektion unterzog, die sie wohl eher vorher verdient gehabt hätte.

Sein Ärger auf sich selbst wuchs. Was wie ein ganz normales Fenster aussah, war eher das genaue Gegenteil. Jemand hatte sich große Mühe gemacht, diese vermeintliche Garage in eine Festung zu verwandeln. Die angeblichen Butzenscheiben waren nicht nur einseitig verspiegelt, sondern bestanden auch aus Panzerglas. Und der vermeintliche Holzrahmen entpuppte sich bei genauerem Hinsehen als hauchdünne Kunststoffschicht, unter der sich stabiles Metall verbarg.

Dennoch brauchte Will nur einen Moment, um die Schwachstelle der Konstruktion zu entdecken. Wer immer dieses Fenster eingebaut hatte, hätte sich vorher mit einem Vertreter seiner Zunft unterhalten sollen.

Will grub einen Moment ergebnislos in den Jackentaschen und ging schließlich zur Ruine zurück. Er brauchte knappe zwei Minuten, um ein geeignetes Metallstück zu finden, das er für seine Zwecke missbrauchen konnte, und nicht einmal *eine,* um das Fenster aufzubekommen. Das Fenster war ungewöhnlich – eine Konstruktion nach amerikanischem Vorbild, deren Scheibe man nach oben schob, statt sie aufzuklappen, was es etwas einfacher machte, es gegen unbefugte Eindringlinge zu sichern, und *viel* leichter, es zu knacken, wenn man den Dreh erst einmal raushatte.

Will schüttelte seufzend den Kopf über so viel Kurzsichtigkeit, steckte sein improvisiertes Stemmeisen ein und schob dann die Finger unter die Scheibe, um sie nach oben zu drücken.

Er zögerte noch einen letzten Moment. Falls es nicht schon mit dem Aufbrechen des Fensters geschehen war, dann war seine Bewährung spätestens in dem Moment im Eimer, in dem er in die Garage einstieg.

Andererseits: Wozu brauchte ein toter Mann Bewährung?

Will schob das Fenster mit einem entschlossenen Ruck hoch und beugte sich weit genug vor, um einen Blick in den dahinter liegenden Raum zu werfen.

Er war überrascht. Der Raum war vollkommen leer, wie er es erwartet hatte, aber taghell erleuchtet, und nicht besonders groß. Das von außen schwarze Spiegelglas sperrte zwar zuverlässig jeden neugierigen Blick aus, setzte dem Tageslicht aber nicht den geringsten Widerstand entgegen. Will war wirklich überrascht, und entsprechend beeindruckt. Er hatte bisher nicht einmal gewusst, dass es so etwas *gab*.

Er schob das Fenster noch ein Stück weiter auf, schlängelte sich geschickt hindurch und setzte ganz automatisch dazu an, es hinter sich wieder zu schließen – *das Handbuch des kleinen Einbrechers, erste Lektion. Keine offenen Fenster zurücklassen, denn neugierige Nachbarn gab es überall, und sie tauchten immer im allerungünstigsten aller Momente auf* –, als ihm etwas auffiel. Das Fenster besaß einen zusätzlichen Schnappmechanismus auf der Innenseite, der automatisch einrastete, sobald man es schloss. Er sah ziemlich kompliziert aus und machte darüber hinaus einen äußerst stabilen Eindruck. Will war nicht einmal sicher, ob er ihn so ohne weiteres wieder aufbekommen würde, wenn er einmal eingerastet war. Oder ob überhaupt.

Vorsichtshalber zog er das Metallstück wieder hervor und legte es so unter das Fenster, dass das Schloss nicht einschnappen konnte. Erst dann schob er die Scheibe wieder nach unten und drehte sich herum, um seine unterbrochene Inspektion des Zimmers fortzusetzen.

Viel gab es nicht zu sehen. Das Zimmer war schmal, kaum mehr als ein Schlauch, der selbst in einer modernen Sozialbau-Wohnung nicht die Mindestgröße eines Kinderzimmers erfüllt hätte. Trotzdem zeigten die Abdrücke auf dem Boden deutlich, dass hier noch vor kurzem Möbel gestanden hatten. Davon abgesehen war dieser Raum genau so, wie er es erwartet hatte. Vollkommen leer. An der gegenüberliegenden Wand gab es eine weiß gestrichene Tür, die fast deren gesamte Breite einnahm; das war alles.

Will ging hin. Sie hatte keinen Griff, sondern schien wie das

Fenster direkt aus Amerika importiert zu sein, denn es gab einen messingfarbenen Drehkopf. Er öffnete sie und stellte ohne sonderliche Überraschung fest, dass ihre sorgsam lackierte Oberfläche nur Kunststoff oder Holz vortäuschte; ihr enormes Gewicht verriet das Metall, das sich darunter verbarg.

Will gelangte in einen schmalen, nur von einem einzigen Fenster erhellten Korridor, der sich über die gesamte Länge des Gebäudes zu ziehen schien. Von den beiden übergroßen Garagentoren, die er draußen gesehen hatte, war hier nichts mehr zu entdecken. Entweder man hatte sie nachträglich von innen zugemauert und die Wand dann sorgfältig verputzt, oder sie waren von vornherein nur ein Fake gewesen. Ach – und noch etwas. Die Tür, die nach draußen führte, hatte keinen Griff, nicht einmal ein Schloss.

Es gab drei weitere Türen, eine auf der linken und zwei auf der rechten Seite, und Will untersuchte die dahinter liegenden Räume nacheinander und sehr gründlich, was sich allerdings als nicht besonders schwierig erwies. Die linke Tür führte in ein kleines, aber mit allem Notwendigen ausgestattetes Bad, die beiden anderen Zimmer waren zwar größer, aber genauso leer wie das, durch das er hereingekommen war. Die typischen Abdrücke und Schmutzränder auf Boden und Wänden bewiesen das frühere Vorhandensein von Möbeln und Bildern, aber von der ehemaligen Einrichtung war nicht einmal mehr eine Schraube zurückgeblieben. Selbst die Lampen waren verschwunden.

Trotzdem verrieten die Zimmer Will eine Menge über ihren ehemaligen Bewohner. Die Wände waren in hellen Pastelltönen gestrichen, und in dem kleineren der beiden Zimmer gab es eine Bordüre, die dicht unter der Decke um den gesamten Raum herumlief und auf der sich bienengroße Elefanten, elefantengroße Schmetterlinge und flügelschlagende Drachen eine kunterbunte Verfolgungsjagd lieferten, ohne dass sie jemals eine Chance bekommen würden, einander einzuholen. In einer der Wände befanden sich unzählige Einstiche, wo ebenso viele Poster immer wieder auf- und abgehängt worden waren, und die Schmutzflecken unter dem Lichtschalter verrieten die geringe Größe des ehemaligen Bewohners dieses Raumes. Es war ein Kinderzimmer gewesen. Ein Kinderzimmer ohne Türklinke und mit einem Fenster, das sich von innen nicht öffnen ließ.

Will entdeckte noch mehr Ungewöhnliches, jetzt, wo er einmal darauf aufmerksam geworden war und wusste, wonach er zu suchen hatte. Es gab zahlreiche Anschlüsse in den Wänden, wo anscheinend irgendwelche elektrischen Apparaturen gesessen hatten, möglicherweise nichts Dramatischeres als eine Lautsprecherbox oder ein Telefon. Manche sahen aber auch sehr ungewöhnlich aus und schienen ihm eher in ein Krankenhaus zu gehören als in ein Kinderzimmer, und ein paar Anschlüsse saßen auch hoch oben in den Wänden, fast unter der Decke. Genauer gesagt: in jeder Ecke des Zimmers eine. Die perfekte Anordnung für eine Videoanlage, mit der man jeden Quadratzentimeter des Zimmers überwachen konnte.

Das alles ergab nur einen einzigen Sinn: Diese angebliche Doppelgarage war keine Garage, sondern ein Gefängnis gewesen. Für jemanden mit einem Kind oder *für* ein Kind. Vielleicht für ein zwölfjähriges Mädchen, das gerne in einem barbierosa Nachthemd herumlief und von Rechts wegen sowieso eingesperrt gehörte, schon, weil sie eine geradezu kriminelle Nervensäge war?

Der Gedanke war genauso lächerlich wie alles andere, was ihm bisher durch den Kopf geschossen war, seit er diese unheimliche Ruine wieder betreten hatte; aber er jagte ihm trotzdem einen eisigen Schauer über den Rücken.

Vielleicht, weil er trotz allem noch die logischste Erklärung war. Das hier *war* ganz eindeutig so etwas wie ein Gefängnis gewesen, und daran, dass er Duffy rein zufällig ausgerechnet *hier* getroffen hatte, glaubte er ebenso wenig wie an den Zufall, dass der Kanalisationsschacht, durch den er hierher gekommen war, vollkommen grundlos genau im richtigen Moment in die Luft geflogen sein sollte. Der einzige wirkliche Zufall in dieser ganzen Geschichte war allerhöchstens der, dass er genau im unpassendsten aller nur denkbaren Augenblicke vorbeigekommen war und das Mädchen über den Haufen gefahren hatte.

Die ganze Geschichte war mehr als nur mysteriös.

Einen Moment lang spielte er ernsthaft mit dem Gedanken, schnurstracks in die Parallelstraße zu marschieren und mit einem der beiden Polizisten zurückzukommen, und je länger er darüber nachdachte, desto verlockender erschien ihm die Vorstellung.

Der Gedanke war auf jeden Fall vernünftig – und vermutlich stellte er seine unwiderruflich letzte Chance dar, mit halbwegs heiler Haut aus dieser Geschichte herauszukommen. Seine Bewährung konnte er vergessen, aber das war im Moment wohl seine geringste Sorge. Und abgesehen davon, dass er mit einem (nicht von ihm) gestohlenen Wagen einmal quer durch die Stadt gefahren und jetzt in dieses leer stehende Gebäude eingebrochen war, hatte er sich im Grunde nichts zuschulden kommen lassen. Wenn er die Polizei rief und sie *das hier* sahen, dann würden sie sich diese ganze Ruine vielleicht noch einmal gründlicher ansehen, und dann würden sie herausfinden, dass er weder mit dem Verschwinden des Mädchens noch mit dem Tod der beiden Polizisten und allem anderen etwas zu tun hatte, und …

Die Vorstellung war so naiv, dass er selbst den Kopf darüber schütteln musste. FALLS die Bullen sich überhaupt die Mühe machten, mehr als einen flüchtigen Blick hier hereinzuwerfen, dann hatten die Betreiber dieses Etablissements mit Sicherheit ein paar geschniegelte Erklärungen für alles bereit, und er würde sich schneller im Knast wiederfinden, als er seinen Namen buchstabieren konnte. Und vielleicht war ja auch alles ganz anders.

Will drehte eine weitere Runde durch das sonderbare Haus, ohne jedoch noch irgendetwas zu entdecken, was ihm weitergeholfen hätte. Schließlich verließ er das Haus auf dem gleichen Wege wieder, auf dem er hereingekommen war.

Er versuchte, die Spuren seines unsanften Eindringens zu beseitigen, so gut es ging, war sich aber darüber im Klaren, dass das Fenster allerhöchstens einem sehr flüchtigen Blick standhalten würde. Er musste eben darauf bauen, dass niemand ein zweites Mal hinsah. Wenn das geschah, war er ohnehin geliefert. Er hatte dort drinnen mehr Fingerabdrücke hinterlassen als eine hungrige Katze, die einem ganzen Dutzend Mäuse nachgejagt war. Er musste einfach darauf bauen, *dass* niemand hierher kam und sich das Fenster genauer ansah.

Zuerst einmal musste er von hier verschwinden, ehe sein Vorrat an Glück endgültig aufgebraucht war und ihn noch jemand sah. Im hohen Bogen schleuderte er sein improvisiertes Einbruchswerkzeug in die Ruine zurück, drehte sich um – und erstarrte mitten in der Bewegung.

Sein Vorrat an Glück *war* erschöpft.

Hinter ihm stand ein vielleicht elf- oder zwölfjähriger Junge, der ihn mit einer Mischung aus kindlicher Neugier und Misstrauen ansah, wobei das Misstrauen aber eindeutig überwog. Er trug Jeans, Polohemd und Turnschuhe, und er strahlte jene Art von arrogantem Selbstbewusstsein aus, die den Kindern reicher Eltern eigen ist, die in dem sicheren Bewusstsein aufwachsen, zu der privilegierteren mindestens zweier Schichten zu gehören. Irgendwie schienen Kinder in dieser Geschichte allmählich zu seiner persönlichen Nemesis zu werden.

»Oh, hallo«, sagte Will. »Ich habe dich gar nicht kommen hören.«

»Das konnten Sie ja auch gar nicht«, antwortete der Junge und machte eine Kopfbewegung auf das Fenster, durch das er gerade herausgekommen war. »Sie waren ja da drin.«

»Tja«, sagte Will mit einem schiefen Grinsen. »Sieht so aus, als hättest du mich erwischt.« Seine Gedanken überschlugen sich. Was sollte er tun? Natürlich konnte er den Knirps einfach ignorieren und gehen – aber dann konnte er auch ziemlich sicher sein, dass die kleine Kröte stante pede zu ihren Eltern rannte, und dann würde ganz bestimmt jemand hierher kommen und sich dieses Fenster ein wenig genauer ansehen.

»Was tun Sie hier?«, fragte der Junge. Das misstrauische Glitzern in seinen Augen wurde stärker.

Fast nur, um Zeit zu gewinnen, antwortete Will: »Mein Name ist Will«, und hätte sich im selben Sekundenbruchteil am liebsten selbst geohrfeigt »Und deiner?«

»Marius«, antwortete der Knirps. »Aber Sie haben meine Frage nicht beantwortet. Was machen Sie hier? Das ist Privatbesitz.«

»Du bist doch auch hier«, gab Will zurück.

»Das ist was anderes«, behauptete Marius. »Ich darf das. Ich wohne nebenan. Die Schmidts haben nichts dagegen, dass ich hier spiele.« Er unterstrich seine Behauptung mit einer Kopfbewegung auf die verbrannte Rhododendron-Hecke und das dahinter liegende Haus.

»Du wohnst da drüben?«, fragte Will. »Dann hättest du mich eigentlich schon einmal sehen müssen. Ich war schon ein paarmal hier. Ich bin von der Versicherung, die das alles hier bezahlen muss, weißt du?«

»Die von der Versicherung waren schon da«, antwortete der Junge. »Auch bei uns. Sie haben eine Menge Fragen gestellt. Aber Sie habe ich nicht bei ihnen gesehen.«

»Das waren meine Kollegen von der Schadensabteilung«, antwortete Will. »Ich bin von einer anderen Abteilung.«

»Von welcher?«

Will tat so, als müsse er einen Moment mit sich ringen – was in gewissem Sinne auch den Tatsachen entsprach, wenn auch aus anderen Gründen, als der Junge annehmen mochte. Schließlich warf er einen verschwörerischen Blick nach rechts und links und senkte die Stimme. »Kannst du ein Geheimnis für dich behalten?«

»Klar«, antwortete Marius. Vielleicht konnte er es tatsächlich, für eine Stunde oder zwei. Aber mehr brauchte er vielleicht auch nicht.

»Ich muss überprüfen, ob das alles hier seine Richtigkeit hat«, fuhr er in verschwörerischem Ton fort.

»Dann sind Sie ein Versicherungsdetektiv?«, vermutete Marius. Der Anteil von Begeisterung in seinem Blick war nicht annähernd so groß, wie Will gehofft hatte, aber er war nicht einmal wirklich enttäuscht. So, wie sich die Dinge bisher entwickelt hatten, war es schon fast zwangsläufig, dass er auf den einzigen Elfjährigen in dieser Stadt getroffen war, der sich *nicht* für Detektivgeschichten interessierte.

»Nicht genau«, sagte er ausweichend. »Meine Aufgabe besteht eigentlich darin, noch einmal genauer hinzusehen und mich davon zu überzeugen, dass auch wirklich alles so war, wie die Leute gesagt haben.«

»Und hier war das nicht so?«, fragte Marius.

Will zögerte ganz bewusst ein bisschen zu lange, bevor er antwortete. »Ich glaube doch«, sagte er. »Die Schmidts scheinen mir ehrliche Leute zu sein. Ich war nur ein bisschen erstaunt, dass dieses Gebäude so völlig unbeschädigt geblieben ist.«

»Und deswegen brechen Sie gleich ein?«

»Ich hatte keinen Schlüssel«, antwortete Will. »Außerdem war es streng genommen kein Einbruch. Meine Gesellschaft muss das alles hier ja sowieso bezahlen, und genau genommen gehört es uns damit.«

Marius dachte einen Moment lang über dieses Argument nach und drehte sich anschließend halb herum, um einen nachdenklichen Blick zu dem Gebäude auf dem Nachbargrundstück zu werfen, als erhoffe er sich von dort so etwas wie mentale Unterstützung. Schließlich drehte er sich wieder zu Will um und nickte, auch wenn er nicht restlos überzeugt zu sein schien. »Wird wohl seine Richtigkeit haben«, sagte er. »Ich kann mir auch nicht vorstellen, dass die Schmidts irgendwas Krummes gedreht haben. Sie sind nette Leute und sehr reich. Die haben so etwas nicht nötig.«

»Das denke ich auch«, antwortete Will. »Und deshalb wäre es mir auch lieber, wenn niemand erfährt, dass ich hier war. Die Leute fangen schnell an zu reden, weißt du, und es wäre nicht in Ordnung, wenn die Leute anfangen würden, sie komisch anzusehen oder hinter ihrem Rücken zu tuscheln, nur weil ich meine Arbeit mache. Könnte die Geschichte also unter uns bleiben?«

»Klar«, antwortete Marius großspurig. »Ich will auch nicht, dass sie Ärger bekommen. Die Schmidts sind nette Leute.«

»Das müssen sie wohl sein«, antwortete Will, »sonst würden sie dich nicht auf ihrem Grundstück spielen lassen.« Er drehte sich um und begann an der Rückseite des Gebäudes entlangzuschlendern. Vielleicht fiel er weniger auf, wenn er das Grundstück in Begleitung eines Jungen verließ, den jeder in der Nachbarschaft kannte. »Bist du mit ihren Kindern befreundet?«

»Die Schmidts haben nur eine Tochter«, antwortete Marius, und Will wurde hellhörig. »Aber die ist uralt, über zwanzig. Nett, aber alt.«

»Sonst niemanden?«, vergewisserte sich Will. »Komisch. Ich habe gehört, da wäre noch ein Mädchen in deinem Alter.«

»Bestimmt nicht«, antwortete der Junge. »Das wüsste ich.«

»Ich frage ja auch nur, weil da drinnen so etwas wie ein Kinderzimmer war«, antwortete Will mit einer entsprechenden Kopfbewegung auf die *Garage*. »Jedenfalls sah es so aus, als wäre es einmal eins gewesen, bevor man die Möbel weggeschafft hat.«

»Gleich nach dem Brand«, bestätigte Marius. »Der Möbelwagen ist gleich am nächsten Morgen gekommen. Aber es war bestimmt kein Kinderzimmer. Angie hat schon eine eigene Wohnung.«

»Angie?«

»Eigentlich heißt sie Angela«, antwortete der Junge, hob die Schultern und fuhr fort: »Oder Andrea. Weiß nicht genau. Aber sie ist nett.«

»Bestimmt«, sagte Will. »Weißt du, wo sie wohnt?«

»Angie?« Marius schüttelte den Kopf. »Ich glaube, sie sind alle zusammen ins Ferienhaus der Schmidts gezogen, bis das alles hier vorbei ist. Meine Mutter sagt, dass sie das Haus wieder aufbauen, wenn alles geklärt ist, mit der Versicherung und so.« Er warf Will dabei einen schrägen Blick zu, und Will antwortete gehorsam:

»Da sehe ich keine Probleme. Jedenfalls jetzt nicht mehr, wo ich mit dir gesprochen habe.«

»Mit mir?« Marius sah ihn nun wirklich komisch an, und Will warnte sich selbst in Gedanken, den Bogen nicht zu überspannen. Der Junge war nicht dumm. »Mit dir und einer Menge anderer Leute«, antwortete er bewusst beiläufig. »Du warst nur der Letzte. Das gehört zu meiner Arbeit, weißt du? Mit den Nachbarn reden und möglichst vielen anderen Leuten. Aber ich glaube, ich kann meinen Chef beruhigen. Die Schmidts sind in Ordnung.«

»Bestimmt«, versicherte Marius. Sie hatten das Gebäude mittlerweile hinter sich gelassen und näherten sich dem offen stehenden Tor, und Wills Blick glitt möglichst unauffällig, aber äußerst misstrauisch über die Straße dahinter. Dann und wann fuhr ein Auto vorbei – nicht oft –, und noch sehr viel seltener sah er einen Fußgänger. Keine Polizei.

»Dieses Ferienhaus, von dem du gerade gesprochen hast«, sagte er. »Weißt du zufällig, wo es ist?«

»In Dohr«, antwortete Marius.

»Dohr?«

Marius hob die Schultern. »Ich glaube, das liegt irgendwo in der Eifel«, sagte er. »Kann nicht weit sein. Sie sind oft übers Wochenende mal hingefahren. Meine Eltern haben die genaue Adresse, falls mal was passiert. Wenn Sie wollen, kann ich sie holen.«

»Das ist nicht nötig«, antwortete Will. »Wir haben die Adresse bestimmt im Büro.«

Sie hatten das Tor erreicht, und Will blieb stehen und drehte sich ganz zu Marius um. »Vielleicht wäre es besser, wenn du deinen Eltern nichts von unserem Gespräch erzählst. Okay?«

Marius sah ihn einen Moment lang mit einer Nachdenklichkeit an, die Will bei einem Kind seines Alters nie und nimmer erwartet hätte, aber schließlich nickte er. »Heiliges Indianerehrenwort«, versprach er. Und irgendwie hatte Will dieses Mal das sichere Gefühl, dass er ihm trauen konnte.

Buch 3

Heiß bist du, Flamme, zu viel ist der Glut:
Lass uns scheiden, Lohe!
Schon brennt der Zipfel, zieh ich ihn gleich empor,
Feuer fängt der Mantel.

Edda, Das Lied von Grimnir

18

Die gute Nachricht war, dass der Wagen, den Georg ihm freundlicherweise zur Verfügung gestellt hatte, wie nahezu alle modernen Fahrzeuge über ein GPS-System verfügte, das keine Probleme damit hatte, Dohr zu finden und ihm zu erklären, dass es bis dahin nur eine gute Stunde Fahrt war. Der Junge hatte Recht gehabt.

Die schlechte war, dass es im Telefonbuch von Dohr selbstverständlich *keinen* Schmidt gab, auch keinen Schmitt, Schmied oder irgendetwas, was auch nur so ähnlich klang – was Will aber nicht wirklich entmutigte: Leute wie diese Schmidts pflegten ihre Telefonnummern normalerweise nicht jedem auf die Nase zu binden, und das gesamte Telefonbuch Dohrs wies nicht sehr viel mehr Nummern auf als Wills private Adressenliste. Auf der elektronischen Karte im Armaturenbrett des Wagens war das Kaff nicht größer als ein Fliegenschiss; Will glaubte nicht, dass es besonders schwierig sein würde, das *Ferienhaus* zu finden. Wenigstens nicht, wenn dieses Ferienhaus dem entsprach, was seine Besitzer unter einer *Stadtvilla* verstanden hatten.

Er fuhr los, machte sich aber noch nicht direkt auf den Weg in die Eifel, sondern fuhr eine gute Stunde kreuz und quer durch Köln, wobei er fast mehr auf den Rückspiegel achtete als auf den übrigen Verkehr. Schließlich war er sicher, nicht verfolgt zu werden – soweit man sich dessen sicher sein konnte, hieß das. Will hatte selbst genug Erfahrung damit, den Verfolger zu spielen, um zu wissen, dass man einen wirklichen Profi nur dann bemerkte, wenn dieser das auch *wollte*.

Aber zum einen waren weder Slavko noch Rattengesicht

wirkliche Profis (jedenfalls nicht auf *diesem* Gebiet), und zum anderen hatte er noch einen Trumpf in der Hinterhand, den er rücksichtslos auszuspielen gedachte.

Nachdem er lange genug kreuz und quer durch die Stadt gekurvt war, lenkte er den Wagen auf die Autobahn Richtung Norden, ignorierte für eine knappe viertel Stunde das penetrante Plärren des Navigationscomputers, der ihn partout dazu überreden wollte, bei Tempo zweihundertfünfzig auf der Autobahn zu wenden, und umging Köln dann in weitem Bogen, um sich seinem eigentlichen Ziel zu nähern. Er hatte den Wagen bis zum Limit ausgereizt – Georg wäre nicht Georg gewesen, hätte er nicht den Chip entfernen lassen, der den Motor normalerweise bei Erreichen der 250-Kilometer-Marke drosselte. Will hatte keine Ahnung, durch wie viele Radarfallen er auf dem Weg Richtung holländische Grenze und dann zurück gerast war, aber es war ihm auch ziemlich egal – sollte sich mit den Strafzetteln auseinander setzen, wer wollte.

Kurz nach Mittag verließ er in Höhe des Nürburgrings die Autobahn und nahm die letzten zwanzig oder dreißig Kilometer Landstraße in Angriff. Er konnte nirgends ein Hinweisschild entdecken, dem er nach Dohr hätte folgen können. Das Navigationssystem in Georgs Jaguar erwies sich auch diesmal als nützlich, er kam vielleicht nicht auf dem kürzesten Weg ans Ziel, aber er *kam* ans Ziel; vielleicht zwanzig Minuten, nachdem er losgefahren war, bog er in eine schmale Seitenstraße ein und passierte das Ortsschild.

Der Ort war nicht nur winzig, sondern auch so gut wie ausgestorben. Will lenkte den Wagen zweimal über die Hauptstraße, die zugleich die einzige Straße war, ohne auch nur eine einzige Menschenseele zu Gesicht zu bekommen, und hielt schließlich frustriert an. Ganz egal, ob er nun jemanden sah oder nicht, ihm war natürlich klar, dass *er* Aufsehen erregte.

Der Jaguar kostete mehr als die meisten Häuser, an denen er vorbeigekommen war, und ein solches Fahrzeug fiel natürlich auf. Die Leute würden sich daran erinnern, auch nach ein paar Tagen noch, und vor allem, wenn er im Schritttempo mehrmals die Straße auf und ab fuhr. Und wenn er sich eines im Moment nicht leisten konnte, dann war es, aufzufallen. Schließlich saß er in einem gestohlenen Wagen; auch wenn die Wahrscheinlichkeit, dass Georg Anzeige erstattet hatte, nicht besonders hoch war.

Was also sollte er tun? Seine erste Idee war gewesen, einfach im Telefonbuch nachzuschlagen, was allerdings daran scheiterte, dass es in Dohr keine Telefonzelle gab; und somit auch kein öffentlich zugängliches Telefonbuch. Dasselbe galt für die Post – es gab keine –, und das einzige Gasthaus, an dem er vorbeigekommen war, schloss sich selbst durch das aus, was es war: eine zumindest von außen winzige Dorfkneipe, in der es vermutlich düster und stickig war; uralte zerschrammte Bauernmöbel und bis zur halben Höhe holzvertäfelte Wände, an denen Zinnteller mit Fasanen hingen, und vielleicht der eine oder andere ausgestopfte Vogel unter der Decke. Wahrscheinlich war das teuerste Gericht auf der Speisekarte eine Frikadelle mit Kartoffelsalat, und einem Fremden würde man schon aus Prinzip keine Auskunft geben.

Vielleicht war er ja sowieso umsonst gekommen.

Bisher hatte Will seine Gedanken mit mehr oder weniger Erfolg damit beschäftigt, sich einfach auf das zu konzentrieren, was er gerade tat; angefangen damit, einen vermutlich gar nicht vorhandenen Verfolger abzuschütteln. Aber jetzt *war* er hier – und was nun?

Die bittere Wahrheit war: Er wusste es nicht.

Dohr war auch in anderer Hinsicht eine Enttäuschung. Natürlich war der Ort nicht ganz so schäbig, wie es ihm in seiner ersten Frustration vorgekommen war; Will war nicht in der Verfassung, *fair* sein zu wollen, nicht gegen irgendeinen Menschen und schon gar nicht gegen dieses Kaff. Aber auch, wenn er sich um Objektivität bemühte: Dies hier war keine Umgebung, in die sich Leute wie die Schmidts ins Wochenende zurückziehen würden. Jemand, der ein Haus wie die niedergebrannte Jugendstil-Villa bewohnte, verbrachte seine Freizeit bestimmt nicht in einer achtzig Jahre alten Bruchbude, in der man sich den Kopf stieß, wenn man den Fehler beging, sich aufzurichten, und eine behördliche Genehmigung brauchte, wenn man die vergammelten Holzfenster auswechseln wollte. Dies hier war einfach nicht die richtige Umgebung.

Vielleicht hatte sich der Bengel einfach einen Spaß daraus gemacht, ihn in die Irre zu schicken. Wenn er diese Geschichte irgendwie mit heiler Haut überstand, würde er in ein Land auswandern, in dem Kinder gesetzlich verboten waren!

Aber da war das Feuer und der auffällige Haarschopf. Ein paar Zufälle zu viel für seinen Geschmack.

Er startete den Wagen wieder, wendete auf der schmalen Straße und fuhr die Strecke noch einmal im Schritttempo ab. Diesmal galt seine Konzentration den Garagen, aber das Ergebnis war ebenso niederschmetternd wie zuvor. Nur eine einzige erschien ihm überhaupt groß genug, um einem Fahrzeug Platz zu bieten, das deutlich größer war als ein Smart, aber das dazugehörige Haus sah nicht so aus, als würde es den nächsten Sturm überstehen.

Er fuhr am Ende der Straße nicht wieder zurück, sondern bog nach links in eine der wenigen schmalen Seitengässchen ein.

Die Häuser wurden noch kleiner, gingen dann aber in eine Art Neubaugebiet über, das zwar ansehnlicher war, nach Wills Meinung aber für Leute wie die Schmidts ebenso wenig in

Frage kam. Die Straße war ebenso leer wie der Rest des Ortes. Vielleicht wohnte hier ja auch niemand.

So ungern er es zugab, er hatte nur zwei Möglichkeiten: Er konnte aufgeben und zurückfahren oder jemanden nach den Schmidts fragen. Die eine Möglichkeit gefiel ihm so wenig wie die andere. Er konnte natürlich auch weiter im Kreis herumfahren, bis der Wagen auch dem Allerletzten aufgefallen war und irgendjemand auf die Idee kam, die Polizei anzurufen.

Ein gutes Stück vor ihm ging eine Haustür auf, und ein vielleicht fünfzigjähriger Mann mit Halbglatze, dünnem grauem Pferdeschwanz und einer John-Lennon-Brille, die vor gut zwanzig Jahren aus der Mode gekommen war, kam heraus und trampelte rücksichtslos durch seinen eigenen Vorgarten, um zu seiner Garage zu gelangen. Will tippte auf das Gaspedal, legte die letzten zwanzig Meter mit aufheulendem Motor zurück und brachte den Wagen mit einem so harten Tritt auf die Bremse zum Stehen, dass der Grauhaarige mitten im Schritt innehielt und irritiert die Stirn runzelte. Er machte kehrt und kam auf ihn zu, noch während Will die Scheibe herunterfahren ließ.

»Ja?«

»Bitte entschuldigen Sie«, begann Will umständlich. »Ich suche jemanden. Freunde von mir, die hier ein Ferienhaus haben sollen. Die Schmidts.«

»Schmidt?« Das Stirnrunzeln des Grauhaarigen wurde nicht nur tiefer, sondern wanderte zugleich auch bis in die Mitte seiner Halbglatze hinauf. »Nie gehört. Und ich kenne eigentlich jeden hier.« Er überlegte einen Moment. »Es gibt hier auch keine Ferienhäuser. Vielleicht unten in Cochem. Fünf Kilometer die Straße runter.«

Will wollte etwas sagen, doch in diesem Moment hellte sich das Gesicht des Grauhaarigen auf, und er deutete aufgeregt gestikulierend die Straße hinauf. »Vielleicht die Villa oben am

Industriegebiet«, sagte er, während sein Blick rasch und taxierend über den teuren Wagen glitt. Die Art, auf die er das Wort Villa betont hatte, machte Will klar, dass er die Luxuskarosse durchaus mit den Besitzern eines solchen Hauses in Zusammenhang brachte. Sie machte Will auch noch etwas klar: Wer immer in dieser Villa wohnte, erfreute sich bei den Eingeborenen hier nicht unbedingt großer Beliebtheit. Als er fortfuhr, bestätigten seine Worte Wills Verdacht. »Ist vor zwei Jahren verkauft worden, aber niemand weiß genau, an wen. Die Leute haben nicht viel mit uns zu tun.«

»Sie müssten Ihnen trotzdem aufgefallen sein«, antwortete Will. Was hatte er zu verlieren? Dieser John-Lennon-Verschnitt würde sich sowieso an ihn erinnern. »Ihre Tochter hat eine ziemlich auffällige Frisur.«

»Weißes Haar, fast bis zum Hintern?« Der Grauhaarige grinste. »Das sind sie.« Seine Hand wedelte wieder nach links. »Bis zum Ende der Straße, dann direkt in der Kurve den Feldweg rein. Sie können das Haus gar nicht übersehen.«

Will bedankte sich mit einem Nicken und schloss die Scheibe, bevor der Spähippie endgültig ins Schwatzen kommen konnte. Er fuhr los; diesmal ganz bewusst mit viel zu viel Gas und durchdrehenden Hinterrädern. Wahrscheinlich hatte er dem Dorftratsch ohnehin Nahrung für die nächsten vier Wochen gegeben, da kam es nun auch nicht mehr darauf an, die Freunde der Schmidts noch ein bisschen in Verruf zu bringen. Ganz im Gegenteil.

Plötzlich verspürte Will ganz genau die kribbelnde Erregung, die er bisher vermisst hatte. Er war auf der richtigen Fährte. Sein Verdacht war richtig gewesen.

Während Will in den Feldweg einbog, den ihm der Grauhaarige beschrieben hatte, entschuldigte er sich in Gedanken noch bei Marius, ihn in einem so üblen Verdacht gehabt zu haben.

Ohne den Jungen säße er jetzt vermutlich in einem Hotel in Köln und würde mit sich selbst Wetten abschließen, wer ihn zuerst aufspürte – die Polizei oder Georgs Schläger.

Das Haus war tatsächlich nicht zu übersehen – auch wenn er das Haus selbst gar nicht sah, sondern nur den zwei Meter hohen Gitterzaun, der das Grundstück umgab. Er war gute hundertfünfzig Meter lang, hatte kein Tor und war von der Rückseite so zugewuchert, dass er wie eine massive grüne Mauer wirkte. Dennoch war Will jetzt sicher, auf dem richtigen Weg zu sein. Das war schon eher die Preisklasse, die zu dem passte, was er in Köln gesehen hatte.

Will beging nicht den Fehler, langsamer zu fahren oder gar anzuhalten, sondern fuhr in gemäßigtem, einem mehr schlecht als recht asphaltierten Feldweg angepassten Tempo an der Rückseite des Grundstückes entlang, bis der Weg eine scharfe Biegung beschrieb und schließlich in das Industriegebiet mündete, von dem der Grauhaarige gesprochen hatte. Es war größer, als er nach allem, was ihm bisher hier begegnet war, erwartet hatte, und bestand zu einem großen Teil aus Autohändlern und Werkstätten. Will war sehr zufrieden. Der perfekte Platz, um nicht aufzufallen; selbst in einem Wagen wie diesem.

19

Es begann erst nach zehn zu dämmern, und obwohl Will zwischendurch ein paar Mal weggedöst war und einen großen Teil des Tages verschlafen hatte, hatte er schließlich das Gefühl, den längsten Tag seines Lebens hinter sich zu haben. Er hatte es schließlich aufgegeben, in dem Industriegebiet warten zu wollen, und war ein Stück weit in den angrenzenden Wald gefahren, um dort zu warten, bis es dunkel wurde. Von seiner Zeit im Gefängnis her war er es gewohnt, einfach dazusitzen und die Stunden verstreichen zu lassen, ohne sie wirklich zur Kenntnis zu nehmen, aber der Trick hatte heute nicht funktioniert.

Die Minuten waren so zäh wie schon halb erstarrter Klebstoff verronnen, und die paar Mal, die er eingenickt und mit klopfendem Herzen und schweißnass wieder aufgewacht war, hatten keine Erholung gebracht. Er erinnerte sich an Fetzen von wirren Albträumen, in denen es natürlich um Flammen und lodernde Höllenfeuer gegangen war, aber auch noch um etwas anderes und ungleich Schrecklicheres, an das er sich vielleicht nur darum nicht richtig erinnern konnte, weil er es nicht *wollte*.

Es spielte auch keine Rolle. Er brauchte die Erinnerung an diesen Albtraum nicht. Der, den er gerade *erlebte*, war schlimm genug.

Will startete den Motor, zögerte einen Moment und schaltete ihn dann wieder ab, um aus dem Wagen zu steigen. Er hatte mindestens fünf oder sechs Stunden darin verbracht und war trotz der bequemen Ledersitze nicht nur steif gesessen, sondern hatte auch das Gefühl, vollkommen verdreckt zu sein und nicht besonders gut zu riechen. Nicht, dass das etwas ausmachte, bei dem, was er vorhatte. Aber falls man ihn erwischte, dachte er spöttisch, dann sollten sie ihn wenigstens halbwegs sauber einsperren.

Während er ein paar Mal um den Wagen herumging und darauf wartete, dass das taube Gefühl aus seinen Gliedern wich und seine Muskeln wieder geschmeidig wurden, war ihm natürlich klar, was er hier wirklich tat: Ein Teil von ihm nutzte schlichtweg jeden Vorwand, um den Moment noch weiter hinauszuzögern, in dem er sich unwiderruflich entscheiden musste, entweder in das Haus der Schmidts einzusteigen oder aufzugeben und es dem Schicksal zu überlassen, wie lange es noch dauerte.

Will drehte vier oder fünf Runden um den Wagen und machte noch ein paar zusätzliche Kniebeugen, um seinen Kreislauf in Schwung zu bringen, dann stieg er wieder ein und fuhr in das Industriegebiet zurück. Er hatte erwartet, es vollkommen leer und dunkel vorzufinden, aber hinter den Fenstern von zwei, drei Bürogebäuden brannte noch Licht, und er begegnete einem älteren Paar, das sich ausgerechnet diese gottverlassene Gegend ausgesucht hatte, um seinen verkrüppelten Dackel Gassi zu führen.

Immerhin wurde es jetzt schnell dunkel. Will lenkte den Wagen auf den Parkplatz einer Mercedes-Vertretung, wo er zwischen den zum Kauf feilgebotenen Gebrauchten wenigstens nicht sofort auffiel, stieg aus und machte sich zu Fuß auf den Weg. Das Haus der Schmidts war nur einen knappen Kilometer entfernt, lag aber hinter einem gut drei Meter hohen Erdhügel verborgen, der zu präzise war, um nicht künstlich aufgeschüttet worden zu sein, so dass er nicht erkennen konnte, ob hinter den Fenstern Licht brannte oder nicht. Als er sich umsah, entdeckte er in nicht allzu großer Entfernung das Pärchen mit dem Dackel. Zu seinem Verdruss hatten die beiden es nicht besonders eilig, sondern schlenderten so gemächlich dahin, als hätten sie es geradezu darauf angelegt, ihn zu ärgern; in einem Schneckentempo, das zweifellos von ihrer fußkranken Töle vorgegeben wurde. Und *selbstverständlich* bewegten sie sich genau in seine Richtung.

Es kostete ihn weitere zehn Minuten, in denen er vollkommen erstarrt und reglos im Schatten dastand und kaum zu atmen wagte, aber schließlich verging auch diese Zeit, und wie alles hatte selbst diese weitere Verzögerung noch eine positive Seite: Als er endlich sicher war, *wirklich* allein zu sein, war es vollkommen dunkel geworden. Als er sich endlich wirklich auf den Weg machte, war das Licht so schlecht, dass er beinahe Mühe hatte, den schmalen Feldweg wiederzufinden. Der Zaun und die dahinter liegende Mauer aus dicht stehenden Bäumen und Gebüsch hatten sich vollends in eine undurchdringliche Mauer verwandelt, die sich in noch tieferem Schwarz vor dem Hintergrund der Nacht abhob.

Will bedauerte es jetzt, sich das Grundstück bei Tag nicht doch ein wenig gründlicher angesehen zu haben. In der Dunkelheit wirkte der Zaun tatsächlich wie eine kompakte Mauer, eine schwarze Fläche ohne Details und Tiefe, hinter der die Nacht einfach aufzuhören schien, um etwas weit Dunklerem und Endgültigerem Platz zu machen. Dieser Zaun konnte alles Mögliche sein – ein ganz normaler Eisenzaun mit ein paar Büschen dahinter oder ein High-Tech-Bollwerk, das mit Berührungsmelder, Lasersperren und Videokameras nur so gespickt war. Vermutlich lag die Wahrheit irgendwo dazwischen, wie meistens, aber das machte ihn auch nicht viel glücklicher.

Letzten Endes spielte es keine Rolle, ob er in das ausgeklügeltste Sicherheitssystem der Welt lief oder von einem gelangweilten Nachtwächter im Rentenalter auf dem grobkörnigen Schwarz-Weiß-Monitor einer zehn Jahre alten Videokamera entdeckt wurde. Erwischt war erwischt.

Trotz dieser Überlegungen – oder gerade deswegen – verplemperte er noch einmal gute fünf Minuten damit, einfach dazustehen und die schwarze Wand vor sich anzustarren. Schließlich aber griff er – alles andere als entschlossen – nach oben und tastete im Dunkeln nach den Querstreben des geschmiedeten Zaunes. Ein kurzes Rütteln überzeugte ihn davon, dass die Konstruktion stabil genug war, um sein Gewicht zu tragen; außerdem heulte zumindest bei dieser ersten Berührung noch kein ganzes Dutzend Alarmsirenen auf. Halbwegs zufrieden mit diesem allerersten Ergebnis verstärkte Will seinen Griff, tastete auch mit dem Fuß irgendwo nach Halt und kletterte nicht besonders geschickt, aber dennoch ziemlich schnell, an dem Zaun empor.

Oben angelangt, wurde er deutlich langsamer. Die Dunkelheit, die ihn bisher so zuverlässig geschützt hatte, erwies sich nun als Nachteil. Der Zaun wurde von geschmiedeten Lanzenspitzen gekrönt, die zwar nicht eigens geschärft, dennoch aber gefährlich genug waren, um sich übel daran zu verletzen, wenn er nicht Acht gab, und alles, was auf der anderen Seite lag, war einfach verschwunden. Will hatte keine Angst vor dem Sprung aus zwei Metern Höhe, aber er sah einfach nicht, was unter ihm lag – es konnte ebenso gut weicher Mutterboden sein wie ein Gewirr aus spitzen Steinen und Felsbrocken, die nur darauf warteten, dass er mitten in sie hineinsprang und sich die Beine brach. Ihm blieb nichts anderes übrig, als ebenso umständlich auf der anderen Seite wieder herunterzuklettern, was sich allerdings als sehr viel schwieriger erwies.

Das Heulen einer Alarmsirene blieb ebenso aus wie das Bellen von Hunden oder der plötzliche Schein eines Tiefstrahlers, der den Garten in gleißendes Licht tauchte. Wenn das Haus eine Alarmanlage hatte, überwachte sie entweder den Zaun nicht, oder es war ein stiller Alarm. Das eine wäre fast zu schön, um wahr zu sein, und das andere würde er über kurz oder lang merken.

Will war nicht mehr bereit, jetzt noch umzukehren. Er hätte es nicht einmal mehr getan, wenn er in diesem Moment das Heulen einer näher kommenden Sirene gehört hätte. Mit dem Überklettern des Zaunes hatte er gleichermaßen auch eine innere und viel wichtigere Barriere überschritten, die nicht nur der Grund für sein vorheriges Zögern war, sondern jenseits deren es auch kein Zurück mehr gab. Die Zeit, in der er noch umkehren konnte, war vorbei.

Trotzdem blieb er weitere endlose Minuten reglos im Schatten der Büsche hocken. Er redete sich ein, die Zeit zu nutzen, um sich einen Überblick über den weitläufigen Garten zu verschaffen, aber in Wahrheit stimmte das nicht; er lauschte auf das rasende Hämmern seines Herzens und wartete darauf, dass seine Hände und Knie zu zittern aufhörten, das war alles. Viel zu sehen gab es ohnehin nicht. Der Garten war sehr groß, und das dichte Buschwerk bildete tatsächlich nur einen Schutzwall gegen neugierige Blicke, aber die Dunkelheit war mittlerweile auch fast vollkommen. Mond und Sterne waren hinter einer geschlossenen Wolkendecke verschwunden, und das einzige Licht am Himmel war der Widerschein des Feuers; ein schmieriger blassroter Fleck im Norden, der keine nennenswerte Helligkeit spendete.

Der Garten war nicht vollkommen dunkel. Die Schmidts schienen Kunstliebhaber zu sein: Will entdeckte hier und da die geschwungenen Linien steinerner Plastiken und anderer moderner Kunstwerke, die von unsichtbar angebrachten Scheinwerfern in akzentuiert arrangiertes Licht getaucht wurden, aber diese verschwommenen Inseln aus blasser Helligkeit schienen die schwarzen Abgründe dazwischen nur noch zu vertiefen. Es war unmöglich zu schätzen, ob die Entfernung bis zum Haus zwanzig, fünfzig oder hundert Meter betrug.

Er würde es auch nicht herausfinden, wenn er noch länger hier herumsaß und in die Dunkelheit starrte.

Vielleicht war es die Erkenntnis, dass er schlicht und einfach Angst vor seiner eigenen Courage hatte, die ihm schließlich die Kraft gab, ganz aus seinem Versteck herauszutreten und sich dem Haus zu nähern. Will war niemals ein besonders mutiger Mann gewesen, und er kannte sich selbst gut genug, um zu wissen, dass er nur lange genug abwarten musste, um schließlich aufzugeben und wieder über den Zaun zu steigen und davonzulaufen. Er konnte nicht mehr zurück. Wenn er jetzt aufgab, dann endgültig.

Langsam und mit äußerster Vorsicht näherte er sich dem Haus. Soweit er das bei der herrschenden Dunkelheit erkennen konnte, handelte es sich um einen lang gestreckten Bungalow, der allein auf Grund seiner enormen Größe beinahe das Attribut *Villa* verdiente, aber sehr viel mehr konnte er nicht darüber sagen. Das Gebäude lag in völliger Dunkelheit. Hinter keinem einzigen Fenster brannte Licht. Die Schmidts gingen entweder mit den Hühnern zu Bett oder waren nicht da.

Will erreichte unbehelligt die Terrasse und hätte innerlich am liebsten gejubelt, als er eine große verglaste Schiebetür entdeckte, die eigens für Leute wie ihn gemacht worden zu sein schien. Vorsichtig näherte er sich ihr, kramte in den Jackentaschen, bis er sein Feuerzeug fand, und ließ die winzige Flamme aufflackern. Eine Taschenlampe wäre ihm lieber gewesen und ein Phasenmesser noch mehr, aber er erkannte auch im unsicheren Licht der Feuerzeugflamme, dass die Terrassentür entweder gar nicht oder besonders raffiniert gesichert war.

Keine Kontakte, keine Alarmdrähte. Was nichts bedeutete – aber nach den Erfahrungen, die er mit dem Zaun gemacht hatte, tippte er eher auf *gar nicht.* Wenn die Schmidts wirklich die waren, für die er sie hielt, dann waren sie anscheinend genauso leichtsinnig wie durchgeknallt.

Das Feuerzeug in seiner Hand wurde heiß genug, um ihm die Finger zu verbrennen. Will ließ die Flamme erlöschen und drehte es ein paar Augenblicke in den Händen, um es abkühlen zu lassen, während er darauf wartete, dass sich seine Augen wieder an die Dunkelheit gewöhnten. Schließlich steckte er das immer noch heiße Feuerzeug ein und tastete mit den Fingerspitzen über den Fensterrahmen.

Er brauchte nur einen Moment, um die Schwachstelle zu finden; und nur wenig länger, um die Tür auf eine Weise zu entriegeln, von der ihre Konstrukteure nicht einmal in ihren schlimmsten Albträumen etwas ahnten. Das Geräusch, mit dem die Aluminiumtür in ihrer Führung zur Seite glitt und ihm Einlass gewährte, war deutlich lauter als das, mit dem er sie aufgebrochen hatte.

Will trat mit angehaltenem Atem durch die Tür. Es gab keine Vorhänge, aber von draußen strömte so gut wie kein Licht herein. Er konnte erkennen, dass das Wohnzimmer sehr groß war, wie das ganze Haus, aber das war auch schon alles. Die Einrichtung präsentierte sich ihm als unregelmäßiges Muster gedrungener formloser Schatten. Das Haus war vollkommen still.

Will schob die Tür gerade weit genug auf, um hindurchzuschlüpfen, und schloss sie hinter sich sorgfältig wieder. Einige Sekunden lang blieb er mit nun wirklich angehaltenem Atem und geschlossenen Augen stehen und lauschte. Das Einzige, was er hörte, war das Geräusch seines eigenen Pulsschlages. Wenn er jemals in einem leeren Haus gewesen war, dann in diesem.

Das Licht flammte auf. Will hob die Hand vor die Augen, blinzelte zwischen seinen Fingern hindurch und revidierte seine vielleicht doch etwas vorschnell gefasste Meinung: Das Haus war leer bis auf eine junge Frau mit hüftlangem platinblondem Haar und zwei nicht sehr viel älteren Burschen, die dunkle Maßanzüge trugen und aussahen, als könnten sie vor Kraft kaum noch laufen. Einer von ihnen tat etwas höchst Überflüssiges: Er zielte mit einer Pistole auf Will.

»Das hat aber verdammt lange gedauert«, sagte Angie spöttisch. »Aber immerhin wird mir allmählich klar, warum du die Hälfte deines Lebens im Gefängnis verbracht hast. Ich habe selten einen Einbrecher erlebt, der sich so ungeschickt angestellt hat.«

Will ließ langsam die Hand sinken. Das Licht war so grell, dass er noch immer blinzeln musste, und an den Worten der Blonden musste wohl etwas dran sein. Zumindest schien sie ihn lange genug beobachtet zu haben, um genau zu wissen, auf welchem Weg er das Haus betreten würde. Das grelle Licht kam nicht von der Deckenbeleuchtung, sondern von zwei oder drei modernen Stehlampen, die so herumgedreht worden waren, dass sie ihm genau ins Gesicht schienen. Plötzlich kam er sich wie der Idiot vor. Er sagte nichts.

»Ich weiß zwar, dass es wahrscheinlich überflüssig ist«, sagte Angie, »aber trotzdem: Durchsucht ihn.« Die beiden letzten Worte galten ihren Begleitern. Der mit der Pistole rührte sich nicht, sondern zielte nur weiter auf Will und gab sich alle Mühe, ein möglichst grimmiges Gesicht aufzusetzen, während der andere mit zwei schnellen Schritten hinter ihn trat und ihn rasch, aber nicht besonders routiniert nach Waffen abtastete. Will war in seinem Leben schon oft genug auf die gleiche Weise abgetastet worden, um zu wissen, dass er es nicht mit einem Profi zu tun hatte, sondern bestenfalls mit jemandem, der seine

Erfahrungen aus einigen hundert Kriminalfilmen bezog. Er schätzte, dass dem Burschen alles entgangen wäre, was deutlich unter den Abmessungen einer Bazooka lag. Das machte ihn nicht unbedingt ungefährlicher – ganz im Gegenteil. Wenn es etwas gab, das Will fürchtete, dann waren es Amateure. Vor allem, wenn sie nervös und bewaffnet waren. Er hob vorsichtshalber die Arme und hielt den Atem an, bis der Bursche damit fertig war, ihn zu begrabschen.

»Sauber«, sagte er. Wahrscheinlich stammte das auch aus einem Kriminalfilm. Er trat wieder hinter Will hervor und mit zwei Schritten neben seinen Kameraden, und Will blieb noch geschlagene drei Sekunden lang reglos und mit erhobenen Armen stehen, bis er sich selbst albern genug vorzukommen begann und die Hände wieder sinken ließ. Als wäre diese Bewegung ein Zeichen gewesen, senkte auch der junge Mann neben der Blondine seine Waffe, sicherte sie umständlich und verbarg sie in einem Schulterhalfter, das er unter der Jacke trug.

»Könnten wir vielleicht …?«, begann Will und blinzelte demonstrativ. »Ich meine: Das Licht …«

»Sicher.« Angie nickte fast hastig, trat zur Tür zurück und betätigte einen Schalter. Unter der Decke und entlang der Wände gingen eine Anzahl Lampen an, die mildes und größtenteils indirektes Licht verstrahlten, und gleichzeitig erloschen die drei Stehlampen, die Will bisher geblendet hatten. Mit einem erleichterten Seufzen hob er die Hand und rieb sich mit Daumen und Zeigefinger über die Augen. Das Licht war nicht so grell gewesen, dass es schmerzte, aber unangenehm. Blondie und ihre beiden Begleiter standen einfach reglos da und starrten ihn an. Will hatte das Gefühl, dass sie etwas ganz Bestimmtes von ihm erwarteten, aber er hätte beim besten Willen nicht sagen können, was.

»Und jetzt?«, fragte er schließlich, als keiner der drei Anstalten machte, von sich aus das Schweigen zu brechen. »Rufen wir die Polizei?«

»Das wird hoffentlich nicht nötig sein«, antwortete Angie. Sie sah ihn noch einen Moment lang abschätzend an und wandte sich dann an den Burschen zu ihrer Linken; den, der Will durchsucht hatte. »Geh bitte und sag Bescheid, dass alles in Ordnung ist, Mike. Und schalte die Alarmanlage wieder ein. Nicht, dass wir am Ende noch mehr ungebetenen Besuch bekommen.« Ein dünnes Lächeln spielte um ihre Mundwinkel, als sie das Wort *Alarmanlage* aussprach, und Will hätte sich dabei eigentlich noch dämlicher vorkommen müssen, als er es ohnehin schon tat. Aber ihre Häme war ebenso wenig echt wie das spöttische Glitzern in ihren Augen. Hinter beidem verbarg sich nichts anderes als auch hinter der bewusst lockeren Haltung, in der sie dastand und ihn mit leicht schräg gehaltenem Kopf ansah: Unsicherheit. Die ganze Situation wirkte gekünstelt, so unecht wie von einem Filmstudenten im ersten Semester arrangiert. Der Kleinen war die Situation mindestens so unangenehm wie ihm, und auch, wenn Will sich beim besten Willen keinen Grund dafür denken konnte, hatte er doch das immer stärker werdende Gefühl, dass sie mindestens genauso viel Angst vor ihm hatte wie er vor ihr, oder, um genauer zu sein, vor ihren Begleitern.

»Setz dich«, befahl Angie. Will war nicht einmal sicher, dass sie ihrem Begleiter befehlen würde, ihre Aufforderung mit Gewalt durchzusetzen, falls er sich weigern sollte, ihr nachzukommen. Die Unsicherheit in ihrer Stimme hatte noch zugenommen. Sie hatte sich darauf vorbereitet, ihn in Empfang zu nehmen, und sich den einen oder anderen passenden Spruch zurechtgelegt, aber nun wusste sie so wenig wie er, wie es weiterging. Einen Moment lang hatte Will ernsthaft überlegt, sich einfach herumzudrehen, die Terrassentür zu öffnen und wieder zu gehen, nur um zu sehen, was sie tun würde. Aber natürlich tat er das nicht. Obwohl er mehr und mehr das Gefühl hatte, nicht wirklich in Gefahr zu sein, sah er doch wenig Sinn darin, unnötig Öl in die Flammen zu gießen. Er zögerte nur gerade lange genug, um zu demonstrieren, dass er *freiwillig* gehorchte, nicht, weil man es ihm befohlen hatte, und steuerte dann die erste von gleich drei modernen Sitzgruppen an, die locker in dem großzügig geschnittenen Raum verteilt waren. Darüber hinaus war das Zimmer fast leer. An den Wänden hingen zwei oder drei moderne Gemälde, es gab ein zierliches Glasregal, dessen Böden allerdings fast leer waren, und ein großzügiges Terrarium mit handtellergroßen Echsen, die ihn an die Sammlung kleiner Drachen erinnerte, die zusammen mit seiner gesamten Wohnungseinrichtung ein Opfer des Feuers geworden waren, das war alles.

»Und jetzt?«, fragte er, nachdem er Platz genommen und abgewartet hatte, bis Angie sich ebenfalls gesetzt hatte. Der junge Mann rührte sich nicht von der Stelle, sondern verschränkte nur die Arme vor der Brust und gab sich weiterhin Mühe, möglichst grimmig auszusehen.

Das Ergebnis tendierte allerdings eher in Richtung *albern* als *beeindruckend.*

»Das liegt bei dir«, sagte Angie. »Wir haben nicht vor, dir irgendetwas anzutun – falls du uns nicht dazu zwingst.«

Will überlegte einen Moment, aus welchem Film dieser Dialog nun wieder stammen mochte, verbiss sich aber jede entsprechende Bemerkung und deutete nur ein Schulterzucken an. Die Situation wurde immer surrealer. Er spürte genau, dass er nicht der Einzige war, der sich weit wegwünschte. »Darf ich eine Frage stellen?«

»Wir sind hier, um zu reden.«

»Gut«, antwortete Will. »Wofür steht die Abkürzung Angie?«

Die junge Frau blinzelte. Für einen winzigen Moment verlor sie die Kontrolle über ihr Gesicht und sah einfach nur verblüfft aus; und ein ganz kleines bisschen erschrocken. Dann hatte sie sich wieder in der Gewalt und zwang ein ebenso flüchtiges wie überzeugendes Lächeln auf ihre Züge.

»Angela«, antwortete sie. Sonst nichts, aber sie sprach dieses eine Wort unüberhörbar im Tonfall einer Frage aus, den Will jedoch einfach ignorierte. Sollte sie sich doch den Kopf zerbrechen, was er sonst noch alles wusste.

»Angela. Ein hübscher Name.« Will nickte. »Und warum bin ich hier?«

20

Diesmal hielt der Ausdruck von Verblüffung auf Angelas Zügen deutlich länger an. Schließlich schüttelte sie fast hilflos den Kopf. »Die Frage wollte ich eigentlich gerade stellen«, sagte sie.

Will wollte antworten, aber Angela schnitt ihm mit einer raschen Bewegung das Wort ab, stand auf und war mit zwei schnellen Schritten bei der Tür und ihrem grimmig dreinschauenden Bodyguard. Will konnte nicht verstehen, was sie ihm sagte, aber es war nicht zu übersehen, dass es ihm nicht gefiel. Sein Gesicht verdüsterte sich zusehends, und für fünf oder auch zehn Sekunden verwandelte sich ihr Gespräch in eine Art geflüsterten Streit, währenddessen er ein paar Mal erregt in Wills Richtung deutete. Schließlich aber wandte er sich deutlich verärgert um und verließ mit wütenden Schritten den Raum. Angela streckte rasch die Hand aus und schloss die Tür hinter ihm, bevor er sie zuknallen konnte. Mit etwas, das wahrscheinlich ein entschuldigendes Lächeln sein sollte, aber einfach nur nervös wirkte, wandte sie sich wieder zu ihm um und nahm auf ihrem Sessel Platz.

Will sah sie einen Moment lang nachdenklich an, drehte sich dann halb in seinem Sessel um und sah deutlich länger demonstrativ aus dem Fenster. Ohne dass er es bisher bemerkt hatte, war draußen eine ganze Batterie starker Scheinwerfer aufgeflammt, die den Garten in fast taghelles Licht tauchten. Will vermutete, dass sie zusammen mit der Alarmanlage angegangen waren, von der Angela gesprochen hatte.

Mit einer fast betont langsamen Bewegung wandte er sich

wieder der jungen Frau zu und bedachte sie mit einem langen, abschätzenden Blick.

»Denk nicht einmal daran«, sagte sie ruhig.

Will dachte ganz im Gegenteil daran, wie erschreckend schnell sie die beiden Polizisten in seiner Wohnung überwältigt hatte, und hob mit einem angedeuteten gequälten Grinsen die Schultern. »Karate oder Taekwondo?«, fragte er.

»Ein bisschen von allem«, antwortete Angela ernst. »Es hat keinen Namen, aber es funktioniert. Ich hoffe doch, du zwingst mich nicht, es zu beweisen.«

»Und wenn ich auch den schwarzen Gürtel im Mikado hätte?«

»Hast du nicht«, antwortete Angela. Sie blieb ernst. »Der einzige Sport, den du je betrieben hast, ist Bierglasstemmen an der Theke und Weglaufen, aber beides nicht besonders erfolgreich. Sonst hättest du kaum insgesamt fast zehn Jahre im Gefängnis verbracht. Wie viele waren es beim letzten Mal? Vier?« Sie lächelte kühl und beantwortete ihre eigene Frage gleich selbst. »Wovon du zweieinhalb abgesessen hast. Der Rest wurde zur Bewährung ausgesetzt. Aber damit sieht es ja nun ziemlich schlecht aus, nachdem du hier eingebrochen und auf frischer Tat erwischt worden bist.«

Will tat ihr auch diesmal nicht den Gefallen, sie zu fragen, woher sie eigentlich so viel über ihn wusste. Angelas Vortrag hatte schließlich keinen anderen Sinn als den, ihm genau dies zu demonstrieren. »Ich weiß nicht, wie hoch die Strafe für Freiheitsberaubung ist«, antwortete er stattdessen, »aber ich glaube nicht, dass ihr mit einer Verwarnung davonkommt, wenn jemand euer kleines Privatgefängnis entdeckt.«

Diesmal hatte sich Angela deutlich besser in der Gewalt. Sie sagte nichts, aber ihre Augen wurden ein wenig schmaler, und Will konnte regelrecht sehen, wie es hinter ihrer Stirn zu arbeiten begann. Vielleicht begriff sie allmählich, woher seine Informationen stammten. Und vielleicht wäre er gut beraten, seine Karten noch nicht allzu offen auf den Tisch zu legen. Immerhin wusste er so gut wie nichts über diese junge Frau; abgesehen von der Tatsache, dass *sie* ganz offensichtlich eine Menge über *ihn* wusste.

Er wechselte die Taktik.

»Also, verdammt noch mal, was wollt ihr von mir?«, fragte er scharf.

»Wir?« Angela spielte wirklich perfekt die Ahnungslose. »Ich glaube, du verwechselst da etwas. Du bist hier eingebrochen, wenn ich das richtig sehe. Was nebenbei bemerkt ebenso unklug wie überflüssig war. Du hättest dir eine Menge Mühe und vermutlich noch mehr Ärger mit deinem Freund Georg ersparen können, wenn du nicht geflohen wärst.« Sie lächelte knapp. »Ich kenne diesen Georg zwar kaum, aber ich hatte das Gefühl, dass er ziemlich sauer war.«

»Vielleicht lasse ich mich nicht gerne verkaufen«, schnappte Will. »Schon gar nicht von Leuten, die von sich behaupten, meine Freunde zu sein.«

Angela setzte zu einer spontanen Antwort an, beließ es aber dann bei einem Kopfschütteln und einem Blick, der sehr deutlich machte, was sie von seinem Geschmack bei der Auswahl seiner Freunde hielt.

»Woher weißt du von diesem Haus?«, fragte sie plötzlich.

»Wieso?«

»Weil die Antwort wichtig ist«, sagte Angela, »vor allem für die Frage, wie es mit dir weitergeht. Also?«

»Reißt ihr mir die Fingernägel raus, wenn ich mich weigere, zu antworten?«

»Ich dachte eher an die guten alten glühenden Kohlen und Zangen«, antwortete Angela, »aber dein Vorschlag klingt auch interessant.« Sie schüttelte ärgerlich den Kopf. »Beantworte meine Fragen, okay?«

»Ich habe mit niemandem über euch gesprochen«, sagte Will. »Außer mit einem Pygmäen unten im Dorf. Aber der wusste nicht einmal genau, wer hier wohnt.«

Angela lächelte flüchtig, wurde aber sofort wieder ernst. »Das ist auch gut so«, sagte sie. »Jedenfalls im Moment noch.« Wieder schwieg sie gerade einen Moment zu lange, dann beugte sie sich leicht vor und begann nervös die Hände zu ringen. Sie hatte möglicherweise ihre Stimme und ihre Physiognomie unter Kontrolle, aber nicht ihre Körpersprache. »Versteh mich nicht falsch, Will. Wir müssen vorsichtig sein, und wir hatten einen schlechten Start, aber glaub mir, wir sind nicht deine Feinde.«

»Natürlich«, antwortete Will spöttisch. »Ich nehme an, das Ganze war nichts als ein großes Missverständnis.«

»Nicht unbedingt, aber es geht in die Richtung«, antwortete Angela ausweichend. »Du willst wahrscheinlich wissen …«

»Ich will vor allem wissen, was ihr diesem armen Mädchen angetan habt«, unterbrach sie Will.

»Hat sie diesen Eindruck auf dich gemacht?«, fragte Angela und schüttelte zugleich den Kopf. »Ein armes Mädchen zu sein, das niemandem ein Haar krümmen kann? Glaub mir, das ist sie nicht.«

Ganz so hätte Will es nicht ausgedrückt, nachdem er das zweifelhafte Vergnügen gehabt hatte, Duffy etwas näher kennen zu lernen, aber er nickte trotzdem.

Wieder druckste Angela einen Moment herum, bevor sie antwortete. Wenn er bedachte, wie sorgfältig sie sich vorher jedes Wort zurechtgelegt hatte, dachte Will, war das schon erstaunlich. »Die ganze Sache ist leider sehr viel komplizierter, als du dir vorstellen kannst.«

»Wahrscheinlich ist sie so eine Art Feuerkind, das nur mit den Augen zu blinzeln braucht, und ganze Straßenzüge gehen in Flammen auf«, sagte Will.

»Wenn es so einfach wäre, säßen wir nicht hier«, antwortete Angela in einem Tonfall, der Will einen eisigen Schauer über den Rücken laufen ließ. »Ich fürchte, es ist eher andersherum.«

»Aha«, sagte Will. Er verstand kein Wort. Er war auch ganz und gar nicht sicher, ob es etwas zu verstehen gab. Dieses Haus, die bewaffneten Bodyguards, der schwarze Wagen und Angelas Kung-Fu-Kunststückchen erweckten zumindest auf den ersten Blick einen ziemlich professionellen Eindruck – aber er durfte auch die Möglichkeit nicht außer Acht lassen, dass er es schlicht und einfach mit einer Bande von Verrückten zu tun hatte.

Anscheinend war es nicht besonders schwer, seine Gedanken zu erraten, denn Angelas Lächeln wurde plötzlich ein bisschen gequält. Sie richtete sich mit einem resignierenden Seufzen wieder auf und legte die Hände flach auf die Sessellehnen. »Ich merke schon, ich sollte vielleicht anders anfangen.«

»Das finde ich auch«, antwortete Will, und eine Stimme von der Tür her fügte hinzu:

»Lass gut sein, Liebes. Vielleicht sollte ich versuchen, es ihm zu erklären.«

Irgendwie kam ihm diese Stimme bekannt vor. Verwirrt und alarmiert zugleich richtete sich Will in seinem Sessel auf und drehte sich halb herum, und alles, was er sagen wollte oder konnte, blieb ihm buchstäblich im Hals stecken, als er die schlanke Frauengestalt erblickte, die unter der Tür erschienen war.

»Hallo, Will«, sagte Martina. »Es ist schön, dich nach so langer Zeit wieder zu sehen.«

»Ma...rtina?«, murmelte er. »Aber das ... das kann doch nicht sein.«

Es konnte nicht sein, nicht nur, weil es nicht sein durfte, sondern weil es tatsächlich und aus ganz praktischen Gründen nicht sein *konnte.* Es war mehr als zehn Jahre her, seit sie sich das letzte Mal gesehen hatten, aber die Frau, die jetzt nur ein paar Schritte entfernt in der offenen Tür stand, ihn aus Martinas Augen ansah und ihn mit Martinas Mund anlächelte, war nicht nur um keinen Tag älter geworden als das Bild, das er tief in seinem Herzen aufbewahrt hatte, sondern kam ihm ganz konkret jünger vor, als sie es damals gewesen war. Angela schätzte er auf Anfang bis Mitte zwanzig; wenn die dunkelhaarige Frau in der Tür wirklich Martina gewesen wäre, dann konnte sie – nicht ganz, aber doch beinahe – ihre Mutter sein. Nebeneinander gestellt hätten die beiden Frauen jedoch allerhöchstens Schwestern sein können; annähernd gleichaltrige Schwestern, um genau zu sein. Es war einfach nicht *möglich.*

»Deine Wiedersehensfreude scheint sich ja in Grenzen zu halten«, sagte Martina. In ihren Augen funkelte derselbe schelmische Spott von damals, und auch der beinahe ebenso unhörbare wie un*über*hörbare Unterton in ihrer Stimme war noch ganz derselbe. In dem knappen Dreivierteljahr, das sie zusammen gewesen waren, war es ihm niemals gelungen, wirklich mit letzter Sicherheit zu sagen, ob sie etwas ernst meinte oder ihn gerade auf den Arm nahm.

Sie wartete einen weiteren Augenblick lang vergebens darauf, dass er irgendetwas sagte, dann deutete sie ein Achselzucken an und trat mit wenigen, geschmeidigen Schritten hinter Angelas Sessel. Hätte er noch irgendwelche Zweifel gehabt, hätte diese Bewegung sie vermutlich beseitigt, denn wenn es überhaupt etwas gegeben hatte, das er noch mehr bewunderte als ihre Schönheit, dann war es ihre geschmeidige

Art gewesen, sich zu bewegen. Aber es war keine zehn Jahre her, dass er diese katzenhaften Schritte das letzte Mal gesehen hatte. Es war nicht einmal zehn Tage her.

»Die Frau mit dem Schleier«, murmelte er. »Das …«

»Das war ich«, bestätigte Martina. »Ehrlich gesagt bin ich immer noch nicht ganz sicher, ob ich nicht ein bisschen beleidigt sein soll, dass du mich nicht erkannt hast.« Sie streckte den Arm aus und legte der vor ihr sitzenden Angela die Hand in einer Geste auf die Schulter, von der Will nicht sicher war, ob sie nun freundschaftlich, besitzergreifend oder vielleicht auch etwas gänzlich anderes war.

Will konnte immer noch nicht anders, als sie einfach nur anzustarren. Ganz gleich, was ihm seine Augen sagten, der allergrößte Teil von ihm beharrte noch immer darauf, dass das, was er sah, vollkommen unmöglich war. Sonderbarerweise war das aber fast alles, was er empfand. Der Orkan von Gefühlen, den ihr Anblick in ihm auslösen sollte, kam nicht. Aber er würde kommen. Vielleicht war der Schock einfach zu groß.

»Ich muss mich noch bei dir entschuldigen«, sagte Martina. »Ich wollte wirklich nicht, dass Sven dir wehtut. Er sollte dich einschüchtern, aber ich fürchte, er war ein bisschen übereifrig. Es tut mir Leid.«

»Das tut ja jetzt nichts mehr zur Sache«, sagte Will leise. »Sven ist vom Schicksal schlimmer bestraft worden, als er es verdient hat.«

»Das stimmt nicht ganz«, sagte Martina hart. »Es war nicht das Schicksal, das ihn bestraft hat. Es war …« Sie brach ab, und ein bitteres Lächeln umspielte ihre Lippen. »Sven war immer ein bisschen übereifrig. Ich hätte ihn früher bremsen müssen. Aber dazu ist es jetzt leider zu spät. Es hätte nicht passieren dürfen.«

»Was hätte nicht passieren dürfen?«

Martina machte eine halb ungeduldige, halb bedauernde Handbewegung. »Es ist schlimm genug, was Sven widerfahren ist. Aber ich werde alles in meiner Macht Stehende tun, damit sich so etwas nicht noch einmal wiederholt.«

»Und wie willst du das anstellen?«

»Indem ich als Erstes dafür sorge, dass du nicht verhungerst.« Martina rang sich ein Lächeln ab, das allerdings alles andere als überzeugend wirkte. »Du musst doch vor Hunger fast sterben.«

»Wie?«, murmelte Will.

»Ich kann mir vorstellen, dass du tausend Fragen auf dem Herzen hast, aber beim Essen redet es sich besser. Du *musst* hungrig sein. Ich wäre es jedenfalls, wenn ich den ganzen Tag im Wagen gesessen hätte.« Sie streckte die Hand aus. »Gibst du mir die Schlüssel?«

»Wozu?«

»Mike kann den Wagen abholen und in die Garage fahren«, antwortete Martina. »Du willst doch nicht, dass er entdeckt wird, oder?«

Will nickte zwar, reichte ihr den Schlüssel aber nur äußerst widerstrebend.

Martina hatte ihm gerade – zweifellos ganz bewusst – in einem Nebensatz klar gemacht, dass sie ihn spätestens seit dem Moment beobachtet hatte, in dem er nach Dohr gekommen war; und vermutlich schon lange davor. Vermutlich spielte es nicht die geringste Rolle, ob er ihr den Wagenschlüssel gab oder nicht, und trotzdem hatte er das Gefühl, sich mit dieser harmlosen Bewegung endgültig auszuliefern.

Martina nahm ihm den Schlüsselbund mit so spitzen Fingern aus der Hand, dass Will sich fragte, ob es Zufall war oder sie um jeden Preis vermeiden wollte, ihn zu berühren, gab ihn an Angela weiter und drehte sich in der gleichen Bewegung herum. Ohne ein weiteres Wort verließ sie das Zimmer und wandte sich draußen nach rechts.

Will zögerte. Die Situation kam ihm mit jedem Atemzug unwirklicher vor, und er selbst war nicht ganz unschuldig daran. Irgendwie hatte er immer noch nicht begriffen, was gerade passiert war; und schon gar nicht, was es *bedeutete*. Er warf Angela einen beinahe hilfesuchenden Blick zu, auf den sie aber nur mit einem angedeuteten Schulterzucken reagierte und dann ebenfalls aufstand. Sie machte keine Anstalten, das Zimmer ebenfalls zu verlassen, sondern schloss nur die Hand um den Schlüsselbund und machte mit der anderen eine deutlich mehr als nur einladende Geste in Wills Richtung, Martina zu folgen. Widerstrebend gehorchte er schließlich.

Der Flur, den sie entlanggingen, war genauso schlicht und geschmackvoll gehalten wie das sonderbare Wohnzimmer mit den drei Sitzgarnituren und wirkte auf seine Art ebenso seltsam, ohne dass Will den Finger auf den Unterschied hätte legen können. Dafür erlebte er eine Überraschung, als Angela auf eine offen stehende Tür zur Rechten deutete und er hindurchtrat.

Das Zimmer war so groß, dass es nahezu den gesamten verbliebenen Rest des Hauses in Anspruch nehmen musste. Wenn es Fenster hatte, waren sie so geschickt verborgen, dass sie selbst seinem kundigen Blick auf Anhieb entgingen, und es gab auch kein elektrisches Licht, sondern nur eine Unzahl von Kerzen, die auf Leuchtern, Kandelabern, Deckenleuchten und Dutzenden von kleineren Kerzenhaltern standen. Die Wände waren mit schwerem, dunklem Holz vertäfelt, und die Decke wurde von schweren, schwarz gebeizten Balken getragen, die vermutlich nur der Zierde dienten. So groß der Raum auch war, wirkte er dennoch fast beengt, denn in seiner Mitte stand der gewaltigste Tisch, den Will je gesehen hatte; ein Monstrum aus schwarzem Eichenholz, gegen das selbst König Artus' Tafelrunde wie ein Campingtisch gewirkt hätte. Flankiert wurde dieses Ungeheuer von gut vierzig, wenn nicht fünfzig Stühlen mit hohen, geschnitzten Lehnen, deren schiere Zahl jedem unvorbereiteten Besucher allein die Sprache verschlagen hätte. Bei Will jedenfalls funktionierte es hervorragend. Er blieb mindestens eine halbe Minute unter der Tür stehen, und er brauchte diese Zeit, um Martina überhaupt zu *finden*. Sie saß ganz am Ende der gewaltigen Tafel und sah genau so klein und verloren aus, wie Will sich beim Anblick des gewaltigen Möbelstückes fühlte.

»Beeindruckt?«, fragte sie spöttisch. Gleichzeitig deutete sie mit der Hand auf den freien Stuhl neben sich. Will registrierte beiläufig, dass insgesamt drei Gedecke aufgetragen, aber noch vollkommen leer waren.

»Durchaus«, antwortete Will. »Ich weiß nur noch nicht genau, wie.« Er löste sich mit einiger Mühe aus seiner Erstarrung und ging auf sie zu, wobei er zu Tisch und Stühlen einen so großen Abstand hielt, wie es gerade noch ging, ohne mit der Schulter an der Wand entlangzustreifen. Martina beobachtete ihn wortlos, aber unübersehbar amüsiert.

»Ein scheußliches Monstrum, nicht wahr?«, fragte sie, nachdem er angekommen war und sich – zögernd – setzte. »Ich hätte es längst entfernen lassen, aber im Moment brauchen wir es noch.«

»Um Besucher einzuschüchtern?«

Martina lachte, antwortete aber nicht darauf, sondern hob die Hand und gab Angela, die an der Tür stehen geblieben war, einen Wink. »Bist du so nett und bringst das Essen, Liebes? Unser Gast stirbt wahrscheinlich schon fast vor Hunger.«

Liebes? Will dachte noch einmal an die schwer zu deutende Art, auf die sie die Hand auf Angelas Schulter gelegt hatte, aber er weigerte sich, den Gedanken weiterzuverfolgen. Das Chaos eine Etage unter seinen bewussten Gedanken war auch so schon schlimm genug.

Angela ging ohne ein Wort, und für eine kurze, aber quälende Zeit saßen sie einfach schweigend da und versuchten alles, um den anderen nicht ansehen zu müssen. Trotz des spöttischen Lächelns und des warmen Ausdrucks in ihren Augen spürte er, dass Martina tief in ihrem Inneren ebenso verunsichert und erschrocken war wie er. Sie mochte sich auf diesen Moment besser vorbereitet haben als er, aber es gab Dinge, auf die *konnte* man sich nicht vorbereiten.

Schließlich räusperte er sich unbehaglich und sagte: »Also?«

»Warte noch einen Moment«, bat Martina. »Nur bis Angela zurück ist. Sie kann dir manches besser erklären.«

»Du meinst, es wäre dir lieber, wenn *sie* die meisten meiner Fragen beantwortet?«, sagte Will.

»Immer noch so direkt und mit der Tür ins Haus wie früher, wie?«

»Sicher«, antwortete Will. »Aber das ist keine Antwort auf meine Frage.«

»Stimmt«, sagte Martina. Sonst nichts. Auch das hatte sich nicht geändert, dachte Will. Worüber sie nicht reden wollte, darüber redete sie nicht.

Er wartete trotzdem noch ein paar Sekunden und wider besseres Wissen darauf, dass sie antwortete, dann hob er mit einem resignierenden Seufzen den Kopf und sah sich lange und demonstrativ um. Ob ihm gefiel, was er sah oder nicht – es *war* beeindruckend.

»Wenn wir schon die Zeit totschlagen sollen …«, murmelte er. »Du scheinst es ja ganz gut getroffen zu haben.«

»Ich habe eine gute Partie gemacht, wie man so schön sagt«, antwortete Martina. »Mein Mann war ziemlich vermögend.«

»War?«

»Er ist gestorben. Drei Wochen nach unserer Hochzeit. Und bevor du fragst: Ja, ich habe ihn nur geheiratet, um die Kontrolle über sein Vermögen zu bekommen.«

Will starrte sie an. *Das* war nicht die Martina, die er kannte. Ganz und gar nicht. Aber er suchte vergeblich nach einem verräterischen Funkeln in ihren Augen oder auch nur dem Hauch von Spott in ihrer Stimme.

»Das meinst du jetzt nicht ernst«, murmelte er.

»Todernst«, antwortete Martina. »Carl …« Sie machte eine Handbewegung zur Tür hin. »Angelas Vater – er wollte es so. Es war eine reine Vernunftentscheidung, die wir drei gemeinsam getroffen haben.«

»Einfach so?«, fragte Will zweifelnd. Er machte eine ausholende Geste. »Ich meine: Das alles hier sieht nach einer Menge Geld aus.«

»Nach sehr viel mehr, als du wahrscheinlich selbst jetzt noch glaubst«, bestätigte Martina ernst, schüttelte aber zugleich auch den Kopf. »Aber es ging nicht um Geld. Jedenfalls nicht hauptsächlich. Ich gebe zu, dass es gewisse Vorzüge hat, kein Haushaltsbuch mehr führen zu müssen und sich beim Essen ein zweites Glas Wein bestellen zu können, ohne dafür mit dem Trinkgeld knausern zu müssen, aber das war nicht der Grund.«

»Sondern?«, fragte Will.

»Carl wollte sichergehen, dass sein Erbe nicht in die falschen Hände gerät«, antwortete Martina.

»Zum Beispiel in die seiner Tochter?«

»Die Sache ist ein bisschen komplizierter«, antwortete Martina gelassen. »Vielleicht fragst du Angela selbst, wenn du mich wirklich für eine Erbschleicherin hältst. Ich habe nichts dagegen.«

»He, he, das habe ich nicht gemeint!«, protestierte Will, was in diesem Moment durchaus der Wahrheit entsprach. Streng genommen hatte er *gar nichts* gemeint. Er wusste einfach nicht mehr, was er noch denken sollte. Alles, was er in den letzten Momenten gehört hatte, war nicht nur verwirrend, sondern schien mit jedem weiteren Wort weniger Sinn zu ergeben.

»Carl Schmidt war ein wirklich großer Mann«, fuhr Martina ungefragt fort. Ihre Stimme wurde weicher, und das auf eine Art, von der Will nicht glaubte, dass man sie schauspielern konnte. »Vielleicht einer der großartigsten Menschen, die ich jemals kennen gelernt habe – aber es besteht kein Grund, eifersüchtig zu sein. Er hat mich nie angerührt. Manchmal bedauere ich das sogar.«

Will beschloss, zumindest den letzten Satz komplett zu ignorieren. »Ich bin nicht eifersüchtig«, behauptete er.

»Wenn das wirklich stimmt, müsste ich stark beleidigt sein«, antwortete Martina. »Deshalb ziehe ich es vor, dir nicht zu glauben.« Sie lachte und wurde sofort wieder ernst. »Und du?«

»Wie meinst du das?«

»Wir haben uns zehn Jahre nicht gesehen«, antwortete Martina. »Ich frage mich, wie es dir in dieser Zeit gegangen ist – in den Jahren, in denen du nicht eingesessen hast, meine ich.«

Eingesessen, wiederholte er in Gedanken. Das war kein Wort aus seiner Welt, obwohl er selbst es hundertmal besser kannte als sie – und vor allem wusste, was es *bedeutete.* Und trotzdem machte ihm allein die Wahl dieses simplen Wortes klar, wie gewaltig die Kluft zwischen den grundverschiedenen Universen war, in denen sie mittlerweile lebten.

»Wenn du so gut informiert bist, dann weißt du den Rest vermutlich auch«, sagte er bitter.

»Ich frage nicht nach deinem Lebenslauf«, antwortete Martina. »Wenn mich Daten interessieren, bitte ich Angela, ihren Computer einzuschalten, und kann dir in zehn Minuten sagen, wann du dir das letzte Mal ein Paar neue Unterhosen gekauft hast.« Sie schüttelte heftig den Kopf, als er widersprechen wollte. Auch das hatte sich nicht geändert. Sie war immer eine gute Zuhörerin gewesen, aber wenn sie wirklich der Meinung war, etwas sagen zu müssen, dann tat sie es. »Mich interessiert, wie es dir *ergangen* ist.«

»Wie soll es mir ergangen sein?«, antwortete Will schulterzuckend. »Immer noch der alte Trott.« Er schien ganz langsam aus dem Schockzustand zu erwachen, in den ihn ihr Anblick versetzt hatte. Immerhin hatte er sich jetzt wieder genug in der Gewalt, um sie ohne Scheu ansehen zu können. Aber das Ergebnis verwirrte ihn eher noch mehr. Vorhin, bei ihrem allerersten Anblick, hatte er den Eindruck auf seine Überraschung geschoben und den absoluten Schock, den ihm ihr plötzliches Auftauchen bereitet hatte. Nun aber sah er, dass er sich keineswegs getäuscht hatte: Es war gut zehn Jahre her, dass sie sich das letzte Mal so nahe gewesen waren wie jetzt, und sie *war* keinen Tag älter geworden. Es dauerte noch einen Moment, bis Will begriff, warum das so war: Martina hatte sich ihre jugendliche Schönheit und Grazie erhalten, aber es war etwas hinzugekommen. Da war etwas in ihrem Blick, etwas, das jede ihrer Bewegungen, jeder einzelne Atemzug ausstrahlte und das sie auf kaum in Worte zu fassende Weise *weiblicher* machte.

»Du meinst, immer noch derselbe Sumpf«, sagte Martina traurig.

»Wenn du es so nennen willst.« Die Worte taten weh, weil sie so viel Wahrheit enthielten.

»Du hast es niemals wirklich versucht, nicht wahr?«, fragte Martina. »Herauszukommen, meine ich.«

Will hob die Schultern. Er wich ihrem Blick aus. »Versucht? Doch. Ein paar Mal. Aber es ist nicht leicht, weißt du?« *Vor allem, wenn man allein ist.* Diesen letzten Satz sprach er nicht aus, denn er wollte nicht, dass sie einen Vorwurf darin hörte, den er nicht empfand. Immerhin war *sie* es, die *ihn* verlassen hatte, nicht umgekehrt.

Einzig um Zeit zu gewinnen, löste er den Blick von ihrem Gesicht und sah sich noch einmal in dem großen, sonderbar eingerichteten Raum um. Auch jetzt, als er gezielt danach suchte, konnte er keine Fenster entdecken, aber das musste nicht zwangsläufig bedeuten, dass es keine gab. Schließlich war auch die Tür verschwunden. Angela hatte sie ganz offensichtlich hinter sich geschlossen, und sie passte sich so hervorragend in die Wandvertäfelung ein, dass Will etliche Sekunden brauchte, um sie überhaupt zu finden. Vermutlich galt dasselbe auch für die Fenster.

Will beglückwünschte sich in Gedanken dazu, niemals unter Klaustrophobie gelitten zu haben. Wäre es anders, wäre er wahrscheinlich schon durchgedreht.

Das Fehlen jeglicher Fenster oder sichtbarer Türen war jedoch nicht das einzig Sonderbare hier drinnen. Vorhin, als er eingetreten war, hatte er die zahllosen Kerzen für eine romantische Verirrung seiner Gastgeberin gehalten, aber nun sah er, dass es hier drinnen tatsächlich keine andere Beleuchtung *gab.* Es waren mindestens hundert Kerzen – wahrscheinlich viel mehr – in allen nur denkbaren Größen und Formen, und auch ihre Verteilung war keineswegs zufällig. Die zahllosen Lichtquellen waren so geschickt aufgestellt, dass es praktisch keine Schatten gab, die Helligkeit aber auch zugleich aus keiner irgendwie erkennbaren klaren Richtung zu kommen schien. Vielmehr hatte man das Gefühl, sich inmitten eines Ozeans aus leuchtender gelb-roter Wärme zu befinden; wie im Herzen einer Flamme, die stetig und warm brannte, ohne sich zu verzehren.

Er spürte Martinas Blick auf sich lasten und wandte irritiert den Kopf. Sie sah rasch weg, aber nicht rasch genug. In ihren Augen hatte etwas fast Lauerndes gelegen, fand er. So als erwarte sie eine ganz bestimmte Reaktion von ihm. Aber welche? Und vor allem worauf?

Nachdenklich streckte er die Hand aus und zog einen der kleinen Kerzenständer heran, von denen mindestens ein Dutzend auf dem Tisch verteilt waren, um ihn genauer zu betrachten. Das Licht flackerte, und etwas wie eine rasche, unwillige Bewegung schien durch den gesamten Raum zu gehen; als hätte er das akribisch arrangierte Muster aus Helligkeit und warmen roten Schatten gestört und bekäme nun die Beschwerde dafür. Wie albern. Es musste an dieser Umgebung liegen, dass er anfing, so krauses Zeug zu denken.

Fast schon trotzig zog er den Kerzenständer noch ein kleines Stück näher zu sich heran und drehte ihn in den Fingern. Es war ein sehr seltsamer Kerzenständer, fand er. Schwer und handgearbeitet und ganz zweifellos teuer, denn Will bezweifelte, dass sich ein so ordinäres Metall wie Zinn in diesen Luxustempel verirren würde, und vermutete, dass der Kerzenständer somit aus massivem Silber bestand, hatte er die Form eines geschuppten Drachen, der sich um eine Art griechischer Säule wickelte. Will konnte nicht sagen, ob er ihn originell oder einfach nur kitschig fand; vermutlich von beidem etwas.

Der Drache war nicht der einzige im Raum. Das Motiv wiederholte sich mehr oder weniger ausgeprägt auch auf den anderen Kerzenständern, die auf dem Tisch verteilt waren, und nicht nur dort. Genau genommen gab es nicht viel hier drinnen, was nicht in der einen oder anderen Form von einem Drachen geziert wurde: Sie wickelten sich schlangengleich um die großen Kerzenleuchter unter der Decke, ragten mit aufgerissenen Mäulern aus den Wänden, um weitere Kerzen zu tragen, oder verfolgten einander in den geschnitzten Zierleisten, die die Wandvertäfelungen voneinander trennten. Will beugte sich zur Seite und war kein bisschen überrascht, zu sehen, dass auch die Tischbeine die Form gewundener Schlangenleiber hatten, die von weit aufgerissenen Drachenmäulern gekrönt wurden.

»Hast du deine Vorliebe für Reptilien entdeckt?«, fragte er. »Oder habe ich dich damals mit meiner eigenen kleinen Drachensammlung so beeindruckt, dass du gar nicht anders konntest, als mir nachzueifern?«

»Carl hat dieses Zimmer entworfen«, sagte Martina, als wäre das Antwort genug.

»Und du meinst, er sei ein großer Mann gewesen?«

»Ein großer Mann, der zufällig die gleiche Marotte wie du hatte«, sagte Martina. »Ja. Irgendwann lasse ich das alles hier entfernen, aber noch bin ich nicht so weit.«

Will ertappte sich bei dem albernen Gedanken, tatsächlich darauf zu warten, dass ihr eine lange Pinocchio-Nase wuchs. Die Lüge war nicht nur dünn, sie gab sich noch nicht einmal die Mühe, ihr auch nur eine Spur von Glaubwürdigkeit zu verleihen. Dieses Zimmer bedeutete sehr viel mehr als nur eine sentimentale Erinnerung für sie; noch dazu an einen Mann, mit dem sie angeblich nur eine reine Vernunftehe eingegangen war. Aber Will beließ es dabei. Wenigstens für den Moment.

»Hast du es eigentlich jemals bereut?«, fragte er unvermittelt.

»Was?« Martina wirkte ein bisschen erschrocken, und selbstverständlich wusste sie genau, was er meinte. Will selbst war fast genauso überrascht wie sie. Dennoch fuhr er fort: »Nicht auf mich gewartet zu haben.« Er hob rasch die Hand, als sie antworten wollte. »Ich meine nicht das hier. Mit diesem

Carl Schmidt kann ich nicht mithalten. Aber ich meine vorher. Nachdem du mich verlassen und bevor du ihn kennen gelernt hast.« Und dann fügte er etwas hinzu, wofür er sich selbst hasste, noch bevor er die Worte ganz ausgesprochen hatte. »Es gab doch ein Dazwischen, oder?«

Etwas in Martinas Blick erlosch. »Das war nicht fair«, sagte sie.

»Nein«, antwortete er, »das war es nicht. Entschuldige. Ich weiß auch nicht, warum ich das gesagt habe.«

Natürlich wusste er es, genau wie sie. Will hätte sich am liebsten selbst geohrfeigt. Was zum Teufel war eigentlich mit ihm los? Schock hin oder her, er hatte nach zehn Jahren die Frau wieder getroffen, die er einmal geliebt hatte – vielleicht die einzige Frau, die er jemals *wirklich* geliebt hatte –, und alles, was ihm einfiel, war, sie zu verdächtigen und ihr Vorwürfe zu machen!

»Wahrscheinlich habe ich es verdient«, sagte Martina nach einer Weile, sehr leise, aber mit einer Stimme, in der nicht die geringste Spur von Bitterkeit oder gar Vorwurf war. Es war eine Feststellung, mehr nicht. »Und um deine Frage zu beantworten: Ich habe es bereut. Aber zehn Jahre sind eine lange Zeit.«

»Ich verstehe«, sagte Will.

»Das glaube ich nicht«, antwortete Martina.

»Dann erklär es mir doch einfach«, verlangte Will. Er legte die Hand flach neben seinen Teller, nur Zentimeter von ihren Fingern entfernt, und überließ damit – wieder einmal – ihr die Initiative. Es wäre nur eine winzige Bewegung, die sie sogar als Zufall tarnen konnte.

Aber sie machte sie nicht.

Ein paar Sekunden später ging die Tür auf, und Angela kam herein. Sie balancierte ein gewaltiges Silbertablett vor sich her, auf dem sich zwei verchromte Speiseglocken befanden. Will wollte aufstehen und ihr helfen, aber die junge Frau schüttelte hastig den Kopf und schob in der gleichen Bewegung die Tür mit dem Fuß hinter sich zu. Mit sichtlicher Mühe, trotzdem aber sehr schnell, trug sie ihre Last um den riesigen Tisch herum und lud sie klirrend zwischen sich und Martinas Platz ab. Dann tat sie etwas sehr Seltsames.

Sie setzte sich, stand praktisch in der gleichen Bewegung wieder auf und streckte die Hand aus, aber nicht, um die Speiseglocken hochzuheben, wie Will erwartete. Stattdessen griff sie nach dem Kerzenständer, den Will gerade begutachtet hatte, und stellte ihn an seinen Platz zurück. Wieder huschten rote Schatten und warmes Licht auf unsichtbaren Füßen lautlos durch den Raum, und irgendetwas war nun wieder richtig.

»Es ist angerichtet«, sagte Martina. Die ersten Worte klangen noch ein wenig bemüht, aber als sie eine einladende Geste auf das Tablett machte und fortfuhr, hatte sie sich wieder hundertprozentig in der Gewalt. »Ich hoffe, ich erinnere mich noch richtig an dein Lieblingsgericht.«

Angela hob in einer geschmeidigen Bewegung, die jeder Kellnerin in einem Drei-Sterne-Restaurant zur Ehre gereicht hätte, die beiden Glocken an, und Will starrte verblüfft auf das, was darunter zum Vorschein kam.

»Grillhähnchen, Pommes und eine Dose Beck's, das war doch richtig, oder?«

Will war noch immer viel zu sprachlos, um irgendetwas anderes zu tun, als wortlos zu nicken. Gleichzeitig ließ ihm der verlockende Duft des Grillhähnchens das Wasser im Mund zusammenlaufen. Sein Magen knurrte hörbar und erinnerte ihn daran, dass er tatsächlich seit dem Frühstück nichts mehr gegessen hatte.

»Greif zu«, sagte Martina auffordernd.

»Aber ich warne dich. Du bekommst nichts ab. Ich bin es nicht mehr gewohnt, zu teilen.«

Angela sah sie beide abwechselnd und gleichermaßen fragend wie verständnislos an, aber Will lachte nur, lud sich ungeniert eine der drei Hähnchenhälften auf seinen Teller und begann ebenso ungeniert mit den Fingern zu essen, nachdem er die Bierdose aufgerissen und einen kräftigen Schluck genommen hatte. Das Bier war zu warm und schmeckte nicht, und das Hähnchen dafür schon halb kalt. Dennoch begann er schon nach dem ersten Bissen mit einem wahren Heißhunger zu essen. Sein Magen knurrte noch lauter.

»Das darfst du ihm nicht übel nehmen«, sagte Martina, an Angela gewandt und in amüsiertem Ton. »Seine Tischmanieren waren schon immer schrecklich. Aber du solltest anfangen. Früher hat er alles in Rekordzeit in sich hineingestopft und mich dann so lange hungrig und vorwurfsvoll angesehen, bis er meine Portion auch noch bekommen hat.«

Angela wirkte noch irritierter, hob aber dann nur die Schultern und begann ebenfalls zu essen; allerdings weit langsamer als er und mit gezielten Bewegungen, die noch nicht wirklich angewidert wirkten, aber auch nicht sehr weit davon weg waren. Das Essen brachte eine Spur von Normalität in den sonderbaren Raum, zumindest so lange, bis er seinen schlimmsten Hunger gestillt und die Bierdose geleert hatte. Martina schob ihm schweigend ihr eigenes Getränk hin, das sie bisher noch nicht einmal angerührt hatte, aber Will schüttelte nur den Kopf. Er hatte durchaus Lust auf ein zweites Bier oder auch ein drittes oder fünftes. Aber er spürte bereits die Wirkung des allerersten, und er hatte das Gefühl, dass es wichtiger denn je war, einen klaren Kopf zu behalten.

»Du wirst doch auf deine alten Tage nicht etwa solide?«, fragte Martina spöttisch.

»Vielleicht nur ein bisschen vorsichtiger«, antwortete er. »Immerhin haben wir uns zehn Jahre nicht gesehen. Wenn ich noch mehr Alkohol trinke, garantiere ich für nichts mehr.«

Martina tippte mit dem Fingernagel gegen die Bierdose. »Nur keine Hemmungen. Ich habe meine Anstandsdame dabei.«

»Und ich bin keine wohlerzogene junge Lady«, fügte Angela lächelnd hinzu. »Ich schlage auch Männer. Eigentlich sogar ganz besonders gern.«

»Ich weiß«, sagte Will.

Angela lächelte unerschütterlich weiter, aber irgendetwas war da hinter diesem Lächeln, das Will innerlich erschauern ließ.

»Angela hat mir erzählt, was in deiner Wohnung passiert ist«, sagte Martina. »Es tut mir Leid. Ich verabscheue Gewalt, das weißt du. Aber Svens Tod hat die ganze Sache eskalieren lassen. So etwas darf sich nie, nie wiederholen.«

Will erinnerte sich mit Grausen an das, was ihm Reimann von dem verkohlten Leichnam erzählt hatte, der aus dem Wagen geschleudert wurde. Doch bevor er dazu kam, die Frage zu stellen, die ihm schon die ganze Zeit auf der Seele gelegen hatte – nämlich wie es kam, dass Martina der Flammenhölle des zusammengeschmolzenen Autos offenbar unbeschadet entkommen war –, fuhr Martina fort: »Angela konnte nicht anders handeln. Manchmal ist Gewalt eben die einzige Lösung.«

Die Stimmung kippte; lautlos und so schnell, dass es schon geschehen war, noch bevor Will es überhaupt richtig registrierte. Aus dem ebenso mühsamen wie verkrampften Small Talk wurde warnungslos bitterer Ernst, und was hatte er auch erwartet? Eine romantische Wiedersehensfeier mit Kerzenschein und Sekt, die in einer rauschenden Liebesnacht endete? Ja, ein kleiner Teil von ihm sicher; das zwei Millionen Jahre alte Erbe seiner äffischen Vorfahren, das immer und bei jeder Gelegenheit auf der Suche nach etwas war, das er bespringen konnte. Der Rest von ihm wohl eher nicht.

»Was war die einzige Lösung?«, fragte er leise. »Die, die zum Tod der beiden Polizisten geführt hat, oder das, was sie mit dem Mädchen gemacht hat?«

Angela wollte auffahren, aber Martina brachte sie mit einer raschen Geste zum Schweigen. »Es war notwendig«, sagte sie ernst, wobei sie offen ließ, was genau sie damit meinte – den Tod der beiden Beamten oder den Elektroschocker, mit dem Angela Duffy ausgeschaltet hatte. »Angela hatte keine andere Wahl.«

»Sicher«, antwortete Will böse. »Und das weißt du genau, weil du ja schließlich dabei warst, nicht wahr?«

»Wenn sie es nicht getan hätte, dann hätte es vielleicht noch sehr viel mehr Opfer gegeben«, antwortete Martina. Dann verbesserte sie sich. »Nein. Nicht vielleicht. Bestimmt.«

»Wieso?«, fragte Will.

Martina zögerte einen spürbaren Moment. Sie wich seinem Blick aus. Ihre Finger begannen mit dem Rand ihres Tellers zu spielen, den sie bisher noch nicht einmal angerührt hatte. »Es ist nicht so leicht zu erklären, weißt du? Die Geschichte ist … ziemlich kompliziert. Und ziemlich lang.«

»Versuch es doch einfach«, sagte Will ätzend. »Ich habe heute nichts mehr vor – außer einem Termin mit meinem Vermögensberater, aber den kann ich zur Not verschieben.«

Martina sah ihn vorwurfsvoll an. »Du verstehst nicht, worum es geht, Will«, sagte sie leise. »Du kennst Dumarest nicht.«

»Dumarest – und nicht Bettina?«, fragte Will verwirrt.

»Duffy«, sprang Angela ein. »So hat sie sich bei ihm genannt.«

Martina lächelte flüchtig. »Ja, das ist irgendwie typisch für sie«, sagte sie. Dann erlosch ihr Lächeln ebenso schnell wieder, wie es gekommen war, und ein Ausdruck umso größeren Bedauerns ergriff von ihren Augen Besitz. »Du glaubst sie zu kennen, aber das stimmt nicht. »Glaube mir, Duma… Duffy ist nicht das, was du glaubst.«

»Ach nein?«, fragte Will böse. »Dann muss ich mich wohl bei euch entschuldigen. Ich dachte tatsächlich, sie wäre nichts als ein kleines Mädchen, das halb verrückt vor Angst ist, weil ihr irgendjemand etwas Schreckliches angetan hat. So kann man sich täuschen.«

Sein Zorn prallte sichtlich von Martina ab, und von Angela erst recht. Vielleicht, weil sie spürten, dass er nicht echt war. Er war empört, weil er als zivilisierter, aufgeklärter Mensch des einundzwanzigsten Jahrhunderts in einer Situation wie dieser einfach empört zu sein hatte, aber im Grunde war diese Empörung nicht echt. Da war etwas in den stummen Blicken, die die beiden ungleichen Frauen manchmal tauschten, das ihn erschreckte; und etwas tief hinten in Martinas Augen, das ihm regelrecht Angst machte.

»Jetzt sag mir verdammt noch mal endlich, was hier eigentlich los ist!«, verlangte er. »Was hast du mit Duffy zu schaffen? Wer *ist* dieses Mädchen?«

Martina atmete hörbar ein. »Ich dachte, das wäre dir längst klar geworden«, sagte sie. »Sie ist meine Tochter.« Sie sah auf und blickte ihm mit sichtlicher Mühe, aber fest in die Augen. »Und deine, Will.«

21

Meine Tochter.« Will starrte sie an. Das war … absurd. Nein. Das war das falsche Wort. Will stellte mit einem Gefühl tiefster Verwirrung fest, dass er nicht einmal überrascht war. Aber vielleicht war der Schock auch einfach zu groß. Er blickte abwechselnd von Martina zu Angela und wieder zurück und wartete darauf, dass eine der beiden etwas sagte, aber die einzige Reaktion, die er bekam, war zugleich auch die, die ihn am meisten verwirrte: keine. »Meine Tochter«, sagte er noch einmal.

Diesmal *bekam* er eine Antwort. »Unsere«, verbesserte ihn Martina.

Will hob die Schultern. »Unsere. Und das erfahre ich erst jetzt?« Will war fast selbst überrascht, wie ruhig seine Stimme klang. Er fühlte sich noch immer wie betäubt. Wenn sich Martina und ihre Stieftochter einen Scherz mit ihm erlaubten, dann war er nicht nur außergewöhnlich gut inszeniert, sondern auch überaus geschmacklos. Vielleicht nicht mehr ganz so beherrscht wie zuvor, fuhr er fort: »Meinetwegen auch *unsere* Tochter. Und? Was soll ich jetzt deiner Meinung nach tun? Auf den Tisch springen und einen Freudentanz aufführen?«

»Nein«, antwortete Martina leise. Etwas wie eine vage Trauer erschien in ihren Augen. Vielleicht auch Enttäuschung. »Sicher nicht. Ich dachte nur, es interessiert dich.«

»Oh, natürlich«, sagte Will böse. »Du tauchst nach über zehn Jahren aus der Versenkung auf, lächelst mich an und erklärst mir so ganz nebenbei, *dass ich Vater bin?«*

Bei den letzten Worten wurde seine Stimme schrill; er

musste sich beherrschen, um Martina nicht anzuschreien, und zugleich hatte er alle Mühe, nicht einfach hysterisch loszulachen. Die Situation kam ihm … surreal vor, so absurd, dass sie erschreckend und lächerlich zugleich schien. Aber nicht nur. Da war auch noch etwas. Etwas, von dem er nicht genau wusste, was es war, aber das ihn zutiefst erschreckte. Die beiden ungleichen Frauen sahen ihn weiter stumm und scheinbar vollkommen ausdruckslos an, aber auch das war nicht die ganze Wahrheit. Da *war* etwas zwischen ihnen, das er ebenso wenig greifen konnte wie das unheimliche Gefühl, das an ihm nagte. Die beiden spielten mit ihm; zweifellos. Aber auch das war es nicht allein.

»Was passiert als Nächstes?«, fragte er, als er auch nach weiteren, endlosen Sekunden keine Antwort bekam. »Ich meine: Geht gleich eine Geheimtür auf und irgendein beknackter Talkmaster kommt rein, um uns das Ergebnis des Vaterschaftstests zu präsentieren?«

Angela tauschte einen stirnrunzelnden Blick mit ihrer nahezu gleichaltrig wirkenden Stiefmutter. »Hast du ihm etwas verraten?«, fragte sie.

»Kein Wort!« Martina schüttelte heftig den Kopf. »Das schwöre ich!«

»Jetzt hast du uns den Spaß verdorben.« Angela wirkte ehrlich enttäuscht. »Wir hatten es uns so toll vorgestellt, weißt du? Dein überraschtes Gesicht hier und in Farbe im Frühstücksfernsehen.« Sie wandte sich wieder an Martina. »Also gut. Wenn er es sowieso schon weiß, können wir den nächsten Schritt gleich überspringen. Soll ich den Anwalt hereinholen?«

»Anwalt?«

»Selbstverständlich«, antwortete Angela ernst. »Es geht um eine Menge Geld. Da muss alles seine Richtigkeit haben. Auch in deinem Interesse. Wir wollen dich schließlich nicht übervorteilen.« Sie hob die Schultern. »Rechne es dir selbst aus. Unterhaltszahlungen für über elf Jahre, da kommt ganz schön was zusammen. Und dabei sind die Zinsen noch gar nicht berücksichtigt.«

»Lass das«, sagte Martina sanft. »Ich glaube nicht, dass Will im Moment nach Scherzen zumute ist.« Trotz dieser Worte erschien auch in ihren Augen für einen Moment ein spöttisches Funkeln, das aber schlagartig erlosch, als sie Wills Blick begegnete. »Entschuldige«, sagte sie.

»Ich finde das nicht lustig«, sagte Will ruhig.

»Wir auch nicht«, bemerkte Angela. »Hast du auch nur eine Vorstellung, was so ein Kind *kostet?«*

»Angela!«, sagte Martina scharf.

»Nein«, antwortete Will. »Aber es muss ziemlich teuer sein – vor allem, wenn man sich die Mühe macht, es in ein Privatgefängnis zu sperren.«

Das herausfordernde Funkeln in Angelas Augen blieb, aber sie ersparte es sich und vor allem ihm, sich ein weitere witzige Bemerkung anhören zu müssen.

»Es ist nicht so, wie du denkst«, sagte Martina rasch.

»So?«, sagte Will. »Ich kann mich irren, aber ich vermute einfach mal, dass die allermeisten Lügengeschichten auf der Welt mit genau diesen Worten anfangen.«

»Die eine oder andere wahre Geschichte auch«, sagte Angela ruhig.

»Na, dann lass mich doch mal eure *wahre Geschichte* hören«, spottete Will. »Ich bin gespannt, ehrlich. Oder hat dir Martina etwa nicht erzählt, dass ich auf Fantasy-Geschichten stehe?«

»Will, bitte«, sagte Martina, bevor Angela antworten konnte. Sie rang einen Moment sichtbar nach Worten, und obwohl sie sich zwang, ihm fest in die Augen zu sehen, brachte sie es zugleich irgendwie fertig, seinem Blick dabei auszuweichen. Sie begann nervös mit den Händen zu ringen. »Ich kann mir vorstellen, wie du dich fühlst, aber …«

»Ach?«, unterbrach sie Will böse. »Kannst du das?« *Er selbst* konnte es nicht. Seine Gefühle befanden sich in einem Aufruhr, wie er ihn noch nicht erlebt hatte; nicht einmal in den letzten Tagen, als die Welt angefangen hatte, über ihm zusammenzubrechen. Er sollte wütend sein, und natürlich *war* er es auch, aber diese Wut war sonderbar ziellos; es gelang ihm einfach nicht, sie auf Martina zu fokussieren. »Das glaube ich nicht«, fügte er hinzu.

»Ach verdammt«, sagte Martina. »Glaubst du etwa, das hier fällt mir leicht?« Sie machte eine – plötzlich zornige – Handbewegung und schoss einen ärgerlichen Blick in Angelas Richtung ab, als sie spürte, dass sie schon wieder zu einer spöttischen Bemerkung ansetzte, bevor sie mit einem Kopfschütteln und einem tiefen Seufzen fortfuhr: »Ich weiß, dass ich einen Fehler gemacht habe, und es tut mir aufrichtig Leid.«

»Einen Fehler«, wiederholte Will nachdenklich. Er nickte. »Dich damals mit mir eingelassen zu haben?«

Er bedauerte die Worte schon, bevor er sie ausgesprochen hatte, und noch mehr, *nachdem* er es getan hatte. Ein Schatten huschte über ihr Gesicht, und für einen Moment wurde ihr Mund zu einem dünnen, blutleeren Strich, der eine Härte in ihre Züge wob, die er noch niemals darin erblickt hatte. Er konnte sehen, wie sich ihre Kiefermuskeln so stark anspannten, dass er glaubte, ihre Zähne knirschen zu hören, und begriff, dass er sie verletzt hatte; was im Prinzip nicht schlecht war.

Genau das hatte er gewollt. Aber nicht so sehr. Und nicht auf diese Weise.

Das wäre der Moment, sich zu entschuldigen. Aber bevor er das tat, würde er lieber daran ersticken.

Der Moment dauerte weniger als eine Sekunde. Dann stand Martina mit einer so plötzlichen Bewegung auf, dass ihr Stuhl zurückflog und um ein Haar umgefallen wäre, fuhr auf dem Absatz herum und stürmte aus dem Zimmer.

»Das war nicht besonders taktvoll«, sagte Angela. Sie hob die Schultern. »Aber vermutlich haben wir das verdient.«

»Vermutlich«, bestätigte Will kühl. »Eure kleine Überraschung war auch nicht besonders taktvoll, wenn wir schon einmal dabei sind.«

Angela sah ihn weiter fast ausdruckslos an. Sie schwieg, aber er konnte trotzdem sehen, wie es hinter ihrer Stirn arbeitete. Schließlich machte sie eine kleine, undeutbare Bewegung mit der Linken und lehnte sich so bequem zurück, wie es in dem hochlehnigen Stuhl überhaupt möglich schien. *Die Vorbereitungen für ein längeres Gespräch?*

»Vielleicht ist es sogar ganz gut, wenn ich erst einmal allein mit dir rede.« *Ja. Ganz eindeutig.*

»Wieso?«, fragte Will. »Weil es leichter für sie ist? Jemanden abzuschießen ist wohl einfacher, als ihm nach zehn Jahren …«

»Sie hat dich nicht *abgeschossen«,* fiel ihm Angela ins Wort. »Jedenfalls nicht nach dem, was ich gehört habe.« Sie hob abermals die Schultern. »Ich vermute, dass du die Sache etwas anders siehst, aber das geht mich nichts an.«

»Das stimmt«, sagte Will. Er machte sich nicht die Mühe, genau zu sagen, auf welche der beiden Vermutungen dies die Antwort war. Wahrscheinlich auf beide.

»Macht das untereinander aus«, sagte Angela kühl. Sie machte eine Kopfbewegung auf die Tür, durch die Martina verschwunden war. »Aber bevor du gleich losrennst und ein

Shakespeare-Drama aufführst: Interessiert es dich, wie es deiner Tochter geht?«

Deiner Tochter ... wie sonderbar das klang. Die beiden Worte verunsicherten ihn mehr, als er selbst verstand. Interessierte es ihn? Er wusste es nicht. Ganz spontan sollte die Antwort *nein* lauten – was hatte er mit Kindern am Hut? –, aber das wäre nicht die Wahrheit. Er war ... verunsichert. Und zugleich erleichtert. Wenigstens wusste er jetzt, woher das seltsame Gefühl kam, das Duffy (*Dumarest.* Was war das überhaupt für ein bescheuerter Name?) in ihm ausgelöst hatte. Schließlich hob er nur die Schultern.

»Das dachte ich mir«, seufzte Angela. Er suchte vergeblich nach einer Spur von Missbilligung in ihrer Stimme oder auch nur in ihrem Blick. Wenn sie schauspielerte, dann perfekt.

Will atmete hörbar aus. »Also?«

Schon besser, signalisierte Angelas Blick. Sie sagte nichts. Nachdem sie ihn eine weitere kleine Ewigkeit vollkommen ausdruckslos angestarrt hatte, räusperte sie sich halblaut, setzte sich wieder gerade hin und straffte die Schultern, als sei ihre entspannte Haltung dem, was sie ihm zu sagen hatte, nicht angemessen. Will beobachtete beinahe fasziniert ihre schlanken Finger, die sie auf der Tischplatte faltete. Sie wirkten so zerbrechlich wie alles an ihr. Die Finger einer virtuosen Pianistin oder einer Neurochirurgin. Aber er hatte nicht vergessen, wozu diese Hände imstande waren.

»Möchtest du etwas trinken?«, fragte sie plötzlich. »Ich meine: etwas Stärkeres als Kaffee?«

Wenn er jemals in seinem Leben einen klaren Kopf gebraucht hatte, dann jetzt. Will lehnte wortlos ab.

»Also gut.« Angela seufzte tief. »Du willst wissen, warum du hier bist. Das verstehe ich. Aber es ist trotz allem ... nicht so leicht zu erklären, weißt du.«

»Nach: Es ist nicht so, wie es aussieht, ist das wohl jetzt ein Schritt in die richtige Richtung, habe ich Recht?«, fragte Will spöttisch.

Für einen Moment blitzte es ärgerlich in Angelas Augen auf, aber sie verbiss sich jede Antwort und sah ihn weiter mit unbewegtem Gesicht an. Schließlich kapitulierte er.

»Also gut«, sagte er. »Ich gebe auf. Was soll das alles? Warum bin ich hier? Was wollt ihr von mir?«

»Im Grunde nichts«, antwortete Angela. »Und zugleich auch ziemlich viel.« Sie deutete abermals auf die Tür, durch die Martina verschwunden war. »Sie wollte nicht, dass du in die Geschichte hineingezogen wirst, das musst du mir glauben. Und schon gar nicht so.«

»Wie reizend«, antwortete Will giftig. »Du meinst, es war nur ein unglücklicher Zufall? Die alte Geschichte vom falschen Zeitpunkt und dem falschen Ort, wie? Ich sollte gar nicht erfahren, dass ich eine Tochter habe?«

»Das zuallerletzt«, bestätigte Angela ungerührt. Seine Feindseligkeit schien sie nicht zu beeindrucken, aber das war kein Wunder. Sie war nicht echt. Sein herausfordernder Ton war kaum noch mehr als ein Reflex; wie das Zuschnappen eines verwundeten Tieres, das blind nach jeder Hand schnappte, die nach ihm griff. Selbst wenn sie ihm helfen wollte.

Dennoch antwortete er: »Oh, danke auch. Was geht es mich auch an?«

»Was hätte es geändert, wenn du es gewusst hättest?«, gab Angela kühl zurück. »Bist du wirklich der Meinung, dass in deinem Leben Platz für ein Kind gewesen wäre?«

Immerhin tat sie ihm den Gefallen und sagte nicht: *In deinem verkorksten Leben,* aber natürlich war es genau das, was sie meinte, und ebenso natürlich hörte er es trotzdem. Was vielleicht daran lag, dass sie Recht hatte …

Einen Moment lang dachte er ernsthaft über ihre Frage nach, aber es fiel ihm sonderbar schwer, sie wirklich mit einem so klaren *Nein* zu beantworten, wie er es erwartet hätte. Vielleicht hätte es etwas geändert. Vielleicht wäre sein Leben nicht ganz so *verkorkst,* wenn es da jemanden gegeben hätte, für den sich zu leben lohnte. Aber vielleicht war das auch einfach nur das, was er glauben wollte, weil es bequemer war, jemand anderem die Schuld an allem zu geben, was in den letzten zehn Jahren passiert war. Er schwieg.

»Und was das andere angeht«, fuhr Angela fort, »du warst tatsächlich zum falschen Zeitpunkt am falschen Ort, aber das hatte nichts mit Zufall zu tun. Duffy hat dich gesucht.«

»Wie …?« Will blinzelte.

»Das ist der Teil, der nicht geplant war«, räumte Angela ein. »Sie sollte nie erfahren, dass es dich gibt, und schon gar nicht, wer du bist und wo sie dich findet. Leider hat sie es. Sie ist ausgerissen und hat sich auf die Suche nach dir gemacht.«

»Das verstehe ich nicht«, antwortete Will mit geheuchelter Überraschung. »Wo sie es doch so gut hatte. Ich meine: Welches Kind in ihrem Alter hat schon ein eigenes Gefängnis, und das noch dazu ganz für sich allein?«

»Du hast die Garage gefunden«, stellte Angela fest.

»Garage«, wiederholte Will gedehnt und hob die Schultern. »Nennt man das so, in euren Kreisen? Mir würden ein paar andere Worte dafür einfallen. Was habt ihr diesem Kind angetan?«

»Wir haben sie in dieser Garage versteckt, damit niemand von ihrer Existenz erfährt«, antwortete Angela ruhig. »Das macht es einfacher, weißt du? Niemand stellt unbequeme Fragen, und so konnten wir ungestört mit ihr tun, was wir wollten. Es gibt da einen gewissen Scheich, der ganz wild auf kleine Mädchen ist. Und auch die eine oder andere respektable Persönlichkeit aus Wirtschaft und Politik …« Sie sah ihn treuherzig an. »Du würdest dich wundern, wie manche von diesen Herrschaften wirklich sind, wenn die Kameras nicht mehr laufen.«

»Findest du das komisch?«

»Keineswegs«, antwortete Angela ernst. Sie seufzte. »So ist das nun mal in unseren Kreisen, weißt du? Manchmal macht es mir selbst zu schaffen, aber ich kann nun mal nicht aus meiner Haut. Der Fluch des Blutes.«

Will schluckte die Antwort herunter, die ihm auf der Zunge lag. Sie konnten diese idiotische Unterhaltung vermutlich noch eine Stunde fortsetzen, ohne dass sie zu irgendetwas führte. Offensichtlich war ihm Angela in dieser speziellen Art der Konversation überlegen.

»Also gut«, sagte er müde. »Was soll das alles?« Er machte eine Bewegung, die zornig wirken sollte, es aber ganz und gar nicht war. Noch etwas, worin er ihr nicht das Wasser reichen konnte. Anscheinend war ihm dieser platinblonde Joan-Baez-Verschnitt in so ziemlich allem überlegen.

»Und ich dachte schon, du fragst gar nicht mehr«, seufzte Angela. Sie legte fragend den Kopf auf die Seite. »Verschwenden wir noch ein bisschen Zeit damit, uns gegenseitig geschliffene Unfreundlichkeiten an den Kopf zu werfen, oder unterhalten wir uns wie vernünftige Menschen?«

Einem von uns beiden fehlen dafür ein paar grundlegende Voraussetzungen, Kleines. Nein, das sagte er lieber nicht. Es war schon schlimm genug, dass sie die Worte offenbar ganz deutlich in seinen Augen las, denn ihr Blick verdüsterte sich noch weiter. Dennoch nickte sie nach einer Sekunde und ließ sich wieder in die bequemere Haltung zurücksinken, die sie zuvor eingenommen hatte.

»Wirst du mir jetzt zuhören?«, fragte sie.

Will konnte sich nicht erinnern, in den letzten Minuten irgendetwas anderes getan zu haben; abgesehen von der einen oder anderen unqualifizierten Bemerkung vielleicht. Er nickte.

»Gut«, seufzte Angela. »Ich will es kurz machen: Ich bin ganz froh, dass Martina gegangen ist. Ich hätte es sowieso begrüßt, zuerst allein mit dir zu reden.«

»Wieso?«, wollte Will wissen.

»Ganz einfach«, antwortete Angela. »Ich glaube nicht, dass ihr das, was ich dir zu sagen habe, sonderlich gefallen würde. Du weißt ja, wie sie ist.«

»Lass mich raten«, sagte Will lächelnd. »Ich nehme an, es ist etwas in der Art: *Ich-werde-nicht-zulassen-dass-du-ihr-wehtust. Und-wenn-du-es-doch-versuchen-solltest-dann-werde-ich-*dir-*weh-tun-und-zwar-mehr-als-du-es-dir-auch-nur-vorstellen-kannst?«*

Angela blieb ernst. »Ich hätte es nicht treffender ausdrücken können«, sagte sie. »Außer, dass ich vielleicht nicht so viele Worte gebraucht hätte. Aber es kommt der Sache nahe, ja.«

Will seufzte. »Wir leben wirklich in schlimmen Zeiten, weißt du das? Drohgebärden und Balzgehabe waren bisher die letzte männliche Bastion.«

»So etwas nennt man Emanzipation«, sagte Angela ungerührt. »Wie ist es – haben wir uns verstanden?«

»Und wenn nicht? Ich meine: Was wirst du tun, wenn ich doch etwas mache, was dein Missfallen erweckt? Mich verprügeln?« Er lachte. »Gib dir keine Mühe, Kleines. Ich weiß, dass du das kannst, aber es erschreckt mich nicht besonders. Ich bin in meinem Leben schon so oft zusammengeschlagen worden, dass mich das nicht mehr erschreckt.«

»Nicht von mir«, antwortete Angela, aber sie schüttelte auch gleichzeitig den Kopf. »Keine Sorge. Ich würde nichts dergleichen tun. Das ist nicht mein Niveau, weißt du?«

Wills Erinnerungen waren in dieser Hinsicht vielleicht nicht ganz mit denen der jungen Frau kompatibel, aber er sparte es sich, auf solchen Kleinigkeiten herumzureiten. »Und was *ist* dein Niveau?«, fragte er.

»Keine Ahnung«, antwortete Angela geradeheraus. »Aber du solltest es lieber nicht darauf anlegen, es herauszufinden. Ich kann dich in den Knast zurückbefördern, ohne auch nur die Stimme heben zu müssen, weißt du?«

»Ich bin beeindruckt«, sagte Will.

»Jeder, der so viel über dich weiß wie wir, könnte das«, sagte Angela ruhig. Wahrscheinlich stimmte das sogar.

Will sah sie drei, vier, fünf Sekunden lang durchdringend an. Er versuchte in ihrem Gesicht zu lesen, aber es gelang ihm nicht. »Das würde Duffy nicht besonders gefallen«, sagte er nervös. »Ich meine: Wenn sie sich solche Mühe gibt, ihren Vater zu finden, dann würde es ihr vermutlich das Herz brechen, wenn er gleich wieder verschwindet.«

»Kaum«, antwortete Angela, »Nicht, wenn sie erfährt, wer er wirklich ist. Sie ist wirklich ein aufgewecktes Kind, weißt du? Sie hat überhaupt keine Schwierigkeiten damit, Polizeiprotokolle zu lesen, oder Gerichtsakten.«

Will gab auf. Angela war ihm in diesem Spiel vielleicht nicht einmal wirklich überlegen. Aber sie war im Moment einfach im Vorteil. Sie hatte eine Menge mehr Zeit als er gehabt, sich auf dieses Gespräch vorzubereiten, während er noch immer unter dem Schock dessen stand, was er gerade gehört hatte. Schließlich erfuhr man nicht jeden Tag, dass man gerade Vater einer zwölfjährigen Tochter geworden war.

»Meinetwegen«, meinte er. »Ich verspreche, ein braver Junge zu sein. Was springt für mich dabei raus?«

Er hatte nicht mehr damit gerechnet – aber *diesmal* schien es ihm gelungen zu sein, sie zu erschüttern. Vielleicht nur für eine halbe Sekunde, aber doch unübersehbar, blitzte eine kalte Wut in ihren Augen auf, die ihn *wirklich* erschreckte, aber dann hatte sie sich wieder in der Gewalt.

»Vielleicht der Gedanke, ausnahmsweise einmal etwas Nützliches mit deinem Scheiß-Leben angefangen zu haben«, sagte sie kalt. »Liegt dir etwas an deiner Tochter?«

Sie hob rasch die Hand, als er antworten wollte. »Nein, nicht so schnell. Ich weiß, dass du ein Kind ungefähr so gut gebrauchen kannst wie ein drittes Ohr mitten auf der Stirn, und ich kenne meine Stiefschwester gut genug, um zu wissen, was für eine kolossale Nervensäge sie sein kann. Aber ich müsste mich schon sehr in dir täuschen, wenn sie dir vollkommen gleichgültig wäre.«

Womit sie Recht hatte. Trotz des Ausnahmezustands, in dem sich seine Gefühle befanden, war da noch etwas anderes, irgendwo tief in ihm. Das Mädchen *bedeutete* ihm tatsächlich etwas. Mehr, als er sich bisher selbst eingestanden hatte. Möglicherweise war es ja am Anfang kaum mehr als ein Reflex gewesen, dass er ihr geholfen hatte, etwas, das man tat, weil man es eben tat, aus keinem anderen Grund, und, ja, vielleicht *war* ja sogar in ihm so etwas wie ein Beschützerinstinkt, wenn auch nur in rudimentären Resten.

Aber das war der Anfang gewesen. Spätestens, als sie nicht nur angefangen hatte, ihm auf die Nerven zu gehen, sondern allmählich zu einer wirklichen Gefahr zu werden begann, hätte der alte Will sich möglichst schnell von ihr getrennt – diplomatisch ausgedrückt. Da *war* etwas. Etwas, das ihn mit diesem Mädchen verband und das er sich nicht erklären konnte.

Auf der anderen Seite war das hanebüchener Blödsinn. Blut ist dicker als Wasser? Was für ein Quatsch. Er hob die Schultern.

»Ich werte das mal als ja«, sagte Angela. Sie stand auf. »Gut.

Von meiner Seite aus war es das. Ich werde jetzt etwas sehr Dummes tun und dir einfach vertrauen. Und ich hoffe, dass du etwas sehr Kluges tust und dich zusammenreißt.«

»Wie?«, machte Will. »Aber ich dachte …«

»… dass ich dir jetzt erkläre, worum es hier eigentlich geht?« Angela schüttelte lachend den Kopf. »Keine Chance. So leicht mache ich es dir nicht.« Sie schnitt ihm mit einer Geste das Wort ab. »Komm. Martina wird dir den Rest erklären, aber ich möchte, dass du dir vorher noch etwas ansiehst.«

»Und was?«, fragte Will misstrauisch.

»Unser allerletztes finsteres Geheimnis«, antwortete Angela. »Wenn ich dich eingeweiht habe, gehörst du endgültig zu uns. Du kennst das ja. Wer einmal zum inneren Zirkel gehört, kann ihn nie wieder verlassen. Ich müsste dich töten, wenn du es versuchen würdest.«

»Sehr witzig«, antwortete Will. In Wahrheit fand er ihre Worte ganz und gar nicht komisch, nicht im Geringsten. Das spöttische Funkeln in Angelas Augen verriet ihm zwar, dass sie als Scherz gemeint gewesen waren, aber er hatte diese platinblonde Emma Peel für Arme in Aktion erlebt, und das machte es einigermaßen schwer, über solche Scherze zu lachen.

Sie verließen das sonderbare Zimmer, aber sie wandten sich nicht wieder nach rechts, obwohl er für einen Moment fast sicher war, Martinas Stimme von dort zu hören, sondern in die entgegengesetzte Richtung. Am Ende des Flures angekommen, blieb sie stehen und zog einen kleinen Schlüssel aus der Tasche ihrer eng anliegenden Jeans, den sie in ein geradezu lächerlich großes Schlüsselloch in der antiken Tür schob.

Die Illusion, sich in einem modern eingerichteten Haus zu befinden, zerplatzte wie eine Seifenblase, als Angela die Tür öffnete und hindurchtrat. Der Gang, der dahinter lag, war schmal und so niedrig, dass Will ganz instinktiv den Kopf einzog und sich fast augenblicklich ein guter alter Bekannter bei ihm meldete: Klaustrophobie.

Angela winkte ihn an sich vorbei und wollte die Tür schließen, aber Will schüttelte hastig den Kopf. »Könntest … könntest du die … die Tür offen lassen?«, fragte er stockend. Genau genommen *stammelte* er es. Er verfluchte sich selbst für diese Worte, denn sie mussten Angela weit mehr über ihn verraten, als ihm lieb sein konnte, aber er *hasste* geschlossene Türen, und geschlossene Türen in fensterlosen kleinen Räumen erst recht.

Angela sah ihn durchdringend an. Sie zögerte. Aus irgendeinem Grund schien ihr der Gedanke, diese Tür offen zu lassen, mindestens ebenso sehr zu missfallen wie ihm die Vorstellung, sie zu schließen. Schließlich hob sie die Schultern, schob den Schlüssel wieder in die Hosentasche und machte mit der anderen Hand eine unwillige Geste, weiterzugehen, und Will beeilte sich zu gehorchen, bevor sie es sich vielleicht doch noch anders überlegte und die Tür schloss und er sich in einen sabbernden Idioten verwandelte.

Gottlob war der Korridor nicht sehr lang. Es gab zwei schmucklose Türen aus billiger Spanplatte, die Angela ignorierte, und eine dritte, deutlich massivere, die sie mittels desselben Schlüssels öffnete. Dahinter lag eine schmale, unerwartet weit in die Tiefe führende Treppe aus ausgetretenen Steinstufen. Ein leicht muffiger Geruch schlug ihnen entgegen, und der Anblick erinnerte Will an einen anderen, deutlich unangenehmeren Keller, in dem er vor gar nicht sehr langer Zeit gewesen war. Er stockte unwillkürlich im Schritt, womit er Angelas Vorrat an Geduld eindeutig überforderte.

»Was ist los?«, fragte sie unwillig. »Leidest du außer an Klaustrophobie auch noch an Höhenangst?«

»Nein«, antwortete Will hastig. »Ich war nur …« Er suchte

nach Worten, selbst für seinen Geschmack ein bisschen zu lange. »Das hier habe ich nicht erwartet. Das Haus sieht von außen so modern aus.«

»Ist es auch«, antwortete Angela. »Jedenfalls der Teil, der *über* der Erde steht.« Sie hob die Schultern und machte eine ungeduldige Handbewegung. Zu seiner Überraschung fuhr sie jedoch auf dem Weg nach unten fort: »Das Ganze hier war mal eine alte Schmiede. Während des Kriegs wurde sie bombardiert und ist vollkommen abgebrannt, aber die Kellergewölbe sind erhalten geblieben. Mein Großvater hat das Grundstück gekauft und alles restaurieren lassen, so gut es eben ging. Leider war außer dem Keller nicht mehr allzu viel da, das man wieder aufbauen konnte.«

»Warum?«

»Weil die Amis ziemlich gründlich waren«, antwortete Angela. »Hast du schon einmal gesehen, was eine Brandbombe anrichten kann?«

Ob er das schon einmal *gesehen* hatte? Will hätte um ein Haar hysterisch aufgelacht. Er *erinnerte* sich daran. Er spürte die ausgetretenen Holzstufen unter seinen Füßen, als er Clara hinterhergeeilt war, er sah die verkrümmte, verkohlte Gestalt vor sich, die vor ihm auf dem schweren Teppich im Flur lag und sich in Agonie wand, als er die Tür zur Wohnung des Ordens aufgestoßen hatte, und er spürte die Angst um Clara, die ihn zu verschlingen drohte, noch bevor das fürchterliche Feuer in der Wohnung sie verheeren konnte, das grausamer und tobender war als die flammende Hölle, in die die Phosphorbombe das Haus in der schrecklichen Bombennacht verwandelt hatte …

… und ich spürte, wie die Flammen meine Hosenbeine heraufkrochen, langsam und doch unaufhaltsam, und ich sah Clara, wie sie sich umdrehte, die Augen weit aufgerissen und

auf einen Punkt hinter mich gerichtet, und ich begriff, dass sie dort jemanden – etwas sah – und voll banger Vorahnung drehte ich mich um ...

Will versuchte die Bilder, die aus seinem Unterbewusstsein aufsteigen wollten, mit aller Gewalt zurückzudrängen. Es gelang ihm kaum. Es war, als wehe der Hauch längst vergangener Zeiten in ihm empor, als zwänge ihn etwas, sich mit Dingen auseinander zu setzen, die, längst vergangen, nach ihm greifen wollten. Mit aller Willenskraft, die er aufbringen konnte, konzentrierte er sich darauf, auf den nicht nur ausgetretenen, sondern auch spiegelglatten Stufen nicht auszurutschen, während er weit langsamer als nötig vor Angela in die Tiefe stieg. Wie lang war diese elende Treppe eigentlich, die ihn so sehr an eine ganze andere Treppe in einer anderen Zeit – oder in anderen *Zeiten* – erinnerte, an die Treppe in dem von einer Phosphorbombe vernichtend getroffenen Haus in einer gemarterten Stadt, und an eine Steinstiege in einem mittelalterlichen Kellergewölbe, die er auf der Flucht vor den Spaniern hinabgestiegen war, auf der Suche nach Clara ... oder hatte sie Maria geheißen?

»Ich kann mir ... lebhaft vorstellen, was Brandbomben anrichten können«, sagte er mühsam. Er musste sich ein paar Mal räuspern, bevor er weitersprechen konnte: »Wieso ... wieso hat dein Großvater eine ausgebombte Schmiede gekauft?«

Er konnte Angelas Schulterzucken hinter sich spüren. »Aus Sentimentalität, nehme ich an«, sagte sie. »Wir haben eine lange und ziemlich verworrene Familiengeschichte, die ich ehrlich gesagt nie ganz begriffen habe. Aber einer unserer Vorfahren war Schmied, und wenn ich richtig informiert bin, ist er wohl derjenige gewesen, der den Grundstein für unser kleines Imperium gelegt hat – rechts lang, bitte, und zieh den Kopf ein. Die Decke ist ziemlich niedrig.«

Will gehorchte und stieß sich trotzdem den Kopf, als er am Ende der Treppe angekommen war und sich nach rechts wandte. Der ganze Raum war allerhöchstens zwei Meter hoch, und selbst das nur in der Mitte der Gewölbedecke.

»Ich habe dich gewarnt«, sagte Angela spöttisch.

Will blieb stehen und warf ihr einen ärgerlichen Blick zu. »Geh vor«, knurrte er.

Angela lachte noch ein bisschen spöttischer und ging an ihm vorbei, wobei sie mit einer geschickten Bewegung den Kopf einzog, die ihn nicht nur ärgerte, sondern ihm auch verriet, dass sie anscheinend sehr oft hier unten war. Es dauert eine ganze Weile, bis eine solche Bewegung in Fleisch und Blut übergeht.

Mit jedem Schritt, den er Angela folgte, fühlte er sich unwohler. Der Keller war niedrig, aber sehr groß, was die Proportionen auf eine sonderbare Weise zu verzerren schien, und obwohl es nicht die geringste Ähnlichkeit gab, fühlte sich Will auf unangenehme Weise an den Keller in der ausgebrannten Villa in Köln erinnert. Er war nicht sicher, dass er tatsächlich nur *innerlich* aufatmete, als seine Führerin nach ein paar Schritten vor einer weiteren Tür anhielt, um sie mit demselben Schlüssel zu öffnen, den sie umständlich aus der Hosentasche fischte. Der Raum dahinter war eine Überraschung. Er war klein, uralt und leer bis auf eine weitere Tür, eine nackte Neonröhre unter der Decke und einen zerschrammten Küchentisch aus dem vorletzten Jahrhundert, auf dem ein aufgeklappter Laptop stand. Obwohl in einer Ecke eine transportable Klimaanlage summte, roch es so durchdringend nach frischer Farbe und Kleber, dass Will im ersten Moment das Gefühl hatte, nicht mehr richtig atmen zu können.

Angela machte einen halben Schritt zur Seite, um ihn vorbeizulassen, und Will warf einen neugierigen Blick auf den Laptop. Das Bild war viergeteilt und zeigte vier unterschiedliche Ansichten ein und desselben Zimmers, allesamt in sonderbar monochrom-grüner Färbung, was ihm verriet, dass die Kameras mit einer Nachtsicht-Optik ausgerüstet waren. Die falschen Farben und viel zu tiefe Schatten machten es schwer, wirklich zu erkennen, was man sah, so dass Will ein oder zwei Sekunden lang verständnislos auf das grün-schwarze Gewusel auf dem Monitor starrte. Dann sog er scharf die Luft ein.

Was auf dem Bildschirm zu sehen war, war ein kleines, aber offensichtlich sehr modern eingerichtetes Kinderzimmer. Tisch und Stühle, die obligatorische Schrankwand und – soweit er das erkennen konnte – gleich drei Computer, von denen sich zwei beim zweiten Hinsehen als Spielkonsolen entpuppten. Ein großes Regal, das sonderbarerweise aus Metall zu bestehen schien, und einmal darauf aufmerksam geworden, erkannte er, dass das auch für den Rest der Einrichtung zuzutreffen schien. Er fühlte sich auf unangenehme Weise an die *Garage* in Köln erinnert; aber das mochte auch daran liegen, dass auf einem der vier Bildschirmelemente ein verchromtes Bett zu erkennen war, in dem ein schlafendes Mädchen von ungefähr zwölf Jahren lag.

Will zog ein zweites Mal und noch schärfer die Luft ein, fuhr auf dem Absatz herum, und Angela sagte rasch: »Bevor du jetzt wieder anfängst, mich wüst zu beschimpfen: Das hier ist nur ein Provisorium. Besser ging es auf die Schnelle leider nicht. Wir haben die Handwerker schon bestellt. Nächste Woche bekommt sie ein vernünftiges Zimmer, oben im Haus.« Sie hob entschuldigend die Achseln. »Wir mussten improvisieren.«

»Ein vernünftiges Zimmer?«, wiederholte Will verstört. *Was zum Teufel ging hier vor?* »Mit vergoldeten Schlössern an der Tür?«

Angela sah ganz so aus, als wollte sie wütend werden, aber

dann beließ sie es dabei, für einen Moment die Lippen zu einem schmalen Strich zusammenzupressen und ein Achselzucken anzudeuten. »Auch wenn du es nicht glaubst«, sagte sie kühl, »aber das alles hier geschieht nur zu ihrem Schutz.«

»Ja, darauf wette ich«, sagte Will. Zwei oder drei Sekunden lang starrte er das schlafende Mädchen auf dem Bildschirm noch an, dann deutete er fordernd auf die zweite Tür im Raum. »Ich will mit ihr sprechen.«

Zu seiner ehrlichen Überraschung schob Angela gehorsam die flache Hand in die Hosentasche und zog ihren Universalschlüssel heraus, aber dann zögerte sie, die Bewegung konsequent zu Ende zu führen und die Tür zu öffnen. »Sie schläft jetzt«, sagte sie. »Willst du sie wirklich wecken?«

»Hast du Angst, dass sie mir etwas erzählen könnte, was ich nicht hören soll?«

Angelas Lippen wurden noch schmaler, aber die erwartete scharfe Antwort blieb auch jetzt aus. Stattdessen bedachte sie ihn nur mit einem verächtlichen Blick, der mit großer Präzision auf sein schlechtes Gewissen gezielt war (und auch traf), ging an ihm vorbei und schob den Schlüssel ins Schloss. Das Geräusch, mit dem die Tür aufsprang, überraschte ihn. Sie sah aus wie eine ganz normale Kellertür, aber das saugende Geräusch, mit dem sie aufschwang, verriet ihm, wie schwer sie in Wahrheit sein musste.

Angela schob die Tür gerade weit genug auf, um durch den Spalt schlüpfen zu können, und hantierte einen Augenblick lang in der vollkommenen Dunkelheit dahinter herum. Ein mattrotes Licht glomm auf, und Angelas schmale Hand erschien in der Öffnung und winkte ihm zu.

Nach den unterschiedlichen Grüntönen, in denen er das Zimmer zuvor auf dem Bildschirm gesehen hatte, offenbarte es sich ihm nun in einem düsteren Rot, denn alles, was Angela eingeschaltet hatte, waren zwei winzige Dunkelkammer-Lampen, die deutlich mehr Dunkelheit verströmten als Licht und den Raum in ein beunruhigendes Durcheinander sich überschneidender Schatten und schmaler Bereiche düsterer Helligkeit tauchten, die seiner Berührung auszuweichen schienen. Angela gab ihm ein Zeichen, leise zu sein, und bewegte sich tatsächlich auf Zehenspitzen auf das Bett zu, das auf der anderen Seite des Raumes stand.

Das Zimmer war weit größer, als es auf dem Monitor ausgesehen hatte, und tatsächlich sehr modern eingerichtet. Alle Möbel bestanden aus Metall – Chrom, Messing und gebürstetem Stahl – und hatten wahrscheinlich mehr gekostet, als er in einem Jahr verdiente. Auch hier roch es intensiv nach frischer Farbe, wenn auch nicht so schlimm wie draußen. Die Gewölbedecke über ihren Köpfen war mit schmalen Aluminiumlamellen abgehängt, und auf dem Boden lag ein weicher Teppich, der das Geräusch ihrer Schritte zu vollkommener Lautlosigkeit dämpfte.

Was nichts daran änderte, dass er sich in einem Verlies befand.

Er warf Angela noch einen zornigen Blick zu, konzentrierte sich aber dann ganz auf die schmale Gestalt, die auf dem riesigen Bett vor ihm lag und unendlich verloren aussah.

Der Anblick versetzte ihm einen schmerzhaften Stich; wie eine glühende Nadel, die sich tief in einen Teil seines Herzens bohrte, von dem er bisher gar nicht gewusst hatte, und für einen Moment musste er all seine Selbstbeherrschung aufwenden, um nicht einfach herumzufahren und Angela die Faust ins Gesicht zu schlagen.

Eine Woge rasender Wut kochte in ihm hoch und verging so schnell wieder, wie sie entstanden war; was zurückblieb, war ein Gefühl sonderbarer Leere. Er spürte, dass Angela etwas sagen wollte, aber er ignorierte sie und ließ sich behutsam auf die Bettkante sinken.

Etwas in ihm zog sich schmerzhaft zusammen, als er in Duffys Gesicht blickte. Sie schlief, aber es war kein friedlicher Schlaf, und sie würde auch ganz gewiss nicht erfrischt daraus erwachen. Obwohl sie vollkommen reglos dalag und selbst so flach atmete, dass man genau hinsehen musste, um das Heben und Senken ihrer Brust zu bemerken, spürte er den Aufruhr, der hinter ihrer Stirn tobte. Ihr Körper ruhte möglicherweise aus, aber ihr Geist wanderte auf Pfaden des Chaos, aus denen er keinen Ausweg fand.

»Was habt ihr mit ihr gemacht?«, flüsterte er.

»Sie schläft.«

Er war nicht Angelas Stimme, die ihm antwortete. Will drehte überrascht den Kopf und erblickte Martina, die nur zwei Schritte hinter ihm stand. Sie hatte sich umgezogen und trug jetzt ein eng anliegendes Kleid von asiatischem Schnitt, dessen hoher Kragen ihrem Gesicht eine Strenge verlieh, die ihn im ersten Moment fast erschreckte. Dann sah er noch einmal hin und erkannte, dass es Trauer war. Vielleicht Schmerz.

»Du brauchst nicht zu flüstern«, fuhr sie fort, mit einem traurigen Lächeln und ohne ihn anzusehen. Vielmehr hielt sie ihren Blick weiter fest auf das schlafende Mädchen gerichtet. »Wir haben ihr etwas gegeben, damit sie nicht aufwacht.«

Warum überraschte ihn dieses Eingeständnis nicht?

»Wir sollten trotzdem nicht zu lange bleiben«, fügte Angela hinzu. »Ich bin froh, dass sie jetzt einigermaßen ruhig schläft.«

»Zur Not hast du ja bestimmt deinen Elektroschocker dabei«, vermutete Will böse. Er sah dabei nicht zu Martina zurück, aber er konnte die Reaktion auf ihrem Gesicht und auf *Angelas* Gesicht ablesen. Manchmal machte es richtig Spaß, ein altes Plappermaul zu sein.

Er drehte sich wieder zu dem schlafenden Mädchen um, und der billige Triumph, den er für einen Moment verspürt hatte, verging, als er in ihr Gesicht blickte. In dem unheimlichen Dämmerlicht war es schwer zu erkennen, aber er hatte den Eindruck, dass sie sehr blass war. Zögernd streckte er die Hand aus, aber dann wagte er es aus irgendeinem Grund nicht, sie zu berühren.

Als er sich umdrehte und aufstand, geschah etwas Seltsames: Vielleicht kam die Bewegung einen Sekundenbruchteil zu schnell für Angela, vielleicht hatte sie sich auch für einen Lidschlag einfach nicht hundertprozentig in der Gewalt – für einen winzigen Moment jedenfalls sah sie nicht ihn, sondern das schlafende Mädchen an, und für diese unendlich kurze Zeitspanne war alle Härte und Entschlossenheit aus ihrem Gesicht verschwunden.

Will las einen solchen Ausdruck von Zärtlichkeit und Liebe in ihren Augen, dass ihm ein eisiger Schauer über den Rücken lief.

Dann bemerkte sie seinen Blick und drehte sich mit einem Ruck zu ihm herum, und der magische Augenblick verging so schnell, wie er gekommen war. Die Weichheit in ihrem Blick machte wieder etwas Platz, was ihm weit weniger gefiel. Vielleicht hatte er es sich ja auch nur eingebildet.

»Ich kann sie aufwecken, wenn du darauf bestehst«, sagte sie. »Aber das wäre nicht gut. Wir sind froh, dass sie endlich schläft.« Sie deutete ein Achselzucken an. »Es ist deine Entscheidung.« Was es natürlich ganz und gar *nicht* war. Nicht nach dem, was sie gerade gesagt hatte. Allmählich begann Will ihre Taktik zu durchschauen, die so simpel wie erfolgreich war: Immer nur das tun – und erst recht *zugeben* –, was unbedingt sein musste. Im Grunde war es *seine* Taktik, die sie mit erstaunlichem Erfolg gegen ihn selbst einsetzte. Das Schlimme war, dass er dagegen hilflos war. Allmählich begann er diese Tussi wirklich zu hassen.

»Lasst sie schlafen«, knurrte er. »Ich muss raus hier. Ihr beiden seid mir ein paar Antworten schuldig. Und ich hoffe für euch, dass sie gut sind.«

Er kam sich selbst albern dabei vor.

22

Sie saßen wieder in Martinas spartanisch eingerichtetem Wohnzimmer, schweigend und in fast gequälter, zumindest aber gedrückter Stimmung. Will versuchte das Chaos aus seinen Gedanken zu verbannen, die fremden Erinnerungsfetzen und das, was sein Verstand daraus machen wollte: eine logische, in sich abfolgende Geschichte. Die sie nicht war, natürlich nicht. Es kam ihm zwar so vor, als gäbe es einen gemeinsamen Nenner, als wollte ihm sein Unterbewusstsein mit aller Gewalt etwas mitteilen, das er übersehen oder verdrängt hatte. Komischerweise sah er immer wieder Reimanns entsetztes Gesicht vor sich im Anblick des Feuers, das ihn verschlingen wollte, wenn er seine Gedanken von der Bombennacht, dem mittelalterlichen Kellergewölbe oder der Schmiede verscheuchen wollte. Schließlich zwang er sich, den Kopf zu heben und zum Fenster hinzusehen. Die Jalousien waren geschlossen, so dass er weder den Garten noch den Himmel sehen konnte, aber Will vermutete, dass es nicht mehr allzu lange dauern konnte, bis es draußen allmählich wieder hell wurde.

Wenigstens fühlte er sich so.

Realistisch geschätzt musste es irgendwann zwischen Dunkelwerden und Mitternacht sein, auf keinen Fall später, aber er hatte trotzdem immer größere Mühe, die Augen offen zu halten. Er verstand das nicht. Er hatte in der zurückliegenden Nacht ausgiebig geschlafen und sich auch heute tagsüber so gut wie nicht bewegt, und darüber hinaus sollte ihn allein das, was er gerade erlebt hatte, hellwach halten.

Das genaue Gegenteil war der Fall.

»Noch einen Kaffee?«

Angelas Stimme drang nur wie von weit her an sein Bewusstsein, und er war nicht einmal sicher, dass sie die Frage wirklich zum ersten Mal stellte. Wahrscheinlich nicht. Hastig beugte er sich vor und hielt ihr seine geleerte Tasse hin, und sie schenkte ihm Kaffee ein; das vierte oder fünfte Mal, seit sie hier heraufgekommen waren. Der Kaffee war stark und heiß genug, um Tote zu wecken. Trotzdem zitterten seine Hände, als er einen Schluck trank und die Tasse vorsichtig auf den zierlichen Glastisch neben sich stellte. Angela runzelte vielsagend die Stirn, aber sie sagte nichts, sondern nippte ihrerseits an ihrer Tasse, ohne jedoch wirklich zu trinken. Seit sie hereingekommen waren, hatte sie ihn keine Sekunde aus den Augen gelassen, aber zumindest hatte sie ihn auch mit weiteren dummen Bemerkungen verschont.

Mit allem anderen übrigens auch. Weder sie noch Martina hatten auch nur den *Versuch* einer Erklärung gestartet, seit sie den unheimlichen Keller verlassen hatten. Will wusste nicht mehr, wie lange das her war, aber sie saßen nun schon eine geraume Weile in betretenem Schweigen da. Irgendwo auf halbem Wege nach oben, dachte Will, musste sein Zeitgefühl abhanden gekommen sein.

Vermutlich hätte die unangenehme Stille auch noch länger angehalten, hätte es nicht plötzlich geklopft, und die Tür wäre aufgegangen, bevor eine der beiden Frauen antworten konnte. Ein junger Mann in einem dunklen Anzug trat ein (wenigstens trug er keine Sonnenbrille, dachte Will spöttisch), nickte Martina flüchtig zu und beugte sich dann zu Angela hinab, um ihr ein paar Worte ins Ohr zu flüstern.

Angela hörte schweigend zu und schickte ihn dann mit einem bloß angedeuteten Kopfnicken aus dem Raum. Der Bodyguard gehorchte, allerdings nicht, ohne Will im Hinausgehen einen Blick zuzuwerfen, von dem er nicht genau sagen konnte, ob er nun verächtlich oder besorgt war. Vielleicht beides. Vielleicht bildete er es sich auch nur ein. »Probleme?«, fragte er.

Statt zu antworten, stand Angela auf und kam mit der Fernbedienung des Großbildfernsehers zurück, der einen großen Teil der Wand neben der Tür einnahm. Immer noch ohne ein Wort zu sagen, ließ sie sich wieder in den Sessel fallen, zielte mit der Fernbedienung wie mit einer futuristischen Waffe auf das Gerät und drückte übertrieben pantomimisch mit dem Zeigefinger auf eine Taste.

»Keine Probleme«, sagte sie. »Besuch. Ich glaube, für dich.«

Der Fernseher erwachte mit einem sonderbar unpassend wirkenden mechanischen Klacken zum Leben und zeigte ein Bild, das Will im ersten Moment an den Laptop im Keller erinnerte; irgendwie war alles grün in grün, und obwohl das Bild gestochen scharf war, konnte man trotzdem nicht wirklich etwas erkennen. Dann gewöhnten sich seine Augen an die falschen Farben, und aus dem surrealistischen Gemälde wurde die Nachtaufnahme der Straße vor dem Haus. Steckschlösser schienen nicht das Einzige zu sein, was man hier gleich im Zehnerpack gekauft hatte. Allerdings hatte Will bisher nicht einmal gewusst, dass es Nachtsichtgeräte gab, die Bilder von solcher Qualität lieferten. Er konnte nicht nur den Wagen deutlich erkennen, der unauffällig so auf der gegenüberliegenden Straßenseite stand, dass seine Insassen das gesamte Haus im Auge behalten konnten, ohne selbst gesehen zu werden, sondern auch die Verbrechervisagen der beiden Volltrottel hinter der Windschutzscheibe.

Will sog hörbar die Luft ein, und dieses Mal konnte Angela ein spöttisches Lächeln nicht mehr ganz unterdrücken.

»Wenn du willst, bitten wir deine Gäste gerne herein«, sagte sie. »Deine Freunde sind auch unsere Freunde, das ist ja wohl selbstverständlich.«

»Angela, das reicht«, sagte Martina müde. Sie machte eine Kopfbewegung auf den Fernseher. »Kümmere dich um die beiden.«

»Nein«, sagte Will rasch. Nicht nur Martina sah ihn überrascht an. Auch Angela runzelte leicht verwirrt die Stirn, und Will fuhr sich nervös mit der Zungenspitze über die Lippen und fügte mit einem leicht verunglückten Lächeln hinzu: »Solange die beiden da draußen sitzen, wissen wir wenigstens, wo sie sind.«

»Außerdem will ihr Boss wahrscheinlich nur sein Eigentum zurückhaben«, sagte Angela. »Ich wäre auch nicht erbaut, wenn man mir einen solchen Wagen klauen würde.«

»Woher ...?«

»Es ist wirklich nicht besonders schwer, ein Kennzeichen überprüfen zu lassen«, sagte Angela abfällig. »Nebenbei bemerkt: Es war vielleicht nicht besonders clever, ausgerechnet einem Typen wie diesem Georg den Wagen zu stehlen. Auch, wenn er ihn wahrscheinlich selbst geklaut hat.«

Damit tat sie Georg ausnahmsweise bitter unrecht. Genau genommen war es *Will* gewesen, der den Wagen gestohlen hatte. Aber er sparte es sich, sie auf diesen feinen Unterschied hinzuweisen, sondern starrte sie nur böse an, und Angela stand auf und reichte Martina die Fernbedienung. »Ich sage den Jungs Bescheid, dass sie die beiden im Auge behalten. Besser ist besser.«

Sie ging. Martina blickte ihr stirnrunzelnd nach, aber sie sprach erst weiter, als ihre Stieftochter die Tür hinter sich geschlossen hatte. »Mach dir keine Sorgen«, sagte sie. »Wir bringen die Sache in Ordnung. Schließlich sind wir ja auch nicht ganz unschuldig daran, dass du die Kerle am Hals hast.«

»Warum habt ihr das überhaupt gemacht?«, fragte er.

»Was?«

»Ich habe deine *Tochter* gesehen«, antwortete er betont. »Sie hat mit Georg und seinen Halsabschneidern verhandelt. Ich weiß nicht genau, worum, aber ich nehme einfach mal an, es ging um mich.«

Martinas ratloser Blick machte ihre Antwort im Grunde überflüssig; sie hatte nicht die leiseste Ahnung, wovon er sprach. »Sie hat ...«

»Schon gut«, unterbrach sie Will. Er warf einen nervösen Blick auf den Fernseher und zwang sich dann, an etwas anderes zu denken. Er hatte später immer noch Zeit genug, sich den Kopf über Slavko und Fred zu zerbrechen; falls die beiden das nicht vorher für ihn erledigten. »Wir wollten über das Mädchen reden«, sagte er.

Martina sah einen Moment lang eindeutig verletzt aus, und für einen noch viel kürzeren Moment war er beinahe wie früher: Er sah ihr nicht nur an, *was* sie fühlte – das war nie sonderlich schwer gewesen. Selbst in der Zeit, in der es schon nicht mehr wirklich gut zwischen ihnen gelaufen war, hatte sie ihr Herz immer deutlich sichtbar im Gesicht getragen. Er hatte sie verletzt, weil er *das Mädchen* gesagt hatte, und nicht *unsere Tochter*. Wenn er es recht bedachte, verletzte es ihn selbst.

»Du willst wissen, warum ich es dir nie gesagt habe«, vermutete sie.

Das war ganz und gar nicht die Frage, die er gestellt hätte – wenigstens nicht in diesem Moment –, aber er hob trotzdem die Schultern und deutete zugleich ein Nicken an. »Das wäre ein Anfang.«

»Ich weiß es nicht«, gestand Martina nach einem unbehaglichen Zögern. »Damals kam es mir irgendwie richtig vor.«

»Richtig?«

Diesmal antwortete sie gar nicht, sondern hob nur abermals die Schultern und zog die Unterlippe zwischen die Zähne, um darauf herumzukauen – eine Angewohnheit, an die er sich noch gut erinnerte. Aber etwas war anders geworden. Er hatte sie als Zwanzigjährige kennen gelernt, die deutlich jünger aussah, als sie war. Jetzt war sie Mitte dreißig, sah zwar noch genauso gut aus wie damals, nichtsdestotrotz aber ein gutes Stück *älter,* als sie war, und diese kleine Marotte passte ganz und gar nicht mehr zu ihr; ganz gleich, wie sehr er sie damals auch an ihr geliebt haben mochte.

Aber wenn er genau darüber nachdachte, dann hatte er eigentlich *alles* an ihr geliebt; selbst die zwei oder drei Dinge, die man eigentlich gar nicht lieben *konnte.*

Er spürte selbst, dass seine Gedanken in eine Richtung zu wandern begannen, die sie im Moment lieber nicht einschlagen sollten, und zwang sich mit einer bewussten Anstrengung in die Wirklichkeit zurück, »Duffy«, erinnerte er sich. Mit einem Male ging auch ihm diese alberne Kurzform, die das Mädchen vermutlich selbst erfunden hatte, schwer über die Lippen.

Martina wich seinem Blick aus. »Was hätte ich denn tun sollen?«, fragte sie.

»Es mir sagen?«

»Und wie?« Martina räusperte sich unecht, und als sie ihn wieder ansah, hatte sich etwas in ihrem Blick geändert. Nichts Neues. Auch diesen Ausdruck kannte er nur zu gut von früher. Dass sie nicht wirklich fähig war zu lügen, bedeutete nicht automatisch, dass sie immer die Wahrheit sagte. »Du warst verschwunden, wenn ich mich richtig erinnere. Für … wie lange? Drei Jahre?«

»Dreieinhalb«, antwortete er verstimmt. »Aber ich war nach zwei Jahren wieder draußen.«

»Wie beruhigend«, sagte Martina. »Und du meinst, ich hätte

auf dich warten sollen?« Sie schüttelte heftig den Kopf. »Wie lange? Und worauf? Dass du das nächste krumme Ding drehst und wieder ins Gefängnis wanderst?«

Er sah ihr an, dass das längst nicht alles war, was sie ihm zu sagen hatte, aber er hob rasch die Hand. Jetzt war wirklich nicht der Moment, alte Rechnungen zu begleichen.

»Was zum Teufel mache ich hier eigentlich?«, fragte er geradeheraus.

»Wenn es nach mir gegangen wäre, hättest du von alledem nichts mitbekommen«, antwortete Martina. Ein Schatten huschte über ihr Gesicht. »Entschuldige. Das war jetzt nicht so gemeint, wie es sich vielleicht anhört. Es ist alles …« Sie hob die Schultern. »Ein bisschen komplizierter, als es auf den ersten Blick den Anschein hat.«

Will sah eine Sekunde lang auf den Fernseher. Einer der beiden Knallköpfe da draußen zündete sich in diesem Augenblick doch tatsächlich eine Zigarette an, was zu einer lautlosen grellweißen Lichtexplosion auf dem Bildschirm führte, bevor sich die Elektronik der Überwachungskamera an die veränderten Lichtverhältnisse angepasst hatte. »Für meinen Geschmack ist es kompliziert genug«, sagte er.

»Wegen deiner Freunde da draußen?« Martina hob die Fernbedienung und drückte eine Taste, und der Anblick von Dumm und Dümmer verschwand und machte dem gleichen, viergeteilten Splitscreen Platz, den auch der Laptop unten im Keller gezeigt hatte.

Duffy schlief immer noch, aber sie hatte sich auf die Seite gedreht und die Knie angezogen, und auch in dem Zimmer selbst hatte sich irgendetwas verändert, ohne dass er sagen konnte, was.

»Ich kann mir vorstellen, was du bei diesen Bildern denkst«, sagte sie.

»Nein, kannst du nicht.«

Martina ignorierte ihn. »Mir tun diese Bilder genauso weh wie dir«, fuhr sie fort. »Und hundertmal mehr als ihr. Aber es muss sein.«

»Das habe ich heute schon ein paar Mal gehört«, antwortete Will. »Nur hat mir leider bisher noch niemand gesagt, warum.«

»Damit sie am Leben bleibt«, antwortete Martina. »Ich weiß nicht, wie lange es uns noch gelingt, aber solange ich es noch irgendwie kann, werde ich um sie kämpfen.« Sie hob die Fernbedienung, wie um das Gerät auszuschalten, ließ den Arm aber dann wieder sinken und drehte sich ganz zu ihm herum. »Unsere Tochter ist krank, Will. Sehr krank.«

»Krank.« Will machte ein zweifelndes Gesicht. »Den Eindruck habe ich nicht gehabt. Mir war sie sogar ein bisschen zu lebendig, wenn ich ehrlich sein soll.«

»Sie ist ja auch nicht körperlich krank.« Angela schloss die Tür ebenso lautstark hinter sich, wie sie sie eine Sekunde zuvor lautlos geöffnet hatte. Will wandte erschrocken den Kopf in ihre Richtung und fragte sich, wie lange sie wohl schon so dagestanden und ihnen zugehört hatte, aber er sah trotzdem aus den Augenwinkeln, dass Martina ebenfalls erschrocken zusammenfuhr. Von wegen liebende Stiefmutter und -tochter. Ha!

»Und was genau ist ihr Problem?«, fragte er.

»Feuer«, antwortete Angela.

Will sah sie verständnislos an. »Feuer?« Das Wort hallte auf sonderbare Weise hinter seiner Stirn wider. *Feuer*. Nach dem, was er in den letzten Tagen erlebt hatte, war es kein Wunder, dass ihm allein dieses Wort einen eisigen Schauer über den Rücken laufen ließ. Aber das war nicht der einzige Grund. »Das verstehe ich nicht. Was soll das heißen: Feuer?«

Angela tauschte einen kurzen Blick mit Martina, bevor sie

antwortete, aber er konnte selbst beim besten Willen nicht sagen, wer gerade wen um Erlaubnis gefragt hatte.

»Sie ist Pyromanin«, antwortete Angela.

»Tatsächlich?«, fragte Will. »So klein ist sie mir gar nicht vorgekommen.«

Angelas Augen wurden schmal. »Hältst du das jetzt für den richtigen Moment, dumme Witze zu machen?«

»Warum nicht?«, antwortete Will kühl. »Du wolltest mir doch auch gerade weismachen, dass Duffy für dieses Chaos verantwortlich ist, oder?«

»Ich glaube nicht«, antwortete Angela. »Aber ganz sicher kann man bei ihr nicht sein. Wir haben aufgehört, die Brände zu zählen, die sie schon gelegt hat.«

»Quatsch!«, sagte Will überzeugt. »Sie war nicht einmal im Haus, als das Feuer ausgebrochen ist.« Er warf einen raschen Blick in Martinas Gesicht, bevor er fortfuhr: »Du solltest das wissen. Immerhin hast du sie selbst mitgenommen.« Er deutete zornig auf den Bildschirm. »Wahrscheinlich sollte sie dir noch dankbar sein, dass du ihr diesmal nur Schlaftabletten gegeben hast, statt deinen Elektroschocker zu benutzen.«

»Elektroschocker?«, fragte Martina.

»Blödsinn«, antwortete Angela verächtlich. »Ich hatte das Ding dabei, aber das war auch alles.« Sie verdrehte demonstrativ die Augen, als Will widersprechen wollte. »Und selbst wenn ich ihn benutzt hätte …«

»Gegen ein Kind«, sagte Will, und Angela fuhr vollkommen unbeeindruckt fort: »… hätte ich einen guten Grund dafür gehabt, glaube mir.«

»Weil sie gern mit Feuer spielt?«, fragte Will. »Ich dachte, das tun alle Kinder.«

»Möglich«, erwiderte Angela achselzuckend. »Aber sie brennen im Allgemeinen nicht ganze Häuserzeilen ab.«

Will fuhr auf. »Aber das ist doch …«

»Sie hat Recht«, sagte Martina leise. »Es ist nicht so einfach, wie du glaubst.« Sie schaltete – endlich – den Fernseher aus und schloss für einen Moment die Augen. »Du hast vollkommen Recht. Viele Kinder spielen mit Feuer. Und vielleicht brennen manche sogar aus Versehen eine Küche ab oder ein Haus oder eine Scheune. Und ehrlich gesagt haben wir es am Anfang auch nicht besonders ernst genommen. Wenigstens nicht ernst genug.«

»Wieso?«

»Weil sie eben *nicht* nur mit Feuer spielt«, sagte Angela an Martinas Stelle. »Du erinnerst dich an unser Haus in Köln, in dem du sie gefunden hast? Du darfst dreimal raten, wer es angezündet hat.«

»Vielleicht hat es ihr nur nicht gefallen, ihr Leben lang in einer Garage eingesperrt zu sein«, sagte Will. »Wie lange habt ihr sie dort gefangen gehalten? Seit ihrer Geburt?«

Angelas Augen blitzten wütend. »Du …«

»Bitte lass uns allein«, sagte Martina unvermittelt.

Angela blinzelte. »Wie?«

»Ich glaube, es ist besser, wenn wir uns einen Moment allein unterhalten«, sagte Martina. »Bitte.«

Angelas Gesicht entgleiste. Vielleicht nur für einen winzigen Moment, kaum mehr als eine Sekunde, aber dennoch eindeutig zu lange, um es zu übersehen oder sich mit Erfolg einzureden, sich getäuscht zu haben. Für einen winzigen Moment sah er nichts als kalte Wut in ihren Augen, durchwoben von etwas, das nichts anderes als eine Drohung war. Schließlich nickte sie, aber selbst in diesem Nicken war etwas, worüber er lieber nicht nachdenken wollte.

Und außerdem war es nicht seine Sache.

»Wie du willst«, sagte sie spitz. »Ich warte dann unten in der

Küche. Ihr braucht nur zu läuten, wenn ihr irgendetwas wünscht.«

Beleidigt drehte sie sich auf dem Absatz um und rauschte hinaus. Sie verkniff es sich, die Tür hinter sich zuzuwerfen, aber irgendwie hörte Will den Knall trotzdem.

»Danke«, murmelte er.

Martina sah ihn eine halbe Sekunde lang an, als wäre das so ziemlich das Falscheste gewesen, was er überhaupt hätte sagen können. Sie antwortete allerdings nicht, sondern stand auf und ging zur Bar, um sich einen Drink zu machen. »Auch einen?«

Will schüttelte überrascht den Kopf. Er war alles andere als abstinent, aber im Moment hatte er nicht das Gefühl, dass Alkohol seinem ohnehin angeschlagenen Denkapparat gut tun würde – und dass *Martina* trank, verwirrte ihn ehrlich. In all den Monaten, die sie zusammen gewesen waren, hatte er sie zusammengerechnet nicht mehr als zwei Flaschen Wein trinken sehen; und selbst das nur, um ihm einen Gefallen zu tun, wenn er zu penetrant herumgenörgelt hatte, wie ungemütlich sie doch sei. Martina hatte sich in mehr als einer Beziehung verändert.

Will verscheuchte auch diesen Gedanken. »Was ist da los zwischen euch?«, fragte er, nachdem sie sich wieder zu ihm umgedreht hatte.

Martina drehte das altmodische Glas aus geschliffenem Kristall in den Fingern, ohne zu trinken, aber Will registrierte trotzdem, dass sie es keineswegs einen Fingerbreit mit Cognac oder was auch immer gefüllt hatte. Das Glas enthielt noch einen Fingerbreit Luft. Martina hatte ihre Gewohnheiten entweder drastischer verändert, als er ahnte, oder sie war wirklich *sehr* nervös. Als sie nicht antwortete, fuhr er in hörbar schärferem Ton fort: »Und jetzt erzähl mir bitte keine herzergreifende Geschichte von wegen, dass ihr euch normalerweise wunderbar vertragt und eigentlich mehr wie Schwestern seid und nicht wie Stieftochter und -mutter.«

»Aber genau so ist es«, sagte Martina leise. Sie nippte nun doch an ihrem Glas – nur ein winziger Schluck, bevor sie es mit einer fast erschrockenen Bewegung wieder absetzte, als wäre ihr im allerletzten Moment noch eingefallen, dass sie nicht allein war – und sah ihn an. Es war nicht besonders hell im Zimmer. Das wenige Licht, das übrig geblieben war, nachdem sie den Fernseher ausgeschaltet hatte, reichte kaum bis dorthin, wo sie stand. Die Schatten schienen nicht nur die Spuren der vergangenen zehn Jahre aus ihrem Gesicht zu tilgen, sondern für einen ganz kurzen, verzauberten Moment die Zeit selbst zurückzudrehen; und für einen noch kürzeren Moment wollte er nichts mehr, als aufzustehen und sie in die Arme zu schließen. Natürlich tat er nichts dergleichen, sondern blieb vollkommen reglos sitzen; aber er fragte sich trotzdem ganz ernsthaft, ob es nicht vielleicht ganz genau das war, was sie von ihm erwartete.

»Du musst Angela verstehen«, fuhr sie nach einer kleinen Ewigkeit fort. »Sie ist sonst nicht so, glaub mir.«

»Ja, so etwas höre ich öfter«, seufzte Will. »Ich scheine einen schlechten Einfluss auf Leute zu haben, die *sonst nicht so sind.«*

Für den Bruchteil einer Sekunde blitzte Zorn in Martinas Augen auf, aber sie beherrschte sich und reagierte auf die einzig sinnvolle Art, nämlich gar nicht. »Sie ist halb verrückt vor Angst um Duffy«, sagte sie, »das ist alles.« Nach einer halben Sekunde und mit einem angedeuteten Schulterzucken fügte sie hinzu: »Und sie ist nicht besonders begeistert von deiner Anwesenheit.«

Will hatte eher den Eindruck, dass Angela nicht besonders begeistert von *ihm* war, aber er beließ es dabei und fragte nur: »Warum?«

»Weil sie der Meinung ist, dass wir schon genug Probleme haben …«

»… auch ohne dass einer deiner Ex-Lover hier auftaucht?«, fiel ihr Will ins Wort. Die Bemerkung tat ihm sofort wieder Leid, als er die Reaktion auf ihrem Gesicht bemerkte. Nach einer Sekunde schüttelte sie jedoch nur den Kopf, und so etwas wie die Andeutung eines Lächelns huschte über ihre Züge. »Habe ich dir eigentlich schon einmal gesagt, dass du manchmal ein richtiges Arschloch sein kannst?«, fragte sie.

Will nickte. »Öfters. Ist aber schon eine Weile her.«

»Manche Dinge ändern sich eben nie«, antwortete Martina. Sie schüttelte den Kopf und wurde übergangslos wieder ernst. »Sie hat Recht, weißt du? Dass Duffy dich gefunden hat, macht es nicht leichter. Von deinen Freunden da draußen ganz zu schweigen.«

»Mit denen werde ich fertig«, behauptete Will großspurig.

»Nein, wirst du nicht«, erwiderte Martina. »Aber mach dir keine Sorgen. Wir haben den Schaden angerichtet, wir bringen die Sache auch wieder in Ordnung.«

»Ich nehme an, du hetzt ihnen deine Stieftochter auf den Hals, damit sie sie windelweich prügelt?«

»Das wäre die allerletzte Möglichkeit«, antwortete Martina lächelnd. »Keine Angst. Ich werde mit diesem Georg reden. Ich gebe ihm ein wenig Geld, und die Sache ist erledigt. Ich kenne Typen wie ihn zur Genüge.«

Will fragte sich nicht nur, woher, er wusste auch, dass Martina sich irrte. Hätte sie *Typen wie ihn* wirklich gekannt, dann hätte sie auch gewusst, dass sie prinzipiell gieriger wurden, je mehr sie bekamen. Vielleicht war die Idee mit Angela nicht einmal die schlechteste. Aber Georg und seine beiden Prügelknaben waren im Moment wirklich nicht sein dringendstes Problem.

»Was ist jetzt mit Duffy?«, fragte er.

»Es wird schlimmer«, antwortete Martina, ohne ihn anzusehen. »Ich weiß nicht, wie lange wir sie noch hier behalten können, *das* ist mit ihr.«

Will warf einen raschen Blick auf den erloschenen Fernsehschirm, und ganz kurz blitzte das Bild der vermeintlichen Garage im Garten der ausgebrannten Villa vor seinem inneren Auge auf. »Nur weil sie das Problem mit dem Feuer hat?«

»Du hast es nicht verstanden«, seufzte Martina. »Aber wie könntest du auch? Duffy hat nicht einfach ein Problem mit Feuer. Sie legt Feuer, wann immer und wo immer sie kann. Und sie ist gut darin. Wir haben es am Anfang nicht ernst genug genommen. Das Übliche eben – Streichhölzer und Feuerzeuge wegschaffen, darauf achten, dass nichts Brennbares in ihrer Reichweite ist ...« Sie hob die Schultern und starrte in ihr Glas. »Es hat nichts genutzt.«

»Was ist so schwer daran, einem Kind die Streichhölzer wegzunehmen?«, fragte Will.

Martina lachte bitter. »Ja, das dachte ich auch. Aber du kennst Duffy nicht. Sie schafft es irgendwie immer, Feuer zu legen. Ein winziges Stück Papier, ein Fetzchen Stoff, irgendetwas, woraus sie einen Funken schlagen kann, ein Brennglas oder irgendwelche harmlosen Küchenchemikalien ... ich bin allmählich selbst eine halbe Spezialistin in solchen Dingen geworden. Es gibt tausend Möglichkeiten, Feuer zu legen, und darunter auch ein paar, auf die du nicht einmal in Traum kämst. Ich könnte glatt bei der Feuerwehr anfangen, um Brandstiftern auf die Spur zu kommen.«

Will blieb ernst. »Und deshalb habt ihr sie *eingesperrt?«*

»Du machst dir keine Vorstellung, wie erfindungsreich unsere Tochter ist«, sagte sie. »Sie bastelt einen Brandsatz aus einem Stück Würfelzucker und drei Büroklammern, wenn es sein muss. Es ist krankhaft und gefährlich. Sie hat allein in den zurückliegenden drei Jahren fast sechs Monate in Spezialkliniken verbracht, um sich von den Verbrennungen zu erholen, die sie sich selbst zugefügt hat.«

»Verbrennungen?«, fragte Will zweifelnd. »Davon ist mir nichts aufgefallen.«

»Es hat gewisse Vorteile, wenn man kein Kassenpatient ist«, sagte Martina achselzuckend. »Du wärst erstaunt, wozu die Medizin heute fähig ist, wenn Geld keine Rolle spielt.«

»Warum holt ihr euch dann keinen Spezialisten, der sich um ihr Problem kümmert?«, fragte Will.

Martina schnaubte abfällig und trank einen zweiten, deutlich größeren Schluck. »Glaubst du denn, das hätten wir nicht schon längst getan? Wir *haben* Spezialisten konsultiert. Die besten. Eine Zeit lang hat es sogar geholfen, aber hinterher ist es immer nur schlimmer geworden. Letztendlich haben sie uns immer dasselbe geraten: sie in ein Sanatorium zu bringen, wo man sich *entsprechend um sie kümmern* kann.« Sie lachte. »Ich kann mir lebhaft vorstellen, wie das aussieht. Wahrscheinlich hätte sie den Laden nach spätestens einer Woche abgefackelt. Und wenn nicht, dann würden sie sie vermutlich …« Sie sah ihn gespielt fragend an. »Wie nennt man das doch gleich? Ruhig stellen?« Sie nickte und schüttelte praktisch in der gleichen Bewegung so heftig den Kopf, dass ein goldbrauner Tropfen aus ihrem Glas spritzte und über ihren Handrücken lief. »Nein. Danke.«

Will widersprach nicht. Wie auch? Der Gedanke, dass Duffy den Rest ihres Lebens in der Klapse zubringen sollte, eingesperrt in eine Gummizelle aus nicht brennbarem Material oder bis zum Stehkragen voll gepumpt mit Beruhigungsmitteln, stand nicht einmal zur Diskussion. »Und wie soll es jetzt weitergehen?«, fragte er.

Martina hob die Schultern und trank einen dritten, noch größeren Schluck. Die Martina, die er früher gekannt hatte, wäre jetzt schon betrunken gewesen. »Ich weiß es nicht«, sagte sie. »Ein paar von den hoffnungslos überbezahlten Schwätzern, die sich in den letzten Jahren um sie *gekümmert* haben, waren der Meinung, dass es möglicherweise von selbst aufhört, wenn sie in die Pubertät kommt.«

»Und?«, fragte Will. »Hat es?«

»Eine Weile sah es so aus«, murmelte Martina. Es klang nicht wie etwas, was sie selbst glaubte. »Aber nach dem, was gestern passiert ist …«

»Unsinn!«, widersprach Will. »Ich weiß nicht, was Angela dir erzählt hat, aber sie war nicht einmal im Haus, als das Feuer ausgebrochen ist!«

»Aber sie war im Haus, als die Villa abgebrannt ist«, sagte Martina leise, womit sie seine Worte einfach ignorierte. Angela schien für sie unantastbar zu sein. »Es ist ein Wunder, dass niemand ums Leben gekommen ist. Und vergiss Sven nicht. Sie kannte ihn. Und trotzdem …«

»Und wie kann ich dir dabei helfen?«, unterbrach sie Will.

Martina lächelte, als hätte er eine wirklich naive Frage gestellt. »Keine Ahnung«, sagte sie geradeheraus. »Ich schätze, Angela würde es so ausdrücken: Du warst nicht eingeplant.«

Noch etwas, das sich trotz all der Zeit nicht wirklich geändert hatte, dachte Will. Manchmal konnte sie geradezu brutal ehrlich sein. Er sagte nichts, sondern blickte nur fragend.

»Es ist meine Schuld«, fuhr Martina fort. »Ich hätte alles wegwerfen sollen, was mich an dich erinnert. Aber ich bin nun einmal eine sentimentale dumme Kuh.«

»Warum?«, fragte Will.

»Weil ich dachte, es schadet nichts, wenn ich mir irgendeine kleine Erinnerung an dich aufhebe«, sagte Martina. Das hatte er mit seiner Frage ganz und gar nicht gemeint, und Martina wusste das auch. Trotzdem fuhr sie fort: »Sie muss irgendwie deine Adresse herausgefunden haben. Frag mich nicht, wie. Als die Villa abgebrannt ist, ist sie weggelaufen.«

»Warum?«

»Weil sie zwölf Jahre alt ist«, sagte Martina, als wäre das Antwort genug – was es in gewissem Sinne auch war. »Zwölfjährige sind nun einmal so. Sie hassen ihre Eltern, und außerdem wissen sie alles besser und können alles. Warst du vielleicht anders?«

»Nein«, antwortete Will. *Eher schlimmer.*

»Das ist ja auch vollkommen in Ordnung«, fuhr Martina fort. »Es war wirklich nur ein dummer Zufall, dass sie deine Adresse herausgefunden hat. Ich habe keine Ahnung, was sie sich gedacht hat. Wahrscheinlich nichts. Wie gesagt: Sie ist zwölf Jahre alt. Das ist das Alter, in dem Mädchen anfangen, von einem Prinzen auf einem weißen Pferd zu träumen, der sie rettet. Wovor auch immer.«

»Nur mit zwölf Jahren?«

Martina lächelte. »Ich habe gesagt, dass sie mit zwölf Jahren damit *anfangen«,* sagte sie. »Nicht, dass sie irgendwann auch wieder damit aufhören.«

Wie viele versteckte Hinweise musste sie ihm eigentlich noch geben, bis er endlich kapierte? Will sah sie noch einen Moment lang unschlüssig an, dann schob er seine letzten Bedenken zur Seite und stand auf. Martina ließ das Glas um eine Winzigkeit sinken und verschränkte die Arme vor der Brust. Irgendetwas in ihrem Blick änderte sich, aber er konnte nicht genau sagen, was.

»Will, du …«

»Es ist eine Menge Zeit vergangen, ich weiß«, sagte er. »Ich will mich auch gar nicht entschuldigen oder irgendwie rausreden.« Wieso auch? Schließlich war *sie* es, die *ihn* verlassen hatte, nicht umgekehrt. »Aber es war doch trotzdem eine schöne Zeit, alles in allem.«

»Was genau meinst du damit?«, fragte Martina. »Die Tage, an denen du mich ans Fenster geschickt hast, um nachzusehen, wenn ein Wagen vor der Tür angehalten hat? Oder die zwei Wochen, die wir unter falschem Namen in einer verlausten Absteige gehaust haben, bis sie uns rausgeschmissen haben, weil wir die Miete nicht mehr zahlen konnten?«

Unter allen anderen denkbaren Umständen hätten ihn diese Worte abgeschreckt, oder doch zumindest stehen bleiben lassen. Jetzt nicht. Ihre Stimme klang eine Spur *zu* verächtlich, um wirklich zu überzeugen, und da war etwas in ihren Augen, das ihre Worte Lügen strafte. Er ging – wenn auch etwas langsamer – weiter und blieb so dicht vor ihr stehen, dass er ihr Parfum riechen konnte. Exklusiv, unaufdringlich und mit Sicherheit sehr teuer. Früher hatte sie nie Parfum benutzt, aber trotzdem genauso gut gerochen. Eigentlich sogar besser. »Ich erinnere mich eher an ein paar andere Augenblicke«, sagte er. »Ziemlich viele sogar, wenn ich so darüber nachdenke.«

»Will – nicht«, sagte Martina. »Du verstehst nicht. Es ist nicht nur eine Menge Zeit vergangen. Es ist viel passiert. Ich bin …«

»… nicht mehr die, die ich gekannt habe, ich weiß«, unterbrach sie Will. »Irgendwie haben wir uns doch alle verändert, oder?« Er trat noch ein winziges Stückchen näher. Martina bewegte sich unbehaglich und hob ihr Glas; vielleicht nicht einmal, um wirklich zu trinken, sondern um es wie einen Schild zwischen sich und ihn zu halten. Will nahm es ihr aus der Hand und stellte es hinter ihr auf die Bar. Nahezu zwangsläufig berührten sie sich dabei; nur ganz flüchtig, aber er spürte dennoch, wie sie erschauerte und instinktiv vor ihm zurückzuweichen versuchte, nur dass da nichts mehr war, wohin sie zurückweichen konnte.

»Will, bitte«, begann sie, aber er unterbrach sie erneut, indem er ihr Zeige- und Mittelfinger der Linken auf den Mund legte. Ihre Pupillen weiteten sich unmerklich, und das Gefühl ihrer weichen Lippen auf seiner Haut war fast mehr, als er ertragen konnte. Er spürte, wie ihr Atmen sich beschleunigte, und beugte sich zu ihr hinab, und die Tür hinter ihnen ging auf, und Angela kam herein.

»Die Herrschaften hatten Kaffee be…« Sie brach mitten im Wort ab, als sie Will und Martina erblickte, und ihre Augen wurden groß. Für einen Atemzug war sie einfach nur fassungslos; und im nächsten so schockiert, dass sie um ein Haar das Tablett mit Kaffeetassen und -kanne fallen gelassen hätte, das sie mit beiden Händen vor sich balancierte.

Martina glitt mit einer hastigen Bewegung hinter ihm hervor und nahm ihr Glas mit, bevor sie sich rasch ein paar Schritte entfernte. Sie sah weg und trank einen großen Schluck, während sie sich umdrehte. Angelas Augen wurden noch größer, aber jetzt las er keine Fassungslosigkeit mehr darin, sondern blanke Wut.

»Störe ich?«, fragte sie. Ihre Stimme zitterte ganz leicht.

Es lag Will auf der Zunge, mit einem ganz klaren *Ja* zu antworten, aber da war etwas in Angelas Augen, was ihn warnte, lieber die Klappe zu halten. Etwas, das schlimmer war als die Wut, die in ihrem Blick loderte. Er schwieg.

Angela starrte ihn noch weitere zwei oder drei Sekunden lang unverhohlen wütend an, bevor sie weiterging und ihre zerbrechliche Last mit solcher Wucht auf dem zierlichen Glastisch ablud, dass sich Will beinahe wunderte, dass nichts davon zu Bruch ging.

»Ich habe euch Kaffee gemacht«, sagte sie spitz. »Ihr könnt

natürlich auch Champagner und Austern haben, wenn euch das lieber ist.«

»Kaffee ist völlig in Ordnung«, sagte Will. »Er macht wach. Es könnte ja immerhin sein, dass ich meine Kräfte heute noch brauche.« Das war ganz bestimmt nicht das Klügste, was er in diesem Moment sagen konnte, aber auf der anderen Seite wäre er auch an seinen eigenen Worten erstickt, hätte er sie nicht ausgesprochen. *Was bildete sich diese dumme Göre eigentlich ein?*

»Angela, bitte«, sagte Martina hastig. »Es ist nicht so, wie es aussieht.«

»So?«, fragte Angela kühl. »Wie sieht es denn aus?«

»Ich habe ihm so weit alles erzählt«, sagte Martina. Sie räusperte sich unbehaglich, trank einen weiteren Schluck – das Glas war jetzt beinahe leer – und sah überallhin, nur nicht in Angelas Richtung. Wieso benahm sie sich so?, dachte Will verwirrt. Möglicherweise war es ihr ja peinlich, von Angela bei einer Beinahe-Umarmung mit ihrem früheren Freund überrascht worden zu sein, aber doch nicht *so*. Sie benahm sich wie …

Aber das war vollkommener Unsinn. Nicht Martina.

»So?«, fragte Angela. »Was?« Ihre Stimme war spröde wie Glas.

Will sah immer verwirrter von ihr zu Martina und wieder zurück. Seine Gedanken überschlugen sich, und zugleich schienen sie kaum noch von der Stelle zu kommen, als wäre sein Kopf plötzlich mit halb flüssigem zähem Lehm gefüllt. Martina und Blondie? Nie und nimmer.

»Ich habe ihm von Duffy erzählt«, antwortete Martina. »Jedenfalls das Wichtigste, auf die Schnelle.« »Soll ich vielleicht später noch einmal wieder kommen, damit ihr euch weiter unterhalten könnt?«, fragte Angela spöttisch.

Martina warf ihm einen fast flehenden Blick zu, und Will schluckte die zynische Antwort herunter, die ihm auf der Zunge lag. »Also gut«, sagte er. »Was kann ich tun, um euch zu helfen?«

Angela setzte zu einer Antwort an, die ihm höchstwahrscheinlich genauso wenig gefallen würde wie das meiste von dem, was sie bisher gesagt hatte, aber Martina kam ihr zuvor. »Vielleicht würde es schon reichen, wenn du einfach mit ihr redest«, sagte sie. »Duffy ist ein vernünftiges Mädchen, trotz allem.«

Das klang ganz und gar nicht nach dem, was sie noch vor ein paar Minuten gesagt hatte; bevor Angela hereingekommen war. Er verbiss sich eine entsprechende Bemerkung, machte sich aber in Gedanken eine Notiz, sie nachzuholen, sobald sie wieder allein waren. »Mit ihr reden? Worüber?«

»Vielleicht solltest du ihr klar machen, dass du nicht der Ritter auf dem weißen Pferd bist, auf den sie wartet«, sagte Martina. »Ich weiß, das ist viel verlangt, und ich erwarte auch jetzt keine Entscheidung, aber …« Sie suchte einen Moment nach Worten. »Vielleicht ist es im Moment einfach zu viel, für uns alle«, seufzte sie. »Es ist ziemlich spät. Ich schlage vor, dass wir uns alle ein paar Stunden lang ausruhen und morgen früh weiter reden.«

»Dann kann ich den Kaffee wieder wegräumen?«, fragte Angela enttäuscht.

23

Seine innere Uhr funktionierte offenbar immer noch nicht richtig. Martina hatte ihm etwas zugewiesen, das sie als Gästezimmer bezeichnet hatte, obwohl es nicht deutlich kleiner war als die gesamte Wohnung, in der er bisher gelebt hatte, und er hatte sich auch tatsächlich auf dem fußballfeldgroßen Bett ausgestreckt und zu schlafen versucht.

Selbstverständlich war es bei dem Versuch geblieben. Er war hundemüde, und der morgige Tag würde vermutlich noch anstrengender werden als der zurückliegende. Trotzdem wusste er, dass er keinen Schlaf finden würde. Weder jetzt noch irgendwann in dieser Nacht. Was er in der letzten Stunde erfahren hatte, war einfach ein bisschen viel für einen Tag. Zur Einrichtung des bescheidenen Gästezimmers gehörten selbstverständlich auch ein Fernseher samt Pay-TV-Anschluss und eine gut bestückte Bar. Ohne das Licht einzuschalten, öffnete er den Kühlschrank, inspizierte ihn kurz und entschied sich dann fast zu seiner eigenen Überraschung für eine Cola light. Dann schaltete er den Fernseher ein und zappte so lange zwischen den Programmen hin und her, bis ihm selbst auffiel, dass er nicht einmal registrierte, was er da sah. Er fühlte sich gleichzeitig aufgewühlt wie auch regelrecht paralysiert.

Aber was erwartete er?

Schließlich hielt er es auch nicht mehr aus, auf der Bettkante zu sitzen und dem bunten Flimmern auf der Mattscheibe zuzusehen. Er stand auf, ging zum Fenster und zog den Vorhang eine Handbreit auf.

Draußen herrschte noch tiefste Nacht, aber das Haus verfügte über eine Rundum-Beleuchtung, die nicht nur den Garten, sondern auch die Straßenfront in blassgelbe Helligkeit tauchte. Auf der gegenüberliegenden Straßenseite parkte mittlerweile nur noch ein einziger Wagen, hinter dessen Windschutzscheibe in regelmäßigen Abständen ein winziger roter Punkt aufglomm und wieder erlosch. Will fragte sich, warum die beiden Idioten nicht gleich eine weiße Fahne schwenkten oder ein Blaulicht auf dem Dach des Wagens montierten.

So komisch die Vorstellung an sich auch war, die Anwesenheit der beiden Kerle da draußen bereitete ihm größere Sorgen, als er Martina gegenüber zugegeben hatte. Solange er hier drinnen war, war er vermutlich in Sicherheit. Aber er konnte sich schließlich nicht für alle Zeiten hier drinnen verstecken. Irgendwann musste er raus, und spätestens dann hatte er Rattengesicht und Slavko wieder am Hals.

Unglückseligerweise waren die beiden nicht sein einziges Problem. Vermutlich nicht einmal sein größtes. Irgendetwas stimmte hier nicht. Will war noch immer viel zu durcheinander, um auch nur einen halbwegs klaren Gedanken zu fassen, aber er spürte einfach, dass Angela und Martina ihm nicht die ganze Wahrheit erzählt hatten. Natürlich hatte er das nicht wirklich erwartet – wie denn auch? Niemand konnte die komplette Geschichte eines ganzen Lebens in einer halben Stunde erzählen; schon gar nicht die eines solchen, wie Martina und ihre Tochter es in den letzten zehn Jahren geführt hatten. Aber da war noch mehr. Sie hatten ihm nicht einfach nur das Wichtigste erzählt, sondern ganz im Gegenteil wohl eher das Wichtigste weggelassen. Auch wenn er nicht einmal annähernd sagen konnte, was.

»Sind sie noch da?«

Will fuhr erschrocken herum, und obwohl er Duffys Stimme sofort erkannt hatte, riss er im ersten Moment ungläubig die

Augen auf. Er hatte kein Licht eingeschaltet, so dass die schmale Gestalt nur wie ein Schattenriss vor dem hell erleuchteten Hintergrund des Flures zu sehen war; trotzdem hätte er nicht einmal ihre Stimme hören müssen, um zu wissen, wer vor ihm stand. Für einen Moment war ein so intensives Gefühl von Vertrauen in ihm, dass es schon fast unheimlich war. »Wer?«, fragte er.

»Deine beiden Freunde da draußen.« Duffy hob den Arm und deutete mit übertriebener Gestik zum Fenster. Sie lachte leise. »Vielleicht sollten wir ihnen eine Kanne Kaffee bringen. Muss verdammt kalt sein da draußen im Wagen.«

Sie machte einen Schritt ins Zimmer hinein und hob noch einmal die Hand, wie um das Licht einzuschalten, ließ den Arm aber dann wieder sinken und trat stattdessen vollends ein. Will warf einen letzten, verstörten Blick zu dem Wagen auf der anderen Straßenseite hin, dann trat er fast hastig vom Fenster zurück und schloss demonstrativ die Vorhänge.

»Was machst du hier?«, fragte er. »Ich meine: Wie …?«

»Wie ich aus dem Keller gekommen bin?« Duffy machte eine wegwerfende Handbewegung. »Meine leichteste Übung. Das Schloss, das mich aufhält, ist noch nicht erfunden worden.« Sie kicherte. »Muss wohl in der Familie liegen.«

»Red keinen Unsinn«, sagte Will lahm.

Er hatte Mühe, überhaupt zu sprechen. Eine der ungefähr zehntausend Fragen, über die er in der zurückliegenden Stunde ergebnislos nachgedacht hatte, war die, wie er hinunter in den Keller kam, um allein mit Duffy zu sprechen. Jetzt stand sie vor ihm, und ihre bloße Anwesenheit brachte ihn vollkommen aus dem Konzept. »Ich meine: Diese Tür …« Er blinzelte. »Woher weißt du überhaupt …?«

»… dass du mein Vater bist?« Duffy schüttelte tadelnd den Kopf. »Aber so etwas spürt man doch. Ist dir eigentlich klar, welchen Schaden man einer empfindlichen Kinderseele mit einer solchen Frage zufügen kann?«

Anscheinend war ihr nicht klar, wie sehr ihn diese Frage ärgerte. Er hatte an diesem Abend genug dumme Antworten gehört. »Wer hat dich geschickt? Deine Mutter oder Angela?«

»Blondie?« Duffy schüttelte so heftig den Kopf, dass ihre Haare flogen. »Meine ach so geliebte Schwester würde glatt der Schlag treffen, wenn sie wüsste, dass ich hier mit dir rede, statt wie ein braves Mädchen in meinem Bett zu liegen und zu schlafen.« Sie machte ein ordinäres Geräusch. »Vielleicht sollte ich es ihr sagen und hoffen, dass sie einen Herzinfarkt kriegt.«

»Du liebst deine Schwester wirklich, wie?« Wie zum Teufel war sie aus dem Zimmer gekommen? »Aber das ist keine Antwort auf meine Frage. Also?«

Duffy hob die Schultern und zögerte gerade lange genug mit der Antwort, dass er nicht ganz sicher sein konnte, ob es die Wahrheit war oder etwas, das sie sich genau in diesem Moment ausgedacht hatte. »Sie war vorhin noch einmal unten, um nachzusehen, ob ich auch brav bin und die Hände über der Bettdecke habe, die dumme Kuh. Hat den Fehler gemacht, mich einen Moment aus den Augen zu lassen und rauszugehen, und ich habe die Gunst der Stunde genutzt und das Schloss blockiert.« Sie grinste. »Ist schon erstaunlich, was man mit einem kleinen Stück Klebestreifen anfangen kann.«

Ausgedacht, schloss Will. Den Trick hatte er selbst schon in einem halben Dutzend Kriminalfilmen gesehen. Er sah einleuchtend aus, hatte aber den kleinen Schönheitsfehler, in Wahrheit nicht zu funktionieren. Angela war schließlich nicht blöd. Er sagte nichts dazu.

»Und was willst du hier?«, fragte er.

»Mich daran ergötzen, wie sehr du dich doch darüber freust,

deine einzige Tochter in die Arme zu schließen.« Sie legte den Kopf auf die Seite und blinzelte ihn treuherzig an. »Ich bin doch dein einziges Kind, oder?«

»Wenigstens das einzige, von dem ich weiß«, antwortete Will. Hatte Martina sie geschickt? Irgendwie konnte er sich das nicht vorstellen, aber sie war auch ganz bestimmt nicht nur gekommen, um hallo zu sagen. »Und auch das erst seit ein paar Stunden.«

Er wurde übergangslos ernst. »Wieso hast du mir nichts gesagt?«

»Warum sollte ich?«, fragte Duffy. »Ich wollte erst mal sehen, wie du so bist. Hätte ja sein können, dass du ein Arsch bist. Dann wäre ich wieder verschwunden.«

»Ich kenne ein paar Leute, die mich dafür halten«, antwortete Will. Er hob rasch die Hand, als Duffy antworten wollte. »Warum hast du mir nichts gesagt?«

»Und dann?« Duffy griente ihn weiter an, aber er spürte auch, dass ihr kindisches Benehmen nichts als eine Maske war, nicht einmal gut genug, um dem zweiten Blick standzuhalten. »Hätte es was geändert?«

Natürlich hätte es das, und zwar gründlich, und so ziemlich alles. Er hätte nur nicht sagen können, was.

»Also gut«, seufzte er. »Wir haben jetzt festgestellt, dass ich kein Arsch bin.«

»Habe ich das gesagt?«, fragte Duffy.

Will ignorierte sie. »Und wie soll es jetzt weitergehen?«, fragte er.

»Was?«

»Das mit dir und mir«, antwortete er. »Jetzt hast du mich kennen gelernt. Und?«

»Wie soll es schon weitergehen?«, antwortete Duffy, in plötzlich verändertem, trotzigem Ton. »Ich dachte, dass du die

Sache jetzt etwas anders siehst, jetzt, wo du die Wahrheit kennst. Aber anscheinend habe ich mich getäuscht.«

Will holte hörbar Luft zu einer Antwort, aber dann beließ er es bei einem Seufzen und einem resignierenden Kopfschütteln und ging an ihr vorbei zur Tür, um das Licht einzuschalten. Seine Augen hatten sich mittlerweile weit genug an das blasse Licht des Fernsehers gewöhnt, um aus Duffy mehr als einen bloßen Schatten werden zu lassen, aber er wollte ihre Augen sehen, wenn er mit ihr sprach. Duffy blinzelte und hob in einer hoffnungslos übertriebenen Geste die Hand über die Augen.

»Und?«, fragte er. »Wie soll es jetzt weitergehen?«

Statt direkt zu antworten, ging Duffy an ihm vorbei, öffnete den Kühlschrank und ließ sich davor in die Hocke sinken. Sie beschäftigte sich fast eine geschlagene Minute damit, den Inhalt des Kühlschranks mit dem Ausdruck höchster Konzentration zu inspizieren, dann angelte sie sich eine Flasche Cola heraus. Will hätte zwar selbst nicht sagen können, wie, aber irgendwie schaffte er es, sich – wenn auch mit Mühe – zu beherrschen und nichts zu sagen, bis Duffy den Kühlschrank wieder geschlossen und sich lässig dagegen gelehnt hatte.

»Fertig?«, fragte er spöttisch.

»Womit?«

»Dich um die Antwort herumzudrücken«, sagte er. »Was hast du jetzt vor? Willst du wieder abhauen?«

Duffy hob die Schultern und setzte die Flasche an die Lippen, um noch einmal Zeit zu gewinnen. »Warum nicht? Soll ich vielleicht hier bleiben?«

Will warf einen demonstrativen Blick in die Runde. »Ich kann mir einen unangenehmeren Ort vorstellen, meine Kindheit zu verbringen.«

»Ich bin kein Kind mehr«, fauchte Duffy.

Will lachte. »Entschuldige. Das habe ich vergessen. Was

macht der Führerschein? Bist du schon zur Prüfung angemeldet?«

Duffy presste weiter die Colaflasche an die Lippen und funkelte ihn über den Rand des dicken Glases hinweg wütend an. »Du warst doch unten, in meinem Luxus-Kellerappartement, oder?«, zischte sie. »Kann ja sein, dass es dir gefällt. Aber du bist ja auch kleine Zimmer ohne Fenster und Griffe an den Türen gewohnt.«

Will schluckte die Antwort herunter, die ihm auf der Zunge lag. »Du weißt also Bescheid«, sagte er.

»Über deine Karriere als Knacki?« Duffy lachte. »Sicher.« Sie trank einen winzigen Schluck. »Spannend.«

»Glaube mir – wenn man auf der falschen Seite einer Tür ohne Klinke sitzt und die Stunden zählt, bis sie aufgeht, dann ist das ganz und gar nicht spannend«, sagte er. Duffy blinzelte und sah ihn aus großen Augen an, und Will spürte im Nachhinein selbst, wie melodramatisch seine Worte geklungen hatten. »Wenn du über mich Bescheid weißt, dann verstehe ich umso weniger, warum du zu mir gekommen bist«, sagte er und schüttelte rasch den Kopf, als sie widersprechen wollte. »Und jetzt sag mir nicht, dass du das unwiderstehliche Bedürfnis verspürt hast, deinen richtigen Vater kennen zu lernen. Auf so einen sentimentalen Scheiß kann ich verzichten.«

»Und wenn es so war?«, fragte Duffy.

Will holte Luft zu einer weiteren, noch zynischeren Antwort, aber dann blickte er ihr direkt in die Augen und las etwas darin, das ihn bewog, die Worte lieber für sich zu behalten. Was, wenn es wirklich so war?, dachte er. Duffy hatte etwas an sich, was es ihm leicht machte, zu vergessen, dass er mit einem Kind sprach, nicht mit einer Erwachsenen. Aber sie war zwölf Jahre, und damit genau in dem Alter, in dem Kinder ganz besonders auf so einen sentimentalen Scheiß kamen. Will erwog einen Moment lang ganz ernsthaft die Möglichkeit, das Gespräch zu beenden und Martina zu rufen, damit sie sich um ihre Tochter kümmerte. Er war ohnehin nicht ganz sicher, dass sie nicht genau in diesem Moment vor einem Bildschirm irgendwo in einem anderen Teil des Hauses saß und sich köstlich darüber amüsierte, wie er sich wie ein getretener Wurm wand. Vielleicht gehörte ja auch dieses kleine Intermezzo zu dem Spiel, das ihre Stieftochter und sie mit ihm spielten. Will hatte die Regeln dieses Spiels noch nicht einmal ansatzweise durchschaut, aber dass es ein Spiel war, hatte er mittlerweile begriffen. Er wusste nur noch nicht, welche Rolle Duffy darin spielte.

»Entschuldige«, sagte er. »Ich wollte dich nicht …«

»Geschenkt!« Duffy unterbrach ihn mit einer großspurigen Handbewegung. »Bist du nicht.«

Will wusste nicht, ob er nun wütend werden oder einfach laut loslachen sollte. Duffy hatte sich ganz offenbar entschlossen, ihre Rolle weiterzuspielen. Möglicherweise war sie bisher mit dieser Mischung aus gezielter Unverschämtheit und genau kalkulierter Naivität gut genug gefahren, um Gefallen an dieser Masche zu finden.

Aber vielleicht war sie ja auch wirklich so.

»Also gut, bin ich nicht. Aber das ändert nichts daran, dass du mir immer noch eine Antwort schuldig bist. Was genau willst du von mir?«

Duffy setzte zu einer Antwort an, aber dann runzelte sie stattdessen die Stirn und starrte das Fenster hinter ihm an. Will folgte ihrem Blick, ging hin und zog die Vorhänge einen Spaltbreit auf, um hinauszublicken. Die Beifahrertür des Wagens auf der anderen Straßenseite war aufgegangen, und Fred war ausgestiegen und reckte sich ausgiebig. Aber das konnte sie doch unmöglich gehört haben!

Verwirrt drehte sich Will wieder um und sah das Mädchen an. Duffy hielt seinem Blick gelassen stand. »Ich dachte wirklich, das weißt du«, sagte sie in leicht gekränktem Ton. »Vielleicht habe ich mich ja doch in dir getäuscht.«

»Was genau erwartest du eigentlich von mir?«, fragte Will. Er versuchte, versöhnlich zu klingen, aber er spürte selbst, dass es ihm nicht gelang. »Du bist von zu Hause abgehauen – gut. Du hast mich gesucht und gefunden, und nun weißt du, wer ich bin. Aber ich kann dir nicht helfen.«

»Du willst nicht«, sagte Duffy.

»Darum geht es überhaupt nicht«, antwortete Will. »Was glaubst du, kann ich für dich tun? Soll ich dir vielleicht helfen, von hier zu fliehen und dich irgendwo zu verstecken?«

»Das wäre ein Anfang«, sagte Duffy.

»Was für eine tolle Idee«, antwortete Will spöttisch. »Und dann? Ich meine – was stellst du dir vor, was danach passiert? Sollen wir beide untertauchen und so lange im Untergrund leben, bis du volljährig bist?« Er schüttelte heftig den Kopf. »Das ist die Wirklichkeit, Kleines.« Duffy sah wieder zum Fenster hin, aber diesmal widerstand Will der Versuchung, sich umzudrehen und hinauszublicken. »Du erwartest zu viel von mir«, fuhr er fort.

»Was? Dich um dein Kind zu kümmern?«

»Sei nicht albern«, sagte Will. »Wir sind hier nicht in einer Soap. Bis vor vierundzwanzig Stunden wusste ich nicht einmal, dass es dich gibt, und bis vor zwei Stunden wusste ich nicht, dass ich eine Tochter habe, geschweige denn, dass du diese Tochter bist. Erwarte nicht zu viel von mir.«

Duffy reagierte vollkommen anders, als er erwartet hatte. Sie antwortete weder mit einer ihrer typischen spitzen Bemerkungen, noch ignorierte sie seine Worte kurzerhand, sondern sah ihn lange Sekunden lang auf eine Art an, die ihn mehr verstörte als alles andere, was sie zuvor gesagt hatte. Waren das Tränen, die da plötzlich in ihren Augen schimmerten?

»Versteh mich nicht falsch«, versuchte er seinen Worten im Nachhinein wenigstens etwas von ihrer Schärfe zu nehmen. »Ich brauche einfach nur …« Er suchte einen Moment nach Worten. »Vielleicht einfach ein bisschen mehr Zeit …«

Das schien das falsche Stichwort zu sein, denn in diesem Moment hörte er ein Geräusch, allerdings nicht von dorther, wo die beiden Idioten sich gerade die Beine vertraten, sondern viel näher, irgendwo direkt vor der Tür. Er konnte nicht verhindern, dass er ganz leicht zusammenzuckte. Andererseits – wenn das dort Schritte waren, die er gehört hatte, bedeutete das nicht unbedingt, dass jemand etwas von seinem ungebetenen Besuch mitbekommen hatte. Schließlich hatte ihm Martina mehr als deutlich klar gemacht, dass sich ständig einer ihrer beiden Wachhunde um seine *Sicherheit* kümmern würde, und vielleicht war einer von ihnen eben nur mal für kleine Königstiger gewesen und kam jetzt zurück, um seinen Posten vor der Tür wieder aufzunehmen.

»Hast du jemanden gesehen, als du zu mir ins Zimmer geschlüpft bist?«, fragte Will rasch.

Duffy schüttelte den Kopf. »Hältst du mich für blöd? Ich hab die Chance genutzt, als …«

Sie brach ab, als sich das Geräusch wiederholte, oder besser gesagt: die Geräusche. Diesmal konnte es gar keinen Zweifel daran geben, dass sie vom Korridor her kamen, und wenn Will noch Zweifel gehabt hatte, dass irgendetwas nicht stimmte, dann wären sie spätestens in dem Moment zerstoben, als er die Schritte von mindestens einer Person hörte, die sich rasch näherten. Will blickte zur Tür und einen Moment später dorthin, wo eben noch Duffy gestanden hatte, um ihr zu sagen, dass sie sich verstecken sollte – aber das erwies sich als vollkommen überflüssig. Duffy verfügte über die Instinkte einer Katze, die ihr Leben lang von Straßenkötern gejagt worden war, und sie hatte früher als er selbst begriffen, dass gleich die Tür aufgehen konnte und dass es besser war, vorher abzutauchen. So schnell, dass er selbst nur noch einen Schatten von ihr sah, war sie ans Fenster getreten und hinter der Gardine verschwunden. Will blieb gerade noch die Zeit, die Stirn zu runzeln, dann hielten die Schritte vor der Tür, etwas summte, und augenblicklich schwang die Tür auf.

Will war darauf gefasst, die beiden Leibwächter zu sehen, die Martina auf ihn angesetzt hatte, und ganz kurz streifte ihn sogar der flüchtige Gedanke, dass es Rattengesicht und Slavko geschafft haben könnten, ins Haus zu gelangen – was natürlich unmöglich war, weil er sie gerade noch draußen an ihrem Wagen gesehen hatte und die beiden Deppen ja wohl kaum wissen konnten, wo er sich in diesem verwinkelten Gebäude aufhielt. Will tat das Einzige, was ihm zu tun übrig blieb: Er griff die Fernbedienung und schaltete den Ton des Fernsehers wieder ein, den er zuvor heruntergeregelt hatte. Augenblicklich erscholl die monotone Stimme eines Nachrichtensprechers, der so ungerührt die Spätnachrichten vorlas, als würden die im Moment von irgendeinem Interesse sein.

Er wusste, dass er kein besonders überzeugendes Bild bieten würde, wie er so mitten in dem hell erleuchteten Raum stand mit der Fernbedienung im Anschlag, als wäre sie eine Pistole – aber es war zu spät, jetzt noch eine Korrektur vorzunehmen.

24

Betont langsam drehte er sich zur Tür um, als diese wieder zuglitt. Um ein Haar hätte er die Fernbedienung fallen gelassen. Es waren nicht die beiden Leibwächter und auch nicht Georgs Schlägertrupp, der in den Raum getreten war. Es war Martina. Er brauchte nicht einmal in ihr Gesicht zu sehen, um zu wissen, dass etwas nicht stimmte. Sie trug einen dünnen, seidenen Hausmantel mit aufgestickten chinesischen Symbolen und der filigranen Andeutung eines chinesischen Gartens, die aussah, als hätte sie ein Künstler direkt auf den Stoff gemalt. Das schwarze Negligé, das darunter zum Vorschein kam, bevor sie mit einer flüchtigen Bewegung den Hausmantel enger zog, hatte sicherlich mehr gekostet als Wills frisch erworbener Sommeranzug.

Er hatte plötzlich das Gefühl, nicht mehr richtig atmen zu können.

Seine Hand fuhr hoch, um den obersten Hemdknopf zu öffnen; dann ließ er sie wieder sinken. Die Geste hätte missverständlich wirken können. Es war mehr als zehn Jahre her, dass er Martina so vor sich stehen gesehen hatte. Er hatte fast vergessen, welche Wirkung sie auf ihn hatte. In seinem übernächtigten Zustand kam es ihm vor, als sei er wie durch Zauberei in eine frühere, glücklichere Zeit versetzt worden und als bräuchte er bloß die Hand auszustrecken, um an das anzuknüpfen, was einst zwischen ihnen gewesen war. Der Eindruck wurde zerstört, als er in ihr Gesicht sah. Es wirkte angespannt und müde, fast gereizt, und obwohl er in ihren Augen noch den Rest der Zuneigung zu entdecken glaubte, die sie zweifellos einst für ihn empfunden hatte, so überwog doch dort jetzt etwas anderes, was ihm nicht gefiel.

»Du schläfst nicht«, stellte sie anstelle einer Begrüßung fest.

»Nein, ich …« Will regelte rasch die Lautstärke des Fernsehers herunter, ohne den Ton ganz stumm zu stellen; die Stimme des Nachrichtensprechers war für ihn fast wie die eines Verbündeten geworden, der einem durch seine pure Anwesenheit den Rücken freihält. »Ich konnte nicht schlafen. Es waren ein paar Überraschungen zu viel in den letzten Tagen.«

Martina nickte. »Und das nicht nur für dich. Ich habe über unser Gespräch vorhin nachgedacht. Über das, was du mir gesagt hast – und was nicht.«

Alles in Will versteifte sich. Es hatte Zeiten gegeben, da hätte er nichts sehnlicher gewünscht als eine Aussprache mit Martina. Die Vorstellung, dass sie mit nichts weiter bekleidet als mit einem Negligé und einem Hausmantel zu ihm ins Zimmer kam, war wie eine Fortführung der wirren Wachträume, die ihn in den ersten Monaten nach ihrer Trennung gequält hatten, als er noch immer gehofft hatte, es könne zwischen ihnen einst wieder so werden, wie es einmal gewesen war. Aber jetzt wusste er nicht nur, dass ihre ganze Beziehung von Anfang an nichts weiter als eine große Lüge gewesen war – jetzt war er sich auch nur zu bewusst, dass Duffy – seine und Martinas Tochter! – hinter dem großen Vorhang am Fenster stand und ganz genau jedes Wort und jede Regung verfolgen würde.

»Hör mal, Martina«, begann er umständlich. Er hatte die Fernbedienung noch immer auf sie gerichtet wie eine futuristische Waffe, mit der man sein Gegenüber auf Knopfdruck wegbeamen konnte. »Ich bin wirklich hundemüde. Lass uns lieber morgen weiterreden.«

»Morgen kann es zu spät sein.« Martina strich sich eine Haarsträhne aus dem Gesicht. Ob Zufall oder nicht – durch diese Geste verrutschte ihr Hausmantel, und Will musste sich zusammenreißen, um nicht auf ihren Brustansatz zu starren. »Ich mache mir Sorgen, Will. Nicht erst seit heute, wie du dir vorstellen kannst. Aber die ganze Sache eskaliert. Und ich kann und will nicht dulden, dass das Ganze in einer Katastrophe endet.«

Will hatte nicht die geringste Ahnung, wovon sie überhaupt sprach. Es hatte Zeiten gegeben, da hätte er nicht einmal aufgesehen, wenn Martina nackt ins Zimmer gekommen wäre. Aber das war lange her, und es war der Ausdruck der Vertrautheit gewesen, die für ein paar Monate zwischen ihnen gewesen war, als er geglaubt hatte, nichts könne sie trennen; und es war beileibe kein Anzeichen davon gewesen, dass sie ihn irgendwann erotisch nicht mehr angetörnt hätte, eher im Gegenteil. Wenn er ehrlich war, war Martina die einzige Frau seines Lebens gewesen, die in ihm immer und immer wieder ein kribbelndes Gefühl ausgelöst hatte – und die Gewissheit, dass es ein geradezu unverschämtes Glück war, dass ausgerechnet diese Frau auf ihn abfuhr.

Martina runzelte die Stirn, als sie seinen Blick – die Art seines Blickes – bemerkte, und erst in diesem Moment schien sie zu begreifen, dass ihre Worte in eine ganz bestimmte Richtung gedeutet hatten und dass sie genau das geraderücken musste.

»Ich kann dein Unbehagen verstehen, was Duffy angeht«, sagte sie. Mit einer fast hastigen Bewegung raffte sie den Hausmantel so weit zusammen, dass Will fast gar nichts mehr von dem schwarzen Negligé sehen konnte, und es schien ihm beinahe so, als wolle sie ihm damit klar machen, dass er den Sinn ihres Besuches nicht falsch deuten sollte. »Du darfst mir glauben: Ich teile dein Gefühl. Ich liege nachts oft stundenlang wach und frage mich, ob es wirklich der richtige Weg ist, den wir eingeschlagen haben. Aber was ist die Alternative? Wenn ich meine Tochter – *unsere* Tochter – nicht in falsche Hände geraten lassen will, muss ich das Problem alleine lösen.«

»Du brauchst es nicht alleine zu lösen«, sagte Will steif. »Duffy hat nicht nur eine Mutter. Sie hat auch einen Vater.«

»Ja.« Martina nickte langsam. »Das hat sie wohl. Aber du kannst nicht Teil der Lösung sein, verstehst du?«

»Entschuldige«, sagte Will, »aber genau das verstehe ich nicht. Es mag sein, dass du und deine Stieftochter es anders geplant haben: Aber Duffy ist nun einmal zu mir gekommen. Und damit bin ich mit im Spiel – ob dir das nun gefällt oder nicht.«

Aus den Augenwinkeln heraus gewahrte er eine leichte Bewegung, ein fast nicht wahrnehmbares Flattern des Vorhangstoffs. Es wäre vermessen zu behaupten, dass er das nachempfinden konnte, was Duffy jetzt empfinden musste angesichts dessen, was ihre Eltern über sie redeten (Eltern! Auch das war so ein Ausdruck, an den zu gewöhnen ihm unendlich schwer fiel – dass er und Martina schon seit zwölf Jahren ein Elternpaar waren), aber er war sich sicher, dass es ihr nicht gefiel und sie innerlich zu brodeln anfing. Es fehlte ihm noch, dass sie plötzlich hervorstürmte und ihm und Martina eine Szene machte.

»Es tut mir Leid, Martina«, sagte er rasch. Er starrte auf die Fernbedienung in seinen Händen und warf sie mit einem entschlossenen Ruck aufs Bett. Aber er hatte schlecht gezielt; sie rutschte vom Bettrand ab und fiel auf den Boden, und eine Sekunde später erstarb die Stimme des Nachrichtensprechers und machte dem Geheul einer amerikanischen Polizeisirene Platz, als der Kanal wechselte. »Ich glaube nicht, dass wir heute Nacht auch nur noch einen Schritt weiterkommen. Wir sollten das Gespräch wirklich auf morgen verschieben.«

Über Martinas Gesicht lief ein Schatten. Sie trat rasch zwei Schritte vor und bückte sich, um die Fernbedienung aufzunehmen und den Fernseher endgültig auszuschalten. Das Wimmern der Polizeisirene erstarb schlagartig, und der Bildschirm erlosch.

Will wurde sich nur zu bewusst, wie nah sie ihm war, als sie wieder aufstand und sich zu ihm umdrehte. Er hätte nur den Arm ausstrecken müssen, um sie zu berühren, und nur einen Schritt auf sie zugehen müssen, um sie in den Arm nehmen und küssen zu können. Es war merkwürdig, mit welcher Macht die alten, verschüttet geglaubten Gefühle Terrain zurückgewannen. Martinas Gesicht erstarrte zur Maske, aber sie konnte nicht verhindern, dass eine Ader an ihrem Hals verräterisch pulsierte.

Nein war das Einzige, was Will denken konnte. Abgesehen davon, dass er nicht wusste, wie Martina darauf reagieren würde, wenn er seinen Gefühlen freien Lauf ließ: Duffy stand noch immer hinter dem Vorhang, und es war absolut unmöglich, in ihrer Gegenwart zu versuchen, sich ihrer Mutter zu nähern.

»Ich weiß manchmal wirklich nicht mehr, was richtig und was falsch ist«, sagte Martina mir rauer Stimme.

»Das … das geht mir genauso«, sagte Will. Er spürte, wie die Finger seiner rechten Hand zu zittern anfingen, so als wollten sie sich selbstständig machen.

Es hätte ein magischer Moment werden können, aber es war absolut der falsche Zeitpunkt, die falsche Umgebung – und Duffy war nicht der einzige Hinderungsgrund. Martina zuckte plötzlich zusammen und wandte sich mit einer fast übertrieben wirkenden Hast ab; der Morgenmantel klaffte auf und gab einen Anblick frei, den Will bestimmt nicht vergessen hätte, wenn in diesem Moment nicht jemand durch die Tür getreten wäre, mit dem er jetzt nicht gerechnet hätte: Angela.

Im Gegensatz zu Martina war sie vollständig angezogen; sie trug einen dunklen, zeitlos wirkenden Hosenanzug mit einem knappen Top, das ihre Schultern frei ließ. Will wäre nicht verwundert gewesen, wenn einer von Martinas Handlangern an der Tür erschienen wäre, aber Angela hatte er so komplett aus seinen Gedanken verbannt, als würde sie gar nicht existieren. Dass das ein Fehler war, begriff er spätestens in dem Moment, als er ihrem Blick begegnetete.

Bislang hatte Angela eher die Coole gespielt, Lara Croft mit einem Schuss Hippiemädchen oder umgekehrt, je nachdem, wie es die Situation erfordert hatte. Doch jetzt sah sie ihn an, als wolle sie ihm am liebsten die Kehle durchschneiden, mit einer kalt glitzernden Wut in den Augen, die jeden Moment in einer explosiven Flamme auflodern konnte. Martina raffte hastig den Hausmantel zusammen und trat einen Schritt zurück. Will nahm nur ganz am Rande wahr, dass ihr die Fernbedienung entfallen war und mit einem hässlichen Geräusch auf dem Boden aufschlug.

»Alte Liebe rostet nicht, nicht wahr?«, fragte Angela mit schneidender Stimme.

Will wusste nicht, an wen die Worte gerichtet waren, an ihn oder an Martina, denn Angelas Blick wanderte von einem zur anderen. Wären die Zusammenhänge anders, hätte Will wahrscheinlich laut aufgelacht. Angela überzog maßlos. Selbst wenn es ihr nicht passte, dass Martina mitten in der Nacht zu ihm ins Zimmer kam, und selbst wenn sie fürchtete, dass sie beide an alte Zeiten anknüpften, rechtfertigte das nicht die melodramatische Art ihres Auftrittes …

»Martina, *Schätzchen«,* sagte Angela kalt. »Was hast du dir dabei gedacht?«

Will fand die Formulierung Schätzchen für die eigene Stiefmutter mehr als unangebracht, und das, obwohl Martina und Angela eher als Schwestern durchgehen würden statt als klassisches Mutter-Tochter-Gespann. Der leise Verdacht, der sich bereits bei ihrem ersten Zusammentreffen in ihm geregt hatte, begann wieder in ihm hochzusteigen. Aber er weigerte sich einfach, den Gedanken weiterzuverfolgen. Es erschien ihm einfach zu absurd, in Martina und Angela mehr als nur zwei Frauen zu sehen, die ein ungewöhnliches Schicksal aneinander geschmiedet hatte.

»Ich …«, begann Martina ungewohnt hilflos. Sie warf Will einen fast flehenden Blick zu, wandte sich dann aber gleich wieder an Angela, als müsse sie befürchten, dass Angela jede Vertrautheit zwischen ihr und Will überbewerten konnte. »Du wunderst dich vielleicht …«

»Wundern?« Angela lachte humorlos auf. »Das würde ich als arg untertrieben betrachten.« Sie hielt sich mit der rechten Hand an der Tür fest und beugte gleichzeitig den Oberkörper ein Stück vor, so als könne sie sich nur mühsam beherrschen, endgültig ins Zimmer zu stürmen und sich entweder auf Will oder Martina zu stürzen. »Wir hatten eine klare Abmachung, Martina. Eine Abmachung, die auch die Rolle Wills regelt …«

»Situationen verändern sich«, begehrte Martina auf. »Aber das muss ich dir ja wohl nicht erzählen. Schließlich predigst du mir andauernd, dass man auf Veränderungen flexibel reagieren muss.«

»Du weißt doch ganz genau, was ich meine!« Angela schrie fast. »Ich will nicht, dass du dich nachts zu diesem Typen schleichst – nur weil du dich von ihm vor dreizehn Jahren hast schwängern lassen!«

Martina schüttelte leicht verärgert den Kopf. »Schwängern lassen ist vielleicht nicht ganz der richtige Ausdruck. Du kennst die Hintergründe besser als ich. Also sei vorsichtig mit dem, was du sagst, ja?«

»Ach – und warum?«, fragte Angela hämisch.

»Weil wir alle einen schweren Tag hatten und es besser

wäre, jetzt nicht jedes Wort auf die Goldwaage zu legen«, sagte Martina mit einem Unterton in der Stimme, den Will nur zu gut kannte. Er war so etwas wie die letzte Warnung, bevor sie anfing, wirklich ärgerlich zu werden.

»Da frage ich mich doch, was du hier mitten in der Nacht treibst«, bohrte Angela kampflustig nach.

»Ich hatte nichts weiter vor, als ein paar Worte mit dem Vater meiner Tochter zu reden ...«

»Reden!« Angela zog eine Augenbraue hoch. »Du schleichst dich nachts hier herein, mit nichts weiter bekleidet als einem Hauch von Nichts und willst mir dann weismachen, dass du mit diesem Schlappschwanz nur hast reden wollen?«

»Moment«, sagte Will. Er ignorierte ganz bewusst Martinas warnenden Blick. Er hatte in seinem Leben bereits viel hässlichere Szenen als diese erlebt, aber dann hatte auch nicht seine ihm bislang vorenthaltene Tochter hinter dem Vorhang am Fenster gestanden und alles brühwarm mitbekommen. »Ich bin vielleicht ein bisschen schwer von Begriff«, fuhr er ruhig fort. »Aber eines habe ich aus schmerzlichen Erfahrungen gelernt: dass Gespräche wie dieses überhaupt nichts bringen. Jedenfalls nicht, wenn man mitten in der Nacht ...«

»Wenn du mitten in der Nacht mit einer Frau auf dem Zimmer erwischt wirst«, unterbrach ihn Angela. Jetzt schrie sie nicht nur, jetzt brüllte sie geradezu. »Wer hat dir eigentlich das Recht gegeben, dich in unser Leben einzumischen?« Das Türblatt in ihrer Hand begann zu zittern, dann ließ sie es los und trat einen Schritt ins Zimmer. »Geh doch wieder dorthin zurück, wo du hergekommen bist: in die Gosse!«

Will hätte Angela gerne darauf hingewiesen, dass sie sich die Wahrheit ein *klein* bisschen zurechtbog. Schließlich war nicht er es, der sich in ihr und Martinas Leben eingemischt hatte. Streng genommen war es sogar alleine Angela gewesen, die ihn erst im Kaufhaus angebaggert hatte und ihm dann anschließend auf die Pelle gerückt war, um Duffy wieder in ihre Gewalt zu bekommen.

»Wenn du willst, gehe ich sofort«, sagte er so ruhig wie möglich.

»Ja, das kann ich mir vorstellen«, sagte Angela. Ihre Stimme hatte einen Beiklang, der Will überhaupt nicht gefiel. »Dich deiner Verantwortung entziehen – das ist ja auch das Einzige, was du kannst.«

Es hätte eine ganze Menge Antworten darauf gegeben, aber Will war sich darüber im Klaren, dass er jetzt sagen konnte, was immer er wollte: Angela würde es ihm genüsslich im Mund herumdrehen, bis er selbst nicht mehr wusste, was er eigentlich gemeint hatte.

»Und jetzt komm«, sagte Angela zu Martina. Sie ging auf ihre junge Stiefmutter zu und wollte sie am Handgelenk packen, aber Martina wich mit einem raschen Schritt aus und schüttelte wütend den Kopf.

»Ich komme schon, keine Sorge …« Ihr Satz endete mit einem überraschten Ausruf, als sich Angela nicht davon abhalten ließ, erneut nach ihr zu greifen. Es gab ein hässliches Geräusch, als etwas riss, und dann hielt Angela mit gleichermaßen zornigem wie verblüfftem Gesichtsausdruck etwas in der Hand, das Will auf den ersten Blick für einen Teil des hauchdünnen Negligés hielt.

»Bist du jetzt total durchgeknallt?«, fauchte Martina. »Gib mir sofort meinen Gürtel wieder!«

Damit hätte es enden können und sollen, doch Will spürte fast körperlich die Wut, die Angela jetzt überschwemmte, als sie das dünne Stück Stoff wie eine Trophäe hin und her schwenkte, mit dem eben noch Martinas Oberteil zusammengehalten worden war. »Nicht das«, sagte sie. »Du hättest nicht ausgerechnet dieses Negligé anziehen müssen, um deinem Lover einen Besuch abzustatten – nicht dieses Teil, das du dir von mir hast schenken lassen!«

»Was soll das?«, fauchte Martina zornig, wobei sie den letzten Teil des Satzes wohl bewusst überhörte – ganz im Gegensatz zu Will. »Will ist nicht mein Lover. Aber wir haben ein gemeinsames Kind – schon vergessen? Da gibt es das eine oder andere zu besprechen.«

»Na klar.« Angela starrte auf das filigrane schwarze Stück Stoff, als gäbe es nichts Wichtigeres auf der Welt. »Bislang habe ich dir treu und brav als Kummerkasten gedient, wenn deine missratene Göre mal wieder was ausgefressen hatte …«

»Duffy ist keine missratene Göre«, sagte Martina mühsam beherrscht. »Und ich habe dich auch nicht als Kummerkasten missbraucht. Du weißt genauso gut wie ich, was mit deiner Schwester los ist – und dass wir uns ganz besonders um sie kümmern müssen.«

»Na klar«, höhnte Angela. Mit einer wütenden Bewegung warf sie den Stoffgürtel zu Boden. »Duffy hier, und Duffy dort. Dagegen kann ich natürlich nicht anstinken!«

»Mach dich nicht lächerlich«, sagte Martina.

Angela machte einen Schritt auf Martina zu, und das Funkeln in ihren Augen verriet, dass sie endgültig dabei war, die Kontrolle über sich zu verlieren, und Will konnte geradezu die aggressive Energie spüren, die von ihr ausging. Er hatte sich lange genug am Rande des Rotlichtmilieus herumgetrieben, um zu wissen, dass fast jede Frau einen Punkt hatte, wo sie durchdrehte, und im Gegensatz zu männlicher Gewalt war die weibliche Spielart weitaus unberechenbarer: Es konnte buchstäblich alles passieren, angefangen vom Heulkrampf über den Versuch, dem Gegenüber die Haare auszureißen oder es mit einem Messer niederzustechen. Über welche Art aggressives

Potential Angela verfügte, hatte Will schon erlebt. Zu sagen, dass er beunruhigt war, war vollkommen untertrieben. Duffy hatte in ihrem kurzen Leben schon genug mitgemacht; es fehlte noch, dass sie jetzt erneut Zeuge wurde, wie kindisch – und brutal – die Menschen miteinander umgingen, die ihr auf die eine oder andere Weise am nächsten standen.

»Es ist spät«, sagte Will energisch, »und ich bin wirklich hundemüde.«

»Daran hättest du früher denken müssen!«, schrie ihn Angela an.

Es war eine absolut unlogische Bemerkung, aber Will verzichtete darauf, Angela darauf aufmerksam zu machen. »Ich würde jetzt gerne ins Bett gehen«, sagte er.

Angelas Blick wanderte an ihm vorbei zu dem großen, noch vollkommen unberührten Bett. »Mit wem von uns beiden?«, fragte sie kalt. »Oder hattest du vor, mit uns beiden ins Bett zu gehen? Aber da muss ich dich warnen. Ich glaube nicht, dass du das überstehen würdest.«

»Angela, bitte«, sagte Martina müde. »Das ist geschmacklos.«

»Ach.« Angela drehte sich zu Martina um. Ihre Stimme erstarb fast zu einem Flüstern. »Seit wann findest du es geschmacklos, mit mir ins Bett zu gehen, meine Liebe?«

Will spürte, wie sich sein Magen zusammenkrampfte. Schon die Art, wie Angela ins Zimmer gestürmt war, hätte ihm klar machen müssen, dass sie sich aufführte wie ein gehörnter Ehemann, der seine Frau in flagranti erwischte. Aber trotzdem. Dass Martina ein Verhältnis mit ihrer eigenen Stieftochter haben sollte, ja, überhaupt mit einer Frau, stellte sein ganzes Weltbild auf den Kopf. Er hätte es auch nicht viel lustiger gefunden, wenn jetzt irgendein Typ ins Zimmer geschneit wäre, um hier vor Eifersucht zu platzen, aber er hätte es eher verstanden. Während der ganzen Zeit – die in Wahrheit nur ein knappes Dreivierteljahr gewesen war, wie er zugeben musste –, die er mit Martina zusammen gewesen war, hatte es nicht den geringsten Hinweis darauf gegeben, dass sie an ihrem eigenen Geschlecht mehr als nur freundschaftlich interessiert war. Wäre es anders gewesen, hätte das nicht im Geringsten etwas an seinen Gefühlen geändert. Aber es jetzt im Nachhinein, am Rande einer Eifersuchtsszene zu erfahren, deren Zeuge auch noch ausgerechnet ihre gemeinsame Tochter wurde, war mehr, als er mal eben auf die Schnelle wegstecken konnte.

Natürlich zielte Angelas Bemerkung nur darauf, ihn – und Martina – zu verletzen, aber obwohl er das wusste, fiel er prompt darauf herein. »Was soll das heißen?«, fragte er. Er machte eine bewusst einladende Bewegung zum Bett hin. »Ihr könnt gerne das Bett haben, wenn ihr wollt. Dann suche ich mir halt woanders ein kuscheliges Plätzchen, wo ich mich zusammenrollen kann.«

Die Bemerkung war Martina gegenüber alles andere als fair (und was Duffy über sie denken würde, daran wagte er gar nicht zu denken), aber sie traf genau dorthin, wohin er gezielt hatte: ins Schwarze.

»Du ekliger, kleiner Wichser«, zischte Angela, und Will fragte sich einmal mehr, warum sich Frauen der besseren Gesellschaft nur ihren eigenen Artgenossinnen so überlegen fühlten, die für Geld die Beine breit machten. Am Vokabular konnte es jedenfalls nicht liegen. »Was glaubst du eigentlich, wer du bist?«

»Im Zweifelsfall weißt du das besser als ich«, sagte Will. »Schließlich habt ihr ja ein dickes Dossier über mich, oder?«

Auch dieser Satz traf ins Schwarze, und Will begann sich nervös zu fragen, was er da eigentlich trieb. Angela drehte sich zu ihm um. Ihre Bewegungen hatten etwas von den weißen

Tigern an sich, mit denen Siegfried und Roy ein Leben lang gespielt hatten, bevor eines der netten Raubkätzchen durchgedreht war. »Du bist ein erbärmliches kleines Arschloch«, sagte Angela, während sie mit tänzelnden Bewegungen näher kam.

Eine von Georgs Nutten hätte es nicht hübscher ausdrücken können. Aber bei Angela, dieser seltsamen Mischung aus einem Hippiemädchen und einem Karate-Girl, wirkten diese Worte weitaus härter als bei jeder Frau aus Georgs Umfeld.

Angela kam bis auf einen Meter auf ihn zu, und Will musste sich zusammenreißen, um nicht vor ihr zurückzuweichen. Ihr Blick schien sich geradezu in ihn hereinzufressen.

»Angela!« Statt die Gelegenheit zu nutzen, sich zurückzuziehen, mischte sich Martina jetzt doch noch mit ein. Will fand das gar keine gute Idee. Er hatte das Gefühl, dass ihm die ganze Situation immer mehr entglitt und dass es mittlerweile schon beinahe egal war, was er sagte oder machte, weil es in jedem Fall die Situation verschärfte.

»Hast geglaubt, du könntest deine alte Flamme mal wieder so richtig durchpoppen, was?« Angela stemmte die Hände wütend in die Hüften und funkelte ihn an.

Will fand ihre Wortwahl etwas absonderlich, vorsichtig ausgedrückt. Auf die Idee, die Ausdrücke »alte Flamme« und »durchpoppen« in einem Satz zu verwenden, konnte wahrscheinlich auch nur Angela kommen. »Ich habe überhaupt nicht vor, irgendjemanden zu poppen«, sagte er. »Und es ist mir auch scheißegal, was ihr treibt – solange ihr mich dabei rauslasst.«

Das war eindeutig zu viel. Angela machte einen weiteren Schritt auf ihn zu. Und diesmal blieb Will nichts anderes übrig, als auszuweichen. Er machte es sich dabei einfach. Ein kleiner Schritt nach rechts, direkt an die Bettkante heran. Wenn die Irre wirklich vorhatte, nach ihm zu treten oder zu schlagen, würde er mit einem Hechtsprung aufs Bett springen, sich auf der anderen Seite abrollen und dann plötzlich *hinter* ihr sein statt vor ihr …

»Wenn du schlagen willst, dann nur zu.« Angela brachte die Hand hoch, und darin funkelte etwas metallisch, das Will bereits einmal in Aktion gesehen hatte: der Elektroschocker! Scharfes Entsetzen durchdrang seinen von Erschöpfung umnebelten Verstand. Er erinnerte sich nur noch zu gut daran, wie die letzte Begegnung mit der teuflischen Waffe ausgegangen war, an die Qual, die er empfunden hatte, als ihn die fünfzigtausend Volt mit der Gewalt eines Blitzschlags durchzuckt hatten, und an die endlosen, nicht enden wollenden Minuten, die er sich danach hilflos am Boden gekrümmt hatte. Es gab nicht den geringsten Grund dafür, dass Angela jetzt wieder den Elektroschocker einsetzen wollte, aber dass sie ihn überhaupt dabeihatte, als sie in sein Zimmer geeilt war, sprach Bände: Und vor allem sagte es ihm, dass sie ihn ohne zu zögern einzusetzen bereit war, auch mehrmals hintereinander.

Es waren nur ganz flüchtige Gedanken, die ihn streiften, als sie die Hand mit dem Schocker hochbrachte. Er hüpfte geradezu zurück, weit weniger seitlich, als er geplant hatte, um sich über dem Bett abrollen zu können, aber rasch genug, um dem zischenden Geräusch zu entkommen, mit dem sich die bizarre Waffe ganz dicht vor seinem Gesicht entlud. Es war wie der Kampf in einem der bizarren Videospiele, mit denen er sich eine Zeit lang die Nächte um die Ohren geschlagen hatte und bei dem die Helden mit unzureichenden Waffen gegen Monster und laserbewehrte Aliens hatten antreten müssen, aber was ihm hier fehlte, waren die Steuerungstasten, mit deren Hilfe er über seine Gegner hinweghüpfen oder sie mit einem Karatetritt an die gegenüberliegende Wand donnern konnte.

Angela dagegen schien über das Äquivalent dieser Tasten

zu verfügen. Ihre Hand folgte ihm mit geradezu atemberaubender Geschwindigkeit. Dazu war ihr Elektroschocker offensichtlich eine High-Tech-Ausführung, denn nur einen Sekundenbruchteil nach der ersten Ladung entlud sich die zweite, diesmal so nah an seinem Gesicht, dass er das Kribbeln des elektromagnetischen Felds an seiner Wange spüren konnte; eine Atempause durch die Notwendigkeit, dass das Gerät wieder genug Spannung aufbaute, um sich erneut mit voller Kraft entladen zu können, schien ihm nicht vergönnt zu sein.

Ganz abgesehen davon, bezweifelte er, dass Angela die Waffe brauchte, um ihn außer Gefecht zu setzen. Er tauchte unter ihrem Arm weg, als sie den dritten Angriff in blitzschneller Folge absolvieren wollte, und diesmal zischte etwas an seinem Hinterkopf, und gleichzeitig traf ihn ein Schlag. Will glaubte bereits die Hochspannung durch seinen Körper zucken zu fühlen, die von hochgezüchteten Blockbatterien über eine ausgetüftelte Elektronik schlagartig abgegeben wurde, während er hart und weit weniger elegant auf dem Bett aufschlug als geplant. Aber es dauerte nur einen Sekundenbruchteil, bis er seinen Irrtum erkannte; seine Umgebung verschwamm einen Moment vor seinen Augen, was teilweise daran lag, dass sein Gesicht in die Bettdecke drückte, und zum Teil, weil ihn Angela beinahe knock-out geschlagen hatte – wahrscheinlich mit dem Griff ihrer Waffe.

Will durchzuckte der Gedanke, dass es vielleicht das Klügste wäre, einfach liegen zu bleiben – bis Martina aufschrie. Instinktiv rollte er sich zur Seite, und das offensichtlich keinen Augenblick zu früh.

Nachdem ihr erster Überraschungsangriff mit dem Elektroschocker schief gegangen war, änderte Angela ihre Taktik. Statt auf Technik verließ sie sich auf das, was man nur in jahrelangem harten Training lernen konnte; in ihrem Fall hatten sie wahrscheinlich endlose Privatstunden in einem Dojo schließlich dazu befähigt, sich blitzschnell auf jede neue Situation einzustellen.

Ihr Fuß traf genau dort das Bett, wo noch eben sein Kopf gelegen hatte. Wenn Will noch Zweifel daran gehabt hätte, dass Angela es ernst meinte, dann wären sie in diesem Moment erstorben. Wenn sie ihn gleich mit dem Schocker hätte ausschalten können, hätte sie es wahrscheinlich dabei bewenden lassen, sich an der Lektion zu erfreuen, die sie ihm damit verpasst hätte. Aber jetzt, nachdem er sich erdreistet hatte, sich relativ erfolgreich zu wehren, reagierte sie wie ein gereiztes Raubtier, das sich der sicher geglaubten Beute beraubt sieht.

Auch Will ließ alle Zurückhaltung fahren. Seine Hände zuckten vor, und bevor sie den Fuß hatte wieder zurückziehen können, erwischte er ihren Fuß am Knöchel und zog daran. Einem weniger geübten Gegner hätte er sicherlich damit den Standfuß weggerissen. Angela machte jedoch nicht den Fehler, mit wild rudernden Armen nach hinten zu taumeln – und damit letztendlich ihren eigenen Sturz zu unterstützen –, sondern sie warf sich ganz im Gegenteil mit gebeugtem Oberkörper nach vorne. Mit kampfbereit vorgestreckten Händen stürzte sie Will entgegen.

Will gelang es erst im buchstäblich letzten Sekundenbruchteil, sich herumzuwerfen und sein Knie hochzureißen. Angela hatte zu viel Schwung drauf, um jetzt noch ausweichen zu können, doch immerhin gelang es ihr, sich nach links fallen zu lassen, so dass Wills Knie nicht mit voller Wucht in ihre Rippen knallte und sie brach, sondern nur seitlich an ihnen vorbeischrammte. Angela stieß einen Schrei aus, der fast empört klang, und schlug noch im Fallen mit dem Handrücken in sein Gesicht. Wenn sie sein Nasenbein getroffen hätte, hätte sie es ihm wahrscheinlich in den Schädel geschlagen, aber auch so war der Schlag hart genug; Will hatte das Gefühl, als würde sein Wangenknochen splittern, und er sah Sterne.

Es war der abenteuerlichste Tanz, den er je mit einer Frau im Bett aufgeführt hatte. Nur leider fehlte dabei jede erotische Komponente. Während sich Wills Hände in den Bettkasten krallten und er sich mit einem riesigen Ruck nach vorne zog – nur weg von der durchgeknallten Angela –, glitten ihre Hände über seinen Rücken und versuchten sich einzukrallen. Will wusste nicht, wie weit Angela gehen würde, wenn sie ihn jetzt erwischte, aber er hatte auch nicht vor, das herauszufinden. Er zog das linke Knie an und ließ den Fuß vorschnellen. Irgendetwas traf er; Angela stieß ein röchelndes Geräusch aus, und dann glitten ihre Hände von seinem Rücken ab.

Das war die Atempause, die er brauchte, um sich endgültig nach vorne zu ziehen und aus dem Bett fallen zu lassen. Fast wie ein nasser Sack schlug er auf dem Boden auf. Obwohl der Kampf bislang höchstens eine Minute dauerte und ihm nicht allzu viel Aktionen abverlangt hatte, fühlte er sich bereits vollkommen ausgepowert. Angelas Schlag hatte ihn doch wohl härter getroffen, als er wahrhaben wollte.

Er musste machen, dass er aus diesem Zimmer herauskam und so viel Abstand wie möglich zwischen sich und die Verrückte brachte.

Angela schien ihn aber nicht entkommen lassen zu wollen. Erneut setzte sie den Elektroschocker ein – doch diesmal auf eine Art, die sicherlich nicht in der Gebrauchsanweisung stand: Sie warf ihn. Der Grund dafür war mehr als offensichtlich; so wirkungsvoll das Gerät auch war, war er doch nicht mehr als eine Nahkampfwaffe, die bereits aus einer Entfernung von einem Meter ihre verheerende Wirkung nicht mehr entfalten konnte. Auf die Ferne taugte er höchstens noch als Wurfgeschoss. Aber da war er recht wirksam, zumindest, wenn er von jemandem eingesetzt wurde, der sich auf so plötzliche Kraftentfaltung verstand wie Angela.

Will wurde hart am Hinterkopf getroffen, und das gerade in dem Moment, in dem er sich wieder aufrappeln wollte. Sein Kopf wippte nach vorne, und auch seine Arme wollten einknicken, doch das konnte er nicht zulassen; er versuchte trotz allem, auf die Beine zu kommen.

Da kam jemand heran, an den er in den letzten Sekunden keine Gedanken mehr verschwendet hatte: Martina. Zuerst sah er nichts weiter als ihre Füße und dann ihre Beine vor sich, doch schon im nächsten Moment tauchte ihr Gesicht vor ihm auf, als sie sich zu ihm herabbückte und ihn grob unter die Arme packte, um ihn hochzuziehen. »Schluss jetzt«, brüllte sie dabei, aber sie sah nicht Will an, sondern jemand hinter ihm.

Will kam hoch, nickte Martina in einer der Situation vollkommen unangemessenen Geste dankbar zu und drehte sich dann um – gerade noch rechtzeitig, um zu sehen, wie Angela in Kampfposition ging. Selbst wenn Will in einer besseren Verfassung gewesen wäre, hätte er ihr wohl kaum noch ausweichen können. Doch so war er vollkommen überfordert. Wahrscheinlich hatte Martina im Detail mitbekommen, wie Angela aus dem Bett gesprungen war und sich erneut auf Will stürzen wollte; jedenfalls reagierte sie mit einer Kaltblütigkeit und Entschlossenheit, die Will ihr niemals zugetraut hätte.

Sie sprang vor, gerade als Angela ihre Faust in dem typisch gedrehten Schlag abfeuerte, der für Karatekämpfer und nicht für Boxer typisch war – und der seine schreckliche Schlagenergie genau auf den Punkt konzentrierte, auf dem er auftraf. Es war wohl Wills Kinn gewesen, auf den der Schlag gezielt war, doch jetzt traf er Martina; gottlob nicht am Kinn oder Kopf, aber doch an der Schulter, als Angela im letzten Moment den Schlag noch in eine andere Richtung hatte lenken wollen. Die

Wirkung war trotz allem verheerend. Martina wurde zur Seite geschleudert. Ihr linker Arm flog hoch und traf Will, eine im Verhältnis zu dem, was ihn erwartet hätte, wenn er Angelas Schlag abbekommen hätte, sicherlich harmlose Berührung, die aber dennoch ausreichte, um ihn einen Schritt zurücktaumeln zu lassen. Bevor er auch nur im Entferntesten entscheiden konnte, was er nun tun konnte, um diesen Wahnsinn zu beenden, glaubte er vom Fenster aus einen spitzen Aufschrei zu hören.

Duffy! Sie musste genauso fassungslos wie Will über Angelas Angriff sein – die ihre über alles verhasste Halbschwester war, was er mittlerweile mehr als nachvollziehen konnte –, und es war nicht auszuschließen, dass sie jetzt hervorstürmte und ebenfalls etwas sehr Dummes tat. Will konnte und wollte nicht zulassen, dass sie auch noch in die Auseinandersetzung mit hineingezogen wurde. Mit einem raschen Schritt ging er auf den Vorhang zu. Es war ihm mittlerweile vollkommen egal, ob die beiden Frauen hinter ihm mitbekamen, dass Duffy sich aus ihrem unterirdischen Kerker befreit hatte. Vielleicht konnte er ja sogar Angelas Ausbruch damit beenden, indem er den Vorhang beiseite zog.

Dass der bizarre Kampf erst der Auftakt zu einer wirklichen Katastrophe werden sollte, begriff Will, als sein Blick auf den Fußboden zwischen Bett und Fenster fiel. Etwas Kleines, Helles schien dort am Boden entlangzuhuschen, etwas, das wie das vom Sonnenlicht angestrahlte Gewimmel eines Schlangennestes wirkte, aber schon auf den zweiten Blick erkannte Will, dass es sich in Wahrheit um etwas ganz anderes, ihm leider mittlerweile nur zu Bekanntes handelte: um ein Flammennest. Es waren noch winzige, züngelnde Flammen, aber sie breiteten sich mit einer erschreckenden Unruhe aus, und als Will stehen blieb und seinen Blick über das teure Parkett und die schweren

Bettvorleger wandern ließ, erkannte er, dass es bei weitem nicht die einzige Stelle war, an der die Flammen fast lüstern emporschossen.

»Du verdammter Idiot!«, schrie Angela hinter ihm her. Nur ganz am Rande nahm Will wahr, dass er damit gemeint war, während sich Angelas nächste Worte an Martina richteten.

»Das wollte ich nicht«, stammelte sie. »Bitte, mein Liebling – glaube mir, dass ich das nicht wollte. Ich wollte doch nur diesem Idioten klar machen, dass er zu weit geht, wenn er glaubt, wieder etwas mit dir anfangen zu können.«

Will stand vollkommen erstarrt da. Er hätte versuchen können, die Flammennester auszutreten. Aber er ahnte, dass ihm das nicht gelingen würde. Er verstand weiß Gott nicht viel von Pyromanen und Brandbeschleunigern und dem ganzen Mist; aber dass das hier kein normaler Feuerausbruch war, war ihm sofort klar. Hier wiederholte sich etwas, eine alte Geschichte, in die er spätestens hineingezogen worden war, als er in das vollkommen niedergebrannte Haus hineingestolpert war, nachdem er Duffy angefahren hatte. Und auch hier glaubte er wieder die Anwesenheit von etwas Mächtigem zu spüren, von etwas Gestaltlosem, das dennoch überall um ihn herum war – so als wäre die Bosheit des Feuers hier die ganze Zeit eingeschlossen gewesen und würde sich jetzt aus ihrem Gefängnis befreien, um alles zu verschlingen, was sich ihr in den Weg stellte.

Martina murmelte etwas, ihre Stimme klang bitter und voller Vorwürfe, aber genauso wie Angela schien sie noch gar nicht begriffen zu haben, was hier gerade geschah. Was hatte Martina gesagt? Dass Duffy eine Pyromanin war und mit allem spielte, was leicht entzündlich war und in großen Brandkatastrophen enden konnte? Er hatte es nicht wahrhaben wollen. Aber Tatsache war, dass Duffy während ihres Streits hier am

Fenster gestanden hatte, und Tatsache war, dass jetzt genau um diesen Platz herum ein Feuer ausbrach, das aussah, als hätte jemand eine leicht entzündbare Flüssigkeit über den Boden geträufelt und dann mit einer Zündschnur oder etwas Ähnlichem an mehreren Stellen gleichzeitig zum Ausbruch gebracht. Er spürte, wie ihm Entsetzen den Rücken hochkroch, wie er es noch nie zuvor empfunden hatte.

Mit einem Satz war er beim Fenster und riss den Vorhang beiseite. Der Platz dahinter war leer. Duffy war nicht mehr da.

25

Von einem Moment auf den anderen brach die Hölle los. Es waren plötzlich nicht mehr nur einzelne Feuernester, die jedes für sich kaum gefährlicher waren als das, was passieren konnte, wenn eine Kerze umkippte und die nächste Umgebung in Brand setzte. Es war ein einziges Flammenmeer, in dem Will plötzlich stand. Eine der beiden Frauen hinter ihm schrie irgendetwas, das er nicht verstand. Aber darum konnte er sich im Moment nicht im Geringsten kümmern. Mit einem Satz war er beim Fenster. Die Schwärze dahinter war fast erschreckender als die Feuerwand, in der er stand, denn sie war absolut. Trotzdem zögerte er nicht einen Sekundenbruchteil; er packte den Fenstergriff und zerrte mit aller Gewalt daran. Das verdammte Ding klemmte, oder vielleicht war es auch verriegelt – möglicherweise, um ihn genau an dem zu hindern, was er jetzt vorhatte, nämlich diesem ganzen Wahnsinn zu entfliehen.

Aber wo war Duffy geblieben? Will drehte sich einmal um die eigene Achse, während er einen wahren Stepptanz aufführte, um den Flammen so wenig Angriffsmöglichkeit wie möglich zu bieten. Von dem Mädchen, seiner *Tochter,* war nichts zu sehen. Das Bett hatte bereits zu brennen begonnen, und auch wenn es ein noch fast zögerndes, fast liebkosend wirkendes Zischeln war, das das Überbett erfasst hatte, war ihm doch klar, dass es nicht mehr lange dauern konnte, bevor das Ganze hochging – als hätte jemand Benzin über das Bettzeug ausgegossen. Doch wo verdammt noch mal war Duffy?

Martina und Angela waren mittlerweile zur Tür geeilt. Will konnte es ihnen nicht verdenken, wenn sie sich so schnell wie möglich aus dem Staub machten. Aber er konnte ihnen nicht folgen, und das, obwohl seine Socken bereits im wahrsten Sinne des Wortes zu qualmen anfingen. Hektisch sah er sich nach einem Versteck um, in das Duffy vor den Flammen geflüchtet sein konnte …

Der Schrank. Konnte es sein, dass Duffy so blöd war, sich darin verstecken zu wollen? Und wie hatte sie unbemerkt dorthin, geschweige denn, dort hineingelangen können?

Die Zweifel konnten ihn nicht stoppen. Er stürmte auf den Schrank zu, der bislang noch von dem Feuer verschont geblieben war, und riss die Türen auf. Er hatte erwartet, einen Haufen teurer Kleider und anderer extravaganter Klamotten vorzufinden, aber der Schrank war bis auf sauber aufgereihte Bügel und ein paar Ersatzdecken auf seinem Boden genauso leer, als stünde er in einem x-beliebigen Hotel. Bevor Will auch nur dazu kam, den Gedanken weiterzuverfolgen und sich zu überlegen, wo sonst Duffy geblieben sein könnte, war plötzlich hinter ihm ein starkes Rauschen zu hören.

Er wirbelte herum, angetrieben von der Angst, eine Feuerwand auf sich zuschießen zu sehen, aber es war etwas ganz anderes, das da herangedonnert kam: Löschflüssigkeit. Die Sprinkleranlage, die es natürlich in dieser Villa gab, die eine kleine, hochtalentierte Pyromanin beherbergte, war endlich zum Leben erwacht. Obwohl Will bislang noch nie eine solche Anlage in Aktion erlebt hatte, war ihm doch sofort klar, dass das hier kein normales Modell sein konnte. Eine wahre Sturmflut prasselte auf ihn hinab, mit riesigen, wie aufgeschäumt wirkenden Tropfen, und augenblicklich hing ein zusätzlicher Geruch in der Luft, der sogar den beißenden Rauch, den Gestank brennenden Kunststoffs und versiegelten Parkettbodens überlagerte.

»Raus da!«, schrie Martina von der Tür her.

Will drehte sich zu ihr um. Also doch. Er hatte geglaubt, dass sich Martina ohne ihn hatte absetzen wollen. Er hatte sich getäuscht. Sie hielt ein monströses Ding in der Hand, das aussah, als hätte jemand einen Feuerlöscher für Riesen konstruieren wollen. Und sie war nicht alleine. Auch Angela kam jetzt mit einem solchen Teil angestürmt. Sie kam, unter dem Gewicht schwankend, neben Martina zum Stillstand, und im Gegensatz zu ihrer Stiefmutter riss sie gleich den Schlauch mit der beeindruckenden Düse nach oben und legte einen Hebel um.

Das, was mit roher Gewalt aus der Düse hervorschoss, hätte Will mit Sicherheit von den Füßen gerissen, wenn Angela nicht nach rechts und damit in die entgegengesetzte Richtung gezielt hätte. Aber der geballte Gegenangriff auf das Feuer reichte ihm auch so schon. Die aus der Sprinkleranlage mit unverminderter Wucht hervorschießende Löschflüssigkeit hämmerte wie mit Tausenden kleinen Kinderfäusten auf ihn ein.

»Raus jetzt!« Martina fuchtelte wie wild mit dem Schlauch des Feuerlöschers.

Will zögerte. Er konnte nicht hier raus, bevor er wusste, was mit Duffy passiert war. Auf der anderen Seite: Wenn es ihnen mit vereinten Kräften gelang, das Feuer zu löschen, konnte er immer noch nach Duffy suchen. Dieser Gedanke gab den Ausschlag. Er stürmte auf Martina zu. In ihren weit aufgerissenen Augen erkannte er Sorge, aber keine Panik. Vielleicht war sie es gewohnt, dass ihre Tochter ein Feuerspektakel nach dem anderen verursachte, und ging damit so selbstverständlich um wie jeder Elternteil mit einem Kind, das eine besondere Verhaltensstörung aufwies.

»Duffy ist noch da drin«, brüllte er ihr zu. Im gleichen Moment riss er ihr den Feuerlöscher aus den Händen. Das Teil war tatsächlich so schwer, wie es aussah, und es war wohl nur seiner äußersten Anspannung zu verdanken, dass es ihm gelang, es trotzdem hochzureißen, den Hebel umzulegen und gleichzeitig vorzustürmen.

Er hatte noch nie gehört, dass ein Feuerlöscher einen Rückschlag hatte, aber dieses verdammte Ding zumindest hatte einen. Will kam ins Torkeln, doch dann hatte er sich darauf eingestellt und lief hinter dem dicken Strahl her, der mit ungestümer Gewalt unter die Flammen fuhr. Eben noch war er sicher gewesen, dass dem Feuer nicht mit Sprinkleranlage und Feuerlöscher beizukommen war, sondern höchstens von einer professionellen Löschmannschaft, wenn diese wider alle Erfahrungen in ein oder zwei Minuten anrückte, doch jetzt zumindest begann die Hoffnung in ihm hochzukeimen, dass sie tatsächlich eine Chance hatten.

Die Substanz, die die Sprinkleranlage auf ihn herabschleuderte, drohte ihm fast mehr den Atem zu nehmen als der beißende Rauch, und sie war bestimmt auch alles andere als ungiftig, aber sie tat ihre Wirkung. Vor ihm, dort wo eben noch der Bettvorleger in hellen Flammen gestanden hatte, war das Feuer bereits erstickt, aber weiter hinten, am Fenster schlugen die Flammen noch hoch hinaus.

Vom Vorhang war nur noch der oberste Teil vorhanden, und gerade als Will dorthin blickte, loderte der Rest des Stoffes empor und verpuffte dann explosionsartig. Will lenkte den Strahl seines Feuerlöschers in Richtung Decke, an der sich bereits ein paar Brandnester gebildet hatten, unerreichbar für die Sprinkleranlage und damit seine Herausforderung, wenn er diesen Brand unter Kontrolle bringen wollte. Ein Funkenregen stob auf und regnete auf ihn herab, als er den Strahl über die Decke gleiten ließ.

Trotzdem hätte er es fast nicht geschafft. Die Decke musste aus einem extrem schwer entflammbaren Material bestehen –

wie wahrscheinlich das ganze Haus und seine Einrichtung. Aber irgendetwas schien mit diesem Feuer nicht zu stimmen. Es war hartnäckig und bösartig, als wenn sich Tausende von Feuerkobolden verbündet hätten, um Martinas Luxushütte abzufackeln. Wenn es auch anders war als die schwelende gelbe Glut, der das Haus zum Opfer gefallen war, in dem er die letzten Jahre gelebt hatte, glaubte er doch wieder die unglaubliche Präsenz von etwas absolut *Bösem* zu spüren; und er erinnerte sich voller Grauen daran, dass die Urgewalt der Erde selber in Form flüssiger Lava gekommen war, um ihn, Reimann und Falkenberg zu vernichten; und noch viel schlimmer die Panik, die ihn ergriffen hatte, als er versucht hatte, seine Tochter zu retten … seine *Tochter?* Clara oder Maria – oder Duffy? Er schien auf einmal den Zusammenhang zu begreifen, den es zwischen alldem gab – für einen winzigen, fragilen Moment –, dann brach all das wieder in sich zusammen, und es schien ihm beinahe so, als wären die Flammen gekommen, um ihn jetzt zu holen, nachdem er ihnen bislang immer wieder im letzten Augenblick hatte entkommen können.

In jeder anderen Situation wäre er zweifelsohne aus diesem Raum geflohen, so schnell ihn seine Füße getragen hätten. Jetzt war ihm das unmöglich. Das schmale Gesicht der Zwölfjährigen, das erschöpfte, trotzige Aufbegehren, das in ihren Augen funkelte, wenn sie sich wieder einmal in die Ecke gedrängt fühlte, hatte sich deutlicher auf seine Netzhaut eingebrannt als das flammende Inferno um ihn herum. Martina schrie immer wieder irgendetwas, aber er kümmerte sich nicht darum. Wie ein durchgeknallter Derwisch hantierte er mit dem Schlauch des Feuerlöschgeräts, unfähig, auch nur noch einen klaren Gedanken zu fassen oder nur im Entferntesten daran zu denken, dass die Löschsubstanz selbst dieses Wundergeräts irgendwann am Ende sein musste.

Die Flammen wichen vor ihm zurück, als spürten sie, dass sie seinem Wüten nicht gewachsen waren, und die Sprinkleranlage arbeitete unermüdlich weiter, so dass er jetzt nicht mehr durch ein Flammenmeer torkelte, sondern in einem zentimeterdicken Schaumteppich herumplatschte. Trotzdem würde er es einfach deshalb nicht schaffen, weil seine Kraftreserven verbraucht waren. Seine Bewegungen wurden langsamer, unmerklich erst, aber dann zunehmend, und während die Kraft aus seinen Armen wich und er kaum noch das – jetzt bereits leichter gewordene – Monstrum von Feuerlöscher halten konnte, das ihn mit sich in die Tiefe zu ziehen schien, rang er von Sekunde zu Sekunde qualvoller um Luft. Er war am Ende, aber er weigerte sich mit der sturen Beharrlichkeit eines Vaters, der sein Kind zu retten versucht, das zur Kenntnis zu nehmen. Die immer wieder neu aufflackernden Brandnester, das Zischeln und Flackern um ihn herum gewannen eine Eigendynamik, die letztlich über ihn triumphieren würde, und obwohl er tief im Innersten wusste, dass er einen sinnlosen Kampf kämpfte, war er nicht bereit, aufzugeben, sondern richtete nur noch umso unerbittlicher den Schaumstrahl auf jeden Funken und jede Flamme, die sich ihm entgegenreckte.

Er wäre verloren gewesen, wenn er nicht von anderer Seite aus unerwartet Hilfe bekommen hätte. Plötzlich war jemand neben ihm und richtete den Strahl seines eigenen Feuerlöschers auf eine heftige blakende Feuerstelle neben dem Schrank, die mit gierigen Feuerfingern über den Schaumteppich nach Wills Beinen leckte. Will warf einen kurzen Seitenblick auf die Gestalt, die ihm beigesprungen war. Es war Angela. Sie hatte einen Atemschutz übergestreift, der zumindest den Großteil der giftigen Atemluft ausfiltern würde, und mit dem grauen Ding im Gesicht, das Nase und Mund verdeckte, sah sie beinahe wie ein Alien aus. Genauso verbissen, wie sie gerade noch gegen ihn gekämpft hatte, rückte sie nun gegen das Feuer vor. Im Gegensatz zu Will schien sie noch über weitaus mehr Kraftreserven zu verfügen; ihre Bewegungen wirkten gleichermaßen schattenhaft wie zielgerichtet. Will verschwendete zwei, drei Sekunden damit, ihr zuzusehen. Ihrem konsequenten Verhalten nach zu urteilen war das nicht das erste Feuer, das sie im direkten Einsatz bekämpfte, und trotzdem konnte er sich nicht vorstellen, dass sie unter normalen Umständen mitten ins Zimmer gestürmt wäre und dann auch noch ausgerechnet auf die Stelle zu, auf der er gerade den verzweifelten Kampf seines Lebens kämpfte. So unglaublich es ihm auch vorkam: Sie hatte sich offenbar nicht nur in den Kopf gesetzt, mit seiner Hilfe das Feuer zu löschen, sondern wollte ihn bei der Gelegenheit offensichtlich auch retten.

Da sollte einer schlau aus den Frauen werden.

Mit Angelas Hilfe bekamen seine Löschanstrengungen den nötigen Durchgriff, um die Flammen endgültig zurückzuschlagen. Beinahe so, als verfügten sie über eine eigene unbegreifliche Form von Intelligenz, zogen sie sich zurück, und statt gierig nach seinen Armen und Beinen zu greifen, wie die ganze Zeit über zuvor, flohen sie jetzt regelrecht vor ihm. Trotzdem dauerte es noch ein bis zwei Minuten, bis sie die letzten Flammennester erstickt hatten.

Keinen Augenblick zu früh, denn in den letzten Sekunden schoss der Strahl nicht mehr aus Wills Feuerlöscher, er tröpfelte eher hinaus. Mit einem erschöpften Ausatmen stellte er das Gerät auf den verkohlten Boden ab und wischte sich mit der verrußten Hand über die Stirn. Als wäre das ein geheimes Zeichen, verebbte die Flut aus der Sprinkleranlage, und eine Sekunde später breitete sich eine fast gespenstische Stille in dem Zimmer aus, das ihm fast zum Verhängnis geworden war.

Angela riss sich den Atemschutz vom Gesicht und funkelte

ihn wütend an. »Was hast du dir eigentlich dabei gedacht, du verdammter Narr! Du kannst doch nicht …«

Ein Blitz zerriss das Halbdunkel, das sich im Zimmer ausgebreitet hatte, und kurz darauf donnerte es so stark, dass Angela förmlich die Worte aus dem Mund gerissen wurden. Auch das noch. Zwar würde ihnen ein Gewitter hier kaum gefährlich werden können, aber die elektromagnetische Spannung konnte groß genug sein, um das eine oder andere Gerät zu beschädigen. Wenn die Steuerelektronik der Sprinkleranlage durch einen Blitz ausfiel, würde sie sie nicht mehr schützen können, wenn das Feuer noch einmal ausbrach.

»Die Heldennummer zieht hier nicht«, sagte Angela scharf. »Ohne Atemschutz mitten ins Feuer rein – das ist Selbstmord!«

Will nickte hastig. »Kann … sein.« Seine Stimme war kaum mehr als ein heiseres Krächzen. »Aber … Duffy.«

»Wie: Duffy?« Angelas Augen wurden groß. »Du meinst doch nicht …?«

Will nickte grimmig. »Doch. Genau das meine ich.«

Eine wahres Blitzgewitter riss ihm jede weitere Erklärung aus dem Mund, und während die Donnerschläge in rascher, viel zu rascher Folge den Blitzen folgten, sah Will aus den Augenwinkeln, wie Martina ins Zimmer eilte. Ihre Bewegungen wurden vom stroboskopischen Flackern der Lichtblitze zerrissen, so dass sie fast wie Einzelaufnahmen in einer bizarren Lichtshow wirkten. Will wollte sich zu ihr umdrehen, aber dann gewahrte er etwas in der entgegengesetzten Richtung, was ihn mitten in der Bewegung innehalten ließ.

In all der Aufregung hatte er die beiden Schlägertypen vergessen, die sich auf Georgs Befehl an seine Fersen geheftet hatten. Sie mussten mitbekommen haben, was hier im Inneren des Hauses passierte; wie von einem Logenplatz aus, von dem man alle Einzelheiten einer Theateraufführung erkennen konnte. Natürlich hatten die beiden nicht daran gedacht, ihm zu Hilfe zu eilen, wahrscheinlich hatten sie sogar ganz im Gegenteil blöde Witze über ihn gerissen und Wetten darüber abgeschlossen, wie lange es noch dauern würde, bis er den Kampf gegen die Flammen verlor. In jedem Fall hatten sie sich nicht in ihren Wagen zurückgezogen, sondern waren so weit wie möglich herangekommen, um nichts von dem grausigen Schauspiel zu verpassen.

Und jetzt, als Will in ihrer Richtung herumwirbelte, angewiesen auf das Blitzgeflacker, um mehr als nur ein paar Schemen zu erkennen, da die Außenbeleuchtung mittlerweile erloschen war, sah er etwas, das ihn vor Entsetzen fast erstarren ließ. Fred und Slavko waren nicht mehr alleine. Sie hatten jemanden gepackt, einer links und einer rechts, eine kleine, sich verzweifelt wehrende Gestalt, die in ihrem Griff zappelte wie ein Fisch an der Angel.

Da zerriss ein neuer Blitz die fast vollständige Dunkelheit.

Und das, was Will von Anfang an klar gewesen war, wurde nun zu fürchterlicher Gewissheit. In dem nur einen Sekundenbruchteil währenden Lichtblitz, der die Szenerie so deutlich ausleuchtete wie die mehrere tausend Watt starken Halogenstrahler in einem Fußballstadion, konnte er die Gestalt in jeder Einzelheit erkennen.

Es war Duffy.

26

Ich glaube, ich muss mich entschuldigen«, sagte Angela. »Ich habe … wohl etwas überreagiert.« Sie lachte heiser und humorlos auf. »Es war etwas viel in den letzten Wochen …«

»Was?« Will fuhr herum und starrte die junge Frau fassungslos an, die nur zwei Schritte von ihm entfernt stand und aussah wie ein Engel, den man in die Hölle strafversetzt hatte. Ihr Gesicht war rußverschmiert, über ihr Kinn lief ein langer, dunkler Strich, so als wäre sie dort von einem herabfallenden Teil der Deckenverkleidung getroffen worden, und auch ihre langen, fast weißen Haare waren nicht unbeschadet davongekommen; die flockigen Partikel der Löschsubstanz hingen in ihnen wie die Überreste eines ausgiebigen Schaumbades.

Angela blinzelte nervös, als sie seinen Blick bemerkte. »Ich finde, wir sollten das Kriegsbeil begraben«, sagte sie unsicher. »Es ist schon genug geschehen …«

Will hörte ihre Worte, aber er nahm ihren Sinn nicht wahr. Er stürmte los. Angela musste regelrecht beiseite springen. Sie starrte ihn so fassungslos an, als erwarte sie allen Ernstes, dass er sich auf sie stürzen würde, um sich für die Abreibung zu revanchieren, die sie ihm hatte zukommen lassen wollen. In einer anderen Situation hätte Will den Anblick ihres fassungslosen Gesichts wahrscheinlich genossen, aber jetzt nahm er ihn nur ganz am Rande wahr, während sein Herz hart und laut schlug und in seinem Kopf nur ein einziger Name hämmerte: Duffy.

Im Flur stieß er mit Martina zusammen. »Will!«, keuchte Martina »Was soll das? Das Feuer ist gelöscht …«

Will packte sie an beiden Armen und schob sie unsanft beiseite. »Nicht jetzt«, stieß er hervor. »Ich erkläre dir später alles.«

Im gleichen Moment rannte er auch schon wieder los. Sein Jaguar – Georgs Jaguar, um genau zu sein – stand vor dem Haus, und wenn er sich beeilte, hatte er vielleicht noch eine Chance, die beiden Handlanger seines ehemaligen *Geschäftspartners* einzuholen und ihnen klar zu machen, was er davon hielt, kleine Mädchen zu entführen. Als er an die nächste Abzweigung kam, wandte er sich nach rechts, dann wieder nach links, in einen schummrig beleuchteten Korridor, von dem er vermutete, dass er herausführte. Dass er die falsche Richtung gewählt hatte, begriff er, als der Teppichboden endete, über den er bis jetzt gelaufen war, und in einen fast weißen, edel wirkenden Marmorboden überging, der ihm vollkommen unbekannt vorkam, genauso wie die modernen Gemälde, die an den Wänden hingen. Die Halle, in der der Gang endete, wurde von einer gewaltigen Steintreppe dominiert, die ins nächste Stockwerk, aber sicherlich nicht zu einem Ausgang führte. Er begriff, dass er dabei war, sich hoffnungslos zu verlaufen. Das Haus, in dem Martina und ihre Stieftochter lebten, war nicht nur groß, es war auch so verwinkelt gebaut worden, dass man sich ohne Führer hier kaum zurechtfinden konnte.

Er blieb stehen und drehte sich um. Hinter ihm donnerten Schritte über den Teppichboden, die er mit Straßenschuhen, einem Maßanzug und dem Outfit eines Bodyguards assoziierte und nicht mit den beiden Frauen, und doch hörte er dann Martinas Stimme, die seinen Namen und irgendetwas anderes rief, was er nicht verstand. Wahrscheinlich hatte Martina unterwegs Mike oder den anderen ihrer beiden Leibwächter getroffen – wo waren die beiden Idioten eigentlich gewesen, als sie sie am dringendsten gebraucht hatten? Während des Zimmerbrands hatten sie mit Abwesenheit geglänzt, und dann hatten sie noch nicht einmal Duffys Flucht verhindert, die sie geradewegs Slavko und Fred in die Arme getrieben hatte.

Gerade als er sich wieder in Bewegung setzen wollte, nicht die Treppe hinauf, sondern zurück, um von Martina den schnellsten Weg aus diesem Labyrinth zu erfragen, klingelte sein Handy. »Nicht jetzt«, murmelte er. Trotzdem zog er das kleine Telefon aus der Hosentasche und presste es ans Ohr.

Im gleichen Moment wünschte er sich, er hätte es nicht getan. »Hallo, Will«, sagte Georg.

»Georg«, krächzte Will. Seine Gedanken überschlugen sich. Wusste Georg bereits von der geglückten Entführung? Und vor allem: Wusste er, dass Duffy seine Tochter war? Und wenn das so war: Was wollte er dann von ihm?

»Ich hätte gerne mein Auto wieder«, sagte Georg so ruhig, als säße er ihm in seinem Büro gegenüber und würde mit ihm bei einer gemütlichen Zigarette und einem Schluck Whisky über die nächsten Luxusschlitten reden, die Will auf Bestellung klauen sollte. Will glaubte Georg regelrecht vor sich zu sehen, wie er sich behaglich in seinen schweren Ledersessel zurücklehnte, das Whiskyglas in der einen Hand, die obligatorische Zigarette in der anderen. Doch bereits der nächste Satz zerstörte diesen Eindruck. »Ich finde, du hast den Jaguar jetzt lange genug gehabt. Bring ihn mir zurück. Und leg ein paar Scheine obendrauf.«

»Ein paar Scheine?«, fragte Will alarmiert, während er versuchte, die harten, raschen Schritte aus seinen Gedanken auszublenden, die direkt auf ihn zuhielten. Das Gespräch mit Georg war schlimm genug, und er hatte nicht die geringste Lust, Martina zu erklären, wer da gerade anrief.

»Keine Sorge. Ich weiß, dass du blank bist.« Georg machte eine Kunstpause, bevor er weitersprach.

Will hätte ihn erschlagen können. Es lag sicher nicht in Georgs Absicht, aber er verschaffte Martina damit genug Zeit, heranzukommen und ihn fragend anzusehen. Will wandte sich demonstrativ von ihr und ihrem Bodyguard ab – es war tatsächlich Mike, wie er mit einem Seitenblick erkannt hatte – und starrte die Treppe hinauf, als erwarte er allen Ernstes, dort gleich Georg herabsteigen zu sehen. »Vielleicht hast du es ja noch nicht mitbekommen«, fuhr Georg endlich fort. »Aber ich habe jemanden, den du gut kennst, zu einer Spazierfahrt eingeladen. Und wir wollen doch alle, dass Slavko die Kleine nach der Spritztour wieder unbeschadet nach Hause bringt, oder?«

Will spürte, wie ihm ein eiskaltes Entsetzen den Rücken hochkroch. Er hatte selbst mit angesehen, wie Georgs Handlanger Duffy ins Auto gezerrt hatten. Aber es war etwas ganz anderes, das aus ein paar Metern Entfernung zu beobachten und sich einzubilden, mit einem schnellen Rettungsmanöver Duffy ihren Entführern wieder entreißen zu können, als jetzt Georg auf zynische Weise darüber reden zu hören.

Der naive Teil in ihm, der sich darüber freute, wenn die Bösewichte in einem Action-Thriller so richtig eine verbraten bekamen, war regelrecht begierig darauf gewesen, Duffy ihren Entführern noch im letzten Moment entreißen zu können. Er hatte sich keine Gedanken gemacht, wie er mit Slavko und Fred fertig werden konnte, aber zumindest die ersten Sekunden, in denen sein Adrenalin-Spiegel nach oben geschnellt war, hatte er geglaubt, sich auf einer der engen Eifelstraßen mit dem Jaguar vor den Wagen der beiden setzen zu können, um dann rauszuspringen und die beiden Idioten so lange zu beschäftigen, dass Duffy abhauen konnte. Das Mädel war clever, das hatte es schon mehr als einmal bewiesen, und Will war sich sicher, dass es nicht viel Anstoß brauchte, um eine Gelegenheit zur Flucht zu finden, wenn der Wagen erst einmal einen unplanmäßigen Halt machte.

So weit der Plan, der eigentlich gar keiner war. Georg schien dagegen ganz genau zu wissen, was er wollte. »Ich weiß, dass es spät ist«, sagte er. »Aber trotzdem wäre es mir ganz lieb, wenn du mir die Mutter der Kleinen ans Telefon holen könntest.«

»Hör mal, Georg, lass sie da raus, ja«, sagte Will verzweifelt. »Ich setze mich sofort in den Wagen und fahre zu dir. Du kannst mit mir machen, was du willst. Das Geld, das ich dir schulde, arbeite ich ab, und ich leg noch was drauf. Aber lass die Kleine aus dem Spiel, ja?«

»Welch ergreifende Rede«, höhnte Georg. »Aber vielleicht hättest du dir alles das etwas früher überlegen sollen …«

»Will«, sagte Martina scharf. »Was ist da los?«

Will drehte sich langsam und widerwillig zu ihr um. Martina starrte ihn aus weit aufgerissenen Augen an. Ein Muskel in ihrem Gesicht zuckte, und als sie sich mit der Hand durch die Haare fuhr, wirkte sie so verloren wie ein kleines Mädchen, das weiß, dass etwas ganz Schlimmes passiert ist.

»Na, das passt ja«, hörte Will in diesem Moment Georgs verhasste Stimme an seinem Ohr. »Hattet ihr wenigstens einen schönen Abend, ihr beiden Turteltäubchen?«

Im ersten Moment verstand Will überhaupt nicht, was er damit meinte. Doch dann begriff er: Slavko hatte Georg wahrscheinlich nur kurz telefonisch verständigt, dass sie jetzt mit Duffy zu ihm unterwegs waren. Wenn Georg nichts von dem Feuer wusste und mitten in der Nacht anrief, dann zog er wahrscheinlich vollkommen falsche Schlüsse aus der Tatsache, dass Martina ganz in seiner Nähe war und ihn so vertrauensvoll anredete, als hätten sie gerade eine heiße Liebesnacht miteinander verbracht. Will beschloss, ihn vorerst in seinem Irrglauben zu lassen. Es fehlte noch, dass Georg wusste, wer der Vater von dem kleinen Temperamentsbolzen war, den er hatte einfangen lassen. Vielleicht fiel es Duffy dann leichter, bei erster Gelegenheit davonzuflattern. Schließlich schien sie von ihm nicht nur die Fähigkeit geerbt zu haben, sich immer wieder in schier ausweglose Situationen zu manövrieren, sondern auch die, der ganzen Welt eine lange Nase zu drehen, wenn es niemand mehr erwartete.

»Hat es dir die Sprache verschlagen?«, fragte Georg. »Das täte mir Leid. Schließlich wollte ich euch nicht von etwas Wichtigem abhalten.«

»Das hast du nicht«, sagte Will so ruhig wie möglich. »Es gab sowieso nichts Anständiges im Fernsehen.«

»Will!«, sagte Martina mit einem fast hysterischen Unterton in der Stimme. »Ich will jetzt endlich wissen, was los ist, verdammt noch mal!«

Will nickte. Er wusste, dass er nicht umhinkam, Martina jetzt die Wahrheit zu sagen. »Moment«, sagte er zu Georg. Dann drückte er die Stummtaste des Handys, die sicherstellte, dass Georg seine nächsten Worte nicht mitbekam. »Duffy ...«, begann er hilflos.

Er rang nach Worten, und Martina tat ihm nicht den Gefallen, das auszusprechen, was ihm nicht von den Lippen kommen wollte. »Duffy ist ... Georg hat sie ...«

Martinas Augen verengten sich zu Schlitzen. »Was ist mit meiner Tochter?«, zischte sie.

Mit unserer Tochter, hätte sie Will beinahe korrigiert. Aber natürlich ließ er das. Es war nicht der richtige Zeitpunkt, um ein paar Dinge geradezurücken, aber das, das schwor er sich, würde er nachholen, sobald sich die Gelegenheit dafür bot.

»Du hast doch den Wagen vor dem Haus gesehen«, sagte er. »Das waren Georgs Leute.«

Martina winkte ungeduldig ab. »Ich weiß. Aber was ist mit Duffy?«

»Während es gebrannt hat, ist Duffy abgehauen.« Will warf einen Seitenblick auf Mike. »Ich weiß auch nicht, wie sie aus dem Haus gelangen konnte.«

»Lass das«, sagte Martina scharf.

Will nickte. Georg würde wahrscheinlich schon toben, weil er nicht mitbekam, was auf der anderen Seite passierte. »Georgs Schlägertypen haben sie sich geschnappt. Ich hab es gerade noch im letzten Moment gesehen. Deswegen bin ich auch sofort raus. Ich wollte die Idioten abfangen …«

»Um dann was zu tun?« Martina schüttelte den Kopf. Sie wirkte beherrscht, aber Will kannte sie gut genug, um zu wissen, dass es der Schock war, der sie wie eine Glocke umhüllte und es ihr unmöglich machte, eine Szene zu machen, wie es viele Mütter an ihrer Stelle getan hätten. Stattdessen deutete sie auf das Handy.

»Er will mit dir reden.« Will zog die Hand ein Stück zurück, als sie nach dem Telefon greifen wollte. »Und er will Geld. Viel Geld, vermute ich.«

Martina winkte unwillig ab. »Das ist mir vollkommen egal. Gib mir das Handy!«

»Ja. Aber vorher …« Will musste das Handy geradezu hinter dem Rücken verstecken, um es vor dem raschen Zugriff Martinas in Sicherheit zu bringen. Aus den Augenwinkeln heraus merkte er, wie sich Mike spannte. Es fehlte ihm noch, dass ihm der Schwachkopf das Handy mit Gewalt entreißen wollte. »Nur ganz kurz«, sagte er fast beschwörend zu Martina. »Sag ihm nicht, dass ich Duffys Vater bin …«

»Hältst du mich für bekloppt?«, fragte Martina ungeduldig.

»Und geh auf alles ein, was er von dir verlangt«, fuhr Will ungerührt fort.

»Das hätte ich sowieso getan.«

Will stieß erleichtert die Luft aus und reichte Martina das Handy. Sie riss es ihm geradezu aus der Hand. »Ja?«, sagte sie. Als sie nichts hörte, blickte sie verwirrt.

Wills Hand zuckte auf sie zu, Mike trat einen Schritt vor – meine Güte, was bildete sich der Kerl bloß ein? –, doch da hatte Will bereits die Stummtaste erwischt, deaktiviert und mit einem zweiten Knopfdruck den Mithörlautsprecher eingeschaltet. Martina nickte flüchtig, bevor sie erneut »Ja?« sagte.

»Warum hat das so lange gedauert?«, hallte Georgs Stimme blechern aus dem kleinen Gerät.

»Was ist mit meiner Tochter?«, stellte Martina die einzig richtige Gegenfrage.

»Was soll schon mit ihr sein?« Will sah geradezu, wie sich Georgs Gesicht abfällig verzog. Er glaubte, es mit einer verängstigten Mutter zu tun zu haben, die sich alles gefallen lassen würde. Bis zu einer gewissen Grenze hatte er wahrscheinlich sogar Recht damit. Doch Will bezweifelte, dass Georg wirklich begriff, *wessen* Tochter er da entführt hatte.

»Bringen Sie mir Duffy auf der Stelle zurück, und wir vergessen das Ganze«, sagte Martina scharf.

»Ich glaube, Sie missverstehen da etwas«, sagte Georg in fast freundlichem Tonfall. »Sollte ich Ihre Tochter sehen, werde ich ihr ausrichten, dass sie sich gleich zu Hause melden soll.«

Martinas Augen flackerten für einen winzigen Moment, doch dann hatte sie sich wieder in der Gewalt. Wahrscheinlich begriff sie – im Gegensatz zu Will – nicht, warum Georg um den heißen Brei herumredete. Dabei war der Grund ganz einfach: Der Mistkerl vermutete, dass das Gespräch aufgezeichnet wurde. Und er war Profi genug, um dem vorzubeugen, falls irgendetwas schief ging und eine Aufzeichnung dieses Telefonats bei den Bullen landen sollte. Er würde nichts sagen, was vor Gericht als Beweis gelten würde und was ein cleverer Verteidiger einem Staatsanwalt mit allergrößtem Vergnügen quer in den Rachen schieben würde.

»Also«, fuhr Georg fort. »Warum haben Sie mich um Rückruf gebeten?«

Will konnte nicht umhin, Georg innerlich Anerkennung zu zollen. Sollte man ihn irgendwann einmal mit dem Vorwurf konfrontieren, hier zu nachtschlafender Stunde angerufen zu haben, konnte er auf den Mitschnitt des Gesprächs verweisen, falls Martinas Anwälte einen solchen aus dem Zauberhut ziehen sollten.

»Ich Sie um Rückruf?« Martinas Stimme zitterte leicht, und Will begriff, dass sie anfing, die Fassung zu verlieren. Das war gar nicht gut.

»Ja, natürlich.« Georg lachte heiser auf. »Oder wie soll ich diese ganze verrückte Geschichte verstehen?« Seine Stimme wurde eine Spur leiser und eindringlicher. »Dieser Typ, der da bei Ihnen aufgetaucht ist, ist nicht ganz ungefährlich. Und er hat irgendetwas mit Ihrer Tochter zu schaffen. Das alles gefällt mir nicht.«

Martina stand in vollkommen erstarrter Haltung da, die Hand, die das Handy hielt, halb erhoben und den Blick ihrer plötzlich riesig gewordenen Augen starr auf einen Punkt hinter Will gerichtet. »Ich verstehe nicht.«

»Ich verstehe auch so einiges nicht«, sagte Georg. »Aber Sie können mir vertrauen. Ich werde alles in meiner Macht Stehende tun, um Ihnen Ihre Tochter wiederzubringen. Wobei …«

»Ja?«

»Es hilfreich wäre, wenn Sie mir dabei etwas entgegenkommen würden«, fuhr Georg so unbekümmert fort, dass ihm Will alleine schon deswegen am liebsten die Fresse poliert hätte.

»Entgegenkommen?«, fragte Martina tonlos. Ihr Blick war immer noch auf den Punkt hinter Will gerichtet, so als könne sie es nicht ertragen, irgendjemanden anzusehen.

»Sehen Sie, ich kenne diesen Typ, der Ihre Tochter in Schwierigkeiten gebracht hat«, sagte Georg. »Es gibt da eine Kleinigkeit, die ich mit ihm, eh, bereden möchte. Und dann sind, glaube ich, auch die Bullen an ihm interessiert. Soviel ich weiß, wird er in Zusammenhang mit dem Großbrand gesucht, bei dem vor kurzem fast ein ganzer Straßenzug abgefackelt ist. Ich schätze, Sie haben davon gehört, oder?«

Martina schloss die Augen und atmete tief ein und aus. Als sie die Augen wieder öffnete, sah sie Will direkt an, aber mit einem solch geistesabwesenden Blick, dass er bezweifelte, dass sie ihn bewusst wahrnahm. »Hören Sie, Sie verdammter Mistkerl«, zischte sie. »Geben Sie mir meine Tochter wieder. Und verschonen Sie mich mit all dem anderen Mist.«

»Ich glaube, Sie haben mich gründlich missverstanden«, sagte Georg verärgert. »Ich will Ihnen nur helfen. Und das kann ich vielleicht besser als die Polizei.« Er zögerte einen kleinen Moment, bevor er weitersprach. »Und es ist nicht viel, was ich als Gegenleistung verlange. Und schon gar nichts Illegales.«

»Dann sagen Sie mir endlich, was Sie von mir wollen!«

»Also gut.« Georg seufzte. »Aber überlegen Sie es sich gut. Sie können auch immer noch die Polizei einschalten, und dann vergessen wir das Ganze einfach. Ich werde Sie dann nie wieder belästigen.«

»Sie sollen mir endlich sagen, was Sie von mir wollen!« Das Flackern in Martinas Augen hatte zugenommen, und in ihrer Stimme war jetzt ein ganz leichtes, aber verräterisches Beben. Will begriff, dass sie ganz kurz davor stand, endgültig die Kontrolle über sich zu verlieren.

»Also gut«, sagte Georg noch einmal. »Ich fände ein Erfolgshonorar angemessen, wenn ich Ihre Tochter finden sollte. Und um die Dinge zu vereinfachen, würde ich vorschlagen, dass es mir der Besitzer des Handys bringt, über das ich Sie zurückgerufen habe.«

»Ein Erfolgshonorar.« Martinas Stimme klang so verächtlich, dass Will unwillkürlich zusammenzuckte. »Natürlich. In welcher Größenordnung.«

Georg antwortete nicht sofort. Aber das war ja auch kein Wunder. Er war alles andere als ein professioneller Kidnapper, und wahrscheinlich machte es ihn ziemlich nervös, Duffy in der Gewalt seiner beiden Schläger zu wissen, denn schließlich war Kidnapping nicht nur eine äußerst einträgliche, sondern auch eine äußerst gefährliche Sache. So wie Will ihn einschätzte, würde Georg alles daransetzen, gleichzeitig den Profit zu maximieren und das Risiko zu minimieren.

»Lassen Sie sich etwas einfallen«, sagte Georg schließlich. »Aber eine Sechs sollte vor der Summe stehen. Das ist nämlich meine Glückzahl.«

Dass damit das Gespräch zu Ende war, wurde Will erst bewusst, als Martina das Handy sinken ließ und den Mund leicht öffnete, als wollte sie etwas sagen, um dann doch abzubrechen und ihm wortlos das Telefon in die Hand zu drücken. Nachdem er es in seiner Hosentasche hatte verschwinden lassen, blieb Will für die Dauer von zwei, drei Atemzügen reglos stehen und sah Martina schweigend an. Sie erwiderte seinen Blick auf eine Weise, die ihm klar machte, dass sie eine bestimmte Reaktion von ihm erwartete. Vielleicht wäre das der Moment gewesen, ihr klar zu machen, wie Leid es ihm tat, in seinem Gefolge Georgs Männer hier mit angeschleppt zu haben – und dass er alles tun würde, um Duffy zu befreien, koste es, was es wolle. Aber es hätte billig und abgedroschen geklungen.

»Was meint er mit einer Sechs vor der Summe?«, fragte Martina schließlich. Ihre Stimme klang vollkommen beherrscht, aber ein Muskel in ihrem Gesicht zuckte, als wolle sie ihren wirklichen Seelenzustand nicht verraten.

»Keine Ahnung«, sagte Will. »Eine Sechs mit ein paar Nullen, wahrscheinlich.«

»Sechs Millionen Euro?«, fragte Martina ganz sachlich.

»Sechs Millionen?« Will schüttelte angesichts dieser wahnsinnigen Summe den Kopf. Früher wären das immerhin zwölf Millionen Mark gewesen – und damit fast die Hälfte dessen, was in der spektakulärsten Entführung in diesem Land überhaupt, im Reemtsma-Fall, als Lösegeld gefordert gewesen war. »Ich glaube nicht, dass Georg von sechs Millionen spricht. Ihm muss klar sein, dass niemand mal eben solch eine riesige Summe flüssig machen kann.«

Martina sah ihn auf eine Art und Weise an, die ihm klar machte, dass sie das ganz anders sah. »Also sechshunderttausend«, stellte sie fest. »Eine Sechs vor der Zahl, und gleichzeitig eine sechsstellige Zahl.«

Will nickte. Das passte zu Georg. Er war sich immer ziemlich im Klaren darüber, wie weit er gehen konnte, gleichgültig ob er es mit Nutten oder Damen zu tun hatte.

»Ich verstehe das nicht ganz«, sagte Mike. »Warum hat er nicht klipp und klar gesagt, wie viel er haben will?«

Martina und Will seufzten gleichzeitig. Mike runzelte die Stirn. »Wollen Sie damit etwa sagen, er hat nur so geschwollen dahergeredet, weil er Angst hat, wir könnten sonst gegen ihn aussagen?«

»Niemand wird gegen dieses Schwein aussagen«, sagte Martina schroff. »Wir stopfen ihm die Geldscheine ins Maul, bis er daran erstickt, und das war's.«

»Aber die Details der Geldübergabe«, sagte Mike. Er wirkte

plötzlich nicht mehr so selbstsicher und überlegen wie sonst, sondern wie ein zu groß geratenes Kind, das in ein Erwachsenengespräch hineingeraten war. »Die muss er uns doch irgendwie mitteilen. Wie will er das denn machen?«

»Über mich«, sagte Will düster. »Er hat mir schon vorhin gesagt, dass ich mit dem Jaguar kommen soll – und ein paar Scheine mitbringen soll.«

»Und wann?«, fragte Martina beunruhigt.

»Sobald ich das Geld habe«, sagte Will. Schon in dem Moment, in dem er den Satz aussprach, begriff er, dass es ein Fehler gewesen war. In Mikes Augen blitzte kaltes Misstrauen auf, und Martina runzelte die Stirn, als verstehe sie nicht ganz, was er damit meinte.

»Wieso sollst gerade du das Geld überbringen?«, fragte Martina.

Will zuckte mit den Schultern. »Vielleicht, weil Georg noch eine alte Rechnung mit mir offen hat. Und weil er mich gut genug kennt, um zu wissen, dass ich keinen Scheiß machen werde.«

Das war Fehler Nummer zwei, wie er an Mikes und Martinas Reaktion erkannte. Sie beide blickten ihn mit unverhohlenem Misstrauen an, auch wenn sich das ganz unterschiedlich äußerte: Mike hatte die Augen zusammengekniffen und musterte ihn so kühl wie ein Bulle beim Verhör, der ihm ein Geständnis abpressen wollte, während sich in Martinas Gesicht eine Enttäuschung widerspiegelte, die umso verletzender war, als sie vollkommen ungerechtfertigt war.

»Vielleicht sollten wir in diesem Fall doch besser die Bullen einschalten«, sagte Mike.

Martina schüttelte nur den Kopf, ohne Will aus den Augen zu lassen. »Wie ist Duffy eigentlich aus dem Keller herausgekommen?«, fragte sie scharf.

Will konnte nur noch mit Mühe seinen Unmut unterdrücken. »Frag sie doch selber, sobald ich mit ihr zurück bin.«

Martina nickte langsam. »Das werde ich, verlass dich darauf. Aber vielleicht ist das auch gar nicht nötig. Angela und Ricardo überprüfen das nämlich gerade.«

»Das nennt man Prioritäten setzen«, sagte Will böse. Die Worte taten ihm sofort Leid, kaum dass sie ihm entschlüpft waren. »Ich werde mich darum kümmern, dass morgen früh das Geld zur Verfügung steht«, sagte Martina, als seien sechshunderttausend Euro eine Summe, mit der sie täglich umgehen würde. Sie nahm Mikes Arm und zog ihn ein Stück nach oben, um auf seine Armbanduhr zu blicken. Absurderweise empfand Will bei dieser so selbstverständlich wirkenden Geste einen scharfen Stich von Eifersucht. »Bis dahin sind es nur noch ein paar Stunden. Du solltest dich besser solange aufs Ohr legen, Will. Es könnte sein, dass du deine Kraft noch brauchst.«

Will nickte. Ganz im Gegensatz zu ihr glaubte er allerdings nicht daran, dass ihm Georg Zeit genug lassen würde, auch nur einen einzigen klaren Gedanken zu fassen.

Buch 4

Feuer seh ich brennen östlich der Burg,
Kriegsbotschaft kommt, das verkündet die Glut.
Grus frisst die Sohlen, und Kälte die Glieder;
Heiß bist du, Flamme, zu viel ist die Wut.

Edda, Das Mühlenlied

27

Der Wind überfiel ihn mit eisigem Geheul und Sprühwasser und riss ihm fast die Autotür aus der Hand. Will schlug den Kragen der Lederjacke hoch, die er sich von Angela geliehen hatte, und presste die Tasche mit dem Lösegeld eng an sich, während er mit der anderen Hand den Schlüssel ins Schloss steckte, um den Jaguar abzuschließen. Erst, als er den Schlüssel in der Jackentasche verschwinden ließ, begriff er, was er da eigentlich tat. Er war mit Sicherheit der einzige Autodieb, der sich hier weit und breit herumtrieb. Georg würde das verlassene Fabrikgelände am Rande der Autobahn wohl kaum ausgesucht haben, wenn er fürchten musste, dass sich hier Gesindel herumtrieb – sah man einmal von ihm selbst und seinen beiden Handlangern ab.

Will kniff die Augen zusammen und versuchte in der fast vollkommenen Schwärze um sich herum etwas zu erkennen. Es war fast unmöglich. Nur manchmal fingerte der ferne Strahl eines Autoscheinwerfers über das Gelände, aber das auch nur, wenn der Wagen in Höhe der Autobahnbrücke Fernlicht eingeschaltet hatte. Und selbst dann reichte das Licht nicht, um mehr als drei riesige dunkle Schemen erkennen zu lassen, die wie die meterdicken Mauern einer Trutzburg den Hof einrahmten, auf dem er geparkt hatte. Wills Fantasie gaukelte ihm schattenhafte Bewegungen vor den Gebäuden vor, doch immer wenn er sie mit den Augen zu fassen versuchte, verflüchtigten sie sich zu konturlosen Schatten. Trotzdem wurde er das Gefühl nicht los, dass er beobachtet wurde. Vielleicht verfügte Georg ja über ein Nachtsichtgerät. Zuzutrauen wäre ihm das jedenfalls.

Dabei war die Nacht schon fast zu Ende. In spätestens einer Stunde würden die Lastwagen auf den Parkplätzen der nahen Autobahn wieder durchstarten, um mit sturer Beharrlichkeit auf ihr nächstes Tagesziel zuzusteuern, fortlaufend überholt von schlaftrunkenen Pendlern, die kräftig aufs Gas drückten, nur um möglichst früh ihren Arbeitsplatz zu erreichen.

Ort und Zeit der Übergabe hatte Georg wirklich clever gewählt. Aber alle anderen Bedingungen stimmten nicht. Will hatte keine sechshunderttausend Euro bei sich – wie sollte er auch? Schließlich gab es keine Bank, die mitten in der Nacht so viel Geld bereitzustellen bereit gewesen wäre –, aber es war trotzdem eine stattliche Summe, die er in der flachen Ledertasche bei sich trug. Georg hatte diesen Treffpunkt vereinbart, um die näheren Bedingungen der endgültigen Übergabe mit ihm zu vereinbaren. Das war eine ziemlich originelle Kidnapping-Variante, aber ob sie besonders dämlich oder besonders gerissen war, wagte Will noch nicht zu beurteilen. Er musste in jedem Fall davon ausgehen, dass ihn noch ein paar unangenehme Überraschungen erwarten würden.

Will überlief ein kaltes Frösteln. Nach dem Gewitter war es empfindlich kalt geworden, und die Feuchtigkeit hatte sich in seine Kleidung eingenistet. Es wurde Zeit, dass er es hinter sich brachte. Georg hatte gesagt, dass sie sich in dem linken Gebäudekomplex treffen sollten und dass sich der Eingang ziemlich genau in der Mitte der alten Fabrikhalle befinden würde. Einen Moment war sich Will dennoch unsicher. Er hatte den Jaguar mit der Schnauze zum Ausgang hin geparkt, nicht als Ergebnis eines ausgetüftelten Fluchtplans, sondern nur nach der guten alten *Für-alle-Fälle-Methode;* schließlich war es möglich, dass er plötzlich ganz schnell wieder hier wegmusste. Demnach musste er jetzt seitenverkehrt denken, denn auch er stand mit dem Gesicht in Richtung Ausgang, und

Georg hatte mit »links« bestimmt das Gebäude gemeint, das jetzt zu seiner Rechten lag.

Nach einem letzten Blick in die Runde, der aber rein gar nichts brachte, ging er in die Richtung, in der er den Eingang vermutete, zu dem ihn Georg beordert hatte. Unter seinen Schuhen knirschte der Kies, und von ferne war nichts weiter als das Geräusch eines Wagens zu hören, der zu dieser nachtschlafenden Zeit auf der Autobahn unterwegs war. Seine Nervosität steigerte sich, und seine Hand fuhr wie von selbst in die Jackentasche, auf der Suche nach Zigarette und Feuerzeug. Doch da war nichts, zumindest keine Zigaretten. Angela war Nichtraucherin, aber Benutzerin eines Elektroschockers, und sie war so freundlich gewesen, ihm ihre ungewöhnliche Waffe auszuleihen, nachdem sie sich von ihrem Temperamentsausbruch beruhigt hatte, mit dem sie auf die Nachricht von Duffys Entführung durch Wills *Freunde* erfahren hatte.

Die Berührung des kalten Kunststoffgriffs des Elektroschockers hätte ihn beruhigen sollen, aber das Gegenteil war der Fall. Will hatte seit frühester Jugend ein gestörtes Verhältnis zum Besitz anderer Leute, und schon bevor er sein Talent fürs Autoknacken entdeckt hatte, war er das eine oder andere Mal mit dem Gesetz in Konflikt geraten. Für Waffen hatte er allerdings noch nie etwas übrig gehabt. Oft genug hatte er miterleben müssen, dass die Verfügbarkeit einer Waffe – und sei es nur eines Küchenmessers – eine an sich relativ harmlose Auseinandersetzung hatte ausarten lassen. Einen Moment lang war er versucht, umzudrehen und zum Jaguar zurückzugehen, auf dessen Beifahrersitz er seine Zigaretten abgelegt hatte. Aber natürlich ließ er es. Ihm konnte noch so sehr nach einer Zigarette zumute sein, er hätte es jetzt nicht ertragen, dem leeren Fabrikgebäude den Rücken zuzukehren. Wenn alles glatt ging und sich Georg wieder einigermaßen beruhigt hatte, würde er sich vielleicht mit dem Geld in Wills Aktentasche und dem Jaguar auf dem Hof zufrieden geben und ihm im Gegenzug Duffy ausliefern.

Es war ein Gedanke, an den sich Will klammern konnte, obwohl er Georg alles Mögliche zutraute, nur nicht, dass er die Chance aufs große Geld so einfach verstreichen lassen würde. Seine Augen wieselten die ganze Zeit lang über die Fassade, auf der Suche nach einem Lichtschein und einem anderen Lebenszeichen, das ihm bewies, dass hier tatsächlich jemand auf ihn wartete. Aber da war nichts.

Schließlich blieb er stehen.

Die Feuchtigkeit war in seine Kehle gekrochen, und obwohl er versuchte, den Reiz zu unterdrücken, musste er husten; ein Geräusch, das merkwürdig gedämpft und verhallt wieder zu ihm zurückkehrte, so ganz anders, als er es von einem alten Fabrikgelände erwartet hätte. Sein Herzschlag beschleunigte sich. Es war lächerlich, dachte Will. Wer auch immer hier war, musste längst durch das Motorengeräusch mitbekommen haben, dass er Besuch bekam. Es wurde Zeit, dass er das Gebäude betrat.

Das war einfacher gesagt als getan. Es gab tatsächlich eine Tür in der Mitte des Gebäudes, groß, schwer und ganz aus Metall, wie er feststellte, als er mit den Fingern darüber fuhr und an einem scharfkantigen Vorsprung hängen blieb. Daneben schien Farbe abgesplittert zu sein, zumindest fühlte es sich so an, rau und uneben und so unangenehm an den Fingerkuppen, dass er fürchten musste, sie sich aufzureißen. Das war ganz offensichtlich nicht der Eingang zu einem Bürogebäude gewesen, sondern eher zu einer Werkhalle oder Fabrikationsstraße. Wills Unbehagen wuchs.

Endlich hatte er die Klinke gefunden. Er musste alle Kraft aufwenden, um sie nach unten zu drücken. Die Klinke quietschte, doch sosehr er auch an ihr zerrte, die Tür ließ sich nicht bewegen.

»Das gibt's doch gar nicht«, murmelte Will.

Wenn er ein Feuerzeug dabeigehabt hätte – was sonst eigentlich immer der Fall war –, hätte er sich das Ganze etwas genauer anschauen können. Doch so war er auf seinen Tastsinn angewiesen. Und der verriet ihm, dass hier etwas nicht stimmte. Zu allem Überfluss fing es wieder an zu nieseln.

Es blieb ihm wohl nichts anderes übrig, als zum Wagen zurückzukehren und die Scheinwerfer auf das Gebäude zu richten. Als er hier angekommen war, hatte er nur den sehr flüchtigen Eindruck von alten Hallen gehabt, bei denen die teilweise leeren Fensterhöhlen mit massiven, mittlerweile aber bereits unansehnlich gewordenen Brettern zugenagelt worden waren, ein heruntergekommener Industriekomplex, der so fremdartig wirkte, als wäre er die Kulisse für einen bizarren Science-Fiction-Film. Es lag wohl an der ungesunden Mischung aus Anspannung und Müdigkeit, dass er versäumt hatte, die Anlage etwas genauer in Augenschein zu nehmen.

Entschlossen drehte er sich um und ging auf den Wagen zu. Irgendwo weiter hinten schnitt der schwache Kegel eines Autoscheinwerfers über den Hof, als jemand auf der Autobahn Fernlicht einschaltete. Am Rande des Lichtscheins, der sich in tausend funkelnden Facetten auf dem nassen, kiesübersäten Asphalt des Hofs widerspiegelte, war etwas, eine huschende Bewegung, die auf die gegenüberliegende Seite des Komplexes zuhielt. Will hielt mitten im Schritt inne. Er war nicht ganz sicher, ob das ein Mensch gewesen war; für die Sorte Tiere, die man hier erwarten konnte, streunende Katzen oder vielleicht auch Hunde, war es aber eindeutig zu groß. Wer trieb sich hier herum?

Wills Hand krampfte sich um den Griff des Elektroschockers, ohne die Waffe allerdings hervorzuziehen. All das hier gefiel ihm nicht. Und schon gar nicht gefiel es ihm, dass die Tür der alten Fabrik fest verschlossen war und dass sich hier jemand herumtrieb, der sich alle Mühe gab, nicht von ihm gesehen zu werden.

Georg und seine Handlanger hatten keinen Grund, sich vor ihm zu verstecken. Es konnte natürlich auch sein, dass sich hier ein paar Jugendliche oder Obdachlose herumtrieben, die er aufgeschreckt hatte, doch daran zweifelte er. Eine solche Nachlässigkeit passte nicht zu Georg; er hatte mit Sicherheit dafür gesorgt, dass ihr Treffen ungestört stattfand.

Und wenn es nun Duffy war?

Will hatte es plötzlich eilig, zum Auto zurückzukommen. Mit zitternden Fingern holte er den Schlüssel hervor. Duffy war immer wieder für eine Überraschung gut. In dieser Nacht war sie schon einmal eingesperrt gewesen und entkommen, und wenn er Martina richtig verstanden hatte, war ihr dieses Kunststück nicht zum ersten Mal gelungen. Es konnte also durchaus sein, dass sie auch Georg entkommen war – und sich nun auf diesem Fabrikgelände herumtrieb, vielleicht auf der Flucht vor ihm, weil sie ihn nicht erkannt hatte.

Als er den Jaguar aufschloss, glaubte er hinter sich das Geräusch schneller, fast trippelnder Schritte zu hören. Er erstarrte mitten in der Bewegung und drehte sich dann langsam um. Natürlich war da nichts, zumindest nichts, was er im Dunklen erkennen konnte, und doch … seine Fantasie gaukelte ihm am Rande des Geländes, in der Nähe des Tores, eine schattenhafte Bewegung vor, kaum mehr als ein Huschen, vielleicht ein Lichtreflex auf dem regennassen Boden, vielleicht aber auch etwas anderes … Seine Finger krampften sich um das kalte Metall des Schlüssels, und dann hatte er es plötzlich eilig, die Tür des Jaguars aufzureißen und sich in den Fahrersitz zu werfen. *Da ist nichts,* hämmerte es in seinen Gedanken, aber was sein Verstand ihm einzureden versuchte, interessierte sein Gefühl einen Dreck; er war kaum in der Lage, das Kupplungspedal tief genug durchzudrücken, um den ersten Gang einzulegen, nachdem er den Motor gestartet hatte.

Der Jaguar heulte unangenehm laut auf, als er das Kupplungspedal zu schnell kommen ließ und der Wagen einen Satz nach vorne machte. Will trat so hart auf die Bremse, dass er regelrecht nach vorne geschleudert wurde. Verdammt, wo war der Lichtschalter? Er hatte schon mehr Autotypen gefahren, als die meisten seiner Mitmenschen auseinander halten konnten, und normalerweise hatte er keine Probleme, die Schalter, Knöpfe und Regler zu finden, mit denen sich die Beleuchtung bei den verschiedenen Modellen ein- und ausschalten ließ. Doch jetzt tastete seine Hand erst vollkommen sinnloserweise über die linke Ecke des Armaturenbretts – an einen der Lieblingsplätze der BMW-Designer für die Platzierung von Lichtschaltern – und zerrte dann am Blinkerschalter herum, ohne gleich das Rädchen zu finden, mit dem sich bei diesem Typ die Beleuchtung ein- und ausschalten ließ. Dann hatte er endlich die richtige Einstellung gefunden, und das Licht des Jaguars flammte unangenehm hell auf.

Nur ganz am Rande nahm er wahr, dass er den Motor mittlerweile abgewürgt hatte. Der Lichtkegel des Abblendlichts hatte den schweren Metallzaun erfasst, der das Gelände einfasste, ein zuletzt wohl schwarz gestrichenes Gerippe aus Rechtkantstangen, bei dem teilweise alte grüne Farbe und dicke Rostflecken hervorlugten. Dahinter bog sich wucherndes Unkraut im Wind, und in den Pfützen war das Wasser in so unruhiger Bewegung, dass sie wie kleine Seen wirkten, über die ein Sturm hinwegtobte. Wills Blick wanderte nach links zum Tor hin, das wie bei seiner Ankunft halb aufstand, aber seltsam verkantet wirkte, so als habe es sich festgefressen. Das Unkraut hatte bereits an zahlreichen Stellen den Straßenbelag gesprengt, und die ausgefahrenen Spuren schwerer Wagen im Asphalt, in denen jetzt das Wasser stand, kündeten von der Zeit, in der hier noch reger Betrieb geherrscht hatte.

Jetzt war hier alles menschenleer, zumindest so weit Will sehen konnte. Eigentlich hatte er nichts anderes erwartet, obwohl er immer noch das unangenehme Gefühl hatte, beobachtet zu werden. Ohne die Szenerie vor sich aus den Augen zu lassen, griff er nach rechts, zum Beifahrersitz, wo die Zigaretten lagen. Er fand sie nicht. Dafür hielt er plötzlich etwas anderes in den Fingern: einen Zettel.

Mit einer hastigen Bewegung zog er ihn an sich heran. Es war nur eine kurze Botschaft, in klarer Schrift auf liniertes Papier geschrieben, so viel konnte er auf den ersten Blick erkennen, doch die Worte verschwammen im Halbdunkel vor seinen Augen. Er hätte die Innenbeleuchtung einschalten können, doch davor scheute er zurück, schließlich wollte er sich nicht selbst wie auf einem Schießstand präsentieren. Stattdessen hielt er den Zettel höher, um ihn im reflektierten Licht des Abblendlichts lesen zu können.

Das Erste, was er erkannte, war, dass er sich getäuscht hatte. Der Zettel war nicht handschriftlich beschrieben, wie er gehofft hatte, denn dann hätte er eine Botschaft Duffys enthalten können, vielleicht in der Art: *Ich habe mich im Straßengraben versteckt. Hol mich hier raus.* Nein, es war ein Computerausdruck, ein etwas ungewöhnlicher Schrifttyp, den er nicht kannte, und er erhielt eine Anweisung Georgs. Korrekt gesagt: Er gab ihm die Anweisung, wo er die Tasche mit dem Geld platzieren sollte. Nicht mehr und nicht weniger. Kein einziger Hinweis auf Duffy.

Will schloss einen Moment die Augen. Das leise Prasseln

des Nieselregens auf dem Autodach hätte einlullend wirken können, aber ihm kam es eher wie der Widerhall entfernter Gewehrsalven vor.

»Du verdammter Scheißkerl«, murmelte er und startete den Wagen. Langsam lenkte er ihn aus dem Fabrikgelände heraus und bog dann nach rechts auf den Weg ein, der schon nach ein paar Metern nicht mehr asphaltiert war, sondern eher wie ein mit Kies befestigter Feldweg aussah. Er hätte es sich denken können, dass sich Georg nicht auf eine einfache Geldübergabe einließ. Von seiner Schwäche für kleine Machtspielchen konnten nicht nur seine Nutten ein Lied singen, auch seine ganze sonstige Umgebung wurde von ihm auf eine Art tyrannisiert, die sich eigentlich kein aufrecht gehendes Lebewesen gefallen lassen sollte. Wer dann noch den Fehler machte, es sich mit ihm zu verderben, konnte sich auf eine Spezialbehandlung freuen, die er zeit seines Lebens nicht mehr vergessen würde. Wie hatte Will nur so naiv sein können, zu glauben, Georg würde die Gelegenheit ungenutzt verstreichen lassen, ihm mit mehrfacher Münze heimzuzahlen, was er selbst eingesteckt hatte?

Das rechte Rad des Jaguars kam vom Weg ab und schleuderte eine Schlammfontäne über den Kotflügel. Recht so. Nur schade, dass hier nicht auch noch Schweinemist lag, durch den er den Wagen jagen konnte, bevor er ihn Georg zurückgab.

Als Will begriff, was er da dachte, lachte er heiser auf. Die Müdigkeit machte ihm jetzt, kurz vor Sonnenaufgang, doch mehr zu schaffen, als er geglaubt hatte. Er musste aufpassen, dass er nicht irgendeinen Unsinn machte, nur weil sich die Gedanken in seinem Kopf zu verwirren begannen wie ein Schwarm aufgescheuchter Hornissen.

Es waren nur noch ein paar Meter, bis er die Stelle erreichte, an der er die Tasche abstellen sollte. Zumindest vermutete er das, denn hier endete der massive Metallzaun und machte einer kleinen Einbuchtung Platz, bevor ein Maschendrahtzaun das restliche Gelände umgab. Will ließ den Jaguar ausrollen, zog die Handbremse an und öffnete dann die Tür. Einen Moment zögerte er, denn direkt vor ihm befand sich eine große Pfütze, in die der Nieselregen mit unerwarteter Heftigkeit fiel. Doch dann zuckte er mit den Achseln und stieg aus. Augenblicklich sank er ein Stück in den Schlamm ein, und kaltes Wasser schwappte von oben in seine Schuhe. Pech für den Jaguar, in den er gleich wieder steigen würde, sobald er die schmale Ledertasche an dem Pfosten eingehakt hatte, so wie Georg ihn angewiesen hatte.

Er umrundete den Wagen, die Tasche eng an sich gepresst. Irgendwie fürchtete er, sie könne ihm im letzten Moment entgleiten und in den Schlamm fallen.

Er war kaum um den Wagen herum, als Georg sagte: »Du siehst schlecht aus, Will.«

28

Will erstarrte mitten in der Bewegung. Obwohl er vermutlich nicht länger als ein paar Sekundenbruchteile so stehen blieb, kam es ihm wie eine halbe Ewigkeit vor, bevor er den Kopf wandte und sich nach Georg umsah. Er entdeckte ihn nicht, zumindest nicht dort, wo seine Stimme hergekommen war, nämlich an der Nahtstelle zwischen Metallzaun und Maschendrahtzaun. Aber auch als er sich langsam einmal um die Achse drehte, sah er niemanden.

»Du siehst aus, als ob du auf irgendetwas wartest«, höhnte Georg.

»Ja«, sagte Will ärgerlich. Diesmal hatte er genauer mitbekommen, wo die Stimme herkam: genau von dem Pfahl, an dem er die Tasche einhängen sollte. Und dort steckte etwas, ein kleines, schwarzes Gerät, in der dunklen Nacht nur mit viel Fantasie zu erkennen. »Ich warte darauf, dass du zu deinem Wort stehst.«

Georg lachte. Erst jetzt fiel Will auf, dass seine Stimme eng und blechern und keineswegs natürlich klang. Er fragte sich, was das für ein komische Art von Handy war, über das Georg da mit ihm kommunizierte.

Bereits als er nach dem Gerät griff und die massive Stummelantenne am oberen Rand bemerkte, wurde ihm klar, dass das kein Handy, sondern ein Funkgerät war. Außerdem war da noch etwas mit einem breiten Stück schwarzen Isolierbands festgeklebt, wahrscheinlich eine Art Wanze, mit der Georg alle Umgebungsgeräusche hören konnte, ohne dass man die Sprechtaste des Funkgeräts drücken musste. Langsam reichte es ihm. Wenn Georg das Geld haben wollte, das er bei sich trug, hätte er es weiß Gott einfacher haben können.

»Ja?«, schnappte er, nachdem er sich umgedreht, die Ledertasche auf die Kühlerhaube abgelegt und das Funkgerät ans Ohr gepresst hatte. Seine Augen versuchten das dunkle Gelände vor ihm zu durchdringen, aber er sah nicht mehr als ein paar dunkle Schatten und den kaum wahrnehmbaren Widerschein eines Schildes, das im Wind schwang. Er hatte keine Ahnung, wie groß die Reichweite von Georgs kombinierter Funkapparatur war, aber wahrscheinlich etliche Kilometer. Doch Georg hatte ihn kommen sehen, und das bedeutete, dass er nicht weit entfernt sein konnte, selbst wenn er ein nachtsichttaugliches Fernglas einsetzen sollte.

»Du klingst gereizt«, sagte Georg ruhig.

Will schloss abermals die Augen und atmete tief aus. Er war absolut nicht in der Stimmung für irgendwelche blöden Spielchen. Wenn es nicht um Duffy gegangen wäre, hätte er das Georg auch deutlich klar gemacht, egal, was dann die Folgen gewesen wären. Aber so begnügte er sich mit der kleinen Kunstpause, bevor er fortfuhr: »Ich dachte, du hättest deinen Jaguar gerne unbeschadet wieder. Warum lässt du mich dann durch die größten Matschpfützen jenseits der Rheinwiesen fahren?«

»Immer noch der gleiche Witzbold, was?«, fragte Georg. »Aber gut, dass du mich darauf aufmerksam machst. Ich werde die Kosten für die Grundreinigung auf deine Rechnung schreiben.«

»Tu das. Aber wie geht's jetzt weiter?«

»Das hängt ganz von dir ab«, sagte Georg prompt, als hätte er nur auf diese Frage gewartet. Doch dann war nichts weiter zu hören als das für einen Funkverkehr typische statische Rauschen.

»Falls du zufällig verwanzt sein solltest, wäre das jetzt der richtige Zeitpunkt, mir das zu beichten«, sagte Georg ruhig.

»Verwanzt?« Will schüttelte empört den Kopf, obwohl niemand da war, der ihn hätte sehen können. »Hältst du mich für einen Idioten? Martina würde mir die Augen auskratzen, wenn ich ihre Tochter in Gefahr bringen würde. Außerdem hatte ich noch nie eine Schwäche für die Bullen.«

»Aber für melodramatische Auftritte«, erinnerte ihn Georg.

»Ich bin nicht verwanzt, und ich bin nicht einmal auf die Idee gekommen, die Bullen einzuschalten«, protestierte Will. »Zufrieden?«

»Nein«, sagte Georg. »Nach allem, was passiert ist, bin ich nicht mehr bereit, dir so ohne weiteres zu glauben.«

»Dann untersuch mich doch«, sagte Will patzig.

»Das werde ich auch tun«, sagte Georg.

»Bitte?«, entschlüpfte es Will. Automatisch sah er sich um. Auf dem Hof hatte er das Gefühl gehabt, huschende Bewegungen wahrzunehmen, doch hier war es etwas anderes, das sich um ihn zusammenzog, ein fast nicht fassbares Wallen und Wogen, das Zusammenspiel von Wind und Regen, in dessen Schutz wahrscheinlich ein ganzes Sondereinsatzkommando bis auf wenige Meter heranschleichen konnte, ohne dass er es bemerkt hätte. Oder aber auch Slavko und Fred.

»Zieh dich aus«, sagte Georg.

»Was?«, fragte Will verdutzt.

»Du hast mich doch richtig verstanden«, sagte Georg scharf. »Also, jetzt mach schon. Ich will wissen, ob du irgendetwas in deiner Kleidung versteckt hast.«

»Habe ich, allerdings«, sagte Will gereizt. Er fuhr in die Tasche der Lederjacke und holte den Elektroschocker heraus. »Die Frauen haben darauf bestanden, dass ich das Ding mitnehme.«

»Beeindruckend«, sagte Georg. »Hast du vielleicht auch noch Pfefferspray dabei? Oder Reizgas?«

Will schüttelte den Kopf. Jetzt war er *sicher*, dass ihn Georg durch ein Nachtsichtgerät beobachtete.

»Schmeiß das Ding weg«, verlangte Georg.

Will zögerte keinen Moment. Er hatte mit dieser Aufforderung gerechnet, und er war willens, ihr Folge zu leisten, aber nicht, ohne sich einen kleinen Vorteil zu verschaffen. Er holte aus und schmiss den Elektroschocker über die Motorhaube, genau dorthin, wo er ihn später mit einer schnellen Bewegung wieder aufheben konnte, falls er noch einmal in den Wagen steigen sollte. Ob er getroffen hatte, konnte er nicht genau erkennen, aber es gab jedenfalls keinen lauten Platscher, als wäre der Schocker in die Pfütze gefallen, sondern es klang eher dumpf, als sei er auf dem Seitenstreifen direkt daneben aufgeschlagen.

»Und jetzt Jacke und Hemd«, sagte Georg.

Will gab einen verächtlichen Laut von sich, legte dann das Funkgerät auf die Motorhaube, zog die Jacke aus und legte sie ordentlich daneben. »Schlaf nicht ein dabei«, erklang Georgs Stimme jetzt von der Motorhaube. »Sonst breche ich die Aktion ab.«

Will knöpfte nur die obersten Knöpfe des Hemdes auf und riss es sich dann förmlich über den Kopf. »Vergiss nicht das Unterhemd«, drängte Georg.

Will würgte die Antwort herunter, die ihm auf der Zunge lag, doch während er auch dieser Aufforderung Folge leistete, schwor er sich, dass er das Georg irgendwann einmal heimzahlen würde, wenn er die Gelegenheit dazu bekommen sollte. Kaum lag das Unterhemd auf der Motorhaube, nahm er das Funkgerät wieder in die Hand. »Jetzt hast du deinen Spaß gehabt«, knurrte er. »Kann ich mich jetzt wieder anziehen?«

»Dreh dich einmal um die eigene Achse«, befahl Georg. »Aber langsam. Und nimm dabei die Hände hoch.«

»Ja, Massa«, sagte Will und tat, was Georg verlangt hatte. Der Wind peitschte die feinen Regentröpfchen gegen seinen nackten Oberkörper und seine Arme, und er war noch nicht ganz mit der Umdrehung fertig, als er schon zu zittern begann.

»Du hast nicht zufällig eine Wanze in der Hose?«, fragte Georg.

»Nein, das was ich in der Hose habe, nennt man nicht Wanze«, sagte Will wütend. »Aber wenn du darauf bestehst, ziehe ich die Hose auch noch aus. Und dann nehme ich den Jaguar auseinander, schließlich könnte der ja von elektronischen Schweinereien nur so wimmeln. Oder vielleicht sind im Kofferraum Scharfschützen? Hast du schon einmal daran gedacht?«

Georg seufzte. »Von mir aus kannst du die Hose anlassen.«

Will wusste, dass es besser war, Georg nicht noch weiter zu reizen, aber er bekam wieder einmal sein altes Plappermaul nicht unter Kontrolle. »Na, das ist doch schon was«, sagte er in bewusst verletzendem Tonfall. »Und was genau willst du jetzt von mir, nachdem du meine Tabledancer-Fähigkeiten getestet hast?«

»Geld.«

»Hätte ich mir ja gleich denken können.« Will machte Anstalten, das Funkgerät wieder abzulegen, um sich anzuziehen.

»Nein«, sagte Georg.

»Wie, nein?«

»Bleib mal lieber so, wie du bist«, sagte Georg. »Das ist mir sicherer.«

Will zögerte. Es wäre ein Leichtes, die Bewegung zu beenden und das Funkgerät auf die Motorhaube zu legen. Doch irgendetwas in Georgs Stimme warnte ihn. Es war noch nicht lange her, da hatte er am eigenen Leib miterleben müssen, mit welch drakonischen Maßnahmen Georg im Ernstfall jeglichen Widerstand schon im Ansatz zu ersticken pflegte, wenn er erst einmal richtig sauer war.

»Es ist kalt und nass«, sagte er betont sachlich. »Und ich habe keinen Bock darauf, mir eine Lungenentzündung zu holen.«

»Das wirst du auch nicht«, sagte Georg im gleichen Tonfall. »Jedenfalls nicht, wenn es nach mir geht. Wir klären die Sache, und dann bist du aus dem Schneider. Zumindest vorerst.«

Will warf einen sehnsüchtigen Blick auf seine Sachen, die zum Greifen nah vor ihm lagen. Es würde nicht lange dauern, bis Hemd und Unterhemd so klamm und nass waren, dass er sowieso kein Bedürfnis mehr verspüren würde, sie anzuziehen. Aber immerhin blieb ihm noch Angelas Jacke.

»Wie viel hast du dabei?«, fragte Georg.

Will zögerte. Er hatte Martina mehr als deutlich klar zu machen versucht, dass ein kleiner Appetithappen reichte. Aber sie hatte darauf bestanden, ihm unter Angelas misstrauischem Blick den Großteil des Bargelds auszuhändigen, das sie *für alle Fälle* im Tresor ihres Hauses gebunkert hatte.

»Also«, sagte Georg scharf. »Wie viel ist es?«

Es hatte keinen Sinn zu lügen. »Dreiundzwanzigtausend«, sagte Will leise und schlang gleichzeitig die Arme um den Oberkörper, als schäme er sich, die Summe preisgegeben zu haben.

»Nicht übel«, sagte Georg. »Dafür kannst du dich ein ganzes Wochenende durch mein Bordell bumsen, Schampus inklusive.«

Will fand diese Bemerkung ausgesprochen dämlich. »Bevor du das Geld bekommst, will ich mit Duffy reden«, verlangte er.

»Natürlich«, sagte Georg. »Nur die Reihenfolge stimmt

nicht. Erst rückst du die Kohle raus – und dann darfst du mit Duffy reden.«

Will überlegte kurz – wirklich nur sehr kurz, denn mittlerweile war er nicht nur klatschnass, sondern die Kälte begann sich auch in seinen Körper hineinzufressen, und er kam zu dem Schluss, dass er in diesem Punkt bedenkenlos nachgeben konnte. Er konnte sich nicht vorstellen, dass Georg Duffy irgendetwas antat, solange alles zu seiner Zufriedenheit ablief.

»Also gut«, sagte er. »Soll ich die Tasche mit dem Geld an den Zaun hängen?«

»Nein«, sagte Georg. »Du stellst sie in den Jaguar.«

»In den Jaguar?«, fragte Will überrascht. »Aber warum ...«

»Du lässt den Wagen einfach an Ort und Stelle stehen«, fuhr Georg ungerührt fort. »Und dann gehst du zurück zur Autobahn.«

Wills Unterkiefer klappte nach unten.

»Was soll ich?«, fragte er schließlich fassungslos.

»Du hast mich schon richtig verstanden«, sagte Georg. »Du gehst zurück. Aber sieh zu, dass du das Funkgerät nicht verlierst. Es wird in den nächsten Stunden unsere einzige Verbindung sein.«

»Hör mal, Georg«, begann Will. Mittlerweile zitterte er so stark, dass er zu nuscheln anfing, und er musste sich regelrecht zusammenreißen, um laut und deutlich fortzufahren: »Ich mache ja eine ganze Menge mit, wirklich. Aber halbnackt durch den Regen zu marschieren, nur um ...«

»... die Kleine ihrer Mutter zurückbringen zu können?«, fragte Georg kalt. »Ist es das nicht wert?«

»Doch, natürlich«, sagte Will rasch, obwohl er am liebsten das Gegenteil herausgeschrien hätte. »Aber deswegen können wir doch wie zivilisierte Menschen miteinander umgehen.«

»So wie du mit mir umgegangen bist?« Georg lachte humorlos auf. »Was glaubst du eigentlich, wer du bist, du kleines Arschloch? Kriechst bei mir unter, weil dir die Muffe geht, und dann hast du nichts Besseres zu tun, als mich zu betrügen und zu bestehlen. Verstehst du das unter *zivilisiert?«*

Also daher wehte der Wind. Will hatte natürlich die ganze Zeit über gewusst, dass sich Georg erbarmungslos für die Demütigung rächen würde, die er ihm zugefügt hatte. Wahrscheinlich blieb ihm sowieso nichts anderes übrig, als vor seinen Leuten eine große Show abzuziehen unter dem Motto *Passt nur auf, was euch alles passieren könnte, wenn ihr nicht spurt.* Aber das war nicht alles. Georg mochte noch so kühl und überlegen tun, tief in seinem Inneren war er doch nur eine kleine, miese Ratte, von Impulsen getrieben, die Will lieber nicht zu genau kennen lernen wollte.

»Worauf wartest du noch?«, fragte Georg.

Will nickte, eine Geste, die für niemand anderen als für ihn selbst bestimmt war. Er sah Duffy vor seinem inneren Auge, wie sie den Kopf schief legte und ihn herausfordernd ansah. »Was nun?«, schien sie zu sagen. »Willst du etwa klein beigeben?«

Nein, das wollte er natürlich nicht.

»Also gut«, sagte er in das Funkgerät. »Ich tue, was du verlangst. Aber kauf mir von dem Lösegeld einen vernünftigen Grabstein, wenn ich an Lungenentzündung krepieren sollte.«

Georg lachte nicht. Er sagte auch nichts. Will begriff, dass damit die nächste Runde in dem Katz-und-Maus-Spiel angesagt war, in dem Georg die Regeln vorgab.

Er ließ die Hände, die er bislang vor der Brust verschränkt hatte, sinken und trat ganz nah an den Jaguar heran. Seine Fingerspitzen glitten über die warme Motorhaube. Er war sicher, dass Georg jede seiner Bewegungen ganz genau beobachtete und nur darauf lauerte, sie entsprechend zu kommentieren, wenn ihm etwas nicht passte. Will ging einen Schritt weiter und griff scheinbar zögernd nach der Lederjacke, nahm sie aber nicht hoch. *Genau so,* schien Duffy zu sagen, und er sah geradezu das kämpferische Lächeln seiner Tochter vor sich, mit dem sie ihn aufforderte, seinen Plan in die Tat umzusetzen.

Kaum war er um die Motorhaube herum, platschten seine Füße ins Wasser, und er musste gar nicht schauspielern, um das Gesicht angeekelt zu verzerren. Dann tauchte sein rechter Schuh so tief in die Pfütze ein, dass er das Wasser unangenehm seine Wade hochkriechen fühlte. Mit der linken Hand griff er nach der Lederjacke, und so, als suche er vergebens an ihr Halt, riss er sie hoch. Sein Rücken bog sich wie von selbst nach hinten durch, und er begann mit beiden Armen zu rudern mit der Absicht, so zu tun, als ob er das Gleichgewicht verlieren würde.

Er musste sich nicht sehr anstrengen, den Tollpatsch zu spielen, denn der Untergrund war tückisch und glitschig und er selber zu angeschlagen, um seine Bewegungen exakt koordinieren zu können. Mit der Lederjacke in der einen Hand und dem Funkgerät in der anderen rutschte er weg, nun weit entfernt von jeder Show-Einlage, sondern ernsthaft in Gefahr, hart hinzuknallen. Im letzten Moment drehte er sich zur Seite, so dass er wenigstens keine Bauchlandung in der Pfütze machte. Trotzdem war es unangenehm genug, auf dem matschigen Untergrund aufzuschlagen. Ein scharfer Schmerz zuckte durch seine Hüfte. Er rollte sich nach rechts ab, zum Feld hin, und fischte dabei Angelas Lieblingswaffe auf. Er wollte gleich wieder aufstehen, doch das klappte nicht; er rutschte erneut weg und wäre beinahe wieder hingeschlagen, aber nur, weil er mit dem Kunststück beschäftigt war, den nicht gerade kleinen Elektroschocker in aller Eile in seine Hosentasche zu drücken, und das möglichst unauffällig und schnell, während er mit der anderen Hand mit dem Funkgerät herumfuchtelte wie ein Zauberer, der von dem eigentlichen Trick ablenken will.

Dann stand er endlich wieder, schwankend wie ein Matrose nach einem ausgedehnten Landgang, der ihn durch sämtliche Hafenkneipen geführt hatte. Seine Hüfte schmerzte höllisch, beinahe so, als wäre irgendetwas gebrochen. Einen Augenblick lang fürchtete er schon, er hätte sich ernsthaft verletzt, doch dann gelang es ihm, mit zwei Schritten zum Wagen zurückzukehren, was sicherlich nicht möglich gewesen wäre, wenn er sich die Hüfte ernsthaft angeknackst hätte. Keuchend stand er eine Weile da; er musste sich mit der einen Hand am Wagendach festhalten, um nicht das Gleichgewicht zu verlieren. Der Wind zerrte an ihm, doch zumindest machte ihm im Moment der Regen nichts aus; er war sowieso nass bis auf die Haut. »Wenn du so weitermachst, kommst du nie bis zur Autobahn«, sagte Georg.

Will zählte langsam bis drei und hielt erst dann das Funkgerät an den Mund. »Danke für deine … aufmunternden Worte«, keuchte er. »Vielleicht sollte ich doch besser den … Jaguar nehmen. Die Tasche kann ich ja auch hier stehen lassen.«

»Untersteh dich«, sagte Georg ärgerlich. »Und beeil dich, verdammt noch mal. Ich verliere langsam die Geduld.«

Ich auch, dachte Will, *ich auch, mein Bester. Aber sieh dich besser vor, wenn wir uns begegnen sollten. Denn ich weiß aus eigener Erfahrung, wie schmerzhaft ein Elektroschock sein kann.*

Er stieß sich von dem Jaguar ab und sah bedauernd auf Angelas teure Lederjacke hinab, die nun im Schlamm lag wie ein achtlos weggeworfenes Kleidungsstück, für das niemand mehr Verwendung hatte. Es blieb ihm nichts anderes übrig, als sie hier liegen zu lassen. Er konnte Angela ja später den Ort hier beschreiben, sollte sie sie unbedingt wiederhaben wollen.

Es ging ein leichter, kalter Wind, der mich frösteln ließ und sich mit spitzen Zähnen in mein Fleisch und meine Knochen grub und das dicke Bärenfell, in das ich gekleidet war, so mühelos durchdrang, als wolle mir eine bösartige Gottheit mit ihrem eisigen Atem das Blut in den Adern gefrieren lassen. Die schneebeladenen Zweige der Fichten und das weit verzweigte Geäst der kahlen Ulmen und Buchen bogen sich im Wind, und selbst das dürre Gesträuch blieb vor dem kalten Hauch nicht verschont.

Das Einzige, was mich jetzt noch aufrecht hielt, war der Gedanke an das heiße Feuer in der Esse, das meine Gesellen in Gang zu halten hatten, solange ich fort war. Es war das Feuer Thors, das er mit seinen Blitzen auf uns herabgeschleudert hatte. Es verlöschen zu lassen bedeutete Unglück, es ausgehen zu lassen bedeutete, den Göttern den Frevel zu offenbaren, den wir begangen hatten.

Ich musste mich beeilen. Lange, viel zu lange war ich unterwegs gewesen, um das Rotgüldigerz zu besorgen, wie es mir die Hohepriesterin aufgetragen hatte, und auch wenn es mir gelungen war, von der Reise den fehlenden Schlangenring mit zurückzubringen, den König Nidud mir hatte stehlen lassen, war nicht viel gewonnen. Denn jetzt musste ich befürchten, dass in meiner Anwesenheit ein Unglück geschehen und das Feuer ausgegangen war …

Die ersten Schritte, mit denen Will, von wirren Gedanken und scheinbaren Erinnerungsfetzen heimgesucht, in Richtung Werkgelände ging, waren die Hölle. Nicht nur seine Hüfte schmerzte, sondern auch seine Beine, die sich wie eingefroren anfühlten, und zudem begann die Stelle oberhalb seines Knöchels wieder zu pochen, natürlich, denn sie reagierte besonders auf Kälte und Feuchtigkeit. Der Wind peitschte ihm eine kalte Brise ins Gesicht und gegen die nackte Brust. Er hatte immer schon gewusst, dass Georg ein Sadist war, aber er hatte jeden bewussten Gedanken daran immer weit weggeschoben. Vielleicht, weil es ihm sonst äußerst schwer gefallen wäre, mit ihm Geschäfte zu machen.

Nach den ersten zehn Schritten fing es an, besser zu werden. Die Kälte hatte noch nicht seinen innersten Kern erreicht, und Armen und Beinen tat die Bewegung gut. Der Schmerz in seiner Hüfte wich einem dumpfen Gefühl, das zwar dafür sprach, dass er in wenigen Stunden dort ein riesiges Hämatom haben würde, aber auch dafür, dass nichts ernsthaft verletzt war. Als er aber an dem festgefressenen Tor vorbeigekommen war und die Auffahrt zum Fabrikgelände erreichte, eine Piste aus geborstenen und teilweise abgerutschten Betonplatten, die in mehreren lang gestreckten Kurven zur Autobahn führte, traf ihn der Wind mit unverminderter Wucht, und der Nieselregen war beißend kalt. Bei jedem Schritt jagte ein scharfer Schmerz durch die Stelle an seiner Wade, die ihm schon seit frühester Kindheit zu schaffen machte, und aus seinem bis eben noch recht flüssigen Gehen wurde wieder das Humpeln, das sich hartnäckig besonders dann zurückmeldete, wenn er es überhaupt nicht gebrauchen konnte. Seine Euphorie zerschlug sich wie ein Wolkengebilde, in das der Sturm fährt, und machte dem kalten Entsetzen vor dem Platz, was ihn wohl noch erwarten mochte. Er hatte ungefähr fünf Minuten gebraucht, um von der Autobahn mit dem Jaguar den Fabrikhof zu erreichen, und er war ziemlich langsam gefahren. Wenn er noch einigermaßen seinen Verstand hätte nutzen können, wäre es ihm sicherlich leicht gefallen, auszurechnen, welche Strecke fünf Minuten Autofahrt bei Tempo vierzig bedeuteten. Aber auch so wusste er, dass es ein paar Kilometer bis zur Autobahnauffahrt sein mussten. Unter den Bedingungen, unter denen er hier langlief, war das kaum zu schaffen.

Er blieb stehen und brachte das Funkgerät an die Lippen. »Ich glaube, jetzt habe ich mir ein Lebenszeichen von Duffy verdient.«

Ein paar Störgeräusche drangen aus dem Gerät, das war alles. Georg hatte offenbar vor, ihn am ausgestreckten Arm verhungern zu lassen. »Georg, verdammt!«, brüllte er mit steifen Lippen. »Was soll das?«

Am liebsten hätte er ein paar Kraftausdrücke hinterhergeschickt, und vor ein paar Minuten hätte er das wahrscheinlich auch noch getan, egal, was ihm das für Nachteile hätte einbringen können. Aber dazu war er jetzt zu kraftlos. Er konnte sich nicht daran erinnern, jemals zuvor so gefroren zu haben. Die Kälte jagte in eisigen Schüben seinen Rücken hoch, kroch wie ein heimtückisches lähmendes Gift über den Nacken in seinen Kopf, verwirrte seine Gedanken und lähmte seine Entschlusskraft. Er spürte, dass es ihm mit jeder Sekunde, die er länger mit dem Funkgerät in der Hand stehen blieb, schwerer fallen würde, weiterzugehen. Als er sich dann endlich zum ersten Schritt aufraffte, begannen seine steif gefrorenen Beine sich wie von selbst zu bewegen, als hätten sie nur auf den ersten Anstoß gewartet.

Während die Kälte in seinem Oberkörper wütete, dass ihm fast die Luft wegblieb und er das Gefühl hatte, als würde jedes einzelne Organ schockgefroren, spürte er seinen Körper unterhalb der Hüftknochen überhaupt nicht mehr. Das hinderte seine Füße allerdings nicht daran, stur ihre Arbeit zu verrichteten, unberührt von dem eiskalten Wasser in den Schuhen, das bei jedem Schritt schwappte. Ohne sein Zutun schienen sie in der Lage zu sein, die einmal eingeschlagene Richtung weiterzuverfolgen, auch wenn er mittlerweile mehr humpelte als ging. Wenn ihm Georg wenigstens die Lederjacke gelassen hätte … Einen kurzen Augenblick erwog er, umzudrehen und zum

Jaguar zurückzugehen. Der Gedanke an die Sitzheizung, die er sonst immer für übertriebenen Schnickschnack gehalten hatte, hatte etwas Verführerisches, und der an das Gebläse, das auf volle Kraft geschaltet den Innenraum des Wagens in kürzester Zeit aufheizen würde, erst recht.

»Da kommt ein Auto«, meldete sich Georg plötzlich. »Neben dir ist ein Straßengraben. Spring da rein und warte, bis der Wagen vorbei ist.«

Seine Füße stellten ihre Tätigkeit ein, bevor er das richtig mitbekam, und Will schwankte ein paar Mal hin und her, bevor er es endlich schaffte, sich auszupendeln. Das Funkgerät schien Tonnen zu wiegen, als er es nach oben an den Mund zog und auf den Sprechknopf drückte. »Ich soll *was?«*, krächzte er.

»Du hast mich ja wohl verstanden«, sagte Georg ungeduldig. »Und nun mach schon. Der Wagen hält direkt auf dich zu.«

Will starrte aus zusammengekniffenen Augen nach vorne, auf die lang gestreckte Kurve, die sich vor ihm auftat. Er hatte den Lichtern vor sich keine große Beachtung geschenkt, doch jetzt erkannte er, dass Georg Recht hatte. Der asymmetrische Kegel des Abblendlichts eines Kleinwagens hielt auf ihn zu; das Licht war schwach, an den Rändern ausgefranst und stammte aus ganz normalen Birnen statt aus modernen, bläulich schimmernden und in den Augen beißenden Xenon-Leuchten. Will vermutete, dass der Wagen schon mehr als zehn Jahre auf dem Buckel hatte. Das war kein Streifenwagen, sondern wahrscheinlich nur eine alte Kiste, mit der hier jemand seine Strecke zur Frühschicht abkürzte oder auf dem Weg zu den nahen Baggerseen war, um dort schon in aller Herrgottsfrühe angeln zu gehen.

»Spring endlich in den Graben, Mann!«, schrie Georg.

Eine Mischung aus kindlichem Trotz und purer Erschöpfung ließ Will wie festzementiert dastehen. Hatte Georg etwa eine solche Situation nicht eingeplant? Das war aber schade.

»Du sollst …«

»Jaja.« Der Scheinwerferkegel des Wagens hatte ihn noch nicht erfasst, aber es war nicht der richtige Zeitpunkt, Georg zu reizen; das konnte er immer noch tun, wenn Duffy in Sicherheit war.

Während Georg seine Aufforderung noch einmal wiederholte, diesmal unterlegt mit Kraftausdrücken, trat Will an den Straßengraben heran und starrte hinab. Der Graben lag erstaunlich tief, aber immerhin führte er trotz des heftigen Regens der letzten Stunden nicht viel Wasser. Will bückte sich, um das Funkgerät abzulegen, das ihn nur behindert hätte bei dem, was er vorhatte, und begann mit ungelenken Bewegungen die Böschung hinabzuklettern, rückwärts wie ein kleines Kind, das sich mit den Händen im Dreck abstützt und dabei den Hintern hochstreckt, dass es fast wie eine Schildkröte aussieht, die den Rückwärtsgang eingelegt hat. Er hatte gerade den Boden des Grabens erreicht und sich so hingekauert, dass seine Schuhe mit den Fersen über dem Wasser schwebten, als das Scheinwerferlicht über den Graben strich. So weit wie möglich, dass er nicht das Gleichgewicht verlor, zog er den Kopf ein, und doch fraß sich im letzten Moment noch der blendende Strahl des Autoscheinwerfers in seine Augen.

Es war Feuerschein, den ich sah, aber nicht der Schein, den ich erwartet hatte; es war so hell, dass ich einen Herzschlag lang nur wirr tanzende Farbflecken vor meinen Augen sah, ein bösartiges, schon im Ersticken begriffenes Aufflackern, ein verzehrendes, verschlingendes Wüten, das die Gebäude im Tal ergriffen hatte, das lang gestreckte, fensterlose Haus, in dem die Sippe wohnte, die Gebäude, die wir im Sommer für die fertig gestellt hatten, die der Ruf des machtvollen Schmiede-

ordens angelockt hatte; es war vielleicht sogar die Schmiede selbst.

Der Scheinwerferstrahl des Wagens strich weiter, und Wills Blick klärte sich wieder.

Georg konnte mit ihm zufrieden sein. Er war zwar halb erfroren und so verwirrt, dass er zitternd und bebend in einem stinkenden Graben hockend von den Visionen eines verschneiten und von einer Brandkatastrophe heimgesuchten Tals geplagt wurde, aber er hatte die Begegnung mit einem Autofahrer vermieden, der wahrscheinlich sowieso nur den Rückwärtsgang eingelegt und mit aufheulendem Motor zur Autobahn zurückgesetzt hätte, wenn er die halbnackte Gestalt in dieser ansonsten menschenleeren Gegend vor sich hätte auftauchen sehen. Zumindest glaubte er das, als er das Motorengeräusch näher kommen hörte – seiner Einschätzung nach ein schmalbrüstiger Polo, der wahrscheinlich nicht älter als zehn, sondern eher zwanzig Jahre war –, und das Licht war nicht mehr auf den Graben gerichtet, sondern auf die gerade Strecke, die sich hinter der Kurve auftat. Als der Wagen schon fast heran war, hörte er, wie Gas weggenommen wurde, und dann quietschte es schrill und laut, abgefahrene Bremsbeläge auf rostigen Bremstrommeln.

Will zuckte zusammen. Das Funkgerät! Er hatte es auf den Straßengraben gelegt, natürlich nicht auf die gerissenen Betonplatten selbst. Aber vielleicht hatte der Autofahrer es ja gesehen und hielt es wie Will im ersten Moment für ein Handy; und wenn er Pech hatte, dann wollte er sich das Gerät einmal näher ansehen in der Hoffnung, dass es sich noch gebrauchen ließ. Der Wagen kam direkt neben ihm zum Stillstand. Die Türscharniere quietschten fast noch schlimmer als die Bremsen, und dann hörte er, wie die Handbremse angezogen wurde, ein recht lautes *Raaaatsch* – und dann gar nichts mehr.

Will schob sich langsam und vorsichtig nach oben. Das Funkgerät war seine einzige Verbindung zu Georg, und so etwas wie die Nabelschnur, die ihn mit Duffy verband. Wie hatte er nur so blöd sein können, das Gerät oben liegen zu lassen?

Seine rechte Hand fuhr zur Hosentasche, in die er den Elektroschocker hineingedrückt hatte. Er bekam kaum die Finger in die Tasche, sie waren steif und gefühllos vor Kälte und der Griff der Waffe so klobig, dass er ihn kaum umfassen konnte. Seine Fingerkuppen glitten über den angerauten Kunststoff, doch er konnte nicht kräftig genug zupacken.

Das Schwert in meiner Hand zitterte, so geschwächt war ich von dem Gewaltmarsch, der mich wieder zurück ins Tal gebracht hatte, und ich musste fürchten, dass es mir entglitt, noch bevor ich den schmalen Pfad hinab ins Dorf hetzte. In mir war kein klarer Gedanke mehr. Das Feuer dort unter mir hatte nichts Anheimelndes, Wärmespendendes; es war kalt, fast bläulich, es war losgelassener, atemraubender Zorn, entfesselte Wut eines tobendes Gottes, und ich musste fürchten, dass es mich verschlingen würde, wenn ich es tatsächlich wagte, dort hinabzueilen. Und doch gab es kein Zögern, kein Zaudern in mir; ich musste wissen, was mit meinen Gesellen, mit den Dorfbewohnern, den Pilgern geschehen war – und mit meiner geliebten Ida.

Wieder quietschte etwas, leiser diesmal, und dann hörte er laut und deutlich, wie ein Fuß auf den rissigen Betonbelag gesetzt wurde. Es war zum Verrücktwerden. Ohne das Funkgerät hatte er keine Chance mehr, Kontakt mit Duffy aufzunehmen. Georg hatte ihm zwar ein Lebenszeichen versprochen, aber wenn der Funkkontakt abriss, nur weil irgendein Idiot das Funkgerät mitgehen ließ, würde er sein Versprechen wohl kaum noch halten.

Will riss die Finger aus der Hosentasche. Er hätte sowieso

nicht gewusst, was er mit dem Elektroschocker hätte machen sollen, wenn er ihn in den Händen gehalten hätte. Auf den unbekannten Autofahrer losgehen, wie eine Albtraumgestalt aus dem Graben hochspringen, mit verzerrtem Gesicht, blau gefrorenen Lippen und nacktem Oberkörper, um ihn dann mit dem Elektroschocker zu attackieren und dabei zu brüllen: »Gib mir mein Funkgerät wieder?« Das war absolut lächerlich. Aber irgendetwas musste er tun.

Er richtete sich weiter auf und schob ganz langsam den Kopf über den Rand der Böschung, genau in dem Moment, als der Autofahrer den zweiten Fuß auf die Betonpiste setzte. Will starrte auf die verstärkten Kappen zweier schwarzer Lederstiefel und ließ den Blick über eine leichte schwarze Hose wandern, die nicht so ganz zu den schweren Stiefeln passen wollte – und dann über die verrostete, löchrige Unterkante einer ehemals wohl knallroten, jetzt aber nur stumpf und hässlich wirkenden Autotür, die aussah, als würde sie zu einem schmalbrüstigen 40-PS-Polo aus dem Jahre neunzehnhundertfünfundsiebzig gehören.

Das Funkgerät lag, vom unruhigen Licht des altersschwachen Polo angestrahlt, nur gut einen Meter von ihm entfernt. Er hätte sich bloß vorbeugen und die Hand ausstrecken müssen, um es zu packen und an sich zu bringen. Die Frage war, wie der Fahrer darauf reagieren würde. Wer um diese Uhrzeit mit einem Autowrack hier langfuhr, das der TÜV wahrscheinlich das letzte Mal zu Duffys Geburt zu Gesicht bekommen hatte, und ohne zu zögern ausstieg, nur um irgendwelchen Elektronikschrott einzusammeln, war wahrscheinlich nicht gerade das, was man ein Weichei nannte. Es fehlte ihm noch, den Stiefel von einem *Was-guckst-du*-Typ ins Gesicht zu bekommen, der sich von ihm bedroht fühlte und lieber schnell mal zutrat, statt Fragen zu stellen.

Will hätte sich selbst in den Hintern treten können. Wenn er Georgs Anweisung doch nur etwas schneller befolgt hätte. Oder wenn er das Funkgerät statt des Elektroschockers in die Hosentasche gestopft hätte …

Der nur flüchtig aufblitzende Gedanke brachte ihn auf eine Idee. Wieder fingerte er am Kunststoffgriff des Elektroschockers herum, aber diesmal verlieh ihm die aufkommende Panik zusätzliche Kraft. Der stolze Besitzer des Uralt-Polos machte einen Schritt nach vorne, drückte die roststrotzende Autotür zu, und gleich würde er sich bücken, um das Funkgerät aufzuheben.

Dann kam der Schocker endlich frei. In seinen halb erstarrten Fingern hatte Will so wenig Gefühl, dass ihm die Waffe fast wieder entglitten wäre, doch dann griff er mit der anderen Hand zu und umklammerte sie wie einen Ball, den man schnell zu einem Mitspieler abgeben wollte.

Er wollte die Waffe werfen, genau in den Lichtkegel des Polos hinein, damit sie laut und scheppernd auf dem Beton aufschlug. Dann konnte der Fahrer gar nicht anders, als dort hinzublicken. In diesem Moment brauchte er bloß zuzugreifen, sich das Funkgerät zu schnappen, und dann runter in den Graben und auf der anderen Seite wieder hoch. Er konnte sich nicht vorstellen, dass ihn der Unbekannte verfolgen würde, und schon gar nicht würde er wegen so einer Bagatelle die Bullen rufen.

Es wäre wahrscheinlich alles nach Plan verlaufen, wenn er nicht hochgeblickt hätte. Jetzt konnte er den Polo-*Fahrer* sehen. Nur, dass es kein Fahrer war, sondern eine Fahrer*in*. Sie trug eine hellblaue Windjacke und ein Kopftuch, das ihr Gesicht fast vollständig verdeckte, zumindest aus seinem Blickwinkel gesehen. Aus irgendeinem Grund brachte ihn das aus dem Konzept. Er war sicher gewesen, dass es ein Mann war, der zu dieser Uhrzeit auf dieser einsamen Zufahrt unterwegs war, vor allem, weil er sich nicht hatte vorstellen können, dass eine Frau das Risiko einging, hier mit einem Wagen zu halten, der jederzeit endgültig den Geist aufgeben konnte, und dann auch noch in aller Seelenruhe auszusteigen.

Die Ahnung, dass hier etwas Fürchterliches geschehen war, verdichtete sich zur Gewissheit, als ich um die letzte Ecke des Pfades bog, der mir mit schneebeladenem Gesträuch den Blick auf das flammende Inferno auf dem Grunde des Tals zu verbergen trachtete. Die Spuren, die hier herabführten, der hart getrampelte, gefährlich glatte Schnee hätten mir eigentlich schon Warnung genug sein müssen. In meiner Vorstellung war es Thor selbst gewesen, der, als er unseren – meinen! – Frevel entdeckte, seine Wut mit einer Feuerlohe auf uns entladen hatte. Aber vielleicht stimmte das ja gar nicht. Vielleicht hatte er menschliche Verbündete gesandt, Krieger, die uns an seiner statt vernichten sollten, die die Gemeinschaft auslöschen sollten, die sich erdreistet hatte, einen Teil seiner Macht zu stehlen und sie gewöhnlichen Sterblichen zugänglich zu machen.

Er zögerte einen Augenblick zu lange. Das gab der Frau in der hellblauen Windjacke die Gelegenheit, einen letzten Schritt vorzutreten, sich zu bücken und nach dem Funkgerät zu greifen. Bevor er auf die Idee kam, doch noch zuzugreifen, war es schon zu spät. Die Polo-Fahrerin nahm das Funkgerät, richtete sich dann auf – und blickte ihm geradewegs in die Augen.

»Hallo, Will«, wisperte sie. »Lange nicht gesehen.«

Es war Angela.

29

Will hätte gar nicht verdatterter sein können. Dass ihm Angela trotz aller gegenteiliger Versprechungen hierhin gefolgt war, passte zu ihr, und auch, dass sie sich mit einem Kopftuch verunstaltet hatte, statt ihr langes, fast weißes Haar wie eine Leuchtreklame durch die Nacht zu tragen. Was aber nicht passte, war dieser Uralt-Polo. Wo hatte sie die Kiste bloß so schnell aufgetrieben?

»Du siehst schrecklich aus«, fuhr Angela fort, gottlob genauso leise wie zuvor. Trotzdem brachte Will die Hand hoch, als wolle er sich die Nässe aus dem Gesicht wischen, legte dabei den Zeigefinger über den Mund, dass nur Angela diese Geste sehen konnte und kein allzu neugieriger Beobachter, und schüttelte kaum merklich den Kopf. Dann hob er die Hand mit dem Elektroschocker. Angela zuckte leicht zusammen. So, wie er aussehen musste, mit klatschnassen Haaren, wirrem Blick, vor Kälte zitternden Händen und zugekniffenen Augen, wäre wahrscheinlich jede andere Frau entweder vor Schreck erstarrt oder ein paar Schritte vor ihm zurückgewichen. Nicht so Angela. Sie blickte ihn nur aus großen Augen an, eher fragend als besorgt, und als er dann mit der Waffe in Richtung des Funkgeräts in ihrer Hand deutete, nickte sie nur knapp. Sie hatte verstanden.

»Kann ich Ihnen irgendwie helfen?«, fragte sie laut.

Will schüttelte den Kopf, nur für den Fall, dass Georg auch hier jede Einzelheit sehen konnte wie vorhin am Jaguar. »Ich komme schon allein zurecht«, krächzte er.

»Hatten Sie einen Unfall?«, bohrte Angela nach.

»Nein. Ich war schwimmen.« Mit einer energischen Kopfbewegung in Richtung Polo versuchte Will Angela gleichzeitig klar zu machen, dass sie wieder in den Wagen steigen und endlich abhauen sollte. »Ich bin Extremsportler«, fügte er hinzu.

Angela ließ sich davon nicht beeindrucken, und auch dass er mit den Augen blinzelte und die Kopfbewegung in Richtung Wagen wiederholte, verfing nicht bei ihr.

»Sag mal«, fragte sie stattdessen unbekümmert, »was hast du denn eingeschmissen?«

»Wer sind Sie – die Heilsarmee?«, schnappte Will. Er begann jetzt wirklich ärgerlich zu werden.

Angela lachte, und das so überzeugend, als fände sie aus irgendeinem Grund diese Erklärung tatsächlich lustig. »Eher das Gegenteil«, sagte sie. »Aber keine Sorge. Ich hab schon viele abgedrehte Typen gesehen. Etliche sahen schlimmer aus als du.«

»Ist mir egal«, protestierte Will. »Lassen Sie mich endlich in Ruhe.«

Angela nahm das Funkgerät hoch und sagte laut und deutlich: »Das werde ich.« Dann legte sie es auf der Motorhaube ab. »Aber ich hab keinen Bock darauf, morgen in der Zeitung zu lesen, dass du hier irgendwo verreckt bist. Warte einen Moment.« Sie ging um den Wagen herum, riss die Kofferraumklappe auf, die knarrte wie ein Sargdeckel, der nach zwanzig Jahren Grabesruhe gewaltsam geöffnet wurde, und kam dann mit etwas in den Händen zurück, das aussah wie ein Lumpen, der gerade noch dazu taugte, irgendetwas Ekelhaftes mit ihm aufzuwischen.

»Da, nimm«, sagte sie und hielt ihm den Fetzen hin. »Sonst holst du dir noch eine Unterkühlung.«

Zögernd griff Will nach dem Teil, hin und her gerissen von

dem Wunsch, Angela so schnell wie möglich wieder loszuwerden, und dem Verlangen danach, sich wenigstens unbeholfen vor Wind und Regen zu schützen. Es war morscher Stoff, in den er griff, eine schmutzig graue Decke, die stank, als würde sie schon seit der Erstzulassung des Polos in dem Kofferraum vor sich hin gammeln. Aber es war besser als nichts. Will breitete die Decke aus und legte sie sich dann wie eine Art Poncho um die Schultern. Die Berührung des rauen Stoffs auf der nackten, regendurchnässten Haut ließ ihn erbeben, und das Kältegefühl, das er während des kurzen Gesprächs mit Angela gar nicht mehr wahrgenommen hatte, explodierte geradezu in ihm. Zwei, drei hart hämmernde Herzschläge lang wurde es komplett schwarz vor seinen Augen, und er spürte, wie seine Knie nachgaben und er langsam, aber unaufhaltsam in sich zusammenzusacken begann wie ein Plastikmännchen, das übermütige Kinder mit einem Heißluftfön bearbeiteten. Er wäre unweigerlich gestürzt, wenn Angela nicht rasch zugegriffen und ihn an sich herangezogen hätte.

Es war Eimyrja, die mir auf den letzten Schritten leichtfüßig entgegengeeilt war, kaum dass sie mich entdeckt hatte, natürlich war es Eimyrja – wie hatte ich auch jemals daran zweifeln können? Die Hohepriesterin – meine Schwester – sah zu mir hoch, mit einem kalten Blick und verhärteten Gesichtszügen, und doch kam es mir so vor, als umspiele ein höhnisches Lächeln ihre Mundwinkel.

»Ich dachte schon, du kommst nicht mehr«, sagte sie mit der harten Stimme, die sie mir gegenüber anschlug, seitdem ich meine Tochter und nicht ihren Sohn zu meinem Erben erkoren hatte.

»Du … du warst es …« Ich musste abbrechen. Es war Tage her, dass ich das letzte Mal mit einem Menschen ein paar Worte gewechselt hatte, und ich musste mich räuspern, bevor ich

weitersprechen konnte. »Du warst es also, die mich hier weggelockt hat.«

»Spielt das noch eine Rolle?« Eimyrja überwand die letzten Schritte zu mir mit einer Leichtigkeit, die mir endgültig klar machte, wie plump und ungeschickt mich die Entbehrungen der letzten Wochen hatten werden lassen.

»Komm.« Sie streckte die Hand vor, wie um mich mit einer freundlichen Geste einzuladen; dabei blitzten ihre Augen so böse und triumphierend, dass ich am liebsten das Schwert hochgerissen und sie durchbohrt hätte. »Ich führe dich dorthin, wo du hingehörst, Schmied.«

Sie stützte ihn wie einen Kranken, aber sie waren sich so nah wie ein Liebespaar. Ein ganz seltsames Gefühl durchströmte Will. Er konnte es auf den Tod nicht ausstehen, wenn jemand mitbekam, dass es ihm nicht gut ging, und er hätte normalerweise alles versucht, um Angela zurückzustoßen und aus eigener Kraft auf den Beinen zu bleiben. Doch jetzt wehrte er sich nicht. Das alte vertraute Gefühl der Scham machte etwas anderem Platz, etwas, dass all die Jahre in ihm fast unbemerkt geschlummert hatte, in denen er zwischen Autodiebstählen und Knast hin- und hergependelt war. Er empfand es fast als tröstlich, von dieser energischen jungen Frau gehalten zu werden, die mehr Lebensenergie versprühte als ein fröhlich trällerndes Rotkehlchen am frühen Morgen. »Wo ist das Geld?«, flüsterte sie ihm ins Ohr.

»Das hat Georg schon«, gab er auf die gleiche Weise zurück.

»Und Duffy?«

»Er … Er hat mir ein Lebenszeichen versprochen, wenn ich bis zur Autobahn durchhalte.«

Jetzt schien sogar Angela fassungslos zu sein, denn sie schwieg einen Moment, bevor sie sagte: »Das Schwein!«

In Will keimte die vollkommen widersinnige Hoffnung auf,

sie wüsste, wie sie Duffy befreien konnte, ohne dass er weiteres Martyrium auf sich laden musste.»Und jetzt?«, fragte er.

»Jetzt gehst du bis zur Autobahn«, flüsterte Angela. »Aber lass dir nicht die Decke abnehmen. Und dann sehen wir, was wir tun können.«

Will konnte dieser Vorgehensweise nicht das Geringste abgewinnen und wollte protestieren, aber Angela stieß ihn sanft von sich und fragte laut: »Geht's wieder?«

»Nein«, sagte Will. Er hatte längst begriffen, dass die Schwäche in wellenförmigen Schüben kam. Im Augenblick bezweifelte er, dass er auch nur fünf Meter weit kommen würde, aber es mochte durchaus sein, dass er sich gleich wieder fing. Es gab genug Geschichten von Leuten, die relativ leicht bekleidet in einen Schneesturm geraten waren und nicht nur ein paar Stunden, sondern auch ein paar Tage überlebt hatten. Allerdings hatten die meisten dieser Geschichten den Haken, dass am Ende von Lungenentzündungen und anderen Spätfolgen die Rede war.

»Also, ich würde dich ja gerne mitnehmen«, sagte Angela. »Aber wenn du nicht willst, dann düs ich halt los. Was willst du eigentlich an der Autobahn?«

»Ich werde abgeholt.« Will hatte jedes Interesse an der Komödie verloren, die sie für den stummen Zuhörer am Funkgerät spielten. Angela sollte jetzt zusehen, dass sie Land gewann und sich nicht noch einmal dort blicken ließ, wo Georg das Kommando führte. Ein zweites Mal würde wohl selbst der blödeste Zuhälter kaum an Zufall glauben, und Georg war alles andere als dämlich. Leider.

Ohne weiter zu zögern, wandte sich Will um und wollte gehen. »He!«, rief ihm Angela nach. »Du hast was vergessen! Dein komisches Uralt-Handy.«

Will blieb wieder stehen, drehte sich um und nickte ihr

dankbar zu, als sie ihm das Gerät in die Hand drückte. Es hätte noch gefehlt, dass er das Funkgerät vergessen hätte. Wenn sie losgefahren wäre, ohne es zu bemerken, bis es von selbst von der Motorhaube gerutscht wäre, hätte er es mit Sicherheit abschreiben können.

»Also dann«, sagte Angela. Sie wirkte einen Moment fast unbeholfen, so als wüsste sie nicht, ob sie ihn wirklich einfach gehen lassen sollte. »Alles Gute.«

»Ja, danke«, sagte Will steif. »Aber sehen Sie sich vor, wenn Sie weiterfahren. Es läuft hier allerlei Gesindel herum.«

Dann drehte er sich endgültig um und stapfte los. Er zählte die ersten vier, fünf Schritte mit in der Hoffnung, sich damit ablenken zu können, bis sich sein Kreislauf wieder einigermaßen stabilisiert hatte. Es funktionierte tatsächlich, allerdings anders, als er vermutet hatte. Statt sich besser zu fühlen, wurde es eher schlimmer. Der improvisierte Poncho hielt den Regen zwar – vorerst – ab, doch die Zwangspause hatte ihm gar nicht gut getan. Es schien ihm beinahe so, als hätte sie seine letzten Energiereserven aufgebraucht, statt seine Batterien wieder aufzuladen. Vielleicht war es aber auch nur die Vorstellung gewesen, in ein Auto steigen zu können, die ihn schwächeln ließ. Aber das konnte er sich ja jetzt abschminken, Angela sei Dank. Mit ihrem schwachsinnigen Manöver hatte sie nicht nur ihn – und damit letztlich auch Duffy – in Gefahr gebracht, sondern ihm auch noch Hoffnungen gemacht, die sie am Ende nicht hatte einlösen können.

Er wusste, dass es ziemlicher Schwachsinn war, den er da dachte. Angela hatte ihre Sache gut gemacht, und im Grunde war er froh, dass sie ihm trotz der klaren Absprache, sich nicht einzumischen, gefolgt war. Es tat gut, zu wissen, dass er nicht ganz alleine Georgs kleinem perversen Spielchen ausgeliefert war.

Und doch … vielleicht waren es die Augen einer Hohepriesterin, die ihn misstrauisch stimmten. Angela eine Verbündete? Oder war sie nicht eher gekommen, um ihn für seinen Frevel zu bestrafen?

Er verscheuchte den Gedanken. Es war schlimm genug, dass ihn Visionen heimsuchten, ohne dass er sie stoppen konnte. Er durfte sich nicht von ihnen verrückt machen lassen.

Angela musste den Anlasser ein paar Mal orgeln lassen, bevor der Polo ansprang. Es versetzte Will einen scharfen Stich, als er hörte, wie sie losfuhr und ziemlich scharf hochschaltete, bis sie dann im vierten Gang vor sich hin tuckerte. Er musste sich zusammenreißen, um sich nicht umzudrehen und ihr nachzusehen.

»Sag mal, du Quatschkopf, was sollte denn das?«, drang Georgs Stimme aus dem Funkgerät, als er gerade die nächste lang gestreckte Kehre hinter sich gebracht hatte und sich zu fragen begann, ob die Straße denn überhaupt noch ein Ende nahm.

»Was?«, fragte Will müde.

»Ich hab nichts davon gesagt, dass du mit der Alten flirten sollst, als ob du eine Familie mit ihr gründen willst«, maulte Georg.

»Hab ich das?«, murmelte Will. »Ich dachte eher, ich hätte sie ganz gut abgewimmelt.«

»Hast du nicht«, sagte Georg. »Du hättest sie zurückschicken sollen. Wo will die überhaupt hin?«

Will starrte vor sich hin in das unendliche, nasse Treiben, und als er einen Moment lang die Augen schloss, drehten sich die fernen Lichter der Autobahn um ihn wie ein bizarres Karussell. Er hörte, dass Georg eine weitere Frage stellte, er hörte, dass er anfing, lauter zu werden. Aber es berührte ihn nicht wirklich. Entscheidend war nur, dass er einen Fuß vor den anderen setzte, unermüdlich, als wollte er bis nach Neapel laufen.

Er wusste nicht, wie weit Georg bei diesem bizarren Racheritual gehen würde, dessen einziger Höhepunkt sicherlich nicht die Entführung von Duffy war.

Er wollte auch nicht daran denken, was noch alles passieren konnte. Er war zu nichts anderem mehr fähig, als einfach stur weiterzulaufen. Mit einer Beharrlichkeit, die keinen Platz mehr für irgendetwas anderes ließ, spulte er das nasse Band dieser endlos wirkenden Straße ab, die wahrscheinlich ins Nirgendwo führte und nicht zu der Belohnung, die ihm Georg versprochen hatte.

»He, verdammt noch mal!«, brüllte Georg schließlich. »Hörst du mir denn überhaupt zu?«

Will nickte. *Klar, Georg. Ich höre dir zu. Und ich laufe. Ich laufe, laufe und laufe …*

Nur ganz am Rande nahm er wahr, dass die Betonpiste endete und in eine breitere, asphaltierte und stetig ansteigende Sträße überging. Seinen Füßen schien das egal zu sein. Sie hatten wieder zu ihrem Automatismus zurückgefunden, als wären sie die reinsten Selbstläufer.

»Wenn du nicht gleich antwortest, wirst du Duffy nie wiedersehen!«, polterte Georg.

Der Junge war ganz schön außer sich. Es war vielleicht doch besser, ihn zu beruhigen, ihm klar zu machen, dass sein alter Kumpel Will nichts anderes tat, als ganz gehorsam durch die nasse, windige Welt zu laufen.

»Was ist?«, fragte Will. Die Worte hörten sich in seinen eigenen Ohren wie die eines Fremden an. Merkwürdig, ihm war nie aufgefallen, dass da ein metallischer Unterton in seiner Stimme war.

»Was *ist?* Willst du mich provozieren?«

»Nein.« Ein Tropfen lief in Wills Mund, während er das Wort aussprach. Er schmeckte merkwürdig salzig. »Ich bin kein Navy

Seal. Mein letzter Gewaltmarsch liegt schon ein paar Jahre zurück.«

»Es sind doch nur ein paar Kilometer«, sagte Georg. Es kam Will so vor, als wäre er ein ganz klein bisschen verunsichert.

»Nur ein paar Kilometer«, wiederholte Will. Die kleine Rede hatte ihn total erschöpft. Seine Füße waren jetzt nicht mehr bereit, ihr regelmäßiges Tipptapp zu vollführen, sondern machten nur ein paar unsichere Bewegungen, die sich auf seinen ganzen Körper übertrugen und ihn schlingern ließen wie ein Boot in stürmischer See.

»Du bist sowieso schon fast da«, sagte Georg. »Außerdem habe ich hier jemanden, der dich gerne sprechen will.«

Die Botschaft drang mit einiger Verspätung in sein Bewusstsein. Seine Hände fingen zu zittern an, und beinahe hätte er das Funkgerät fallen lassen. Es kam nicht gerade allzu häufig vor, dass Georg sich jemandem gegenüber großzügig zeigte, von dem er sich gelinkt fühlte. Wollte er ihn tatsächlich schon jetzt mit Duffy sprechen lassen, obwohl er seine Gewalttour noch gar nicht beendet hatte? Oder war es nur eine weitere Variation des grausamen Spiels, in dem er Will die tragische Hauptrolle zugedacht hatte?

»Sie sind nicht alle tot, weißt du?«, sagte Eimyrja höhnisch. »Ein paar leben noch. Und sie haben deinen Namen auf den Lippen – wenn sie dich verfluchen für das, was du ihnen angetan hast.«

Ich wollte sie wegstoßen, aber Eimyrja wich mir geschickt aus, und ich schlitterte ein Stück weiter, bevor ich mich wieder fangen konnte. Das Schwert in meiner Hand schrie nach Blut, verlangte danach, dass ich die Demütigung nicht ungestraft hinnehmen sollte, doch in meinem Herzen brannte kein Rachedurst, sondern eine Sorge, die alles andere beiseite wischte, was mich in meiner Verblendung einst vorangetrieben hatte.

»Wo ist Ida?!«, schrie ich. »Was hast du mit ihr gemacht?«

Es knackte ein paar Mal in dem Funkgerät, eine Geräuschkulisse, die vielleicht schon die ganze Zeit da gewesen war, der Will aber bislang keine Aufmerksamkeit geschenkt hatte. Vielleicht kündete es ja davon, dass Georg die Funkverbindung unterbrechen wollte. Oder aber auch, dass er das Funkgerät an jemand anderen weiterreichte …

Obwohl es wahrscheinlich nicht viel mehr als ein paar Sekunden gewesen waren, kam es Will wie eine Ewigkeit vor, bis ein schabendes Geräusch aus dem Funkgerät drang, und dann hörte er eine Stimme, die ganz eindeutig weder Georg noch einem seiner beiden Schlägertypen gehörte.

»Du hast vielleicht blöde Freunde«, sagte Duffy. »Noch nicht einmal 'ne Playstation haben die hier. Und ihr Handy wollen die nicht rausrücken, obwohl da bestimmt coole Spiele drauf laufen.«

Will blieb so abrupt stehen, als wäre er gegen eine Wand gelaufen. Sein Oberkörper verstand das irgendwie falsch und schwang nach vorne, und um ein Haar hätte er das Gleichgewicht verloren und sich auf die Nase gelegt.

»Duffy!«, krächzte er.

»Jetzt mach bloß keinen Terz, weil ich um diese Uhrzeit eigentlich nicht mehr auf sein dürfte«, fuhr Duffy so unbekümmert fort, als säßen sie sich im Haus ihrer Mutter gemütlich gegenüber. »Ich wollte mich ja schon aufs Ohr legen. Aber die Idioten haben kein Bett in dieser alten Fabrikhalle links vom Tor …«

»Das reicht«, hörte Will Georgs wütende Stimme.

»He!«, kreischte Duffy. »Ich muss ihn doch noch fragen, wann er mich abholt …«

Damit brach die Verbindung ab.

Will stand noch eine Weile fast regungslos da, sah man einmal davon ab, dass er noch immer vor sich hin pendelte wie ein Penner im Delirium.

Die Fabrikhalle links vom Tor. Natürlich. Sie lag zentral, und wenn sich Georg im oberen Stockwerk aufhielt, konnte er mit Leichtigkeit die ganze Strecke im Blick behalten, die Will hier entlangmarschierte. Warum war er bloß nicht früher darauf gekommen? Er hatte vor dieser Halle gestanden und an der Klinke der Metalltür gerüttelt, ohne zu ahnen, dass er dabei Duffy ganz nah gewesen war.

Und was mache ich jetzt mit meinem Wissen? Ganz egal, wie lange er für den Rückweg brauchen würde, er würde zu spät kommen. Außerdem war Georg bestimmt nicht alleine; Slavko und Fred trieben sich bestimmt hier auch irgendwo herum. Und sie waren mit Sicherheit bewaffnet.

Es war noch nicht einmal ein Patt, es war eine völlige Niederlage.

30

Will hatte sich umgedreht. Penetrant munteres Vogelzwitschern kündete davon, dass der Tagesanbruch nicht mehr fern war, und am fernen Horizont war ein schwacher Silberstreif erkennbar, der trotz des schlechten Wetters bereits so viel Licht spendete, dass Will nicht mehr auf das Geflacker der fernen Autoscheinwerfer angewiesen war, um mehr als seine unmittelbare Umgebung zu gewahren. Das graue Band der Betonpiste wand sich hinab in etwas, was wahrscheinlich einmal ein sumpfiges Feuchtgebiet gewesen war, die ganze Zeit über leicht abschüssig, was erklärte, warum ihm jeder einzelne Schritt in die entgegengesetzte Richtung so schwer gefallen war. Wenn er die Augen zusammenkniff, konnte er sogar die dunklen Schatten der Gebäude sehen, die sich Georg als Versteck ausgesucht hatte. Aus der Ferne wirkten sie wie die Monumente einer längst vergangenen Zeit.

Wills Stimmung passte zu diesem gleichermaßen schauerlichen wie beeindruckenden Bild. Wie ein erschöpfter Kriegsherr stand er da, von einer Anhöhe aus mit freiem Blick auf die Burg seines Gegners und mit dem Wissen, dass dort gerade seine Tochter in Ketten gelegt wird, um sie zu einem neuen, ihm vollkommen unbekannten Versteck zu transportieren. Verdammt. Selbst wenn er in deutlich besserer Verfassung gewesen wäre und im Rekordtempo die Strecke bis zu dem düsteren Gebäudekomplex hätte zurücklaufen können, konnte er gar nicht mehr rechtzeitig kommen, um Duffy zur Flucht zu verhelfen.

Er hätte wahrscheinlich noch eine ganze Zeit lang weiter

unschlüssig dagestanden und aus zusammengekniffenen Augen hinabgeschaut, wenn er nicht aus der Ferne Motorengeräusch gehört hätte. Das mehrfache Aufheulen des Motors klang wie das Fauchen einer gereizten Raubkatze, die ihr Revier verteidigt. Das war nicht der Polo, wie er im ersten Moment vollkommen absurderweise gehofft hatte. Es war der Jaguar.

Natürlich. Georg würde nicht darauf warten, ob es ihm irgendwie gelang, Duffys Steilvorlage in einen Treffer zu verwandeln. Er tat das aus seiner Sicht einzig Vernünftige und brachte sie so schnell wie möglich weg.

Reifen quietschten, und dann brach aus dem Innenhof des Gebäudekomplexes, der in Wills Fantasie nach wie vor eine gigantische Festungsanlage war, ein dunkler, lang gestreckter Schatten hervor, von hier aus wie ein Raubtier wirkend, das Anlauf nimmt, um seine Beute zu schlagen. Das Brüllen des Motors ging in ein unangenehm schrilles Wimmern über, als der Fahrer den ersten Gang viel zu hoch zog, hinein in den roten Drehzahl-Bereich, und dann erst in den zweiten Gang schaltete. Immerhin flammten wenigstens jetzt die Scheinwerfer des Jaguars auf, so dass er nicht fürchten musste, der Wagen würde – mit Duffy an Bord! – über die Böschung fliegen, nur weil der Fahrer bei hohem Tempo Straße und Feld nicht mehr unterscheiden konnte.

Die Reifen wimmerten, als der Wagen durch eine lang gestreckte Kurve ging. Erst in diesem Moment wurde sich Will bewusst, dass er mitten auf der Straße stand wie ein vom Fernlicht geblendetes Reh und dass der Jaguar wohl kaum noch ausweichen konnte, wenn er plötzlich in seinem Scheinwerferkegel auftauchte. Er wollte mit einer raschen Bewegung zur Seite gehen, aber seine Beine gehorchten ihm nicht richtig; er stolperte und wäre fast hingeschlagen, gerade in dem Moment, in dem der Jaguar die letzte Kurve nahm, bevor er auf ihn zuschoss …

Wills improvisierter Poncho flog davon, als er mit einer halb hüpfenden, halb schlingernden Bewegung versuchte, dem drohenden Aufprall zu entgehen. Er war viel zu langsam und ungeschickt, um ihm noch rechtzeitig entkommen zu können. Absurd, zum Opfer des Wagens zu werden, den er einst *für* Georg und dann *von* Georg geklaut hatte …

Dann war der Jaguar auch schon heran, laut brüllend, als erfülle ihn eine bösartige Intelligenz, die ihn dazu trieb, sich sein Opfer eigenständig zu suchen und nicht eher von ihm abzulassen, bis es tot am Boden lag. Der Scheinwerferkegel erfasste Will, und die Welt löste sich in einem grellen Lichtermeer auf, in dem es keine Konturen mehr gab und Entfernungen wie durch Zauberhand zu schrumpfen schienen. Will stieß sich ab. Das Funkgerät entglitt seinen feuchten Händen und polterte zu Boden; er merkte es nicht einmal.

Die Bremsen quietschten, aber der Wagen war zu schnell. Er stellte sich quer, tauchte das Feld in grelles Licht und ließ Will in den Schlagschatten abtauchen. Das Heck schien die Motorhaube überholen zu wollen; es kam nach vorne, und Will sah plötzlich die roten Rücklichter des Jaguars auf sich zusausen wie die Augen eines angreifenden Raubtiers. Er stieß einen Schrei aus, der sich mit dem Quietschen der Bremsen und dem Aufheulen des ausgekuppelten Motors zu einem einzigen infernalischen Aufschrei vereinte. Er spürte, wie etwas an seinem Bein vorbeischrappte, dann traf etwas sein Knie, und er wurde nach vorne geschleudert, weg von der Straße.

… und schlitterte den Pfad hinab, unfähig, den Sturz aufzuhalten. Das Schwert sauste davon, schnitt durch einen Busch, überschlug sich ein paarmal – und verschwand dann aus meinem Sichtfeld. Unwichtig.

Die Flammen hatten ihr Werk noch längst nicht vollendet, aber sie hatten sich verändert, tobten nicht länger mehr im Herzen der Feuersbrunst, der die Gebäude zum Opfer gefallen waren, richteten sich nicht mehr länger gegen alles, was ihnen in den Weg kam, sondern züngelten mit ihrem gierigen, seltsam kalt wirkenden Licht direkt auf mich zu. Es kam mir vor, als seien es die Tentakel eines Ungeheuers, die auf mich zuzuckten, und etwas griff nach mir, auf eine vollkommen unbegreifliche, beängstigende und doch nur zu bekannte Weise.

Ich kümmerte mich nicht darum, eilte weiter, angetrieben nur durch die Hoffnung, Ida in den qualmenden Trümmern vorzufinden, doch ich hatte den tückisch glatten Untergrund unterschätzt, und die Boshaftigkeit Eimyrjas, die mir einen Stoß versetzte, als ich an ihr vorbeieilte. Meine Beine wurden mir förmlich unter dem Leib hinweggerissen, und ich riss die Arme hoch in dem verzweifelten Versuch, doch noch im letzten Augenblick das Gleichgewicht wiederzufinden.

Wahrscheinlich rettete ihm das sein Leben. Der Jaguar drehte sich einmal um seine eigene Achse, und Will flog durch die Luft und krachte so hart auf dem Boden auf, dass ein scharfer Schmerz durch seinen Rücken jagte und ihm die Luft wegblieb. Einen zittrigen Augenblick lang war nur Schwärze um ihn, eine so allumfassende Dunkelheit, als wäre er in ein tiefes Loch gefallen statt auf matschigen Boden, und er spürte die Bewusstlosigkeit nach ihm greifen, um ihn mit sich zu reißen, nur fort aus der Realität …

Aber Duffy war im Auto!

Er hörte, was hinter ihm geschah, und längst bevor er versuchte, sich hochzustemmen und umzudrehen, begriff er, was jetzt geschehen würde. Ein stummer Aufschrei entrang sich ihm, während seine Hände sinnlose, unkontrollierte Bewegungen machten. Dann endlich hatte er sich in halb sitzende

Position umgedreht. Er blickte über die Schulter zurück. Fassungslos sah er mit an, wie der Jaguar in einer letzten Kreiselbewegung auf den Straßengraben zurutschte. Er glaubte den Fahrer zu sehen, eine fast kaum wahrnehmbare Silhouette, von der nicht viel mehr erkennbar war als die hektischen Armbewegungen, mit denen er die Kontrolle über den schweren Wagen wiederzuerlangen versuchte. Als wäre der Jaguar ein Kinderkreisel, drehte er sich unbeirrt weiter. Dann tauchte das rechte Vorderrad in den abfallenden Untergrund ein, das Heck kam hoch, und einen Augenblick schien die Zeit stehen zu bleiben, als die Hinterräder sich in der Luft drehten und die Nase des Wagens in den Straßengraben abtauchte. Der Wagen rutschte nicht die Böschung herunter, um dort die Höllenfahrt zu beenden und stecken zu bleiben, dazu drückte ihn immer noch viel zu viel Bewegungsenergie voran; er überschlug sich.

Will sah mit einer Mischung aus Entsetzen und morbider Faszination zu, wie das Dach auf dem gegenüberliegenden Rand des Grabens aufschlug. Die Schnauze des Jaguars grub den Boden regelrecht um, kam auf der anderen Seite wieder hoch. Eine Fontäne aus Wasser und Schlamm spritzte in alle Richtungen davon, als der Wagen einen Salto machte, der ihn wieder hochriss, aus dem Graben hinaus.

Der nächste Aufprall war schlimmer. Blech kreischte, Kunststoffteile flogen davon, Glas splitterte. Ungebremst tobte der Jaguar weiter, drei-, viermal noch sich überschlagend und jedes Mal so hart auf dem Dach aufschlagend, dass die Holme eingedrückt wurden und beim letzten Aufprall die Windschutzscheibe wie von einer gewaltigen Faust aus der Verankerung katapultiert wurde.

Will stemmte sich endgültig im Matsch hoch. Sein Knie hätte um ein Haar wieder nachgegeben, und durch seinen Rücken jagte ein scharfer Schmerz. Aber das war ihm egal. Er musste zu Duffy. Wahrscheinlich war sie nicht einmal angeschnallt gewesen!

Er humpelte über die Straße, wäre beinahe ausgerutscht, noch bevor er den Graben erreicht hatte. Im Matsch glitt er aus, doch statt sich dagegen zu wehren, unterstützte er die Bewegung noch, riss im Fallen die Füße nach vorne und schlug mit dem Hintern auf dem Rand des Grabens auf. Als wäre er auf einer polierten Kinderrutsche angekommen, sauste er hinab, mitten in den Schlamm hinein, dass es nur so spritzte und ihm für einen Moment die Luft wegblieb. Augenblicklich rappelte er sich wieder auf, um auf allen vieren auf der anderen Seite hochzuklettern. Erst, als er den Kopf über den Rand des Grabens schob, fiel ihm auf, dass er den rechten Schuh verloren hatte.

Ohne den Blick von dem Wagen zu wenden, der auf dem Dach liegen geblieben war, zog er sich aus dem Graben, kam schwankend hoch und humpelte weiter. Eben noch war der Jaguar mit wilder Eleganz über die Asphaltpiste gejagt; jetzt war er nicht mehr als ein gefälltes Raubtier in der demütigen Haltung eines auf dem Rücken liegenden Käfers. Sein Heck, das er Will entgegenstreckte, war erstaunlicherweise kaum beschädigt. Außer den Rücklichtern strahlten die Bremslichter so grell ins frühmorgendliche Dunkel, als wollten sie Will damit klar machen, dass der Zündschlüssel nicht abgezogen war und damit akute Explosionsgefahr bestand, zumal ein stechender Benzingeruch in der Luft hing. Will wusste, dass sich Autos nach einem Unfall weit weniger häufig in Flammenhöllen verwandelten als im Fernsehen. Aber es war niemals auszuschließen. Vor allem, wenn jemand im Wagen eingeklemmt war, der nach seinen Erfahrungen einen ebenso treuen wie gefährlichen Begleiter hatte: das Feuer.

Er war bereits bis auf wenige Meter an den Jaguar herangekommen, als er etwas spürte, das nichts mit dem Wagen zu tun hatte oder mit den Menschen, die er mit sich ins Verderben gerissen hatte. Er hatte bisher erfolgreich jeden Gedanken an die Brandruine verdrängt, in der er nach Duffy gesucht hatte, nachdem sie ihm vor den Wagen gelaufen war. Irgendetwas war in diesem düsteren Gemäuer gewesen, etwas nicht wirklich Fassbares, das ihm den Angstschweiß auf die Stirn getrieben hatte.

Und jetzt war es wieder da.

Will spürte eine unsichtbare, aber deutliche Spannung um sich herum, ein Gefühl jenseits seiner normalen Empfindungen, genauso deutlich wie vor ein paar Tagen im Keller des ausgebrannten Hauses. Die Luft um den Jaguar herum schien aufgeladen zu sein von einer Art ... *Energie,* die ihn umfasste wie das elektromagnetische Feld einer starken Funkantenne.

Oder wie der Odem eines Drachen.

Er wusste nicht, wie er ausgerechnet auf diesen Gedanken kam, aber er schien zu passen. Etwas war da, das spürte er ganz deutlich. Genauso wie die Wärme, die von dem Jaguar ausging, eine unnatürliche Wärme, die nichts Anheimelndes oder gar Verlockendes hatte. Etwas Großes, Gewaltiges lauerte dort, ganz so, als warte es nur darauf, dass sich ihm jemand leichtsinnigerweise näherte ... und es schien sich zu rühren, als es ihn gewahrte. In jeder anderen Situation wäre Will stehen geblieben, gleichermaßen verblüfft wie beunruhigt über die Intensität der Empfindung. Aber jetzt, wo er sich überzeugen musste, ob Duffy etwas passiert war – und *was,* dachte er hysterisch –, ließ er sich nicht davon abhalten, auch noch die letzten Meter humpelnd zurückzulegen.

Der Brandgeruch, der in der Luft lag wie der üble Atem eines Drachen, drohte mich zu ersticken, und das blaue, zuckende Licht blendete mich so stark, dass ich kaum noch sah, wohin ich mit meinen unsicheren Schritten torkelte. Ich trat auf etwas Kleines, Knochiges, und eine Welle des Entsetzens durchzuckte mich, als mein Gefühl einen Moment vor meinem Verstand begriff, dass das kein Trümmerstück war, kein von der Wucht des Feuers davongeschleuderter Teil einer Holzfassade, sondern etwas ganz, ganz anderes …

Eine Hand.

Eine Kinderhand!

Sein Blick glitt über die linke Seite des Jaguars. Das Dach hatte sich in den Boden eingegraben, aber auch hier waren kaum Anzeichen von Zerstörung zu sehen. Das war kein Grund zum Aufatmen, ganz im Gegenteil, denn irgendetwas Unheimliches ging hier vor, etwas, das er erst bemerkte, als er schon ganz nah herangekommen war. Ein bläuliches, irisierendes Licht lief über die Türen, das keinen Anfang und kein Ende zu haben schien. Wie Miniblitze zuckten gierige Energiefinger über das Metall, zischend fraßen sie sich ihren Weg tief in den Lack. Der Anblick raubte Will schier den Verstand. Seine Schritte gerieten endgültig aus dem Takt, und er griff Halt suchend nach dem Radkasten neben sich, der sich auf Höhe seiner Hüfte befand. Trotzdem wäre er beinahe weggesackt. Es war nichts als Schwäche in ihm, und die Panik, zu spät gekommen zu sein.

Er hatte Angst, Duffy getötet zu haben, nur weil er sich dem heranjagenden Jaguar in den Weg gestellt hatte, statt rechtzeitig beiseite zu springen. Er wollte, er musste zu ihr, aber er war wie gelähmt. Vollkommen fassungslos sah er auf das bläuliche Zischen und Blitzen, das jetzt auch nach dem Unterboden des Jaguars leckte. Er hatte so etwas noch nie gesehen. Irgendein elektromagnetisches Phänomen, durch den Unfall ausgelöst. Er musste an den Zündschlüssel ran. Ohne ständige Speisung aus der Autobatterie würde das bläuliche Wabern sehr schnell in sich zusammenbrechen.

Der Teil seines Verstands, der ernsthaft versuchte, an diese

Erklärung zu glauben, zwang ihn, die Hand vom Radkasten zu nehmen. Es hatte keinen Sinn. Seine Beine waren zu schwach und zittrig, um ihn zu tragen. Das Metall am Unterboden des Wagens fühlte sich unnatürlich warm an. Das Gefühl war so intensiv, dass es ihm paradoxerweise einen Kälteschauder nach dem anderen über den nackten Rücken jagte. In den letzten Minuten hatte er nicht mehr den eisigen Griff der Kälte gespürt, sie war längst zu einem selbstverständlichen Teil von ihm geworden, und sie wich auch nicht aus ihm, als er sich nun mit beiden Händen an der Unterkante des Türrahmens Stück für Stück nach vorne zog, sondern schien sich ganz im Gegenteil zu verstärken. Seine Finger fühlten sich an, als würden sie glühen, so heiß war die Metallverstrebung, aber trotzdem übertrug sie kein Wärmegefühl, sondern eher den kalten gierigen Griff von etwas … *Lebendigem.*

Er hatte keine Zeit, sich darüber Gedanken zu machen. Das bläuliche Geflacker hätte ihn nicht stärker antreiben können als Funkenflug neben einer Benzinlache. Das Zischen schien sich zu steigern, je näher er ihm kam, und trotzdem zog er sich mit aller Kraft Zentimeter für Zentimeter weiter voran. An einigen Stellen hatte sich das blaue Glosen bereits durch sämtliche Lackschichten gebrannt, und wie es schien, machte es auch vor dem Metall nicht Halt, sondern schien sich einbrennen und – vielleicht sogar *durch* das verstärkte Aluminiumblech – brennen zu wollen. Das war kein normales Feuer. Es war entfesselte Naturgewalt von ganz anderer Art, als er sie bislang kennen gelernt hatte, und doch wusste er, ganz tief in seinem Inneren, dass er die gleiche Kraft und die gleiche boshafte *Intelligenz* schon einmal gespürt hatte, nur war sie damals in den Wänden eines Kellers eingesperrt gewesen, während es nun eher schien, als suche sie sich Zugang in den Jaguar.

Das musste er verhindern.

Ganz langsam und vorsichtig – und ohne die rechte Hand von der Unterkante des Türrahmens zu nehmen – ließ er sich in die Hocke sinken. Er war jetzt auf Höhe des hinteren Fensters, und von hier aus würde er einen Blick in den Wagen werfen können. Seine Hand glitt zitternd und Halt suchend über das Fensterglas, und mit einem gehörigen Sicherheitsabstand zu den zischenden Energieentladungen, die sich bislang noch auf die Fahrertür beschränkten, brachte er sein Gesicht ganz nah ans Fenster. Was er zu sehen bekam, entrang ihm ein tiefes Stöhnen. Er hatte mit allem gerechnet. Aber nicht mit dem, was sich jetzt seinen Augen darbot.

Das Dorf war verheert, den bläulichen, kalten Flammen zum Opfer gefallen, die noch immer um alles herumzüngelten, was nicht bis auf die Grundfesten niedergebrannt war, und ich hockte hier im Schnee, dort, wo er von Feuerpartikeln durchsiebt, aber nicht vollständig geschmolzen war, und starrte hinab auf die Leiche eines Kindes, das ich nur ganz flüchtig gekannt hatte. Es hatte zu den Pilgern gehört, die gekommen waren, den machtvollen Schmied zu sehen, dem es gelungen war, göttliches Feuer in menschliche Gestalt zu bannen, von dem es hieß, er könne aus Eisen Gold machen und aus Unglück Glück …

Was für eine Anmaßung! Erst in diesem schrecklichen Moment, als ich in die gebrochenen Augen des toten Pilgerkindes blickte, wurde mir bewusst, was ich getan hatte, welcher Anmaßung ich anheim gefallen war.

Der Airbag auf der Fahrerseite hatte sich ausgelöst und nagelte nun den mit dem Kopf nach unten hängenden Fahrer auf dem Sitz fest. Obwohl die Fahrgastzelle bis auf das Dach relativ unbeschädigt geblieben war, regte sich der Fahrer überhaupt nicht. Vielleicht hatte er das Pech gehabt, so groß zu sein, dass er der Wucht des herabgedrückten Daches nicht hatte entgehen können. Sein Gesicht konnte Will von hier aus nicht erkennen, aber er glaubte lange Haare zu bemerken, die herabhingen wie bei einem Mädchen, das Kopfstand machte. Das blaue Lichtgewitter, das sich an der Tür entlud, schien nur ein Ziel zu haben: den Fahrer.

Dünne Energiefinger liefen schwach und faserig über die Kunststoffverkleidung der Innentür, gespeist von der Kraft, die außen gegen das Metall tobte, und schon in den wenigen Augenblicken, in denen sich Wills Augen geradezu an diesem bizarren Bild festsogen, schien ihre Intensität zuzunehmen. Es konnte nicht mehr lange dauern, bis sich das hin und her zuckende Wabern endgültig seinen Weg durch die Tür gebahnt hatte und auf den Fahrer übersprang.

Aber das war nicht das, was Will an seinem Verstand zweifeln ließ. Bis auf den langhaarigen Fahrer – Fred oder ein anderer, ihm noch unbekannter Gorilla Georgs – war der Wagen leer. Von Duffy war nicht die geringste Spur zu sehen.

Die Windschutzscheibe. Sie war durch die Wucht das Aufpralls aus ihrer Verankerung herausgerissen worden und lag nun etliche Meter vor dem Jaguar im Matsch. Eine Ecke war abgesplittert, wie Will erkannte, nachdem er sich mühsam wieder hochgezogen hatte, und an vielen Stellen eingedrückt, aber nicht komplett geborsten. Das grobe Gespinst von Fäden, das sich über die Scheibe zog, erinnerte ihn unangenehm an das blaue Züngeln, das sich den Fahrer zu holen versuchte. Aber es war keine Bewegung in ihm, und ihm fehlte auch die fast bösartige Ausstrahlung, die den Wagen einhüllte.

Irgendetwas schien sich in der rauchgeschwängerten Luft um mich herum zusammenzuziehen, etwas Kaltes, Bösartiges, das den Flammen Hohn sprach, denen alles zum Opfer gefallen war, was ich mit meinen Gesellen in den Jahren des Stolzes und des Übermutes aufgebaut hatte. Ich erhob mich, so rasch ich konnte, und blickte zur Schmiede hinüber. Das bläuliche Wallen schien dort seinen Ursprung zu haben, es war ein bösartiges Zischen, das mir von dort entgegenschlug; und doch bemerkte ich es kaum, so sehr war ich über das entsetzt, was sich meinen Augen darbot.

Die Schmiede war rußgeschwärzt, aber nahezu unversehrt. Das vernichtende Feuer hatte sie ausgespart. Und ich begann zu ahnen, warum.

Ohne auch nur noch einen Moment zu zögern, stürmte ich los.

Wills Blick wanderte weiter über das Feld. Wenn Duffy nicht angeschnallt gewesen war, musste sie herausgeschleudert worden sein. Es gab keinen Grund zur Panik, versuchte er sich einzureden. Sie war nicht durch die Windschutzscheibe gebrochen, sonst wäre diese nicht so relativ unversehrt, sondern musste durch die leere Fensterhöhle geflogen sein. Der Untergrund hier war alles andere als hart. Wenn sie nicht gerade unglücklich aufgekommen war und sich das Genick gebrochen hatte, war ihr womöglich gar nicht viel passiert.

Aber sie war nicht da. Will blinzelte mehrmals, schloss einen Moment die Augen, starrte noch einmal intensiv nach vorne, drehte sich dann nach links, suchte auch hier jeden Quadratmeter mit seinen Blicken ab und wiederholte dann das Gleiche noch einmal in der anderen Richtung … Obwohl seit dem Unfall wenige Minuten vergangen waren, hatte die Sonne mittlerweile den Kampf gegen die Nacht gewonnen, und durch eine aufgerissene Wolkendecke gab sie genug Licht, dass er relativ weit blicken konnte. Duffy trug zwar nicht mehr das auffällige rosarote Nachthemd wie bei ihrer ersten Begegnung, aber ihr Gesicht, das T-Shirt, die Arme – all das musste die beginnende Morgenhelligkeit kräftig genug reflektieren, so dass er sie gar nicht übersehen konnte.

Es gab nur eine Erklärung. Sie lag unter dem Auto.

Will stöhnte auf. Wer bei einem Überschlag aus dem Wagen geschleudert wurde, lief Gefahr, von einer Tonne knirschendem, berstendem Metall getroffen und regelrecht in den Boden gestampft zu werden. Die Überlebenschancen waren in einem solchen Fall gleich null, vor allem, wenn der Wagen nicht gleich auf die Seite gekippt wurde und Notarzt oder Rettungshubschrauber innerhalb kürzester Zeit an Ort und Stelle waren.

In Wills Gedanken war kein Platz mehr für irgendeinen anderen Gedanken als den an sein Mädchen – seine Tochter! Vor seinen inneren Augen sah er sie zerschmettert, in den Boden gerammt von dem zischenden Koloss aus Stahl und Kunststoff, der einen Todeskampf ganz eigener Art kämpfte, während er sein Opfer so fest in den Matsch drückte, dass es kaum noch atmen konnte, selbst wenn es den Aufprall als solchen wie durch ein Wunder überlebt haben sollte.

Ich war sicher, dass Ida in der Schmiede war. Bis auf das tote Kind hatte ich hier niemanden gesehen, weder meine Gesellen Ansgar und Eckwin noch Guntram, meinen Stellvertreter, der mir mit seinem Leben dafür haftete, dass das Schmiedefeuer nicht ausging; und das konnte nur eines bedeuten: Sie hatten mich schmählich im Stich gelassen, waren vor einer Gewalt geflohen, die zu hüten während meiner Abwesenheit ihre Aufgabe gewesen war.

Und sie hatten Ida, meine Tochter, die künftige Bewahrerin des Feuers, in der Schmiede zurückgelassen, schutzlos den Gewalten ausgeliefert, die sich ihrer bemächtigen wollten.

Seine Schwäche war vergessen. Eine feurige Welle frischer Kraft lief durch Wills Körper, vielleicht so etwas wie das letzte Aufbäumen, vielleicht aber auch Energie, die freigesetzt wurde, wenn ein Vater sein Kind in Todesgefahr wähnt. Es gab glaubhafte Berichte von Müttern und Vätern, die einen schweren Wagen hochgehoben hatten, wenn ihr Kind darunter eingeklemmt war; ein unfassbares Kunststück, bei dem eigentlich Muskelfasern und Sehnen wie Papier reißen mussten, wenn man es entgegen aller Logik überhaupt zu vollbringen in der Lage war. Will drehte sich um, schwankend wie Wladimir Klitschko nach einem besonders schweren Treffer, aber von dem gleichen unbeugsamen Willen beseelt, bis zum Ende durchzuhalten.

Mit den Handballen stützte er sich unter dem Türholm ab. Seine Füße wanderten nach hinten und gruben sich geradezu in den Schlamm ein, um einen möglichst festen Stand zu ermöglichen. Die feurigen Wogen, die durch seinen Körper liefen, schienen sich mit der Hitze zu vereinen, die über den Türholm regelrecht auf ihn übersprang. Gerade, als er sich für den alles entscheidenden Kraftausstoß spannte, begann sich das blaue Blitzgewitter an der Fahrertür zusammenzuziehen, und dann explodierte es regelrecht. Zischelnde Entladungen fuhren nach oben, auf ihn zu, und dann schlugen sie direkt neben ihm in den Holm ein, brutzelten die Schmutz- und Farbschicht weg und gruben zischende Spuren ins Metall.

In jeder anderen Situation hätte Will sofort losgelassen, doch jetzt hatte er kaum Augen für das bizarre Schauspiel. Er hatte tief eingeatmet, und als er jetzt die Luft ausstieß, schoss die ganze Verzweiflung in seine Hände, und all das, was er je für Martina empfunden hatte und sich nun auf ihre gemeinsame Tochter zu übertragen begann. Die Kraft in seinen Armen schien regelrecht zu explodieren. Ein fürchterlicher Schmerz jagte durch seine Handgelenke. Seine Fingerspitzen vibrierten.

Der Wagen bewegte sich nicht.

Will stieß einen Schrei aus, hoch, hell und fast kreischend. Er war nicht enttäuscht. Er war entsetzt.

Das grauenhafte Gefühl, versagt zu haben, mobilisierte etwas, von dessen Existenz er bislang überhaupt noch nicht gewusst hatte. Er holte nicht erneut Luft, er gönnte sich kein Zögern und erst recht keine Zweifel, er spannte auch nicht bewusst die Muskeln oder tat sonst irgendetwas, das seine Kraft hätte vervielfachen können. Er machte nichts weiter, als nicht nachzulassen. Das blaue Flirren, das jetzt seine Hände umspielte und nach seinen Unterarmen züngelte, nahm er kaum wahr. Seine ganze Umgebung verschwand wie unter einem Grauschleier, so als schaltete sein Körper ganz automatisch alles auf Sparflamme, was nicht seinem Ziel diente.

Es nutzte nichts.

Die verkohlte Tür zur Schmiede klemmte und ließ sich trotz aller meiner verzweifelten Versuche nicht ein winziges Stück bewegen.

Jedenfalls glaubte er das, bis das knirschende Geräusch an sein Ohr drang, mit dem der gefällte Koloss aus mehr als einer Tonne Stahl gegen die drohende Lageveränderung protestierte. Langsam, Millimeter für Millimeter, begann sich der Wagen zu bewegen, in allen Fugen knirschend wie ein Schiff, das sich auf die Seite legt und jeden Moment in den Fluten zu versinken droht.

Langsam, ganz langsam nur gab die schwere Tür nach, bewegte sich ächzend und zitternd ein Stück nach innen. Ein merkwürdiger Geruch schlug mir entgegen, ein Geruch nach Tod und Verderbnis, nach Fäule und Verwesung. Ich verdoppelte meine Anstrengungen, getrieben einzig und allein von dem Verlangen, Ida wieder in meine Arme zu schließen. Alles andere, all der Ehrgeiz und das Verlangen, es den Göttern gleichzutun, waren zerstoben, als hätte es nie existiert. Das einzig Wichtige war diese Tür, die zwischen mir und meiner Tochter stand, die Tür, die zugedrückt worden war von der

Gewalt, die ich mit meinem lästerlichen Tun selbst entfesselt hatte.

Wills Arme waren bis zum Zerreißen gespannt. Er sank tiefer in den Matsch ein und drohte wegzurutschen, aber ein Lagewechsel kam in diesem Moment nicht in Frage. Er musste es jetzt durchziehen, eine zweite Chance würde er nicht mehr bekommen. Und als spüre er Wills Entschlossenheit, gab der Wagen tatsächlich nach. Ganz langsam kam er nach oben. Wills Arme zitterten jetzt, aber die Bewegung übertrug sich merkwürdigerweise nicht auf den Jaguar.

Dann kam der kritische Moment, in dem er die Füße ein Stück weiter nach vorne setzen musste, um nicht selbst weggedrückt zu werden – was den Jaguar hätte zurückfallen und erneut auf Duffy krachen lassen können. Wills Augen quollen fast aus den Höhlen, als er gleichzeitig mit aller Kraft weiterschob, den rechten Fuß anzog, um ihn nach vorne zu setzen. Ein, zwei Sekunden lang lastete das gesamte Gewicht nur auf seinem linken Bein, zu viel, um es aushalten zu können. Durch sein Knie jagte ein fürchterlicher Schmerz.

Dann setzte er den rechten Fuß wieder im Schlamm ab. Sein ganzer Körper bebte, und auch wenn der Jaguar die Bewegung nicht stärker aufnahm, als er es ihm vorgab, kam es Will doch vor, als schüttelte er sich regelrecht. Die Schmerzwellen, die durch seinen Körper jagten, nahm er zwar wahr, aber nur wie aus weiter Ferne, so als sei er mit einem Opiat ruhig gestellt worden. In seinem Kopf war nur Platz für seine Aufgabe.

Dann stand er wieder richtig. Es ging weiter. Er konnte jetzt mehr Kraft anbringen als am Anfang, aber der Wagen schien immer schwerer zu werden. Die Anstrengung trieb bunte Schleier vor seine Augen. Es war ihm vollkommen unmöglich, irgendetwas anderes zu tun, als mit aller Kraft weiterzuschieben, aber ganz am Rande seines Bewusstseins brannte der

Wunsch, jetzt und sofort nachzusehen, was mit Duffy los war, nachdem er das Tonnengewicht des Wagens hochgestemmt hatte.

Dann war tatsächlich der Punkt erreicht, ab dem es für den schweren Wagen kein Zurück mehr gab. Der Jaguar knirschte, krachte und bebte in allen Fugen, ein letztes Aufbäumen, und dann rutschte er Will aus den Händen. Die Beifahrerseite, auf der er jetzt lag, pflügte durch den matschigen Untergrund, schob sich auf Will zu, während die andere Seite abkippte. Will verlor das Gleichgewicht und wäre der Länge nach hingeschlagen, wenn ihm der Wagen nicht entgegengekommen wäre. Genau in dem Moment, in dem der Jaguar mit einem lauten, fast explosionsartig wirkenden Knall auf alle vier Räder plumpste, verlor er endgültig den Halt. In dem verzweifelten Versuch, den Sturz noch aufzuhalten, riss er die Arme hoch. Seine Finger glitten über das verdreckte Dach, rutschten Halt suchend über eine feuchte, glitschige Schicht, die glatt wie Schmierseife war. Er riss den Kopf in den Nacken, aber es nutzte nichts; mit dem Kinn knallte er auf der Dachkante auf. Der Aufschlag trieb ihm die Tränen in die Augen, und einen Herzschlag lang flackerte es vor seinen Augen, als wäre er in ein Blitzlichtgewitter von Pressefotografen geraten, die ihn mit einem Popstar verwechselt hatten. Seine Hände machten kleine hilflose Bewegungen auf dem schmierigen Belag des Autodaches, dann erwischte er endlich mit beiden Handballen die Dachkante und drückte sich hoch.

Er torkelte ein, zwei Schritte zurück, bis er sein Gleichgewicht wiederfand. Das Blitzlichtgewitter war noch nicht ganz verebbt, aber er konnte dennoch genug sehen, um zu erkennen, … dass da niemand im Matsch lag, und schon gar nicht die zerbrechliche Gestalt eines Mädchens.

Das alles passiert nicht wirklich, dachte Will hysterisch. Er ließ sich in die Hocke sinken, stützte sich mit beiden Händen im Matsch ab, legte den Kopf schief und sah unter dem Jaguar nach. In dem schummrigen Licht, das dort herrschte, konnte er nichts erkennen. Es war zum Verrücktwerden. Auch als er näher rückte, an den Jaguar heranwatschelte wie eine flügellahme Ente, mit der rechten Hand den Griff der Beifahrertür umklammerte und den Kopf fast platt auf die Erde legte, änderte sich nichts daran.

Dort war niemand.

Duffy war gar nicht im Wagen gewesen.

31

Will fühlte sich vollkommen erschöpft, nicht nur körperlich und bedingt durch die Kälte, die sich so tief in ihn eingefressen hatte, dass sie zu einem Teil von ihm geworden war, sondern auf eine sehr viel tiefer gehende Art. Sein Bewusstsein balancierte auf dem messerscharfen Grat zwischen Vision und Realität. Es dauerte noch sieben, acht hämmernde Herzschläge lang, bis es ihm gelang, die Augen zu öffnen.

Er war in einem Wagen. Natürlich wusste er, dass er in einem Wagen war, und er wusste auch, wem das Fahrzeug gehörte; er hätte die Fahrzeugdaten vor sich hin murmeln können wie eine archaische Beschwörungsformel, aber das nur, weil er sich mit Autos besser auskannte als mit Menschen oder sonst irgendetwas. Eingehüllt war er in eine stinkende Decke, die ihn nicht zu wärmen vermochte, weil die Kälte sich viel zu tief in ihn gegraben hatte, und seine Füße steckten in brüchigen, aber zumindest gefütterten Gummistiefeln.

Er versuchte den Kopf zu drehen, er wollte etwas sagen, aber sein Körper gehorchte ihm nicht. Für einen Moment erwog er ernsthaft die Möglichkeit, dass er in Wahrheit in dem verwühlten Bett von einer von Georgs Nutten schlief, dass all dies nichts als ein entsetzlicher Albtraum nach einer durchzechten Nacht war; ein Albtraum, in dem er eine Tochter hatte, von deren Existenz er noch nie gehört hatte, und in dem er einer Martina wiederbegegnet war, die ihr Leben dem Kampf gegen die zerstörerische Kraft des Feuers gewidmet hatte – und in dem ihn Visionen von verheerten Germanendörfern und niedergebrannten oder zerbombten Städten heimsuchten. Aber dann spürte er wieder die Kälte in seinen Knochen, die in ihn hineingekrochen war, während er halbnackt über eine schmuddlige Betonpiste getaumelt war, und den dumpfen Schmerz in seinem Unterschenkel, genau dort, wo ihn der wütende Biss des Jaguars getroffen hatte … wenn es ein Traum war, dann war es der realistischste, den er jemals geträumt hatte.

So fest wie möglich biss er sich auf die Unterlippe. Er konnte den Blutgeschmack schmecken. Es war kein Beweis, dass er nicht träumte – aber es bewies ihm, dass er dabei war, die Kontrolle über seinen Körper wiederzuerlangen.

»Wir müssen ihn in ein Krankenhaus bringen«, sagte eine Stimme neben ihm.

Mühsam wie ein alter Mann nach einem Schlaganfall drehte Will den Kopf. Irgendetwas knirschte in seinem Nacken, und ein fast wohliges Wärmegefühl breitete sich in seinem Hinterkopf aus – aber nur dort, und in scharfem Kontrast zu der Kältewelle, die über seine Waden und Oberschenkel in seinen Unterleib kroch. »Kein … Krankenhaus«, krächzte er. Das Sprechen bereitete ihm größere Mühe, als er geglaubt hatte. Aber es ging, und das war die Hauptsache.

»Ich weiß nicht, ob uns dazu die Zeit bleibt«, sagte eine Frauenstimme von vorne.

Es war die Fahrerin des Uralt-Polos. Angela. Und neben ihr, das war … Mike. Einer der beiden Dumpfbacken, die in Martinas Diensten standen. Was auch immer das für Dienste sein mochten.

Das Licht eines vorbeifahrenden Wagens fiel auf Mikes Profil und zauberte ein verwirrend zuckendes Muster auf seine linke Gesichtshälfte. Will blinzelte. Er verstand nicht, wie Mike in den Polo gekommen war. Als Angela vorhin gehalten hatte, um ihn in ein Gespräch zu verwickeln, war er noch nicht im Wagen gewesen.

»Doch«, sagte Mike. »Ich hab mich auf dem Rücksitz versteckt.«

Will begriff, dass er die Frage laut gestellt hatte. Es war ihm gar nicht bewusst gewesen. Offensichtlich hatte ihn die Kälte nicht nur auskühlen lassen, sondern auch seine Gehirnwindungen eingefroren.

»Duffy«, sagte er mit tauben Lippen. »Was ist mit ihr?«

»Es geht ihr gut«, sagte Angela von vorne. »Mach dir keine Sorgen, Will. Es läuft alles nach Plan.«

»Es läuft – nach *was?«* Will verschluckte sich fast. Der Jaguar hatte sich mehrfach überschlagen und besaß jetzt nur noch Schrottwert, und auch wenn Duffy nicht an Bord gewesen war, war die Katastrophe doch perfekt. Einer von Georgs Leuten war dabei zu Schaden gekommen – um es vorsichtig auszudrücken. Will erinnerte sich nur mit Grausen an den leblosen Körper, der in den Gurten hing. Er hatte das Gesicht des Mannes nicht erkennen können, aber seine langen Haare. Fred, wenn er sich nicht täuschte. Oder Rattengesicht für die Leute, die ihn nicht mochten.

»Georg hat Martina angerufen«, sagte Angela rasch. »Es ist wirklich alles in Ordnung. Er ist nicht durchgedreht oder so was.«

Will sah nicht nach vorne, er starrte weiter auf Mike, dessen Gesicht jetzt wieder im Halbdunklen lag. Martinas Bodyguard wirkte vollkommen gefasst, aber Will konnte geradezu das Unbehagen spüren, das den Mann erfasst hatte. Als er die Stelle bei Martina angetreten hatte, hatte er es sich wahrscheinlich nicht träumen lassen, einmal in eine Entführung mit hineingezogen zu werden, bei der es Tote geben konnte – und kein Netz polizeilicher Routinearbeit, das ihn von der Verantwortung entlastete, was mit dem halberfrorenen Idioten geschehen sollte, neben dem er im Fond eines uralten Polos hockte.

»Georg wird sich das nicht gefallen lassen«, sagte Will. Er wandte endlich den Blick von Mike und blickte nach vorne in die Morgenstimmung. »Er tobt vielleicht nicht herum. Aber er wird uns das nicht durchgehen lassen.«

»Das hat er auch nicht«, sagte Angela. Sie warf ihm im Rückspiegel einen Blick zu. »Er hat seine Forderungen erhöht.«

»Wie viel will er?«, fragte Will.

»Das Doppelte«, antwortete Angela rasch – zu rasch, wie Will fand. Ihm war es ganz egal, wie viel Georg im Endeffekt von Martina bekam; das war es nicht, worüber er sich Sorgen machte. Er spürte geradezu, dass sich hinter ihren Worten noch eine andere Botschaft verbarg. Aber er fühlte sich zu schwach und verwirrt, um diesen Gedankengang weiterzuverfolgen.

»Du hast dir eine ganz schöne Unterkühlung zugezogen«, sagte Angela. »Aber Georg war auf diesem Ohr taub. Er verlangt trotzdem, dass du den Geldboten spielst.«

»Das Doppelte von sechshunderttausend«, sagte Will, »das sind 1,2 Millionen. Hat Martina so viel?«

Angelas Blick blieb starr auf die Straße gerichtet. »Ich denke, dass sie es auftreiben kann«, sagte sie nach einer Weile.

»Schnell genug, bevor Georg ungeduldig wird?«, bohrte Will nach.

»Auch das.« Sie drehte sich verärgert zu Will um, einen Moment nur, aber lange genug, um Will nervös zu machen. Er hatte noch nie viel von Autofahrern gehalten, die überall hinblickten, nur nicht auf die Straße; und das dann auch noch bei Tempo hundertfünfzig mit einer alten Kiste, bei der die Stoßdämpfer durch waren und die Radlager schlackerten wie die Beine von Johannes Heesters bei seinem hundertsten Geburtstag.

»Hör mal, Will«, sagte Angela, als sie wieder nach vorne starrte. »Wir sind unter Zeitdruck. Georg will die zweite Rate sofort.«

»Zweite Rate?«, ächzte Will. »Das ist doch keine Eigenheimfinanzierung!«

»Ich weiß ja nur das, was dein sauberer Geschäftsfreund mit Martina am Telefon besprochen hat«, sagte Angela. »Er war außer sich, wie du dir vorstellen kannst.«

Das war zwar das glatte Gegenteil von dem, was sie ihm gerade gesagt hatte, aber dennoch nickte Will widerspruchslos. Oh ja, das konnte er sich nur zu gut vorstellen. Er musste getobt haben, als Will ihm den Jaguar gestohlen hatte. Und dann hatte er wahrscheinlich mit seinem Nachtglas im Detail beobachten können, wie sich Will dem Jaguar in den Weg gestellt hatte, als wäre er ein todesmutiger Torero, der einem angreifenden Stier Paroli bieten wollte. In welchem Zustand sich Georg nach dem Totalschaden seines Jaguars mittlerweile befand, das wollte Will lieber gar nicht so genau wissen.

»Ich frage mich, was er diesmal mit mir vorhat«, sagte er.

Angela antwortete ihm nicht. Dafür schubste ihn Mike mit dem Ellbogen an und deutete dann mit dem Kopf auf den dampfenden Plastikbecher in seinen Händen. »Ein Schluck Kaffee?«, fragte er.

Will nickte geistesabwesend. Es fiel ihm schwer, Mike den Becher abzunehmen. Die braune Flüssigkeit, die darin schwappte, sah wenig vertrauenerweckend aus, aber immerhin wärmte der Becher seine Hände, mit denen er ihn fest umschloss. Seine Finger begannen zu prickeln und zu stechen, als Leben in sie kam. Angela hatte wahrscheinlich Recht. Er hatte sich eine ganz nette Unterkühlung zugezogen.

»Wir müssen unbedingt verhindern, dass Georg das Spiel in die Länge zieht«, sagte er.

Mike schraubte neben ihm die Thermoskanne zu und legte sie dann auf dem Rücksitz zwischen ihnen ab. »Was ist dieser Georg eigentlich für ein Typ?«, fragte er scheinbar beiläufig.

Will entging durchaus nicht der lauernde Unterton in seiner Stimme, aber er beschloss, nicht darauf einzugehen. Er starrte noch einen Moment lang unschlüssig auf den dampfenden Kaffee, setzte dann mit beiden Händen den Becher an die Lippen und nahm einen Schluck. Um ein Haar hätte er aufgeschrien. Die Flüssigkeit erschien ihm kochend heiß, obwohl sie das mit Sicherheit nicht war, und wäre er alleine gewesen, hätte er sie mit Sicherheit wieder ausgespuckt. In der Hoffnung, sie damit abkühlen zu können, ließ er sie eine Weile in der Mundhöhle schwappen, bevor er sie mit einem entschlossenen Ruck herunterschluckte.

Es kam ihm vor, als würde brennende Säure seine Speiseröhre hinablaufen. Seine Hände begannen so stark zu zittern, dass ein paar Tropfen Kaffee über den Rand des Plastikbechers hinausschwappten.

»Alles in Ordnung?«, fragte Mike besorgt.

Will nickte flüchtig. »Ja. Der Kaffee ist nur … ziemlich stark.«

»Ah ja«, sagte Mike. Er schien von Wills Antwort nicht unbedingt überzeugt zu sein. »Und was ist jetzt mit diesem Georg? Auf was müssen wir uns einstellen?«

»Ich weiß es nicht genau«, murmelte Will. »Georg ist … nun eben Georg.«

»Das hilft uns nicht gerade weiter«, sagte Angela ärgerlich. Sie riss den Wagen auf die rechte Seite, um einem drängelnden BMW Platz zu machen, und zog direkt hinter ihm wieder auf die Überholspur.

»Ja, verdammt, das ist mir klar.« Will lehnte sich zurück, soweit das auf dem zerschlissenen braunen Polstersitz möglich war, und schloss für einen Moment die Augen. Der Kaffee hatte mittlerweile seinen Magen erreicht, aber erstaunlicherweise keine Katastrophe ausgelöst. Er hatte ihm ganz im Gegenteil gut getan. »Georg wird so schnell wie möglich wieder direkten Kontakt zu mir aufnehmen wollen«, sagte er. »Ich weiß nur nicht, wie er es diesmal anstellen wird.«

»Er kann doch einfach per Handy anrufen«, sagte Mike.

Will drehte sich zu ihm um und schüttelte den Kopf. Mike hatte sich so weit vorgebeugt, wie es ihm der wohl nachträglich eingebaute Sicherheitsgurt ermöglichte, und starrte ihn fragend an. Will sah aufrichtige Sorge in den Augen des jungen Mannes, die ihn für einen Moment sprachlos machte. Er hatte sich bislang nicht viel Gedanken um ihn und seinen Kollegen gemacht (dessen Namen ihm sowieso schon längst wieder entfallen war); er hatte sie anfangs für kaum mehr als ein Ärgernis gehalten und ihre Gesichter für Masken, die jede Regung verbargen so wie ihre Sonnenbrillen den Blick auf ihre Augen.

Aber zumindest was Mike anging, hatte er sich getäuscht. Der Mann strahlte nicht die Aura kühler Sachlichkeit aus, die man von seinem Berufsstand erwartete. Die Sorge um Duffy – und darüber, wie sie die Situation schnellstmöglich in den Griff bekamen – stand ihm deutlich ins Gesicht geschrieben.

»Es gibt ganz verschiedene Arten von Zuhältern«, sagte Will. »Aber wer sich in diesem Geschäft auf Dauer halten will, muss hart sein. Und skrupellos.«

»Und beides ist Georg«, vermutete Mike. Er fuhr sich mit der Hand über die Stirn und wischte ein paar Schweißtropfen weg. »Aber er muss doch noch über ein paar individuelle Eigenschaften verfügen.«

»Oh ja, das tut er«, sagte Will bitter. »Er liebt es, anderen Menschen seine Überlegenheit zu zeigen. Und das ist vielleicht auch seine einzige Schwäche. Denn dafür würde er auch über Leichen gehen.«

»Duffy …«, begann Angela.

»Ich habe damit nicht sagen wollen, dass er vorhat, Duffy

umzubringen«, beeilte sich Will zu sagen. »Georg ist vielleicht auf seine ganz eigene Art größenwahnsinnig. Aber er ist alles andere als blöd. Wenn wir ihm jetzt die Bullen auf den Hals schicken würden, würde er einfach behaupten, ich hätte ihm meine Tochter anvertraut, weil ich untertauchen wollte. Mit dem richtigen Rechtsanwalt an seiner Seite käme er vielleicht sogar damit durch.«

»Aber das ist doch Blödsinn«, sagte Mike. »Duffy lebte zwölf Jahre lang bei ihrer Mutter, und Sie wussten nicht einmal, dass es sie gibt!«

»Das wissen Sie und noch eine Hand voll Menschen«, sagte Will. »Aber was ist, wenn Georg Zeugen präsentieren kann, die behaupten, ich hätte ihnen schon öfters von meiner Tochter erzählt? Abgesehen davon sind die Bullen hinter mir her, weil sie mich mit einem hübschen kleinen Feuerchen in Verbindung bringen, bei dem nicht nur meine Wohnung draufgegangen ist, sondern auch einer ihrer eigenen Truppe abhanden kam. Das weiß Georg. Und damit kann er einen glaubhaften Grund präsentieren, warum er auf meine Tochter *aufpassen* sollte.«

Mike lockerte die Krawatte und öffnete den obersten Hemdknopf. »Ich verstehe das nicht«, sagte er. »Wenn dieser Georg so vorsichtig ist, warum hat er dann Duffy überhaupt entführt?«

»Weil er mich platt machen will«, sagte Will.

»Und das Geld?« Mike kramte in seiner Hosentasche und brachte ein Papiertaschentuch zum Vorschein, mit dem er sich ein paar Schweißtropfen von der Stirn wischte. »Warum verlangt er eine so riesige Summe?«

»Große Geldsummen hat Georg schon immer billigend in Kauf genommen«, sagte Will. Er nippte an dem Kaffee, war aber diesmal so vorsichtig, sich nicht noch einmal zu verbrühen. »Und außerdem wischt er mir damit zusätzlich eins aus.

Genauso wie mit dieser bescheuerten Ratenzahlung. Reiner Nervenkrieg.«

Mike nickte langsam. »Den wir gewinnen müssen«, sagte er.

»Den ich gewinnen *muss«*, korrigierte ihn Will. »Bleibt bloß die Frage, wie.«

Er starrte vor sich auf den Kaffeebecher. Seine Gedanken verwirrten sich zunehmend. Ganz am Rande hörte er, wie Mike Angela bat, doch endlich die Heizung herunterzuregeln, weil es in dem Polo mittlerweile so heiß wie in einer Sauna sei. Davon merkte Will nicht das Geringste. Er schlotterte immer noch vor Kälte, und mit ihm die Tasse mit dem verführerisch heißen Kaffee.

Ein lautes Hupen riss ihn aus seinen Gedanken. Zuerst glaubte er, dass ein hinter ihnen fahrender Wagen den kleinen Polo von der Überholspur scheuchen wollte, aber dann wurde ihm klar, dass es Angela war, die gehupt hatte. »Hallo, Will!«, rief sie ungehalten. »Bist du noch unter uns?«

Will nickte hastig. Er wurde sich bewusst, dass ihn Angela wohl schon mehrmals angesprochen hatte, bevor sie auf die Hupe gedrückt hatte, um so seine Aufmerksamkeit auf sich zu ziehen.

»Bist du okay?«, hakte Angela in einem Tonfall nach, in dem neben Besorgnis auch Ungeduld mitschwang.

»Einigermaßen«, sagte Will, was hoffnungslos übertrieben war. Er gehörte ins Bett – mit einer elektrischen Heizdecke und mindestens drei Federbetten obendrauf. Die Heizung des Polos funktionierte zweifellos tadellos, wie er unschwer an Mikes verschwitztem Gesicht erkennen konnte, aber sie war auch nicht ansatzweise in der Lage, die Kälte aus seinem Körper zu vertreiben. »Was genau hat Georg verlangt?«

»Du sollst in zwei Stunden zu ihm in die Bar kommen«,

antwortete Angela prompt. »Mit hunderttausend Euro. Alles Weitere will er dir dann selbst sagen.«

Diese Kälte. Sie war einfach unerträglich. Will hatte das Gefühl, bei lebendigem Leib einzufrieren, und er konnte an nichts anderes mehr denken als daran, wie er die Kälte aus seinem Körper vertreiben konnte. Mit einer Mischung aus schlechtem Gewissen, weil er kaum noch einen Gedanken an Duffy verschwendete, und Entsetzen über seinen Zustand setzte er den Plastikbecher erneut an seine Lippen.

Er hatte erwartet, dass der Kaffee in der Zwischenzeit abgekühlt sein würde. Aber das Gegenteil war der Fall. Als die ersten Tropfen seine Lippen berührten, hätte er beinahe laut aufgeschrien. Ein brennender Schmerz durchzuckte seinen Mund. Seine Hände zitterten jetzt so stark, dass er den Becher gar nicht mehr ruhig halten konnte. Ein Teil der Flüssigkeit schwappte über den Rand. Der allergrößte Rest versickerte im schmuddligen Polster der Autositze, aber ein paar Tropfen erwischten seine verdreckte Hose.

Es war ein ganz eigentümliches Gefühl. Dort, wo ihn die Tropfen trafen, schienen kleine Hitzeinseln zu entstehen, nicht unähnlich der Wärmeexplosion, wenn heißes Lötzinn auf nackte Haut tropfte oder man an eine heiße Halogenbirne kam. Es waren keine Schmerzen, die er empfand, sondern ein fast angenehmes Kribbeln, das sich kreisförmig von den Trefferstellen ausbreitete.

Will starrte verblüfft an sich herab. Es war nicht nur eine subjektive Empfindung, es waren tatsächlich Löcher, die die wenigen Kaffeetropfen in seine Hose gebrannt hatten. Das war unmöglich, vollkommen u-n-m-ö-g-l-i-c-h. Der Kaffee, der seine Kehle heruntergeronnen war, war zweifelsohne heiß gewesen, aber bei weitem nicht *kochend,* und selbst wenn, hätte er sich wohl kaum durch den Stoff seiner Hose durchbrennen können. Er kam nicht dazu, sich weiter darüber Gedanken zu machen. Ein gellender Schrei ließ ihn zusammenfahren.

Es war Mike. Wie ein Verrückter riss er die Hände hoch und schlug mit offenen Handflächen in Wills Richtung. Will blinzelte und spannte sich in Erwartung des Schlags, der jetzt kommen musste – aber er hatte sich getäuscht. Mike hatte es gar nicht auf ihn abgesehen, sondern schlug auf das Polster zwischen ihnen ein, mehrmals hintereinander. Seine Augen waren weit aufgerissen und sein Blick so entsetzt, dass Will gar nicht den Blick von seinem Gesicht wenden konnte.

»Verdammt«, brüllte Mike. Er riss die Hände wieder hoch. Flammen schlugen aus seinen Jackettärmeln hervor. »Tun Sie doch was!«

Will starrte fassungslos zwischen ihm und dem Polster hin und her. Dort, wo die Kaffeetropfen auf dem Sitz aufgeschlagen waren, schienen sie mit der Kraft winziger Kometen explodiert zu sein. Aus mehreren Flammennestern schlug Will ein feuriges Glosen entgegen, ein Züngeln, dessen Energie nicht in die Breite zu gehen schien, sondern ausschließlich nach oben. Im gleichen Moment spürte er die Hitze zwischen seinen Fingern.

Das Plastik des Kaffeebechers schmolz.

»Angela!«, schrie er. »Mach das Fenster auf!«

Die junge Frau musste im Rückspiegel mit angesehen haben, was passiert war. Es passte zu ihr, dass sie unerschrocken und ohne Nachfrage reagierte. Bei einem modernen Wagen hätte sie nur eine Taste zu drücken brauchen, um das Fenster an der Fahrerseite herunterfahren zu lassen, aber bei dem Polo gab es nur eine altertümliche Kurbel, mit der man das Fenster herunterkurbeln musste. Und das tat sie, ohne zu zögern und mit erstaunlicher Geschwindigkeit.

Trotzdem wusste Will, dass sie zu langsam sein würde.

Heißes Plastik tropfte auf seine Hand. Mit seiner Wahrnehmung war etwas ganz und gar nicht in Ordnung, denn wieder empfand er keinen Schmerz. Er sah deutlich, wie das geschmolzene Plastik tiefe Furchen in seine Haut brannte, aber er spürte nur eine fast angenehme Wärme, die über seine Hände in seine Arme glitt und zumindest partiell das schaffte, was die auf vollen Touren laufende Heizung des Polos nicht geschafft hatte: die Kälte aus seinem Körper zu treiben.

Mike hatte mittlerweile ein Tuch in der Hand, und er drückte es wie ein Wilder auf das brennende Polster, riss es aber immer wieder zwischendurch hoch, als wollte er Rauchzeichen geben. »Ich brauche einen Feuerlöscher«, brüllte er. »Verdammt noch mal, gibt es in dieser Schrottkiste keinen Feuerlöscher?«

»Gleich«, sagte Angela. Ihre Stimme klang sachlich, aber ihre Augen, die Will für einen Moment direkt auf sich gerichtet im Rückspiegel sah, sprachen eine andere Sprache. Wie eine Wilde drehte sie an der Fensterkurbel. Das Fenster rutschte in wahren Sprüngen tiefer, schneller, als wenn ein Elektromotor am Werke gewesen wäre. Trotzdem würde sie es nicht schaffen. Ganz einfach, weil Will einen Denkfehler gemacht hatte. In dem Moment, in dem er den schmelzenden Becher nach vorne schleuderte, würde der Kaffee in ihm zurückschwappen. Nach dem zu urteilen, was schon ein paar wenige Tropfen der Flüssigkeit bewirkt hatten, war gar nicht auszudenken, was passieren würde, wenn ein ganzer Schwall der im wahrsten Sinne des Wortes brennend heißen Flüssigkeit auf ihn und vielleicht auch auf Angela und Mike schwappen würde.

Aber er hatte Angela unterschätzt. Wahrscheinlich war sie auf die gleiche Idee wie Will gekommen, nur etwas früher als er. Sie trat in die garantiert ABS-freien Bremsen, und im gleichen Moment begriff Will die Chance, die sich ihm dadurch bot. Er ließ den Becher los und schubste ihn mit der anderen

Hand nach. Es war eine reine Verzweiflungstat, denn er hatte weder die Zeit, abzuschätzen, ob der jetzt regelrecht in sich zusammenschmelzende Becher die richtige Flugbahn nehmen würde, noch, ob er nicht den Großteil seines Inhalts auf dem Weg zum Fenster verlieren würde.

Der Becher schwebte in der Luft, schien stillzustehen, vielleicht, weil sich seine Vorwärtsbewegung und die gegenläufige des gebremsten Polos gegeneinander aufhoben. Will starrte auf ihn, als könne er seine Flugbahn durch pure Gedankenkraft beeinflussen. Die Zeit schien stehen zu bleiben, für einen Moment, der sich zur Ewigkeit dehnte, fast wie bei einer Zeitlupenaufnahme. Will schnellte nach vorne, wollte dem verformten Becher noch einen letzten Schubser versetzen, aber er war zu langsam. Seine Fingerspitzen kamen dem Becher nur auf wenige Zentimeter nahe, dann sauste der Plastikbecher davon, haarscharf am Fensterholm vorbei – und war einen Augenblick später auch schon draußen. Der Polo war alles andere als ein Rennwagen, aber die knapp einhundertfünfzig – die er zumindest laut Tachometer brachte – genügten, um dem Kunststoffgefäß durch den von ihm erzeugten Luftwiderstand einen regelrechten Schlag zu versetzen und ihn im nächsten Moment auch schon aus Wills Blickfeld verschwinden zu lassen. Will verdrehte den Kopf bei dem Versuch, ihn nicht aus den Augen zu verlieren. Es gelang ihm nicht.

Ein roter Kombi war ziemlich dicht hinter ihm. Sein Fahrer trat in die Bremse, als der Kaffeebecher haarscharf an seiner Windschutzscheibe vorbeizischte und irgendwo im Grün des Mittelstreifens verschwand.

Buch 5

Röte das scharfe Schwert
Und halte des Drachen Herz ans Feuer.
Ich will das Herz zu essen haben
Auf dem Bluttrunk, den ich trank.

Das Lied vom Drachen

32

Das dicke Veloursjackett, das Angela für ihn gekauft hatte, schlotterte um ihn herum, und das, obwohl er noch einen dicken Rollkragenpullover darunter trug und drei Unterhemden übereinander, die er gleich in der Umkleidekabine des kleinen Herrenausstatters angezogen hatte, den sie direkt nach Geschäftsbeginn betreten hatten: Ein gut gekleideter Endzwanziger, der so verschwitzt war, als hätte er in seinem Maßanzug gerade einen Marathonlauf absolviert, eine attraktive junge Frau mit hüftlangem blondem Haar und einer äußerst skurril zusammengestellten Kleidung, und eine verdreckte, vor Kälte schlotternde Gestalt, die aussah wie ein Penner, der drei Tage lang in einer Mülltonne genächtigt hatte. Das Stirnrunzeln des Verkäufers hatte sie begleitet, bis sie das Geschäft verlassen hatten, und noch jetzt glaubte er seinen misstrauischen Blick im Genick zu spüren. Hätte Angela nicht gleich mit einer goldenen Kreditkarte gewunken, als sie das Geschäft betreten hatten, und irgendetwas von einem Unfall gefaselt und dass Will ganz schnell warme Kleidung brauchte, um seine Zeugenaussage auf dem örtlichen Polizeirevier zu machen – der Verkäufer hätte wohl selbst genau dort angerufen und eine Streife herbeigebeten, um die zerlumpte und verdreckte Gestalt *entsorgen* zu lassen.

Jetzt waren sie auf dem Weg zu Georg. Der kleine rote Polo zuckelte hinter einem Lieferwagen her, der sich wie sie selbst durch den Berufsverkehr quälte. Mike, der mittlerweile auf dem Beifahrersitz saß – möglichst weit weg von Will und dem fast durchgeschmorten Polster der Rückbank –, ließ das Handy sinken, in das er eben noch gesprochen hatte, und drehte sich zu Will um. »Frau Schmidt hat das Geld. Sie will uns in fünf Minuten treffen.«

Will ließ das mit Wasser angefeuchtete Taschentuch sinken, mit dem er gerade versucht hatte, sein Gesicht sauber zu wischen, damit er nicht mehr länger wie ein Penner nach einer durchzechten Nacht aussah. Er brauchte einen Moment, um zu begreifen, dass Mike mit Frau Schmidt niemand anderen als Martina gemeint hatte. »Und sie weiß auch, wo wir uns treffen?«, fragte er.

Mike nickte kurz und wandte sich dann wieder um. »Aber ehrlich gesagt: Mir gefällt das nicht. Ich finde, wir sollten die Polizei einschalten. Die haben Spezialisten für so was.«

»Der einzige Spezialist für Georg bin ich«, sagte Will. Er warf das Taschentuch vor sich in den Fußraum und seufzte. »Haben Sie vielleicht einen Kamm für mich, Mike?«

»Wenn es sein muss«, sagte Mike. Er griff in sein Jackett und brachte einen sicherlich nicht billigen Hornkamm hervor, den er mit leicht angeekeltem Gesichtsausdruck Will reichte. »Sie können ihn behalten.«

Will konnte ihm die Bemerkung nicht verdenken. Er hätte dringend ein Vollbad gebraucht, sich so richtig im heißen Wasser einweichen lassen müssen – und das nicht nur, um sich aufzuwärmen, sondern auch, um den Dreck von seinem Körper zu bekommen. Die Schlitterpartie durch den schlammigen Straßengraben war nicht folgenlos geblieben; seine Haare waren regelrecht verklebt, und wahrscheinlich stanken sie auch. Mit zittrigen Händen fuhr er sich mit dem Kamm mehrmals durch die Haare. Er musste richtig Kraft aufwenden, um durchzukommen. »Wir bleiben dabei«, sagte Will. »Georg kann nicht damit rechnen, dass wir früher als verabredet kommen. Wenn wir jetzt keine Zeit mehr durch irgendeinen blöden Stau verlieren, bin ich eine gute Dreiviertelstunde vor der verabredeten Zeit da.«

»Und wenn er dich nun gleich sieht?«, fragte Angela. Sie steuerte den Polo in die mittlere Spur und gab Vollgas, um dem hupenden Transporter wegzufahren, den sie geschnitten hatte. »Dann weiß er doch, dass du irgendeine Schweinerei vorhast.«

»Und wenn schon«, sagte Will. Er starrte einen Moment lang unschlüssig auf den Kamm. »Wenn er mich gleich abfängt, hat er mich in seiner Gewalt. Das wird ihn beruhigen, verlasst euch drauf.« Mit einem entschlossenen Ruck steckte er den Kamm in seine Jackentasche. Es kam ihm beinahe so vor, als ob es eine Waffe wäre, die ihm noch einmal nützlich sein konnte. Ein lächerlicher, wenn auch irgendwie beruhigender Gedanke.

»Falls nicht, ist aber auch nicht viel gewonnen«, sagte Mike. »Was können Sie schon in der knappen Zeit ausrichten, was ein Sondereinsatzkommando nicht könnte?«

»Mich nach Duffy umschauen, zum Beispiel.« Will schlug den Jackenkragen hoch und vergrub die Hände in den Hosentaschen. Es nutzte nichts. Wahrscheinlich würde es noch ein paar Wochen dauern, bis die Kälte endgültig aus seinem Körper gewichen war, wenn das überhaupt jemals passierte.

»Ich verstehe noch immer nicht so ganz, was Sie besser können als ein SEK«, beharrte Mike.

»Überhaupt nichts«, murmelte Will. »Aber es gibt einen Unterschied. Wenn mich Georg erwischt, bekomme ich einen weiteren Minuseintrag auf der nach unten offenen Sünder-Skala. Wenn er dagegen ein paar vermummte SEK-Beamte durch seine heiligen Hallen laufen sieht, gibt er Großalarm. Und dann könnte es sein, dass irgendeiner seiner Handlager durchdreht und etwas ganz Dummes tut.«

»Zum Beispiel, indem er Duffy eine Pistole an den Kopf hält

und freies Geleit fordert«, ergänzte Angela. Sie ließ den Polo von einer Lücke zur nächsten hüpfen, um dem beginnenden Stau ein Schnippchen zu schlagen. Will hoffte nur, dass sie wusste, was sie da tat. Sie hatte schon drei Hupkonzerte und mindestens eine Vollbremsung provoziert, aber so wie es aussah hinderte sie das nicht daran, ihren kamikazeähnlichen Fahrstil fortzusetzen.

»Trotzdem«, sagte Mike. »Es wäre besser, wenn ich wenigstens mitkommen würde.«

»Nein«, sagte Will. »Ausgeschlossen. Georg hat verlangt, dass ich alleine komme. Und daran werde ich mich halten.«

Martina unter diesen Umständen wiederzusehen war für Will mit das Schlimmste, was er sich vorstellen konnte. Sie wirkte blass und übernächtigt. Das Kostüm, das sie trug, sah aus, als stamme es von einer ehrgeizigen Brokerin, die jeden Morgen frisch geschminkt und mit betont selbstsicheren Bewegungen ins Büro hastete. Es passte überhaupt nicht zu Martinas bleichem Gesicht und den dunklen Rändern unter ihren Augen. Nur die schmale Aktentasche, die sie in der Hand trug, erinnerte daran, was sie mit einer Brokerin gemein hatte: Sie war gerade auf der Bank gewesen, um ein ungewöhnliches Geschäft zu tätigen.

Das Abheben eines höheren Betrags war sicherlich keine alltägliche Sache; selbst dann, wenn man über das nötige Kleingeld verfügte. Will hätte nicht einmal tausend Euro aufbringen können, um Duffy auszulösen.

Martinas Augen weiteten sich, als er hinter Mike auf der Beifahrerseite aus dem Polo stieg. Sie starrte ihn an, als sähe sie ein Gespenst.

»Will«, keuchte sie. »Was ist passiert?«

»Angela hat mir einen Anzug gekauft, der ein paar Nummern zu groß ist«, sagte Will. Er machte es noch schlimmer, indem er hinzufügte: »Und Mikes Schuhe passen mir auch nicht. Sie sind mindestens zwei Nummern zu groß.«

Es war kein lahmer Scherz, es war überhaupt keiner, sondern höchstens trotzige Verzweiflung – und so kam es bei Martina auch an. »Du siehst um fünf Jahre gealtert aus«, stellte Martina erschüttert fest.

Will hätte das Kompliment zurückgeben können, obwohl es nicht ganz stimmte. Martina sah nicht nur fünf Jahre älter aus, sondern ganz genau so alt, wie sie jetzt mittlerweile sein musste, während sie bis letzte Nacht kaum älter als Angela gewirkt hatte. Keine Kosmetik der Welt konnte die Sorge einer Mutter um ihre Tochter wegschminken.

»Du kannst dich doch kaum noch auf den Beinen halten«, sagte Martina. »Willst du die ganze Sache nicht abbrechen?«

»Und dann?«, fragte Will leise.

Martina starrte ihn eine Weile schweigend an und nickte. »Wahrscheinlich hast du Recht. Wir haben gar keine andere Wahl, nicht wahr?«

Will dachte einen Moment lang über die Frage nach. »Nein, wohl nicht«, sagte er dann. »Georg wird dieses Spiel so weit treiben, bis er mich am Boden hat.«

»Dann soll er Duffy da rauslassen«, sagte Martina scharf.

Will zuckte zusammen. Martina sprach nur das aus, was er die ganze Zeit über schon gedacht hatte. Aber aus ihrem Mund klang es anders – verletzend und irgendwie endgültig.

So endgültig wie das Ende ihrer Beziehung?

Es war absolut der falsche Zeitpunkt, sich darüber Gedanken zu machen. Es war schon eher die Frage, ob er wirklich den einsamen Cowboy spielen sollte, der im Alleingang ein ganzes Räubernest ausräuchern wollte. Seine einzige Chance war, das perfide Spiel vorzeitig zu Ende zu bringen, das ihm Georg aufgezwungen hatte – ohne sich durch Duffy dabei geradewegs in den Boden zu rammen.

»Du kannst es dir noch einmal überlegen«, sagte Martina, als hätte sie seinen Gedanken erraten.

Will schüttelte den Kopf. »Da gibt es nichts zu überlegen«, sagte er beinahe schroff. »Wir haben nur die Möglichkeit, die Bullen die Sache erledigen zu lassen – oder es auf meinen Alleingang ankommen zu lassen.«

Martinas ohnehin nur zaghafter Widerstand brach zusammen. Will erkannte es an ihren Augen. Sie flackerten kurz auf, und dann schien etwas in ihnen zu erlöschen. »Ich habe nie viel von deinen *Unternehmungen* gehalten«, sagte sie leise. »Und du hast dich erschreckend oft schnappen lassen. Sieh zu, dass das jetzt nicht wieder passiert. Diesmal stehen nicht nur ein paar Jahre Gefängnis für dich auf dem Spiel – diesmal geht es um das Schicksal meiner Tochter.«

Unsere Tochter, hätte sie Will beinahe berichtigt. Aber das ließ er dann doch. Auch dafür war nicht der richtige Zeitpunkt. Und ob er jemals kam – das hatte nicht er alleine in der Hand.

Martina streckte die Hand mit dem Aktenkoffer vor. Es hatte etwas Endgültiges.

Will wollte nach dem Aktenkoffer greifen und ihn an sich nehmen, aber Martina zog ihn schnell wieder zurück. »Warte«, sagte sie. »Nimm nicht den Polo. Selbst wenn du ihn ein Stück weit entfernt von Georg parkst – er könnte dich damit sehen. Und eine Verbindung zu der alten Klapperkiste herstellen, mit der Angela vorhin neben dir gehalten hat ...«

»Das hat er vielleicht sowieso schon getan«, unterbrach Will Martina. »Ich weiß nicht, wie lange er mich unter Beobachtung gehalten hat. Möglicherweise lange genug, um mich bei Angela zusteigen zu sehen.«

»Das sind doch Spekulationen, und all das bringt uns nicht

weiter«, mischte sich Angela ein. Sie packte den Griff der Aktentasche und entwand ihn Martina geradezu. » Hier«, sagte sie, während sie Will die Tasche entgegenhielt. »Nimm die einhundertzwanzigtausend Euro und den Mercedes und werd glücklich damit.«

So, wie sie es sagte, klang es beinahe so, als unterstelle sie Will ernsthaft, dass er mit dem Geld abhauen wolle. Aber er war sich in diesem Punkt alles andere als sicher. Angela war nicht der Typ, der ihn mit einer bösen Bemerkung entschwinden lassen würde; sie würde ihm eher eine ihrer Spezialbehandlungen mit dem Elektroschocker angedeihen lassen. »Vielen Dank für deinen Zuspruch«, sagte Will dann auch. »Ich kann ein paar aufmunternde Worte gebrauchen.«

Angela nickte grimmig, drehte sich zum Mercedes um und riss die Fahrertür auf, um den Aktenkoffer hineinzuschmeißen. »Dann verschwende nicht noch mehr Zeit«, sagte sie. »Verschwinde endlich.«

Sie hatte natürlich Recht. Trotzdem hätte ihr Will am liebsten ein paar Takte dazu gesagt. Martina zuliebe ließ er das sein.

Als er an ihr vorbeiging, griff Martina nach seiner Hand und drückte sie so fest, als wolle sie ihn nicht gehen lassen. Es war eine vertraut wirkende Geste, die Will an alte Zeiten erinnerte. Aber er widerstand der Versuchung, sie entsprechend zu interpretieren.

»Bring mir meine Tochter wieder«, sagte sie leise.

»Und tritt Georg so kräftig in den Arsch, dass er bis zum Mond fliegt«, ergänzte Angela in ihrer herzerfrischenden Art. Will schenkte ihr keinen Blick. Dafür sah er Martina einen Herzschlag lang tief in die Augen. »Ich verspreche es dir«, sagte er. »Ich werde dir Duffy wiederbringen.«

Martina nickte nur kurz, doch dann, gerade in dem Moment, in dem sich Will abwenden wollte, tat sie etwas sehr Merkwürdiges: Sie hob den Kopf und sah in die Richtung, in der in etlichen Straßenkreuzungen Entfernung Georgs Etablissement lag, und ihr Gesicht versteinerte augenblicklich auf eine Art, wie es Will noch nie zuvor an ihr beobachtet hatte. »Er hat etwas vor«, sagte sie tonlos. »Etwas Ungeheuerliches. Und ich fürchte, er könnte Erfolg haben.«

»Was?!?«, fragten Will und Angela wie aus einem Munde.

»Das ist eine sehr gut Frage«, sagte Martina auf die gleiche schrecklich emotionslose Art wie zuvor. Sie drehte den Kopf halb in Wills Richtung und brachte das Kunststück fertig, ihm fast in die Augen zu starren, ohne ihn wirklich anzusehen. Vielleicht kam dieser Effekt aber auch nur durch ihre vollkommen geistesabwesend wirkende Art zustande. »Wenn er es schafft, einen Keil zwischen euch zu treiben, wenn es ihm gelingt, euch voneinander fern zu halten – dann könnte das verheerende Folgen haben.«

»Wovon sprichst du?«, fragte Angela, bevor Will auch nur dazu kam, den Mund aufzumachen.

»Von der Offenbarung.« Martina zögerte leicht, bevor sie weitersprach. »Oder auch von nichts. Von dem Nichts, das zwischen zwei Menschen ist, die sich nichts mehr zu sagen haben. Von dem Nichts, das alles zum Erlöschen bringt, nicht nur jede Zuneigung, sondern auch die Möglichkeit, je wieder aufeinander zuzugehen.«

Angela öffnete den Mund, als wollte sie etwas sagen, aber dann schüttelte sie nur den Kopf, steckte mit einer energisch wirkenden Bewegung ihre Hände in die Jackentaschen und starrte trotzig in die gleiche Richtung, in die Martina geblickt hatte, bevor sie sich wieder halb zu Will umgedreht hatte.

Will wartete noch einen Moment, unfähig, Martinas Worte in Beziehung zu dem zu bringen, was vor ihm lag. Hatte sie ihn und Duffy gemeint, oder spielte sie auf die verblichene Liebesbeziehung zwischen ihnen beiden an – oder auf beides oder nichts von alledem? Die beiden Frauen taten ihm nicht den Gefallen, ihn aus seiner Ungewissheit zu befreien, sie blieben stumm, und Will verbiss sich die Frage, die ihm auf der Zunge lag, schon allein, um nicht noch mehr Zeit zu verlieren.

»Lass nicht zu, dass Kälte zwischen euch kommt«, murmelte Martina schließlich, als Will schon gar nicht mehr mit einer weiteren Erklärung gerechnet hatte.

»Welche Kälte?«, fragte Will rasch.

Martina zuckte nur mit den Schultern und wandte sich ab. »Ich bete zu Gott, dass du nie begreifen wirst, was ich damit gemeint habe.«

Ihre Stimme war bei den letzten Worten zu einem fast unverständlichen Flüstern herabgesunken, und Will begriff, dass er keine weiteren Antworten mehr kriegen würde. »Ich werde Duffy zurückbringen«, sagte er schließlich, nachdem er trotzdem noch eine Weile gewartet hatte, und wandte sich ab. Er hätte es keine Sekunde länger ertragen, Martina in diesem versteinerten Zustand zu sehen.

Als er fünf Minuten später im Auto saß, war er sich alles andere als sicher, ob er sein Versprechen würde halten können. Er war kaum in der Lage zu fahren. Irgendetwas schien mit seinen Augen nicht zu stimmen. Die Wagen vor ihm waren kaum mehr als konturlose Schemen, und ihre Rücklichter tanzten vor seinen Augen, als ob sie nicht auf einer asphaltierten Straße, sondern auf einem holprigen Feldweg fahren würden. Er begriff, dass er angeschlagener war, als er geglaubt hatte. Es wäre wahrscheinlich klüger gewesen, ein Taxi zu nehmen, statt selbst zu fahren, aber jetzt war es zu spät. Irgendwo anzuhalten und ein Taxi zu rufen, das dann mit etwas Glück zehn oder fünfzehn Minuten später kam, würde den Großteil des zeitlichen Vorteils aufzehren, den er sich erarbeitet hatte. Nein, er musste es so durchziehen, wie er es von Anfang an geplant hatte.

Er war noch nicht weit gekommen, als er hinter sich eine Sirene hörte. Obwohl er sicher war, dass das nichts mit ihm zu tun haben konnte, erschrak er so sehr, dass er um ein Haar das Steuer verrissen hätte, und sah fast panisch in den Rückspiegel. Im ersten Moment bemerkte er nichts, dann tauchte ein blitzendes blaues Licht darin auf, verschwand hinter einer Biegung und erschien wieder, und Wills rasender Pulsschlag begann sich zu beruhigen, als er sah, dass es kein Polizeiwagen war, sondern die Feuerwehr. Wie passend. Er nahm den Fuß vom Gas und ließ den Löschzug langsam aufholen, wobei er ihn aufmerksam im Rückspiegel im Auge behielt. Wahrscheinlich war es nur Zufall – aber Will war misstrauisch geworden, was komische Zufälle anging. Vielleicht gab es so etwas wie Zufall ja gar nicht; und wenn, dann bedeutete es möglicherweise etwas radikal anderes, als er und die meisten anderen bisher darunter verstanden hatten. Er hatte nichts zu verlieren, wenn er auf Nummer Sicher ging.

Der Löschzug, ein uralter, riesiger Koloss, der im Rückspiegel allmählich zur Größe eines rollenden Berges aus rot lackiertem Metall und blitzendem Glas anwuchs, war nicht allein. Hinter ihm rasten mindestens noch zwei weitere, wenn auch kleinere Einsatzfahrzeuge der Feuerwehr heran, und er glaubte auch weit entfernt dann und wann das nervöse Aufflackern eines weiteren Blaulichts zu erkennen. Was immer auch irgendwo vor ihm brannte, es war keine Imbissbude, in der altes Frittierfett in Brand geraten war, oder eine Gartenanlage, die, von der Hochsommerhitze der letzten Woche ausgedörrt, Feuer gefangen hatte.

Der Löschzug hatte mittlerweile weit genug aufgeholt, um ihn zu einem Ausweichmanöver zu zwingen. Will tippte sacht auf die Bremse, setzte den Blinker und lenkte den Wagen hinter einen Lieferwagen und so weit an den rechten Fahrbahnrand, wie es überhaupt nur ging, und bremste noch weiter ab. Hinter ihm erscholl ein zorniges Hupen, als der Feuerwehrwagen unversehens ausscherte und dann so dicht an ihm vorbeiraste, dass sich der Mercedes wie ein bockendes Pferd schüttelte. Will ließ auch die beiden kleineren Fahrzeuge passieren, lenkte den Wagen mit einem Gefühl leisen Bedauerns wieder zurück in die Mitte der Fahrspur und tippte sacht auf das Gaspedal.

Fast hätte er den Abzweig zu der Seitenstraße verpasst, an der Georgs Bar lag. Erst im letzten Moment erkannte er die Busstation wieder, an der er abbiegen musste. Mit aller Kraft trat er auf die Bremse. Hinter ihm quietschte es, als würde jemand eine Notbremsung machen, und er wartete nur auf den harten Aufprall und das Scheppern, mit dem sein Rückmann auf ihn auffuhr. Doch stattdessen ertönte nur wütendes Hupen, und dann donnerte ein alter Fiat Spider an ihm vorbei, dessen Fahrer erbost winkte und ihm zum Schluss noch einen Vogel zeigte. Will konnte es ihm nicht verdenken, er hätte wohl kaum anders reagiert, wenn er auf die gleiche Art ausgebremst worden wäre.

Vorsichtig lenkte er den Wagen in die Straße. Es fehlte ihm noch, dass er einen Unfall baute. Ein übersehener Radfahrer, ein leichtsinniger Fußgänger – und er konnte seinen Plan vergessen. Ganz abgesehen davon, dass er trotz aller Erschöpfung noch nicht so abgestumpft war, dass ihm das Schicksal anderer Menschen vollkommen egal war.

Aber viel fehlte nicht mehr daran. Die Straße begann erneut vor ihm zu verschwimmen, so als wäre sie gar nicht real, sondern Bestandteil eines Computerspiels, in das er auf mysteriöse Weise geraten war. Er hatte alle Mühe, die Abzweigung in die Sackgasse zu finden, in der er den Wagen parken wollte. Es war eine gehobene Wohngegend hier, nur ein Stück entfernt von der Durchgangsstraße, aber weit genug, dass man von ihr hier nur ein sanftes Rauschen wahrnahm, wenn man in einem der gepflegten Gärten saß. Georgs Spielwiese begann ein Stück weiter abwärts, dort wo ursprünglich einmal ein Gewerbegebiet mit kleinen Handwerksbetrieben existiert hatte. Will ließ den Wagen ausrollen und peilte eine ungewöhnlich große Parklücke an, in der zuvor wahrscheinlich ein Kleinlaster gestanden hatte. Er wollte den Mercedes dort rückwärts einparken, aber nach dem dritten Versuch und nachdem er den Hinterreifen mehrmals an der scharfen Bordsteinkante hatte entlangschrammen lassen, gab er es auf, setzte den Wagen mit aufheulendem Motor ein Stück zurück und parkte ihn dann vorwärts und so schräg ein, dass er bei jedem anderen laut aufgeschrien hätte, wenn er dieses *Park*manöver beobachtet hätte.

Fast fluchtartig verließ er den Wagen. Dass er die Aktentasche vergessen hatte, fiel ihm erst ein, als er dem Blick eines Dreikäsehochs begegnete, der mit seinem Bobbycar herangezuckelt kam und ihn mit einem geradezu unverschämten Grinsen musterte. Er drehte sich auf dem Absatz, riss die Tür des Mercedes noch einmal auf, zog die Aktentasche hervor – und knallte mit dem Kopf so hart gegen den oberen Türholm, dass er Sterne sah.

Der kleine Bobbycar-Fetischist kicherte. Will hätte ihn erwürgen können. Aber natürlich galt sein Zorn ihm selbst. Statt sich unauffällig zu verhalten, hatte er schon mit seinem Parkmanöver dafür gesorgt, dass man ihn hier nicht so schnell vergessen würde. Denn außer dem Dreikäsehoch entdeckte er noch ein paar andere Passanten, die ihn neugierig musterten.

Er beschleunigte seine Schritte. Seine Füße schienen keinen

Laut zu verursachen. Wenn er sie auf den Boden aufsetzte, war es, als würde das Geräusch der Ledersohlen seiner Schuhe von den Betonplatten des Bürgersteigs absorbiert. Nur wie durch einen Schleier nahm er all die Anzeichen dafür wahr, dass es nach dem Temperatursturz in der Nacht wieder ein warmer, sonniger Tag werden würde; er sah das Glitzern der Sonnenstrahlen in den wenigen Pfützen, hörte das Zwitschern der Vögel, registrierte die kaum verhüllte, sonnengebräunte Haut zweier junger Mädchen, die die Straße überquerten – und doch berührte ihn davon nichts wirklich. Er kam sich auf eine Art deplatziert vor, wie er sie sich zuvor niemals hatte vorstellen können.

»Es ist an der Zeit, dass wir uns kennen lernen«, sagte eine tiefe Stimme hinter mir.

Ich wirbelte herum. Die Hoffnung, Guntram vor mir zu sehen, zerstob in dem Moment, in dem ich in ein mir fremdes und doch irgendwie vertraut wirkendes Gesicht sah. Ein Blick aus kalten, vollkommen gefühllos wirkenden Augen schien mich geradezu aufzuspießen, als ich einen Schritt auf den Fremden zumachte.

»Was soll das?«, herrschte ich ihn an. »Habt Ihr etwas mit den Zerstörungen hier zu tun?«

Der Mann war ein Stück kleiner als ich, doch die Art, wie er mich anstarrte, machte mir mehr Angst, als wenn er mich um Haupteslänge überragt und eine blutige Streitaxt in den Händen gehalten hätte; was auch daran liegen mochte, dass seine Gesichtszüge etwas von einem Raubtier an sich hatten, von einem Wolf, um genau zu sein. Dazu passte, dass sein Umhang aus Wolfspelzen gefertigt war, und das auf eine gleichermaßen so abstoßende wie kunstvolle Art, wie ich es noch nie gesehen hatte: Von den Schulterstücken grinsten mir die nackten Totenschädel zweier Wölfe entgegen.

Will beschleunigte seine Schritte, als könne er so dem weglaufen, was sich in seinem Kopf abspielte. Der Geruch von Feuer, Schnee und Eis hing ihm in der Nase, als wenn es hier tatsächlich irgendetwas gäbe, was danach röche, und vor seinen Augen glaubte er nach wie vor den Mann mit dem Wolfsumhang zu sehen … Wolfsköpfe sind viel zu groß, um als Schulterstücke zu taugen, dachte er sich, und im gleichen Moment wurde ihm bewusst, wie gefährlich dieser Gedanke war, der etwas, was ihm sein Unterbewusstsein vorgaukelte, mit logischer Überlegung in die Schranken verweisen wollte. Sich an einem Augustmorgen in einer archaischen, von Schneemassen bedeckten und von tosendem Wind umheulten Schmiede zu wähnen sprach wahrlich nicht gerade für geistige Gesundheit. Das wurde auch nicht dadurch besser, dass die durch Übermüdung hervorgerufene Halluzination (er hoffte zumindest, dass sie nur seiner Erschöpfung zuzuschreiben war und nicht Schlimmerem) so erschreckend real wirkte. Er versuchte sich auf diese Wolfsköpfe zu konzentrieren, die die Schultern des in Fell gekleideten Mannes schmückten, er versuchte sich im wahrsten Sinne des Wortes vor Augen zu führen, dass sie, im Gegensatz zu dem hellen Sonnenlicht, das die grauen Betonplatten zu seinen Füßen fast gleißend reflektierten, nicht real sein *konnten;* er versuchte mit ihrer Hilfe, die fragile Grenze zwischen Fantasie und Wirklichkeit wieder ein Stück stabiler zu machen – und tatsächlich begannen erst die nackten Totenschädel der beiden Raubtiere und dann das Bild des Mannes vor seinen Augen zu verblassen …

… und je länger ich auf die Köpfe starrte, umso mehr schien die Gestalt des Wolfsgesichtigen vor meinen Augen zu zerfließen, so als hätte sie gar keinen richtigen Bestand, sondern sei nicht mehr als das verzerrte Abbild von etwas ganz anderem, nicht Fassbarem …

... und dann, nach einem letzten Aufflackern, war es schließlich ganz verschwunden. Will atmete hörbar auf. Diese Halluzination war ... beängstigend, um es vorsichtig auszudrücken, und außerdem stieg in ihrem Gefolge etwas anderes hoch, die Erinnerung an Träume, die ihn wohl als ganz kleines Kind geplagt haben mussten. Bevor er den Gedanken fassen konnte, entglitt er ihm wieder, so wie jedes Mal, wenn er die Erinnerung an seine ersten Lebensjahre zurückzuzwingen versuchte. Wäre er jetzt in einer vertrauten Umgebung, würde er sich etwas zu trinken genehmigen und sich mit dem Drink in einen Sessel zurückziehen, bis sich das Zittern seiner Hände beruhigt hätte und seine Gedanken nicht mehr wie losgetretene Kiesel durcheinander purzelten. Das Bild des Fremden, das sich dem einfachen Karomuster des Bürgersteigs überlagert hatte, als seien auf mystische Weise zwei gänzlich verschiedene Wirklichkeitsebenen dabei, sich miteinander zu verschmelzen, ließ ihn einfach nicht los, auch nicht, nachdem er sich Schritt für Schritt weiter vorwärts gezwungen hatte. Er hatte sich selbst nicht nur dem Fremden im Wolfspelz gegenüberstehen sehen, als wäre er wie durch ein Wunder durch die Zeit gereist und habe sich plötzlich vor ihm materialisiert, er glaubte sogar, den Schnee auf seinen Lippen zu spüren, den ihm der Wind entgegengewirbelt hatte, als der Fremde die Tür zur Schmiede geöffnet hatte ...

Was für ein Blödsinn.

Um ihn herum war es warm, hell und voller Menschen, die durch die Sonne beschwingt den verschiedensten Tätigkeiten nachgingen, und nirgends war auch nur das geringste Anzeichen eines bevorstehenden Wetterwechsels zu erkennen, und schon gar nicht von dem eines Schneesturms. Trotzdem konnte sich Will kaum von der Vorstellung lösen, durch dichten Schnee zu stapfen statt über aufgeheizte Betonplatten. Schließlich blieb er stehen, starrte hinauf in den fast wolkenlosen Himmel und atmete tief durch.

Ganz in der Ferne glaubte er dunkle Wolken zu sehen, die ungewöhnlich in Form und Konsistenz waren, und es dauerte eine Weile, bis er begriff, dass sie von einer zuerst fast senkrecht aufsteigenden und dann in alle Richtungen zerfasernden Rauchsäule herrührten. Das erklärte immerhin, wohin die Feuerwehrwagen unterwegs gewesen waren, die mit Vollgas durch die Innenstadt gebrettert waren.

Als er sich umdrehte, erkannte er auch hinter sich etwas, das eine unangenehme Ähnlichkeit mit einer Rauchsäule hatte. Gleichzeitig glaubte er so etwas wie fernen Brandgeruch wahrzunehmen und den bitteren, leicht metallischen Beigeschmack, den in Brand geratene Gebäude mitunter absonderten. Mit zusammengekniffenen Augen ließ er den Blick einmal in die Runde schweifen, über die Dächer der angrenzenden Gebäude und der zurechtgestutzten Bäume hinweg, die diesem Stadtteil den Charakter eines Vororts vermitteln sollten, ohne es jedoch zu können; viel zu sehr war auch hier die städtische Betriebsamkeit der Millionenstadt zu spüren.

Insgesamt zählte er fünf Rauchsäulen, und sie umgaben seinen Standpunkt, als hätte ihn jemand in vollster Absicht mit Brandherden einkesseln wollen. Er runzelte die Stirn und verscheuchte das Unbehagen, das bei diesem Anblick in ihm hochsteigen wollte. Eine Zunahme von Bränden im Hochsommer war nichts Ungewöhnliches und kein Grund, auch nur einen einzigen Gedanken daran zu verschwenden. Ganz im Gegensatz zu dem, was vor ihm lag.

Georg. Er musste sich auf Georg konzentrieren und auf die Begegnung, die ihm mit dem Mann bevorstand, der einst behauptet hatte, so etwas wie ein Freund für ihn zu sein. Wie hatte er nur so verrückt sein können, sich jemals auf ihn einzulassen? Schon bei ihrer ersten Begegnung hatte er mehr als deutlich gespürt, dass er diesem machtbewussten Mann nicht gewachsen war, aber er hatte sich einzureden versucht, dass ihm nichts passieren konnte, solange er sich nicht zu tief in die schmutzigen Geschäfte verstrickte, die Georg im großen Maßstab betrieb.

Als er wieder losging und nach ein paar Schritten die Straße überquerte, erscholl direkt neben ihm ein halb wütender, halb entsetzter Schrei, und dann zischte eine junge Frau auf einem Fahrrad haarscharf an ihm vorbei. »Können Sie nicht aufpassen, Sie Idiot?«, schrie sie ihm über die Schulter zu.

Will verzichtete darauf, ihr nachzublicken oder ihr eine Entschuldigung zuzurufen. Er musste aufpassen, dass er nicht die Kontrolle über sich verlor. Was auch immer mit ihm los war, konnte er später klären; jetzt ging es erst einmal darum, Duffy zu finden und nach Hause zu bringen – und dann konnte er weitersehen.

Er ahnte nicht, dass das Schicksal eine ganz andere Reihenfolge für ihn parat hielt …

33

Der Hintereingang zu Georgs ureigenstem Territorium lag unmittelbar vor ihm. Es war nur eine schmale Gasse, die alt und verkommen wirkte wie eine abgetakelte Prostituierte. Bis auf leises Vogelgezwitscher, das leise Raunen des Windes in den Hauseingängen und das ferne Wimmern einer Feuersirene war es absolut still hier, als wäre diese Gegend schon vor einer Ewigkeit fluchtartig verlassen worden. Die Häuser, die die Gasse säumten, sahen aus, als würden sie hier schon seit dem Anbeginn der Zeit stehen, und der Boden unter ihm war mit altem, durch die Zeit uneben und löchrig gewordenem Kopfstein gepflastert. Will hatte in einem halbzerfallenen Gewölbe am Ende der Gasse ab und zu einen Wagen zwischengeparkt und kannte sich hier ganz leidlich aus, und doch kam es ihm so vor, als betrete er diese Gasse zum ersten Mal – was ja im Grunde auch stimmte, denn bislang war er noch nie zu Fuß hierher gekommen.

Aber das war es nicht. Es war die Atmosphäre, die hier herrschte, die abgestandene Luft, die nach Moder, Abfall und Schlimmerem roch, und die Dunkelheit, die zwischen die Häuserzeilen kroch wie düsterer Nebel in einer Novembernacht und seine an das helle Sonnenlicht gewöhnten Augen kaum etwas anderes erkennen ließ als das von den Spuren der Zeit gezeichnete Kopfsteinpflaster zu seinen Füßen. Es kam ihm vor, als betrete er eine ganz andere, längst versunkene Welt. Die Unruhe, die er schon die ganze Zeit über empfunden hatte, schien geradezu zu explodieren. Er konnte spüren, dass hier etwas nicht stimmte; es war, als lauere vor ihm im Halbdunklen etwas auf ihn, als zöge sich um ihn herum ein unsichtbares Netz zusammen.

Unwillkürlich nahm er die schmale Aktentasche hoch und presste sie fest an sich. Der Geldbetrag, den er bei sich trug, überstieg bei *weitem* ein durchschnittliches Jahresgehalt, und es war ihm nur zu bewusst, dass es mehr als leichtsinnig war, ohne besonderen Schutz in dieser Gegend damit herumzulaufen. Allerdings war es erst recht dämlich, die Aktentasche in einer deutlich als ängstlich, zumindest aber als vorsichtig erkennbaren Geste an den Körper gepresst zu tragen. Hastig ließ er sie wieder sinken.

Der Eingang zu dem Kellerkomplex, der letztlich zu Georgs Nachtklub führte, befand sich am hinteren linken Teil der Gasse, nicht weit entfernt von der Stelle, in der einst ein großes mächtiges Tor die mittlerweile längst verschwundene Stadtmauer durchbrochen hatte. Er erinnerte sich vage daran, dass ihn Georg hier einmal herumgeführt hatte, bei einer ihrer ersten Begegnungen, als sie sich noch abgetastet hatten wie zwei Boxer in der ersten Runde, die nicht genau wussten, was sie voneinander zu halten hatten. Damals hatte ihn Georg mit historischen Details voll gelabert, die ihn nicht die Bohne interessiert hatten; etwas, das er danach nie wieder getan hatte und das Will erst jetzt, im Nachhinein, merkwürdig vorkam, weil es so gar nicht zu dem kaltschnäuzigen, machtbewussten Nachtklubbesitzer passte, als der sich Georg im Verlauf der letzten Jahre entpuppt hatte.

Er wünschte sich, er hätte damals nicht nur Interesse geheuchelt, sondern tatsächlich aufgepasst. Georg hatte irgendetwas von alten Katakomben erzählt, die es hier unter der Stadt geben sollte, von Geheimgängen und Verliesen. Komisch, dass er sich erst jetzt daran erinnerte. Wenn Georg Duffy irgendwo gefangen hielt, dann sicher nicht in seinem Klub, sondern in den alten Gemäuern unterhalb seines Domizils – wenn es denn hier tatsächlich so etwas gab. Will ließ seinen Blick über den hinteren Teil der Gasse schweifen, den Teil, in dem sich der schmale Abgang befand, den er ein paarmal als Abkürzung zu Georgs Nachtklub genommen hatte. Schon damals war es ihm aufgefallen, wie alt und verkommen hier alles wirkte, so, als wäre schon seit Jahrhunderten nichts mehr an der bröckligen Fassade der Fachwerkhäuser getan worden, und bislang hatte er Georg insgeheim dafür beglückwünscht, den Hintereingang zu seinem Reich so gewählt zu haben, dass sich hierher bestimmt niemand aus Zufall verirrte.

Das sah er nun mit ganz anderen Augen. Stroh und Lehm quollen wie Eingeweide aus einem verendeten Tier zwischen den Balken der Häuser hervor, und das, was von den schmalen Fensterrahmen übrig geblieben war, hätte mühelos ein Dreijähriger mit dem Finger durchbohren können. Es sah so vergammelt und abstoßend aus, dass sich Will fragte, ob die Typen vom Denkmalschutz nur im Dauerschlaf waren; das hier war offensichtlich erhaltenswerte Bausubstanz, aber niemand schien sich auch nur im Entferntesten die Mühe zu machen, etwas für ihren Erhalt zu tun.

Mit ein paar raschen Schritten war er an dem Abgang, einem schmalen, nicht minder baufällig wirkenden Eingang in das Gewölbe unterhalb des Hauses, das über ein paar Winkel zu dem Keller unter Georgs eigenem Anwesen führte. Er spürte ein beängstigendes Schwindelgefühl in sich aufsteigen, als er sich vorbeugte und in den düsteren Kellereingang hinabstarrte, zu dem eine schmale ausgetretene Treppe aus gehauenen Steinen hinabführte – in dieses düstere Loch, das ihn an irgendetwas erinnerte, das vielleicht real, vielleicht aber auch nur eine bedrückende Fantasie gewesen war. Georg hatte ihm vor einer halben Ewigkeit erzählt, dass der Gang dahinter weit verzweigte und überall und nirgends hinführte – zumindest glaubte Will, dass Georg ihm das erzählt hatte –, aber das war nicht das, was ihn jetzt zögern ließ. Es war die Erinnerung an Dinge, die vor unendlicher Zeit passiert zu sein schienen und ihm doch so präsent waren wie die umwerfende Actionszene eines Blockbusters, die man auf der Nachhausefahrt nach einem großartigen Kinoerlebnis nicht mehr aus dem Kopf bekam. Die Gefühle, die in ihm hochstiegen, während er weiterhin unschlüssig auf die schmale Kellertreppe hinabstarrte, drohten ihn zu überwältigen.

Da war etwas gewesen, etwas Düsteres und Geheimnisvolles, ein Keller in einer von einem Großbrand verheerten mittelalterlichen Stadt, in den er hinabzusteigen geglaubt hatte ... Nur mit Mühe gelang es ihm, den Anblick des düsteren Gewölbes vor seinem inneren Auge zu verscheuchen, den Geruch, den ihm die furchteinflößende Erinnerung entgegenströmen lassen wollte wie die Ausdünstungen eines Brandes, der sich vor Ewigkeiten hier ins Mauerwerk gefressen hatte. Er konnte und wollte sich nicht von dem ablenken lassen, was wirklich wichtig war.

Duffy war hier irgendwo ganz in der Nähe. Das sagte ihm nicht nur sein Verstand, das glaubte er auch geradezu mit jeder Faser seines Körpers zu spüren. Genauso wie die Gefahr, die sich vor ihm zusammenbraute wie ein Gewitter an einem strahlenden Sommertag.

Er löste seine Hände von dem rostigen Eisengitter, das er ohne es zu merken so fest umklammert hatte, dass ihm jetzt die Finger wehtaten, und stieg mit ungelenken Schritten die Treppe hinab. Jeder Schritt bereitete ihm Mühe, und das nicht nur, weil die Stelle oberhalb seines Knöchels wieder heftig zu pochen begann und ihm die Schuhe nicht richtig passten und er auf den unebenen Stufen wegzurutschen drohte. Es war beinahe so, als weigere sich sein Körper, hier herunterzugehen. Doch darauf konnte und wollte er keine Rücksicht nehmen.

Als er unten angekommen war und die Hand nach der Klinke der alten, aber durchaus massiv wirkenden Kellertür ausstrecken wollte, zitterten seine Finger so stark, dass er sie kaum kontrollieren konnte. Er atmete tief durch und versuchte es dann noch einmal. Das Metall fühlte sich seltsam kalt an, viel kälter, als es eigentlich zu dieser Jahreszeit sein sollte, und als er die Klinke herunterdrückte und sich die Tür quietschend nach innen bewegte, schlug ihm nicht stickiger Muff entgegen, wie er ihn erwartet hatte, sondern eiskalte, frische Luft, und gleichzeitig glaubte er so etwas wie eine schwache Vibration unter seinen Füßen wahrzunehmen.

Ich hatte mich in den letzten Tagen und Wochen durch schnee- und eisbedeckte Landschaften kämpfen müssen und in mancher Nacht das Gefühl gehabt, die Kälte fräße sich bis in meine Knochen durch, und trotzdem ließ mich der kalte Schwall fast zurückwanken, der mit dem Fremden in die Schmiede drang. »Was willst du?«, herrschte ich ihn an.

Der Wolfsgesichtige sah aus kalten Augen zu mir hoch. »Das holen, was mir zusteht«, sagte er mit tiefer Stimme.

»Was dir zusteht?« Ich schüttelte den Kopf. »Es gibt nichts, was dir zustehen würde. Jedenfalls nicht hier. Ich kenne dich nicht. Und ich fordere dich auf, meine Schmiede zu verlassen …«

»Deine Schmiede?«, fragte der Wolfsgesichtige und machte noch einen weiteren Schritt auf mich zu, der die Woge eisiger Kälte vollends in den Raum gleiten ließ. »Wie kommst du darauf, dass das hier deine Schmiede ist?«

»Weil ich …«

»Weil du was?« Die Wolfsschädel auf seinem Umhang schienen zu gespenstischem Leben zu erwachen und auf mich

zuspringen zu wollen, als der Fremde eine ärgerliche Bewegung machte. Ich wollte nach meinem Schwert greifen, aber ein Geräusch hinter mir lenkte mich ab …

… und Will erstarrte mitten im Schritt. Es war ein leises Schaben und Rascheln, das eindeutig von hinten kam, von dort, wo eigentlich gar nichts sein sollte, vielleicht eine Ratte oder etwas Ähnliches, das er mit seinem Eindringen hier aufgeschreckt hatte. Es gefiel ihm ganz und gar nicht. Er hätte sich umdrehen und nachsehen müssen, was sich dort in seinem Rücken zu schaffen machte, aber er brachte es nicht über sich – vielleicht, weil er sowieso bereits ahnte, wer die Geräusche verursachte, und es keinen Unterschied machen würde, ob er sich nun ein paar Sekunden früher oder später Gewissheit verschafft hätte.

»Du solltest deinen Herrenausstatter wechseln«, sagte jemand hinter ihm. »Die Klamotten stehen dir überhaupt nicht.«

Will erstarrte, und für ein paar Sekunden schien sein Herzschlag auszusetzen.

»Und um ehrlich zu sein: Ich hätte dich etwas früher erwartet«, fuhr die gleiche Stimme fort. »Ich verstehe gar nicht, wo du so lange geblieben bist. Selbst Fred ist mittlerweile schon aus der Notaufnahme entlassen worden – mit einem Riesenbrummschädel zwar, aber er freut sich schon riesig darauf, dich wiederzusehen. Genauso wie ich übrigens auch.«

Will schloss einen Moment lang die Augen, als könne er so die Wirklichkeit ausblenden und alles ungeschehen machen, was in den letzten Tagen passiert war und ihn in der perfiden Abfolge eines Albtraums bis hierhin geführt hatte.

»Fred konnte ich übrigens nur mit Mühe bremsen, dir seine ganz besondere Wertschätzung gleich und hier jetzt auszudrücken«, hörte er die Stimme hinter sich weiterreden. »Er hat einiges abbekommen, als er so kopfunter in meinem Jaguar hing. Was ist bloß in dich gefahren, Herkules zu spielen und den Wagen umzudrehen – und ihn dann seinem Schicksal zu überlassen? War das als besondere Demütigung gedacht?«

Will drehte sich jetzt doch um, ganz langsam und mit den Bewegungen eines Mannes, dem nur zu bewusst war, dass er verloren hatte – unwiederbringlich und endgültig. »Hallo, Georg«, sagte er. »Die Sache mit Fred tut mir Leid. Ich war da wohl nicht ganz bei Sinnen …«

»Ja«, sagte Georg ruhig. »Das scheint mir auch so. In letzter Zeit ist das bei dir wohl eine Art Dauerzustand.«

Will schloss einen Herzschlag lang die Augen. Georg hatte Recht; das war das Schlimme, aber das spielte im Augenblick überhaupt keine Rolle. Fast gewaltsam riss er die Augen wieder auf und sagte: »Die Sache mit Fred und deinem Wagen ist nun einmal schief gelaufen, aber es war keine Absicht; das musst du mir glauben. Und jetzt komme ich als Geldbote. Ich hoffe, dass wir damit zumindest die Sache mit Duffy aus der Welt schaffen können.«

Georg stand im Halbdunkeln, angelehnt an die Mauer eines Gangs, der auf der anderen Seite der Kellertreppe in ein rötlich schimmerndes Etwas führte, vielleicht den Eingang zu einem weiteren Gewölbe, vielleicht aber auch nur zu einem Fahrradkeller oder etwas ähnlich Profanem. Sein Gesicht hatte etwas von dem einer aus Marmor gemeißelten Statue, wie er Will so aus zusammengekniffenen Augen betrachtete. Will hatte erwartet, dass er die Lippen zu einem höhnischen Grinsen verzogen hätte, aber er hatte sich getäuscht. Georg wirkte kalt. Eiskalt.

»Wie soll es jetzt weitergehen?«, hörte sich Will fragen, und noch bevor er die Worte ganz ausgesprochen hatte, verfluchte er sich auch schon für sie.

»Na, was meinst du denn?«, fragte Georg kühl. »Ich könnte

dich zum Beispiel Fred übergeben. Er brennt schon darauf, dir klar zu machen, was er von unterlassener Hilfeleistung hält.«

»Die Sache mit dem Jaguar tut mir wirklich Leid«, wiederholte Will. »Es war ein Unfall. Ich hatte nicht vor, Fred vor den Wagen zu hüpfen. Aber warum muss der Idiot auch wie ein Bescheuerter auf mich zufahren?«

»Auf Ausdrücke wie *Idiot* und *Bescheuerter* ist Fred mit Sicherheit im Moment nicht gut zu sprechen«, sagte Georg. »Aber lassen wir das …« Er stieß sich von der Wand ab und kam auf Will zu.

»Du hast das Geheimnis des Feuers gestohlen«, sagte der Wolfsgesichtige. »Und das können wir nicht dulden.«

Mein Blick wanderte zwischen dem Mann und der Esse hin und her. Irgendetwas war da. Es raschelte und zischelte, als hätte sich eine ganze Rattenschar durch die dicke, aufwendig gesicherte Holzwand gefressen und schickte sich nun an, nach Fressbarem Ausschau zu halten. Ich hatte so etwas noch nie gehört, nicht dieses Gezischel und Geraune, das sich mit knisternden Geräuschen zu etwas vermengte, das kaum weniger unheimlich war als die Geräusche des Windes in einer Sturmnacht, der durch sämtliche Ritzen pfiff.

»Ich glaube nicht, dass du noch einmal Duffy zu Gesicht bekommen wirst«, sagte Georg.

Will erstarrte, und das wortwörtlich, sein Atem stockte, und sein Herzschlag setzte für einen Moment aus, um dann umso heftiger und schneller wieder einzusetzen. »Nein«, murmelte er. »Du bluffst. Das hast du nicht getan.«

Georg hob eine Augenbraue. »*Was* habe ich nicht getan?«

»Du hast … ich meine …« Will musste sich zusammenreißen, um all die schrecklichen Vorstellungen von dem, was Georg mit Duffy angestellt haben könnte, schon im Ansatz zurückzudrängen. »Duffy geht es doch gut … Oder?«

Georg verzog keine Miene. »Keine Ahnung«, bekannte er. »Nein, um ehrlich zu sein: Ich glaube, es geht ihr ganz und gar nicht gut. Wie sollte es auch – nach allem, was geschehen ist.«

Ein Muskel unter Wills rechtem Auge begann zu zucken, als wollte er ein geheimes Morsesignal absetzen. *Nach allem, was geschehen ist …* Will wusste, dass Georg alles daransetzen würde, um ihn zu quälen und zu demütigen, doch das Wissen, dass er ihm mit seinen Worten ganz bewusst Angst machen wollte und sich hinter seiner Andeutung wahrscheinlich nichts weiter als heiße Luft verbarg, half ihm nicht weiter, beruhigte ihn nicht. Georgs Bemerkung hatte eine empfindliche Stelle in ihm getroffen, eine Stelle, von der er zuvor gar nicht gewusst hatte, dass es sie gab. Obwohl er versuchte, sich nach wie vor dagegen zu wehren, sah er Duffy vor sich, gefesselt und geknebelt und mit vor Entsetzen aufgerissenen Augen, während sie auf die blitzende Messerklinge starrte, mit der ihr Fred vor der Nase herumfuchtelte, und im nächsten Moment mit gebrochenen Augen und blutverschmiertem Gesicht, und einen Sekundenbruchteil später …

Nein. Mit aller Gewalt brach er die Spirale der sich überstürzenden Bilder ab, in denen er Duffy in allen möglichen fürchterlichen Situationen zu sehen glaubte. »Was ist mit ihr?«, fragte er stattdessen.

Georg zuckte mit den Schultern. Hätte Will in diesem Moment eine Waffe in den Händen gehalten, er hätte ihn alleine für diese überhebliche Geste ohne Skrupel erschießen können. »Der Schock hat ihr natürlich zugesetzt«, sagte Georg ruhig. »Ich verstehe nicht viel von diesen Dingen. Aber man sagt, dass es das ganze Leben verpfuschen kann. Du weißt schon: dieses Gerede von zerstörten Kinderseelen und dieser ganze Quatsch.«

Zerstörte Kinderseelen … Die Formulierung hatte etwas

von einem Angelhaken, der sich schmerzhaft ins Fleisch bohrt und sich bei jedem Befreiungsversuch nur noch tiefer gräbt. Wieder sah Will Duffys Gesicht vor sich, doch diesmal zerfloss es und wurde unscharf wie eine Fotografie, die in einem See versank und von jeder unruhigen Wasserbewegung ein Stück weiter weggetrieben wurde. »Du verdammtes Schwein«, sagte er. Er wusste, dass er so nicht mit Georg reden sollte, zumindest im Moment nicht, in dem der Nachtklubbesitzer alle Trümpfe in der Hand hatte, aber er musste seiner Empörung einfach Luft verschaffen. »Wie kannst du es wagen, Hand an ein Kind zu legen – nur weil du mich bestrafen willst?«

Georg reagierte ganz anders, als Will vermutet hatte. Er starrte ihn an, als zweifle er an seinem Verstand, und dann schüttelte er den Kopf. »Will, Will, Will. Ich hätte nicht gedacht, dass du so fürchterlich dumm bist. Natürlich weiß ich, dass du nicht gerade der Hellste bist. Aber dass du es noch immer nicht begriffen hast …«

»Noch immer nicht *was* begriffen?«, herrschte ihn Will an. »Wenn du mir hier bloß aufgelauert hast, um mich zu verarschen, kannst du dir die Mühe sparen. Es geht um ein Geschäft …«

»Seit wann hast ausgerechnet du von Geschäften eine Ahnung?«, unterbrach ihn Georg schroff.

Will blinzelte kurz, dann hatte er sich wieder in der Gewalt. »Ich hab vielleicht wirklich keine Ahnung von Geschäften. Aber dir gratuliere ich, wirklich. Du bist auf eine Goldmine gestoßen. Wenn du klug bist, kannst du auf einen Schlag mehr Geld machen, als wenn du der Russenmafia ein Bordell abjagen würdest … oder aber auch für Jahre in den Knast wandern, oder Schlimmeres, wenn du einen Fehler machst. Duffys Mutter hat Geld, Macht und Einfluss. Sie kann dir das Leben zur Hölle machen. Und das wird sie, falls du Duffy etwas antust, verlass dich drauf.«

Georgs Gesicht wirkte wie eine aus Eis gehauene Maske. »Duffys Mutter ist ein Nichts – genauso wie du, obwohl …«, jetzt kam die Andeutung eines Lächelns auf seine Züge, »ich glaube, ich tue ihr da unrecht. Martina weiß zumindest ansatzweise, worum es in diesem Spiel geht …«

»Martina?« Will zuckte zusammen, als ob er geschlagen worden wäre. So, wie Georg den Namen ausgesprochen hatte, deutete er Intimität und Vertrautheit an.

»Ja. Martina.« Georg grinste nun eindeutig schmutzig, nur ganz kurz, aber das auf eine Weise, für die ihm Will am liebsten alle Knochen im Leib gebrochen hätte. »Du überraschst mich immer wieder aufs Neue, Will. Wie kann man nur so dämlich sein? Wie kann es nur sein, dass man alles Offensichtliche ignoriert, obwohl die …

… die Wahrheit doch mehr als offensichtlich ist?« Der Wolfsgesichtige sah an mir vorbei, dorthin, wo das Rascheln und Zischeln noch immer an Lautstärke zunahm. »Hast du wirklich geglaubt, die Götter ungestraft bestehlen zu können?«

»Die Götter?« Ich schüttelte wütend den Kopf. »Wen meint Ihr? Den hammerschwingenden Thor, der seine Blitze auf uns herabschleudert und seit Anbeginn der Zeiten Furcht und Schrecken unter den Menschen verbreitet? Wie hätte ich ihn bestehlen können, wo er doch selber so großzügig mit der elementaren Kraft des Feuers und des Donners umgeht?«

»Du sprichst von Thor wie von deinesgleichen, du Narr«, sagte der Wolfsgesichtige verächtlich. »Wie erbärmlich. Und wie dumm. Wie wenig Verstand du doch hast, das Offensichtliche nicht zu begreifen.«

»Du hast mich von Anfang an für einen einfältigen Tölpel gehalten, den man mit ein paar wahllos fallen gelassenen Andeutungen aus dem Konzept bringen kann, nicht wahr?«, fragte Will. »Für eine deiner Schachfiguren, die du nach Belieben hin und her schieben kannst, wie die Idioten, die auf deiner Lohnliste stehen.«

»Bist du denn etwas anderes?«, fragte Georg in einem gespielt verwunderten Tonfall. Er stieß sich von der Wand ab und begann in seinen Taschen zu kramen, als suche er nach einer Zigarette. »Ich habe da noch etwas anderes. Aber ich sehe dir an, dass du erst über Martina reden willst.«

»Martina interessiert mich einen Scheißdreck.« Will wollte es Georg nachtun und sich abstoßen, doch als Georg die Stirn runzelte und die Augen zu schmalen Schlitzen zusammenkniff, erstarrte er mitten in der Bewegung. »Ich will nur noch raus aus dieser Sache, verstehst du?«

»Hübscher Versuch«, sagte Georg. »Zufällig weiß ich, dass du gerade stolzer Vater einer zwölfjährigen Tochter geworden bist – und auch, wer die Mutter ist.«

Will schwieg eine ganze Weile. Georg stand da wie ein eiskalter Killer in einem düsteren Film, der seinen Verfolgern immer einen Schritt voraus ist und sie mühelos nach seiner Pfeife tanzen lässt. Duffy war tatsächlich hier irgendwo, dessen war sich Will so sicher, als habe er auf den dreckigen Pflastersteinen, auf denen sie standen, ihre Fußabdrücke gesehen, aber genauso sicher war auch, dass er sie nicht ohne Georgs Hilfe finden würde – jedenfalls nicht, ohne sie unnötig in Gefahr zu bringen.

So weit zu dem flüchtig aufflackernden Gedanken, die Distanz zu Georg mit zwei, drei schnellen Sätzen überwinden zu können und ihn in einem Überraschungsangriff mit dem Elektroschocker zu überrumpeln, um ihn dann zu zwingen, ihn zu Duffy zu bringen. Es würde nicht funktionieren. Es *konnte* nicht funktionieren, denn mit Sicherheit rechnete Georg mit solch einer Kurzschlussreaktion und würde eine Waffe ziehen, bevor er auch nur den ersten Schritt gemacht hatte.

»Ich weiß nicht, wer dir diese Geschichte aufgetischt hat«, sagte Will schließlich. Er konnte nicht verhindern, dass seine Finger zu zittern begannen. Es war kalt hier unten, in diesem Kellergewölbe, viel kälter, als es sein sollte an einem Sommermorgen; aber vielleicht lag es auch an ihm selbst, dass jetzt ein eiskaltes Frösteln in ihm hochstieg, vielleicht war es eine Reaktion auf den nächtlichen Gewaltmarsch durch strömenden Regen – oder auf etwas ganz anderes, auf etwas, was sich hier unten in dem Labyrinth dieser Gänge zu schaffen machte. »Aber …«

»Ja?« Georg hatte dieses eine Wort nicht einmal besonders laut ausgesprochen, aber bei seinem Klang lief Will ein kalter Schauer über den Rücken. Er konnte die Veränderung, die mit Georg vonstatten gegangen war, beinahe körperlich spüren. Er strahlte etwas ganz Merkwürdiges aus, etwas, das ihn mit den Wänden des Gewölbes zu verbinden schien, an dessen Ausgang er stand. Will war bislang viel zu aufgeregt gewesen, um darauf zu achten, aber jetzt fiel ihm auf, welche Kälte aus dem Inneren des Gewölbes hervorkam. Ein kalter Hauch strich daraus hervor, so als atmeten die unregelmäßigen, grau-schwarzen Steine und die modrigen, schimmelbesetzten Fugen, in die sie eingefasst waren, eisige Kälte aus.

»Martina und ich haben uns tatsächlich früher gekannt«, sagte Will. Er wusste, dass er Georg nicht belügen konnte, jedenfalls nicht mehr und schon gar nicht in dieser Angelegenheit. Alles, was er noch tun konnte, war, ihre Beziehung herunterzuspielen, um ihm nicht noch mehr Munition zu liefern. »Es war keine große Sache. Und tatsächlich ist es *möglich,* dass Duffy meine Tochter ist – obwohl das vom Zeitpunkt her recht unwahrscheinlich ist. Aber das ist auch vollkommen egal. Ich will einfach die Sache hinter mich bringen – und mit dir ins Reine kommen.«

»Bravo«, sagte Georg. »Eine ganz wunderbare kleine Rede. Sie hat nur einen klitzekleinen Haken.«

»Welchen?«, fragte Will. Sein Herz schlug ihm dabei fast bis zum Hals.

»Dass Martina die große Liebe deines Lebens ist«, sagte Georg. Er beugte sich ein Stück vor. In seinen Augen erschien ein tückisches Funkeln. »Und dass Duffy deine Tochter ist. Das macht es ja gerade so schlimm.«

»Was macht es so schlimm?« Will bemerkte selbst den fast hysterischen Unterton in seiner Stimme. Aber er konnte ihn nicht unterdrücken, ganz im Gegenteil wurde er noch schlimmer, als er weitersprach. »Und wieso kannst du dir so sicher sein, was Duffy angeht? Wir haben keinen DNA-Test gemacht. Und Martina hat damals ...«

»Martina hat überhaupt nichts ...«

»Doch, natürlich hat sie«, widersprach Will. Er begann trotz der Kälte, die ihn wie ein fester Mantel umschlang, zu schwitzen, und das Durcheinander in seinen Gedanken wollte sich nicht beruhigen, es nahm eher noch zu. »Ich hatte schon damals den Verdacht, dass sie einen anderen hatte. Wir waren ja auch noch jung, damals.«

»Ihr wart jung und dumm«, sagte Georg, »jetzt seid ihr nur noch eines von beidem.«

Wenn da nicht die eisige Kälte in seiner Stimme gewesen wäre, hätte es fast wie ein Witz geklungen. Doch so klang es eher nach der Niederlage, die Georg ihm und Martina zu bereiten gedachte, nach einer Niederlage, die umso niederschmetternder sein würde, weil mit Duffy jemand in Wills Leben getreten war, der alles verändert hatte. Seine ganze alte Lebenseinstellung, die sorgfältig gepflegte Mischung aus Zynismus und Resignation, war zu Bruch gegangen und begann – trotz all der entsetzlichen Vorgänge, die ihn in den letzten Tagen in Atem gehalten hatten – etwas anderem, noch ganz Zartem Platz zu machen … Dass jetzt alles schon wieder vorbei sein könnte, dass ihn seine Vergangenheit in Form von Georg eingeholt haben könnte, um all seine Hoffnungen und Sehnsüchte auf einen Schlag zu zermalmen – das war einfach nicht fair.

»Alles, was jetzt passiert, hast du dir selbst zuzuschreiben«, sagte Georg leise. »Du hättest das nicht tun sollen, weißt du?«

»Nicht *was* tun sollen?«, fragte Will irritiert.

Georg antwortete nicht. Ein leichter Hauch strich Will wie die Berührung einer eiskalten Hand über den Rücken, ein Luftzug, zuerst kaum wahrnehmbar und dann plötzlich so scharf, als hätte jemand die Tür zu einer Grotte geöffnet, als sei da etwas, was da nicht hingehörte, und … Will wollte den Gedanken verscheuchen, der sich ihm aufdrängen wollte, der Gedanke, dass sich dort hinter ihm etwas regte, was mit den Dingen zusammenhing, die sich ihm in den letzten Tagen in tagtraumähnlichen Visionen aufdrängen wollten. Aber es gelang ihm nicht.

»Du hättest Martina etwas besser behandeln sollen«, sagte Georg endlich.

»Besser behandeln?« Will lachte rau auf. »Und wie stellst du dir das vor? Sie hat einen stinkreichen Mann geheiratet. Was hätte ich ihr da schon bieten können? Geld, Juwelen, Luxusreisen …?«

»All das ist nicht das, was eine Frau wirklich interessiert«, sagte Georg.

»Ach, und ausgerechnet du weißt, was Frauen wirklich wollen, ja?« Will registrierte fast dankbar die Empörung, die in ihm nach oben drängte und zumindest teilweise das angstdurchsetzte Gefühlschaos in ihm beiseite drängte. »Du behandelst Frauen doch wie den letzten Dreck …«

»Du irrst«, unterbrach ihn Georg scharf. »Ich behandle jede Frau, wie sie es verdient. Und Martina hat nicht das verdient, was du ihr angetan hast.«

»Ich habe ihr überhaupt nichts angetan!« Will schrie fast. »Und ich weiß auch verdammt noch mal nicht, was das mit Duffy zu tun hat! Nimm das Geld, und werd damit glücklich. Aber lass Duffy aus dem Spiel.«

»Aus dem Spiel lassen.« Georg legte den Kopf zur Seite, ganz leicht nur, aber es genügte, um seine rechte Gesichtshälfte im Schatten verschwinden zu lassen, so als wäre er gar nicht real und begänne sich nun stückweise aufzulösen. »Das wird mir wohl kaum möglich sein. Schließlich geht es doch hier um Duffy, oder?«

»Ja, natürlich …«

»Und wahrscheinlich bist du daran interessiert, sie schnellstmöglich wieder in die Arme schließen zu können, oder?«

Etwas in Georgs Stimme warnte Will, ohne dass er genau hätte sagen können, was es gewesen wäre. Er nickte. »Nimm das Geld. Sieh es meinetwegen als eine Art Schmerzensgeld an. Und dann lass uns, um Gottes willen, endlich einen Schlussstrich unter die Sache ziehen. Bevor noch Schlimmeres passiert.«

»Wie viel Geld hast du denn dabei?«

Will schloss für einen winzigen Moment die Augen. Er spürte, wie seine Beine weich wurden. Vielleicht wurde Georg ja endlich vernünftig. Vielleicht war die Summe auch viel zu klein, um ihn zufrieden zu stellen, und er würde auf seiner ursprünglichen wahnsinnigen Forderung bestehen. »Ganz genau weiß ich das nicht«, sagte er in dem gleichermaßen verzweifelten wie vollkommen sinnlosen Versuch, Zeit zu gewinnen.

»Aber es sind sicherlich über einhunderttausend Euro. Deutlich mehr«, fügte er hinzu, als Georg nicht reagierte, »einhundertzwanzigtausend Euro, um genau zu sein.«

»Eine erstaunliche Summe, wenn man bedenkt, dass Martina praktisch keine Zeit hatte, Geld aufzutreiben.« Georg lachte humorlos auf. »Ich bin offensichtlich zu bescheiden. Vielleicht sollte ich zehn Millionen fordern. Oder zwanzig?«

»Mach dich nicht lächerlich …«

»Lächerlich?«, fragte Georg höhnisch. »Sagtest du wirklich: lächerlich? Wenn die Summe hoch genug ist, könnte ich mein Geschäft aufgeben und mich irgendwo im Süden zur Ruhe setzen. Südamerika, Südostasien – es gibt genug reizvolle Flecken auf der Erde, wenn man die Taschen voller Geld hat.«

»Mag ja sein«, sagte Will rasch. »Aber du überschätzt Martinas finanzielle Möglichkeiten …«

»Überschätzen? Wovon sprichst du?«

»Und du unterschätzt ihre Halsstarrigkeit … *und die Angelas«*, fügte er in Gedanken hinzu. »Wenn du Duffy auch nur ein Haar krümmst, wird sie dich bis ans Ende der Welt jagen. Oder darüber hinaus.«

»Weil sie genug Geld hat, sich eine Privatarmee leisten zu können?« Georg winkte ab, als Will etwas darauf erwidern wollte. »Schluss jetzt. Martina hat dich geschickt und keine muskelbepackten Elitekämpfer, und das hat wohl seinen guten Grund. Und jetzt her mit dem Geld.«

»Ja«, sagte Will trotzig. »Du kriegst das Geld. Aber nur, wenn ich im Gegenzug ein Lebenszeichen von Duffy bekomme.«

»Ein Lebenszeichen?« Georg schien kurz zu zögern, dann begann er in seinen Hosentaschen zu kramen. »Du kannst ein Lebenszeichen haben.« Georg klang kalt und fast vollkommen emotionslos, und doch schwang etwas Drohendes darin mit, das Will mehr Angst machte als alles andere. »Es könnte nur sein, dass du ganz und gar nicht damit glücklich bist.«

Will hatte geglaubt, dass es nicht mehr schlimmer kommen konnte und dass Georg bereits alle Register gezogen hatte. Er hatte sich getäuscht. Seine Hände begannen unkontrolliert zu zittern und sprachen dem Lächeln Hohn, das er auf sein Gesicht zu zaubern versuchte. »Ich habe bereits ein Lebenszeichen«, sagte er tonlos, und obwohl er sich selbst dafür verfluchte, gelang es ihm nicht, den nächsten Satz zurückzuhalten. »Ich spüre, dass Duffy in der Nähe ist …«

Georg hörte auf, in seinen Taschen zu kramen, und starrte ihn so verblüfft an, dass Will ein eiskalter Schauer über den Rücken lief. »Du spürst, dass Duffy hier in der Nähe ist?« Er nickte, ohne eine Reaktion von Will abzuwarten. »Gut. Sehr gut. Du machst Fortschritte. Du beginnst zu begreifen, worum es wirklich geht, nicht wahr?«

Das traf es nicht ganz. Will begriff überhaupt nichts mehr. Spätestens seit der Getty-Entführung hatte das Wort *Lebenszeichen* einen ganz eigenen, bitteren Nachgeschmack; damals war es ein abgeschnittenes Ohr gewesen, das der halsstarrigen Familie hatte zeigen sollen, dass Paul Getty noch am Leben war und es jetzt um alles oder nichts ging.

»Hier!« Will streckte die Aktentasche vor. »Nimm! Soll ich sie dir rüberschmeißen?«

Georg trat einen halben Schritt zurück, und es sah aus, als wolle er sich mit dieser Bewegung dem Geld – oder Will? – entziehen. Der Schatten verschluckte ihn jetzt so vollständig, als wäre er niemals da gewesen, sondern nichts weiter als ein Trugbild.

»Was soll das?«, fragte Will. Er spürte, wie ihn die Panik zu übermannen drohte. Obwohl etwas in ihm schrie, es nicht zu tun, trat er einen Schritt vor. Er musste einfach wissen, was hier los war. Er musste wissen, von welchem Lebenszeichen Georg sprach, er musste wissen, wie es Duffy ging; er musste sie *befreien* von diesem Ungeheuer, das war es, er hatte keine Geduld mehr und kein Vertrauen in den Teil von ihm, der ihm riet, unter allen Umständen vorsichtig zu sein und nichts Unüberlegtes zu tun.

Er hatte den ersten Schritt noch nicht ganz beendet, da passierte etwas, mit dem er überhaupt nicht gerechnet hatte. Er lief in etwas fast körperlich Spürbares hinein, eine Barriere, hinter der eisige Kälte lauerte, als hätte er die Tür zu einem Kühlhaus geöffnet, in dem gefrorene Rinder- oder Schweinehälften dicht gedrängt an Haken baumelten wie Relikte eines geheimnisvollen Opferrituals. Es hatte keine Ähnlichkeit mit der Empfindung, die ihn während seines nächtlichen Gewaltmarsches in der verregneten Nacht gequält hatte, es war einschneidender, durchdringender. Sein Atem stockte augenblicklich, als eiskalte Luft in seine Lungen drang. Obwohl er sofort mitten im Schritt verhielt und sich sogar noch in der gleichen Bewegung ein Stück zurückzog, wurde es nicht besser, ganz im Gegenteil. Es war nicht nur einfach eine Woge ungeheuerlicher Kälte, die über ihm zusammenbrach, sondern viel mehr; es war etwas Elementares, Ungeheuerliches, das dort lauerte wie eine Spinne im Netz auf ein leichtsinniges Insekt, und doch schon jetzt, so gar nicht spinnenähnlich, aus der Entfernung die Fühler nach ihm ausstreckte. Die Kälte glitt über ihn hinweg, streichelte ihn mit ihren eisigen Fingern wie eine heimtückische Geliebte, die nichts weiter als die Demütigung und Vernichtung ihres Liebhabers im Sinn hat. Das Frösteln glitt von seinen Schultern abwärts, fließend und fast behutsam, fand Zugang zu seiner Brust und seinem Rücken, glitt zwischen Kleidung und Haut, und während er noch zwei, drei unsichere

Schritte zurücktaumelte, setzte die Kälte nach, wie um ihn vollständig aufzusaugen.

Ohne dass er auch nur im Mindesten begriff, *woher* diese Kälte kam, und obwohl er nichts anders vor sich sah als zuvor – Georg, der auf ausgetretenem, rissigem Boden in einem dunklen, gewölbeähnlichen Eingang eines Kellerlabyrinths stand, in dem außer bizarren Schatten auf den vor Schmutz und Pilzbefall schillernden Wänden nichts zu erkennen war –, begann sich alles um ihn herum zu verändern, so als sei ein Teil der Wirklichkeit brüchig geworden, so als glitte etwas an ihm vorbei, das, obschon er es nicht sehen, dafür doch umso deutlicher spüren konnte.

Georg stand vollkommen unerschütterlich da, nur ein paar Meter vor ihm und doch so weit entfernt, dass er das Gefühl hatte, ihn nicht erreichen zu können, selbst wenn er jetzt mit einem einzigen, gewaltigen Satz auf ihn zuspränge.

»Es wird Zeit, dass du begreifst, dass du deine Tochter unwiederbringlich verloren hast«, sagte Georg. Irgendetwas schien mit seinen Augen zu passieren; dort, wo eben noch Leben gefunkelt hatte, schien alles zu ersterben, oder vielmehr, etwas ganz anderem Platz zu machen, einer unglaublichen, *nicht*-menschlichen Kälte, einem Ausdruck so abgrundtiefen Fehlens jeden Gefühls, dass Will mitten in der Bewegung erstarrte. »Du wirst sie nie wiedersehen.«

In Will war kein Platz für Entsetzen mehr. Das heiße Feuer, das in ihm brannte, das danach drängte, sich zu verselbstständigen, wich zurück, hastig, wie erschrocken – und machte *nichts* Platz, keinem Gefühl und keinem Gedanken, sondern nur einer fast vollständigen Leere.

»Du willst ihr also etwas antun.«

Georg bewegte den Kopf ganz leicht, kein Kopfschütteln, aber eindeutig eine Verneinung.

»Du hast ihr schon etwas angetan.«

»Nein.« Georgs Stimme klang kalt und spröde. Sie passte zu dem Blick seiner unmenschlichen Augen. »Ich habe ihr nichts getan, und ich werde ihr nichts tun. Jedenfalls nicht in dem Sinne, den du meinst.«

»Was soll das heißen?«, fragte Will. Nur ganz am Rande bemerkte er, dass seine Stimme brüchig und spröde klang.

»Ich habe ihr die Augen geöffnet«, sagte Georg. »Das ist es, was ich getan habe.«

»Die Augen geöffnet?«, fragte Will fassungslos.

»Duffy hat dich durchschaut«, sagte Georg.

»Was?« Es war mehr ein Krächzen als ein menschlicher Laut, den Will von sich gab. Er hob den rechten Arm, langsam und auf eine Art, wie das uralte Männer tun, die sich mühsam jede Bewegung abverlangen müssen. Die Kälte kroch weiter in ihn hinein, fast spielerisch und mit einer Bedächtigkeit, als wollte sie ihren Sieg über ihn auskosten, und doch so schnell, dass er keine Zeit fand, etwas dagegen zu unternehmen – zumal sich der eisige Griff nicht nur um seine Brust und seine Glieder legte, sondern auch auf seine Gedanken.

»Duffy hat dich durchschaut«, wiederholte Georg. »Sie weiß jetzt, was du Martina angetan hast.«

»Ich … Martina etwas angetan?« Will streckte den Zeigefinger in Georgs Richtung aus, wie anklagend, und doch war es nicht mehr als Hilflosigkeit, die ihn in dieser Geste verharren ließ. Er hätte Panik empfinden müssen, oder zumindest Angst, aber nichts davon traf zu. Es war allenfalls so etwas wie Empörung in ihm, dass Georg schon wieder darauf anspielte, er hätte Martina etwas angetan. »Was soll das?«

»Ich denke, das weißt du ganz genau«, sagte Georg ruhig. Er musste ein paar Schritte zurückgewichen sein, denn Will konnte ihn kaum noch erkennen. Die Dunkelheit schien Georg aufzusaugen wie ein Schwamm Feuchtigkeit. Sein Gesicht war kaum mehr als ein bleicher Schemen, dem Abbild einer archaischen Gottheit nicht unähnlich. In jeder anderen Situation hätte das Will mehr als nur ein bisschen beunruhigt. Aber nicht jetzt. Die Kälte hielt ihn in ihrem festen Griff umklammert, drang in ihn, weiter und weiter, unerbittlich; und damit nicht genug, begann seine Umgebung um ihn zu verschwimmen wie eine fremde Autobahnauffahrt, auf die man gegen das Sonnenlicht fährt und in Panik zu geraten droht, weil nichts da ist, was dem Auge Halt bieten kann. Die Umgebung verschwamm vor Wills Augen und doch auch wieder nicht, es waren Fetzen und Bruchstücke, die um ihn herumwirbelten, zusammenhanglos und doch wieder nicht; es war ganz ähnlich wie in den Visionen, Tagträumen, Trugbildern oder was auch immer es war, was Will in den letzten Tagen gequält hatte.

»Duffy hat sich von dir abgewandt«, sagte Georg. »Und du musst sie gehen lassen.«

»Das Geld …« Will hielt noch immer in einer vollkommen sinnlosen Geste die Aktentasche vor sich. »Nimm es …«

»Es gibt nichts, was du mit Geld wiedergutmachen könntest«, sagte Georg. Seine Stimme klang höhnisch und fern, so unendlich fern. »Du hättest das nicht tun sollen, Will. Du hättest aus der Sache aussteigen sollen, solange noch Zeit war. Jetzt ist es zu spät. Jetzt wirst du an deiner eigenen Saat der Vernichtung zugrunde gehen.«

Will verstand nichts, kein einziges Wort, begriff nicht die Andeutungen in Georgs Anklage und nicht, was er überhaupt von ihm wollte. Er konnte keinen klaren Gedanken mehr fassen. Die Kälte hüllte ihn ein, griff nach seinen Eingeweiden, und er ahnte, dass er verloren war, wenn sie sich dort einnistete; doch dann zog sie sich wieder zurück, als stünde eine bewusste, perfide Macht hinter diesem makaberen Spiel, ihn im Bruchteil eines Augenblickes, bevor sich die Schwärze der Bewusstlosigkeit über ihn senken musste, wieder ins Hier und Jetzt zurückzureißen.

»Duffy hat begriffen, dass du Martina von Anfang an nur gequält hast«, sagte Georg. »Ich brauchte ihr gar nicht viel zu erklären. Eigentlich wusste sie es schon. Eigentlich hat sie es schon immer gewusst.«

»Ich habe … nichts davon ist wahr«, brachte Will mühsam hervor.

»Du leugnest?«, höhnte Georg. »Du wagst es tatsächlich, ausgerechnet mir ins Angesicht zu sagen, dass du nicht zu dem stehst, was du getan hast?«

Will wollte antworten, aber er konnte es nicht. Die Kälte pulsierte weiterhin in ihm, ein dauerndes Hin und Her, das ihn zu vernichten drohte, als würde eine Messerklinge in kleinen Schüben immer tiefer in seinen Körper getrieben.

»Ich … ich weiß überhaupt nicht … was du von mir willst.« Wills Arm begann kraftlos herabzusinken wie ein Ast, der vom Sturm herabgedrückt wird, und die Aktentasche rutschte ihm aus der Hand und schlug mit einem harten Knall auf dem Boden auf.

»Du weißt nicht, was ich von dir will?« Georg schrie fast, etwas, das Will nur ganz am Rande wahrnahm, das aber irgendetwas tief in ihm als ungeheuer wichtig registrierte, als einen Bruch in seinem ansonsten so beherrschten Verhalten. »Nach all der Zeit weißt du das noch immer nicht? Wenn du glaubst, mir weiterhin den Trottel vorspielen zu können, hast du dich getäuscht. Es ist Zeit, die Maske fallen zu lassen, Will. Es ist Zeit, das Spiel zu beenden.«

»Dann nimm das … Geld.«

Es fiel Will unendlich schwer, diese Worte auszusprechen. Aber es war das Einzige, was er noch tun konnte: zu versuchen,

Georg zur Vernunft zu bringen. Zu versuchen, ihn von dem abzuhalten, was auch immer er vorhaben mochte. »Nimm das Geld – und gib mir Duffy.«

»Dir Duffy geben?« Georgs Stimme dröhnte in Wills Ohren wie Donnergrollen. »Bist du verrückt? Duffy hat sich von dir abgewandt. Sie will nie wieder etwas mit dir zu tun haben. Akzeptier das endlich!«

»Ich kann das nicht …«, stammelte Will. »Ich will das nicht.« Die unbarmherzige Kälte zog die Wärme rascher aus seinen Gliedern, als sein Körper sie produzieren konnte, und mit der Wärme schien auch das zu entweichen, was seine Persönlichkeit ausmachte. Sein Ich-Gefühl begann zu zerfließen wie Wasser, das aus einer Schale ausgeschüttet wird und im Erdreich versickert. Er begann zu vergessen, warum er hier war, er konnte seiner Umgebung keine festen Strukturen mehr abgewinnen, er wusste kaum noch, wer Georg war – aber tief in ihm, da brannte weiterhin das Verlangen, Duffy vor diesem Monstrum zu retten, und dieses Verlangen war stärker als alles andere, und mit dem letzten Aufbäumen, der letzten Wut in ihm schrie er: »Gib mir endlich meine Tochter, verdammt! Rück sie endlich raus, Wolfsgesicht, misch dich nicht in unsere Belange ein!«

Georg wischte sich den Schnee aus dem Gesicht, den der Wind herantrieb, zumindest schien das Will in einem winzigen, aufflackernden Moment so, und genauso glaubte er das Knarren des Holzes zu hören, aus dem er mit Hilfe seiner Gesellen und seiner eigenen Hände Arbeit die Schmiede erbaut hatte, und dann zog Schwärze vor seinen Augen empor, eine so absolute Schwärze, dass er wusste, dass das Ende nahte, dass sich sein Bewusstsein jeden Moment ausblenden würde und er selbst hinübergleiten würde in das Zwischenreich zwischen Leben und Tod …

»Spielst du den Trottel – oder bist du wirklich einer?«, hörte er Georgs Stimme wie aus weiter Ferne an sein Ohr dringen.

Will wollte aufbegehren, ein letztes, entscheidendes Mal, aber es war vielleicht nicht mehr als ein Reflex, ein Aufbegehren ohne Sinn und Verstand. Doch auch wenn er sich seines Körpers nur insoweit bewusst war, dass er ihn als Quell unerträglicher Pein und immer grausamerer Kälte registrierte, so klammerte sich dieser Körper doch an das unerwünschte Leben, und er kämpfte weiter mit einer Verbissenheit, die sein Bewusstsein in Erstaunen versetzt hätte, wäre er nur in der Lage gewesen, sie zu registrieren.

»Ist es das, was du am Ende wolltest?«, fragte Georg. »Bist du müde geworden nach all der Zeit? Oder bist du wirklich der Schwächling, den du spielst, ist in dir nichts mehr von der alten Kraft der ...«

Will erfuhr nicht mehr, wie Georg den Satz beenden wollte. Über ihm war ein schabendes Geräusch, nicht einmal besonders laut, dann so etwas wie tapsende Schritte, und noch bevor er nach oben blicken konnte, krachte und donnerte es, als ob die ganze Kellerdecke zusammenbrechen würde, und Putz und Dreck rieselten auf ihn herab, und kleinere Splitter aus Stein und anderen, undefinierbaren Materialien trafen ihn, und noch während er zurücktaumelte, hatte er das Gefühl, als würde der Boden unter ihm beben, als würde er nicht auf uralten Pflastersteinen stehen, sondern auf der geschuppten Haut einer Riesenschlange, die urplötzlich zum Leben erwacht war und ihn nun abschütteln wollte, um dann mit ihrem gigantischen Maul zu ihm herumzufahren und ihn zu verschlingen.

34

Inmitten der Staubwolke, die wie dichter Nebel in dem Gewölbe hing, war für einen Moment nichts weiter als ein blendend heller Lichtstrahl zu sehen. Will hatte sich mit der rechten Hand in der rauen Wand so weit eingekrallt, wie das möglich war. Vollkommen fassungslos starrte er auf die groteske Gestalt, die ein paar Schritte von ihm entfernt auf den Boden gesprungen war und nun gerade mit einer einzigen fließenden, und doch seltsam ungelenk und *falsch* wirkenden Bewegung aus der Hocke hochkam.

Fast hätte er hysterisch aufgelacht. Das war v-o-l-l-k-o-m-m-e-n unmöglich. Er hatte endgültig den Verstand verloren. Die Gestalt sah aus, als wäre sie einem billigen Horrorroman entsprungen. Auf dem Kopf trug sie einen schräg sitzenden Hut, der aus einem Indiana-Jones-Film hätte stammen können, und darunter funkelte ihn ein einziges, verrutscht wirkendes, blutunterlaufenes Auge an, während das andere Auge gar nicht mehr vorhanden zu sein schien; für einen winzigen Moment hatte er den Eindruck, dass es in der leeren Augenhöhle wimmelte und zuckte, als würde sich dort etwas Unvorstellbares herauswinden wollen. Die Nase stand schief und war geschwollen, und wo die Stirn und das rechte Ohr sein sollten, wucherte ein nässender Fladen, eine gleichermaßen abschreckende wie furchteinflößende Deformation, die den Eindruck verstärkte, dass er es nicht mit einem Menschen, sondern mit etwas ganz anderem zu tun hatte.

Die Gestalt fuhr zu ihm herum, mit einer einzigen, aber seltsam eckig wirkenden Bewegung. Ein hässliches Funkeln erschien in ihrem Auge, als sie ihn gewahrte. »Ich wusste, dass ich dich hier finden würde«, krächzte sie mit einer Stimme, die fast nichts Menschliches hatte. »Jetzt ist der Tag der Abrechnung gekommen.«

Will kniff für einen Moment die Augen zu, wie ein kleines Kind, das glaubt, auf diese Weise einem unvorstellbaren Schrecken entkommen zu können. Es konnte einfach nicht wahr sein. Doch als er die Augen wieder aufriss, hatte sich nichts verändert.

Außer, dass die Gestalt Anstalten machte, auf ihn zuzuwanken.

»Du entkommst mir nicht mehr«, krächzte sie. In ihrer Hand blitzte eine Klinge. Sie sah aus wie ein Kurzschwert, wie die Waffe, die

ich schon einmal gesehen hatte. Der Wolfsgesichtige hielt das Kurzschwert ganz ruhig in der Hand, als wäre es gar keine Waffe, sondern eine Reliquie, mit der er mir die Macht wieder nehmen wollte, die ich mir angemaßt hatte, den Göttern zu rauben. »Es ist an der Zeit, deinem abscheulichen Treiben endgültig ein Ende zu bereiten«, sagte er kalt.

Ich wollte lachen, aber es war nicht mehr als ein heiseres Krächzen, das sich meiner Kehle entrang. Der Mann war ein Stück kleiner als ich, und es war mehr als zweifelhaft, ob er über die gleichen gewaltigen Körperkräfte verfügte wie ich, der ich Tag für Tag an der Esse zu stehen pflegte und Stunde um Stunde die ganz besondere Metalllegierung über dem Feuer der Götter schmiedete, deren wirkliches Geheimnis nur ich kannte. Trotzdem bezweifelte ich, dass ich ohne weiteres *mit ihm fertig werden würde.*

»Schwöre deinem falschen Glauben ab, bevor du stirbst«, sagte der Wolfsgesichtige. Seine Worte hätten hämisch klingen können, wäre in seinem Blick nicht eisige Kälte gewesen, und

bevor ich noch begriff, was er vorhatte, stieß der Wolfsgesichtige seine Klinge vor ...

Will registrierte die Bewegung nur aus den Augenwinkeln. Mit einer verzweifelten Bewegung warf er sich herum und wich so schnell wie möglich zurück: und dennoch fast zu spät, denn die entstellte Kreatur setzte ihm nach, und die Klinge zischte durch die Luft, als sie nach ihm stieß; nah, viel zu nah, beim nächsten Mal musste sie treffen. Will ruckte zur Seite und knallte mit dem Kopf gegen irgendetwas – vielleicht einen Vorsprung in der Decke, vielleicht aber auch etwas ganz anderes, vielleicht einen Komplizen der Gestalt. Die Schreckensvorstellung lenkte ihn nur einen winzigen Augenblick ab, aber das reichte, um der entstellten Kreatur die Möglichkeit zu geben, ihm mit einem schnellen, fast grotesk wirkenden Hüpfer nachzusetzen. Will gab einen erstickten Schreckenslaut von sich und versuchte, zur Seite auszuweichen, aber es war zu spät. Das Messer zuckte wild in seine Richtung und schrappte an seinen Beinen vorbei. Es war nicht viel mehr als eine beiläufige Berührung, und doch spürte Will, wie die Klinge mühelos durch seine Hose schnitt und seine Haut aufriss; und nur einen schrecklichen Augenblick später, wie Blut an seinem Bein herablief. Der Schmerz war furchtbar und doch vollkommen fern, so als sei nicht er es, der getroffen worden war, sondern jemand ganz anderes.

»Hab ich dich!«, krächzte die Kreatur. Sie riss triumphierend das Messer hoch. *Das ist nicht wahr,* dachte Will. *Das passiert alles nicht.*

Es war viel zu grotesk. Von irgendwo unten, hinter der Kreatur, schnitt ein gleißender Lichtkegel durch das Gewölbe, und mit einem Mal tauchte ihr Gesicht genau in das gebündelte, blendend helle Licht ein. Sie zuckte zusammen und hob schützend die Messerhand vors Gesicht; lange, verklebte

Haare flatterten wild, als sie dem Lichtstrahl zu entkommen versuchte, und Will begriff seine Chance. Er stolperte rückwärts, weg von dem Angreifer und der im Licht blutrot funkelnden Klinge – von der mit seinem eigenen Blut befleckten Klinge, dachte er hysterisch; der Schnitt musste tiefer sein, als er im ersten Moment befürchtet hatte.

Die Kreatur stieß einen wütenden, kaum mehr menschenähnlichen Laut aus; es klang fast wie das zornige Fauchen eines bis aufs Blut gereizten Grizzlybären oder wie der Angriffslaut eines schnaubenden und mit gesenktem Kopf vorstürmenden Stieres.

»Es reicht«, sagte der Wolfsgesichtige, nachdem er mich mit wuchtigen Schwertschlägen vor sich hergetrieben hatte. Er ließ seine Waffe wieder sinken. Rußflocken trieben hinter ihm wie schwarzer Schnee aus den Abgründen der Hölle in die Schmiede, als er die Klinge hob, und die beiden Wolfsköpfe auf seinen Schulterstücken schienen zu gespenstischem Leben zu erwachen. »Du und deine gesamte Sippschaft sollt ausgerottet werden, für immer und alle Zeiten …«

»Weil ich nach dem Feuer gegriffen habe?« Ich spürte eine unfassbare Wut in mir, und etwas davon musste sich auf meinem Gesicht, vielleicht auch in meiner Stimme, spiegeln, denn der Wolfsgesichtige verhielt mitten in der Bewegung. Ich wusste nicht, wer dieser Mann war, noch, wer ihn geschickt hatte, aber ich ahnte es – und wenn meine Ahnung zutraf, dann war es purer Größenwahn, mit ihm handeln zu wollen, ihm auch nur das geringste Zugeständnis abringen zu wollen.

Aber es ging nicht mehr um mich. Mein Schicksal mochte besiegelt sein, und vielleicht war es gut, wenn der ganze Wahnsinn so endete, wie er begonnen hatte: durch ein wahres Höllenfeuer.

Es ging um Ida. Meine Tochter konnte nichts für meine

Blasphemie, für meinen Frevel. Wenn mich hier und heute das Schicksal ereilen sollte, dann mochte das meine gerechte Strafe sein, und ich war bereit, sie anzunehmen, wenn auch nicht unbedingt kampflos. Aber meine Tochter war unschuldig. Sie durfte nicht sterben, weil ich gesündigt hatte.

»Es reicht«, sagte Georg noch einmal. »Leg das Messer weg. Und lass den Blödsinn. Ich hatte hier alles unter Kontrolle, bis du aufgetaucht bist …«

Die Kreatur fuhr herum. Irgendetwas an der Art der Bewegung kam Will bekannt vor, aber bevor er den Gedanken fassen konnte, entglitt er ihm auch schon wieder. Er hatte keine Bedeutung. Das Messer hatte ihn übel erwischt, und vielleicht war die Wunde tief genug, dass er verbluten konnte, wenn sie nicht rechtzeitig versorgt wurde. Aber das war es nicht. In seinem Kopf herrschte ein fürchterliches Durcheinander. Er sah Duffy vor sich, das schmale, bleiche Gesicht, die trotzig geschürzten Lippen, das Lachen, das so unerwartet aus ihr hervorbrechen konnte, und er begann, vielleicht zum ersten Mal in seinem Leben, zu begreifen, was es bedeuten konnte, ein Kind zu haben – sich auf sein Kind *einzulassen*. Es waren Tausende von Kleinigkeiten, die er nicht mitbekommen hatte, die ganze Palette alltäglichen Miteinanders, die mitzuerleben ihm Martina keine Chance gelassen hatte. Das erste Wort, die ersten eigenständigen Schritte und das trotzige, wütende Aufheulen genauso wie das grenzenlos vertrauensvolle Lächeln … all das war ihm verwehrt geblieben, und all das würde er nicht mehr erleben können. Aber es gab noch so viel anderes, was zu entdecken oder vielleicht auch gemeinsam zu überwinden war. Will hatte nie ernsthaft mit dem Gedanken gespielt, Kinder in die Welt zu setzen – und wenn, dann hatte ihn allein die Vorstellung abgeschreckt, sein Leben komplett auf den Kopf stellen zu müssen. Doch jetzt war alles plötzlich ganz anders.

Er wollte Duffy ein wirklicher Vater und nicht nur ihr Erzeuger sein, und er würde es auch, wenn auch nur die geringste Möglichkeit dafür bestand, er wollte es so sehr, dass ihm, inmitten dieses fürchterlichen Albtraums, nichts wichtiger erschien – außer vielleicht, dass Duffy den Wahnsinn hier überlebte. Auch wenn es vollkommen kitschig und bis vor kurzem noch vollkommen unvorstellbar für ihn gewesen wäre: Er würde nicht eine Sekunde zögern, sein eigenes Leben zu opfern, wenn er dadurch das Duffys retten konnte.

»Nie wieder!« Die langhaarige, missgestaltete Kreatur hatte sich von ihm abgewendet und humpelte jetzt mühsam auf den Lichtstrahl zu. »Ich lass mir nie wieder etwas von dir sagen!«

»Schluss jetzt«, donnerte Georg. »Wenn du nicht sofort verschwindest …«

»Legst du mich um, oder was?« Die Stimme der Kreatur überschlug sich bei dem letzten Wort. »Mach dich nicht lächerlich. Ich habe meine Vorkehrungen getroffen …«

»Will«, sagte Georg. »Rühr dich nicht. Ich kümmere mich gleich um dich. Ich muss nur diesen Idioten hier loswerden …«

»Idiot!« Es war ein Aufschrei, und das Messer blitzte auf, und die Kreatur machte einen Schritt vor … und erstarrte dann mitten in der Bewegung.

»Ja, Idiot«, sagte Georg. »Jedenfalls, wenn du nicht mein Geld nimmst und dich in einer Spezialklinik wieder so zusammenflicken lässt, dass du wie ein Mensch aussiehst.«

Spezialklinik? Das Wort erreichte Will mit einiger Verspätung. Sein Bein schmerzte fürchterlich, das Blut lief weiter sein Bein hinab und über seinen Schuh und auf das unebene, sowieso schon glitschige Pflaster, und währenddessen liefen feurige Wogen durch sein Knie und seinen Oberschenkel und jagten weiter nach oben, vertrieben die Kälte, die ihn zuvor fast vollständig gelähmt hatte, aber auf eine falsche, kranke Art, wie die Vorboten zu etwas, das vielleicht schlimmer war als alles, was er bislang erlebt hatte.

»Will, hör mir zu.« Georgs Stimme hatte etwas von der Eindringlichkeit eines Priesters, der merkt, dass ihm eine Seele zu entgleiten droht. »Fred hat allen Grund, auf dich sauer zu sein. Ich kann ihn sogar verstehen. Aber ich werde die Sache jetzt erledigen – und du rührst dich solange nicht von der Stelle, wenn dir Duffys Leben lieb ist, verstanden?«

Will nickte benommen, was vollkommen sinnlos war, da Georg ihn wahrscheinlich nicht sah, denn der Lichtstrahl war noch immer auf die Kreatur – auf Fred!? – gerichtet ...

Fred? Die Bedeutung, die dieser Name hatte, begann mit einiger Verspätung in seine Gedanken einzudringen. Die missgestaltete Kreatur sollte tatsächlich Fred sein? Der Mann, der den Jaguar gesteuert hatte?

Es war eine ganz eigene Art eisigen Entsetzens, als Will begriff, was geschehen war. Der Airbag hatte sich nicht ausgelöst, ansonsten hätte er ihn bemerken müssen, und wahrscheinlich waren auch die Kopfstützen nicht richtig eingestellt gewesen, oder was auch immer. Letztlich war es vollkommen unerheblich, was bei dem Luxuswagen so fürchterlich versagt hatte, dass der zwar dramatisch aussehende, aber bei einem modernen Wagen relativ harmlose Überschlag für den Fahrer so verheerend geendet hatte. Den Rest hatte wahrscheinlich seine Fantasie dazugesteuert. Das, was er für Hautlappen gehalten hatte, konnten nichts anderes als Verbände sein, und ...

Will hatte unbedacht das Gewicht verlagert, und der scharfe Schmerz, der jetzt durch sein Bein zuckte, ließ ihn fast sein Gleichgewicht verlieren. Erst im letzten Moment schaffte er es, sich an der Wand abzustützen.

Der Strahl der starken Taschenlampe – offensichtlich von Fred mitgebracht, aber jetzt in Georgs Händen – schwenkte in seine Richtung, und Will musste geblendet die Augen schließen. »Bist du in Ordnung, Will?«, fragte Georg. Da war etwas in seiner Stimme, was Will noch ein paar Augenblicke zuvor für vollkommen unmöglich gehalten hätte: aufrichtige Besorgnis. »Hältst du durch, bis ich die Sache mit Fred geklärt habe?«

»Sprich nicht so über mich«, fauchte Fred. »Ich bin keine Sache.«

Der Lichtstrahl zitterte leicht und wanderte dann von Will weg und wieder zu Fred zurück. Vor Wills Augen tanzten bunte Flecken, und das nicht nur allein durch Schwäche; Georg hatte ihn, willentlich oder nicht, so stark geblendet, dass er kaum noch etwas erkannte.

»Und ich will, dass dieser Kerl dasselbe durchmachen muss wie ich.« Der Mann, den Will für sich Rattengesicht genannt hatte, lachte heiser auf, ein Laut, der Will bei anderer Gelegenheit einen kalten Schauer über den Rücken gejagt hätte, ihn jetzt aber seltsam unberührt ließ. Rattengesicht hatte allen Grund, stinksauer auf ihn zu sein – und er hatte offensichtlich längst die Grenze überschritten, an der ihn Vernunftgründe von seinem Rachewahn hätten abhalten können.

»Also gut«, sagte Will, mühsam wie ein Betrunkener, der den letzten Rest seiner Selbstbeherrschung zusammennehmen muss, um nicht unartikuliert herumzustammeln. »Du hast mir eine verpasst. Ich blute wie ein Schwein …«

»Ach ja?« Fred fuhr zu ihm herum, und obwohl sein Gesicht nun nichts mehr von dem einer Ratte an sich hatte, passte der Ausdruck in seinen Augen zu einer Ratte, wenn auch zu einem tollwütigen, besonders aggressiven Exemplar. Das Licht, das von hinten durch seine Haare fuhr und irgendwo auf der gegenüberliegenden Wand zerfaserte, gab ihm etwas Dämonisches. Es war Fred, ganz ohne jeden Zweifel, aber er sah mitgenommen aus, als wäre er bereits beerdigt worden und hätte sich mit bloßen Händen aus seinem Sarg befreit, um sich anschließend durchs Erdreich zurück in das Reich der Lebenden zu wühlen. Der Eindruck kam nicht nur durch das verheerte Gesicht zustande – das Will auch auf den zweiten Blick keineswegs fachgerecht verbunden und versorgt vorkam –, sondern viel mehr noch durch seine Haltung, die etwas Gebücktes, fast Buckliges hatte, als wäre er so schief gewachsen wie der Glöckner von Notre-Dame.

»Ja«, polterte Will, so laut er konnte und vor allem mit so viel Nachdruck, wie er es in diesem Moment noch vermochte. »Während wir hier gemütlich rumstehen und reden, verblute ich langsam. Und du hast keine Chance, an den Geldsegen zu kommen, den ich über euch ausschütte, wenn ich mich mit Georg einigen kann.«

»Du verblutest?«, krächzte Rattengesicht. »Darf ich dabei zusehen? So wie du zugesehen hast, als ich in dem Wagen hing? Was hast du dir dabei eigentlich gedacht, he? Kippst den Wagen um, als wärst du Herkules persönlich, und ich denk schon, dass du mich gleich rausziehen und mir helfen wirst – und dann haust du einfach ab. So eine verdammte Verarsche habe ich noch nie erlebt!«

»Ich habe nicht gemerkt, dass du verletzt warst«, protestierte Will. Er versuchte, erneut das Gewicht zu verlagern, um sprungbereit zu sein und ausweichen zu können, falls sich der Verrückte noch einmal mit dem Messer auf ihn stürzen sollte, aber der Schmerz, der daraufhin durch sein Bein jagte, trieb ihm feurige Schlieren vor die Augen und drohte ihm den Atem zu rauben. Er begriff, dass ihm die Zeit davonlief, mit jedem Blutstropfen, der im Boden unter ihm versickerte.

Fred gab einen Laut von sich, der wie das verrückte Kichern von Freddy Krüger klang. »Ach ja? Und warum hast du dann den Wagen hochgestemmt wie ein Bescheuerter?«

»Weil ich geglaubt habe, du hättest Duffy mit dem Wagen platt gewalzt«, brachte Will mühsam hervor. Auf seiner Stirn perlte kalter Schweiß. »Ich habe gedacht, du wärst okay, verstehst du?«

»Ja, natürlich.« Rattengesicht humpelte einen weiteren Schritt auf ihn zu. Er hielt das Messer stichbereit in der Hand. »Soll ich dir sagen, was passiert ist?« Er blieb kurz vor Will stehen. »Du hast dich einen Scheißdreck um mich gekümmert, nachdem du mich von der Straße gedrängt hast. Du hast nicht einmal den allerkleinsten Gedanken an mich verschwendet.«

Wills Gedanken überschlugen sich. Ein reflektierter Lichtstrahl brach sich in Rattengesichts gesundem Auge. Es funkelte so kalt und unwirklich wie ein Edelstein.

»Zu deinen Füßen liegt eine Aktentasche, Fred«, sagte Georg. »Da sind einhundertzwanzigtausend Euro drin. Nimm sie und verschwinde. Und dann lass dich nie wieder hier blicken.«

Rattengesicht legte den Kopf leicht zur Seite, und es sah aus, als lausche er, doch dann begriff Will, dass er nach unten schaute. »Nicht vor dir«, sagte Georg. »Direkt hinter dir. Du bist eben fast darüber gestolpert.«

Will begriff nicht, warum Georg das tat, aber er spürte, wie ein Gefühl irrationaler Dankbarkeit in ihm hochstieg. Was auch immer Georg letztendlich mit Rattengesicht vorhatte – er gab sich immerhin Mühe, ihn in diesem Moment davon abzubringen, Will mit ein paar wütenden Messerstichen ins Jenseits zu befördern.

»Einhundertzwanzigtausend Euro, ja?« Rattengesicht drehte den Kopf, gerade so weit, dass er Will nicht vollkommen aus den Augen ließ.

»Und die schenkst du mir so einfach.« Seine Stimme klang plötzlich hämisch. »Und ich soll dafür auch kein Altersheim in die Luft sprengen oder ein Flugzeug entführen, nein? Ausgerechnet du schenkst mir über einhunderttausend Euro. Weil du so ein guter Mensch bist.«

»Überspann den Bogen nicht«, warnte ihn Georg. »Nimm das Geld, bevor ich es mir anders überlege. Sieh es als deine Abfindung an. Oder als Schmerzensgeld. Ganz egal. Nur zieh endlich Leine.«

»Und wenn ich die Aktentasche aufmache, reißt mich dann eine hübsche kleine Bombe auseinander, was?« Rattengesicht schüttelte den Kopf. »Ich bin doch nicht blöde.«

Georg seufzte. »Doch. Ich fürchte, das bist du. Du hättest einfach aus der Sache aussteigen sollen, als noch Zeit war, weißt du? Aber du hattest ja schon immer ein miserables Timing.«

»Was soll denn das heißen?« Rattengesicht machte einen unsicheren Schritt auf Will zu, so als wolle er nur weg von Georg. Will beobachtete misstrauisch das Messer in seiner Hand, aber es bewegte sich nicht auf ihn zu. Rattengesicht war mit seinen Gedanken offensichtlich woanders. Trotzdem hätte Will einiges dafür gegeben, wenn er in diesem Moment ein paar Schritte hätte zurückweichen können, und sei es nur, um sicherzugehen, dass ihn Fred nicht aus einer spontanen Regung heraus abstach.

»Dass du deine Chance hattest«, sagte Georg kühl. »Und dass das Spiel jetzt vorbei ist. Zumindest für dich.«

Er machte einen Schritt auf Rattengesicht zu. In Will krampfte sich alles zusammen. Der Blutverlust konnte noch nicht so stark sein, trotzdem wurde ihm einen Moment schwarz vor Augen, und als er wieder klarer sehen konnte, war Georg bereits endgültig heran. Fred wich plötzlich verängstigt zurück. Das Messer in seiner Hand deutete nun nicht mehr auf Will sondern auf Georg, aber das beruhigte Will keineswegs.

Das Gewölbe war eng und dunkel, und wenn irgendjemand von ihnen auch nur eine unbedachte Bewegung machte, konnte das eine Katastrophe auslösen.

Georg schien das genauso zu sehen, denn er blieb in einem Schritt Entfernung stehen, drehte die Hände nach außen, wie um zu zeigen, dass er unbewaffnet war und gar nicht daran dachte, es auf eine körperliche Konfrontation ankommen zu lassen. Rattengesicht stand jetzt fast genau neben Will, und sein Atem ging rasend und ungleichmäßig, so als sei er nicht nur über alle Maßen angestrengt, sondern aufgeregt wie ein wildes Tier, das sich in die Ecke gedrängt fühlt. Will schob den Fuß des unverletzten Beins wieder ein Stück zurück und wurde sofort mit einem scharfen Schmerz in seinem anderen Bein belohnt, doch diesmal war er darauf vorbereitet. Er drückte sich mit den Händen an der Wand ab, so gut es ging, und schob sich ein paar Zentimeter weiter zurück.

Die Messerklinge fuhr zu ihm herum. »Hample hier nicht herum«, fauchte ihn das Rattengesicht an. »Bleib da, wo du bist.«

»Natürlich«, brachte Will mühsam zwischen zusammengepressten Zähnen hervor. »Aber es könnte sein, dass ich gleich zusammenbreche.«

Freds Blick irrte zwischen ihm und Georg hin und her, flackernd und wie von Sinnen. »Nein!«, brüllte er dann. »Du brichst nicht zusammen. Der Kratzer ist doch überhaupt nichts. Stell dich nur nicht so an.«

»Das ist kein Kratzer.« Will brauchte das Zittern in seiner Stimme gar nicht zu schauspielern. »Du hast mich voll erwischt. Und wenn ich mich nicht täusche, stehst du gerade mitten in meinem Blut. Pass bloß auf, dass du nicht darin ausrutschst!«

»Halt die Schnauze, verdammt.« Rattengesicht fuhr herum

und fuchtelte mit der Klinge vor Wills Gesicht hin und her. »Oder willst du, dass ich dich gleich hier und jetzt absteche?«

Wills Kopf ruckte ohne sein bewusstes Zutun herum und knallte gegen die gewölbte Wand. Staub und Dreck regneten auf ihn nieder und drohten ihm den Atem zu nehmen. Ohne es zurückhalten zu können, begann er zu husten, mehrmals hintereinander und mit einem fast bellenden Klang.

»Ich hab gesagt, du sollst die Schnauze halten!«, schrie ihn Rattengesicht an. Die Klinge in seiner Hand zitterte, aber sie zuckte nicht hoch, zumindest im Moment noch nicht.

Jetzt, aus der Nähe, erkannte Will, dass er sich getäuscht hatte. Rattengesichts Gesicht sah nicht aus, als wäre es mit voller Wucht auf dem Lenkrad aufgeschlagen, und es wirkte auch nicht wie das einer albtraumhaften Kreatur, für die er ihn anfangs gehalten hatte. Es sah viel, viel schlimmer aus. Das, was ein verrutschter Verband oder auch ein Hautlappen sein konnte, hatte aus der Nähe betrachtet mit nichts von beidem etwas gemeinsam, sondern eher mit einer bizarren Wucherung, die sich vom Ohr bis zur Nase zog, und die übrigen Entstellungen in seinem Gesicht wirkten eher wie die Abdrücke gewaltiger Zähne oder Hauer, die jemand in das Gesicht von Georgs ehemaligem Handlanger geschlagen hatte. Will blinzelte mehrmals, als könne er damit den Anblick ungeschehen machen oder zumindest abmildern, aber es blieb dabei.

Rattengesicht riss das Messer nach oben, und Will spannte sich in Erwartung der Klinge, die im nächsten Sekundenbruchteil in seinen Körper jagen würde.

»Fred!« Der Name donnerte wie ein Pistolenschuss durch das Gewölbe, und sie beide zuckten zusammen; das Messer blitzte im Schein der Taschenlampe auf, die Georg jetzt genau auf sie richtete. Will erwachte als Erster aus seiner Erstarrung und tauchte zur Seite weg, und Rattengesicht stieß einen erstickten Schrei aus, als er die Bewegung zu Ende führte, zu der er kurz zuvor angesetzt hatte. Die Klinge zischte dicht neben Wills Schulter vorbei und fuhr funkenschlagend in die Wand.

»Meine Geduld ist jetzt endgültig am Ende«, fuhr Georg fort. »Nimm das Geld und verschwinde.«

Rattengesichts Gesicht war dem Wills so nahe, dass er seinen stinkenden Atem riechen konnte, und noch etwas anderes, einen beißenden, säuerlichen Gestank, den er nicht zu identifizieren vermochte. Mit einer wütenden Bewegung riss er das leider vollkommen unbeschädigt wirkende Messer aus der Wand, aber er wandte sich nicht ab; er drehte nur leicht den Kopf, so dass er Georg allenfalls aus den Augenwinkeln sehen konnte. Vor Wills Augen tanzten bunte Punkte, vielleicht als Reaktion auf den blendend hellen Strahl der Taschenlampe, vielleicht aber auch als Folge des Blutverlusts in Kombination mit der Todesangst oder der Sorge um Duffy, die seine Körperchemie verrückt spielen ließ. Ohne es verhindern zu können, begann er in sich zusammenzusacken, fast unmerklich erst, aber doch beständig, vollkommen unfähig, irgendwo an der rauen Wand oder in den modrigen Fugen zwischen den Steinen Halt zu finden. Es ging vielleicht noch nicht wirklich zu Ende mit ihm, aber in einer Situation wie dieser reichte es wahrscheinlich schon, wenn er das Bewusstsein verlor.

Die beiden Männer vor ihm beachteten ihn in diesem Moment nicht, und vielleicht war das sein Glück. Will war zwar fast verrückt vor Angst und so geschwächt, dass er in einer anderen Situation wahrscheinlich schon längst zusammengebrochen wäre, aber trotzdem arbeitete sein Verstand auf einer ihm bislang unbekannten Ebene klarer denn je zuvor. Er brauchte Georg, um Duffy zurückzugewinnen, und Georg brauchte ihn – vielleicht nicht einmal hauptsächlich, um an Martinas Geld zu kommen, wie er sich anfangs eingebildet hatte, sondern um die nächste Runde in seinem Rache- und Demütigungsspiel einzuläuten, dessen Hintergrund Will bislang noch nicht einmal ansatzweise verstanden hatte. Aber ganz egal, ihrer beider Schicksal war im Moment so eng verwoben, dass keinem von ihnen beiden daran liegen konnte, dass die Situation eskalierte und einer von ihnen dabei ernsthaft zu Schaden kam.

Rattengesicht dagegen war in diesem Spiel zu überhaupt nichts mehr nutze, weniger als eine Schachfigur, einfach jemand, der zum falschen Zeitpunkt sein ganz eigenes Drama inszeniert und viel zu sehr in sich selbst gefangen ist, um zu begreifen, auf was er sich da eigentlich einlässt. Dennoch, oder vielleicht gerade deswegen, war er überaus gefährlich. Will musste ihn aufhalten, bevor er mehr anstellte, als ihm mit seinem Messer ein kleines bisschen zu heftig am Bein zu ritzen. Und dafür hatte er nur eine Chance: unbemerkt den Elektroschocker zu ziehen, den er sich in die Hosentasche gequetscht hatte und der sie so sehr ausbeulte, dass sie wahrscheinlich den teuren Stoff ruinierte; und dann den Schocker gegen Fred zu pressen und den Abzug durchzuziehen, bis sich der langhaarige Schläger in Krämpfen wand.

Rattengesicht drehte so schnell den Kopf in Wills Richtung, dass seine strähnigen Haare dicht an Wills Kinn vorbeizischten. Die Wolke undefinierbaren Gestanks, die sich Will noch am ehesten aus dem weit aufgerissenen Maul eines Nilpferds hätte vorstellen können, verschlug ihm fast den Atem, und seine rechte Hand, bemüht, die Hosentasche zu erreichen, ohne dabei endgültig sein notdürftig aufrechterhaltenes Gleichgewicht zu verlieren, wäre fast automatisch hochgezuckt, um Rattengesicht weit von sich zu stoßen. Erst im letzten Moment gelang es ihm, die Bewegung zu unterdrücken.

Fred schien es nicht zu bemerken. Seine Aufmerksamkeit

hatte sich bereits wieder Georg zugewandt. »Mach die Aktentasche auf. Aber ganz langsam.« Er unterstrich seine Worte mit einer passenden und doch vollkommen sinnlos wirkenden Bewegung mit dem Messer.

»Ganz, wie du willst.« Der Lichtkegel wanderte an die Decke, als sich Georg die Taschenlampe unter den Arm klemmte, und dann hörte Will das Klicken eines Schlosses. Die Finger seiner rechten Hand drohten wieder aus der Hosentasche herauszurutschen, als ihn plötzlich und unerwartet ein Schwindelgefühl packte, und er konnte nicht verhindern, dass er aufstöhnte.

Rattengesicht wandte ärgerlich den Kopf. »Halt die Schnauze, du Arsch, verdammt!«

Er machte eine nachlässige Handbewegung mit der anderen Hand, ohne Will aus den Augen zu lassen. »Du kannst die Aktentasche wieder zumachen. Ich hole sie mir gleich. Aber vorher muss ich noch eine Kleinigkeit erledigen.«

Er verlagerte sein Gewicht etwas nach vorne, und Will ahnte, was jetzt kommen musste. Trotzdem schrak er zusammen, als Rattengesicht ausholte und das Messer erneut mit mörderischem Schwung auf ihn zusausen ließ. Dafür reagierte sein Körper in seinem Zusammenbruch mit einer Zuverlässigkeit, die mehr als erstaunlich war. Genau in dem Moment, als die Messerspitze zum zweiten Mal auf ihn zusauste, gab sein Kreislauf seinen verzweifelten Widerstand auf, und er kippte weg, nicht langsam und unbeholfen wie ein Betrunkener, der den Halt verliert, sondern wie eine Marionette, deren Fäden man durchschnitten hatte. Dort, wo eben noch sein Hals gewesen war, fuhr die Messerklinge funkensprühend und wie nach ihrem Opfer suchend schräg über die Wand, während er selbst schmerzhaft mit dem Steißbein auf dem Boden aufschlug und der Oberkörper gleich zur linken Seite wegkippte. Er riss die linke Hand vor, um sich abzustützen, aber der glitschige Untergrund sabotierte seine Bemühungen und ließ seine Hand weiterrutschen, bis er mit dem Gesicht aufschlug; inmitten klebriger, warmer Flüssigkeit, seinem eigenen Blut, wie ein Teil von ihm mit Entsetzen registrierte.

Rattengesicht schrie vor Wut auf und beugte sich zu ihm herab. Will sah den dunklen Schatten, aber mehr nicht. Sein Kreislauf war wider Erwarten nicht vollständig zusammengebrochen, aber er stand kurz davor, und der Aufprall tat das Übrige, um seine Orientierung im wahrsten Sinne des Wortes auf den Kopf zu stellen. Georg schrie irgendetwas, das Will nicht verstand; es kam auch nicht darauf an. Alles, was zählte, war die blitzende, auf ihn herabzuckende Klinge in Rattengesichts Hand.

Wie von selbst sprang Angelas Elektroschocker in Wills eigene Hand, während er sich auf die Seite wälzte, schwerfällig und unbeholfen, wie es ihm schien, in Wahrheit aber wohl blitzschnell, denn er war schon halb herumgekommen, bevor Rattengesichts Messer bedrohlich nahe gekommen war. Blutspritzer drohten in Wills Augen zu rinnen, und ein schwarzer Schatten senkte sich über ihn, halb real und halb durch bevorstehende Ohnmacht verursacht. Will war in diesem Moment fast blind, und trotzdem nahm er alles mit seltsamer Klarheit, wenn auch wie durch einen Nebel, wahr. Das Erstaunlichste aber war, dass sich die Zeit zu verlangsamen schien.

Das Messer glitt auf ihn nieder, seine Hand fuhr hoch, und ohne dass er den bewussten Befehl dazu gab, legte sich sein Finger um den Abzug und zog ihn durch. Das bläuliche Leuchten, das Einzige, was er wirklich klar und fast überdeutlich sah, traf auf die Messerklinge. Wie ein Blitz, mit dem Thor seine Feinde zerschmetterte, zischte und flirrte es über den kalten Stahl und jagte weiter empor.

Durch den dunklen Schatten über ihm schien ein Blitzlichtgewitter zu gehen, vollkommen unmöglich angesichts der eher harmlosen Ladung, die der Elektroschocker verschoss, und die Messerklinge machte sich selbstständig, entglitt der Hand, die sie eben noch zielgerichtet nach unten geführt hatte. Hätte Will noch die Zeit dazu gehabt, hätte er sich erneut zur Seite geworfen, doch so blieb ihm nichts anderes übrig, als fassungslos zuzusehen, wie Rattengesicht doch noch sein Ziel erreichen würde, wenn auch auf ganz andere Weise, als er es geplant hatte.

Die Zeit schien sich nicht zu verlangsamen, sie schien geradezu *stehen zu bleiben*, anzuhalten wie das Standbild, mit dem die Siegerpose eines Boxers oder Fußballspielers für einen Sekundenbruchteil eingefroren wurde, bevor sie in normaler Geschwindigkeit weiter fortgeführt wurde. Will blieb keine Zeit mehr zum Erschrecken. Das Messer musste seinen Kopf oder seinen Hals treffen. Es war vollkommen bedeutungslos, dass die dunkle Gestalt über ihm einen schrillen, verzweifelten Schrei auszustoßen begann, die Arme in die Höhe riss und schwankte und zweifelsohne dem Messer folgen und ebenfalls auf ihn herabstürzen würde.

Etwas zuckte hervor, von der Seite, ein dunkler Schatten wie der einer Ratte, die gekommen war, um ihre Reißzähne in den Hals ihres wehrlosen Opfers zu schlagen; aber das war nicht mehr als ein verrückter, ganz kurz aufblitzender Gedanke, denn es war etwas ganz anderes. Das Messer wurde getroffen, ein Stück zu weit oben, fast schon am Griff, um es vollständig ablenken zu können, und Will beobachtete aus schreckensweit aufgerissenen Augen, wie die Klinge in seiner Schulter aufschlagen würde. Der Fuß, der das Messer im letzten Moment beiseite gekickt hatte, knallte genau in dem Moment gegen die Wand, als sich das Messer in Wills Schulter bohrte.

Zumindest glaubte er das, doch der scharfe Schmerz, der

folgen musste, blieb aus. Die Klinge hatte etwas von seiner Haut mitgenommen, im Wesentlichen aber wohl nichts weiter als das Schulterpolster des teuren Jacketts zerfetzt, das Angela ihm gekauft hatte, und schwankte nun hin und her, genau wie der dunkle Schatten über ihm, der jeden Moment auf ihn niederkrachen musste.

Es kam nicht mehr dazu. Die Gestalt, die ihn im letzten Moment gerettet hatte, ließ ihr Knie hochzucken, und Rattengesicht stieß einen gleichermaßen erschrockenen wie entsetzten Laut aus. Will sah zwei Schatten, die so miteinander verschmolzen waren, dass sie eins zu werden schienen. Einen vollkommen irrationalen Moment glaubte er eine junge Frau mit langen blonden, fast weißen Haaren zu sehen, die wie ein Racheengel über Fred kam, dann flackerte es kurz auf, und er begriff, dass er nun endgültig im Begriff war, das Bewusstsein zu verlieren.

35

Er war wahrscheinlich gar nicht richtig bewusstlos gewesen, und wenn, dann nur für wenige Minuten. Rattengesicht lag neben ihm. Die Gestalt, die ein Stück von ihm entfernt auf dem Boden hockte, hatte nichts mit einem Racheengel gemein. Ganz im Gegenteil, sie wirkte so finster und düster wie ein Todesbote und strahlte etwas aus, was Will unwillkürlich frösteln ließ: eine körperlich spürbare Kälte.

Es war Georg.

Als er bemerkte, dass Will den Kopf in seine Richtung wandte, sah er kurz auf. »Nur einen Moment«, sagte er. »Ich kümmere mich gleich um dich.«

Will konnte mit dieser Ankündigung nicht viel anfangen. »Warum …« Er musste sich räuspern, bevor er fortfahren konnte: »Warum … willst du dich … um mich kümmern?«

Georg runzelte die Stirn. Irgendetwas schien mit seinen Augen nicht zu stimmen, denn als er Will musterte, wirkten sie fast schwarz, riesig groß und leuchtend. Will schrieb das seinem mitgenommenen Zustand zu. Offensichtlich begann er zu halluzinieren, und das auf eine ganz andere Weise, als er das in den letzten Tagen getan hatte.

»Du hast eine Menge Blut verloren«, sagte Georg ruhig. »Ich muss dein Bein abbinden. Sonst läufst du im wahrsten Sinne des Wortes aus. Und das wollen wir doch nicht, oder?«

Will versuchte sich mit der Hand aufzustützen, aber als er begriff, was das für eine klebrige, warme Substanz war, in die er da griff, gab er den Versuch bereits im Ansatz auf. Er sah an sich herunter.

Eine Menge Blut verloren traf es nicht ganz. Er lag nicht in einer kleinen Lache, sondern in etwas, das die Ausmaße einer größeren Pfütze an einem verregneten Tag hatte. Wenn man bedachte, dass ein Mensch höchstens ein paar Liter von dem roten Lebenselixier im Körper hatte – drei oder vier, wenn er richtig informiert war –, dann war das mehr als erschreckend. Es sah aus, als wäre er bereits komplett ausgelaufen.

»Keine Angst«, sagte Georg, als habe er seine Gedanken erraten. »Das ist nicht alles dein Blut.«

»Nicht alles mein Blut?« Der Gedanke, in fremdem Blut zu liegen, hatte etwas noch viel Monströseres, was angesichts seiner Situation vielleicht vollkommen irrational sein mochte, dem Gedanken aber nichts von seiner Abscheulichkeit nahm. »Was soll das heißen?«

»Fred hat auch etwas abgekriegt, das soll es heißen«, sagte Georg ärgerlich, während er das, was er in der Hand hielt, ansah, als könne er nicht begreifen, wie es dorthin kam. »Aber das spielt doch jetzt wohl keine Rolle ...«

»Keine Rolle?«, ächzte Will. »Was ist mit ihm? Ist er ...«

»Es braucht dich nicht zu interessieren, was mit ihm ist«, fuhr ihn Georg an.

Will konnte den Blick nicht von dem Ding in seiner Hand wenden.

Es tropfte, und etwas lief rot Georgs Handgelenk herab, so dass es eigentlich gar keine Frage war, *was* da tropfte. Aber das war noch nicht einmal das Schlimmste. Das Ding ähnelte in Form und Größe einer Aubergine, aber es war nicht schwarz, sondern von einem dunklen, bedrohlich wirkenden Rot, wirkte darüber hinaus elastischer ... und es schien zu pulsieren, oder nein: Es zuckte wie ein gestrandeter Fisch, der sich im Todeskampf auf einem Sandstrand windet. »Es tut mir Leid, dass Fred hier aufgetaucht und wie ein Wilder mit dem Messer auf dich losgegangen ist. Das hätte nicht passieren dürfen. Aber jetzt ist die Sache erledigt. Okay?«

Natürlich war überhaupt nichts okay. Wills Verstand schlug Kapriolen. Er bildete sich ein, Dinge zu sehen, die nicht da waren. Das Ding in Georgs Hand konnte nicht das sein, wofür er es im ersten Moment gehalten hatte. Er riss seinen Blick davon los, lenkte seine Gedanken in eine andere Richtung, zu dem, was passiert war, kurz bevor er für eine Weile abgetreten war. »Aber was ist mit Angela?«, fragte er mit brüchiger Stimme.

»Angela?« Georg runzelte erneut die Stirn, aber diesmal auf eine vollkommen andere Weise. »Martinas Stieftochter? Was soll mit ihr sein?«

Will versuchte sich ganz genau an das zu erinnern, was er zu sehen geglaubt hatte, kurz bevor er das Bewusstsein verloren hatte. Eine schlanke Gestalt mit langem blondem Haar. Ihr Gesicht war nicht in seinem Blickfeld gewesen, aber es war vollkommen unmöglich, dass es jemand anderes als Angela gewesen war. »Ich dachte, ich hätte jemanden gesehen.« Er zwang sich etwas ab, das noch nicht einmal bei gutem Willen als Lächeln durchgehen würde und von dem er trotzdem hoffte, dass es seinen Zweck erfüllen würde. »Meinen Todesengel.«

»Ja.« Georg nickte. »Es hätte nicht mehr viel gefehlt.« Er senkte den Kopf und starrte gedankenverloren auf das hinab, was er in den Händen hielt. »Eben hat es noch gepocht und Leben gespendet.«

»Was?« Will folgte automatisch seinem Blick, und er spürte, wie eine Welle von Übelkeit in ihm hochstieg. Die Form, die Farbe, das wie spastisch wirkende Zucken, das bereits schwächer geworden zu sein schien … Ein bitterer Kloß erreichte seine Kehle, und er würgte mehrmals hintereinander, hart und trocken.

Georg sah wieder auf, musterte ihn einen Augenblick lang wie gedankenverloren und seufzte dann. »Weißt du, dass die Menschen jahrtausendelang glaubten, im Herzen sitze das Gefühl und im Kopf der Verstand? Sie haben geglaubt, beides sei voneinander getrennt und müsse vereint werden, damit ein Mensch zu seiner Ganzheit finden könne.«

Will hatte diesen Blödsinn noch nie gehört, und es interessierte ihn auch nicht im Geringsten. Es war vielmehr der ungeheuerliche Verdacht, der sich in ihm regte, als er Georg so dasitzen sah mit diesem ... *Gegenstand* in seiner Hand. Es war absolut lächerlich, was er da dachte, eine Ausgeburt seiner durch die Ereignisse übersteigerten Fantasie, es konnte einfach nicht sein.

»Aber lassen wir das.« Georg legte vorsichtig das zuckende, tropfende, glitschige Ding auf den Boden und sah dann wieder zu Will hoch. In seinen immer noch viel zu groß und dunkel wirkenden Augen funkelte etwas, das Will überhaupt nicht gefiel. »Und nun zu dir. Wenn ich nicht gleich dein Bein abbinde, werden wir unser Gespräch kaum fortsetzen können. Und das wäre doch jammerschade.«

Er stand auf und kam auf Will zu, mit Bewegungen, in denen nichts Bedrohliches war und die Will doch in eine fürchterliche Anspannung versetzten. Er hatte das Gefühl, seinen eigenen Henker auf sich zukommen zu sehen.

Georg blieb vor ihm stehen, runzelte schon wieder die Stirn – eine Angewohnheit, die Will zuvor noch nie an ihm beobachtet hatte – und schüttelte dann den Kopf. Will hatte keinen Blick dafür. Er hatte etwas in Georgs Gürtel entdeckt, das zu dem passte, was er gerade auf den Boden gelegt hatte: ein Messer, das so sehr vor Blut triefte, dass es aussah, als sei es im Laufe eines satanischen Rituals in Blut getaucht worden. Obwohl sich sein Verstand noch immer weigerte, es zu Ende zu denken, konnte sich Will nur zu lebhaft vorstellen, dass es nicht für ein Blutbad benutzt worden war, sondern für etwas ganz anderes: um etwas herauszuschneiden. »Ich glaube, dir ist nicht mehr zu helfen, Will«, sagte Georg leise. Er blieb an den Füßen von Will stehen und starrte auf ihn herab.

»Wie …«

»Wie ich das meine?« Georg griff in den Verschluss seines Gürtels und machte ihn auf. Das Messer rutschte ein kleines Stück nach unten, und ein gutes Dutzend Blutstropfen perlten herab und hinterließen auf Georgs rechtem Hosenbein eine Spur blutiger Tränen. »So, wie ich dir das schon tausendmal gesagt habe. Du bist und bleibst ein Loser.«

Will versuchte nicht daran zu denken, in *was* er lag, und schon gar nicht an das, was Georg aus den Händen gelegt hatte, oder was er mit dem Messer vorhaben könnte. »Ich habe noch nicht einmal einen einzigen Tag in U-Haft verbracht. Und du gleich Jahre im verschärften Knast. Und wofür? Für ein paar lächerliche Kleinigkeiten. Es hat sich ja noch nicht einmal gelohnt. Für die Zeit, die du insgesamt abgesessen hast, hättest du bei guter Führung auch einen Menschen umbringen können. Oder mehrere.«

»Und das hätte sich dann gelohnt«, brachte Will mühsam hervor.

Will erwartete, dass Georg jetzt wieder die Stirn runzelte, aber diesmal wurde er enttäuscht. Mit einem vollständig unbeteiligten Gesichtsausdruck zog Georg das Messer hervor und wog es in der Hand. Es schien ihm nichts auszumachen, dass dadurch ein paar Blutstropfen über seinen Handrücken liefen, und obwohl es nur eine kleine Geste war, wirkte sie so verrückt und abstoßend, dass Will aufgesprungen und davongelaufen wäre, hätte er es gekonnt.

»Na, dann.« Georg seufzte einmal kurz auf, lehnte sich

etwas vor und stieß das Messer herab wie ein Jugendlicher, der ein Stück Holz damit spalten will. Will spannte sich vollkommen sinnlos; Georg hatte nicht auf ihn gezielt, sondern auf Rattengesicht. Mit einer einzigen wuchtigen Bewegung rammte er die Klinge tief in den Oberschenkel seines Opfers. Wills Augen weiteten sich, und sein Herz begann so laut und heftig zu pochen, dass er seinen Schlag bis hinauf in die Halsschlagader spüren konnte. Aber er konnte nicht weg, er musste mit ansehen, was mit dem langhaarigen Idioten passierte, der den Fehler gemacht hatte, sich mit Georg anzulegen. Rattengesicht zuckte, als wäre er wieder zum Leben erwacht – oder von dem Schmerz aus einer Ohnmacht gerissen? –, und aus der neu geschlagenen Wunde begann augenblicklich eine Blutfontäne hervorzusprudeln wie der Auftakt zu dem Entsetzlichen, was sich Georg für ihn hatte einfallen lassen.

»Ich hoffe, es hält«, sagte Georg mit einem Blick auf das Messer, als hätte er es tatsächlich lediglich in einen Holzblock gerammt und als bestünde seine einzige Sorge darin, dass es aus der Wunde rutschen und zu Boden fallen könnte.

Lieber Gott, mach, dass er tot ist, dachte Will entsetzt. Er hatte nicht die geringsten Sympathien für Rattengesicht übrig, aber das, was Georg ihm antat, ging weit über das hinaus, was er seinem ärgsten Feind wünschte – sein Gegenüber vielleicht ausgenommen.

Georg wirkte vollkommen gleichgültig. Mit einer gelassenen, selbstverständlichen Bewegung zog er den Gürtel aus der Schlaufe und wickelte ihn auf. »Zielloses Töten lohnt sich nie. Aber wenn es einen Sinn hat …« Er trat einen Schritt näher heran, sorgsam darauf bedacht, nicht so stark aufzutreten, dass das Blut sein Hosenbein heraufspritzte. »Wobei es natürlich im Auge des Betrachters liegt, was einen Sinn hat und was nicht. Denk nur an die großen Kriege. Oder an terroristische

Einsätze. Es gibt Menschen, die sind tatsächlich bereit, nicht nur andere, sondern auch sich selbst zu töten, nur für die Aussicht, danach im Paradies einen ganzen Harem unbefleckter Jungfrauen durchbumsen zu können. Was ja nun wirklich eine reichlich naive Vorstellung paradiesischer Zustände ist. Aber Geschmäcker sind bekanntlich verschieden.«

Wills Blick irrte verzweifelt durch das Gewölbe. Georg hatte die Taschenlampe so auf der Aktentasche abgelegt, dass sie die gegenüberliegende Wand beschien. Das Licht, das von dort reflektiert wurde, reichte aus, um mehr Details erkennen zu lassen, als ihm lieb war.

Überall war Blut. Nicht in den Mengen, in denen er lag, aber Sprenkel der roten Flüssigkeit waren weit genug gespritzt, um in ihrer direkten Umgebung überall eine unregelmäßige rötlich schwarze Maserung zu hinterlassen und dem sowieso schon düsteren Gewölbe etwas Albtraumhaftes zu verleihen. Rattengesicht lag neben ihm, nah, viel zu nah, in seltsam verkrümmter Haltung, den rechten Arm über die Brust geschlagen und ihm den Rücken zugewandt, und es schien ihm, als zucke er noch, als wäre da ein Rest Leben in ihm, und als Wills Blick sein Bein herabwanderte, wurde ihm schon wieder übel vor Abscheu und Widerwillen … und ein bitterer Schwall Magensäure schoss seine Kehle hoch, und einige, übel schmeckende Tropfen perlten über seine Lippen und rannen sein Kinn herab, als er vollends begriff, was Georg da getan hatte.

Die Angst überwog alles andere. Die Angst vor dem, was Georg bereits getan haben mochte – und was er jetzt im Begriff war, ihm anzutun.

»Ich habe schon Duffy klar zu machen versucht, was mit dir los ist. Nämlich nichts.«

Will starrte ihn fassungslos an. Hatte ihm Georg so deutlich angesehen, woran er gerade gedacht hatte?

»Sie schien nicht sehr überrascht zu sein, als ich ihr klar gemacht habe, dass du viel zu schwach bist, um dein eigenes Leben zu leben. Wie sollte es dir da möglich sein, auch nur einen Gedanken an deine Tochter zu verschwenden?«

Will spürte eine Woge heißer Empörung durch seinen Körper jagen, die ihn einen Moment lang seine Angst und seinen Ekel vergessen ließ. »Was soll das?«

»Ich habe ihr von unserem Gespräch berichtet. Du erinnerst dich? Als du nach dem Brand, bei dem du angeblich umgekommen bist, bei mir aufgetaucht bist und dich ausgeheult hast? Ich habe Duffy nur die Wahrheit gesagt. Dass du nichts von ihr gewusst haben willst, dass du sie mir gegenüber sogar verleugnet hast.«

Das war eine so ungeheuerliche Verdrehung der Tatsachen, dass es Will im wahrsten Sinne des Wortes die Sprache verschlug. »Ich ... ich habe doch nur ...«, stammelte er schließlich.

»Versuch jetzt bloß nicht, dich rauszureden«, fiel ihm Georg ins Wort. »Es wäre sowieso sinnlos. Meine Worte fielen nämlich auf äußerst fruchtbaren Boden. Martina hat offensichtlich schon vorher kein gutes Haar an dir gelassen. Ganz zu schweigen von ihrer Stiefschwester. Also brauchte ich bloß noch ein paar Stichworte zu geben. Den Rest hat die Tatsache erledigt, dass du die erste Übergabe total vermasselt hast, weil du dich eigentlich gar nicht für deine Tochter interessierst, sondern nur über sie an ihre Mutter kommen willst.«

»Aber ...«

Georg beugte sich ein Stück vor und musterte Will aus zusammengekniffenen Augen. »Schluss jetzt. Ich möchte dieses Thema nicht weiter vertiefen. Dass Duffy tief von dir enttäuscht ist, kannst du ihr ja wohl nicht verdenken. Und nur ganz nebenbei: Das bin ich auch.«

»Ich habe doch nur versucht …«

»Ich habe durchaus bemerkt, was du versuchst hast«, sagte Georg kalt. »Aber es ist jetzt wirklich nicht der richtige Zeitpunkt, um darüber zu reden. «

Er sah auf Will hinab wie ein Metzger auf ein Schwein, das er mit dem Bolzengerät töten und dann ausbluten lassen wollte.

»Was hast du vor?«, fragte Will, und seine Stimme klang zu seinem eigenen Entsetzen mehr nach einem Quieken als nach irgendetwas anderem.

»Ja, was habe ich vor?« Georg klang fast verwundert. Er riss seinen Blick von Will los und starrte auf das hinab, was noch vor wenigen Minuten ein lebender Mensch gewesen war. »Es kann einem schon das Herz aus dem Leib reißen, wenn man begreifen muss, dass man alles verloren hat, was das Leben lebenswert macht. Deine Wohnung – verbrannt. Die Frau, die du liebst – verachtet dich. Und deine Tochter hasst dich.«

»Warum?«, krächzte Will. Sein Blick wanderte zu dem Messer, das aus Rattengesichts Bein aufragte wie eine perverse Trophäe, und seine Gedanken drohten in winzige Stücke zu zerfasern, weggehämmert von der Panik, die ihn vollkommen zu überschwemmen drohte. Herz aus dem Leib reißen? Wie hatte Georg das gemeint? Georg ging in die Hocke und starrte erst gedankenverloren auf Rattengesicht. Etwas zuckte in dem Körper, in dem eigentlich kein Leben mehr sein sollte, und Will spürte, wie sich die bittere, gallige Flüssigkeit, die sich unter seiner Zunge gesammelt hatte, in einer Explosion entladen wollte. Georgs Kopf ruckte wieder zu Will herum. »Du hast den Bogen überspannt, Will. Es gibt einfach Dinge, die man nicht tun sollte. Es gibt so etwas …«, Georg tat so, als suche er nach Worten, »… wie eine große moralische Basis zwischen uns Menschen. Es gibt Dinge, die wir uns gegenseitig nicht antun sollten, und wenn wir uns noch so hassen.«

Diese Worte klangen aus Georgs Mund so absurd, dass sie Will für einen Moment sogar seine Übelkeit vergessen ließen. Jemand, der genüsslich auf einem blutigen Steak herumkaut und währenddessen fallen lässt, dass er ja eigentlich strenger Vegetarier ist, weil er das Töten von Schlachtvieh aufs Äußerste verdammt, hätte tausendmal überzeugender geklungen als Georg.

»Menschen neigen zu Grausamkeiten«, dozierte er ungerührt weiter, »doch das gibt uns nicht das Recht, jeden Anspruch von Menschlichkeit fallen zu lassen, findest du nicht auch, Will?« Er griff nach unten und packte mit festem Griff Wills Schuh und zog ihn nach oben. »Das müssen wir irgendwo ablegen, raus aus der roten Soße«, stellte er mit der Sachlichkeit eines Notarztes fest, der sich selbst über die größten Ferkeleien nicht mehr wirklich aufzuregen vermag.

Er sah sich kurz um, schwenkte dann Wills Bein herum und ließ es die letzten Zentimeter unsanft auf Rattengesichts Beine plumpsen, haarscharf neben der Klinge, mit der ihn Fred noch vor wenigen Minuten hatte aufschlitzen wollen. Über Wills Lippen drang ein ersticktes Stöhnen. »Hoppla«, murmelte Georg. »Ich muss aufpassen, dass du dich nicht noch einmal an dem Messer ritzt. Das wäre dann wohl kaum die richtige Versorgung, oder?« Er lachte, als hätte er einen besonders gelungenen Witz gemacht.

Wills Hände begannen zu zittern, und die Bewegung breitete sich über seine Arme aus und erreichte seinen Oberkörper, ohne dass er sich dagegen wehren konnte. Sein Knie lag tatsächlich nur einen Hauch von dem Messer entfernt, das in Rattengesichts Bein steckte, aber das war noch nicht alles und bei weitem nicht das Schlimmste. Sein Oberschenkel fühlte sich an, als ob er auf etwas ekelhaft Weichem, Nachgiebigem liegen würde, und tatsächlich sackte er ein Stück ein, während sein Fuß irgendwo hinter seinem Sichtbereich aufplatschte. Er hatte so etwas Ekelhaftes noch nie gesehen. Er hätte noch nicht einmal wirklich sagen können, was ihn an diesem Anblick so schockierte und was ihn umso vieles schrecklicher machte als all das, was er in den letzten Minuten erlebt hatte. Vielleicht lag es einfach daran, dass es *pervers* war, auf eine abgrundtief böse Art abartig, und dass ihm Georg in diesem Moment nicht mehr vorkam wie ein Mensch, sondern wie eine düstere Gestalt, die direkt aus der Hölle geschickt worden war, um ihn zu verhöhnen und zu quälen.

»Das sieht schlimm aus«, sagte Georg fast heiter. »Richtig schlimm. Ich weiß nicht, ob dein Bein noch zu retten ist. Aber versuchen können wir es ja wenigstens, oder?« Will brachte auch jetzt noch kein Wort heraus. Ihm war mittlerweile so übel, dass er das Gefühl hatte, sich jeden Moment übergeben zu müssen, und dazu begann ihm zunehmend die Kälte zu schaffen zu machen, die wie ein alter, vertrauter Feind nur auf den bevorstehenden kompletten Zusammenbruch gewartet zu haben schien. »Ich fürchte, ich muss deinen Fuß etwas hochlegen. So, wie er jetzt da – na ja, sagen wir einmal, abhängt, bringt das wohl nicht viel, wenn ich dir die Schlagader abbinde.«

Will fühlte sich wie ein kleines Kind, das ganz genau weiß, dass der Mann in dem weißen Kittel, der so hilfsbereit tat, in Wirklichkeit alles tun würde, um es zu quälen und ihm unsagbare Schmerzen zu bereiten, aber das nicht sagen konnte, schon gar nicht seiner Mutter, die doch nur sein Bestes wollte.

»Warum …«, brachte Will schließlich mühsam hervor. »Warum tust du das alles?«

»Aber Will!« Georg winkte tatsächlich ab, und dann lächelte er, zum ersten Mal, seit sie sich hier unten in diesem Gewölbe begegnet waren, aber es war das falsche Ich-will-dass-du-tust-was-ich-sage-sonst-passiert-was-Lächeln, mit dem ein bestimmter Schlag hartherziger Menschen von jeher die schrecklichsten Grausamkeiten einzuleiten pflegte. »Das ist doch selbstverständlich. Schließlich bist du doch so etwas wie ein Bruder von mir – wenn auch ein böser Bruder, der mich aufs Übelste hintergangen hat und all die Wohltaten, die ich ihm habe angedeihen lassen, mit Füßen getreten hat. Aber lassen wir das. Du bist in Not, und da ist es doch selbstverständlich, dass ich dich nicht einfach verrecken lasse.«

»Steck dir deine Scheißsprüche irgendwohin!«, hätte ihm Will am liebsten entgegengebrüllt. Aber natürlich ließ er das sein. Er würde verbluten, wenn ihm Georg nicht half, und irgendetwas in ihm beharrte darauf, dass Georg tatsächlich etwas von einem bösen Arzt hatte, aber eben doch von einem *Arzt,* der ihm helfen konnte, wenn er selbst nur nichts Falsches tat, wenn er ganz einfach ein lieber Junge war …

»Warte mal.« Georg tat irgendetwas mit seinem Bein, und wieder jagte ein scharfer Schmerz durch Will, aber das hatte nun so gut wie keine Bedeutung mehr. Georg würde ihm helfen, er würde ihn retten, wenn er ihn nicht weiter provozierte. Er musste nichts weiter tun, als die Schnauze zu halten.

»Sieht wirklich übel aus.« Georgs Stimme klang konzentriert und sachlich, und Will verfluchte sich dafür, dass er darauf reagierte wie ein ängstlicher Patient, der geradezu zwanghaft in jede Äußerung von Ärzten oder Pflegepersonal etwas hineininterpretieren muss, um herauszubekommen, wie es um ihn steht. »Aber vielleicht … Es kann jetzt mal ein bisschen wehtun.«

Als Georg sich erneut an seinem Bein zu schaffen machte, begriff Will augenblicklich, was er mit seiner Warnung gemeint hatte. Die Schmerzwelle, die ihn diesmal überflutete, riss seinen Verstand mit, löschte jeden bewussten Gedanken aus und hinterließ für sich scheinbar ins Endlose dehnende Sekunden nichts anderes in ihm als feurige Lohen, die alles wegbrannten, was eben noch an Resten von Trotz und Widerstand in ihm gewesen war.

»Ich hab's gleich«, sagte Georg. Seine Stimme klang aufrichtig besorgt, zumindest kam es Will so vor, als sein Gehirn wieder anfing, so etwas wie eigenständige Gedanken zu produzieren – kurz, bevor Georg den Gürtel festzog, den er zuvor um seinen Oberschenkel gelegt hatte, und sein ganzer Körper wie im Krampf zuckte und er einen Schrei ausstieß, der von den Wänden des Gewölbes widerhallte.

»So«, drang Georgs Stimme mit einiger Verspätung an seinen Verstand. »Ich glaube, das war's. Und damit zu dem Grund unserer kleinen Verabredung.«

Und dann tat er etwas, was er sonst nie tat und was in dieser Situation wirkte wie ein kalter Guss in der Mittagshitze eines heißen Tages: Er legte den Kopf nach hinten und lachte. Es war ein gutturales, ganz von innen kommendes, gleichzeitig tief zufriedenes wie auch drohendes Lachen, und es hallte von den Wänden wider, und doch schien es sich mit dem Widerhall von Wills Aufschrei zu etwas Neuem, Furchtbarem zu verbinden …

Zumindest kam es Will so vor, der sich am liebsten die Hände über die Ohren geschlagen hätte, um das auszublenden, was er nicht ausblenden konnte.

36

Will blinzelte mehrmals, und etwas lief salzig seine Wangen herab, Tränen, die der Schmerz herausgepresst hatte und für die er sich nun schämte. Als es ihm endlich gelang, die Augen wieder zu öffnen, stand Georg vor ihm, eine dunkle Gestalt, von der Taschenlampe auf eine Weise beleuchtet, wie es kein Theaterregisseur für eine bedrohlich wirkende Aufführung düsterer hätte inszenieren können. Sein Gesicht lag im Halbschatten, die linke Hälfte fast ganz im Dunkeln, die andere von einem unruhigen Geflacker beleuchtet, wenn Georg den Kopf bewegte, und ansonsten beschienen wie durch fahles Mondlicht.

»Ich … ich fühle mich nicht gut«, presste Will mühsam hervor. Seine Stimme kam ihm fremd vor, schwach, seltsam schrill, fast greisenhaft. »Es … es wäre vielleicht besser, wenn du einen Krankenwagen rufen würdest.«

Georg schüttelte den Kopf. »Das halte ich für gar keine gute Idee. Das verstehst du doch, oder? Schließlich haben wir unser kleines … Problem noch nicht geklärt.«

»Welches Problem?« Will wollte weitersprechen, aber dann begann er zu husten, hart und bellend, und ihm wurde erneut schwarz vor Augen.

»Kratz mir jetzt bloß nicht ab«, sagte Georg kalt.

»Keine … Sorge …« Wills Stimme brach ab, und seine Augenlider begannen zu flackern.

»Du sollst nicht abkratzen, verdammt!«, brüllte Georg. Will hörte seine Stimme nur wie durch Watte, und es war ihm, als schrecke er aus einem Albtraum hoch, um gleich wieder in einen beunruhigenden Dämmerzustand abzugleiten; jeglicher Sinn für Realität begann ihm zu entgleiten, schlimmer und umfassender als in dem schlimmsten Vollrausch, den er je erlebt hatte.

»Reiß dich zusammen, verdammt noch mal!«, schrie Georg. Neben seinem Ohr platschte etwas laut auf, und als Will mit einer verzweifelten Anstrengung die Augen aufriss, sah er Beine neben sich auftauchen, und dann platschte ihm etwas mitten ins Gesicht, und Flüssigkeit lief ihm die Wangen hinab, und etwas tropfte auf seine Lippe und gelangte in seine Mundhöhle, noch bevor er begriff, was es war, und den süßlich-salzigen Blutgeschmack spürte.

Mit einem Schlag rissen die dunklen Schleier um Wills Verstand auf. Sein Herz begann zu rasen. Er spürte, wie er am ganzen Leib zu zittern begann, heftiger als zuvor, aber er war unfähig, etwas dagegen zu tun. Blut, dachte er verzweifelt. Hinter seiner Stirn herrschte pures Chaos. Georg hatte ihm Blut ins Gesicht gespritzt, und etwas davon war in seinen Mund gelangt, und noch ehe er es verhindern konnte, begann er würgend zu schlucken.

»Schon besser«, sagte Georg, ganz nah. Er hatte sich wieder in die Hocke niedergelassen, aber diesmal direkt neben seinem Gesicht. »Es wird Zeit, dass wir miteinander ganz offen reden. Und in aller Ruhe. Keine Sorge: Hier wird uns niemand stören.«

Das, dachte Will hysterisch, ist meine geringste Sorge. Georgs Bein packen, ihn aus dem Gleichgewicht bringen, ihn hinabreißen in die Blutlache, an der er ersticken sollte, aufspringen, aus dem Gewölbe hetzen, um Hilfe rufen; die Vorstellung hatte etwas so Verlockendes, dass Will im ersten Moment gar nicht bewusst wurde, wie lächerlich sie war.

»Der Tod ist ein merkwürdiges Ding«, fuhr Georg vollkommen ruhig fort. »Er senkt den Schatten des Vergessens über uns, er erlöst uns von all dem Übel dieser Welt. Oder fast von allem Übel. Denn eines kann er nicht auslöschen: die uralten Bande des Blutes, die Verbindung über die Jahrtausende.«

Will hatte nicht die geringste Ahnung, wovon Georg überhaupt sprach. Es interessierte ihn auch nicht. Nichts interessierte ihn mehr, jedenfalls nichts anderes als die Frage, wie es ihm gelingen konnte, Duffy aus den Klauen dieses Monsters zu befreien, bevor Georg ihr Unsägliches antat, und mit ihr gemeinsam von hier zu fliehen. Sein Plan – der eigentlich kein Plan war, sondern nicht mehr als eine Wunschvorstellung – hatte einen kleinen Fehler, gut, aber das hieß nicht, dass er ihn abschreiben konnte. Vielleicht ließ sich wenigstens die erste Hälfte in die Tat umsetzen, nämlich Georg auszuschalten, indem er ihn irgendwie überrumpelte, wenn er nicht im Geringsten damit rechnete. Und dann würde er schon eine Möglichkeit finden, hier herauszukommen und Hilfe zu holen, und wenn er über den Boden robben musste, eine blutige Spur hinter sich herziehend – und danach musste es ihm irgendwie gelingen, die Bullen zu rufen und sie davon zu überzeugen, wie gefährlich Georg war und dass es besser war, ihn mit einem Kugelhagel zu durchsieben, statt bei der Befreiung Duffys irgendein Risiko einzugehen …

Der Gedanke bewirkte etwas ganz Komisches: Er wurde ruhig. Es war beinahe so, als hätte jemand einen Schalter umgelegt. Das Blut, in dem er lag, war mittlerweile abgekühlt, so eiskalt geworden, dass er das Gefühl hätte haben können, im Schmelzwasser zu liegen, aber selbst das berührte ihn im Moment nur, weil er wusste, dass ihm nicht mehr viel Zeit blieb, weil die Wärme des Lebens aus seinem Körper wich.

»Die Blutsbande sind noch viel stärker, als man im Allgemeinen annimmt.« Georgs Stimme hatte einen unangenehmen, fast metallischen Beiklang. »Zumindest trifft das für die wirklich starken Familien zu. Für die, deren Zusammenhalt auf eine fast mystische Weise selbst über die Jahrtausende noch stärker wird. Jeder von uns kennt solche Familien: Sie können über Generationen zerstritten sein, wie sie wollen, sie können Verbrecher, Künstler oder auch nur kleine Beamte hervorgebracht haben, aber immer, wenn sie in Bedrängnis geraten, halten sie auf eine Art zusammen, die sie fast unbesiegbar macht.«

Will blinzelte. Sein linkes Auge war so blutverschmiert, dass er zuerst nichts als rote Schlieren sah, doch nach einem Moment begann sich sein Blick zu klären. »Ja«, krächzte er schließlich mühsam, als er begriff, dass Georg auf eine Antwort wartete. »Ich habe von so etwas gehört. Aber was hat das mit mir zu tun?«

»Eine ganze Menge«, sagte Georg in nachdenklichem Tonfall. »Denn auch du gehörst zu einer solchen Familie. Wie ich übrigens auch.«

Dunkle Punkte begannen vor Wills Augen zu tanzen, etwas Neues, aber keineswegs Beruhigendes, ein Vorbote des Endes wie die Kälte, die wieder von ihm Besitz ergriffen hatte und sich tief in ihn eingrub. »Hast du das alles nur inszeniert, um mit mir alte Familiengeschichten auszutauschen?«, fragte er mühsam.

»Wenn du so willst – ja.« Georgs Stimme klang leiser, aber das lag auch vielleicht nur daran, dass Will zunehmend mehr Mühe hatte, sich auf sie zu konzentrieren.

»Mit Familie habe ich nicht viel im Sinn.«

Will wusste, dass er das Gespräch so lange wie möglich in Gang halten musste, bis er einen Ausweg aus seiner beschissenen Lage fand, aber immer wieder drohten ihm die Gedanken zu entgleiten. »Ich kenne ja noch nicht einmal meine Eltern.

Ich bin ein Findelkind. Oder Vollwaise. Oder was auch immer, ich weiß es selbst nicht genau. Jedenfalls stehe ich ganz alleine da.«

Georg sah ihn mit einem undefinierbaren Blick an. »Das glaubst du doch selbst nicht. Oder wärst du sonst hier?«

Es dauerte eine ganze Weile, bis Georgs Worte in seinen Verstand sickerten. *Oder wärst du sonst hier?* Es gab nur einen einzigen Menschen, der für ihn wirklich Familie war, und erst jetzt, während er verblutend in einem stinkenden Kellergewölbe lag, wurde ihm bewusst, was eigentlich passiert war in dem Moment, in dem ihm Martina eröffnet hatte, Duffy sei seine Tochter.

Er hatte plötzlich eine Familie, und wenn sie auch nur aus einem dürren, widerspenstigen Mädchen mit eingefallenen Wangen und tiefen, dunklen Rändern unter den Augen bestand; eine Zwölfjährige, die ihn meistens anfuhr, als sei er ein Volltrottel, der überhaupt nicht begreifen konnte, was ein Mädchen ihres Alters von ihm wollte, das sich jahrelang ausgemalt hatte, wie es sein musste, endlich seinen Vater kennen zu lernen; eine Zwölfjährige, die eine ganze merkwürdige raue Art hatte, ihm klar zu machen, dass es ihr vollkommen egal war, wenn ihr Vater sich als kleiner Autodieb entpuppte, der sich mehr schlecht als recht durchs Leben schlug; aber vor allem eine Zwölfjährige, die er ins Herz geschlossen hatte, wie man es für gewöhnlich nur mit seinem eigenen Fleisch und Blut tat, obwohl er sie erst ein paar Tage kannte. Es mochte kitschig sein, und es war in jedem Fall vollkommen übertrieben und unangemessen, aber er spürte, wie ihm Tränen der Rührung in die Augen traten, als er an das blasse Gesicht und den manchmal ängstlichen, manchmal kummervollen, manchmal rotzfrechen Ausdruck dachte, mit dem ihn Duffy angesehen hatte.

»Familie kann einem gegeben, Familie kann einem aber auch wieder genommen werden.«

Georgs Worte holten ihn mit brutaler Wucht in die Wirklichkeit zurück. Will starrte ihn unter einem Tränenschleier heraus an, versuchte ihn wegzublinzeln, versuchte die Energie zu nutzen, die ihn plötzlich durchströmte, die Wut, die in ihm explosionsartig hochschoss, um sich hochzustemmen, um Georg zu packen, um ihn gegen die Wand zu schleudern und so lange mit den Fäusten zu bearbeiten, bis er zusammenbrach und ihn anflehte aufzuhören und ihm Duffys Entführung nicht übel zu nehmen und dass er alles wieder gutmachen wollte und natürlich als Erstes sofort Duffy und ihn selbst freilassen würde …

Alles, was er zustande brachte, war ein halblautes Schluchzen, das von den Wänden widerhallte, als wollte es ihn verspotten.

Natürlich meinte Georg mit Familie Duffy und niemanden sonst. Will hatte ihm nichts, aber auch gar nichts entgegenzusetzen.

Die Kälte floss jetzt im gleichen Maße in Wills Körper, wie er sich seiner hoffnungslosen Lage bewusst war und seine Körperwärme entwich. Es war mehr als nur die Begleiterscheinung einer schweren Verletzung, es war der Auftakt zu einem Kampf, den er nicht gegen Georg, sondern gegen seinen eigenen Körper führen musste. Voll Verzweiflung wurde ihm klar, was gerade passierte: Blut war ein warmer Saft, aber nur solange er in einem Körper pulste oder aus ihm herauspulste, danach kühlte er sich auf Umgebungstemperatur ab und gerann. Will spürte bereits die Veränderung um ihn herum, es war, als griffe der abgekühlte, seiner eigentlichen Kraft beraubte Lebenssaft nach ihm und versuche ihn festzuhalten. Obwohl er alles versuchte, um die Gedanken an das Schreckliche zu verdrängen, das gerade um ihn herum stattfand, konnte er sich der Vorstellung nicht erwehren, in nur wenigen Minuten wie Sülze in Gelatine in einem See aus geronnenem Blut gefangen zu sein.

»Ich sage es ja nur ungern, und es mag auch unserem Weltbild von freier Individualität widersprechen«, fuhr Georg fort, »aber am Anfang der Zeit, zu Beginn der Menschwerdung, haben sich Sippen zusammengefunden, die noch heute, nach vielen Tausenden von Jahren, einen starken inneren Zusammenhalt haben. Zumindest dann, wenn es irgendetwas gab, was sie über all die Zeit hinweg zusammengeschmiedet hat.«

»Und das ausgerechnet … aus deinem … Mund …«, sagte Will mühsam. Er kämpfte den harten Kloß zurück, der sich in seiner Kehle eingenistet hatte, und schluckte hart, bevor er herausbrachte: »Ich wusste gar nicht, dass du so auf Familie machst.«

»Familie ist das falsche Wort«, sagte Georg gleichgültig. »Es geht um Familienbande. Und um die Frage, inwieweit sie schaden oder nutzen.«

»Darum geht es doch … wohl den meisten.« Will war in Gedanken nicht bei dem Gespräch, das ihm Georg aufdrängte, warum auch immer. Er begann mit den Fingern der rechten Hand vorsichtig in der erstarrenden roten Suppe zu tasten, bemüht, Georg nicht durch eine zu hektische oder unachtsame Bewegung darauf aufmerksam zu machen.

Irgendwo musste der Elektroschocker liegen. Er war ihm aus der Hand gefallen, nachdem er Rattengesicht damit durchgebrutzelt hatte. Er konnte ein paar Meter weit geflogen sein, oder Georg konnte ihn mittlerweile an sich gebracht haben. Genauso gut konnte er aber auch direkt neben ihm liegen. Es war auf alle Fälle einen Versuch wert.

Während er nach der Waffe fingerte, ließ er Georg keinen Moment aus den Augen. Obwohl der Nachtklubbesitzer sehr ruhig und beherrscht wirkte, war er doch in ständiger Bewegung, bewegte die Arme beim Sprechen, drehte den Kopf, federte leicht in den Knien, ließ den Oberkörper vor- und zurückwippen. Es waren keineswegs ungewöhnliche Bewegungen für jemanden, der in recht unbequemer Stellung am Boden hockte, doch hier, in dem Gewölbe, das nur von der Taschenlampe beschienen wurde, wurde mehr daraus. Durch den kaum wahrnehmbaren, aber beständigen Wechsel zwischen Licht und Schatten bekamen Georgs Umrisse etwas Flirrendes, so als wäre er gar kein Mensch, sondern etwas Unwirkliches, so flüchtig wie ein Hologramm, in jedem Fall aber etwas, das nicht in die reale Welt gehörte.

Doch alles das interessierte Will im Moment nicht; ihm kam es nur darauf an, dass sich Georg aufs Sprechen konzentrierte und nicht auf das, was Will direkt unter seinen Augen unternahm. Er schien so von seinen eigenen Ausführungen fasziniert zu sein, dass er selbst nicht mitbekam, als Will die Hand über den Boden durch die zunehmend Widerstand leistende Flüssigkeit gleiten ließ, den Schmerz und das Ekelgefühl zurückdrängend, nur beseelt von dem Wunsch, den Elektroschocker zu finden.

»Ich habe das Gefühl, du hörst mir gar nicht zu«, drang Georgs Stimme schließlich vorwurfsvoll in seine Gedanken.

Will erschrak. Er hatte Georgs Stimme in den letzten Augenblicken nur noch ganz am Rande wahrgenommen, aber tatsächlich nichts mehr von seinen ausufernden Ausführungen mitbekommen. »Ich … ich …«

»Ja, schon gut.« Georg winkte großzügig ab. »Du schwächelst ein bisschen, nicht wahr? Das verstehe ich. Aber dass mir das nicht noch einmal passiert.«

»Nein, nein. Natürlich nicht.«

»Ich schätze, du hast nicht mitbekommen, was unsere gemeinsame Verantwortung ist, oder? Warum wir hier überhaupt in so trauter Runde zusammenhocken?«, fragte Georg. Als Will wahrheitsgemäß, aber mit dem Gefühl absoluter Sinnlosigkeit, den Kopf schüttelte, fuhr Georg fort. »Es gibt Verpflichtungen, denen man sich nicht entziehen kann, auch wenn sie uns eine Sippe in grauer Vorzeit auferlegt hat. Eine Bürde der Verantwortung, die man nicht abschütteln kann, selbst wenn man nichts, aber auch gar nichts damit zu tun haben will.« Georg drehte den Kopf nach rechts, und einen Moment sah es so aus, als lausche er. Dann schüttelte er kaum merklich den Kopf und fuhr fort: »Auf der einen Seite ist das verhängnisvoll und mit das Schlimmste, was einem passieren kann. Auf der anderen Seite hat es aber auch durchaus seinen Reiz. Vielleicht, weil es auch – oder sollte ich sagen: gerade? – um dich und mich geht ...«

Georgs Worte hätten Will eigentlich elektrisieren sollen, aber das war alles andere als der Fall. Der Grund war ein ganz einfacher: Seine Fingerkuppen waren gegen etwas gestoßen. Es konnte die Waffe sein, die er so dringend suchte, oder auch etwas ganz anderes. Aber was es auch war, es genügte, um durch Wills Körper ein erwartungsvolles Kribbeln laufen zu lassen und alles andere, auch seine Übelkeit und das ansonsten beinahe schon wieder übermächtige Kältegefühl, in den Hintergrund zu drängen.

»Aber ich will das Ganze nicht zu sehr ins Persönliche ziehen«, sagte Georg. »Denn eigentlich ist es das ganz und gar nicht. Die grundsätzlichen Gelübde, die von Generation zu Generation weitergegeben werden, sind bei fast allen Völkern zu finden, ganz am Anfang, und oft in den Tiefen der Vorgeschichte verborgen. Und sie sind ganz eng mit dem Schicksal der ihren verknüpft. Mit unserem Schicksal, Will.«

»Ja.« Schicksal. Gelübde.

Die Begriffe schwirrten in Wills Kopf. Er hatte nicht die

geringste Ahnung, worauf Georg hinauswollte. Ihm selbst ging es nur darum, herauszubekommen, was er da inmitten der Blutsuppe gefunden hatte – und wenn es der Elektroschocker war, diese – seine letzte – Chance zu nutzen, um Georg fertig zu machen.

»Es war die Zeit, in der Menschen Götter und Götter Menschen werden konnten. In der die grundlegende Ordnung festgelegt wurde. In der unser kollektives Unterbewusstsein Dinge aufsaugte wie ein Schwamm, der noch so oft ausgepresst werden kann, wie er will, und dennoch immer noch einen Teil seiner ursprünglichen Konsistenz behält. Das gab es wirklich, das für alle Zeiten und alle Generationen bindende Gelübde, überall, in jeder Kultur, die davon noch Jahrtausende später zu berichten wusste, wenn auch in verschwommenen, unklaren Bildern und mitunter verfälscht bis zur Unkenntlichkeit.«

Ja. Will war sich jetzt ganz sicher, den Elektroschocker gefunden zu haben. Wenn es ihm gelang, die Hand nur noch ein kleines Stück weiterzuschieben, würde er den Griff der Waffe umklammern können.

»Es ist genauso wichtig für dich wie für mich«, sagte Georg eindringlich. »Wir hätten vielleicht schon früher darüber reden müssen. Es muss nicht zwingend sein, dass wir auf verschiedenen Seiten stehen. Es ist nur entscheidend, dass wir die Aufgabe lösen, die man uns aufgetragen hat.«

Will hätte am liebsten laut aufgelacht. Die ganzen letzten Tage hatte er befürchtet, den Verstand zu verlieren, hatte geglaubt, die Grenze zwischen Realität und Wahn endgültig zu durchbrechen, um sich in irgendwelchen dubiosen und vollkommen lächerlichen Fantasien zu verstricken, in denen ausgebrannte Häuser, mittelalterliche Gewölbe und archaische Schmieden eine Rolle spielten.

Was für eine Verkennung der Tatsachen, was für ein grandioser Witz. Georg war eindeutig der Verrücktere von ihnen beiden.

»Aber wir sind nicht die Einzigen, die in dieses Spiel mit einbezogen sind. Es sind nicht nur wir beteiligt, Will, sondern auch immer Frauen. Und nicht irgendwelche Frauen. Sondern solche, die mit geradezu elementarer Wucht in unser Leben getreten sind.«

»So wie Angela, die mich gleich am ersten Tag unserer Bekanntschaft zusammenschlagen wollte«, sagte Will fast gegen seinen Willen.

Georg wirkte überrascht. »Ja, Will, da hast du verdammt Recht. So wie Angela. Aber auch die erste Begegnung mit Duffy war ja wohl nicht gerade auf Rosen gebettet, oder? Erst hast du ihr mit der Stoßstange des geklauten Aston Martin einen kräftigen Schubs verpasst, und dann hat sie dir fast das Fleisch vom Handrücken gekratzt, als du ihr in das Kellergewölbe nachgestiegen bist.«

Will war total perplex über das, was er da hörte. Nicht, weil es nicht stimmte, sondern weil es ganz im Gegenteil von genauer Detailkenntnis zeugte. Aber es gab nur zwei Menschen auf der Welt, die davon wissen konnten: ihn selbst und Duffy. Und Duffy war nicht gerade der Typ, der irgendjemandem – und schon gar nicht ihrem Entführer – Dinge auf die Nase band, die ihn nichts angingen.

»Was hast du mit ihr gemacht?«, stieß er mit einer Stimme zwischen zusammengepressten Zähnen hervor, die trotz aller seiner Bemühungen nicht drohend, sondern einfach nur kläglich klang. »Ich hoffe, du hast Duffy kein Haar gekrümmt, damit sie dir verrät, wie wir uns kennen gelernt haben.«

»Tzz, tzz, tzz«, machte Georg. »Für was hältst du mich? Für ein Monster? Ich habe deiner Tochter überhaupt nichts getan – mich nur in netter Atmosphäre ein bisschen mit ihr unterhalten.

Und außerdem«, er beugte sich ein Stück vor, »was hätte mir Duffy schon verraten können, was ich nicht schon selbst wusste? Zum Beispiel, dass du ein Loser bist und bleibst. Dass du nichts auf die Reihe kriegst, egal was du anfasst.«

Will schloss einen verzweifelten Moment lang die Augen und atmete tief durch. Er hätte Georg gerne die passende Antwort darauf gegeben. Aber in einer Situation wie der seinen erübrigte sich jeder Kommentar.

»Außerdem sind da ein paar weibliche Wesen mehr im Spiel als nur Duffy«, fuhr Georg fort, nachdem er vergebens auf eine Antwort gewartet hatte. »Wie schon in vorgeschichtlichen Zeiten sind es drei ganz besondere Frauen, deren Schicksal miteinander verwoben ist. Ein bisschen Geschichtsunterricht gefällig, du Banause?«

»Wenn es dir Spaß macht«, sagte Will, in diesem Moment vielleicht nur, um die grässliche Stille zu durchdringen, die sich um seine Gedanken legte und ihn wegtreiben würde in die endgültige Bewusstlosigkeit, wenn er nicht dagegen ankämpfte.

»Vielleicht sagen dir ja die Namen Homer und Troja etwas«, sagte Georg hämisch. »Aber ich wette, du hast noch nie von den Moiren gehört, von den drei griechischen Göttinnen, die das Schicksal der Menschen bestimmt haben?« Als ihm Will den Gefallen tat und so etwas wie ein Kopfschütteln zumindest im Ansatz zustande brachte, fuhr Georg fort: »Auch die Germanen kannten drei Schicksalsgöttinnen. Nur hießen sie bei ihnen Nornen. Und immer und immer wieder bestimmen diese drei Frauen das Schicksal der Menschen.«

»So wie das Frauen eben tun«, brachte Will mit dem letzten Rest seiner Selbstbeherrschung hervor. »Aber warum erzählst du mir diesen ganzen Unsinn, Georg? Ich habe dir das Geld gebracht, das du wolltest. Lass uns endlich zum Geschäft kommen. Gib Duffy frei, und wir vergessen alles andere.«

»Nachdem ich jetzt schon so weit gegangen bin?«, fragte Georg erstaunt. »Mal ganz abgesehen davon, dass du nur einen Bruchteil der Summe dabeihast, die ich gefordert habe, würde ich mich nie darauf einlassen.«

»Das mit dem Geld kriegen wir schon noch irgendwie hin«, sagte Will verzweifelt. »Gib mir ein Handy. Ich rufe sofort Martina an. Sie hat sicherlich schon mit den Banken Kontakt aufgenommen …« Er brach ab, als er sah, dass Georgs Gesicht versteinerte, als interessiere ihn Wills Angebot überhaupt nicht. »Was ist?«, fragte er angstvoll. »Willst du dich nicht mehr an unsere Abmachung halten?«

»In gewisser Weise – durchaus«, sagte Georg. »Aber zumindest, was dich betrifft, wird es wohl ein paar Änderungen geben. Du kennst doch den Spruch: Wer mit dem Feuer spielt, kommt darin um. Trifft irgendwie auf dich zu, oder?«

»Wenn du dich an mir rächen willst, ist das eine Sache«, sagte Will verzweifelt. »Ich kann es ja sogar verstehen. Ich hätte deinen Wagen nicht nehmen sollen …«

»Mein Jaguar war ein wirklich schönes Fahrzeug«, sagte Georg ungerührt. »Und irgendwie habe ich auch an ihm gehangen. Aber glaubst du wirklich, ich hätte das Ganze nur abgezogen wegen eines Wagens? Du musst verrückt sein.«

»Aber was willst du dann?«

»Drei starke Frauen«, sinnierte Georg, ohne auch nur mit einem Wort auf Wills Frage einzugehen. »Oft gehört ein Mutter-Tochter-Gespann mit dazu. Würde in diesem Fall ja auch passen. Martina und Duffy sind in der Tat außergewöhnlich, jede bereits für sich. Aber wer ist die Dritte? Ist das vielleicht diese Frau, die sich in dein Leben gedrängt hat wie ein Racheengel, Will, die dich beinahe wie einen kleinen Schuljungen zusammengedroschen hat? Ist es diese Angela?«

Wills rechter Arm fing an zu zittern, erst fast unmerklich

und dann immer stärker, und er biss sich auf die Lippen, um den beginnenden Schüttelfrost zu unterdrücken, der ihn auszufüllen begann, statt des vollkommen unpassenden und vollkommen verzweifelten Lachkrampfs, der irgendwo tief aus seiner Seele aufsteigen wollte; eine Kleine-Jungen-Reaktion auf ein furchtbares Ereignis, das so absurd war, dass es bei aller Grausamkeit schon wieder fast etwas Lächerliches hatte, eine Überreaktion auf einen Schock, und währenddessen hämmerte nur ein einziges Wort in Wills Gedanken.

Racheengel.

Das passte zu Angela, irgendwie. Aber das änderte nichts daran, dass Georgs Bemerkung vollkommen daneben war und so blödsinnig wie das ganze Gequatsche von den Familienbanden.

Georg atmete tief aus. Es klang fast wie ein Seufzer. »Du bist und bleibst ein Idiot, Will. Man kann dir die Wahrheit auf einem Silbertablett präsentieren, du willst sie einfach nicht sehen. Ich habe in meinem ganzen Leben noch nie jemand kennen gelernt, der so borniert ist wie du. Das Feuer wird dich noch verschlingen, wenn du so weitermachst, und bis dahin wirst du dir weiter etwas vormachen, wirst nichts damit zu tun haben wollen und es vorziehen, das Offensichtliche zu verneinen, auch wenn es dein eigener Untergang sein sollte. Dabei bist du einfach nur zu engstirnig, um zu begreifen, dass du nach wie vor die Chance hättest, die Sache in die richtige Richtung zu drehen.«

Oh nein, in diesem Fall war Georg ganz und gar auf dem Holzweg. Will war durchaus im Begriff, die Sache in die richtige Richtung zu drehen. Endlich gelang es ihm, den Griff der Waffe vollends zu umschließen, und er gab ein leises, erleichtertes Stöhnen von sich, von dem er nur hoffte, Georg würde es falsch interpretieren und als Ausdruck seiner Qual werten –

was ja nun auch wirklich alles andere als weit hergeholt war. Er hatte kaum Gefühl in seinen Fingern und keine Ahnung, wie fest er zudrücken musste, um sie in die Hand zu bekommen, aber er war beseelt von dem Wunsch, die Waffe endlich hochzureißen, um damit Georgs blödsinnigem Gequatsche ein Ende setzen zu können – und wenn es das Letzte war, was er tat. Irgendetwas in ihm war sich durchaus bewusst, dass es ihm vielleicht gelingen konnte, Georg im ersten Ansatz zu überrumpeln, aber auch nicht mehr; Georg auszuschalten würde wahrscheinlich sein eigenes Todesurteil bedeuten, denn wie sollte er anschließend den Weg hier heraus, zurück zu Licht und Sonne schaffen, ohne vorher vor Schwäche endgültig das Bewusstsein zu verlieren und irgendwann jämmerlich zu verrecken, wenn ihn nicht in letzter Sekunde noch jemand fand?

Aber kam es noch darauf an? Er konnte sich kaum vorstellen, dass Georg ihn laufen lassen würde, nach allem, was passiert war, und vielleicht hatte er so zumindest noch die Chance, für Duffys Rettung zu sorgen, irgendwie.

»Du hast es immer noch nicht begriffen, oder?«, fragte Georg höhnisch. »Es ging um das Feuer, von Anfang an, sogar schon in der Zeit, als unsere Vorfahren noch mit anderen Menschenrassen konkurrierten.«

Das war jetzt tatsächlich so ungefähr das Allerletzte, was Will interessierte. Ihm ging es nur noch um Duffy, und, eher am Rande, um sich selbst.

»Wer das Feuer beherrschte, beherrschte auch die anderen«, fuhr Georg ungerührt fort. »Und daran hat sich bis heute noch nichts geändert. Nur dass die heutigen Feuerhüter mit ganz anderen Waffen spielen als mit brennenden Fackeln. Feuer. Energie. Nenn es, wie du willst. In jedem Fall ist es der Stoff, der unsere Zivilisation vorantreibt. Auch wenn du es nicht hören willst: Es ging seit Anbeginn der Zeiten um die Kraft des

Feuers. Um das, was sich mit seiner Hilfe erschaffen lässt. Oder zerstören.«

Will ballte die Hände so fest zu Fäusten, dass sich die Fingernägel in seine Handflächen gruben und Blut an seinen Gelenken herab zu Boden tropfte und sich mit dem Blut vermischte, in dem er lag. Es tat weh, aber vielleicht war dieser Schmerz das Einzige, was ihn in diesem Moment noch daran hinderte, die Kontrolle über sich zu verlieren und Georg anzuschreien, dass es ihm nicht um irgendwelche Feuerspielchen ging, sondern nur darum, endlich Duffy zu sehen und sie hier herauszuholen, bevor Georg die Lust für perverse Spielchen noch weiter auf sie ausdehnte, als er es wahrscheinlich sowieso schon getan hatte.

»Ich weiß, dass du es nicht erträgst, wenn ausgerechnet ich mit dir über die Kraft des Feuers spreche«, fuhr Georg fort. »Du spürst das alte Drängen in dir, nicht wahr? Das, was schon immer in dir war, was viel länger existiert, als du dir auch nur in deinen wildesten Träumen ausmalen kannst.«

Ja, dachte Will. Da ist etwas dran. Das Feuer des Rachedursts brennt in mir, Georg, und du musst aufpassen, dass es dich nicht verbrennt.

»Feuer ist wild und unberechenbar«, sagte Georg gerade in dem Moment, in dem Will begann, seine Hand zusammen mit der Waffe an sich heranzuziehen, langsam und bedächtig wie ein alter Mann, der eine Lesebrille in die Hand nehmen will, und doch voller Panik, Georg könnte ihn im letzten Moment doch noch daran hindern. »Es kann Dinge von unfassbarer Härte zum Schmelzen bringen, es kann helfen, das Antlitz der Erde zu formen und zu verändern, es kann Leben spenden, aber auch Leben nehmen. Und alles das halten wir in den Händen, wenn wir es nur geschickt anstellen. Doch dazu brauchen wir den richtigen Zugang. Und dazu muss die Kraft der

Kälte erst einmal wieder mit der des Feuers ins Gleichgewicht kommen.«

Georg legte eine kleine Pause ein, wie erschöpft von dem, was er da gerade von sich gegeben hatte. Will erstarrte. Die Dinge, die er von sich gab, klangen wie das Gebrabbel eines Sektierers, der gar nicht anders kann, als an den Unsinn zu glauben, den er von sich gibt. Zu jemandem, der im Halbweltmilieu eine große Nummer war, passte das so gut wie ein Goldkettchen zu einem Priester. Georg musste vollkommen übergeschnappt sein, sich mit solchen Dingen zu beschäftigen. Aber er war zweifellos kein Dummkopf. Und so, wie er jetzt dahockte, deutete alles darauf hin, dass er auf etwas aufmerksam geworden war. Er hatte die Augen leicht zusammengekniffen und schien auf etwas zu lauschen, vielleicht auf die winzigen, schleifenden, blubbernden Geräusche, die entstanden, als Will die Hand mit der Waffe ein Stück weiter an sich herangezogen hatte.

»So wie es aussieht, bleibt uns nicht mehr viel Zeit«, sagte Georg.

Und dann tat er etwas, mit dem Will überhaupt nicht gerechnet hatte: Er ging aus der Hocke hoch und wandte sich, schnell und fast überstürzt, dem Ausgang zu, den Rattengesicht erst vor kurzem heruntergepoltert war, und zog eine schwarz glänzende Pistole unter seinem Jackett vor.

Es war der Moment, in dem sich Will schwor, Duffy auf jeden Fall unbeschadet aus diesem Wahnsinn herauszuholen, auch wenn es ihn selbst das Leben kosten sollte.

Buch 6

Ungewiss bleibt, wo alle vereint sind,
Der Sieggötter Söhne,
Welcher der Unverzagteste ist:
Mancher ist kühn, der die Klinge nie
Barg in des andern Brust.

Das Lied vom Drachen

37

Will zögerte keine Sekunde länger. Er wusste nicht, was Georg alarmiert hatte, aber ihm war nur zu bewusst, dass er jetzt nur noch eine Chance hatte: den Elektroschocker so zu verstecken, dass er ihn sofort griffbereit hatte, wenn es hart auf hart kam. Mit einer entschlossenen Bewegung riss er die Waffe hoch, kaum dass Georg hinter der Abzweigung der nach oben führenden Treppe verschwunden war. Sie zitterte in seiner Hand, die Verlängerung des Schüttelfrosts, der jetzt seinen ganzen Körper ergriffen hatte, und zu allem Überfluss jagte auch noch ein scharfer Schmerz durch ihn, als er sich auf die Seite legte in dem Versuch, die klobige Waffe gleich im ersten Anlauf unter dem Jackett zu verbergen.

Es misslang. Er musste noch zwei, drei Anläufe machen, bevor er begriff, warum er das blutbesudelte Gerät nicht in der Innentasche verschwinden lassen konnte: Sie war zugenäht. Will verfluchte die Angewohnheit, Jacketts mit vernähten Taschen zu verkaufen, damit sie sich nur ja nicht ausbeulten, bevor sie über den Ladentisch gewandert waren; und sich selbst, weil er den Verkäufer nach dem Kauf nicht angewiesen hatte, den kleinen Sicherungsfaden an der inneren Jacketttasche mit einem schnellen Schnitt zu beseitigen. Jetzt war es zu spät dafür. Er hörte Georg mit jemandem sprechen, und dann Schritte, die sich rasch und zielstrebig näherten. Er legte den Elektroschocker auf der Brustseite des beigefarbenen Hemds ab, das Angela heute Morgen für ihn ausgesucht hatte, und zupfte mit ein paar hektischen Bewegungen das Jackett zurück und über die Waffe.

»Sie sollten doch erst kommen, wenn die Sache erledigt ist«, hörte er Georgs ärgerliche Stimme, und dann sah er auch schon zwei Schatten am Rand seines Blickfelds auftauchen, dort, wo das Grau der Wand von einem milchig weißen Lichtkegel unterbrochen war, dem einzigen Lichtfleck in dem Gewölbe, außer dem, den die Taschenlampe schräg hinter ihm auf die Wand zauberte. Einer von ihnen musste Georg sein, aber er hätte nicht zu sagen vermocht, welcher. Und vor allem war er aus seiner unglücklichen, halb vom Strahl der Taschenlampe geblendeten Position heraus vollkommen unfähig, zu erkennen, ob es sich bei Georgs Begleiter um einen Mann oder eine Frau handelte. Und doch … Er glaubte so etwas wie das Schimmern weißblonder Haare zu sehen, und auf alle Fälle erkannte er, dass die zweite Gestalt kaum größer als Georg war, der seinerseits alles andere als ein Riese war.

Angela? Aber warum, zum Teufel, sollte sie hier auftauchen, und dann auch noch in ein vertrautes Gespräch mit Georg vertieft?

Zu behaupten, dass er verwirrt war, wäre maßlos untertrieben. Selbst die Saat aus Georgs wirrem Gerede war in ihm aufgegangen. Vor seinem inneren Auge glaubte er eine verschwommene, weibliche Gestalt zu erkennen, mit hüftlangem, engelsblondem Haar, eine zeitlose Schönheit, auf der einen Seite altmodisch, fast archaisch wirkend in ihrer aggressiv-weiblichen Ausstrahlung; eine Kriegerin in einem ganz alten, längst vergessenen Sinne, ihre Brut beschützend, bis zum Äußersten gegen alles vorgehend, was sie und die ihren bedrohte …

Als er begriff, dass er nahe daran war, erneut das Bewusstsein zu verlieren, war es schon fast zu spät. Mit flatternden Lidern kämpfte er darum, wieder in die Wirklichkeit zurückzufinden, so weit jedenfalls, wic ihm das möglich war.

Die Schritte endeten abrupt vor ihm, und er glaubte so etwas wie ein halb überraschtes, halb entsetztes Aufstöhnen zu hören. Mit einer fast gewaltsamen Anstrengung riss er die Augen endgültig auf.

Es stand tatsächlich jemand vor ihm, und im ersten Moment war dieser Jemand Angela für ihn, schön, hart und unbarmherzig, doch als er noch einmal blinzelte, verschwamm die Gestalt, und es schälte sich jemand ganz anderes heraus …

Jetzt war es Will, der ein ersticktes Stöhnen ausstieß. »Wie …« Er schüttelte den Kopf, soweit ihm das möglich war und ohne darauf zu achten, dass seine Wangen dabei in die klebrige, fast vollkommen erstarrte Flüssigkeit eintauchten, »wie … wie sind Sie … Sie müssen tot sein! … Ich habe doch selbst gesehen …«

»Georg!«

Der Mann, der vor ihm stand, hatte nichts, aber auch gar nichts mit Angela gemein. Er hatte graue, kurz geschnittene Haare, ein Gesicht, in das sich die Lebenserfahrung mit tiefen Kerben eingegraben hatte, so dass er zweifellos älter wirkte, als er war, und eine tiefe, noch nicht vollständig verheilte Schramme am Kinn, die er dennoch nicht mit einem Pflaster überklebt hatte. Er sah müde und erschöpft aus, und auf seiner Stirn perlten Schweißtropfen, so als wäre es draußen entweder richtig warm – *Wärme!* Der pure Gedanke daran ließ Will erneut aufstöhnen – oder als hätte er es besonders eilig gehabt, hierhin zu kommen.

»Sind Sie vollkommen ausgerastet?« Der Mann hatte sich halb zu Georg umgewandt, so dass Will sein Gesicht nicht mehr sehen konnte, aber dafür hörte er umso deutlicher das Entsetzen in seiner Stimme. »Was haben Sie nur getan?«

»Sie hätten nicht hierher kommen sollen«, entgegnete Georg kühl. »Jedenfalls nicht vor der verabredeten Zeit. Ich habe Ihnen doch gesagt, dass ich die Sache auf meine Art regeln werde.«

»Aber die Schweinerei, die Sie hier angerichtet haben.« Der Ankömmling fuhr wieder herum und deutete auf Rattengesicht. »Sie müssen wahnsinnig sein. Das sieht aus, als hätte hier ein Sadistenklub ein Schlachtfest veranstaltet. Ich habe so etwas in all meinen Dienstjahren noch nicht gesehen. Sehen Sie bloß zu, dass Sie das hier so schnell wie möglich wieder beseitigen.«

Sein Blick wanderte zu Will. »Und was ist mit ihm? Wie schwer ist er verwundet?«

»Halb so wild«, winkte Georg ab. »Fred hat ihn erwischt, bevor ich ihn ausschalten konnte. Aber ich schätze, er wird es überleben …«

»Aber nicht, wenn Sie ihn in dieser Scheiße hier liegen lassen.« Der Mann schüttelte empört den Kopf. »Das ist doch menschenunwürdig, was Sie hier veranstalten.«

Während Will das Gespräch nur ganz am Rande mitbekam, versuchte er sich verzweifelt an den Namen des grauhaarigen Mannes zu erinnern, dessen Anwesenheit Georg so offensichtlich überhaupt nicht behagte. Es fiel ihm nicht schwer, sich an seinen Kollegen zu erinnern, an diesen arroganten Scheißkerl, dessen Name sich in sein Gehirn eingebrannt hatte, als er sich das Drei-Stunden-Band mit den Nachrichtensendungen in Georgs schmuddligem Hinterzimmer reingezogen hatte; immer wieder war sein Name gefallen und sein Bild gezeigt worden, im Wechsel mit den Bildern des flammenden Infernos, dem das Haus zum Opfer gefallen war, in dem Will bislang gewohnt hatte.

Falkenberg. Ein gefährlicher Typ, der ein ganz übles Ende gefunden hatte. Kochend heißer Wasserdampf hatte ihn von Kopf bis Fuß verbrannt, bevor ihn eine durch eine Detonation zerfetzte Kupferleitung wie eine Peitschenschnur enthauptet hatte.

Und sein Kollege, der jetzt vor ihm stand und über ihn redete, als wäre er ein Ding und kein Mensch, war Reimann. Will erinnerte sich nur schemenhaft daran, wie er ihn verloren hatte, auf dem Weg nach unten, in dem brennenden, von Explosionen zerfetzten Haus. Reimann war plötzlich von einem Moment auf den anderen verschwunden gewesen, ohne dass er mitbekommen hatte, was eigentlich passiert war. Was, zum Teufel, war damals während ihrer gemeinsamen Flucht vor den Flammen vorgegangen? Und was hatte *Hauptkommissar* Reimann mit Georg zu schaffen?

»Da haben Sie allerdings Recht«, sagte Reimann gerade, und Will begriff, dass er schon wieder einen Moment geistesabwesend gewesen war. »Aber wie auch immer: Wir müssen die Sache so schnell wie möglich hinter uns bringen. Die Zeit läuft uns davon.«

Will versuchte ihn darauf hinzuweisen, dass er keine Sache sei, aber er brachte nur ein Krächzen heraus, während Georg bereits nickte und sagte: »Das sehe ich auch so. Insofern ist es vielleicht gar nicht schlecht, dass Sie etwas zu früh gekommen sind.«

Reimann kniff die Augen zusammen, und wie er so vor Will stand, hatte er Ähnlichkeiten mit einer uralten Schildkröte, die aus dem Schutz ihres Panzers heraus in aller Ruhe die nächsten Schritte überdachte. »Ja, das ich denke ich auch. Treffen Sie die Vorbereitungen für das, was getan werden muss. Ich behalte inzwischen diesen komischen Vogel im Auge.«

Georg schüttelte den Kopf. »Nein. Das halte ich für keine gute Idee. Wir bringen das hier erst zu Ende, und dann sehen wir weiter.«

»Das geht nicht, und das wissen Sie ganz genau.« Reimann

klopfte auf die Armbanduhr an seinem Handgelenk. »Abgesehen davon bin ich gar nicht zu früh dran. Sie sind zu spät. Sie beginnen die Kontrolle zu verlieren. Das ist gar nicht gut.«

Einen Moment lang – in dem Will vergebens versuchte, so etwas wie einen Sinn in den Worten der beiden Männer zu erkennen – herrschte angespanntes Schweigen. Dann zuckte Georg mit den Schultern. »Also gut. Passen Sie auf ihn auf. Aber lassen Sie sich nicht von ihm einwickeln …«

Georg drehte sich um, und Reimann hielt ihn am Arm fest. Will erwartete, dass der Nachtklubbesitzer seine Hand wütend abschütteln würde, er glaubte, dass Georg dem Polizisten mehr als deutlich machen würde, was er davon hielt, betatscht zu werden – aber zu seiner Verblüffung geschah nichts dergleichen. Georg blieb ganz ruhig stehen.

»Es kommt jetzt vor allem darauf an, dass wir uns beeilen«, sagte Reimann eindringlich. »In der Stadt herrscht das reinste Chaos. Einige Schulen wurden bereits vorsorglich geschlossen, nachdem in der Nachbarschaft Brände ausgebrochen sind. Die Gegend am alten Hafen ist ein einziges Flammenmeer. Und was in Chorweiler los ist, wissen Sie ja wohl besser als ich. «

Georg nickte. »Natürlich. Aber wir wussten ja, was passieren würde, wenn wir sie hier zusammenbringen.«

»Ja«, sagte Reimann. Seine Stimme klang ungewohnt heiser. »Ich hoffe nur, dass es wirklich eine gute Idee war. Sie wissen ja, was passieren kann, wenn uns die Sache entgleitet. Denken Sie nur an die Brände, die während der Zeit der Pestepidemien hier ausgebrochen sind. Und diesmal geht es nicht nur um ein paar tausend Menschenleben, Köln ist mittlerweile eine Millionenstadt!«

»Stellen Sie sich vor«, sagte Georg ärgerlich, »das ist mir bestens bekannt. Aber es wird nichts weiter passieren. Wir sitzen hier im Zentrum des Sturms, und solange wir hier alles unter Kontrolle halten, wird nichts weiter passieren.«

»Nichts weiter passieren!« Reimann verstärkte den Druck seiner Hand, so dass es fast aussah, als wolle er körperliche Gewalt einsetzen. »Es hat bereits Tote gegeben! Die Medien überschlagen sich in ihrer Berichterstattung, die Landesregierung erwägt, Katastrophenalarm auszulösen, und die Kölner Behörden verheddern sich in Aktionismus und Kompetenzgerangel, weil in Wirklichkeit niemand da ist, der überhaupt noch den Überblick hat.«

Georg sah auf eine Art und Weise zu Reimann hoch, die Will schaudern ließ. »Solange wir den Überblick haben, ist doch alles in Ordnung, oder? Und seien Sie sicher: Wir werden die Sache hier an Ort und Stelle erledigen, für immer und alle Zeiten.« Als Reimann darauf immer noch nicht reagierte, fügte er hinzu: »Ich für meinen Teil habe jedenfalls nach wie vor alles im Griff.«

Reimann ließ ihn los, fuhr sich unruhig mit der rechten Hand durch die Haare und seufzte. »Ich hoffe es. Wir haben viel zu lange auf diesen Augenblick gewartet, um uns jetzt durch einen dummen Zufall alles versauen zu lassen. Und vor allen Dingen müssen wir die Situation unter Kontrolle bringen, bevor sie noch weiter eskaliert.«

»Das sehe ich ganz genauso.« Diesmal ließ sich Georg nicht noch einmal aufhalten, sondern war mit wenigen entschlossenen Schritten verschwunden.

Reimann lehnte sich an die Wand und öffnete seinen obersten Hemdknopf. Er sah plötzlich alt aus, alt und unendlich müde. Will hatte keine Ahnung, wie lange dieser Augenblick anhielt, er war viel zu sehr mit sich selbst beschäftigt. Ihm lagen tausend Fragen auf der Zunge, aber er brachte keine einzige davon hervor. Sein Gehirn war wie eingefroren. Auf einer

Ebene funktionierte es noch, aber so eingeschränkt wie bei jemandem, der vor einer Operation mit Beruhigungsmitteln ruhig gestellt worden war und seine ganze Umgebung trotz der immer noch in ihm vorhandenen Aufgeregtheit nur wie durch Watte mitbekam. Spontane Feuerausbrüche, Schulschließungen, Katastrophenalarm … Er hatte durchaus begriffen, worüber Georg und Reimann gesprochen hatten, aber er brachte es nicht im Geringsten mit seiner Situation in Zusammenhang – und wenn er ganz ehrlich war, interessierte es ihn im Moment auch nicht. Der Teil seines Verstands, der noch halbwegs normal funktionierte, klammerte sich an den Elektroschocker. Er erschien ihm wie das Bindeglied zu dem letzten Rest von Normalität, zu dem, nachdem er alles andere verloren hatte, auch Angela und Martina, vor allem aber Duffy gehörten; und irgendwie auch das Feuer, das immer und immer wieder und in den unmöglichsten Situationen ausgebrochen war und ihn heimgesucht hatte – und sei es nur durch die Erzählung Dritter, wie jetzt, im Augenblick. Es schien ihm beinahe so, als sei es nie wirklich erloschen gewesen, sondern lauere immer und unauslöschlich unter der Oberfläche, um jederzeit wieder hervorbrechen zu können. Aber es war seine *Normalität,* zumindest die der letzten Tage, und vielleicht, darüber hinaus, verbunden mit etwas viel Älterem, das schon immer da gewesen war, ohne dass er sich dessen bewusst gewesen war …

Auch der Elektroschocker erzeugte ein Feuer, wenn auch ein ganz anderes als das, was ihn bislang verfolgt hatte. Es war ein abrufbares Feuer, eine auf Knopfdruck verfügbare, technisch erzeugte Energie, mit der er seine Gegner außer Gefecht setzen konnte, wenn er das richtig anstellte.

Und offensichtlich gehörte auch Reimann zu seinen Gegnern. Er wusste nicht, wie die Verbindung zwischen dem Hauptkommissar und dem Puffbesitzer zustande gekommen war, aber er wusste, dass solche Beziehungen nicht unüblich waren. Meistens waren es reine Zweckverbindungen, bei denen eine Seite beide Augen zudrückte und Informationen über Razzien und Observierungen weiterleitete und sich die andere Seite mit Geld oder Gegenleistungen in Form von Naturalien erkenntlich zeigte. Reimann war wohl kaum der Typ, der einem Zuhälter ein paar Tipps rüberreichte, damit er sich anschließend mit einer Nutte in einem billigen Hinterzimmer vergnügen konnte, und Will konnte sich auch nicht vorstellen, dass es reine Geldgier war, die ihn trieb. Hier ging es um etwas anderes. Um etwas, das auch mit ihm zu tun hatte, und mit dem Feuer, das mit Duffy verknüpft war wie ein böser Fluch, der ihr immer und überallhin folgte. Will spürte, wie wichtig dieser Gedanke war, und wie wichtig es vor allem wäre, ihn festzuhalten und weiterzuverfolgen, aber es gelang ihm nicht. Er entwischte ihm gegen seinen Willen, davongetragen von einer Schwäche, die alles, was ihm einst etwas bedeutet hatte, einzuebnen versuchte mit einer allumfassenden Gleichgültigkeit.

Reimann hatte sich mittlerweile in die Hocke niedergelassen und begutachtete Wills Wunde mit dem Interesse eines Arztes, der sich einer besonders bizarren Verletzung gegenübersieht. »Messer werden allgemein unterschätzt«, sagte er. Er sah auf und blickte Will mit ausdruckslosen Augen an. »Es sind nicht Schusswaffen, mit denen bei uns die meisten Menschen umgebracht oder schwer verletzt werden. Es sind Stichwaffen, angefangen von Scheren über Küchenmesser bis zu Bajonetten oder sogar Säbeln und Schwertern.«

Er stemmte sich wieder hoch und trat einen Schritt zurück. »Wir müssen sehen, dass wir Sie hier rausbekommen, bevor die Situation weiter eskaliert.«

»Warum?« Will schluckte fast krampfhaft, bevor es ihm gelang, den bitteren Geschmack in seiner Mundhöhle so weit zurückzudrängen, dass er weitersprechen konnte. »Und was ist eigentlich mit Ihnen los? Als ich Sie das letzte Mal gesehen habe, war Ihr Gesicht von Brandblasen übersät.«

»Brandblasen.« Reimann winkte ab. »Wer einem Großbrand mit ein paar Brandblasen entkommt, kann von Glück reden. Außerdem habe ich mich gleich fachgerecht versorgen lassen. Ich hab da nämlich einen Draht zu den richtigen Spezialisten.«

»Wenn ich es recht bedenke, müsste Ihr Gesicht trotzdem von Brandwunden entstellt sein«, beharrte Will.

»Sie sind ja auch noch nicht vollständig ausgeheilt«, sagte Reimann mit einem leichten Anflug von Ungeduld. Er fuhr sich mit der Hand über die Wange wie jemand, der prüfen will, ob das, was er sagte, auch wirklich stimmte. »Und außerdem spielt das jetzt doch wohl überhaupt keine Rolle.«

»Wie … Wie sind Sie aus dem Haus herausgekommen?«, bohrte Will mit einer Beharrlichkeit nach, die ihn selbst überraschte. »Es war doch ein reines Flammenmeer. Eigentlich hätte da niemand mehr entkommen können.«

Reimann starrte ihn an, als würde er ihn für geisteskrank halten. »Die Frage könnte ich ja dann wohl zurückgeben«, sagte er ruhig. »Dabei liegt die Antwort doch auf der Hand. Wir beide haben ein ganz besonderes Verhältnis zum Feuer. Wenn auch aus ganz verschiedenen Gründen.«

»Ein besonderes Verhältnis zum Feuer?« Will wollte die Hand aufstützen, um sich ein Stück nach oben zu stemmen, ließ es aber im letzten Moment wieder sein, als ihm bewusst wurde, in *was* er die Hand beinahe eingetaucht hätte. »Wie meinen Sie das?«

Reimann blinzelte. Er sah jetzt ehrlich überrascht aus. »Das wissen Sie doch wohl besser als ich«, sagte er. »Schließlich sind Sie …« Er brach ab und schüttelte den Kopf. »Das ist jetzt alles unwichtig. Wir müssen Sie hier herausbekommen, bevor Georg zurückkommt. Ich weiß nicht, was der Verrückte noch vorhat. Und ob er nicht den Rest seiner Truppe auch noch im Schlepptau hat.«

Will hätte über diese Ankündigung erschrecken müssen, aber das genaue Gegenteil war der Fall. Es war merkwürdig. Irgendetwas geschah in ihm, rasch und unerwartet. Statt weiter an Kraft zu verlieren, hatte er im Gegenteil sogar das Gefühl, als durchströme ihn neue Energie. Es war nicht gerade so, als würde er im nächsten Moment aufspringen und sich Reimann schnappen können, aber er hatte doch immerhin das Gefühl, als würde der eisige Block um seine Gedanken schmelzen und auch in seine Muskeln und sein Fleisch ein Rest von der Wärme und Energie zurückkehren, die in den letzten Minuten geradezu aus ihnen herausgeflossen waren.

»Sie wollen mir helfen?«

Wieder wirkte Reimann ein bisschen überrascht. »Natürlich will ich Ihnen helfen. Es hat schon genug Tote gegeben. Die Jagd durch die Abgründe der Zeit hat doch schon viel zu viele Opfer gefordert, finden Sie nicht auch?«

Will fand das ganz und gar nicht. Er verstand nicht im Geringsten, wovon Reimann überhaupt sprach. *Abgründe der Zeit* – was sollte das heißen? Dass sich Reimann an dem kleinen Psychospielchen beteiligte, mit dem ihn Georg quälen wollte, bevor er ihn endgültig umbrachte?

»Wissen Sie, wie ich das sehe, Lokkens?«, fragte Reimann.

Will schüttelte den Kopf.

»Ich habe an Hunderten von Brandstellen gestanden, und bei etlichen von ihnen war die Brandursache ganz offensichtlich: eine weggeworfene Zigarettenkippe, ein Kabelbrand oder auch Brandstiftung. Aber bei mindestens zwei Dutzend dieser Brände haben wir keine Ursache gefunden und mussten den jeweiligen Fall zu den Akten legen. Dabei wussten es alle an der Untersuchung Beteiligten besser. Intern haben wir ein Dossier darüber angelegt, aber eines, das nie in die Hände der Staatsanwaltschaft gelangt ist. Es war etwas ganz Merkwürdiges: Wer einmal mit dem Drachenfeuer in Berührung kam, konnte sich nie wieder ganz davon lösen.«

Drachenfeuer! Will starrte Reimann mit offenem Mund an. Wo war er hier nur hineingeraten? Es reichte ihm schon, dass ihn Georg mit all dem Blödsinn von den Familienbanden und einem jahrtausendealten Gelübde voll gelabert hatte. Aber *Drachenfeuer?* Das war nun mehr als nur ein Tick zu viel. Glaubten die beiden Idioten etwa wirklich daran?

»Auch wenn Sie mich jetzt angucken, als wenn ich Ihnen erzählen würde, ich käme geradewegs vom Mars: Ich gehe davon aus, dass Sie ganz genau wissen, wovon ich spreche. Sie müssen es doch auch gespürt haben. Dieses Gefühl, dass sich das Feuer in die vom Brand geschwärzten Mauern zurückgezogen hat, dass es dort *lauern* würde wie ein Raubtier, bereit, jederzeit wieder hervorzuspringen und seine feurigen Zähne in sein nächstes Opfer zu jagen.«

Die übertrieben blumige Sprache passte eigentlich gar nicht zu Reimann, und sie war auch nicht der Situation angemessen: Trotzdem konnte Will nicht verhindern, dass er zusammenzuckte.

Natürlich kannte er das Gefühl, dass das, was das Feuer wirklich ausmachte, auch nach dem Brand immer noch da war, still, lauernd, als warte es bloß auf einen Fehler von ihm, auf eine winzige Schwäche, um dann wieder unbarmherzig zuzuschlagen. Das erste Mal, dass er es gespürt hatte, war noch gar nicht lange her und erschien ihm doch wie eine ferne Erinnerung, die Jahre zurücklag: Es war in dem Keller des Hauses gewesen, in dem er Duffy zum ersten Mal begegnet war, und damit auch in dem Keller, in dem sie gewohnt hatte, *bevor* es zu diesem Brand gekommen war.

Es passte alles zusammen, ja, es passte geradezu wunderbar zusammen. Duffy und das Feuer waren wie zwei unzertrennliche Geschwister, die nichts und niemand trennen konnte. Der Zusammenhang, den Reimann da andeutete, der Zusammenhang mit einer ganzen Reihe unerklärlicher Brandfälle, war dennoch schon ganz allein für sich eine Ungeheuerlichkeit, die er in keiner anderen Situation als der aktuellen unkommentiert gelassen hätte. Und doch war es nicht mehr als ein Puzzlestein in dem verworrenen Muster, das für ihn noch kein komplettes Bild ergab.

»Und nun los.« Reimann sah mit einem angeekelten Gesichtsausdruck in die Pfütze aus geronnenem Blut, in deren Mitte Will lag und mit der mittlerweile auch seine Schuhe in Berührung gekommen waren. »Können Sie sich hochstemmen?«

Will zögerte. Welche Antwort er auch immer gab, er musste sich die Folgen sehr genau überlegen. Der einzige Trumpf, über den er noch verfügte, war Angelas Waffe. Und die lag locker auf seinem Hemd, nur unvollständig von dem Jackett verborgen.

»Ich bin ziemlich schwach«, bekannte er schließlich. »Geben Sie mir einen Moment.«

»Ich fürchte, den werden wir nicht haben.« Reimann wandte den Kopf und starrte mit einem Blick in Richtung des Eingangs, in dem Will für einen Moment so etwas wie Nervosität aufflackern sah. Das war erstaunlich. Er hatte Reimann bislang immer sehr beherrscht erlebt, selbst in Situationen, in denen das Gegenteil angebracht gewesen wäre.

Aber das gab Will die Gelegenheit, auf die er gewartet hatte. Mit einer entschlossenen Bewegung griff er unter das Jackett, packte den Elektroschocker und schob ihn in die linke Hosentasche. Etwas krachte, eine Stoffnaht, die der außergewöhnlichen Belastung nicht standzuhalten vermochte.

Als Reimann sich ihm wieder zuwandte, war kein Argwohn auf seinem Gesicht. Wie sollte er auch. Schließlich musste er annehmen, Will habe sich nur aufzurichten versucht, die Waffe selbst konnte er aus seinem Blickwinkel heraus unmöglich gesehen haben – hoffte Will zumindest. »Bringen wir es hinter uns«, sagte er. »Ich habe keine Lust, Georg in die Arme zu laufen und ihm erklären zu müssen, warum ich Ihnen helfe.«

»Die Taschenlampe«, sagte Will.

»Was?«

»Wir sollten die Taschenlampe mitnehmen«, sagte Will. »Sie liegt dort auf der Aktentasche.«

»Und was ist in der Tasche?«

»Geld«, sagte Will. »Viel Geld. Lösegeld.«

Reimann seufzte. »Eigentlich müsste ich es ja konfiszieren. Aber ich glaube, ich weiß einen besseren Verwendungszweck dafür. Nehmen Sie es. Fahren Sie weg, so weit es nur geht, in jedem Fall aber weiter, als Georgs Arm reicht, am besten in ein Dritte-Welt-Land.«

»Ich soll was?« Will verschluckte sich fast vor Empörung. »Wissen Sie überhaupt, was Georg getan hat? Warum ich hier bin? Und wessen Geld das ist?«

»Ein paar Fragen zu viel«, sagte Reimann ungeduldig. »Und ich wiederhole mich ungern: Aber Georg könnte jeden Moment wiederkommen. Und Sie sollten wissen, dass er Sie nicht mehr gehen lassen wird. Nicht gehen lassen kann.« Er deutete mit einer Kopfbewegung auf das, was von Rattengesicht übrig geblieben war. »Nicht nach dem, was hier passiert ist.«

»Dann rufen Sie Ihre Kollegen!« Will schrie fast.

Reimann würdigte ihn noch nicht einmal einer Antwort. Mit

einem angeekelten Gesichtsausdruck trat er einen Schritt vor, mitten hinein in den schmutzig roten Belag, in dessen Zentrum Will lag. »Geben Sie sich mal ein bisschen Mühe. Richten Sie sich auf, zumindest in eine sitzende Position. Ich helfe Ihnen dann schon hoch.«

»Georg hat meine Tochter entführt!«, protestierte Will. »Wir müssen etwas unternehmen. Ich weiß nicht, was der Verrückte ihr antun wird.«

»Gar nichts wird er ihr antun«, herrschte ihn Reimann an. »Und nun machen Sie schon. Oder ich lasse Sie hier einfach liegen und warte ab, was Georg mit Ihnen vorhat, wenn er zurückkommt. Und dann können Sie Ihrer Tochter gar nicht mehr helfen!«

Reimanns Worte erreichten Will mit einiger Verspätung, aber als er die Drohung in ihnen begriff und Reimanns Eingeständnis, dass er in die Entführung eingeweiht war, überwand er seinen Ekel, setzte die Hände in die glitschige Masse und versuchte auf dem Boden darunter festen Halt zu bekommen. Mit aller Kraft, deren er fähig war, drückte er sich dann ab. Seine Arme zitterten, und er musste alles Geschick aufwenden, um nicht abzurutschen, aber zu seiner Verblüffung ging es besser, als er vermutet hatte. Er schaffte es immerhin, seinen Oberkörper in eine Siebzig-Grad-Position hochzudrücken. Doch dann verließen ihn fast augenblicklich wieder seine Kräfte. Wäre Reimann nicht hinzugeeilt, um ihn an den Armen zu packen und hochzuziehen, er wäre unweigerlich wieder abgerutscht.

»Hoch jetzt«, maulte Reimann. »Lassen Sie sich nicht wie einen nassen Sack ziehen.«

Will gab sein Bestes, doch das Gefühl, dass die Kräfte in ihn zurückgekehrt wären, war wohl trügerisch gewesen, denn er stand kaum, als er auch schon wieder in sich zusammenzusacken drohte. Reimann drückte ihn recht unsanft gegen die Wand und begann augenblicklich, an seinem Ärmel herumzuzerren.

»He!«, protestierte Will. »Was soll denn der Blödsinn!«

»Wissen Sie überhaupt, wie Sie aussehen?«, fragte Reimann. Seine Stimme klang so gepresst und angeekelt, als würde er gegen einen hartnäckigen Brechreiz ankämpfen.

»Ich kann es mir vorstellen«, sagte Will. »Aber …«

»Nichts aber. Ich ziehe Ihnen jetzt das Jackett aus und mache Sie damit ein bisschen sauber – soweit das überhaupt möglich ist.« Während er das sagte, schob er Will bereits vorsichtig herum und zupfte die Ärmel herunter, sorgfältig darauf bedacht, sie nur an den Oberseiten anzufassen, um nicht in die bluttriefenden Unterseiten fassen zu müssen. »Ich kenne einen Seitenausgang hier. Dann müssen wir nicht den anderen Weg zurück – und laufen auch nicht Gefahr, in Georg hineinzulaufen.«

»Aber Duffy …«

»Keine Sorge. Ich habe da schon eine Idee.« Reimann wirkte besorgt und nicht ganz bei der Sache, aber er war dennoch erstaunlich schnell und geschickt. Will bekam nicht genau mit, was er mit dem teuren Jackett tat, das er als Putzlappen verwendete, um damit an ihm herumzuscheuern – dem Herrenausstatter würden bei diesem Anblick wahrscheinlich die Tränen in die Augen schießen –, aber es wirkte so, als wisse er sehr genau, was er da tat. Und im Grunde genommen war es Will auch egal, was genau er da trieb, und sollten danach von dem Jackett auch nur noch ein paar blutgetränkte Fetzen übrig bleiben, so war es auch gut. Hauptsache, ihm fiel bei seiner Putzorgie nicht der Elektroschocker in die Hände.

»Was ist …«, begann Reimann, und Will durchfuhr ein gehöriger Schreck in der fast sicheren Gewissheit, dass er nun die

Waffe entdeckt habe, »was ist hier eigentlich passiert? Hat Georg diesen armen Idioten so zugerichtet, oder waren Sie das?«

»Können wir dieses Gespräch nicht zu einem anderen Zeitpunkt in Ihrem Büro fortführen?«, fragte Will.

»Ich wollte nur sichergehen.« Reimann lachte heiser auf. »Sich mit jemandem wie Georg anzulegen ist nicht ganz ungefährlich.«

»Stellen Sie sich vor: Das habe ich auch schon gemerkt«, keuchte Will. Er spürte, wie er langsam an der Wand herabzurutschen begann. »Holen Sie das Geld und die Taschenlampe, um Gottes willen, und dann lassen Sie uns von hier verschwinden.«

Reimann warf ihm einen besorgten Blick zu, öffnete den Mund, als wollte er etwas sagen, drehte sich dann aber gehorsam um und eilte zu der Tasche hinüber, um erst die Lampe und dann sich selbst in die Höhe zu reißen. Der Lichtstrahl zeichnete eine wilde Achterbahn an die Wand, und Will spürte, wie ihm die mühsam wieder zurückerlangte Orientierung erneut zu entgleiten drohte.

Da war Reimann auch schon wieder heran, packte ihn recht unsanft am Arm und schob ihn vorwärts. Will taumelte zwei, drei Schritte weit, dann fühlte er sich von Reimann gepackt und förmlich mitgerissen, so dass ihm nichts anderes übrig blieb, als sich halb mitgeschliffen, halb selbst stolpernd in die Richtung zerren zu lassen, die ihm der grauhaarige Polizist vorgab. Der Strahl der Taschenlampe irrte dabei über den Boden und die mittlerweile reglose Gestalt, die dort lag, über den grausam entstellten Wahnsinnigen, der mit der Messerstecherei angefangen hatte, ohne zu begreifen, auf was er sich da einließ – und vor allem, wen er sich damit zum Feind machen würde. Will erhaschte einen Blick auf ein bleiches, deformiertes Gesicht und auf einen unnatürlich verkrümmten Körper, aus dessen Bein immer noch ein Messergriff hervorragte.

Aber das war nicht das Schlimmste. Bei weitem nicht.

Es sah aus, als hätte Georg Rattengesicht wie eine Weihnachtsgans ausgenommen. Will konnte von seiner Position aus nur einen kurzen Blick auf den Brustraum des langhaarigen Messerstechers werfen, und das verwirrende Spiel von Licht und Schatten genügte nicht im Geringsten, um sich mehr als nur einen sehr groben Eindruck zu verschaffen – aber allein das war bereits das mit Abstand Ekelhafteste, was Will je gesehen hatte.

Der ganze Brustbereich war aufgeschlitzt. Es sah aus, als hätte jemand mit wütender Wucht immer und immer wieder zugestochen, das Messer schließlich in der Wunde herumgedreht und nach unten durchgezogen, in Richtung Bauchraum. Es war kein sauberer, chirurgischer Schnitt, es waren unzählige wütende Stiche und Schnitte, die in wilden Kurven bis zum Leistenbereich nach unten reichten, und es war etwas daraus hervorgequollen, das ihn auf kranke Art an die geringelten Maden erinnerte, die ihm einst aus einem vollständig verschimmelten Brot aus einer vergessenen Frühstücksdose entgegengekrochen kamen. Will wagte sich gar nicht auszumalen, was in Georg gefahren sein musste, bevor er das getan hatte, für das Will bei dem Anblick noch nicht einmal mehr einen Namen hatte. Es gibt Dinge, die man nicht tut, es gibt moralische Grenzen, die man nicht überschreiten darf, ganz ähnlich zumindest hatte sich Georg ausgedrückt, bevor er das getan hatte, was kein Mensch tun durfte. Will erinnerte sich voller Grauen daran, dass er zu sehen geglaubt hatte, Rattengesicht zucken gesehen zu haben, als ihm Georg das Messer ins Bein gerammt hatte, als wäre selbst da noch Leben in ihm gewesen. Seine übersprudelnde Fantasie musste ihm diesen Streich gespielt haben; Rattengesicht war zu diesem Zeitpunkt sicherlich längst tot gewesen, *musste* tot gewesen sein, denn das Unsägliche, das Unerträgliche hatte bereits zuvor stattgefunden. Aber das änderte nichts an der furchtbaren Vorstellung an sich, dass der langhaarige Tölpel bis zu seinem grauslichen Ende alles bei vollem Bewusstsein mitbekommen haben musste. Das Entsetzen, das ihn bei dem Gedanken überkam, dass noch ein winziger Rest von Leben in dem Mann gewesen sein musste, der Georg viele Jahre treu gedient hatte, als der Nachtklubbesitzer das Messer angesetzt hatte, um ihm das Herz aus dem Leib zu schneiden, war fast mehr, als er ertragen konnte; und die Gewissheit, dass er anschließend das noch pochende, Blut spendende Organ in die Hand genommen hatte, um es Will als grausige Trophäe zu präsentieren, oder als Warnung, nur nicht den Fehler zu machen und ihn wirklich zu erzürnen, sprengte jegliche Vorstellungskraft, ließ endgültig seine sorgfältig aufrechterhaltene Selbstbeherrschung in spitzen kleinen Trümmerstücken davonfliegen …

Will wandte sich mit einem Ruck ab. Es war sicherlich überhaupt keine gute Idee, sich Georg zum Feind zu machen. Nicht, dass er das nicht schon immer gewusst hätte. Aber das hier … das übertraf alles, was er sich zuvor auch nur in seinen schlimmsten Träumen hätte ausmalen können.

»Ich würde mich gerne mit Ihnen irgendwo in aller Ruhe darüber unterhalten«, sagte Reimann. »Aber bitte haben Sie Verständnis dafür, dass das hier nicht der richtige Rahmen ist.«

»Was?« Es dauerte einen Moment, bevor Will begriff, dass er seinen Gedanken laut ausgesprochen hatte; auch wenn es wohl kaum mehr als ein unverständliches Murmeln gewesen war.

»Georg hat überhaupt keine Skrupel«, sagte Reimann. Er war stehen geblieben, als Wills Blick auf die entsetzlich verstümmelte Leiche gefallen war, aber jetzt gab er ihm mit einem kleinen Stups zu verstehen, dass er sich wieder in Bewegung setzen sollte. »Aber das wissen Sie ja bestimmt besser als ich.«

Und ob das Will wusste. Er hätte Reimann am liebsten mitten auf die Füße gekotzt, um das zum Ausdruck zu bringen. Und obwohl Reimann ihn im festen Griff umfasst hielt und ihn jetzt deutlich entschiedener mit sich zu zerren versuchte, rührte er sich nicht von der Stelle. »Wohin wollen Sie mich bringen?«, fragte er mühsam und mit brüchiger Stimme.

»An einen sicheren Ort, hoffe ich.«

»Nicht nach draußen?«

»So, wie Sie aussehen?« Reimann verstärkte erneut seinen Druck und sagte fast sanft: »Und nun kommen Sie. Wir müssen hier weg. Ich bringe Sie in das unterirdische Labyrinth tief unter der Stadt, in den Bereich, in dem sich alte Abwasserkanäle, Tunnel und Stollen durch die verschiedenen archäologischen Schichten Kölns bohren und fast so etwas wie eine eigene vergessene Stadt unterhalb der eigentlichen Stadt bilden.«

Endlich reagierte Will. Ja, Reimann hatte vollkommen Recht. Sie mussten hier weg. Aber nicht ohne Duffy. Ganz egal, was noch passierte: Will schwor sich, Duffy aus diesem Wahnsinn hier rauszuholen, und wenn es ihn selbst das Leben kosten sollte.

Absurderweise löste dieser Gedanke die Versteinerung, die von ihm Besitz ergriffen hatte, und er setzte vorsichtig einen Fuß vor den anderen. Reimann hatte sich mittlerweile die Aktentasche unter den rechten Arm geklemmt und umschlang mit dem anderen Will, um aus seinem unsicheren Torkeln eine halbwegs sichere Vorwärtsbewegung zu machen. Dass er auch in der linken Hand die Lampe hielt, erwies sich nicht gerade als vorteilhaft. Er drängte Will nach links, in einen dunklen Gang hinein, aber seine Bewegung war wohl etwas zu heftig. Will kippte zur Seite ab, bevor Reimann reagieren konnte, und die Taschenlampe schabte an der Wand entlang. Irgendetwas splitterte. Genau in dem Moment, in dem Reimann ihn wieder an sich heranzog, weg von der rauen, von pockenartigen Pusteln und Schimmel übersäten Wand, setzte der Lichtstrahl aus, dann flackerte es ein paar Mal, und erst dann, gerade in dem Moment, in dem Will befürchtete, die Dunkelheit würde endgültig über sie kommen, leuchtete sie wieder auf.

Obwohl es vollkommen unmöglich war, hatte Will das Gefühl, dass sich ihr Licht verändert hatte. Es wirkte plötzlich nicht mehr so grell, sondern hatte einen leicht bläulichen Stich. Und noch etwas streifte Wills Aufmerksamkeit: Der Eingang zu dem Labyrinth hatte gewirkt, als wäre er aus nacktem Felsen gehauen worden, während dieser Gang hier zwar uralt, aber gemauert war. Er fragte sich, was ihn hier noch für Überraschungen erwarten würden.

»Am nächsten Abzweig müssen wir nach rechts«, sagte Reimann.

»Sie kennen sich hier erstaunlich gut aus.«

»Es gibt Unterlagen, die das alte Labyrinth unter der Stadt beschreiben«, sagte Reimann. »Doch die sind mehr als lückenhaft. Das meiste, was über die Jahrhunderte gerettet worden ist, ist in den Bombennächten von Hitlers verrücktem Krieg verloren gegangen. Jetzt sind wir wieder auf das angewiesen, was der Menschheit schon seit Anbeginn der Zeiten alles wirklich Wichtige vermittelt hat: die mündliche Überlieferung und ein paar aus dem Gedächtnis verfasste Skizzen.«

Da war sie schon wieder: eine Andeutung von alten Geheimnissen und Überlieferungen. Sie aus dem Munde des grauhaarigen, so überaus nüchternen und abgeklärten Polizeibeamten zu hören sprengte beinahe Wills Vorstellungskraft.

Aber vielleicht lag es auch nur daran, dass er den Anblick von Rattengesichts ausgeweidetem Leichnam einfach nicht aus dem Kopf bekam. Im Moment konnte er sich auf nichts anderes konzentrieren, sah das Bild vor sich, das er wahrscheinlich bis zum Ende seiner Tage nicht vergessen würde, diesen geschundenen, verstümmelten Körper, und fragte sich immer wieder, wie Georg nur so etwas hatte tun können. *Es gibt Dinge, die man nicht tun darf,* hörte er ihn wieder und wieder sagen, wie einen Werbespruch, den man nicht aus dem Kopf bekam.

Wie krank musste ein Mensch sein, um so etwas Schreckliches zu tun, und dann noch einen solchen Satz von sich zu geben?

Reimann sagte wieder etwas zu ihm. Will verstand die Worte nicht und den Sinn nur ganz am Rande. Offensichtlich hatte ihn der grauhaarige Polizist aufgefordert, sich nicht gehen zu lassen, ihn dabei zu unterstützen, so schnell wie möglich hier rauszukommen. Dabei hatte Will alle Mühe, seine Füße überhaupt hochzubringen. Noch stützte ihn Reimann, aber es konnte nicht mehr lange dauern, bis er ihn hinter sich herschleifen musste – und was das bedeutete, konnte sich Will nur zu gut ausmalen.

Georg würde keine große Mühe haben, ihre Spur zu verfolgen. Wahrscheinlich zogen sie eine blutige Linie hinter sich her, die im Strahl einer Taschenlampe aufleuchten würde wie eine Leuchtmarkierung.

Ob Georg das Messer mitnehmen würde, wenn er ihn verfolgte? Und ob Reimann irgendetwas dagegen tun konnte – oder tun *wollte,* wenn sich Georg auf ihn stürzen wollte wie ein Verrückter?

»Und hier ist irgendwo Duffy versteckt, oder?« Die Worte brachen mit einer Intensität aus ihm heraus, die Will selbst erschreckte und überraschte, denn er hatte in den letzten Sekunden gar nicht bewusst an seine Tochter gedacht.

Reimann zuckte spürbar zusammen. »Ich bin nicht in alles eingeweiht«, sagte er nervös. Er warf einen flüchtigen Blick über die Schulter zurück, bevor er weitersprach. »Und schon gar nicht habe ich damit gerechnet, dass Georg so ein Blutbad anrichten könnte.«

»Meine Tochter!«

»Ja. Ihre Tochter.« Reimann fuhr sich über die Lippen, und Will vermutete, dass er versuchte, sich das typische Es-ist-alles-in-Ordnung-Lächeln abzuringen, mit dem die meisten Bullen reflexartig auf besorgte Nachfragen reagierten. »Keine Sorge. Georg wird Ihrer Tochter nichts antun.«

»Was macht Sie da so sicher?«

»Nun …« Reimann klang mit einem Mal ein bisschen hilflos. »Es kann sein, dass er manchmal zu etwas übertriebenen … Reaktionen neigt. Aber ich kann mir beim besten Willen nicht vorstellen, dass er sich an Kindern vergreift.«

»Beruhigend, wirklich.« Will begann sich auf eine ganz merkwürdige Art aufzuregen, so wie er es noch nie zuvor an sich selbst erlebt hatte. Plötzlich hatte alles andere keine Bedeutung mehr: nicht das, was Georg von ihm wollte und ihm vielleicht noch antun würde, nicht, dass Reimann sich an diesem Komplott beteiligte, nicht das Feuer, das offensichtlich gerade in Köln tobte wie ein von der Leine gerissenes Untier, oder eher noch, als wäre eine archaische Kraft entfesselt worden, die ihn und Duffy verschlingen wollte, und nicht einmal die verstümmelte Leiche, deren Anblick ihn gerade noch so sehr geschockt hatte.

»Ich weiß nicht, was mit Ihnen los ist, Reimann …«

»Hauptkommissar Reimann«, unterbrach ihn der grauhaarige Polizist reflexartig.

»… und schon gar nicht weiß ich, was Sie so sehr an Georg schmiedet, dass Sie nicht sofort Ihr Handy nehmen und Ihre weiß gekleideten Kollegen von der Spurensicherung holen, damit sie sich an Freds Leiche vergnügen können; und vielleicht will ich es auch gar nicht wissen. Aber«, und die letzten Worte schrie er fast, »wo ist meine Tochter?«

»Woher soll ich das denn wissen?«, protestierte Reimann.

Will beschleunigte seine Schritte vor lauter Erregung, und für einen Moment war er es, der den Polizisten vorwärts zog und nicht umgekehrt. »Aber es stimmt doch, oder? Sie waren darin eingeweiht – von Anfang an. Das Ganze ist doch ein abgekartetes Spiel! Wie war das … damals, als Sie zusammen mit Ihrem Kollegen Falkenberg bei mir an der Tür geklingelt haben. War da schon alles geplant? Hatten Sie da schon …«

»Hören Sie auf!«, unterbrach ihn Reimann ungehalten.

»Warum?«, fragte Will höhnisch. »Weil Sie die Wahrheit nicht hören können?«

»Nein«, zischte Reimann. »Zum Beispiel, weil jeder andere Sie hören kann, so wie Sie hier rumschreien. Und außerdem sollten Sie sich lieber darauf konzentrieren, mir nicht noch mehr zur Last zu fallen, als Sie das sowieso schon tun.«

Will hätte beinahe laut aufgebrüllt vor Wut. Dass Reimann Recht hatte, machte es nicht einen Deut besser, ganz im Gegenteil. Er hatte kein Interesse daran, Georg frühzeitig auf ihre Spur zu bringen, aber auf der anderen Seite konnte er nicht einfach klein beigeben, solange er Duffy nicht in Sicherheit wusste. Er stolperte mit unsicheren Bewegungen weiter, kraftvoller jetzt, und wenn er sein verletztes Bein auch noch hätte belasten können, dann wäre er wohl in der Lage gewesen, auf Reimanns Unterstützung zu verzichten. Es war erstaunlich, wie viel besser er sich zu fühlen begann, nachdem sie das Gewölbe verlassen hatten.

»Sie haben vollkommen Recht«, sagte Reimann leise, aber da sein Mund ganz nah an Wills Ohr war, hatte er das Gefühl, als explodiere die Stimme direkt in seinen Gedanken. »Falkenberg und ich sind nicht zufällig bei Ihnen aufgetaucht. Es war noch nicht einmal wirklich ein Zufall, dass ich Ihren Ausweis in die Hand bekam, nachdem Sie ihn bei diesem Zwischenfall mit dem vollständig verbrannten, geradezu zusammengeschmolzenen Wagen verloren hatten. Wir hatten Sie schon eine ganze Zeit lang beschattet ... vorsichtig jetzt, hier müssen wir abbiegen.« Er zog Will mit sich, bevor dieser überhaupt wusste, wie ihm geschah, in einen Gang, der dem ganz ähnlich war, den sie bislang genommen hatten, und trotzdem, auf eine schwer begreifliche Art, anders und, vor allem, *älter* wirkte. »Wir haben Ihnen natürlich nicht pausenlos an den Fersen geklebt. Aber sonst das ganze Programm. Telefonüberwachung, Wanzen in der Wohnung, Kontakt mit Ihrem Bewährungshelfer – und was sonst noch alles dazugehört.«

Das Bekenntnis machte Will so fassungslos, dass er einen Moment sogar seine Sorge um Duffy vergaß. »Warum erzählen Sie mir das alles?«

»Sie wollten es doch wissen, oder?« Reimanns Stimme sank fast zu einem Flüstern herab. »Hören Sie das auch?«

Er blieb stehen, und jetzt, da nicht mehr ihre eigenen Schritte seine Wahrnehmung dominierten, war es auch Will so, als würde er etwas hören. Es war ein Knirschen und Rumpeln, Geräusche, die seine überreizte Fantasie eher einer plötzlich lebendig gewordenen Terrakotta-Armee zuschreiben würde als Georg, den er mit seinen Männern irgendwo hinter sich vermutete. Und das war nicht alles. Der Boden unter ihnen war nicht so ruhig, wie er hätte sein sollen. Ein kaum merkliches Zittern und Beben durchlief ihn. Will erinnerte sich daran, schon einmal etwas ganz Ähnliches gespürt zu haben, in dem Keller des

Hauses, in dem Duffy verschwunden war, nachdem er sie angefahren hatte. »Was ist das? Die erste kleine Warnung, dass hier gleich ein Erdbeben losgeht?«

Reimann schüttelte fast erleichtert den Kopf. »Ich dachte schon, sie wären direkt hinter uns. Aber das ist etwas anderes. Die alten Kältemaschinen.«

»Kältemaschinen?«

»Ja. Gigantische Apparaturen, die hier schon seit Ewigkeiten ihren Dienst tun und wie eine Mischung aus Klimaanlagen und Kühlaggregaten arbeiten, wie man sie in Kühlschränken einsetzt.« Reimann versetzte Will einen kleinen Schubs und lenkte ihn in einen Nebengang, der kaum breit genug war, dass sie beide nebeneinander entlanggehen konnten – wobei das, was Will machte, mit Gehen nicht wirklich viel zu tun hatte, wie er sich selbst eingestehen musste. »Auch etwas, was längst in Vergessenheit geraten ist. Wissen Sie, wie man kühlte, bevor mit Ammoniak betriebene Kühlaggregate auf den Markt kamen? Dass man damals im Winter große Eisstücke aus Seen und Flüssen hackte und sie in Kellern und Gewölben wie diesen hier einlagerte?«

»Nein«, sagte Will grob. »Und es interessiert mich auch nicht die Bohne.«

Reimann seufzte. »Natürlich. Ich hätte es mir denken können. Schließlich kennt niemand Ihr Dossier besser als ich. Es ist schon erstaunlich, wie ignorant Sie sind. Man kann Sie direkt mit dem Kopf auf irgendetwas draufstoßen, und Sie werden trotzdem wohl immer noch nicht begreifen, was eigentlich los ist, oder?«

Seine Stimme hatte einen ungewohnt aggressiven Unterton angenommen. Einmal Bulle, immer Bulle, dachte Will. »Schön, dass Sie ein Dossier über mich haben«, sagte er bissig. »Und schön, dass Sie mir die gleichen Sachen unter die Nase reiben wie Georg. Ich hoffe wenigstens, ich war die Fleißarbeit wert.«

»Nein, das waren Sie nicht.« Die Bewegungen, mit denen Reimann ihn jetzt vorwärts schubste, hatten nichts mehr mit der Behutsamkeit gemein, die er am Beginn aufgewandt hatte. »Da vorne links rein. Und passen Sie auf, dass Sie sich nicht den Kopf stoßen.«

»Wo führen Sie mich hin?«, fragte Will. »In einen Kriechtunnel unterhalb eines alten Burgverlieses, der garantiert in keinen alten Dokumenten verzeichnet ist?«

»Werden Sie nicht frech«, murrte Reimann, während er Will in den noch einmal schmaleren und niedrigeren Tunnel stieß, »nach allem, was ich für Sie getan habe.«

»*Getan* habe?« Will stieß ein heiseres Lachen aus, das seltsam hohl und verloren von den Wänden des Tunnels widerhallte. »Nach allem, was ich verstanden habe, haben Sie mit einem schmierigen Bordellchef ein Komplott geschmiedet, um mich ein bisschen in die Zange zu nehmen, oder?« Erst, als er es aussprach, begriff er die Ungeheuerlichkeit dessen, was wohl schon viele Jahre lang gelaufen war. »Eigentlich habe ich mich schon immer etwas gewundert, warum Georg sich überhaupt mit mir abgegeben hat. Was will ein Typ wie er mit einem kleinen Autoknacker wie mir? Und vor allem: Warum haben Sie und Falkenberg sich mit ihm eingelassen, um mich auszuspähen?«

»Georg einen schmierigen Bordellchef zu nennen trifft es wohl nicht ganz«, sagte Reimann. »Und außerdem kommen Sie aus dem Takt, wenn Sie zu viel reden. Also halten Sie die Schnauze, und sehen Sie zu, dass Sie mich nicht noch mehr behindern.«

»Einen Scheißdreck werde ich tun.« Will war etwas unvorsichtig, oder er zappelte zu sehr herum, oder wie auch immer, jedenfalls knallte er mit dem Kopf gegen einen Vorsprung in der Tunneldecke. Doch das fachte seinen Zorn erst richtig an. »Ich will, dass Sie mich sofort zu Duffy bringen. Alles andere interessiert mich nicht die Bohne. Ich will Duffy sehen, sonst rühre ich mich keinen Schritt mehr weiter.«

»Das wird nicht so einfach sein.« Reimann zog Will trotz seiner festen Absicht, an Ort und Stelle stehen zu bleiben, wie ein verstocktes Kind, das sich ein Eis ertrotzen will, mühelos mit sich, und als Will nach zwei Schritten, in denen er sich hatte mitschleifen lassen, in die Knie einknickte und zu stürzen drohte, sah er die Sinnlosigkeit seiner Bemühungen ein und versuchte selbst wieder Fuß zu fassen.

Es hatte keinen Sinn, hier und jetzt eine Konfrontation mit dem halsstarrigen Polizisten zu suchen.

Reimann gab ein kleines Keuchen von sich; offensichtlich war es für ihn doch nicht so einfach gewesen, Wills Widerstand zu brechen, und er sagte dann: »Wir müssen Sie erst einmal aus der Schussbahn bekommen, Lokkens.«

»Aus der Schussbahn? Was soll der Unsinn. Ist meine Tochter jetzt irgendwo dort unten, oder nicht?«

»Das weiß ich nicht genau«, sagte Reimann. »Und nichts anderes habe ich Ihnen gesagt. Ich habe lediglich versprochen, Ihnen zu helfen.«

»Das sehe ich aber ganz anders«, fuhr ihn Will mit überschnappender Stimme an. »Sie bringen mich jetzt augenblicklich zu ihr. Oder war dieses ganze Hilfsangebot etwa nichts weiter als ein Bluff?«

»Das war kein Bluff, Lokkens. Was glauben Sie eigentlich, um was es hier geht? Dass Sie plötzlich auf heile Familie machen können, nur weil Ihnen nach zwölf Jahren Ihre Tochter über den Weg gelaufen ist, nachdem Sie ein paar Jahrzehnte lang alles getan haben, um Ihr eigenes Leben zu verpfuschen?

Dann müssen Sie verrückt sein.« Jetzt war es Reimann, der sich in Rage zu reden begann. Will bekam das auch körperlich zu spüren, denn die Bewegungen, mit denen ihn der grauhaarige Polizist durch den engen, glitschigen Tunnel zerrte, wurden zunehmend gröber.

»Und ich meine das durchaus wörtlich«, fuhr Reimann mit einem Nachdruck fort, der für jemanden wie ihn wahrscheinlich schon ein regelrechter Temperamentsausbruch war. »Sie sind dabei, den Verstand zu verlieren, weil Sie sich schlicht und einfach weigern, eins und eins zusammenzuzählen und endlich Ihr Erbe anzutreten, mit allen Konsequenzen. Aber das ist im Augenblick nicht einmal das brennendste Problem. Das Problem sind Leute wie Georg. Die haben nämlich schon längst die Geduld mit Ihnen verloren. Und wenn nicht alles in ihrem Sinne verläuft, werden sie etwas ganz Dummes tun.«

»Leute *wie* Georg?« Will gab einen Laut von sich, der wie ein verunglücktes Lachen klang. »Was meinen Sie damit?«

»Ich meine damit, dass es noch andere gibt«, entgegnete Reimann. »Nicht viele. Nur eine Hand voll aufrichtiger Männer, die bereit sind, für das, was zu tun ist, Opfer zu bringen.«

»Sie meinen, sie sind bereit, auch noch anderen die Herzen aus den Leibern zu schneiden, und nicht nur einem armen Idioten wie Fred.«

»Es mag grausam klingen«, sagte Reimann, »aber das Ritual, einem Menschen bei lebendigem Leib das Herz aus dem Leib zu schneiden, ist so alt wie die Menschheitsgeschichte.«

»Ist es vielleicht das, was Georg mit Duffy vorhat?« Wills Hände zitterten so sehr, dass er es nicht verbergen konnte; aber das spielte im Moment auch keine Rolle.

»Natürlich nicht.« Reimann musste einen kleinen Ausfallschritt machen und Will kräftig unter die Arme packen, damit dieser nicht stolperte. »Zumindest kann ich mir das nicht vorstellen. Auf der anderen Seite hat sich Georg vielleicht ein bisschen zu sehr mit den alten Überlieferungen beschäftigt. Mit den Geschichten von Loki, der den Menschen das heilige Feuer brachte und dafür grausam bestraft wurde.«

»Ich verstehe kein Wort«, bekannte Will, während er wieder verzweifelt versuchte, aus seiner torkelnden eine halbwegs zielgerichtete Bewegung zu machen.

»Aber Sie kennen doch sicher die Edda«, sagte Reimann. Als Will beharrlich schwieg, fuhr der grauhaarige Polizist ungerührt fort: »Das Lied vom fluchbeladenen Drachenhort stammt wie die meisten anderen Texte aus dem Frühmittelalter. Dummerweise beschreibt es Ereignisse, die viele Jahrtausende zuvor stattgefunden haben, in der Zeit, in der der Krieg um Troja entbrannte und das Heiligtum von Gossek seine Blütezeit erlebt hatte, jener Kultur, die viel später die Nebra-Scheibe schuf. Die Archäologen beginnen erst langsam die wirklichen Zusammenhänge zu erkennen. Das liegt vor allem daran, dass sie zwar wie die Wilden die Erde durchsieben und alte Schriften übersetzen, aber den mündlichen Überlieferungen zu wenig Beachtung schenken.«

»Können Sie mir einen Gefallen tun?«, fragte Will.

»Welchen?«

»Führen Sie mich auf direktem Weg zu Duffy. Und bis wir da sind: Halten Sie die Klappe.«

Reimann tat ihm tatsächlich den Gefallen, still zu sein, aber nur für einen Moment.

Als er ihn am nächsten Abzweig in eine zwar etwas größere, dafür unangenehm abschüssige Röhre schob, fing er schon wieder mit dem Thema an, das offensichtlich Bordellbesitzer und Bullen in dieser Stadt am meisten beschäftigte. »Wenn heutzutage jemand über Karl den Großen schreibt, dann ist er viel näher an den historischen Ereignissen dran, als es jemand im Frühmittelalter war, der ein Lied über den Drachenhort verfasst hat.«

»Das ist mir nicht ganz neu«, sagte Will ärgerlich. »Wenn Sie so viel über mich wissen, dürfte Ihnen ja wohl kaum entgangen sein, dass ich eine kleine Schwäche für Drachen habe. Das bezieht sich nicht nur auf die Figuren, die in meinem Zimmer stehen – *standen,* bevor Sie und Ihr etwas abartiger Kollege Falkenberg dort auftauchten und das Haus in Brand gesteckt haben.«

»Das ist eine etwas merkwürdige Verdrehung der Tatsachen«, sagte Reimann kühl.

»Ach ja? Aber schon irgendwie ein komischer Zufall, dass das Haus in Flammen aufging, kaum dass Sie dort angekommen sind.«

»Wir waren diesmal nur etwas schneller am Tatort als sonst«, sagte Reimann säuerlich.

Eine ganze Weile schwiegen sie. Das dumpfe Wummern der Kältemaschinen, von denen Reimann gesprochen hatte, mischte sich mit dem Tröpfeln von Schwitzwasser und anderen kleinen Geräuschen, die Will nicht genau identifizieren konnte: einem Quietschen und Säuseln, vielleicht mechanischen Ursprungs, aber vielleicht auch die Lebensäußerungen von Ratten und anderer Schädlinge, die hier unten ihr Unwesen trieben. Darüber hinaus waren es Reimanns Schritte, ihrer beider angestrengter Atem und die Schleifgeräusche, mit denen Will das verletzte Bein nachzog, die die Geräuschkulisse vervollständigten und es so gänzlich unmöglich machten, herauszuhören, ob ihnen jemand auf den Fersen war. »Wie meinen Sie das?«, fragte Will schließlich.

»Was?«

»Dass Sie diesmal schneller am Tatort waren als sonst.«

»Falkenberg und ich haben uns auf unerklärliche Brandphänomene spezialisiert«, sagte Reimann ruhig. »Und daran herrschte gerade in den letzten Jahren wahrlich kein Mangel.«

»Ja, die Leute werden immer nachlässiger, was das Wegwerfen von Zigaretten angeht«, sagte Will bissig. »Nicht zu vergessen die ganzen Grillunfälle.«

»Es sind nicht gerade die missglückten Grillpartys, zu denen wir gerufen werden«, antwortete Reimann ungerührt. »Es sind Dinge wie der Brand in Duffys Elternhaus, dessen offizielle Ursache nach wie vor im Dunkeln liegt, obwohl wir beide doch sehr genau wissen, wer dahinter steckt, nicht wahr, Lokkens? Und das Gleiche gilt für das ausgebrannte Autowrack, das nicht wie eins dieser typischen Unfallfahrzeuge aussah, mit denen nach einem Crash der Benzintank hochgegangen ist, sondern eher, als sei es von einem High-Tech-Laser zusammengeschmolzen worden.«

Will hätte gerne etwas darauf gesagt, hätte gerne Reimanns hämische Worte mit einer passenden Antwort zurück in seinen Hals geschoben, damit er daran erstickte – aber er konnte es nicht. Es waren Martina und Angela gewesen, die ihm davon erzählt hatten, dass Duffy seit ihren frühesten Lebensjahren immer und immer wieder gezündelt hatte, mit teilweise verheerenden Wirkungen, nicht irgendwelche Bullen, die mit abenteuerlichen Spekulationen von ihren schwachen Ermittlungsleistungen hatten ablenken wollen. Mein Gott, Duffy, dachte er, was tust du nur? Und warum tust du das?

Vielleicht wäre die Frage nach dem *Wie* erst einmal wichtiger gewesen, aber zumindest im Moment interessierte sie Will überhaupt nicht. Er musste Duffy finden, herausbekommen, was sie mit all diesen Bränden zu tun hatte, und sie dann dazu bringen, es einfach sein zu lassen. So einfach war das.

In der Theorie. In der Praxis sah das ganz anders aus.

»Uns läuft die Zeit davon«, sagte Reimann. »Köln steht

die größte Brandkatastrophe seiner Geschichte bevor. Wissen Sie, wie viele ungewöhnliche Feuer seit heute Morgen ausgebrochen sind?«

»Keine Ahnung«, sagte Will lahm, aber in ihm spannte sich etwas wie bei einem Boxer, der einen besonders harten Treffer erwartet.

»Mehr als zwei Dutzend. Und ich meine damit nicht einen normalen Wohnungsbrand oder Ähnliches, sondern lediglich die Brände ohne eine klar erkennbare Ursache. Seit heute Morgen ist die Feuerwehr rund um die Uhr im Einsatz. Es mussten selbst freiwillige Feuerwehren aus der Umgebung zu Hilfe gerufen werden.«

Will dachte an den Feuerwehrwagen, der ihn heute Morgen überholt hatte. Er hatte ausgesehen, als stamme er aus einem Museum. Offensichtlich hatte Köln bereits das letzte Aufgebot mobilisiert, um der Brände im Stadtgebiet Herr zu werden. Doch irgendetwas sagte Will, dass es sinnlos sein würde.

Denn Drachenfeuer ließ sich nicht mit Wasser und Chemikalien bekämpfen.

38

Die nächsten Minuten beschränkte sich ihre Konversation auf das absolut Notwendigste. Die Anspannung hatte Will für eine Weile beinahe vollständig seine Schmerzen und die durch den Blutverlust verursachte Schwäche vergessen lassen, aber nun meldeten sich die beiden wie ein böses Geschwisterpaar zurück, das keine größere Freude kannte, als zu nerven und zu quälen. Das Pochen in seinem verletzten Bein wurde immer schlimmer, und jeder von Reimann unterstützte Schritt zur puren Qual. Die scheußliche Ahnung, dass das Bein abzusterben begann, geradezu erdrosselt durch Georgs Gürtel, der die Blutzirkulation ein Stück zu rigoros unterband, lauerte im Hintergrund seines Bewusstseins wie eine Spinne, die geduldig auf ihr Opfer wartet. Doch er konnte sich im Moment keine Schwäche und schon gar keine Verschnaufpause leisten; und erst recht nicht konnte er den Gürtel lockern, der immerhin verhinderte, dass er jämmerlich verblutete. Wenn Reimann Recht hatte, dann war Georg irgendwo dicht hinter ihnen, und diesmal war zu befürchten, dass er sich zur Unterstützung jemanden mitgebracht hatte, wahrscheinlich den zwei Meter großen, kraftstrotzenden Slavko mit dem Rest seiner Schlägertruppe, dem er wahrscheinlich erzählen würde, Will habe Rattengesicht auf dem Gewissen, und sie müssten jetzt alles dransetzen, um den verrückten Will Lokkens auszuschalten, bevor dieser noch mehr Unheil anrichtete.

Wie eine Begegnung vor diesem Hintergrund mit dem Hundertzehn-Kilo-Mann Slavko und seinen Kumpels ausgehen würde, malte sich Will lieber nicht aus.

Georg und Slavko waren – zumindest im Augenblick – nicht sein größtes Problem. Es war Reimann. Der Polizeibeamte hatte sich keine Details zu Duffys möglichem Versteck entlocken lassen, und dennoch in einer indirekten Art Wills Hoffnung angestachelt, dass sie hier irgendwo doch noch auf das Versteck stoßen würden, in dem Duffy untergebracht war.

Das ließ seine Gedanken zu dem Haus schweifen, in dem er Duffy gefunden hatte, und er wurde sich plötzlich bewusst, dass sie sich gar nicht weit davon entfernt aufhielten. Wenn er den Stadtplan richtig im Kopf hatte und er die mehr oder weniger konstant gehaltene Richtung richtig deutete, in die ihn Reimann führte, konnte es sogar sein, dass sie sich geradewegs auf die vollkommen ausgebrannte Villa zubewegten, die Duffy in den letzten Jahren gleichzeitig Heimat und Gefängnis gewesen war. Ein verrückter Gedanke schoss ihm durch den Kopf: Was, wenn Georg Duffy in die speziell ausgebaute Garage zurückgebracht hatte, in der sie schon früher eingesperrt worden war, in den Raum, dessen Wände in hellen Pastelltönen gestrichen waren und in dem es eine Bordüre mit flügelschlagenden Drachen gab? Und was, wenn die Gänge, durch die ihn Reimann führte, eine direkte Verbindung zu den düsteren Tunneln und Gängen hatten, durch die er schon einmal in den Keller der vollständig ausgebrannten Villa gelangt war, und zwar genau an dem Tag, als er das Geheimnis von Duffys Garagengefängnis gelüftet hatte?

Will war so sehr mit seinen wirren, teils hoffnungsvollen, teils verzweifelten Gedanken beschäftigt, dass er die Veränderung, die um sie herum stattfand, erst ganz allmählich bemerkte. Die Tunnel, durch die sie kamen, wurden wieder breiter. Es waren Rundgewölbe, doch es dauerte eine ganze Weile, bis Will begriff, an was sie ihn erinnerten: an Aquädukte, wie sie die Römer schon vor mehr als zweitausend Jahren zur Wasserversorgung benutzt hatten. Die einst ehemals wohl hellroten Ziegelsteine, aus denen die Gewölbe erbaut waren, waren im Laufe der Jahrhunderte nachgedunkelt und dort, wo sie von blakenden Fackeln und offenen Feuern geschwärzt worden waren, von einer regelrechten Rußschicht überzogen. Der Boden, über den sie sich voranschleppten, passte dazu; er war aus ordentlich verfugten Ziegelsteinen gefertigt und hatte so gar nichts mit dem grob gehauenen Gestein zu tun, das bislang das Tunnelsystem dominiert hatte.

»Die Römer waren schon zu Christi Geburt in Köln«, sagte Reimann, als hätte er Wills Gedanken erraten.

»Und ich bin gleich kurz nach meiner Geburt in ein Waisenhaus gekommen«, sagte Will mit einem Anflug selbstmörderischen Ärgers. »Und jetzt sagen Sie mir endlich, was hier eigentlich los ist. Was sind das für Brände, die jetzt in Köln toben? Und was haben sie mit mir und Duffy zu tun – *wenn* sie denn etwas damit zu tun hat?«

»Das, glauben Sie mir, wollen Sie gar nicht so genau wissen«, antwortete Reimann mürrisch.

»Und warum nicht?« Will war mit seiner Geduld jetzt endgültig am Ende. »Duffy kann doch diesmal noch nicht einmal in die Nähe von Zündhölzern gelangt sein, geschweige denn, irgendwelche Brandbeschleuniger gebastelt haben. Soweit ich weiß, hat sie Georg nach wie vor in sicherem Gewahrsam. Oder stimmt das etwa gar nicht?«

»Doch, natürlich.«

»Und dann schafft Sie es trotzdem, an zig Orten in der Stadt gleichzeitig ein bisschen zu zündeln?« Will zog mühsam das verletzte Bein nach, eine Abfolge nicht enden wollender Qual, die ihm mehr als deutlich machte, dass er nicht mehr lange durchhalten würde. »Erklären Sie mir doch bitte mal, wie das möglich sein sollte?«

»Sie verstehen das nicht.« Reimanns Stimme klang jetzt ein bisschen hilflos, aber das war es nicht, was Will irritierte. Es war der Nachhall seiner Worte, schon fast ein Echo, das ihn einen verrückten Augenblick glauben ließ, tief unter ihnen wiederhole jemand Reimanns »nicht« – vielleicht Slavko, der gerade Georg etwas zurief wie: »Hier ist nichts«, um ihn dann aufzufordern, in einer anderen Richtung zu suchen. »Sie verstehen das nicht«, wiederholte Reimann in Wills panische Überlegungen hinein. »Es ist alles ganz anders, als Sie glauben. Völlig anders.«

Anders, echote es, und Will lief ein kalter Schauer über den Rücken, als er begriff, dass er sich getäuscht hatte, dass es nicht Slavko war, der dort etwas gerufen hatte, und auch nicht Georg oder irgendjemand anderes, sondern dass es tatsächlich ein Echo war, kaum weniger gewaltig, als wenn Reimann von einem Berg herab in ein tiefes Tal hinabgerufen hätte. Der mittlerweile angestrengt, fast rasselnd atmende Polizist hatte immer wieder betont, dass sie sich ihrem Ziel näherten – was auch immer er genau darunter verstehen mochte –, und Will hatte geglaubt, dass er damit im schlimmsten Fall das Ende, wenigstens aber die Talsohle des Tunnelsystems, meinen würde, in dem er Duffy oder zumindest einen Hinweis auf sie zu finden hoffte. Doch die hatten sie offenbar noch lange nicht erreicht. Es klang beinahe so, als eröffne sich da unter ihnen eine gigantische Höhle, ein unterirdischer Dom gewaltigen Ausmaßes, der von der Akustik her seinem oberirdischen Pendant, dem Kölner Dom mitten im Herzen der Stadt, in keiner Beziehung nachstand.

Von Georg, Slavko oder irgendeinem anderen Verfolger war nichts zu hören. Trotzdem war Will alles andere als beruhigt. Eine Vielzahl verschiedenster Geräusche drang zu ihnen herauf, ein Rattern, Stampfen, Säuseln und Zischen, das einem ganz eigenen, aber ganz deutlich erkennbaren regelmäßigen Rhythmus folgte, beinahe so, als ob da jemand ein bizarres Musikinstrument von den Ausmaßen einer Silbermannorgel bediente. Reimann sagte irgendetwas, aber Will bekam nicht das Geringste vom Sinn seiner Worte mit. Seine Aufmerksamkeit konzentrierte sich auf den leicht abschüssigen Boden, und erneut fiel ihm auf, wie unruhig der Untergrund war, was für ein Zittern und Beben durch ihn ging, als wäre er gar nicht so fest gefügt, wie er im Schein der Taschenlampe aussah. Hätte er es nicht besser gewusst, so hätte er sich der Illusion hingeben können, sich auf einem Schiff zu befinden, am ehesten noch auf einem Schaufelraddampfer, wie er zwischen Koblenz und Rüdesheim verkehrte, und hineinzulauschen in den Bauch des Schiffes, in dem feurig beheizte Kohlekessel über altertümliche Gestänge gewaltige Räder drehten.

»Wir sind gleich da«, sagte Reimann mitten in seine düsteren Gedanken hinein.

»Da? Wo ist das?«, fragte Will geistesabwesend, während er weiter lauschte und versuchte, das Geräusch ihrer eigenen Schritte und ihrer beider Atem auszublenden, so gut es ging. Je besser ihm das gelang, umso mehr Details konnte er in der Geräuschkulisse unter ihnen unterscheiden. Seine Fantasie, die ihm erst vorgegaukelt hatte, dass Slavko dort unten etwas rief, und ihm jetzt weismachen wollte, dass irgendwo nicht weit entfernt Duffy nach ihm schrie und er sie in wenigen Augenblicken vor sich sehen würde, überschlug sich fast in dem Versuch, in den ganzen mechanischen Geräuschen einen menschlichen Laut herauszuhören. Aber sosehr er sich auch bemühte, Duffys, oder wenigstens irgendeine Stimme, zu identifizieren, so sehr brachte ihn das nur dazu, überhaupt nichts mehr richtig auseinander halten zu können und fast wahnsinnig an dem ganzen Geräuschwirrwarr zu werden.

»Ich denke, das werden Sie dann schon sehen, wenn wir da sind«, antwortete Reimann auf eine Frage, deren Sinn Will inzwischen wieder entfallen war. Doch das spielte im Augenblick keine Rolle. »Sie wollten mich zu meiner Tochter bringen«, erinnerte Will den Polizisten ungehalten. »Schon vergessen?«

»Nein«, sagte Reimann nervös. »Aber das steht im Augenblick nicht zur Debatte. Ich bringe Sie erst einmal zu den Kältemaschinen.«

»Und was soll ich da?«

»Ich nehme an, dass sie so etwas noch nie gesehen haben. Die Maschinen wurden hier installiert, kaum dass die Technik für solcherart Großanlagen zur Verfügung stand. Aber sie haben ein paar Besonderheiten, die sie von allen anderen Kühlanlagen auf der Welt unterscheiden.«

»Die letzten ungeklärten Geheimnisse der Kühltechnik zu klären war schon immer mein innigster Wunsch«, sagte Will ätzend. »Schon als kleiner Junge bin ich in jeden Kühlschrank gekrochen, der nicht schnell genug vor mir weglaufen konnte.«

»Ihr Zynismus ist vollkommen fehl am Platz, glauben Sie mir.« Reimann wurde etwas langsamer, was Will fast mit Erleichterung quittierte. Obwohl in ihm eine Unruhe war, die er kaum aushielt und die ihn immer weiter und weiter treiben wollte, spürte er doch, wie sich seine Kraftreserven jetzt erschreckend schnell dem Ende näherten. Vielleicht ging es Reimann auf seine Art nicht viel besser, dafür sprach jedenfalls, dass er mittlerweile so schwer atmete wie ein Boxer in der sechsten Runde kurz vor dem Knock-out.

»Das Entscheidende daran ist nicht die pure Größe«, fuhr Reimann fort, als Will nicht antwortete, »sondern ihre Haltbarkeit. Sie sind ein kleines technisches Meisterwerk für sich. Und weil sie so robust ausgelegt worden sind, brauchen sie natürlich auch den entsprechenden Platz …«

»Gigantische Kältemaschinen im brüchigen Kölner Untergrund, der so löchrig ist, dass man ihn mit dem Finger durchbohren könnte und die Pläne, hier eine U-Bahn zu bauen, schon im Ansatz hat aufgeben müssen«, unterbrach ihn Will gereizt. »Dass ich nicht lache!«

»Es kann jederzeit zu gewaltigen Erdverschiebungen unter Köln kommen, das ist richtig, und es gibt genug Experten, die behaupten, die Stadt könne jederzeit von einem Erdbeben dem Erdboden gleichgemacht werden«, sagte Reimann gereizt. »Aber glauben Sie mir: Genau hier, wo wir uns jetzt befinden, ist der stabilste Bereich des Kölner Untergrunds überhaupt. Die Energie, die sich unterirdisch bildet, die Kraft des Feuers, entweicht überall anders, nur nicht hier.«

»Was soll das heißen: Sie entweicht überall anders?«

»Löcher«, sagte Reimann knapp. »Es gibt nur mit brüchigem Material aufgefüllte Löcher, die die Hitze abführen, die das Feuer nach oben schleudert, wenn hier etwas aus dem Takt gerät wie jetzt gerade, und schlimmstenfalls überall Brände auslösen, nur nicht hier unten – zumindest solange es nicht zu einem Versagen der Kältemaschinen kommt. Denn die drücken ganz gewaltig die Temperatur nach unten, und wenn sie nicht wären, könnten wir hier nicht ohne Schutzanzüge herumspazieren.« Reimann zog Will mit sich in einen anderen Gang, der wieder schmaler, niedriger und vor allem bedrückender war als der römisch anmutende Teil und eher wegführte von der unterirdischen Halle mit den Kältemaschinen. Warum? Weil Reimann etwa befürchtete, auf einer anderen Route in Georgs Arme zu laufen?

Bevor Will dazu kam, eine entsprechende Frage zu stellen, fuhr Reimann auch schon fort: »Die Stadtarchitekten, die in mehreren Anläufen versucht haben, in Köln eine U-Bahn zu bauen, haben davon natürlich nichts gewusst. Vor einer halben

Ewigkeit haben sie die Erde aufbuddeln lassen, um die Tunnel so weit wie möglich im Tageslicht zu bauen. Aber nach ein paar unerklärlichen Brandunglücken hat man die Sache aufgegeben und die aufgerissenen Straßen wieder zugeschippt.«

Will hatte das Gefühl, dass Reimann auf etwas anderes hinauswollte als auf eine Nachhilfestunde in Kölner Verkehrsgeschichte, aber er tat ihm nicht den Gefallen, nachzufragen. Er war sowieso viel zu sehr damit beschäftigt, dem Humpeln nicht noch ein unrhythmisches Stolpern hinzuzufügen, so uneben war hier der verfluchte Gang, der nur gebaut worden zu sein schien, um sein Leiden zu vergrößern. Der pochende Schmerz in seinem Bein jagte schon die ganze Zeit feurige Lohen durch seinen Körper – was immerhin die Kälte Schritt für Schritt aus seinem Körper trieb –, aber jetzt drohte zu dem Humpeln und Nachziehen des Beins auch noch ein unrhythmisches Stolpern über unebenen Boden dazuzukommen, das Will zusätzlich belastete.

»Köln ist tatsächlich zum großen Teil auf einem Kiesbett erbaut worden, und das nicht nur, weil der Rhein mehrfach sein Flussbett verlagert hat, sondern weil sich auch andere Flüsse durch die Kölner Bucht gepflügt haben«, murmelte Reimann, während er Will mit wieder etwas mehr Nachdruck vorwärts schob. »Aber in einer Stadt, in der ein Bauwerk wie der Kölner Dom seit siebenhundert Jahren unverrückbar steht, kann der Boden nicht ganz so nachgiebig wie Wackelpudding sein, wie so oft getan wird. Nein, es hat andere Gründe, warum man es hier aufgegeben hat, zu sehr in die Tiefe zu gehen.«

»Natürlich«, sagte Will. »Warum sollte man auch rumbohren, wo Kältemaschinen im Bauch der Erde rumoren?« Als Reimann nur einen seufzenden Laut von sich gab, fuhr er fort: »Lagert der Stadtrat hier seine geheimen Biervorräte für die nächste närrische Zeit? Oder glaubt er, er könne Köln vor einem Großbrand schützen, indem er unter der Stadt eine gigantische Kühltruhe unterhält?«

Er war sich durchaus bewusst, dass es das letzte Aufflackern seines Widerstands vor dem endgültigen Zusammenbruch war, das ihn so sprechen ließ, und auch, wie vollkommen sinnlos es war, Reimann provozieren zu wollen. Aber er konnte einfach nicht anders.

Reimann schwieg eine ganze Zeit lang unbehaglich. »Ich werde nicht schlau aus Ihnen, Lokkens«, bekannte er dann. »Sie sind doch alles andere als dumm …«

»Das hörte sich bislang aus Ihrem Mund aber anders an.«

»… und Sie müssten doch eigentlich schon längst begriffen haben, dass es hier unten viel wärmer ist, als es eigentlich sein sollte.«

»Also funktionieren die Kältemaschinen doch nicht so hervorragend, wie Sie mir die ganze Zeit weismachen wollten.«

»Oh doch, das tun sie«, antwortete Reimann gereizt. »Aber ich hatte Ihnen doch schon erklärt, dass es seinen besonderen Grund hat, warum man hier unter der Stadt eine so gewaltige Anlage errichtet hat …«

»Dann kommen Sie doch endlich mal auf den Punkt, verdammt!« Will schrie jetzt fast, aber es klang eher wie das Aufquietschen eines in die Enge gedrängten, verwirrten Tieres als nach einer kraftvollen Aufforderung.

»Wir sind schon an dem Punkt«, antwortete Reimann ungerührt. Wahrscheinlich war er von Verhören her die verschiedensten Temperamentsausbrüche gewohnt, jedenfalls ließ er sich so leicht nicht mehr aus der Ruhe bringen. »Und zwar an dem Punkt, der die Antwort auf all Ihre Fragen birgt – Ihre ausgesprochenen wie auch unausgesprochenen.«

»Also auch die nach Duffys Aufenthaltsort?«, fragte Will genervt.

Reimann atmete zwei-, dreimal keuchend aus, packte Will und drückte ihn dann in die Gangmitte. »Wenn Sie so wollen.«

»Wenn ich so will? Sind Sie übergeschnappt? Es geht mir um nichts anderes als um Duffy!«

»Dann ist ja gut.«

»Jetzt hören Sie mir mal zu, Reimann …«, zischte Will.

»Nein, jetzt hören Sie mir mal zu«, unterbrach ihn Reimann grob. »Dieser Tunnelkomplex hier ist an einer ganz besonderen Stelle errichtet worden.« Die Taschenlampe flackerte ein paar Mal hell auf, und Lichtblitze jagten wie das stroboskopische Flackern einer Discobeleuchtung den Gang entlang, zerrissen ihre Bewegungen in abgehackte Einzelsequenzen. Reimann drückte ein paar Mal hektisch den Schalter der Lampe – an, aus, an, aus –, so als wollte er Morsezeichen geben, und Will hatte das Gefühl, als ob sein Herzschlag verzweifelt diesem viel zu schnellen, unnatürlichen Rhythmus folgen wollte und sich dabei überschlug. Schließlich ließ Reimann die Taschenlampe eingeschaltet, und diesmal gab sie wieder ein kräftiges, gelbliches Licht von sich, nicht mehr das kränkliche, ins Bläuliche gehende, das so sehr an Wills Nerven gezerrt hatte.

Seine Erleichterung hielt sich in Grenzen. Das Licht war nicht nur deutlich schwächer, als er es von seiner Begegnung mit Georg weit oben in dem Gewölbe in Erinnerung hatte, es enthüllte auch eine Umgebung, die alles andere als einladend wirkte. Der Gang, in dem sie unterwegs waren, führte leicht schräg in die Tiefe, und obwohl er wahrscheinlich in einer Zeit erbaut worden war, in der die Bewohner Kölns die Ergebnisse ihrer Notdurft noch mit einem Pisspott direkt auf die Straße unter sich entleert hatten, hatte er aber auch überhaupt keine Ähnlichkeiten mehr mit einem römischen Aquädukt, sondern eher mit einem Abwasserkanal. Auf dem rissigen, tropfnassen Gestein hatte sich eine hässliche, grün-weiße Schlierschicht gebildet, die aussah, als hätte hier bereits Pasteur seine ersten Bakterienkulturen angelegt.

»Dort, wo sich heute moderne Stadtzentren befinden«, sagte Reimann, während er Will weiterzog, »gab es früher meist andere Ansiedlungen, mittelalterliche Gemäuer, erste dörfliche Gemeinschaften. Und wenn man noch weiter in der Zeit zurückgeht – oder tiefer gräbt –, dann stellt man fest, dass alles seinen Ursprung bei einer einzigen, ganz einfachen Behausung hatte. Oder besser gesagt: einer Feuerstelle, um die herum die ersten, nach unseren heutigen Vorstellungen primitiven Anwohner ihre Felder brandrodeten und anfingen, die ersten Hütten und dann die ersten regelrechten Siedlungen zu bauen.«

»Und was hat das alles mit meiner Tochter zu tun?«, fragte Will aufgebracht.

»Was das mit einem Mädchen zu tun hat, in dessen Umgebung andauernd Feuer ausbricht – ist es das, was Sie mich allen Ernstes fragen?«, gab Reimann im gleichen Ton zurück. »Mit einem Mädchen, das immer wieder in Zusammenhang mit ungeklärten Bränden gebracht wird und von ihrer eigenen Familie eingesperrt wird, damit bloß nichts ans Tageslicht kommt und wir keine Handhabe haben, ihr ein bisschen genauer auf den Zahn zu fühlen?« Reimann gab einen abfälligen Laut von sich. »Stellen Sie sich doch nicht dümmer, als Sie sind.«

»Wenn Duffy tatsächlich das wäre, was Sie mir weismachen wollen, wenn sie tatsächlich Dutzende von Bränden verursacht hätte – dann hätte es sich doch wohl kaum verheimlichen lassen«, protestierte Will. Doch schon während er das sagte, spürte er, dass er dabei war, sich zu verrennen. Duffy *war* eindeutig von ihrer Familie vor der Außenwelt abgeschirmt worden, und so, wie er Martina kannte, hatte es ihr bestimmt kein Vergnügen bereitet, ihre einzige Tochter wahlweise in einer – wenn auch komfortabel als Kinderparadies ausgebauten – Garage oder in einem Keller einzuschließen. Martina musste einen guten Grund gehabt haben, auf diese Weise mit Duffy umzuspringen, und Duffy hatte ihrerseits bei ihrer ersten Begegnung bestimmt nicht grundlos behauptet, dass die Leute, die sie verfolgten – also Martina, Angela und ihre Handlanger –, sie umbringen wollten. Auch wenn er das Wort *umbringen* als typisch kindliche Übertreibung wertete, als einen Hilfeschrei, und damit wohl eher *einsperren* gemeint war, zeugte es doch von einer ganz besonderen Art von Familiendrama.

Von einer besonders feurigen Art.

Will reichte es jetzt endgültig. »Sie behaupten also, Sie hätten ein geheimes Dossier über die unerklärlichen Brände angelegt?«, fragte er scharf. Als Reimann nickte, fuhr er noch eine Spur schärfer fort: »Und darin taucht tatsächlich der Name meiner Tochter auf?«

»Mehr oder weniger direkt«, gab Reimann mürrisch zurück. »Aber immer im Zusammenhang mit der Familie Schmidt.«

Will brauchte einen Moment, um zu begreifen, dass Duffys Stiefvater – Martinas verstorbener Mann – Schmidt geheißen hatte.

»Und Sie dürfen mir glauben: Die Schmidts sind eine der einflussreichsten Familien des Landes.« Reimann hielt die Taschenlampe etwas höher und leuchtete den nächsten Gang aus, in den er offensichtlich einzubiegen gedachte. »Und sie sind Meister darin, sich jede Art unerwünschter Publicity vom Hals zu halten.«

Diese Behauptung forderte Wills Widerspruch geradezu heraus. Gehorsam humpelte er in die Richtung mit, die ihm Reimann vorgegeben hatte, aber damit war seine Bereitschaft zum Entgegenkommen bereits erschöpft. »So etwas gibt es doch heute gar nicht mehr. Mächtige Familien, die es schaffen, sich komplett die Medien vom Leib zu halten: Das ist doch vollkommener Humbug. Wenn Duffys Name wirklich in eindeutigem Zusammenhang in Ihrem geheimen Untersuchungsbericht aufgetaucht wäre, hätte bestimmt jemand der Presse einen Wink gegeben, und die Medien hätten sich darauf gestürzt und das so breit gequetscht, bis auch der letzte Idiot davon gehört hätte. Das ist doch alles ausgemachter Bullshit.«

»Sie müssen es ja wissen«, sagte Reimann ärgerlich. »Aber sind Sie schon einmal darauf gekommen, dass es so etwas wie Modethemen gibt? Die Medien hecheln nur durch, was gerade in ist, und wenn sie nicht wirklich jemand mit der Nase drauf stößt, lassen sie alles andere links liegen. So ist das auch in diesem Fall. Es gibt keinen terroristischen oder sonstwie politischen Ansatz, der die ganze Sache brisant macht, nur ein paar, wenn auch teilweise spektakuläre Brände, deren Ursache nicht eindeutig geklärt werden kann. Schlimmstenfalls lästert man ein bisschen über die Deppen der Ermittlungsbehörden, und dann geht man wieder zur Tagesordnung über.«

»Aber der Brand, bei dem meine Wohnung mit draufging …«

»Der war ein bisschen ein anderes Kaliber und hat tatsächlich zwei, drei Tage lang die Fantasie der Leute beschäftigt«, sagte Reimann. »Und das, was heute passiert ist, dürfte sogar schon jetzt ausreichen, um die Medien ein paar Wochen mit Sonderberichten Kopf stehen zu lassen. Mindestens. Und auch nur dann, wenn es uns gelingt, dem Ganzen noch rechtzeitig einen Riegel vorzuschieben.« Seine Stimme hatte, während er das sagte, einen ganz besonderen Klang angenommen; sie klang gleichzeitig gepresst wie auch – erwartungsfroh. Will hätte kein anderes Wort dafür finden können. Irgendetwas ging hier vor, von dem er sich offensichtlich bislang nicht die geringste Vorstellung gemacht hatte.

»Sie weichen mir aus, Reimann«, sagte Will, erschöpft, aber immer noch mit einem Rest der Wut und Verzweiflung in sich, die ihn bis jetzt angetrieben hatte. »Immer, wenn ich auf Duffy zu sprechen komme, weichen Sie mir aus und kommen auf etwas ganz anderes zu sprechen.«

»Keine Sorge«, sagte Reimann. »Sie bekommen sie noch rechtzeitig zu Gesicht.«

»Aber wann!« Will hätte, wenn seine Kraft dazu ausgereicht hätte, Reimann am liebsten gepackt, um ihn ein bisschen durchzuschütteln. »Hören Sie doch endlich auf mit Ihrer Verzögerungstaktik. Sagen Sie mir doch endlich, wohin sie mich bringen – und wo Duffy ist!«

Reimann blieb mitten im Schritt stehen. Ein Schwall kühler, nach Moder und kaltem Brandgeruch riechender Luft waberte genau in diesem Moment zu ihnen hoch, aber vielleicht kam es Will auch nur so vor, vielleicht war dieser ekelhafte Geruch die ganze Zeit über schon da gewesen, und er hatte ihn nur nicht wahrgenommen, weil er viel zu sehr damit beschäftigt war, sich weiterzuschleppen und währenddessen endlich die Information aus Reimann herauszukitzeln, die dieser offensichtlich nicht preisgeben wollte.

»Also gut«, sagte Reimann leise. »Da wir sowieso schon fast da sind, kann ich es Ihnen auch sagen. Ich sage Ihnen, wohin ich Sie bringe. Aber ich kann Ihnen gleich verraten, dass es Ihnen nicht gefallen wird. Weil es alles auf den Kopf stellen wird, was Sie bisher geglaubt haben.«

Dann beugte er sich ein Stück vor, verdrehte sich fast den Hals bei dem Versuch, in Wills Augen zu starren, und sagte: »Ich bringe Sie zum Drachenfeuer.«

39

Kältemaschinen. Drachenfeuer. Die beiden Worte hämmerten in Wills Kopf, die ganze Zeit über, in der ihn Reimann tiefer und tiefer in den Bauch der Erde zog. Er hatte nur die Hälfte dessen verstanden, was Reimann auf den letzten Metern in einem schnellen Stakkato vor sich hin gemurmelt hatte, und er war auch ganz und gar nicht in der Stimmung, sich mit irgendwelchen wirren Erklärungen zu beschäftigen, die klangen, als stammten sie von einer abgedrehten Website im Internet. Natürlich hatte er den grundsätzlichen Zusammenhang verstanden, denjenigen, der auf der einfachsten Ebene des Verstehens, der reinen Logik, ohne Probleme von jedem Grundschüler hätte nachvollzogen werden können.

Die Kältemaschinen waren geschaffen worden, um das Drachenfeuer in Schach zu halten. Aber was zum Teufel war das Drachenfeuer? Eine Metapher, eine Umschreibung für etwas, das sich trotz des sprunghaften wissenschaftlichen Fortschritts in den letzten Jahrzehnten nicht vom menschlichen Verstand fassen ließ? Oder ein Geheimnis, eifersüchtig gehütet von einer kleinen Gruppe Eingeweihter, die ihren ganz persönlichen Nutzen daraus ziehen wollte? Es gab sicherlich noch eine ganze Reihe vollständig verschiedener anderer Erklärungsversuche, aber keiner war stichhaltig genug, um Will auch nur im Ansatz davon zu überzeugen – außer dem, dass er hier auf ein sorgfältig gehütetes Geheimnis stoßen würde. Bruchstücke aus seiner Erinnerung an die längst vergangenen Szenen, die ihm in den letzten Tagen in zunehmendem Maße durch den Kopf geschossen waren, als wären sie Teile seiner selbst erlebten

Vergangenheit, begannen sich selbstständig zu machen wie Boote, die vom Sturmwind gepeitscht von ihren Ankerketten gerissen wurden. Es waren keine Bombennächte, die ihn wie Visionen plagten, es waren mittelalterliche Szenen, die wie im Zeitraffer an ihm vorbeistürzten, die Erinnerung an dunkle Gewölbe und Verliese, an Verhöre und Auseinandersetzungen, bei denen es stets darum ging, nichts von dem geheimen Wissen preiszugeben, das über Jahrtausende von Generation zu Generation weitergegeben worden war … und das schreckliche Gefühl, vor lauter Hochmut seine Tochter verloren zu haben, mit der er das alte, das unaussprechliche Geheimnis auf Gedeih und Verderb teilte.

Und dann, während er auch körperlich den Halt verlor und in sich zusammensackte, schien er geradezu weiterzustürzen durch sich überschlagende, nicht mehr einzeln festzumachende Erinnerungen, sah sich hinabstarren auf Feuer und Brände, die ganze Städte und Regionen verheert hatten, spürte in sich die Kraft und die Macht, die ihn weitergetrieben hatte, als alles andere gegen ihn gestanden hatte, eine trotzige, aufbegehrende Stärke, deren Hochmut aus der Gewissheit kam, nicht mehr, nie mehr fehlen zu können, ein gleichermaßen vertrautes wie fremdes Gefühl, fast gänzlich unabhängig von Orten und Ereignissen; die Gier, seinen Einfluss immer weiter auszubauen, den Reichtum der Seinen zu mehren, mehr und immer mehr, höhnisch die Götter zum zweiten Mal herauszufordern, damit sie begriffen, dass er nicht aufzuhalten sei … und das, was wohl am Anfang gestanden hatte, das Gefühl, in einer altertümlichen Schmiede zu stehen, den kalten Brandgeruch der Feuerstelle in der Nase zu haben, der tief in den Schoß der Erde eingearbeiteten Esse mit ihrer rußgeschwärzten Auskleidung aus ganz besonders hartem, sorgfältig behauenem Gestein …

die ich sorgfältig verborgen hatte vor allen allzu neugieri-

gen Blicken, weil ich aller Welt vorgegeben hatte, darauf zu schmieden, was mehr wert war, als man mit Gold, Silber oder Edelsteinen hätte aufwiegen können. Doch nichts davon war jetzt mehr von Bedeutung.

»Ich könnte dir hier und jetzt den Kopf abschlagen, und es würde mich nicht einmal besondere Mühe kosten«, sagte der Wolfsgesichtige, und er sagte es langsam, fast gemächlich, als würde er mir mit einem Becher Met an einem prasselnden Feuer gegenübersitzen. »Oder ich könnte deiner Tochter bei lebendigem Leib das Herz aus dem Leib reißen lassen. Es bliebe sich gleich. Du und die Deinen – ihr seid so oder so verloren.«

Das Gefühl, in der alten, vom Sturmwind gepeitschten und von Brandgeruch erfüllten Schmiede zu stehen, sprang Will an wie eine Raubkatze, die hier in dem alten, stinkenden Gang auf ihn gelauert hatte, um ihre Fänge in seinen Leib zu schlagen. Er taumelte, und das nicht nur, weil seine Beine plötzlich überhaupt nicht mehr seine Last zu tragen schienen, sondern weil er plötzlich das Gefühl hatte, als risse ein Schleier weg, der vor seiner Erinnerung gelegen hatte. Obwohl es vollkommen unmöglich war, jeder Logik widersprach und ihn fürchterlich entsetzte, war er sich plötzlich sicher, dass es nicht Visionen waren, die ihn in dem denkbar ungünstigsten Moment überfielen, nicht die Halluzinationen eines Wahnsinnigen, sondern die bruchstückhafte Erinnerung längst vergangener Geschehnisse.

»Georg wird es nicht wagen«, sagte er, während er noch immer den Wolfsgesichtigen vor sich sah und seinen so schrecklich gleichmütigen Gesichtsausdruck, der im krassen Widerspruch zu seinen Drohungen stand. »Er wird Duffy nicht das Herz aus dem Leib reißen.«

»Was?«, fragte Reimann irritiert. Er keuchte, und es waren Laute, die sich mit dem Heulen des Sturms zu etwas Neuem, Unbekanntem verbanden, und …

die mir einen kalten Schauer über den Rücken jagten. Ich wusste immer noch nicht, wer der Wolfsgesichtige war, aber ich begann zu ahnen, wer er war, oder zumindest doch, wer ihn geschickt hatte. »Was ist mit Ida?«, fragte ich. »Was ist mit meiner Tochter?«

»Zum tausendsten Mal: Ich weiß nicht genau, wo Ihre Tochter ist«, sagte Reimann, und erst in diesem Moment begriff Will, dass …

ich die Frage laut ausgesprochen hatte.

Natürlich gab der Wolfsgesichtige mir keine Antwort. Er verzog nur höhnisch das Gesicht, und dann trat er ganz nah an mich heran, und ich spürte seinen ekelhaften kalten, von Schnee und Eis durchtränkten Atem, der mir wie der frostige Hauch der Eiswüste im hohen Norden durch die Glieder fuhr. Seine Augen, schwarz und durchdringend, fixierten mich, und ich hatte das Gefühl, als sähen sie durch mich hindurch und hinab auf den Grund meiner Seele.

»Jetzt kommen Sie endlich weiter«, sagte Reimann schroff und schüttelte ihn mit der einen Hand, in der er auch die Aktentasche hielt, an den Schultern, wodurch die Tasche ein paar Mal mit einem fast metallischen Klicken gegen seinen Arm hieb wie die stumpfe Seite eines Schwertes, schmerzhaft und wuchtig. »Sie können hier nicht einfach stehen bleiben.«

»Was?« Will blinzelte ein paar Mal. Aber auch dadurch wurde es nicht besser. Es war der Wolfsgesichtige, der vor ihm stand, zumindest war er sich dessen für einen Moment vollkommen sicher, doch ging ein Flackern durch seine Umgebung, und im nächsten Moment glaubte er den erschöpften, fast verzweifelten Ausdruck auf Reimanns Gesicht zu sehen und nicht die kalte, wie erstarrt wirkende Maske des Mannes mit den zwei Wolfsschädeln auf den Schulterstücken seines Fellumhangs, der plötzlich in seiner Schmiede gestanden hatte wie ein Todesbote, den ihm die Götter geschickt hatten, um ihn endgültig zu verderben; und dann verschwammen beide Gesichter ineinander, wie in einem wilden Tanz von der Intensität einer Doppelbelichtung, zwei Gesichter, die sich gar nicht ähnlich waren und auch nichts miteinander zu tun hatten; und erst, als Will diesen Gedanken ganz bewusst gedacht hatte, begann das Konterfei des Wolfsgesichtigen zu verblassen und machte endgültig dem des angestrengt und erschöpft wirkenden Polizisten Platz.

»Kommen Sie endlich zu sich, Mann«, keuchte Reimann. »Sie können hier nicht einfach schlappmachen. Nicht so kurz vor dem Ziel.«

»Wir werden unser Ziel erreichen, Ansgar, keine Sorge«, sagte Will. »Es ist nur wichtig, dass ich noch in diesem Winter das Rotgüldigerz besorge, so wie es mir die Hohepriesterin aufgetragen hat.«

»Reißen Sie sich ein bisschen zusammen, Mann. Wenn Sie jetzt schlappmachen und nur noch Blödsinn vor sich hin brabbeln, war alles umsonst – und Sie werden Ihre Tochter nie wiedersehen.«

Wills Gedanken rutschten endgültig weg, ganz ähnlich wie in einem Traum, und ihm war trotz allem bewusst, dass etwas nicht stimmte, dass irgendetwas passierte, das ganz und gar nicht in Ordnung war, so wie in einer Nacht, in der man schweißnass und mit klopfendem Herzen aufwacht, noch den metallischen Nachgeschmack von etwas auf den Lippen, das mit irgendetwas Gewalttätigem, Schrecklichem zu tun hatte, und für ein paar fürchterliche Sekunden nicht weiß, was Realität ist und was nicht.

»Eimyrja hat mir aufgetragen, das Kupfer zu holen.« Will versuchte die Sätze zurückzuhalten, die aus ihm herausdrängten, aber es gelang ihm nicht. Auf irgendeiner Ebene seines

Verstands war ihm durchaus klar, was passierte: Sein Körper und sein Geist waren so geschwächt, dass er sich Dinge einzubilden begann, die es gar nicht gab, und seine Fantasie zapfte all das wirre Zeug an, das ihn in den letzten Tagen geplagt hatte. »Es wird ein langer und nicht ungefährlicher Weg werden«, sagte Will mit der Sturheit eines gerade Erwachenden, der einfach nicht von seinem Traum lassen kann. »Aber ich habe keine andere Wahl. Ohne das Kupfer kann ich die Opferschale nicht fertig stellen.«

»Es reicht, Lokkens. Hören Sie auf mit dem Quatsch.«

»Ich traue Eimyrja nicht«, murmelte Will fast unhörbar. »Aber ich habe keine andere Wahl. Du musst vorsichtig sein. Sag auch Eckwin und Guntram, dass sie Obacht geben sollen, bis ich wieder zurück bin.«

»Ich werde schon dafür sorgen, dass Sie gleich wieder zurückkommen.« Will sah etwas auf sich zufliegen, und im gleichen Moment klatschte auch schon eine Hand in sein Gesicht.

»Autsch!« Will drehte mit geschlossenen Augen den Kopf in die andere Richtung, in der Erwartung, dass er noch einmal geschlagen werden würde; aber nichts dergleichen geschah. Als er blinzelnd wieder die Augen öffnete, sah er Reimann halb schräg vor sich stehen, in einer grotesk verkrampften Haltung. Der Polizist versuchte gleichzeitig, ihn festzuhalten und ihm nicht zu nahe zu kommen, ein Kunststück, das ihm nur sehr unvollkommen gelang und dazu führte, dass Will erneut in sich zusammenzusacken begann und Reimann wieder rasch auf ihn zutreten musste, um ihn zu stützen.

»Was?«, murmelte Will. »Was ist passiert?«

»Sie sind einen Moment weggetreten, das ist passiert.« Reimann klang so müde, wie er aussah, aber da war auch etwas in seiner Stimme, was Will warnte. »Der Blutverlust …«

»Und Eimyrja?«, unterbrach ihn Will.

»Eimyrja?«, echote Reimann. »Wer soll das sein?«

Das, fand Will, war eine sehr gute Frage. Er wusste es selbst nicht genau. Die Umgebung begann schon wieder um ihn herum zu flackern, und er spürte, wie ihn etwas hinwegziehen wollte aus dem Gang, in eine ganz andere Umgebung, in die einer Schmiede, in der all das angefangen hatte, was ihn in letzter Konsequenz hierhin getrieben hatte – hierhin getrieben hatte? Was sollte das bedeuten? Er spürte, dass es wichtig war, diesen Gedanken festzuhalten, aber noch während er das dachte, entglitt er ihm wieder.

Er erinnerte sich nur daran, dass ihn Eimyrja hatte abfangen wollen, als er auf dem Weg hinunter zum Dorf gewesen war. Sie hatte ihn mit kaltem Blick gemustert, und statt freundliche Worte für ihn zu haben, statt zu fragen, ob es ihm gelungen sei, bei seiner entbehrungsreichen Reise das spezielle Kupfer gegen die Wertgegenstände einzutauschen, die er mitgeführt hatte, hatte sie nur Spott und Hohn für ihn übrig gehabt.

»Ich dachte schon, du kommst nicht mehr«, hatte sie abfällig gesagt.

Es kam Will beinahe so vor, als würde er noch jetzt ihre bösen Worte hören. »Eimyrja hat mich weggelockt«, sagte er.

»Weggelockt?« Jetzt klang Reimanns Stimme eindeutig besorgt. Er beugte sich ein Stück nach unten, irgendetwas klackte, und als Will begriff, dass er die Aktentasche abgestellt hatte, spürte er auch schon Reimanns kühle Hand auf der Stirn. »Sie fiebern«, stellte Reimann fest. »Ich fürchte beinahe, ich habe Ihnen etwas zu viel zugemutet. Sobald das hier vorbei ist, müssen Sie schleunigst in die nächste Notaufnahme.«

»Blödsinn«, sagte Will. »Ich friere.«

Im selben Moment begriff er, wer Eimyrja war. Die Hohepriesterin. Er war von seinem Weg aus den eisigen Wäldern zurückgekehrt, von der langen, anstrengenden Reise, auf die ihn Eimyrja geschickt hatte, weil sie behauptet hatte, dass er eine Hand voll der ganz speziellen Kupfermischung besorgen musste, weil …

Der Grund war ihm komplett entfallen. Vielleicht hatte er auch niemals wirklich eine Rolle gespielt.

»Wir müssen weiter«, zischte Reimann grob. »Ich habe Schritte gehört. Aus einem der Nebengänge, die ebenfalls zum Drachenfeuer führen.«

»Zum Drachenfeuer.« Will nickte, als würde er wirklich verstehen, was Reimann gesagt hatte. Aber das war ganz und gar nicht der Fall. In seinem Inneren tobte ein ganzer Orkan widersprüchlichster Gefühle. Was auch immer mit ihm passierte, es war mehr als nur ein körperlicher Zusammenbruch als Folge starken Blutverlusts und vollkommener Erschöpfung – er konnte sich beim besten Willen nicht daran erinnern, wann er das letzte Mal wirklich tief und fest durchgeschlafen hatte –, es war das Gefühl, dass ihm seine Identität entglitt, seine eigene, fest gefügte Persönlichkeit, und er stattdessen begann, sich in unzähligen fremden und doch seltsam vertraut wirkenden Existenzen zu verlieren. Vielleicht war das eine Folge des Schocks, den er beim Anblick von Rattengesichts verstümmelter Leiche empfunden hatte, oder besser gesagt: das Resultat der permanenten psychischen Zermürbung der letzten Tage, der nicht enden wollenden Aneinanderreihung zwischen niederschmetternden und wieder Hoffnung machenden Ereignissen.

»Kommen Sie jetzt endlich«, zischte ihm Reimann ins Ohr. »Wir dürfen keine Zeit verlieren.«

»Natürlich.« Will versuchte loszugehen, aber seine Füße verfingen sich irgendwie ineinander, und er taumelte so ungeschickt, dass auch Reimann mitgerissen wurde und mit seiner ganzen Kraft dagegenhalten musste, damit sie nicht gemeinsam strauchelten und zu Boden gingen.

»Verdammt«, fluchte Reimann. »Für solche Späße werde ich allmählich zu alt.«

»Dann rufen Sie doch Verstärkung«, forderte ihn Will auf.

Reimann sah ihn fast erschrocken an. »Nicht so laut«, flüsterte er. »Oder wollen Sie Georg frühzeitig auf uns aufmerksam machen?«

»Georg?« Jetzt, in dem Moment, in dem sie beide wie verabredet mitten in der Bewegung innehielten, hörte es auch Will. Inmitten des Ratterns, Stampfens und Zischens der Kältemaschinen waren da auch Schritte, und nicht nur das; es drangen die Fetzen eines halblaut geführten Gesprächs zu ihnen herüber, das zwei Männer führten, die durchaus zu wissen schienen, dass hier noch jemand anderes unterwegs war und nicht vorzeitig auf sich aufmerksam machen wollte. Und wenn Will noch Zweifel gehabt hätte, dass sie nicht mehr länger hier allein unterwegs waren, dann wären sie spätestens in dem Moment zerstoben, in dem sich irgendwo weit vor ihnen ein schwacher, unruhiger Lichtschein abzeichnete. Entweder kam ihnen jemand direkt entgegen, oder es war die Reflexion des Lichts einer Lampe, das aus einem anderen Gang in eine Halle fiel.

In die Halle mit den Kältemaschinen.

Bei dem Gedanken passierte irgendetwas in Will. Es war beinahe so, als wäre ein Schalter umgelegt worden, der bislang verhindert hatte, dass er ruhig und logisch nachdenken konnte. Alles, was an Verwirrung in ihm gewesen war, löste sich in vollkommene Bedeutungslosigkeit auf, und die Erinnerung an den Wolfsgesichtigen, der eben noch spürbar körperliche Präsenz für ihn gehabt hatte, zerstob wie lockerer Schnee, durch den der Wind fährt. Nüchtern und kalt wie ein Computer berechnete er seine Chancen. Nach Reimanns Reaktion zu schließen und nach allem, was passiert war, konnte es sich nur um

Georg handeln, der zusammen mit seinen Männern den Bereich hier unten durchkämmte. An Georgs Stelle würde er erst einmal nachsehen, ob Duffy noch in ihrem Versteck war; schließlich konnte er es nicht riskieren, dass Will und Reimann sie befreiten und mit ihr in die nächste Polizeiwache fuhren, um Anzeige gegen ihn zu erstatten.

Wenn das so war, und wenn Reimann mitspielte, hatte Will durchaus eine Chance, Duffy zu finden, indem sie beide sich an Georg und seine Männer hängten. Keine besonders große Chance, aber sie war da. Und er hatte nichts zu verlieren.

»Wir müssen Georg hinterher«, flüsterte er Reimann zu.

Der Polizist starrte ihn verständnislos an.

»Mit ein bisschen Glück führt er uns zu Duffy«, fügte Will hinzu.

Reimann schien bei weitem nicht überzeugt, oder er schien gar nicht genau zu verstehen, was Will wollte, aber darauf konnte er keine Rücksicht nehmen. Mit einer entschlossenen Bewegung humpelte Will los.

Sein Kreislauf kam offensichtlich nicht annähernd so schnell in Schwung wie seine Gedanken. Er taumelte erneut, und hätte ihn Reimann nicht mit einer entschlossenen Bewegung zurückgerissen, er wäre zweifellos vornübergestürzt.

Buch 7

Nun kommt der dunkle Drache geflogen,
Die Natter hernieder aus dunkeln Felsen.
Das Feld überfliegend trägt er auf den Flügeln
des Drachenfeuer Leichen – und nieder senkt er sich.

Edda, Der Seherin Ausspruch

40

Wenige Minuten später waren seine Sinne gespannt wie die eines Raubtiers, das sich einem nicht minder großen Räuber gegenübersah und wusste, dass es alles auf eine Karte setzen musste, um sein Ziel zu erreichen und seine Pranken in den Körper seines Gegners zu schlagen. Während er neben Reimann auf den Ausgang des Tunnels zuhumpelte – einem wirklichen und wahrhaftigen Ausgang, denn dahinter öffnete sich etwas, das wie eine große Höhle aussah, zumindest, was sich aus dem ovalen, frei einsehbaren Ausschnitt erahnen ließ –, spürte er, dass etwas in ihm erwachte, von dem er bislang nicht einmal geahnt hatte, dass es da war. Es war ein ganz merkwürdiges Gefühl, das etwas Uraltes, Mächtiges in ihm berührte, etwas, das all die Jahre in ihm geschlummert hatte, das jede Demütigung, jede Zurückweisung registriert hatte, ohne sich zu erheben, das die ganze Zeit gelauert hatte, immer auf dem Sprung und mit der sicheren Gewissheit, dass der Tag kommen würde, wo seine archaische Kraft geweckt werden würde.

Zwischen ihm und Duffy stand nur noch Georg, das wusste dieser uralte Teil in ihm. Er wusste noch mehr, viel mehr Dinge, die zu grauslich waren, um sie zu denken, geschweige denn, sie auszusprechen. Nichts davon berührte Will wirklich. Die Bestie in ihm war etwas, für das es keine bewusste Entsprechung gab, etwas, das kein ins Korsett menschlicher Zivilisation gepresster menschlicher Verstand auch nur ansatzweise je begreifen würde …

Dann, von einem Moment auf den anderen, verging das

Gefühl, dass etwas in ihm erwachte; es war, als zöge sich die Bestie in ihm schnell und ansatzlos wieder zurück, als wollte sie ihn glauben machen, es hätte sie nie gegeben.

Will spürte, wie ihm kalter Schweiß auf die Stirn trat, während er an Reimanns Seite auf das Ende des Tunnels zuhumpelte, in dem er fast das Opfer seiner eigenen Fantasie geworden wäre. Er musste aufpassen, auf Reimann, von dem er nicht wusste, auf welcher Seite er nun wirklich stand, und auf sich selbst, dass er nicht wieder in etwas abdriftete, was ihn endgültig in den Wahnsinn trieb. Er musste einen kühlen Kopf bewahren, wenn er gegen Georg gewinnen wollte, wenn er selbst das Spiel machen wollte, statt sich wie eine Schachfigur hin und her schieben und letztlich auch opfern zu lassen. Doch genau das fiel ihm nicht nur ein bisschen, sondern geradezu unverschämt schwer, und das nicht nur wegen des dumpf pochenden Schmerzes in seinem Bein und des zunehmenden Schwächegefühls, das ihm sicherlich nicht nur der Blutverlust bescherte, sondern auch wegen des Wummerns der Kältemaschinen, das ständig zunahm und in seinem Kopf zu dröhnen begann, als käme es nicht von außen, sondern aus ihm selbst heraus.

»Sind wir jetzt …?«, begann er.

»Nein«, unterbrach ihn Reimann leise, der sofort wusste, welche Frage kommen würde. »Wir sind noch nicht am Ziel. Soviel ich weiß, enden hier vor uns einige Tunnel in einer kleineren Höhle. Und von diesen gibt es wiederum mehrere. Es ist so eine Art Verteidigungsring aus Kältemaschinen.«

Will gab ein heiser krächzendes Geräusch von sich, und für einen Moment drängte die Empörung über Reimanns Worte sogar den brennenden Wunsch in ihm beiseite, Georg aufzustöbern und sich an seine Fersen zu hängen, um Duffy zu finden.

»Ein Verteidigungsring aus Kältemaschinen? Was soll denn der Blödsinn!«

»Sie können dazu meinetwegen auch Feuereindämmungsring sagen, wenn Sie so wollen«, sagte Reimann ärgerlich. »Ein Ring aus Kälte, der das Feuer in seiner Mitte eindämmt.«

»Das ist doch absurd«, flüsterte Will. »Selbst, wenn es hier wirklich so etwas gäbe – um es am Laufen zu halten, bräuchten Sie ein ganzes Heer von Servicetechnikern.«

»Ein ganzes Heer ist etwas übertrieben«, antwortete Reimann säuerlich. »Aber soweit ich weiß, sind schon ein paar Mann nötig, damit wir keinen Wärmebruch bekommen. Eine ziemlich aufwendige und selbst für unsere Spezialisten undurchsichtige Angelegenheit, die wohl nur deshalb funktioniert, weil die Kraft des Feuers über ein System von Hohlräumen und Löchern an die Oberfläche entweichen kann, wann immer hier etwas Unvorhergesehenes passiert.«

Will schüttelte halb verwirrt, halb empört den Kopf. »Den Blödsinn können Sie doch selbst nicht glauben.«

»Und ob ich das kann«, schnappte Reimann. »Ich habe die Brandlöcher gesehen, die wie Überschlagventile funktionieren, immer und immer wieder, und ich habe versucht, ihre Anordnung zu begreifen, zusammen mit einem Spezialisten, der davon tausendmal mehr versteht als ich. Aber es ist uns noch nicht einmal im Ansatz gelungen. Unsere Altvorderen haben in dieser Hinsicht ganze Arbeit geleistet. Und was das bedeutet, können Sie sich ja vorstellen.«

»Nein, das kann ich nicht«, antwortete Will ärgerlich. »Es sei denn, Sie meinen, dass aus einem dieser Löcher kochendes Gestein hervorgequollen ist, dem Falkenberg vor unseren Augen zum Opfer gefallen ist.«

Reimann packte etwas fester zu, und Will musste die Zähne zusammenbeißen, um nicht laut aufzustöhnen, als ein scharfer

Schmerz durch sein Bein fuhr. »Genau das ist es«, sagte er grob. »Ich verstehe nichts von den Kältemaschinen, aber man hat mir versichert, dass sie nach wie vor einwandfrei funktionieren. Aber irgendetwas passiert hier unten. Es eskaliert. Haben Sie eigentlich eine Vorstellung, was gerade über uns, in Köln geschieht?«

Will verzichtete darauf, den Kopf zu schütteln oder etwas Entsprechendes zu sagen, als Reimann auch schon fortfuhr: »Es ist die Hölle, die dort ausbricht, das leibhaftige Fegefeuer. Oder, um es etwas prosaischer zu sagen: Es brechen vollkommen unkontrolliert Feuerfontänen hervor. Autos geraten plötzlich und scheinbar wie aus heiterem Himmel in Brand, Schulkinder werden von brennenden Gesteinssplittern getroffen und versengt, Hausfrauen stürzen plötzlich auf klaffende Erdspalten, aus denen rot glühendes, flüssiges Gestein hervorquillt, Feuerfontänen schleudern Kinderwagen beiseite … Ein unvorstellbarer Geruch nach verbranntem Menschenfleisch hängt in der Luft, giftige Schwaden verbrannten Kunststoffs wabern durch die Straßen, und aus Häusern dringen dicke Rauchschwaden, die die Luft so verpesten, dass man kaum noch atmen kann.«

Reimann schwieg, wie erschöpft, nachdem er das gesagt hatte, und Will, erschüttert nicht nur durch seine Worte, sondern durch das leise Beben in seiner Stimme, das er so noch nie an dem ansonsten ausgesprochen beherrscht wirkenden Polizisten wahrgenommen hatte, entschlüpften zwei ausgesprochen dämliche Worte. »Sie übertreiben!«

»Ich übertreibe – ach ja?« Reimann machte ein verächtliches Geräusch und stieß Will mit einer fast groben Bewegung halb von sich, die ihn stolpern ließ und wohl auch zu Fall gebracht hätte, wenn der Polizist nicht im letzten Augenblick wieder zugepackt und ihn mit sich geschleift hätte. »Ich übertreibe keineswegs, und das sollten ausgerechnet Sie wissen, Lokkens, denn schließlich stehen Sie im Zentrum dieser ganzen Scheiße. Vielleicht ist das, was ich erzählt habe, schon geschehen, vielleicht geschieht es gerade jetzt – und vielleicht haben wir noch ein, zwei Stunden Zeit, um die endgültige Katastrophe aufzuhalten.« Er atmete ein paar Mal heftig ein und aus, bevor er zwischen zusammengepressten Zähnen und mit der gefährlichen Ruhe eines Mannes fortfuhr, der nahe daran ist, endgültig die Nerven zu verlieren: »Feuer und Kälte sind seit Urzeiten in einem verdammt labilen Gleichgewicht. Das ist vielleicht überall so. Aber hier – hier ist vor einer unvorstellbar langen Zeit etwas aus dem Ruder gelaufen. Etwas, das mit einem erbitterten Streit zu tun hat. Und wie es aussieht, gehören Sie zu der einen und ich zu der anderen Gruppe, ob wir das nun wollen oder nicht.«

Das aus dem Mund des nüchtern wirkenden Polizisten zu hören hätte Will bei jeder anderen Gelegenheit verblüfft. Aber jetzt war das nicht mehr der Fall. Jetzt jagte es ihm eine Gänsehaut über den Rücken.

»Wir müssen es aufhalten, bevor aus den einzelnen Brandherden, aus den Fontänen, die aus der Erde hochschießen, in Köln ein einziger Flächenbrand wird, eine Feuerwalze, die alles und jeden überrollt.« In Reimanns mühsam gedämpfte Stimme hatte sich ein gefährlicher, fast fanatisch klingender Unterton eingeschlichen. »Egal, was Georg und die anderen sagen, mir ist Ihre Rolle in dieser ganzen Geschichte immer noch nicht vollkommen klar, Lokkens. Aber gnade Ihnen Gott, wenn Sie hier mit voller Absicht die Katastrophe lostreten wollen, gegen den der Brand des Hauses, in dem Sie gewohnt haben und dem Falkenberg zum Opfer fiel, nichts weiter als ein kleiner, harmloser Auftakt war.«

»Ach ja?« Will spürte, wie er wütend zu werden begann und

wie etwas in seine Adern strömte, das ihn alles andere vergessen ließ. »Es ist doch wohl kaum ein Zufall, dass Sie mich hier herunterführen, oder? Sie verfolgen einen bestimmten Plan damit. Und der ist nicht unbedingt deckungsgleich mit dem, was Georg vorhat, habe ich Recht?«

»Sie sind alles andere als dumm, Lokkens«, sagte Reimann barsch. »Und ich hoffe, das bringt Sie dazu, das Richtige zu tun, wenn es darauf ankommt.«

»Verlassen Sie sich darauf«, flüsterte Will. »Aber was ist mit Ihnen? Wie kommt jemand wie Sie dazu, sich auf diesen Wahnsinn einzulassen, an dem Männer wie Georg beteiligt sind?«

»Weil ich meine Herkunft nicht verleugnen kann, Lokkens, so einfach ist das«, schnappte Reimann. »Und glauben Sie mir, es wäre mir lieber gewesen, es wäre nicht so. Ich habe versucht, mich aus alldem hier rauszuhalten. Aber das Wissen, das von Generation zu Generation weitergereicht wird, hat mich schließlich eines Besseren belehrt ...«

»Soll das heißen, dass Sie und Georg ...?«

»Verwandt sind wir nicht, wenn Sie das meinen«, unterbrach ihn Reimann ungeduldig. »Zumindest nicht im herkömmlichen Sinne. Aber wir stammen beide von einer Gruppe Männer und Frauen ab, die ein hehres Ziel vereinte: das Drachenfeuer in Schach zu halten.« Reimann lachte kurz und bitter auf. »Und so lächerlich ich das anfangs auch fand, konnte ich mich doch auf Dauer nicht dieser Aufgabe entziehen. Schließlich habe ich mit eigenen Augen gesehen, mit welcher unglaublichen Wut das Feuer aus den Brandlöchern herausschießen kann.« Er machte eine rasche Handbewegung, bevor Will noch eine weitere Frage stellen konnte. »Still jetzt. Da vorne ist jemand.«

Jetzt hörte es auch Will, ein leises, fast tapsendes Geräusch. »Georg?«, flüsterte er.

Reimann nickte. »Ich gehe zumindest davon aus. Und in diesem Zusammenhang: Machen Sie keinen Blödsinn, Lokkens, ja?«

»Gewiss nicht«, sagte Will. »Mir geht es nur um Duffy. Ich will nichts weiter, als sie aus diesem Wahnsinn herauszuholen und dann zu verschwinden.«

Reimann zuckte nur mit den Schultern und beließ es dabei. Alles andere wäre auch unnötig und übertrieben gewesen. Sie hatten auch vorher nur mit gedämpfter Stimme gesprochen, aber das bedeutete nicht, dass man sie nicht hören konnte; auch wenn das Geräusch ihrer – seiner Schritte, verbesserte sich Will in Gedanken – eindeutig das größere Problem war. Sich mit seinem verletzten Bein an Georg anschleichen zu wollen, wie ein Indianer auf dem Kriegspfad, war zwar eine schöne Wunschvorstellung, aber von der Realität so weit entfernt, als wenn er sich vorgenommen hätte, ihn mit wuchtigen Tritten à la Chuck Norris vor sich herzutreiben und ganz nebenbei auch noch mit ein paar gezielten Treffern die Schlägertruppe fertig zu machen, die er möglicherweise mit in diese Unterwelt geschleppt hatte.

Dann hatten sie den Ausgang erreicht. Seitdem sie die Stimmen gehört hatten, war Reimann bemüht gewesen, den sowieso bereits schwächer gewordenen Strahl der Taschenlampe direkt vor ihnen zu bündeln, statt ihn weit vorausleuchten zu lassen, jetzt machte er sie ganz aus.

Sie brauchten ihr Licht auch nicht mehr. Vor ihnen war ein zaghafter, schwachgoldener Schimmer, unterbrochen von einem Lichtkegel, der wie ein aufgeschrecktes Irrlicht über Boden und Wände huschte.

»Wir sollten jetzt besser nicht einfach so da reinstolpern«, raunte ihm Reimann ins Ohr, als sie in etwas hineinstarrten, was kaum höher, aber immerhin deutlich breiter und verwinkelter als der Gang war, durch den sie jetzt gekommen waren. »Es könnte sonst sein, dass …«

Will sollte nie mehr erfahren, wie er seinen Satz beenden wollte. Etwas neben ihm krachte, dann schrie jemand auf, nein, es war eher so etwas wie ein gutturaler Laut, ein Kampfschrei, und dann fühlte sich Will auch schon zur Seite gestoßen und regelrecht abkatapultiert und krachte gegen einen Vorsprung der Felswand auf der anderen Seite. In dem verzweifelten und vollkommen sinnlosen Versuch, den nächsten Angriff abzuwehren, wollte er den rechten Arm hochreißen.

Er kam nicht mehr dazu, die Bewegung zu vollenden.

Ein dunkler, gewaltiger Schatten tauchte neben ihm auf, und dann fühlte sich Will emporgerissen und donnerte im selben Moment auch schon zum zweiten Mal gegen die Felswand. Irgendetwas bohrte sich in seinen Rücken, und durch sein Rückgrat fuhr ein scharfer Schmerz. Sein Arm wurde ergriffen, und es fühlte sich an, als ob es die Pranke eines Bären war, die ihn mitschleifte, nur ein kurzes Stück, und dann wurde er erneut gegen die Wand gedrückt, aber jetzt nicht mehr mit der Wucht eines startenden Kampfflugzeugs, sondern nur noch mit der eines Einkaufswagens, den einem ein übermütiger Jugendlicher in die Kniekehlen donnerte.

Ein schmerzerfülltes *Occhhh* entfuhr ihm, als seine Lungen verzweifelt nach Luft rangen, und dann setzte sein Atem wieder ein, langsam und schmerzhaft. Es war kein Bär, der vor ihm stand, aber von Körpergröße und Kraft hätte er es sehr wohl mit einem ausgewachsenen Grizzly aufnehmen können, zumindest kam es Will so vor. Es war Slavko.

Und er war nicht alleine. Natürlich nicht.

»Na, sieh mal einer an.«

Es war Georgs Stimme, aber es dauerte eine ganze Weile, bis sich Wills Blick so weit geklärt hatte, dass er ihn auch erkannte. »Haben Sie sich verlaufen, Hauptkommissar Reimann?«

»Hören Sie auf mit dem Mist«, sagte Reimann. »Und halten Sie Ihren Gorilla zurück. Lokkens kippt schon von selber aus den Latschen, wenn Sie ihm nur etwas Zeit lassen. Den brauchen Sie nicht auch noch zusammenschlagen zu lassen.«

»Na ja, Sie müssen es ja wissen.«

Will griff mit den Händen hinter sich in die Felswand und krallte sich darin ein, um nicht das Gleichgewicht zu verlieren.

Mir war durchaus klar, dass der Wolfsgesichtige bislang nur mit mir gespielt hatte. Erst der Schwertangriff, bei dem er mir die Überlegenheit demonstriert hatte, über die er im Umgang mit dieser Waffe zweifellos verfügte, und jetzt der Schlag, der mich quer durch die Schmiede getrieben hatte, bis ich über die Esse gestolpert und hart gegen die mit vielfältigen Gerätschaften gespickte Wand geprallt war.

Jetzt stand ich im wahrsten Sinne des Wortes mit dem Rücken an der Wand.

»Es ist vorbei, Schmied«, sagte der Wolfsgesichtige. »Gib das heraus, was nicht dir und den Deinen zusteht, sondern mir und den Meinen. Schwör deinem falschen Glauben ab und lass alles fahren, was mit dem Drachenfeuer zu tun hat.«

Will blinzelte. Er war sich nicht mehr sicher, ob er in der Schmiede stand, durch die ihn der Wolfsgesichtige eben noch getrieben hatte, oder in einer Höhle, und er war auch nicht sicher, wen er da vor sich stehen sah: einen Mann, den er unter dem Namen Georg kannte, oder einen grimmig blickenden Fremden, dessen Fellumhang zwei abscheuliche Wolfsköpfe zierten. Das Bild vor seinen Augen verschwamm, wahrscheinlich als Folge des Schlags, den er sich eingefangen hatte, und sein Rücken schmerzte dort, wo er auf einen spitzen Grat aufgeprallt war, und sein Kopf fühlte sich an, als würde dort drinnen ein ganzer Hornissenschwarm wüten.

»Deine Tochter«, sagte der Wolfsgesichtige, »deine Tochter wird sterben, wenn du nicht tust, was ich von dir verlange.«

»Und was ist das, was du von mir willst?«, fragte ich, obwohl ich es sehr wohl schon längst begriffen hatte.

»Das wirst du schon sehen.«

Der Wolfsgesichtige gab Slavko einen Wink. »Schnapp ihn dir und hilf ihm. Wieland kann ja nicht mehr alleine auf den Beinen stehen.«

Wieland, dachte Will, ja, richtig, das war sein Name. Nur, dass ihn schon seit Ewigkeiten niemand mehr ausgesprochen hatte. Immer und überall war er Will gewesen.

Slavko packte ihn hart an den Armen. Reimann war ihm schon mitunter grob vorgekommen, aber gegenüber Slavko kam er ihm jetzt im Nachhinein sanft wie eine Säuglingsschwester vor.

»Was soll das?«, murmelte Will. »Ich muss … ich muss mich ein bisschen ausruhen.«

Slavko sagte gar nichts dazu, sondern stieß ihn nur mit der einen Hand vorwärts, während er ihn mit der anderen in so brutalem Griff umklammert hielt, dass Will auch gar nicht hätte umfallen können, wenn er sich gegen die aufgezwungene Bewegung versucht hätte zu wehren.

Natürlich glaubte er, dass ich mich nicht mehr wehren könne. Aber er war in meine Schmiede gekommen, in das Heiligtum von Wieland dem Schmied, und er konnte nicht all meine Geheimnisse kennen, die ich hier verbarg.

Doch ich musste schlau und umsichtig vorgehen, denn auf keinen Fall durfte ich meine Tochter gefährden und die Art der geheimen Bindung, die den Unseren auf Ewigkeit Macht und Einfluss bescheren würde.

Sich gegen Slavko zu wehren zu versuchen wäre absolut lächerlich gewesen. Aber das brauchte Will auch nicht, jedenfalls nicht auf die Art, wie es der dunkelhaarige Riese vermuten musste. Will wusste, dass er selbst verloren war, dass es wohl kaum noch etwas gab, was ihn retten konnte. Das unverletzte Bein fühlte sich wie Gummi an, das andere spürte er gar nicht mehr, und sein Herz pumpte hart und verzweifelt, um das Blut durch seinen Körper zu pressen, und wäre nicht die vollkommene Verzweiflung eines Menschen in ihm gewesen, der wusste, dass er wahrscheinlich nur noch wenige Stunden zu leben hatte, aber in dieser Zeitspanne alles unternehmen musste, um das Liebste und Schützenswerteste in seinem Leben zu retten, das Einzige, auf das es jetzt noch ankam: Er wäre wohl schon längst zusammengesackt und hätte sich von der Bewusstlosigkeit wegtreiben lassen, die mit gierigen Fingern nach ihm griff.

Aber noch, noch war nichts verloren.

Und er würde alles tun, um seinen letzten Trumpf klug und für Duffys Vorteil einzusetzen.

Ich würde das Feuer der Hölle zu Hilfe rufen, das sich durch alles fressende, blaue Feuer der Zerstörung, und mit seiner Hilfe würde ich den Wolfsgesichtigen aus der Schmiede und von meinem Land vertreiben und mit seiner unbändigen Kraft meine Tochter aus seinen Fängen befreien.

Seine Gedanken hatten längst jene Klarheit verloren, die man benötigte, um die Erfolgsaussichten verschiedener Alternativen gegeneinander abzuwägen, oder auch nur im Entferntesten in Betracht zu ziehen, dass man mit einer Verzweiflungstat mehr zerstören als gutmachen konnte.

Er spürte, dass er dabei war, eine Grenze zu überschreiten, hinter die er sich nie wieder würde zurückziehen können. Während nichts in ihm war als ein unerträgliches Drängen, begann zwischen ihm und den Wänden der uralten Höhle etwas zu passieren, etwas, das bereits viel früher begonnen hatte, spätestens zu dem Zeitpunkt, als Reimann ihn hier heruntergeführt hatte, oder vielleicht, als er in seinem eigenen Blut gelegen und Georgs verrückten Ausführungen gelauscht hatte, oder sogar bereits in dem Moment, in dem er die alte, verfallene Gasse betreten hatte und seine Schuhe auf dem abgetretenen Kopfsteinpflaster fast metallisch klingende Klacklaute verursacht hatten, als ob er auf Eisen und nicht auf Stein gehen würde.

Und plötzlich begriff er.

Es war Metall in diesen Wänden, in diesem ganzen verfluchten Tunnelsystem, es war mit Kupfer und Zinn durchzogen, mit Blei durchsetzt, und selbst Spuren von Argentit und Pyrargyrit fanden sich in ihm, genauso wie Schwefel und Pyrit. Es war förmlich, als ob er die Mischung der Mineralien und anderer Einschlüsse riechen könnte, und es war, als überfiele ihn ein Wissen, von dem er nicht einmal geahnt hatte, es in sich zu tragen. Er sah sich am Blasebalg stehen und Anweisungen geben, er sah seine schwitzenden Gesellen die heiße Metalllegierung in eine Form gießen, er sah sich selbst ein Schwert schmieden, nicht heiß und doch voller Glut, als er die eine Legierung in die zuvor angefertigten Ausbuchtungen der anderen Legierungen einhämmerte, in diesem einen, dem allerwichtigsten Moment, der über Gedeih und Verderb der kostbaren Waffe entschied.

Ja, er war Wieland – der Schmied des sagenumwobenen Schwertes Mimung –, gekommen, um seine Tochter aus den Klauen eines Ungeheuers zu erlösen, und ja, er war Will, der Autodieb, der hier hinabgestiegen war, um Duffy zu retten, ein Mädchen, das er kaum kannte und das ihm doch mehr bedeutete als alles andere auf der Welt. Er war zwei Personen und doch eine; er war Erinnerung an viele Leben, schattenhafte, schemenhafte Erinnerung, wie sie beim Durchblättern eines alten Familienalbums auftauchte, und er war gleichzeitig der Betrachter des Albums, der weiß, dass er sein eigenes Leben zu leben hat, auch wenn er gelegentlich nicht der Versuchung widerstehen kann, für eine Weile in die Leben seiner Vorfahren einzutauchen, als hätte er an ihrer Stelle gelebt.

Und das war bei weitem nicht alles. In den Wänden waren mehr als nur Adern verschiedener Minerale und Erze, es war mehr als nur Einschlüsse von Schwefel und Sulfiden: Es war Kraft und Energie, eingefangen und gespeichert vor Ewigkeiten, bereit, sich demjenigen zur Verfügung zu stellen, der sie anzuzapfen vermochte. Er brauchte dafür nichts zu *tun*. Er musste es nur einfach *zulassen*.

Und das tat er.

Slavko schubste ihn weiter voran, etwas zu heftig, so dass er fast vollständig das Gleichgewicht verloren hätte und vornüber- gestürzt wäre, obwohl ihn der Hüne nach wie vor mit der anderen Hand festhielt. Will brauchte nicht wirklich etwas zu tun, er musste es nur zulassen: Seine Hand verfing sich wie von selbst in der Hosentasche, und die elektrische Waffe dort drinnen schob sich zwischen seine Finger, so dass er nur noch zupacken musste, um ihren Griff vollends zu umschließen. Slavko merkte davon nichts, er war damit beschäftigt, Will wieder zurückzureißen und gleichzeitig einem Felsvorsprung auszuweichen, den er beinahe mit dem Kopf gerammt hätte.

Auch jetzt brauchte Will wieder nichts zu tun, denn es war der Zweimetermann selbst, der ihn an sich heranriss und dabei, durch sein seitliches Ausweichmanöver, den Arm fast verdrehte. Will fühlte sich zurückgerissen. Der Elektroschocker sprang wie von selbst in seine Hand, als er gleichzeitig, halb schräg, auf Slavko aufprallte. Will machte überhaupt nichts, sein Zeigefinger zuckte noch nicht einmal, denn genau in dem

Sekundenbruchteil, in dem sich die Waffe in Slavkos Leib bohrte, musste ihn der Hüne für einen winzigen Moment loslassen, um nicht endgültig mit dem Kopf gegen den Felsvorsprung zu knallen.

Noch ehe Will überhaupt begriff, was geschah, entlud sich ein gieriger Energieblitz in Slavkos Körper. Der Hüne zuckte nicht einmal, er krümmte sich auch nicht vor Schmerz, alles, was passierte, war, dass er Will aus ungläubig weit aufgerissenen Augen anstarrte.

Will erwachte aus seiner Erstarrung, und jetzt erst, als Slavkos Hände auf ihn zuzuckten, tat er bewusst etwas: Er zog den Finger durch, als wenn er eine Uzi in den Händen halten würde, nur mit dem Unterschied, dass er zwischendurch immer wieder losließ, um dann erneut den Abzug zu betätigen. Angelas Elektroschocker sprach allem Hohn, was er über diese Geräte irgendwann aufgeschnappt hatte, es jagte Entladung auf Entladung in Slavkos Körper, und dabei schossen aus seinen Seiten bläuliche Blitze heraus, winzige Miniaturgewitter, die sich in den Wänden entluden und von dort wieder reflektiert wurden.

Slavko gab einen dumpfen Entsetzenslaut von sich, und seine Augen quollen fast aus den Höhlen. Gleichzeitig wurden seine Pupillen so riesig, wie Will es noch nie an einem Menschen beobachtet hatte, und seine Haare stellten sich auf, jedes einzelne bis in die Spitze elektrisiert. Bläuliche, weit verästelte, aber winzige Blitze tobten zwischen seinen Haaren, so dass er kaum noch wie ein Mensch aussah, sondern eher wie eine Comicfigur, bei der im nächsten Moment Dampf aus den Ohren quoll, bevor sie schreiend hochhüpfte und gegen die Decke klatschte.

Aber Slavko tat nichts dergleichen. Er hob die Arme, stieß einen markerschütternden Schrei aus und tapste schwerfällig, aber unaufhaltsam wie ein Bär im Todeskampf auf ihn zu. Will begriff die Gefahr erst im allerletzten Moment, und dann auch nicht in aller Konsequenz; schon eine leichte Berührung musste reichen, um ihn unfreiwillig an der elektrischen Entladung teilhaben zu lassen. Er zuckte zurück, stolperte und knallte in eine Felsnische und gleichzeitig so hart mit dem Kopf gegen die Wand, dass für einen Moment bunte Sterne vor seinen Augen flimmerten.

Als sich sein Blick wieder klärte, nach einer Zeitspanne, die ihm selbst wie eine halbe Ewigkeit vorgekommen war, in Wirklichkeit aber wohl nicht länger als ein, zwei Sekunden gedauert haben konnte, stand Slavko noch immer vor ihm. Er hatte die Arme nach wie vor wie ein Schlafwandler ausgestreckt, und sein Gesicht war so verzerrt wie bei einem Tobsüchtigen, der vollends die Kontrolle über sich verloren hatte. Speichel lief ihm aus seinem rechten Mundwinkel, der Kiefer war fast ausgerenkt, die hervorquellenden Augen kaum noch als solche erkennbar. Hätte Will ihn so bei einer anderen Gelegenheit gesehen, er hätte sich wahrscheinlich umgedreht und wäre schreiend davongelaufen.

Doch genau das konnte er nun nicht mehr. Eingeklemmt in der Nische, war er dem ausgeliefert, was auch immer Slavko in den nächsten Augenblicken mit ihm vorhaben mochte.

Der Hüne schien etwas sagen zu wollen, aber es entrang sich ihm nur ein klagender, stöhnender Laut, der kaum etwas Menschenähnliches hatte, und die blauen Blitze, die um seinen Kopf tobten, schienen noch einmal an Intensität zuzunehmen.

»Slavko!«, schrie Georg. »Schnapp ihn dir!«

Es klang, als wolle er einem illegal scharf gemachten Kampfhund den Befehl geben, sein Opfer zu zerfleischen, aber seine Worte erreichten den angeschlagenen Hünen offensichtlich nicht mehr. Wie bei einem Epileptiker, der von einem

Anfall seiner fürchterlichen Krankheit gebeutelt wurde, entgleisten seine Gesichtszüge vollständig. Dann ging ein wildes Zucken und Beben durch seinen Körper, vollkommen unkontrollierbar wirkend und wie der Vorbote des endgültigen Zusammenbruchs, und sein entstelltes Gesicht nahm von einem Augenblick auf den anderen eine ungesunde, bläulich graue Färbung an.

Doch gerade, als Will schon aufatmen wollte in der Gewissheit, dass Slavko von der elektrischen Dauerentladung nun endgültig gefällt werden würde, riss der Koloss die Hände in einem erschreckend gezielt wirkenden Angriff hoch. Will sah die rechte, nur halb zur Faust geballte Hand auf seinen Kopf zusausen, und er versuchte ihn zur Seite zu drehen, doch es gelang ihm nicht mehr rechtzeitig. Obwohl ihn Slavkos Schlag nur streifte, hatte er das Gefühl, als würde er von einem mit aller Wucht zurückschnellenden Zweig getroffen, den jemand zuvor kraftvoll auf Spannung gehalten hatte, und sein Hinterkopf rumste zum zweiten Mal gegen die Wand.

Doch der erwartete Stromschlag, die Entladung des Elektroschockers über Slavkos Körper hinweg auf ihn selbst, blieb aus; es war die Wucht des Schlages als solche, und der Aufprall auf den harten Stein, der ihn erneut an die Grenze der Bewusstlosigkeit trieb. Slavko stand wie erstarrt vor ihm, das Zerrbild einer griechischen Götterstatue, und Will wartete auf den zweiten, den vernichtenden Schlag, ohne auch nur in der Lage zu sein, einen Finger zu rühren.

Erst langsam und allmählich sickerte in seinen angeschlagenen Verstand ein, dass etwas geschah, was eigentlich gar nicht hätte passieren *dürfen*. Um Slavkos Kopf tobte noch immer ein blaues Lichtblitzgewitter, und züngelnde Verästelungen fraßen sich zur Wand oder von dort auch zu ihrem Opfer zurück – doch Will hielt die Waffe nicht mehr gegen Slavko gepresst, sondern so locker in der Hand, dass sie ihm beinahe zu entgleiten drohte. Bevor er diesen Gedanken weiterverfolgen konnte, stieß Slavko einen weiteren, halb erstickten Laut aus; dann sackte der Hüne in sich zusammen, als hätte ihm jemand mit einem wuchtigen Hammerschlag den Schädel zertrümmert.

41

Es gibt Momente im Leben, in denen alles auf eine einzige Entscheidung zuzulaufen scheint, in denen keine Zeit bleibt, Argumente abzuwägen und in sich zu gehen. Die einzigen beiden Dinge, deren sich Will sicher war, als er auf den gefällten Riesen hinabblickte, waren, dass er sich genau in einem solchen Moment befand und dass er keine Ahnung hatte, wie es jetzt weitergehen sollte.

Ansonsten war er sich überhaupt nichts mehr sicher. Noch nicht einmal, wo er sich überhaupt befand.

Er sah einen Mann zu ihm herüberblicken, eine merkwürdig, aber sehr vertraut gekleidete Gestalt, die etwas auf den Schulteransätzen ihres Mantels befestigt hatte; die nackten Totenschädel zweier junger Wölfe. Im nächsten Moment war es Georg, der sich durch die Haare fuhr, erst einen Blick auf Slavko und dann auf ihn selbst warf, bevor er über einen hart gestampften, mit Ruß- und Schneepartikeln bedeckten Boden auf ihn zusteuerte.

Offensichtlich begann er endgültig die Kontrolle über seinen Verstand zu verlieren, und dabei scherte sich die Ausgeburt seiner Fantasie einen Dreck um Logik oder Naturgesetze.

Und dabei blieb es auch. Kaum war Georg vor ihm angekommen, glaubte Will in das Gesicht des Wolfsgesichtigen zu blicken. Doch vielleicht, schoss es ihm in einem Anflug von Panik durch den Kopf, war es auch genau umgekehrt, und der Wolfsgesichtige stand vor ihm, und er hatte den Eindruck, es sei Georg …

Er versuchte den Blick vom Anblick des Mannes zu lösen,

er versuchte sich auf etwas zu konzentrieren, das eindeutig war, das so viel Realität hatte, dass es keinen Zweifel daran geben konnte wie an seiner Umgebung, die ihm gleichzeitig Schmiede und Höhle zu sein schien, gleichermaßen kalt wie heiß; in der es einen Wind gab, der ihn frösteln ließ, und einen warmen Hauch, der wie eine Liebkosung über sein Gesicht strich …

Mit aller Selbstkontrolle, zu der er noch fähig war, versuchte er sich aus dem verrückten Fluss seiner Gedanken zu lösen. Sein Atem ging rau und rasselnd, und sein Körper, halb eingeklemmt zwischen den Felswänden, krümmte sich in Erwartung des Angriffs, der jetzt vonseiten des Mannes erfolgen musste, jeden Moment; und diesmal, das ahnte er, würde es nicht so leicht sein wie mit Slavko.

Der Mann beugte sich zu ihm vor und sagte etwas. Will verstand kein einziges Wort. Er versuchte nach wie vor, einen Halt zu finden, irgendetwas, das ihn erlöste von dem Gefühl, gleichzeitig zwei ähnliche und doch vollständig verschiedene Dinge zu erleben. Mit aller Gewalt zwang er sich, irgendwo anders hinzublicken, nur nicht in das Gesicht des Mannes, von dem er immer weniger wusste, wer er war. Doch dadurch wurde es nicht besser, ganz im Gegenteil. Es waren die Augenhöhlen der beiden Tierschädel, die seine Aufmerksamkeit auf sich zogen. Etwas funkelte dort, wo an sich nichts sein durfte, eine feurige Glut, vertraut und doch irgendwie *falsch;* vertraut, weil das Feuer etwas war, das ihn stärkte und wärmte, wann immer er es benötigte, weil es die Grundlage für das war, was er tun musste, weil er ohne es ein Nichts war, wehr- und machtlos seinen Gegnern ausgeliefert …

und *falsch,* weil die Glut nicht die Kraft des Feuers widerspiegelte, die er kannte, sondern etwas anderes, Bösartiges, für ihn vollkommen Fremdes …

»Das ganze Versteckspiel hat dir nichts genutzt«, sagte der Mann. »Es ist vorbei.«

Reimann. Das war es. Die einzigen wirklich festen Bezugspunkte zu der Realität des 21. Jahrhunderts waren Reimann und Slavko, aber Georgs Bodyguard lag schmerzverkrümmt und sabbernd zu seinen Füßen, ein Häufchen Elend, nachdem er viel zu lange versucht hatte, der Energie des Elektroschockers standzuhalten, also blieb nur noch Reimann … Will versuchte, an der Gestalt vorbeizublicken, die sich drohend vor ihm aufgebaut hatte, er versuchte, die Wolfsschädel auf ihrem Mantel zu ignorieren, um den Polizisten mit seinem Blick einzufangen. Das Licht in der Schmiede war nicht gut, und der Schneesturm, der draußen wieder angefangen hatte zu toben, wirbelte jede Menge Dreck und schwarz verkohlte Holzstücke herein, so dass es ihm schwer fiel, sich zu orientieren; zudem verschwamm die Umgebung um ihn, als wäre sie gar nicht real, und nackter Felsboden war plötzlich dort, wo der festgestampfte Boden sein sollte, und dann …

Reimann stand da, nur schemenhaft beleuchtet vom Streulicht zweier Taschenlampen, und Will wusste plötzlich wieder, wo er war: in einer Felshöhle irgendwo tief unter der Stadt, in der der Boden unruhig vibrierte, weil hier irgendwo gewaltige Kältemaschinen dafür sorgten, dass das Feuer nicht unkontrolliert aus den Tiefen der Erde hervorbrechen konnte. Es war nur ein flüchtiger Gedanke, der beinahe fortgerissen wurde durch die widersprüchlichen Empfindungen, die in ihm tobten, und doch brachte er ihn ein Stück näher in die Normalität zurück.

»Du kannst deine Tochter noch retten«, sagte der Mann vor ihm.

Reimann wirkte nervös, sein Gesicht fahl und eingefallen, und sein Blick irrte dauernd zwischen Will und dem Mann hin und her, der sich vor ihm aufgebaut hatte. Für Will war es dennoch ein unglaublich kostbarer Anblick. Wo Reimann stand, war nur Höhle, schlichtes und einfaches, ungebrochenes und unbearbeitetes Gestein. Reimann bedeutete, dass über ihnen eine Million Menschen lebten, dass geliebt, gelacht und gestritten wurde, dass Moderatoren und Fachleute mit zunehmender Anspannung über eine unerklärliche Brandserie berichteten, die Köln seit den frühen Morgenstunden heimsuchte, und davon, wo der Verkehr durch eine Feuersbrunst lahm gelegt, wo Schulen evakuiert und Straßenzüge geräumt worden waren … Es mochte die hässliche, die katastrophale Seite der Realität sein, aber es war die Realität, und in diesem Moment kam Will allein schon die Vorstellung an sich unendlich kostbar vor.

»Ich weiß nicht, wo du in deinen Gedanken bist, Wieland«, sagte der Mann vor ihm. »Aber wird es nicht Zeit, dir ein paar Gedanken über deine Tochter zu machen?«

Will machte den Fehler, den Blick von Reimanns gepeinigtem Gesicht loszureißen und den Mann anzusehen, der vor ihm stand. Wenn Slavko nicht zwischen ihnen gelegen hätte – dieser leblos wirkende menschliche Körper, der vor kurzem noch ein denkendes und empfindendes Individuum gewesen war –, dann wäre der Mann wohl direkt an ihn herangetreten. Aber auch so war die Art, wie er sich vor ihm aufgebaut hatte, schon bedrohlich genug. Will wusste, dass es Georg war, der vor ihm stand; zumindest hatte er geglaubt, dass er es sei. Aber irgendetwas stimmte nicht. Es war ein Flirren in der Luft, ein Zittern, das sich über die unruhigen, von den unruhig arbeitenden Kältemaschinen ausgelösten Erschütterungen des Bodens auf seine ganze Umgebung zu übertragen schien. Dann lief eine rasche, wellenförmige Bewegung durch die Höhle – und glitt über den Mann hinweg, der vor ihm stand.

Will blinzelte. Es geschah so schnell und auf sonderbare

Weise undramatisch, dass er im ersten Moment gar nicht begriff, was er sah, sondern nur verblüfft in das Gesicht des Mannes starrte, der seinen Blick aus zusammengekniffenen Augen erwiderte.

Es waren ganz eindeutig *nicht* Georgs Augen. Es waren die des Wolfsgesichtigen. »Deine Tochter, Wieland.« Das Gesicht des Wolfsgesichtigen vollzog sich zu einer Grimasse bösen Spotts. »Ist sie dir wirklich so gleichgültig, dass du hier verharren willst, ohne auch nur einen Finger krumm zu machen?«

»Ich … ich«, stammelte Will. Seine Stimme schien ihm kaum zu gehorchen, und er musste sich ein paar Mal räuspern, bevor er weitersprechen konnte. »Ich bin bereit … Wenn du mir versprichst, sie gehen zu lassen …«

»Ich verlange nicht viel«, fuhr der Wolfsgesichtige fort. »Nur, dass du dich wieder daran erinnerst, wer du bist. Und dass du dann endlich das tust, was zu tun ist, um diesem Wahnsinn ein Ende zu bereiten.« Er beugte sich noch ein Stück vor. Die Köpfe der beiden jungen Wölfe auf seinen Schultern schienen nach vorne springen zu wollen, um sich auf ihn zu stürzen und ihm das Gesicht zu zerfetzen. »Das Drachenfeuer«, sagte er eindringlich. »Erinnerst du dich an das Drachenfeuer, Wieland? Das heilige Feuer, in dessen Glut du die Waffen schmiedetest, denen niemand widerstehen konnte? In dessen Hitze du Schmuck und Geschmeide gegossen hast, dessen Glanz Könige und Herrscherinnen so geblendet hat, dass du praktisch jeden Preis dafür verlangen konntest?«

»Das Drachenfeuer?«, echote Will hilflos. Irgendetwas in ihm erbebte allein bei dem Gedanken an dieses Wort. Da war etwas gewesen, etwas, das ihn betraf, etwas, mit dem sein Schicksal untrennbar verschmolzen war.

»Deine Flucht war vollkommen sinnlos«, sagte der Wolfsgesichtige. »Niemand kann sich vor uns verstecken. Wir haben euch all die vielen Jahre beobachtet, wir haben darauf gewartet, dass ihr schwächer werdet. Lange Zeit schien das falsch zu sein, denn ihr wurdet mächtiger und mächtiger, habt euch angepasst an die neuen Zeiten. Der Tod, den ihr im Drachenfeuer geschmiedet habt, kommt jetzt in Gestalt anderer Waffen daher, aber er ist nicht weniger grausam.«

Der Wolfsgesichtige riss plötzlich etwas hervor, und einen winzigen Moment lang glaubte Will das Messer zu erkennen, mit dem Rattengesicht auf ihn eingestochen hatte, bevor es ihm selbst zum Verhängnis geworden war. Doch dann erkannte er, dass er sich getäuscht hatte, dass es das Kurzschwert war, mit dem ihn der Wolfsgesichtige in der Schmiede vor sich hergetrieben hatte.

»Es ist an der Zeit, das Drachenfeuer zum Erlöschen zu bringen«, sagte der Wolfsgesichtige, »bevor in seinem Namen noch mehr Unheil geschieht.«

Will spürte, dass ihm die Realität erneut entglitt. Diesmal hatte es etwas Endgültiges. Er ahnte, dass er nicht mehr zurückfinden würde, wenn er es zuließe, er spürte, dass er dann für immer verloren wäre. Und doch drängten sich ihm Gedanken auf, die ganz tief aus ihm selbst kamen, unabhängig von all dem, was in den letzten Jahren sein Leben bestimmt hatte.

Er versuchte sich dagegen zu wehren, auch wenn es sinnlos war. Der Wolfsgesichtige war gekommen, um das zurückzufordern, was ihm und den Seinen ungerechtfertigterweise genommen worden war, vor unendlicher Zeit, die sich, in menschlicher Rechnung, dennoch nur auf ein paar lächerliche Jahrtausende beschränkte. Mit der Stichwaffe in seiner Hand würde er sein Urteil vollstrecken, und so wie er Rattengesicht ausgeweidet hatte, würde er es auch mit ihm machen.

»Dein Vater war ein mächtiger Mann«, sagte der Wolfsgesichtige. »Er wusste die Macht des Drachenfeuers für seine

Zwecke zu nutzen. Doch lag in ihm schon der Samen für euren Untergang verborgen. In deiner Gestalt. Und deswegen hätte er dich, seinen einzigen Sohn und Erben, töten müssen. Doch das tat er nicht – schon allein, weil dann die Linie endgültig unterbrochen worden wäre.«

Will schloss einen Moment lang die Augen. Die Erinnerungsfetzen, die sich ihm jetzt aufdrängten, hatten nichts mit denen zu tun, die ihn in den letzten Tagen in Atem gehalten hatten. Es waren Versatzstücke aus seiner eigenen Vergangenheit. Er sah einen kleinen, quadratischen Tisch vor sich, dessen alte, wurmstichige Platte nicht auf normalen Tischbeinen ruhte, sondern auf sich hochwindenden Drachen, und irgendetwas tief in ihm reagierte darauf mit einer Mischung aus Entsetzen und Fassungslosigkeit, als er begriff, was auf diesem Tisch gelegen hatte: vergilbte, brüchige Karten mit den Zeichnungen alter Höhlen und dunkler Gänge, die sich tief unter der Erde in einen Drachenhort bohrten. Er erinnerte sich daran, wie er mit den Fingern vorsichtig den Linien und Ausbuchtungen in dem Kartensatz nachgefahren war, und er fragte sich, ob die einfachen Skizzen nicht genau das unterirdische System gezeigt hatten, in dem er jetzt gerade unterwegs war.

»Er hat dich weggegeben. Früh, doch nicht so früh, dass du nicht noch mitbekommen hättest, wo du aufgewachsen bist. Und auch das hat er aus Berechnung getan.« Die Stimme des Wolfsgesichtigen gefror zu eisiger Kälte. »Damit du auf das alte Wissen zurückgreifen könntest, wann immer das nötig wäre.«

Ja. Will erinnerte sich an noch mehr Details, die noch weiter zurückzuliegen schienen. Es war vor unendlich langer Zeit gewesen, zumindest nach menschlichem Empfinden, und er war noch ein ganz kleiner Junge gewesen. Er hatte auf einem dicken, weichen Teppich gehockt und mit allen möglichen

Figuren gespielt, und er war der Schmied gewesen, und dann war da mit einem Mal eine dunkle, massige Gestalt gewesen, um sich zu ihm herabzubeugen und ihm zu zeigen, wie er in dem kleinen Ofen vor sich ein wirkliches Feuer entzündet hatte. Und da waren Drachenfiguren gewesen, mit denen er herumgekrabbelt war, und die Gestalt hatte ihn das Wort nachbrabbeln lassen: »Drachenfeuer.«

War das sein Vater gewesen?

»Doch dann hat dich dein Vater verstoßen«, sagte der Wolfsgesichtige. »Erst hat er dir deine Erinnerung gegeben – dann hat er sie dir wieder genommen. Du bist nicht bei Pflegeeltern untergekommen, du solltest keine Heimat finden, keinen Hafen, wo du dein Lebensschiff hättest fest verzurren können. Alles war vorbestimmt. Selbst die Art, wie du dir deinen Lebensunterhalt verdient hast, war nicht zufällig. Damit glaubte dein Vater, dich aus der Schusslinie zu nehmen, vor uns verbergen zu können. Doch genau das ist sein Fehler gewesen.« Der Wolfsgesichtige machte eine rasche Bewegung mit dem Kurzschwert, und Will zuckte zusammen. »Am Ende war es die Hybris eines einzelnen Mannes, die eure Erbfolge zu Fall gebracht hat. Hätte dir dein Vater bei sich die Heimstatt gewährt, wie es sich gehört, hätte er dich unterrichtet, wie von jeher das alte Wissen vom Vater auf den Sohn überging – wer weiß, vielleicht wärst du dann sogar den Weg weitergegangen, den dir dein Erbe vorgab.«

Irgendwann, Monate oder Jahre später, hatte es keine dicken Teppiche mehr gegeben, sondern nur noch harten Linoleumboden, und keine handbemalten Drachenfiguren, sondern nur noch unansehnliche Papierdrachen, und keinen Drachentisch und alte Karten, sondern nur noch kärgliches, normales Mobiliar und ein paar abgegriffene Bilderbücher, und dann, als er älter geworden war, hatte er ganz zu vergessen begonnen, dass es einmal ganz anders, behüteter und liebevoller gewesen war.

Warum hatte ihm sein Vater das angetan?

»Du hattest nicht den unstillbaren Machthunger wie die, die vor dir waren«, sagte der Wolfsgesichtige. »Das hat dir dein Vater nicht verziehen. Aber er hat gehofft, dass du deinen Weg finden würdest. Und ich – ich bin hier, um dir dabei zu helfen, den letzten und entscheidenden Schritt zu gehen, damit du dich für immer und alle Zeiten von dem Drachenfeuer befreien kannst.«

Lüge!, schrie alles in Will. Die bruchstückhaften Erinnerungsstücke, die aus seiner Seele emporstiegen, reichten bei weitem nicht aus, um ihn das Gesamtbild erkennen zu lassen. Doch sie genügten durchaus zu der Erkenntnis, dass dieser Mann, der vor ihm stand, nicht aus lauter Großmut so sprach, sondern nur, weil er seine eigenen Ziele verfolgte, weil er selbst das haben wollte, was ihm und den seinen zu Recht all die lange Zeit verwehrt gewesen war …

»Unser Drachenfeuer.« Das war es, genau das, was ihn sein Vater immer und immer hatte nachsprechen lassen. *»Unser Drachenfeuer.«*

»Du brauchst nichts weiter zu tun, als das Drachenfeuer zu durchschreiten«, sagte der Wolfsgesichtige. »Rette deine Tochter, rette dich selbst.«

Hatte sein Vater wirklich geglaubt, dass er, sein Sohn, der Konfrontation würde ausweichen können? Ja, das hatte er. Sein Vater war vielleicht mächtig gewesen und reich, er hatte vielleicht vermocht, Entwicklungen vorherzusehen, die kein anderer sah – aber er war auch närrisch genug gewesen, sich allen Ernstes einzureden, dass es ausreichte, seinen Sohn hinter einer harmlosen Existenz zu verbergen, um irgendwann vielleicht einmal einen Erben zu zeugen, der den Machtinstinkt seines Großvaters geerbt hatte und die Linie weiterzuführen vermochte.

Und er selbst? Es war so leicht gewesen, so zu tun, als ginge ihn der Kampf um das Drachenfeuer nichts an. Es war so leicht gewesen, sich auf das Sammeln von ein paar harmlosen Drachenfiguren zu beschränken und alles zu verleugnen, was mit seiner Herkunft zu tun hatte. Wie naiv.

Will schloss erneut, und diesmal mit einem leisen, fast entsetzt klingenden Stöhnen, die Augen.

»Ich sehe, dass du dich erinnerst«, sagte der Wolfsgesichtige. »Das ist gut. Das ist der erste, der wichtigste Schritt. Alles andere wird sich von selbst ergeben.«

Nein, dachte Will. Es gab da niemanden, der einen mit Wolfsköpfen gezierten Fellumhang trug, und erst recht niemanden, der behaupten konnte, es würde sich alles zum Guten wenden, nur weil er sich endgültig vom Drachenfeuer abwandte.

Als er die Augen wieder öffnete, war der Wolfsgesichtige immer noch da. Er war nicht näher gekommen, sondern im Gegenteil wieder ein Stück zurückgewichen, als habe er die Ablehnung gemerkt, die ihm entgegenschlug, aber Will spürte seinen fordernden Blick nun ganz deutlich, diesen Blick, der ihn aufforderte, das zu tun, was man schon vor Tausenden von Jahren von ihm verlangt hatte.

»Nein!«, sagte er. »Ich werde nicht das tun, was du verlangst.«

Der Wolfsgesichtige machte eine leichte Bewegung mit dem Oberkörper, mit der er die Distanz zwischen ihnen nun wieder, und diesmal endgültig, überwand, und das Schwert in seiner rechten Hand vollführte eine blitzschnelle, kreisende Bewegung, die Will kaum mit den Augen einzufangen vermochte. Etwas in Will wollte sich krümmen und winden wie ein Wurm, der sein einziges Heil in der Flucht sah, derselbe Teil, der ihn mehr als zehn Jahre lang dazu gebracht hatte, sich vor Georg wegzuducken wie ein Weichei, statt ihm von Anfang an Kontra zu geben und ihm unmissverständlich klar zu machen, dass man mit einem Mitglied der ältesten und mächtigsten aller Schmiedegilden nicht so umgehen konnte.

»Nein!«, sagte er noch einmal. »Verschwinde. Du gehörst hier nicht hin. Deine Zeit ist längst abgelaufen.«

Seine Stimme zitterte vor Angst und verdarb ihm den Effekt, aber wichtig war nicht, wie, sondern, dass er es sagte. Der Wolfsgesichtige blieb stehen. Der Ausdruck in seinem Gesicht erstarrte zu eiskaltem Hass, und das Schwert in seiner Rechten gefror in schlagbereiter Position. »Ich verlange von dir, dass du das tust, was ich will «, sagte er schneidend. »Sonst werde ich nicht nur dich töten, sondern auch deine Tochter.«

Jetzt, dachte Will, zeigt er sein wahres Gesicht. Duffy zu verlieren, zu wissen, dass sie sterben würde, wenn er das Falsche tat, war eine fürchterliche Vorstellung. Aber der Schmerz brachte ihn zur Besinnung.

Der Wolfsgesichtige beugte sich noch weiter vor, vielleicht, um seiner Forderung mit Gewalt Nachdruck zu verleihen.

»Das würde ich nicht tun«, sagte Will mit schwankender und dennoch erstaunlich energisch klingender Stimme. »Denn es gibt da noch etwas, was du übersehen hast.«

»Und das wäre?«, fragte der Wolfsgesichtige höhnisch.

»Ich selbst habe es in der Hand, was hier passiert und was nicht«, sagte Will. »Und als Erstes muss ich dir eines sagen: Ich glaube nicht, dass es dich wirklich gibt. Jedenfalls nicht so, wie ich dich vor mir zu sehen glaube.«

Der Effekt trat so schnell ein und war so verblüffend, dass Will um ein Haar erschrocken die Luft ausgestoßen hätte. Das, was er in den letzten Minuten vor sich zu sehen geglaubt hatte, brach in sich zusammen wie das Bild eines Fernsehers, den man gerade ausgeschaltet hatte, oder nein, es war etwas anderes, und es war auch mehr; es war nicht wie ein unsauberer Schnitt in einem laufenden Film. Die Szenerie um ihn herum flackerte, und wurde doch gleichzeitig deutlicher, nahm an Kontrast und Schärfe zu, und wo er eben noch Andeutungen einer Schmiede zu sehen geglaubt hatte, war nun wieder nichts weiter als nackte, von zwei Taschenlampen unregelmäßig beschienene Felswand.

Und das war bei weitem noch nicht alles, und vor allem auch nicht das Wichtigste. Der Mann, der vor ihm stand, begann sich zu verändern und zu zerfließen. Irgendetwas in ihm hatte die ganze Zeit über gewusst, mit wem er es zu tun hatte. Sein Vater hatte ihm beigebracht, dass ein Drache ein Drache war und eben nichts anderes, genauso wie ein Mensch ein Mensch war und nichts anderes, und obwohl er das all die Jahre verdrängt hatte, sah er nun plötzlich wieder seinen Vater vor sich, die Figur, auf die er deutete und die er mit einer raschen Handbewegung von einem Kasperle in einen Teufel verwandelte.

»So sind unsere Feinde«, hatte er gesagt. »Siehst du?«

Und dann, mit einer raschen Handbewegung, der seine Kinderaugen gar nicht hatten folgen können, hatte er aus dem Teufel wieder einen Kasperle gemacht …

… und statt des Wolfsgesichtigen war da nun wieder jemand ganz anderes vor ihm: Georg.

Der Moment, den die Wirklichkeit brauchte, um wieder ihren angestammten Platz einzunehmen, dehnte sich wie eine Luftblase, die dann plötzlich auf einen Schlag zerplatzt. Vielleicht war es auch die Zeit, die sein Bewusstsein brauchte, um die Halluzination abzuschütteln und wieder in die Realität zurückzufinden.

Und da stand unzweifelhaft Georg, und es blieb Georg, und

dieser Mann war ein Nachtklubbesitzer, der die Bullen schmierte, wenn er konnte, und sich ansonsten bedeckt hielt, um nicht zu sehr aufzufallen und in Ruhe seinen schmutzigen Geschäften nachgehen zu können.

»Es reicht«, sagte Will zu ihm. »Du hast vielleicht geglaubt, ein schwaches Mitglied der Schmiedegilde vor dir zu haben. Aber vielleicht hast du dich ja getäuscht.«

Er drückte sich ein Stück weiter aus der Nische hervor, so weit, wie ihm das sein verletztes Bein gestattete, und brachte den Elektroschocker hoch. Obwohl er den Abzug der Waffe noch nicht betätigt hatte, brachen aus ihr bereits verästelte, gekrümmte Energiebahnen hervor, die irgendwo in der Luft vor ihm verpufften. Er verbot sich, darüber nachzudenken, wie das möglich sein konnte. Alles, was er begriff, war, dass ihm diese Eigenschaft der Waffe einen, vielleicht sogar entscheidenden, Vorteil verschaffte.

Der Wolfsgesichtige – Georg, verbesserte sich Will in Gedanken – verhielt mitten in der Bewegung. Er wirkte so vollkommen verblüfft wie ein Autofahrer, auf dessen Motorhaube plötzlich ein Ufo gelandet war.

»Es wäre besser, du würdest erst einmal gar nichts tun«, sagte Will. Schweiß stand auf seiner Stirn, sein Bein schmerzte wie verrückt, und Angelas Waffe zitterte in seiner Hand. Doch darauf kam es nicht an. Sondern nur auf seine Entschlossenheit. »Das heißt, etwas kannst du schon tun: Lass das Messer fallen.«

Georg schien etwas sagen zu wollen, beließ es dann aber bei einem verächtlichen Verziehen der Lippen, deutete ein Achselzucken an und ließ mit provozierend langsamen Bewegungen die Hand mit dem Messer sinken, mehr nicht.

»Und was jetzt?«, fragte er. »Soll ich einen Schritt zurücktreten?«

»Damit du aus der Reichweite des Elektroschockers kommst?« Will schüttelte den Kopf. »Keine Chance. Bleib genauso stehen, wie du bist.«

»Und dann?« Georgs Gesichtsausdruck veränderte sich nicht im Geringsten, und Will fragte sich, wie er ihn auch nur eine Sekunde lang mit dem Wolfsgesichtigen hatte verwechseln können. Georg mochte gefährlich und grausam sein, aber der Wolfsgesichtige – das war jemand gewesen, gegen den Georg wirkte wie ein dreijähriger Möchtegern-Rambo gegen einen ausgewachsenen GI.

»Wie lange möchtest du, dass ich so stehen bleibe?«, fuhr Georg nichtsdestotrotz fort. »Vor allen Dingen: Wie lange glaubst *du*, so stehen bleiben zu können – so geschwächt, wie du bist?«

»Lange genug, um dich fertig machen zu können.« Will deutete mit einer leichten, kaum wahrnehmbaren Bewegung seiner Waffe auf den gefällten Hünen zu seinen Füßen. »Glaub mir – ich werde dich mit noch viel größerem Vergnügen durchgrillen, als ich das mit Slavko gemacht habe. Und es wird mir nicht das Geringste ausmachen, zuzugucken, wie du dich unter Schmerzen windest.«

»Und was glaubst du damit zu gewinnen?«, fragte Georg.

»Alles«, sagte Will. Es fiel ihm nicht schwer, sich darauf einzustellen, mit Georg statt mit dem Wolfsgesichtigen zu reden; in den letzten Tagen hatte er oft genug das zweifelhafte Vergnügen gehabt, zwischen Wahnvorstellungen und der Realität hin- und herzuwechseln. Und trotzdem. Er wusste, dass es noch lange nicht vorbei war und dass der Wahnsinn hinter seiner Stirn – oder vor seinen Augen, je nachdem, wie man wollte – nur darauf lauerte, endgültig zuzuschlagen.

Er musste wachsam sein.

»*Alles* ist ein bisschen sehr viel.« Georg grinste schief und vollkommen humorlos. »Und außerdem kann selbst ich nicht aufhalten, was beschlossen wurde.«

»Red keinen Scheiß«, fuhr ihn Will an. »Sag mir lieber, wo Duffy ist.«

»Kein Problem.« Georg starrte einen Moment lang hinab auf das Messer, das er in der Hand hielt wie einen vergessenen Kugelschreiber, und sah erst dann wieder Will direkt in die Augen. »Nicht weit von hier entfernt gibt es eine Höhle. Eine richtig große Höhle. Dort ist sie.«

»Und was ist der Haken an der Sache?«

»Ja, den gibt es leider.« Georg seufzte leise. Es klang nicht wirklich bedauernd, sondern eher hämisch. »Zwischen dir und Duffy liegt das, was unsere Vorfahren so malerisch Drachenfeuer genannt haben. Du brauchst es nur zu durchschreiten.«

»Natürlich«, sagte Will. »So gut, wie ich momentan zu Fuß bin, ist das für mich ein Klacks. Abgesehen davon, dass es mit dem Drachenfeuer bestimmt auch seine besondere Bewandtnis hat.«

»Natürlich«, räumte Georg ein. »Aber wenn du tust, was ich von dir verlange, ergibt sich alles andere von ganz alleine.«

»Du erwähntest das bereits das eine oder andere Mal«, sagte Will. »Aber wie auch immer: Wir werden jetzt alle gemeinsam dorthin gehen, und dann werden wir sehen, was uns erwartet.« Ohne Georg wirklich aus den Augen zu lassen, winkte er dem Polizisten zu. »Reimann«, sagte er, »jetzt sind Sie an der Reihe.«

»Mit was?«, fragte der Polizist überrascht. »Wollen Sie mich auch mit dem Elektroschocker ausschalten? Aber dann sollte ich Sie vielleicht darauf hinweisen, dass ich ein schwaches Herz habe. Es könnte für mich tödlich ausgehen.«

»Das kann es für uns alle«, sagte Will. »Abgesehen davon hat Falkenberg es erwähnt, als Sie nach Angelas Angriff grau im Gesicht wurden und keine Luft mehr bekamen. Aber keine Sorge. Ich will nur, dass Sie mir helfen.«

»Und warum sollte ich das tun?«, fragte Reimann. Gleichzeitig stieß er sich von der Wand ab und kam ein paar Schritte auf sie zu. In sicherem Abstand zu Will und seiner Waffe blieb er jedoch wieder stehen.

»Sie haben doch bestimmt Handschellen«, antwortete Will. »Wenn Sie vielleicht so freundlich wären und sie Georg anlegen würden?«

»Halten Sie mich für dämlich?«, fragte Reimann ungerührt. Im diffusen Licht der Taschenlampe sah er krank und elend aus. Aber vielleicht lag das nicht nur an der Beleuchtung, sondern an dem, was gerade passiert war. »Ich sehe überhaupt keine Veranlassung, in die Nähe Ihrer Waffe zu gehen«, fuhr Reimann nach einer Weile fort. »Und ich wüsste auch nicht, warum ich Ihnen helfen sollte.«

»Keine Veranlassung, nein?« Will war sich nur zu bewusst, dass sie alle gemeinsam jetzt auf den kritischen Moment zusteuerten, auf den Moment, der zeigte, dass er keinem wirklichen Plan folgte, sondern nur eine reine Verzweiflungstat beging. Reimann war viel zu erfahren und gerissen, um das nicht auch zu wissen. Es blieb die Frage, wie abgebrüht er war, wie weit er gehen würde, um Georgs perverses Spiel zu unterstützen – und ob nicht noch ein Rest von Anstand und Menschlichkeit in ihm war. »Was ist mit dem da, der auf der Erde liegt?« Will brauchte sich gar keine Mühe zu geben, um seiner Stimme einen Klang von Ekel und Abscheu zu verleihen. »Was ist mit der abscheulichen Bestialität, mit der Georg seinen eigenen Mann ausgeweidet hat?«

»Was soll damit sein?«, fragte Reimann. »Glauben Sie mir, dass mich so etwas wirklich noch erschüttern kann? Wissen Sie eigentlich, wie viele Tote ich in meinen siebenundzwanzig

Dienstjahren gesehen habe? Und wissen Sie, wie viele grausam entstellte Brandopfer darunter waren? Zusammengeschmorte Kinder, verkohlte Leichenteile, völlig verbrannte, entstellte Gesichter?« Reimann lachte bitter auf. »Es hat mir das Herz zerrissen, nicht jedes Mal, aber immer, wenn Kinder und Jugendliche im Spiel waren. Und wie viele von ihnen haben Sie auf dem Gewissen, Wieland? Sagen Sie es mir? Wie viele?«

Die Wucht der Anklage überraschte Will, und Georg machte eine ganz leichte Bewegung. Es sah aus, als verlagere er das Gewicht, um im nächsten Moment auf ihn zuzuspringen.

Will spürte, dass er die Kontrolle über die Situation zu verlieren begann. Dazu passte, dass er Georg viel zu lange aus den Augen ließ, weil er sich anstrengte, in dem schlechten Licht genauer in Reimanns Gesicht zu lesen.

Im selben Moment bückte sich Georg.

Hätte Georg eine andere Bewegung gemacht, wäre Will vorgesprungen: In all diesen Fällen hätte Will wohl ganz instinktiv den Elektroschocker gegen seinen Körper gedrückt und ihn so oft wie möglich hintereinander ausgelöst. Aber so war er einfach nur verblüfft.

Seine Verblüffung schlug in Entsetzen um, als er sah, was Georg mit der nächsten Handbewegung hochbrachte. »Hier«, rief Georg. »Du hast noch etwas vergessen. Das pochende Herz.«

Er streckte die Hand vor. In ihr lag etwas Blutiges, Tropfendes, etwas von der Form einer verschrumpelten Artischocke, etwas, das vor kurzem noch Leben gespendet hatte.

Will war unfähig, sich zu rühren. Es kam ihm wie ein billiger Taschenspielertrick vor, dass Georg ihm nun ausgerechnet hier das präsentierte, wovor er den größten Abscheu hatte. Der Anblick selbst war bereits etwas, das ihn vollkommen überforderte. Aber noch schlimmer war das, was Georg im nächsten Augenblick *tat*.

Er griff nach Wills waffenfreier Hand, öffnete sie. Will ahnte, was er vorhatte, aber er war wie gelähmt, absolut unfähig, sich dagegen zu wehren – oder in diesem Moment den Abzug der Waffe durchzuziehen.

Da vollendete Georg auch schon das, was er schon lange vorher geplant haben musste: Er klatschte das blutige Organ in Wills Hand.

Es war ein unvorstellbar ekelhaftes Gefühl. Einen Herzschlag lang drohte das glitschige Ding aus seiner hohlen Hand zu rutschen, bevor er in einer automatischen Reaktion die Finger um es schloss. Es war klebrig, warm, und auf eine verrückte Art schien noch Leben in ihm zu sein, denn er glaubte etwas wie ein Zucken und Beben zu spüren. Sein Magen revoltierte, und er konnte – nicht eingebildet, sondern tatsächlich – spüren, wie sich jedes einzelne Haar auf seinem Kopf aufstellte. Es war wie ein elektrischer Schlag, purer Ekel, der durch seine Hand pulsierte und überall zugleich in seinem Körper zu explodieren schien, aber er ließ das Ding in seiner Hand nicht los, sondern hielt es im Gegenteil so fest umklammert, als hinge sein Leben davon ab, es unter keinen Umständen mehr herzugeben.

Zwei, drei dunkelrot schimmernde Tropfen rannen sein Handgelenk hinab, aber er merkte es erst, als sie hinabfielen und wie winzige Bomben auf dem schmutzig grauen Boden auseinander spritzten. Bei diesem Anblick erwachte er aus seiner Erstarrung.

»Nein!«

Es war ein Aufschrei, kein gesprochenes Wort. »Ich will es nicht! Nimm du es!«

Er streckte die Hand vor, um es Georg zurückzugeben, und eine halbe Sekunde lang glaubte er tatsächlich, dass es der

Mann zurücknehmen würde, der das noch pochende Herz aus einem lebenden Menschen herausgeschnitten hatte. Als er begriff, dass er sich getäuscht hatte, war es bereits zu spät, und Georg hatte einen Schritt zurück gemacht.

Will blickte ihn vollkommen erstarrt an. In ihm war kein einziger klarer Gedanke mehr. Sein Zeitgefühl erfuhr keine Unterbrechung, aber für eine oder zwei Sekunden schien er von jeglichen Sinneseindrücken abgeschnitten zu sein. Er wartete darauf, dass das Entsetzen zuschlug. Aber es kam nicht. Er spürte … nichts.

»Wessen Herz ist das?«, fragte Reimann ganz nüchtern und so beiläufig, als stünde er in einem Anatomiesaal neben einem Gerichtsmediziner, der über die Todesursache eines Mordopfers spekulierte.

Wessen Herz …

Wills Atem setzte aus. Er hatte es die ganze Zeit geahnt, aber den Gedanken nicht ins Bewusstsein einsickern lassen. Wie groß ist ein Kinderherz? Wie groß das eines Erwachsenen?

Diese für ihn ansonsten vollkommen nebensächliche Frage begann eine plötzlich zentrale Bedeutung für ihn zu erlangen. Er wagte sie nicht weiterzudenken, nicht die Konsequenz einer wie auch immer gearteten Antwort als Spekulation zu verfolgen. Er wollte nicht, dass Georg Reimanns Frage beantwortete, er wollte nicht wissen, was es mit dem *Ding* auf sich haben konnte, das er da in der Hand hielt.

»Spielt das eine Rolle?« Georg – *der Wolfsgesichtige, der Mann, der gedroht hatte, meine ganze Sippe auszulöschen* – wirkte so kalt und leblos wie eine Marmorstatue, als er das sagte.

»Nein, vermutlich nicht«, sagte Reimann, »aber trotzdem …«

»Es spielt keine Rolle«, sagte Georg entschieden. »Und damit sollten wir das Thema beenden. Es gibt Wichtigeres zu besprechen.«

Wichtigeres zu besprechen? Ein Teil in Will kreischte auf wie ein kleines Kind, das man mit siedendem Fett übergossen hatte. Es gab nichts *Wichtigeres* zu besprechen. Die Frage war und blieb, wessen Herz es war, das er in der Hand hielt. Überhaupt dieser Frage nachgehen zu müssen war mehr, als er ertragen konnte. In ihm war alles wie erstarrt, einerseits, und die Anspannung so groß, dass er gar nicht anders konnte, als stocksteif dastehen zu bleiben, obwohl er doch eigentlich in die Knie hätte einknicken und um sein Gleichgewicht kämpfen müssen, mindestens. Auf der anderen Seite war er wie eine Feder, die man mit aller Kraft zusammengestaucht hatte und die jederzeit explodieren konnte, um ihre Energie in irgendeiner, vorher nicht bestimmbaren Richtung zu entladen.

»Du kannst es jetzt wieder auf den Boden legen, Will«, sagte Georg, als ob er mit einem kleinen Kind spräche. »Es ist alles wieder gut.«

In jeder anderen Situation wäre Will ihm die passende Antwort nicht schuldig geblieben. Aber jetzt brachte er kein Wort, nicht einmal einen klaren Gedanken zustande. Er wollte das Herz nicht in der Hand halten. In ihm kämpften der Impuls, es Georg einfach mit voller Wucht ins Gesicht zu schleudern, oder gar nichts zu tun, um die Vorherrschaft.

»Ich habe eine kleine Aufgabe für dich«, sagte Georg. »Du musst mir einen Gefallen tun, Will. Einen klitzekleinen Gefallen. Etwas, das dich nur ein paar Minuten kostet, mir aber sehr viel bedeuten würde.«

Jetzt begann Will doch zu schwanken. Er spürte, wie Reimann ihn am Arm packte – nicht an dem Arm, in dessen Hand er das Herz hielt, sondern an dem anderen –, aber es bedeutete ihm nichts. Er konnte schwanken, er konnte stürzen, sein Herzschlag konnte aussetzen, er konnte sich im Todeskampf winden – all das hatte nicht mehr wirklich eine Bedeutung.

»Du wirst mir doch den Gefallen tun, oder?«, fragte Georg. In seiner Stimme war etwas Lauerndes. »Du wirst doch tun, was notwendig ist, oder?«

»Nein, Georg«, sagte Will, oder, vielmehr, er hätte es gesagt, wenn er seine Stimmbänder dazu hätte bewegen können, einen Laut von sich zu geben. »Ich werde einen Scheißdreck tun. Ich werde dir keinen Gefallen tun. Ich werde dich töten.«

Georg schien die unausgesprochenen Worte an seinem Gesicht abzulesen. Seine Augen wurden schwarz und riesig, nicht die Augen eines schmierigen Bordellchefs, wie Will ihn Reimann gegenüber genannt hatte, sondern die eines Raubtiers, das einsam durch die Wälder streift und seine Zähne in jede Beute schlägt, das zur falschen Zeit am falschen Ort ist.

»Du wirst es tun«, sagte Georg. »Denn sonst werde ich Duffy töten.«

Will starrte ihn verständnislos an, und nur ganz langsam tröpfelte die Bedeutung von Georgs Worten in seinen Verstand. Georgs Drohung wäre fürchterlich gewesen, wenn er sie nur ein paar Minuten zuvor ausgestoßen hätte, doch jetzt kam sie Will geradezu wie eine Verheißung vor.

»Dann ist …«

»Ich habe Duffy kein Haar gekrümmt, wenn du das meinst«, unterbrach ihn Georg. »Zumindest bislang noch nicht.«

Will starrte ihn weiter an. Er hatte Georgs Worte durchaus verstanden, aber irgendetwas in ihm weigerte sich, die Erleichterung aufsteigen zu lassen, die jetzt eigentlich fällig gewesen wäre.

»Ich habe Duffy nichts getan«, sagte Georg. »Das, was du in der Hand hältst, ist jedenfalls nicht ihr Herz.«

Nicht ihr Herz. Die Woge der Erleichterung, die Will jetzt überschwemmte, war so groß, dass sie jede andere Empfindung beiseite wischte. Er begann zu zittern. Reimann verstärkte seinen Griff, aber er wäre wohl doch gestürzt, wenn er nicht das getan hätte, was ihm in diesem Moment als das einzig Mögliche erschien.

Er holte mit der Hand aus. In Georgs Gesicht erschien ein ungläubiger Ausdruck. Die Hand, die das herausgeschnittene Herz fester umklammert hielt, als eigentlich nötig gewesen wäre, sauste vor. Georg riss den Kopf beiseite, blitzschnell, und doch zu spät, jedenfalls wäre es zu spät gewesen, wenn Will tatsächlich das getan hätte, was er selbst erwogen und Georg wohl als Absicht in seinen Augen gelesen hatte. Das Herz katapultierte mit gewaltiger Wucht ab, schoss durch die Luft und platschte gegen die Wand. Es gab einen ekelhaften dunklen, platschenden Laut, als es dort aufschlug, und ein Regen aus feinen Blutstropfen und Partikeln organischer Substanz stob auf und benetzte sie alle miteinander, Reimann, Georg und Will selbst.

42

Ganz langsam und allmählich erst begriff Will, was Georg überhaupt von ihm wollte. Während ihn Reimann im festen Griff hinabgeführt hatte, war nichts weiter als Panik, Abscheu und Entsetzen in ihm gewesen, Entsetzen auch darüber, dass er sich dazu hatte hinreißen lassen, das blutende Herz aus einem schrecklichen Impuls heraus gegen die Wand zu werfen, als wäre es ein x-beliebiger Gegenstand. Erst als sie um eine Ecke gekommen waren und den steil abfallenden Gang dahinter hinabstolperten, der sie aus der Höhle hinwegführte, hatte sein eigener Herzschlag nicht mehr schmerzhafte Kapriolen geschlagen, sondern sich allmählich zu beruhigen begonnen.

Nachdem ihn die Männer aus dem Gang hinaus ein Stück weiter geführt hatten, dem Gedröhn der Kältemaschinen folgend mitten in die sich weit öffnende Höhle – die eher einer Grotte aus einem Märchen aus Tausendundeiner Nacht glich, in verschiedensten Farbschattierungen schillernd –, stieg seine Verwirrung eher noch, als dass sie abnahm. Es war ein so unfassbarer Anblick, der sich ihm da bot, dass er dem ersten Eindruck eine Reihe weiterer folgen lassen musste, bevor sein Verstand auch nur annäherungsweise kapierte, wo er sich hier befand. Es war keine karge, dunkle Felsenhöhle, in der vielleicht noch vor zwanzig- oder dreißigtausend Jahren Neandertaler gelebt hatten, um bei einem primitiven Feuer Schutz vor Kälte und Unwetter zu finden, es war, als tauchten sie in eine komplett andere Welt ein. Die Luft war erfüllt von dem Wummern der Kältemaschinen, und der Boden bebte unter ihrer mechanischen Gewalt, aber gleichzeitig war auch ein Raunen in der Luft, das nicht im Geringsten etwas mit diesen monströsen Kühleinrichtungen zu tun hatte, sondern eher aus der Mitte der lang gestreckten Grotte zu kommen schien, von dort, wo die Nebel aufstiegen und zu ihnen herüberwallten.

Wenn Will je das Bedürfnis gehabt hätte, etwas vor ihm Liegendes als verwunschenen Ort zu bezeichnen, dann wäre es jetzt gewesen. Worte reichten gar nicht aus, um das Flirren zu beschreiben, das in der Luft lag, das Knistern und Zischeln, das überall um sie herum war wie Elmsfeuer, und den leicht süßlichen, seltsam köstlich anmutenden Brandgeruch, der von noch feuchten, exotischen Hölzern aufzusteigen schien, die hier langsam vor sich hin schwelten. Es schien, als berühre etwas unendlich Altes und Weises Wills Seele, als würde er erfasst von einer Kraft, die sich jedem bewussten Gedanken verschloss und in ihn hineinsehen könne, als wäre er ein aufgeschlagenes Buch.

Wie auf einen geheimen Befehl hin waren sie alle im Eingang der Höhle stehen geblieben, und nun war es Georg, der als Erster die Fassung wiederfand. »Beeindruckend, nicht wahr?« Seine Stimme klang belegt und gedämpft, als spüre selbst er das Unfassbare, das dieser Ort ausatmete, und könne sich wie Will auch seiner Stimmung nicht entziehen. »Nur schade, dass alle Versuche, sich diesen Ort nutzbar zu machen, gescheitert sind. Und dass er selbst nicht mehr lange existieren wird.«

Seine Worte wirkten wie ein Faustschlag mitten hinein in das strahlende Lächeln eines kleinen Kindes. Für einen ganz kurzen Moment hatte Will vergessen, warum er hier war und welch fürchterliche Dinge nur durch ein Tunnelsystem von ihnen getrennt in der letzten Stunde geschehen waren. Georg hatte ihn in seiner unvergleichlichen Art wieder auf den Boden der Tatsachen zurückgeholt.

»Eigentlich ist es ganz einfach«, fuhr Georg fort. »Du tust mir den klitzekleinen Gefallen, den ich von dir verlange, schnappst dir dafür Duffy, bevor die Kältemaschinen versagen – und wir alle sind glücklich.«

Georgs Worte waren nicht im Geringsten dazu angetan, Will zu beruhigen. Egal, was hier auch noch passieren mochte, Georg würde ihn nicht gehen lassen. Das konnte er gar nicht. Abgesehen von all dem Verrückten, was hier unten passiert war und vielleicht noch passieren würde: Es wäre viel zu gefährlich für ihn, einen Zeugen des bestialischen Mords laufen zu lassen.

Aber das hatte für den Moment keine Bedeutung. Ganz im Gegensatz zu dem, was vor ihm lag. In der Mitte des unterirdischen Doms war eine Senke, in der sich Wasser gesammelt hatte, schon fast so etwas wie ein kleiner unterirdischer See. Der Anblick traf Will wie ein Schlag. Er hätte in diesem Moment noch nicht einmal genau sagen können, was er in ihm auslöste. Vielleicht, weil die Reaktion aus einer Region kam, die tiefer lag als jeder bewusste Gedanke, tiefer sogar als dort, wo in ihm die verschiedensten Gefühle miteinander rangen. Es hatte nichts mit Verstand oder Seele zu tun, sondern mit dem ältesten Antrieb aller höher entwickelten Kreaturen: mit Instinkt. Es war ein gieriges Kribbeln, das er in sich spürte, den Drang, loszulaufen, um zum Mittelpunkt der Höhle vorzustoßen und sich dort hineinzuschmeißen, wo jetzt Wasser in der uralten Senke stand; vielleicht nicht mehr als der Instinkt einer Biene, die auf gleiche Weise zu ihrem Stock zurückgetrieben wurde, um ihren Honig abzuliefern, aber genauso mächtig und drangvoll.

Reimann, der auf den letzten Metern zunehmend mehr Kraft hatte aufwenden müssen, um ihn zu stützen, gab einen überraschten Laut von sich, als Will seine Hand mit einer energischen Bewegung abstreifte und aus eigener Kraft auf die Senke zuzuhumpeln begann.

Als Will näher kam, konnte er mehr Einzelheiten ausmachen. Das Wasser, das sich dort gesammelt hatte, wo der tiefste Punkt der Höhle lag, war nicht schwarz oder blau, und schon gar nicht war es brackig oder abgestanden. Es war golden, türkis, unnatürlich schimmernd, ein wunderschöner Anblick, der als Highlight in jeden Reiseprospekt gepasst hätte. Selbst unter den wallenden Nebeln sah Will, dass die Oberfläche dalag, als wäre sie aus einem einzigen Stück gegossen und geschmiedet, vollkommen ruhig und ohne den geringsten Hauch einer Bewegung oder gar einer Welle. Und doch war da etwas in diesem Wasser, das ihn in Unruhe versetzte, ihn magisch anzog.

»Hier ist der Ort, wo die Macht des Feuers geboren wurde«, sagte Georg ruhig. »Der Ort, von dem alles ausging – und von dem gerade heute das ausgeht, was die Stadt über uns in Schutt und Asche zu verwandeln droht. Und ganz nebenbei gesagt: auch uns, wenn wir nicht aufpassen.«

Will blieb wieder stehen und nickte. Das passte. Nur am Rande bekam er mit, dass auch Reimann neben ihn getreten war und dastand, als erwarte er jeden Moment den endgültigen Zusammenbruch Wills und als müsse er ihn dann rasch auffangen.

»Einst«, fuhr Georg fort, als er auf die andere Seite neben Will trat, »stand hier eine Schmiede.«

»Eine Schmiede?«, murmelte Reimann ungläubig. »Warum sollte man denn in einer Höhle eine Schmiede einrichten?«

Georg seufzte, und es klang wie der ungeduldige Laut eines Vaters, der seinem Sprössling zum wiederholten Male die gleiche Geschichte erzählen muss. »Es war ein Versteck. Über uns, dort, wo später Menschen lebten und sich Köln Schicht für

Schicht aus dem Schlamm der Urgeschichte erhob, war einst ein Tal. In diesem Tal gab es eine kleine Ansiedlung, die sich um eine Schmiede gruppierte.«

»Und dann hat später jemand die Schmiede gepackt und in dieser Höhle versteckt?«

»Nein«, antwortete Georg fast sanft. »Die oberirdische Schmiede war kaum mehr als ein Täuschungsmanöver. Auch wenn in ihr meist geschäftiges Treiben herrschte, weil dort das Alltagsgeschäft abgewickelt wurde, hatte sie nichts mit dem Drachenfeuer zu tun, oder jedenfalls nicht viel. Die alten Überlieferungen berichten, dass hier unten, an dieser uralten Feuerstelle, der Ort war, an der vor unvorstellbar langer Zeit zum ersten Mal willentlich ein Feuer entzündet wurde. Es war die Geburtsstunde der Menschwerdung. Die Nutzbarmachung des Feuers war der entscheidende Punkt, der den Menschen vom Tier erhob und zu dem machte, was er heute ist.«

»Diese These ist mir nicht ganz neu«, sagte Reimann säuerlich. Er fuhr sich mit einer fast ärgerlich wirkenden Geste durch die verschwitzten Haare und drehte sich einmal halb um die eigene Achse und atmete dann tief aus. »Aber dass an diesem Ort einst eine Schmiede gestanden hat, war mir gegenüber wohl keiner Erwähnung wert. Bergmann hat mir jedenfalls nichts davon erzählt.«

»Bergmann kümmert sich ja auch um andere Dinge«, sagte Georg.

»Ich weiß ganz genau, worum sich Bergmann kümmert«, murrte Reimann. »Ich war oft genug dabei, das Tunnelsystem und die Brandlöcher zu erforschen …«

»Die Auswirkung dessen, was sich ohne das Drachenfeuer niemals zu einer wirklichen Gefahr hätte auswachsen können«, unterbrach ihn Georg, ohne auch nur einen Sekundenbruchteil den festen Griff zu lockern, mit dem er Wills Arm umklammert hielt. »Und das Drachenfeuer befindet sich nun einmal seit Anbeginn aller Zeiten hier. So einfach ist das.«

Reimann machte einen Schritt nach vorne, an Will vorbei, den er in diesem Moment offensichtlich komplett vergessen hatte, und sah sich noch einmal, und diesmal weit aufmerksamer, um. »Ja, die Höhle hat schon etwas«, sagte er in einem fast bewundernden Ton. »Sie ist … faszinierend. Ich hätte niemals gedacht, hier unten so viel Schönheit vorzufinden.« Er drehte sich halb zu Georg um, und jetzt nahm seine Stimme einen beißenden, von Hohn triefenden Klang an. »Und es bedarf auch nicht viel Fantasie, sich vorzustellen, dass hier einst Drachen gelebt haben. Und wer weiß? Mit etwas Glück finden wir hier auch noch ein Drachenei und können es ausbrüten lassen. Das wäre doch eine echte Attraktion. Wir könnten reich werden!«

Georg seufzte. »Manchmal wünsche ich mir beinahe, Sie hätten Ihr Erbe ausgeschlagen und sich uns nicht angeschlossen«, sagte er. »Sie nehmen überhaupt nichts ernst …«

»Sie werfen mir vor, nichts ernst zu nehmen?« Reimann lachte humorlos auf. »Das ist doch wohl ein Witz, oder? Abgesehen davon, dass ich viele Jahre lang Lokkens wie eine Stecknadel im Heuhaufen gesucht habe – ohne zu wissen, wie er aussieht, unter welchem Namen er verborgen gehalten wird und ob er überhaupt noch in dieser Stadt oder diesem Land lebt –, habe ich mich in den letzten Jahren um nichts anderes mehr gekümmert als um Brände, schwarz verkohlte Leichen und unerklärliche Feuereruptionen, nur auf der Suche nach dem, was Sie so melodramatisch das *Drachenfeuer* nennen.«

»Sie haben nur das getan, was auch schon andere vor Ihnen getan haben«, sagte Georg kühl und schubste Will vorwärts. Um ein Haar wäre Will gestolpert, doch dann fing er sich und humpelte los, im festen Griff Georgs, aber erstaunlicherweise weniger mühevoll als zuvor, als er mit Reimanns Unterstützung durch das Tunnellabyrinth gestolpert war. »Und darüber hinaus haben Sie das ja ganz gut mit Ihrem Beruf vereinbaren können, nicht wahr? Nicht jeder vor Ihnen, der sich unserer Sache verschrieben hatte, war so glücklich, damit ganz nebenbei das nicht unwesentliche Gehalt eines Hauptkommissars einzustreichen.«

»Das ist Bullshit, und das wissen Sie«, sagte Reimann ungewöhnlich heftig, während er sich beeilte, zu Georg aufzuschließen. »Und wissen Sie, was ich langsam denke?« Er richtete anklagend den Zeigefinger auf Georg: »Sie haben so getan, als wäre ich in alles eingeweiht. Doch das stimmt nicht. Wesentliche Dinge haben Sie die ganze Zeit über für sich behalten. Und langsam drängt sich mir der Verdacht auf, dass Sie das alles nur getan haben, um Ihr eigenes Spiel zu spielen.«

»Unsinn«, sagte Georg. »Wir kämpfen die ganze Zeit über den gleichen Kampf, Reimann. Nur auf verschiedenen Ebenen. Und genauso, wie ich nicht über jeden Ihrer Schritte informiert war, haben Sie auch nicht alles mitbekommen, was ich getan habe …«

»Was auch besser ist«, unterbrach ihn Reimann schroff. »Aber das bezieht sich ausschließlich auf Ihre schmutzigen Geschäfte. Alles andere, alles, was mit der Ursache dieser Brände zu tun hatte, die zu untersuchen ich das zweifelhafte Vergnügen hatte, und mit dem, was hier seit Ewigkeiten vor sich hin gärt und was die Kältemaschinen nur mit Mühe eindämmen können: All das geht mich bis ins kleinste Detail an.«

»Nun machen Sie sich mal nicht ins Hemd«, beschied ihm Georg ärgerlich. »Wir bringen das jetzt hier zu Ende, und dann trennen sich sowieso unsere Wege.«

»Das will ich verdammt noch mal auch hoffen.« Reimann deutete jetzt auf Will, und seine Stimme nahm einen unangenehm schneidenden Klang an, fast wie die eines Staatsanwalts beim Abschlussplädoyer eines großen Mordprozesses. »Wissen Sie, was uns das einbringt, wenn das publik wird, was wir mit ihm gemacht haben – und mit seiner Tochter? Können Sie sich vorstellen, wie viele Karrieren dann ruiniert wären? Und dann stehen wir jetzt hier blöd rum, anstatt die Sache endlich zu Ende zu bringen!«

Reimanns Temperamentsausbruch riss Will aus seiner Erstarrung. Er hatte dem zunehmend gereizter werdenden Gespräch der beiden Männer keine große Beachtung geschenkt, er war ganz in sich selbst versunken gewesen, auf der Suche nach dem, was sich ihm als altes Wissen angeboten hatte und was nun, hier tief unter der Erde, plötzlich einen Sinn zu bekommen schien. Doch das war vielleicht ein Fehler gewesen. Schließlich ging es darum, Duffy zu retten – und möglicherweise auch sich selbst, obwohl er daran schon gar nicht mehr zu denken wagte. Den einzigen Hebel, den er ansetzen konnte, um Georgs Plan doch noch im letzten Moment zu vereiteln, hatte ihm Reimann gerade selbst in die Hände gespielt. Seit sie auf Georg und Slavko gestoßen waren, hatte sich der Polizist auffällig zurückgehalten, doch dass er dazu nun nicht mehr gewillt zu sein schien, spielte Will einen letzten Trumpf in die Hand.

Georg schien das genauso zu sehen, und er wollte offensichtlich dem zuvorkommen, was auch immer Will jetzt einfallen mochte. Er machte einen halben Schritt auf ihn zu und packte ihn grob am Arm. »Los jetzt«, zischte er. »Du hast gehört, was Reimann gesagt hat. Bringen wir es endlich hinter uns.«

»Von mir aus«, sagte Will. »Aber wie soll das gehen? Ich sehe Duffy nirgends! Hast du nicht gesagt, sie wäre hier irgendwo?«

»Das ist sie ja auch«, brummte Georg und schob ihn unsanft vorwärts. »Du musst nur die Augen aufmachen. Dann wirst du sie schon sehen.«

»Wo werde ich sie sehen?«, fragte Will ungehalten. Er war mit den Nerven so sehr am Ende, dass er sich am liebsten an Georgs Arm festgekrallt und ihn zu Boden gerissen hätte, um seiner Wut freien Lauf zu lassen; ganz egal, was das für Konsequenzen haben mochte. In seinem Kopf war ein zunehmend anschwellender Druck, und die Arbeitsgeräusche der Kältemaschinen, das Hämmern und mittlerweile immer bedrohlicher klingende Quietschen, schienen sich über seine Gehörgänge geradewegs in sein Innerstes zu bohren, um ihm auch noch den allerletzten Nerv zu rauben. Er versuchte, den rauchigen Nebel vor ihm mit seinem Blick zu durchdringen, versuchte inmitten der schillernden Farbspiele und Vorsprünge so etwas wie einen menschlichen Umriss auszumachen, eine kleine, dürre Gestalt, die sehnlichst darauf wartete, dass sie nun endlich befreit wurde. Aber all seine Bemühungen waren umsonst, und in seinem Kopf machte die ganz Zeit über etwas *bum, bum, bum* als Antwort auf die verdammten Kältemaschinen.

»Es wird langsam ungemütlich warm hier«, sagte Reimann gereizt direkt neben ihm, und Will erkannte aus den Augenwinkeln, dass er an seinem Hemdkragen herumnestelte und die grau gestreifte Krawatte lockerte, die hier unten so fehl am Platz war wie ein Maßanzug im Badeurlaub.

»Ja«, sagte Georg. »Noch ist es warm.«

»Sie meinen, die Kältemaschinen kühlen das wieder runter?«, vergewisserte sich Reimann, während er den Krawattenknoten jetzt mit einem fast wütenden Ruck sprengte, sich den Schlips vom Hals zerrte und in die Tasche seines leichten Sommerjacketts stopfte.

»Nein«, sagte Georg. »Jetzt ist es noch warm. Aber bald

wird es heiß sein. Die Luft wird anfangen zu sieden. Die Maschinen werden ausfallen. Und es wird das aus der Erde hervorbrechen, was die ganze Zeit über schon darauf lauert, aus jedem Gully, jedem Toilettenrohr und jedem Überlaufbecken hervorzuschießen.«

»Na, klasse!« Reimann nestelte an seinem Jackett herum, als ob er es ausziehen wollte, ließ es dann aber sein. »Ich hoffe nur, dass dieses Zeugs jetzt hier auch nicht noch aus allen Gängen hervorquillt.«

»Das ist kein *Zeugs«,* korrigierte ihn Georg sanft.

»Ich weiß, verdammt noch mal, was das ist!« Reimann brüllte fast. »Ich habe gesehen, wie es sich über die Treppe hinaufgewunden hat, gleißend und alles verbrennend, was ihm in den Weg kam, und ich habe die schwefligen Schwaden der Hölle eingeatmet, und ich habe gespürt, wie es sich mit winzigen Fingern in meine Gesichtshaut eingegraben hat. Es war Lava, verdammt noch mal, Lava in Köln, und nur mit Mühe haben wir es geschafft, der Presse den Bären aufzubinden, dass es sich dabei um die Verbindung verschiedener Chemikalien handelte, die einen ganz ähnlichen glühenden Ausfluss zur Folge hatte. Bergmann und sein Team haben Kopfstände gemacht, um den Weg der Lava zurück ins Erdinnere zu verfolgen, aber es ist ihnen nicht gelungen, jedenfalls bis heute nicht. Und Sie behaupten, dass hier alles seinen Ursprung hat? Aber wo ist dann die Lava? Wo sind Spuren von ihr? Wo ist ein einziges Anzeichen davon, dass sich hier ein Vulkan befindet?«

»Ich kann mich nicht daran erinnern, von einem Vulkan gesprochen zu haben«, sagte Georg knapp.

»Nein, Sie haben von vielem gesprochen, und vor allem haben Sie von vielen Dingen *nicht* gesprochen, sondern sie mir verheimlicht.«

»Ich habe Ihnen vom Atem des Drachen berichtet«, antwortete Georg ungerührt.

»Eine blödsinnige Metapher.« Reimann streifte sich jetzt doch noch das Jackett ab, aber mit so wütenden, ungelenken Bewegungen wie ein Fünfjähriger kurz vor einem Trotzanfall. »Drachenfeuer! Dass ich nicht lache! Ich habe den Begriff akzeptiert als Ursache für die unerklärlichen Brandphänomene, die in den letzten Jahren wieder vermehrt auftraten. Aber wissen Sie, was passiert wäre, wenn ich das Wort *Drachenfeuer* auch nur einmal in einem offiziellen Bericht verwendet hätte? Ich hätte schon am nächsten Tag einen Termin mit dem Polizeipsychologen gehabt, wenn man mich nicht gleich in die nächste Klapse eingeliefert hätte!«

»Und wäre es anders gewesen, wenn Sie statt Drachenfeuer Lava in einen Polizeibericht geschrieben hätten?«, fragte Georg.

»Das habe ich ja jetzt!«, sagte Reimann wütend und legte sich das Jackett garantiert nicht knitterfrei und so schwungvoll über den Arm, dass es auf der anderen Seite beinahe wieder heruntergefallen wäre. »Und selbst die Spezialisten wie Bergmann sprechen von Lava, zumindest intern und hinter verschlossenen Türen …«

»Aber erst nach der Brandkatastrophe in dem Haus, in dem Will all die Jahre untergekrochen war«, sagte Georg. »Und dann auch nur hinter verschlossenen Türen, wie Sie ganz richtig sagten. Und wissen Sie auch, warum?« Reimann schüttelte trotzig den Kopf. »Weil die Öffentlichkeit nicht darauf vorbereitet ist. Weil das meiste des alten Wissens längst vergessen ist. Und wenn Hamlet auch noch so oft zitiert wird mit dem Spruch, dass es mehr Dinge gibt, als uns unsere Schulweisheit glauben machen will – im Grunde wird alles verleugnet, was mit dem alten, mythologischen Wissen zu tun hat, auf das unsere Vorfahren unser aller Zivilisation gegründet haben.«

»Und als Schliemann nach Homers Troja zu graben begonnen hat, haben ihn alle für verrückt erklärt – geschenkt«, winkte Reimann ab. »Hier geht es nicht nur um irgendwelche Altertümer. Hier geht es um das, was mit feuriger, unaufhaltsamer Gewalt aus der Erde hervorzuschießen droht: um Lava!«

»Wenn Sie es so nennen wollen.« Georgs Worte übertönten mühelos das Gedröhn der Maschinen, obwohl er nicht einmal besonders laut gesprochen hatte, und seine nächsten Worte hallten regelrecht von den Wänden wider: »Unsere Vorfahren haben vom feurigen Atem des Drachen gesprochen, von der vernichtenden Wucht, mit der er aus jeder Ritze der Erde hervorquillt, von der Glut, die alles auslöscht, was sich ihr in den Weg stellt. Es wird kein Entkommen geben, auch heute nicht, wenn der Drache Feuer spuckt.«

Während sich Will einige Schritte weiter vorwärts schleppte, sprach niemand ein Wort. »Dann lassen Sie uns keine Zeit mehr verlieren«, sagte Reimann schließlich nervös.

Will hatte das Gefühl, dass er tatsächlich den Unsinn glaubte, den Georg von sich gab. Und ihm selbst rann, paradoxerweise als Reaktion auf das, was Georg vom Drachenfeuer gesagt hatte, ein kalter Schauer über den Rücken.

»Und wie habt ihr euch das vorgestellt?«, fragte er. »Ich wandle wie Jesus über das Wasser da vor mir, und dann erlischt die ganze Pracht hier, als hätte jemand einen Schalter umgelegt?«

»So ähnlich«, sagte Georg ungehalten. Er packte noch kräftiger zu, aber nicht, um Will weiter vorwärts zu schubsen, sondern diesmal, um ihm mit dieser groben Geste zu verstehen zu geben, dass er anhalten solle. »Da!« Er packte Wills Kopf am Kinn und drückte ihn zur Seite, während er mit dem ausgestreckten Zeigefinger der anderen Hand links in den Höhlenhintergrund deutete. »Da ist sie. Siehst du sie?«

Zuerst sah Will erst einmal gar nichts, doch dann, als er die Augen zusammenkniff und versuchte, mit seinem Blick die vor allem über dem Wasser hängenden Schwaden zu durchdringen, erahnte er eine Gestalt, die durchaus die eines Menschen hätte sein können. Zuerst gewahrte er nicht mehr als einen dürren Oberkörper auf schlaksigen Beinen, kaum mehr als die Ahnung eines menschlichen Körpers, doch dann glaubte er tatsächlich die Umrisse eines schmächtigen Erwachsenen oder die eines Kindes zu erkennen. Sein Herz begann wieder heftig und schmerzhaft zu pochen, und er spürte, wie seine Hände zu zittern anfingen. Sein Verstand war noch lange nicht bereit, Georg zu glauben – schließlich konnte das da hinter dem wallenden See alles Mögliche sein, der ausgemergelte Körper eines anderen Opfers von Georg, vielleicht genauso ausgeweidet wie Rattengesicht, oder auch einfach nur eine Gummipuppe, die er da hatte anbringen lassen, um ihn zu narren –, aber sein Gefühl sprach eine komplett andere Sprache. Wenn auch nur die geringste Aussicht bestand, dass das da vorne Duffy war, würde er alles tun, um sie zu retten – und sollte Georg auch noch ein so perverses Spiel mit ihm treiben wollen.

»Na, was ist?«, fragte Georg. »Bist du bereit?«

Will musste sich erst einmal ein paar Mal räuspern, bevor er sprechen konnte. »Bereit wozu?«, fragte er dann.

»Ich denke, das weißt du ganz genau.« In Georgs Stimme hatte sich ein neuer Unterton eingeschlichen. Er kam Will mit einem Mal nicht nur fordernd, sondern fast lauernd vor.

Der Wolfsgesichtige beugte sich ein Stück vor. In seinen Augen glitzerte etwas, das ich nicht einordnen konnte. Vielleicht war es die Erwartung, dass ich jetzt gar nicht anders konnte, als klein beizugeben, vielleicht war es aber auch der Instinkt eines Raubtiers, das sein Opfer in die Enge getrieben hatte. In jedem Fall war es etwas, das zu früh kam. Denn ganz so wehrlos, wie der Wolfsgesichtige meinte, war ich bei weitem nicht.

Will löste sich aus Georgs Griff und stolperte ein paar Schritte vorwärts. Sein Blick blieb dabei fest auf die Gestalt gerichtet, die an der Felswand festgekettet war, wie er jetzt zu erkennen glaubte. Sie war so weit entfernt, dass er nach wie vor keine Gesichtszüge erkennen konnte, aber nah genug, dass er jetzt die kleinen, hilflosen Bewegungen bemerkte, mit der die Gestalt versuchte, ihre unbequeme und sicherlich schmerzhafte Haltung zu erleichtern. Bei diesem Anblick krampfte sich alles in ihm zusammen.

»Duffy«, murmelte er, obwohl er immer noch alles andere als sicher sein konnte, dass es sich wirklich um seine Tochter handelte. Eine Woge unglaublichen Hasses durchfuhr ihn. Er hatte immer noch nicht begriffen, was Georg eigentlich von ihm wollte. Der Ausdruck Drachenfeuer hatte irgendetwas in ihm berührt, genauso wie das, was er in dieser Höhle hier vorfand, und er hatte das Gefühl, als wisperten ihm die Wände etwas zu, Laute in einer Sprache, die er nicht verstand, Forderungen, die er nicht erfüllen konnte, und Warnungen, die er nicht wahrhaben wollte, und er hatte auch durchaus nicht vergessen, dass zumindest Georg davon ausging, hier würde in Kürze eine Katastrophe unvorstellbaren Ausmaßes ihren Ursprung finden – eine Katastrophe, deren erstes Opfer Duffy und er werden würden, und auch Reimann und Georg, wenn sie nicht schleunigst machten, dass sie von hier fortkamen.

Ich wusste, dass das Geraune um mich herum, das Gewisper und Gestöhne, nicht von dem Sturm kam, der an der Schmiede rüttelte, sondern von ganz woanders her, von dem geheimen Tunnel unter mir, der hinabführte in die Tiefen des geheimen Ortes, den ich vor vielen Jahren hier entdeckt hatte. Der Wolfsgesichtige konnte davon keine Ahnung haben, und es war ihm sicherlich daher auch unmöglich, den Ausdruck von Hoffnung und Stärke zu deuten, der sich unweigerlich auf meinem Gesicht abzeichnen musste.

»Ich will das, was mir gehört«, sagte der Wolfsgesichtige. Sein kalter Atem streifte mein Gesicht. »Mir und den Meinen.«

»Ich weiß nicht, was du über diese Geheimnisse der Schmiede gehört hast«, brachte ich mühsam hervor, während ich mit der rechten Hand in der Wand nach dem geheimen Mechanismus suchte, den ich hier vor Jahr und Tag hatte anbringen lassen. »Aber ich glaube, dass viel Übertreibung mit dabei ist. Ich bin nichts weiter als ein begabter Schmied, der sein Glück und Können hauptsächlich auf das seiner tüchtigen Gesellen baut. Die magischen Geheimnisse, die man mir anzudichten versucht, wirst du jedenfalls hier nicht finden. Und damit auch nicht das, was immer du suchst …«

Der Wolfsgesichtige reagierte ganz anders, als ich vermutet hatte. Er packte mich mit einem so raschen Griff an der Kehle, …

dass jede Gegenwehr zu spät kam. Genauso wie der Schmied, aus dessen Blickwinkel er eben noch den Wolfsgesichtigen vor sich gesehen hatte mit dem Gefühl, wirklich und leibhaftig etwas zu erleben, was vor einer Ewigkeit in einem abgelegenen Tal geschehen war, fühlte sich Will von Georg gepackt und an sich herangezogen. Es geschah so schnell und überraschend, dass er nicht einmal dazu kam, auch nur einen erstickten Laut von sich zu geben. »Ich kann dir ganz genau sagen, was ich will«, zischte Georg Will ins Ohr. »Ich will, dass du jetzt Duffy rettest. Und dass du mir dafür dein Erbe überlässt.«

Zu behaupten, dass die Worte Georgs Will überrumpelt hätten, wäre mehr als untertrieben gewesen. Reimann konnte von dem, was er ihm ins Ohr geflüstert hatte, nicht das Geringste mitbekommen haben, und das war sicherlich kein Zufall. Bevor irgendjemand von ihnen etwas sagen oder auf Georgs ungewöhnliche Attacke reagieren konnte, begann der Boden unter ihnen zu grollen und zu beben, viel stärker, als er das bislang getan hatte, unrhythmisch und zerstörerisch wirkend und beinahe so, als ob sich da etwas Riesiges, Gewaltiges unter ihren Füßen winden würde. Will bezweifelte plötzlich, dass das, was er die ganze Zeit über unter seinen Schuhsohlen gespürt hatte, wirklich nur auf die Arbeitsgeräusche der Kältemaschinen zurückzuführen war, oder ob da nicht etwas ganz anderes am Werke war, eine gänzlich andere, vollkommen unerklärliche Kraft, die sich mit dem menschlichen Verstand so wenig fassen ließ wie die Lava, die das Haus zerstört hatte, in dem er so viele Jahre gewohnt hatte.

»Georg, was soll das?«, fragte Reimann scharf. »Lassen Sie doch Lokkens los. Und lassen Sie uns endlich die Geschichte zu Ende bringen.«

»Sehen Sie denn nicht, was der Verrückte getan hat?«, brachte Will mühsam hervor. »Sehen Sie nicht …«, *dass das da vorne meine Tochter ist?*, hatte er den Satz beenden wollen, aber er brachte keinen weiteren Laut hervor, denn Georg hatte nicht nur die Hand um seine Kehle gelegt, sondern er drückte auch weiter zu.

Ich bekam keine Luft mehr, rang vergeblich um Atem. »Das Leben deiner Tochter gegen das, was mir zusteht, Schmied«, sagte der Wolfsgesichtige. »Händige mir Niduds Ring aus, übertrage mir seine Macht.«

Macht. Natürlich. Während Erschütterungen durch den Boden liefen, die heftiger als alles waren, was Will in dieser Hinsicht bereits erlebt hatte, purzelten seine Gedanken wild durcheinander.

»Ich bin nicht gekommen, um zu zerstören«, sagte der

Wolfsgesichtige. »Ich bin nicht gekommen, um zu vernichten. Ich bin nur gekommen, um das zu holen, was mir zusteht.«

»Ich wüsste nicht, was das sein sollte«, quetschte ich hervor, während meine Hand nach wie vor nach dem geheimen Mechanismus tastete.

»Natürlich weißt du das«, sagte der Wolfsgesichtige höhnisch. Sein Gesicht verzog sich zu einer Grimasse, und dort, wo menschliche Zähne sein sollten, glaubte ich plötzlich ein Raubtiergebiss zu erkennen, nicht umfasst von Lippen, sondern von den Lefzen eines Wolfes.

»Ich will das Drachenfeuer«, sagte der Wolfsgesichtige. »Und du wirst es mir aushändigen, mitsamt Niduds Ring, und was auch immer sonst dazu nötig ist, um es in meine Gewalt zu bekommen.«

Die ganze Höhle schien sich zu schütteln wie ein Schiff in stürmischer See. Ein unheimliches Grollen und Rumoren drang aus der Erde herauf, und die Luft war plötzlich so erfüllt von Staub und winzigen Gesteinspartikeln, dass jeder Atemzug zur Qual wurde.

Aber Will nahm das nur ganz am Rande wahr. Es kam ihm vor, als hätte jemand einen Schleier um seine Gedanken beiseite gefegt, als sei er jetzt zum ersten Mal in der Lage, all das klar und deutlich zu sehen, was er eigentlich hätte schon früher erkennen können.

Georg ging es nicht darum, ihn zu demütigen. Es war auch kein perverses Rachespiel, das er ihm aufzwang, und wahrscheinlich war es auch nie um die Lösegeldsumme gegangen, die er von Martina für Duffys Freigabe hätte erpressen können. Es ging um das, um was es Georg immer gegangen war, im Kleinen wie im Großen: um Macht.

Und noch etwas anderes wurde Will in diesem Moment klar: Ganz im Gegensatz zu Reimann hatte Georg niemals vorgehabt, das zu vernichten, was er hier unten fand. Er war gekommen, um das, was er selbst Drachenfeuer nannte, zu bändigen und sich seiner Kraft zu bedienen. Wahrscheinlich war es ihm dabei vollkommen gleichgültig, dass das Feuer vernichtete und tötete, es war ihm egal, dass gerade jetzt über ihnen in der Millionenstadt das Chaos tobte und die Feuersbrunst unschuldige Menschen verschlang, und es interessierte ihn auch nicht, dass das Ganze noch eskalieren konnte. Er war an nichts anderem interessiert als an seinem eigenen, ganz persönlichen Vorteil, und er würde alles tun, um den zu wahren.

»Loki der Listenreiche, Loki der Liederliche, der Verderbte!« Der Wolfsgesichtige spuckte mir den Namen und seine Attribute fast ins Gesicht. »Er hat nicht nur die Asen gedemütigt, er hat nicht nur den Sohn des Hreidmar getötet und Thor gedemütigt, er hat auch das Feuer verwandelt, das Thor mit seinen Blitzen auf euch schleuderte, er hat es mit etwas verbunden, das selbst noch älter ist als er selbst: dem Drachenfeuer.«

»Davon weiß ... ich ... nichts«, quetschte ich mühsam hervor. »Ich bin nichts weiter als Wayland, der Schmied ...«

»Ja, du magst Wayland sein«, sagte der Wolfsgesichtige scharf. »Aber weißt du, wer ich bin?«

»Nein«, sagte ich. »Ich habe nicht ... die geringste Ahnung.«

»Mein Name ist Fenrir«, sagte der Wolfsgesichtige. »Und als mein Vater gilt Loki, und es heißt ...«

»... er habe mit Angrboda zusammen einen Wolf gezeugt.« Meine Hand, die den Mechanismus fast erreicht hatte, verharrte einen Moment zitternd. Natürlich kannte ich die grausige Geschichte Fenrirs, des Dämons in Wolfsgestalt, und auch die Gräueltat, die man ihm zuschrieb, nämlich dass er die Hand von Odins Sohn Tyr abgerissen und gefressen haben sollte wie zum Auftakt, die Götter selbst zu verschlingen. Das Schlimmste aber war nicht seine Vergangenheit, sondern das,

was ihm die Nornen prophezeit hatten: Es hieß, er würde einst ein Zeitalter der Zerstörung einleiten, in dessen Verlauf er den Göttervater Odin zerreißen und so die Welt der Zerstörung anheim fallen lassen würde.

Die Puzzlesteine der alten germanischen Mythologie wirbelten durch Wills Kopf, ohne dass er sie ordnen konnte. All die alten Geschichten hatte er immer und immer wieder gehört, als kleines Kind auf einem dicken Teppich in einem großen, sonnendurchfluteten Zimmer sitzend, während er mit Drachen- und Götterfiguren gespielt hatte. Sein Vater war noch immer gesichtslos für ihn, aber er glaubte seine Stimme zu hören, den rauen, fast melodischen Singsang, mit dem er ihm von Göttern, Riesen und Dämonen erzählt hatte, die charakteristische Stimme, die ihn die ganzen letzten Jahre begleitet hatte, ohne dass er sie bislang hatte einordnen können. Es mussten Dutzende, wenn nicht Hunderte von Malen gewesen sein, in denen ihm sein Vater von dem erzählt hatte, was den Verlauf der altgermanischen Welt bestimmt hatte, und während andere Kinder Janosch-Geschichten vorgelesen bekamen oder auch die alten Grimm'schen Märchen, war seine Kindheit ausschließlich mit der absonderlichen und grausamen germanischen Götterwelt bevölkert gewesen.

»Wirst du tun, was ich von dir verlange?«, flüsterte Georg Will ins Ohr und mitten hinein in seine frühkindlichen Erinnerungen. »Wirst du mir den kleinen Gefallen tun, für den ich dir das Leben deiner Tochter schenke?«

Will starrte hinaus in das Wallen, das Duffy fast gänzlich verschlang, hinweg über den Ort, an dem so viele Mythen ihren Ursprung hatten, von Loki, dem listenreichen Feuerbringer, von Thor, der mit seinem Schmiedehammer Blitze zu schleudern vermochte, und von Wayland, dem Schmied, dessen Schicksal so eng mit seinem eigenen verbunden war.

»Vor mir waren schon andere hier«, fuhr Fenrir, der Wolfsgesichtige, fort. »In Niduds Auftrag haben sie die Wälder durchstreift auf der Suche nach dir. Sie wollten dich feige im Schlaf überwältigen, um zu rächen, was du Nidud angetan hast.«

»Aber du …«, ich hustete qualvoll, »du bist nicht gekommen, um Niduds Rache an mir zu vollziehen?«

»Das, was zwischen Nidud und dir ist, geht mich nichts an.« Die Augen des Wolfsgesichtigen funkelten bösartig. »Es geht mir um mehr, um sehr viel mehr.«

»Du willst mir mein Geheimnis entreißen«, sagte ich rau. »Nur dumm, dass es gar kein Geheimnis gibt …«

»Das gibt es tatsächlich nicht«, zischte Fenrir. »Denn ich weiß alles über dich, Schmied. Ich weiß, was du hier getrieben hast die letzten Jahre, und woher die Kraft kommt, deren du dich bedienst. Doch jetzt ist Schluss damit. Jetzt wirst du mir aushändigen, was ich brauche, um das Erbe Lokis anzutreten. Die eine einzige, die winzige Kleinigkeit, die mir noch fehlt.«

»Von welcher Kleinigkeit sprichst du?«

»Bist du taub? Hast du nicht vernommen, was ich die ganze Zeit über schon von dir verlangte?« In Fenrirs Augen funkelte kalte Gier. »Wir alle wissen doch, weswegen du gerühmt wirst, Schmied.«

»Ja«, sagte ich voll sinnlosen Trotzes. »Wegen meines Schwertes. Wegen Mimung.«

»Das mag wohl sein«, sagte Fenrir leichthin. »Aber nicht das ist es. Sondern der eine, der fehlende Schlangenring, wegen dem du in Streit mit Nidud und seinen Najaren gerietest. War nicht er der wirkliche Grund für deine beschwerliche Reise – und nicht das Erz, dass dich deine Schwester auftrug zu holen?«

»Siebenhundert Ringe waren es«, sagte ich gepresst. »Musste

da Nidud einen stehlen lassen? Hätte er mich nicht damit beauftragen können, einen weiteren für ihn herzustellen?«

»Wohl kaum«, höhnte Fenrir, und aus seinen Lefzen tropfte etwas, das nichts anderes als von der Gier erzeugter Speichel sein konnte. »Die Schlangenringe lassen sich nicht vervielfältigen. Das weißt du doch besser als ich, der du sie im Drachenfeuer geschmiedet und gehärtet hast. Und nun rück ihn raus, Niduds Ring – oder muss ich erst Gewalt anwenden?«

Will spürte, wie der Boden unter ihm bebte wie etwas Lebendiges, das ihn und die anderen abwerfen wollte in der Art, wie sich bockende Pferde ihrer Reiter entledigten, und er rang um Luft, nicht nur, weil Georg ihn nach wie vor im festen Griff hielt, sondern auch, weil die Luft mittlerweile getränkt war mit feinsten und gröberen Verunreinigungen, weil von irgendwoher etwas aufgeschleudert wurde, das in seine Lungen drang und sie ausfüllte wie Asbeststaub. Seine Gedanken waren wie zweigeteilt. Auf der einen Seite war in ihm nichts weiter als Verwirrung und Unverständnis, und auf der anderen Seite etwas ganz Klares, das ihn sehr wohl begreifen ließ, um was es hier ging, einschließlich all der Dinge, die ihm sein Vater in frühester Kindheit eingetrichtert hatte, und einschließlich der Gefahr, in der sich Duffy nach wie vor befand.

Der Wolfsgesichtige spielte für ihn jetzt keine Rolle mehr. Auch all das, was ihm sein Vater vorgebetet hatte, spielte keine Rolle mehr; jedenfalls jetzt nicht mehr, nachdem es ihm geholfen hatte, die Art der Falle einzuordnen, in die Georg ihn hatte tappen lassen, der Mann, der wohl niemand anderer als der letzte Nachfahre von Fenrir, dem Wolfsgesichtigen, war.

Nichts und niemand spielte mehr eine Rolle.

Bis auf Duffy.

Will starrte und starrte, dorthin, wo die Gestalt am Felsen angekettet war wie Prometheus in der griechischen oder Loki in der germanischen Sage, und seine Augen füllten sich mit Tränen. Er erkannte Duffy jetzt ganz deutlich, sah das schmale Gesicht, das ihm schon bei ihrer ersten Begegnung so unnatürlich blass und angestrengt vorgekommen war, und erinnerte sich an die dunklen, tief eingegrabenen Ringe, die unter ihren Augen lagen, wie bei einem Menschen, der eine Zeit endlosen Kummers hinter sich hatte, und an den trotzigen, oft voller Wut zusammengezogenen Mund; aber er erinnerte sich auch an die erstaunliche Energie, die in diesem ausgemergelten Körper steckte, und die herausfordernden Blicke, mit denen sie ihn so oft gemessen hatte, bevor sie ihm wieder eine ihrer Frechheiten an den Kopf geschleudert hatte.

Und auch sie schien ihn zu sehen. Ihre Bewegungen hatten sich beruhigt, ihr Kopf war in seine Richtung vorgereckt wie der eines Vogels, der wachsam das unter ihm liegende Gelände im Auge behält, und ihre ganze Körperhaltung, sonst eher an eine sprungbereite Raubkatze erinnernd, drückte jetzt nur eines aus: Qual.

Will wusste, wie es ausgehen würde. Er würde tun, was immer auch Georg von ihm verlangte, um Duffy zu retten. Und Georg würde das erhalten, was er und andere Drachenfeuer nannten, eine archaische, unerklärliche Kraft, die demjenigen, der sie zu beherrschen glaubte, Macht und Einfluss versprach. Und die Jagd, die einst im Namen Niduds, seines Hassfeindes, in dicht bewachsenen Wolfstälern begonnen hatte, um Wayland, den Schmied, zur Strecke zu bringen, den Mann, der die siebenhundert Schlangenringe und das Schwert Mimung geschmiedet hatte, würde hier und jetzt zu Ende gehen. Sie würde genau in dem Moment ihr Ende finden, in dem Georg, der letzte Nachkomme des Wolfsgesichtigen, ihn selbst, den letzten Nachfahren aus der einst so mächtigen Schmiedegilde, niederstreckte.

»Tust du das, was ich von dir verlange?«, flüsterte Georg noch einmal.

Will antwortete nicht. Er hätte es gar nicht gekonnt, selbst wenn er es gewollt hätte. In seinem Hals saß ein dicker Kloß, und seine Hände begannen zu zittern.

»Es war eine harte Zeit, in der das alles begann«, sagte Georg etwas lauter, drohender. »Wayland hat die Kinder Niduds ohne zu zögern getötet. Und dann tat er das, was ihm sein Metier vorgab: Er stellte aus ihren Körperteilen Schmuck her. Die Köpfe der toten Kinder trennte er ab, fasste die Hirnschalen in Silber und sandte sie Nidud. Ihre Augen brach er aus ihren Höhlen und fertigte Edelsteine für die Mutter der Kinder, die Zähne ergaben Brustschmuck.«

Will konnte immer noch nicht antworten. Er kannte die alten Sagen, auch wenn sie lange Jahre tief in ihm verschüttet gewesen waren, vielleicht deshalb, weil er sie nie mit sich selbst und seinem Schicksal in Zusammenhang gebracht hatte; er kannte sie allein schon deshalb, weil sein Vater ihn immer wieder damit in Angst und Schrecken versetzt hatte.

Und jetzt benutzte Georg sie, um ihn mit ihren Bildern in Panik zu versetzen. Aber das war beileibe nicht das Schlimmste. Ein Mann, der einem Weggefährten bei lebendigem Leib das Herz aus der Brust schnitt, würde wahrscheinlich auch nicht zögern, einem Mädchen die Augen aus den Höhlen zu brechen …

Mittlerweile zitterten nicht nur Wills Hände. Er zitterte am ganzen Leib. Alles drehte sich um ihn. Sein Herz hämmerte noch immer, schien jetzt aber irgendwie aus dem Takt zu kommen, und jeder einzelne dumpfe Schlag wurde von einem schmerzhaften, tief gehenden Stich begleitet. In den letzten Minuten hatte er kaum etwas von seiner Verletzung gespürt und auch die Erschöpfung kaum wahrgenommen, die ihn zuvor wie ein schwarzes, erstickendes Tuch umhüllt hatte. Es war ihm beinahe so vorgekommen, als tanke er Kraft und Energie mit jedem humpelnden Schritt, dem er sich der mit tiefem, dunklem Wasser voll gesogenen Senke näherte. Und obwohl dieses Gefühl noch nicht vollständig verschwunden war, spürte er doch jetzt etwas anderes, so etwas wie die dunkle, zerstörerische Seite der Energie, die in dieser Höhle und ihren von Erzadern durchzogenen Wänden seit unvorstellbar langer Zeit gespeichert war. So, wie ihm die Höhle auf der einen Seite Kraft gab, entzog sie ihm doch auf der anderen Seite pure Lebensenergie, und je länger das Grollen und Beben unter ihm anhielt und je mehr der Drachenhauch die Luft um sie verpestete, umso mehr spürte er auch, dass seine Zeit abgelaufen war und er sich nicht mehr lange würde auf den Beinen halten können.

»Wayland hat all das mit seinem Leben bezahlt«, fuhr Georg fort. »Aber seine Nachfahren, die Schmiede, die sich auf sein geheimes Wissen berufen konnten, haben all die Jahre im Verborgenen weitergewirkt. Aus Wayland, dem Schmied, wurde Wieland Schmidt. Und aus dem Geschäft mit Schwertern, Schmuckstücken und Kleinoden wurde das Geschäft mit einer anderen Art zerstörerischer Waffen, mit zeitgemäßen Preziosen und Geschmeide. Von Generation zu Generation wurde mit dem Namen und dem über die Zeit gewonnenen Reichtum auch das alte Wissen um das Drachenfeuer weitergegeben … bis hin zu dir.«

»Lokkens«, sagte Reimann plötzlich, und der Klang der Stimme, die so lange geschwiegen hatte, ließ Will zusammenzucken. Irgendwie war es falsch, dass der grauhaarige Polizist noch hier war, jetzt, nachdem sich Will wieder an so vieles erinnerte. Was auch immer noch passieren mochte, es war ausschließlich eine Sache zwischen ihm und Georg, dem Mann, der aus der direkten Linie Fenrirs stammte.

»Er heißt Wieland Lokkens«, fuhr Reimann ungerührt fort. »Nicht Wieland Schmidt.«

»Ja«, sagte Georg. »Ein letzter kleiner Abschiedsscherz seines Vaters. Lokkens havre ist die Bezeichnung für ein besonders unerfreuliches Unkraut, das nach Loki benannt worden ist, dem verschlagenen Feuerbringer unter den Asen …«

»Aber wenn das stimmt …«, unterbrach ihn Reimann.

»Ja, was dann?«, fragte Georg kalt.

»Dann …« Reimann brach ab. »Was ist hier los, Georg?«, fragte er nach zwei, drei Sekunden. In seiner Stimme war etwas, das Will alarmierte und so weit aus seiner Erstarrung riss, dass er sich beinahe umgedreht hätte. »Dieser Wieland Lokkens hier ist eine Randfigur. Ein Bastard. Ein Mann aus einer Seitenlinie. Das stimmt doch, oder?«

»Natürlich«, sagte Georg rasch – eine Spur zu rasch, wie Will fand. Sein Blick war noch immer auf Duffy gerichtet, und doch begriff er, dass sich zwischen den Männern etwas anbahnte, was weit über ein Missverständnis hinausging. Die Stiche in Wills Brust wurden so schlimm, dass er das Gefühl hatte, es würde eine glühende Nadel langsam immer tiefer in Richtung seines Herzens geschoben, und in seinem Kopf begann sich der Widerhall auf das plötzlich ungesund klingende Wummern der Kältemaschinen und der krachenden und berstenden Geräusche zu seinen Füßen zu einem hässlichen, hämmernden Schmerz zu wandeln, und dennoch … es war auch gleichzeitig, als ströme ihm etwas von der nun aufgewühlten Oberfläche des unterirdischen Sees zu, ein Hauch, der ihm Linderung versprach, ein lockendes Versprechen, dass doch noch alles gut werden könne, wenn er nur die Nerven behielt …

»Wir haben ihn in die Enge getrieben«, sagte Reimann. War da eine Spur von Nervosität in seiner Stimme? »Wir haben ihn gestellt. Genauso, wie unsere Vorfahren Wayland in den

Wolfstälern hatten stellen wollen, ohne dass es ihnen aber gelang …«

»Das ist ein Irrtum«, sagte Georg ruhig.

»Ein Irrtum?« Da *war* Nervosität in Reimanns Stimme, und gleichzeitig war da etwas anderes, eine Warnung, die aus Duffys Richtung, vom See, von der alten Schmiede, vom Drachenfeuer zu Will herüberwehte.

»Es gab einen Mann, der Wayland stellte«, stellte Georg richtig.

Will spürte, wie sich seine Nackenhaare aufrichteten. Das, was Georg jetzt im Begriff war auszusprechen, konnte nichts anderes als Wahnsinn sein: die Bestätigung der Geschichte, die vor Wills Augen ablief wie ein Film, und doch ganz anders, und damit auch die Bestätigung einer Geschichte, die ihm sein Vater immer und immer wieder erzählt hatte, in einem Alter, in dem Kinder Informationen wie ein nasser Schwamm aufsaugen. Plötzlich hatten sich all die vielen Dinge, die er in frühester Kindheit gehört hatte, in ihm selbstständig gemacht, und sie schienen im Begriff zu sein, ihn immer tiefer und tiefer in sich aufzusaugen, so dass er fast das Gefühl hatte, mit Wayland, dem Schmied, zu einer Person zu verschmelzen.

»Es war ein ganz besonderer Mann.« Irgendetwas in Georgs Stimme warnte Will. Mit den Bewegungen eines uralten Mannes drehte er den Kopf in seine Richtung. »Ein Mann, der die Wolfstäler durchstreifte, als sei er selbst ein Wolf«, fuhr Georg fort. »Ein Mann, der die Ansiedlung in Brand stecken ließ, die Wayland rund um seine Schmiede hatte errichten lassen. Denn Feuer bekämpft man am besten mit Feuer.«

»Ich bin mir nicht ganz sicher, was Sie mir damit sagen wollen«, sagte Reimann mit unbewegter Miene.

Georg seufzte. »Ich will damit lediglich sagen, dass es Menschen gibt, die funktionieren wie eine Art Katalysator. Menschen, in deren Anwesenheit scheinbar unerklärliche Dinge passieren.«

»So wie …«

»Bei Will und seiner Tochter, ja.« In Georgs Stimme schwang plötzlich etwas mit, das Will noch nie in ihr bemerkt hatte, das ihm aber ganz und gar nicht gefiel. »Und das lasse ich hier für mich arbeiten. Ich bringe die beiden in eine Extremsituation, und was daraus resultiert, ist nichts anderes, als wenn man im Chemieunterricht Wasser auf Säure gießt: Es kommt zu einer Explosion. Und in diesem Fall bin ich es, der daraus seinen Nutzen zieht. Vater und Tochter verlieren ihre Katalysatorfähigkeiten, und ich gewinne sie an ihrer statt, wenn ich alles richtig mache.«

»Sind Sie denn von allen guten Geistern verlassen?«, keuchte Reimann. »Wenn das stimmt, was Sie sagen, dann müssen wir die beiden schnellstmöglich hier wieder rausbringen – bevor es zu der Katastrophe kommt, die Sie so offensichtlich seelenruhig erwarten!«

»Nein«, sagte Georg ruhig, »das müssen wir nicht.«

Gerade als Will überrascht zu ihm herumfuhr, zog Georg seine Pistole und erschoss Reimann.

43

Der Schuss hallte in einem vielfältigen Echo von den gebrochenen Wänden der Höhle wider. Reimann starrte Georg aus ungläubig geweiteten Augen an. Die schmale Aktentasche mit den einhundertzwanzigtausend Euro entglitt ihm und fiel zu Boden, wo sie aufplatzte und sich ihr Inhalt verstreute. Ein paar Geldscheine wirbelten wie bunte Werbezettel in der Luft, die jemand achtlos weggeworfen hatte und die nun vom Wind weggetragen wurden.

Reimann griff sich an die Brust. Zwischen seinen Fingern quoll Blut hervor. »Nein«, stöhnte er. »Tun Sie es nicht! Sie müssen … das Drachenfeuer vernichten … Alles andere … Verderben …«

»Sie reden Unsinn«, sagte Georg, hob die Pistole und schoss noch einmal.

Diesmal traf das Projektil die Stirn des grauhaarigen Polizisten. Reimanns Kopf ruckte zurück, und er gab einen röchelnden Laut von sich. Eine fürchterliche Sekunde lang sah es aus, als weigere er sich einfach zu sterben. Sein Kopf fiel wieder nach vorne, und sein Mund öffnete sich, als wolle er noch etwas sagen.

Doch dann erbrach er nur einen Schwall Blut und kippte nach vorne. Seine Beine rutschten weg, und er knallte hart auf den Boden der Höhle auf.

»Und jetzt zu dir«, sagte Georg und wandte sich wieder Will zu. Die Pistole in seiner Hand zitterte nicht ein bisschen, und in seinen Augen war wieder die schreckliche Schwärze, die Will schon einmal an ihnen bemerkt hatte.

»Warum hast du das getan?«, stammelte Will.

Er hätte nicht überrascht sein dürfen, nach allem, was Georg bereits getan hatte. Und doch war er es. »Warum hast du Reimann erschossen?«

»Weil er ein Idiot war.« Georg schwenkte das große Ding in seiner Hand ungeduldig in Richtung der untergegangenen Schmiede – in Duffys Richtung. »Ich hoffe, du bist nicht auch einer.«

»Weil du mich dann auch erschießen willst?«

»Erschießen?« Georg schüttelte empört den Kopf. »Für was hältst du mich? Nein, ich habe dir mein Wort gegeben, dich und das Mädchen laufen zu lassen, wenn du mir hilfst. Und daran werde ich mich auch halten.«

Will empfand es als vollkommen überflüssig, darauf einzugehen. »Ich habe immer noch nicht die geringste Ahnung, was du überhaupt von mir willst«, sagte er.

Georg sah ihn unbewegt an. »Wirklich nicht?« Als Will den Kopf schüttelte, sagte er: »Dann muss ich dir wohl etwas auf die Sprünge helfen.«

Er wedelte mit der Pistole in Richtung des still daliegenden Wassers, dorthin, wo Will die alte Schmiede vermutete. »Wir haben alles versucht. Wir haben Taucher runtergeschickt. Wir haben das Ding trockengelegt. Wir haben jedes Teil von dort unten hochgeholt und mit allen Forschungsapparaturen gemartert, die uns in unserem ach so fortschrittlichen Zeitalter zur Verfügung stehen. Und was soll ich dir sagen?«

»Ihr habt nichts gefunden«, vermutete Will. Als Georg den Kopf schüttelte, fügte er hinzu. »Zumindest nicht das, was ihr gesucht habt.«

»Doch«, sagte Georg. »Wir haben etwas gefunden. Etwas, das immer wieder in den alten Liedern und Sagen beschrieben wurde, wenn auch in widersprüchlichem Zusammenhang.«

»Was?«

Der Wolfsgesichtige war gerade im Begriff, etwas zu sagen, als ihm im wahrsten Sinne des Wortes der Boden unter den Füßen weggezogen wurde. Sein Gesicht verzerrte sich zu einer Grimasse. Er versuchte sich mit einem Sprung zu retten, weg von der Falltür mit den speziell auf meinem Schmiedefeuer gehärteten und mit Bärenfett geschmeidig gemachten Angeln, die sich mit knallendem Laut unter ihm aufgesprengt hatte. Erstaunlicherweise schaffte er es sogar, sich ein Stück abzustoßen. Sein Oberkörper kippte auf mich zu, und er streckte die Hände vor, wie um mich zu packen und an mir Halt zu finden.

Was für ein Irrtum. Mir erging es nicht besser als ihm selbst. Der ganze Flecken, auf dem wir standen, der aussah, als bestünde auch er nur aus festgestampftem Lehmboden wie der übrige Bereich in der Schmiede, war nichts weiter als eine gut kaschierte, hölzerne Fluchttür, dazu gedacht, beim Anzeichen einer ernsthaften Gefahr in die Höhle entweichen zu können, auf der ich meine oberirdische Schmiede hatte errichten lassen.

Wir donnerten beide hinab, nur wenige Meter. Fenrirs rechte Hand streifte meine Wange, die Klinge des Schwertes, das er in der anderen hielt, zischte haarscharf an meinem Hals vorbei, dann plumpsten wir auf dem Stroh auf, mit dem ich die Grube unter uns hatte ausfüttern lassen, und purzelten in den schrägen, steil nach unten führenden Gang hinab.

»Die Kette«, sagte Georg. Seine Stimme hatte plötzlich einen drohenden Klang angenommen. »Die Kette, an der einst die siebenhundert rotgoldenen Schlangenringe aufgereiht waren, derentwegen ein so erbitterter Streit zwischen Wayland, dem Schmied, und Nidud, dem Herrscher der Najaren, entbrannt ist. Du erinnerst dich? In der Sage von Nidud spielt die Schlangenkette eine ganz besondere Rolle.«

»Und was ist mit dieser Kette?«

»Wir haben sie gefunden.« Georgs Stimme wurde noch eine Spur schärfer, aber es schwang auch ein bitterer Triumph darin mit. »Heutzutage ist eine ganze Menge mehr möglich als all die Jahrhunderte und Jahrtausende zuvor. Wir haben die Kette untersuchen lassen. Dreiundsiebzig Prozent ihres chemischen Aufbaus konnten wir entschlüsseln. Und was soll ich dir sagen: Durch den Vergleich mit der Oberflächenstruktur der Schlangenringe haben wir zweifelsfrei festgestellt, dass es tatsächlich die Kette ist, an der einst alle siebenhundert Schlangenringe aufgereiht waren. Und noch eines haben wir festgestellt: Die Schlangenringe selbst sind hauchdünn gewesen, so zart, dass sie zerbrechlich wirkten, und doch erstaunlich stabil waren. Doch leider sind alle siebenhundert Ringe bis auf einen einzigen verschwunden, und zwar genau den, den König Nidud Wayland stehlen ließ, um ihn seiner Tochter zu vermachen, und den Wayland von seiner letzten Reise wieder zurückbrachte. Und jetzt befindet sich Niduds Ring in deinem Besitz.«

»Es geht dir nur um irgendwelche Ketten und Ringe?« Will hätte eigentlich gar nicht fragen müssen, denn er war davon überzeugt, dass es Georg tatsächlich darum ging, wenn auch nicht ausschließlich. Und das war nicht alles. Er spürte immer deutlicher, dass er im Begriff war, einem Geheimnis auf die Spur zu kommen, dessen wispernde Stimmen ihn von den ersten Kindheitsjahren bis heute verfolgt hatten, ohne dass es ihm auch nur wirklich bewusst geworden wäre. In jeder anderen Situation hätten sich seine Gedanken überschlagen bei dem Versuch, es zu ergründen.

Aber so wandte er sich nur von Georg ab, um sich wieder in Bewegung zu setzen, auf direktem Weg zu Duffy, was auch immer dazwischenliegen mochte. Sein verletztes Bein reagierte mit einer wütenden Schmerzattacke darauf, und Will sackte in die Knie, bevor es ihm gelang, die Schmerzempfindung zurückzudrängen und mit zusammengebissenen Zähnen einen Schritt vorwärts zu gehen. Es ging, aber diesmal war es so grausam, dass ihm sekundenlang schwarz vor Augen wurde. Halb benommen und kaum noch bewusst, was um ihn herum geschah, wankte er auf die Senke zu, in der es kochte, zischte und brodelte wie in einem großen Hexenkessel. Irgendwo dahinter krachte etwas, dann löste sich donnernd ein gewaltiger Gesteinsbrocken aus der Decke und schlug auf dem Boden auf. Die ganze Höhle erbebte unter dem harten Schlag, und Will musste nach einer Serie hämmernder Herzschläge stehen bleiben, um nicht das Gleichgewicht zu verlieren.

Kaum hatte sich der nervös vibrierende Boden von dem harten Schlag einigermaßen erholt, humpelte Will in Schieflage und mit schmerzverzerrtem Gesicht weiter. Das Raunen und Zischeln, das jetzt direkt vor ihm aus dem Wasser kam, hatte tatsächlich etwas von dem in einer Schlangengrube, auch wenn es in dem Toben fast unterging, das die Höhle mittlerweile erfasst hatte, als ob wütende Riesenfäuste auf sie einschlügen. Schlangenringe, dachte er. So also schloss sich der Kreis. Vor einer Zeitspanne, die aus heutiger Sicht schier unendlich erschien, hatte ein begabter Schmied eine Kette aus Schlangenringen gefertigt, die schon damals Mord und Totschlag ausgelöst hatte, und genau darauf schien es auch diesmal wieder hinauszulaufen …

Wills rechter Fuß tauchte ins Wasser. Es war so heiß, dass er fast aufgeschrien hätte. Dass er es nicht tat, lag nicht an Heldenmut, sondern nur daran, dass sein Körper die letzten Kraftreserven mobilisieren musste, um inmitten dieser stickig heißen Luft noch genug Sauerstoff in die Lungen zu pumpen, um ihn noch eine kurze Zeitspanne vor dem endgültigen Zusammenbruch zu bewahren.

Duffy hatte ihm den Kopf zugewandt.

Er konnte ihre Gesichtszüge durch den Qualm und Staub bestenfalls schemenhaft erkennen, aber er glaubte, unausgesprochene Qual in ihnen zu lesen.

Will war bereit, sein Leben zu opfern, um Duffy zu retten, den Kampf gegen Georg aufzugeben und sich dem zu fügen, was auch immer er mit ihm vorhaben mochte, aber selbst dieser letzte Ausweg schien ihm verwehrt zu sein. Georg würde sie beide töten, wenn es das Drachenfeuer nicht schon vorher tat.

»Wo willst du hin, Will?«, rief ihm Georg zu.

Seine Stimme war in dem infernalischen Getöse um sie herum kaum zu verstehen, obwohl Georg kaum mehr als einen Meter von ihm entfernt stand, wie Will aus den Augenwinkeln bemerkte.

»Ich musste das Risiko eingehen«, brüllte Georg. »Ich musste dich und Duffy hierher bringen, euch beide, die Erben, den Vater und die Tochter, den Schmied und seine Gehilfin.«

Will hörte die Worte, aber er verstand ihren Sinn nicht. Er hatte etwas entdeckt, was seine ganze Aufmerksamkeit forderte.

Nicht weit von ihm entfernt führte ein Felsvorsprung auf einen nächsten und von dort auf einen weiteren Absatz, und während er mit zusammengekniffenen Augen dort nach oben starrte, wurde er das Gefühl nicht los, dass er auf eine Treppe starrte – vielleicht vor Ewigkeiten hier angelegt, vielleicht aber auch durch Verwerfungen natürlich entstanden.

»Es erfordert große Selbstdisziplin, mit der Kraft des Feuers umzugehen«, fuhr Georg noch eine Spur lauter fort. »Das Drachenfeuer zu rufen geschieht auf einer unbewussten Ebene, auf der Ebene, in der bei uns Menschen Ängste, Hoffnungen und Wunschträume oft wild durcheinander gehen. Jeder, der über die Gabe verfügt, muss sich dessen bewusst sein – um der Verlockung des Feuers zu widerstehen, wenn die Gefühle zu sehr in Wallung geraten.«

Will machte einen Seitwärtsschritt auf die Treppe zu. Auch sein anderer Fuß tauchte in das fast kochende Wasser ein, und er musste wild mit den Armen rudern, um das Gleichgewicht nicht zu verlieren.

»Du bist dazu nicht fähig«, brüllte ihm Georg hinterher. »Du bist ein Nichts, ein erbärmlicher Schwächling. Deswegen hat dich dein Vater versteckt. Und deswegen wirst du nie lernen, mit dem Drachenfeuer umzugehen und seine Kraft zu bändigen, ohne andere und dich selbst in Gefahr zu bringen.«

Die Konsequenz von dem, was Georg gerade gesagt hatte, erreichte durchaus Wills Verstand. Aber sie blieb ohne Nachhall. Er hatte anderes zu tun. Er musste die Treppe erreichen. Er musste Schritt für Schritt nach oben klettern – und wenn nötig, auch auf allen vieren kriechen –, dann Duffy befreien und sie irgendwie hier herausbugsieren.

»Wo hast du es, Will?«, fragte Georg schneidend. »Wo hast du das fehlende Glied der Schlangenkette?«

Georg schien vollständig auf die Schlangenkette fixiert zu sein. So ein Idiot. Er sollte machen, dass er hier wegkam. Was nutzte ihm der uralte Reif, wenn er hier unten gegrillt wurde?

»Ich war der festen Überzeugung, dass du es als Amulett tragen würdest«, sagte Georg. »Als ich dir gestern Nacht befahl, deine Kleidung abzulegen, habe ich erwartet, es auf deiner Brust baumeln zu sehen. Aber da war nichts.«

Mühsam watete Will auf die erste Stufe zu. Es war glitschig unter ihm. Jede Bewegung konnte die letzte sein, denn wenn er in das blubbernde Wasser fiel, würde er gegart werden wie ein Hummer im Kochtopf.

»Ich konnte ja verstehen, dass du es versteckt hast, bevor du mit einer meiner Nutten ins Bett gegangen bist«, rief ihm Georg hinterher. »Ich habe deine Kleidung durchsuchen lassen, ich habe mir die Videos immer wieder angesehen, die ich schießen ließ, als du mit Nadine in den Whirlpool gestiegen bist.« Georg lachte heiser auf. »Und gleichzeitig haben sich meine Jungs in deiner erbärmlichen Wohnung umgesehen und deine lächerliche Drachensammlung durchstöbert.«

Nadine? Der Name sagte ihm fast nichts mehr, war mit nichts weiter verknüpft als mit einem netten Gesicht und einem makellosen Körper. Das verletzte Bein hochzuziehen, den Fuß in Richtung des ersten Absatzes zu bewegen und gleichzeitig zu verhindern, dass er das Gleichgewicht verlor und umkippte, mitten in die kochende Brühe unter ihm hinein – das war fast mehr, als Will ertragen konnte, und es forderte seine komplette Konzentration.

»Ich musste ja vorsichtig sein.« Der Klang von Georgs Stimme veränderte sich, und als Will halb den Kopf drehte, um zurückzublicken, sah er, dass er, umsichtig bemüht, dem Wasser nicht zu nahe zu kommen, in seine Richtung losging. »Du bist ein gefährlicher Mann, Will. Dein Misstrauen zu erregen hätte vielleicht bedeutet, dass du dich an gewisse Dinge wieder erinnert hättest. Und wie leicht hätte es da sein können, dass die Kraft geweckt wird, die doch viel eher in meinen Besitz gehört als in deinen.«

Will wusste nicht, ob Georg scherzte oder nicht, und es war ihm auch egal. Georg war sowieso vollkommen durchgeknallt. Nach allem, was er verstanden hatte, hatte er ganz absichtlich diese Katastrophe hier unten provoziert. Und das alles nur, um an einen lächerlichen Schlangenring zu kommen, von dem er sich offensichtlich die Kontrolle über das Drachenfeuer versprach.

Er nahm sich den nächsten Absatz vor. Die unebenmäßige,

eingerissene Steinplatte erschien ihm unendlich weit entfernt zu sein, und das Hämmern in seinem Kopf und der beißende Schmerz in seinen Lungen machten es ihm fast unmöglich, auch nur einen Fuß an den anderen heranzuziehen. Mühsam drängte er die Panik zurück, die seine Gedanken in einen schwarzen, sich immer schneller drehenden Strudel zu reißen drohte.

»Dein Vater hat dir den einzigen noch existierenden Schlangenring vererbt«, sagte Georg. »Er musste sichergehen, dass du ihn immer – oder zumindest fast immer – bei dir trägst. Doch wo? In all den Jahren habe ich das Rätsel nicht lösen können. So blieb mir nichts anderes übrig, als dich hierhin zu bringen. Zusammen mit deiner Tochter. Denn nur dann, das war mir klar, würde der emotionale Druck entstehen, der dich dazu bringen würde, mir dein Erbe zu übergeben, als ob ich einer der euren wäre.«

Der Wolfsgesichtige donnerte mich gegen die Felswand. Sein Gesicht war mir so nahe, dass ich nichts weiter zu sehen glaubte als das Funkeln in seinen Augen.

»Gib mir Niduds Ring«, donnerte er. »Und ich verschone deine Tochter.«

»Niemals!«, schrie ich ihm entgegen und warf mich auf ihn. Hier unten, in der Welt des Feuers, in dem Teil der Welt, in dem Surtrs Erbe noch etwas galt, glaubte ich mich Fenrir ebenbürtig, wenn nicht überlegen. Ich spürte, wie sich das Feuer von den Fesseln losriss, ich spürte, wie der heiße Atem des Drachen uns beide streifte, und ich wusste, dass nichts und niemand ihm gewachsen war, außer mir selbst und Ida, meiner Tochter …

Fenrir versuchte sein Kurzschwert im letzten Moment mit einem entschlossenen Ruck nach oben zu reißen, aber ich war schneller, ich umfasste sein Handgelenk mit festem Griff. Mit der ganzen Kraft, die in meinem Schmiedearm steckte, drückte ich zu und bog seinen Arm gleichzeitig herab.

»Ein Handel«, sagte Georg. »Nichts weiter als ein kleiner Handel. Im Gegenzug zum Leben deiner Tochter übergibst du mir Niduds Ring, mit dessen Hilfe ich hier an Ort und Stelle über das Drachenfeuer gebieten werde, ganz so, wie es sich nach den alten Überlieferungen gehört.«

Will gab einen keuchenden Laut von sich, als er den Fuß auf dem gesprungenen Stein aufsetzte, und sofort zog er auch das andere Bein nach. Einen schrecklichen Augenblick lang schwankte er hin und her wie ein Baum, der vom Wind gepeitscht wird, doch dann gelang es ihm, das Gleichgewicht wiederzufinden.

»Du willst bestimmt wissen, was das alles zu bedeuten hat«, sagte Georg. »Ich erkläre es dir gerne.«

Nichts wollte Will wissen, nichts außer der Antwort auf die Frage, wie er die nächste Stufe würde erreichen können, die, wie um ihn zu verhöhnen, nicht nur ein Stück weiter von der vorhergehenden entfernt war, sondern auch leicht gedreht auf ihrem Untergrund ruhte und zudem in drei Teile gesprungen war, so dass er sich erst einmal aussuchen musste, worauf genau er seinen Fuß zu setzen beabsichtigte.

»Nach der germanischen Überlieferung stand Feuer im Anfang alles Seins, getragen von der Macht Surtr, dem gigantischen Feuerträger, und immer war es eng verbunden mit dem sagenumwobenen Drachenfeuer.« Georg lachte rau auf. »Die Germanen müssen etwas gewusst haben, was uns bislang entgangen ist. Tatsache ist jedenfalls, dass Wayland die archaische Macht des Drachenfeuers für seine Zwecke nutzen konnte und Dinge schuf, wie sie die Welt bis dahin noch nicht gesehen hatte. Nach wie vor lässt sich auf das Drachenfeuer Wohlstand und Macht gründen – wenn man denn nur mit ihm umzugehen weiß. Und du darfst dir sicher sein, dass ich das weiß, ganz im Gegensatz zu dir Versager.«

Will versuchte, in die Hocke zu gehen, aber das klappte nicht. Sein verletztes Bein reagierte darauf mit einem explosionsartigen Schmerz, der ihm die Tränen in die Augen trieb. Kurz bevor er endgültig das Gleichgewicht zu verlieren drohte, griff er neben sich, klammerte sich an einer Felskante fest und riss sich mit einem entschlossenen Ruck hoch und auf die nächste Felsplatte, erst einen Fuß, und dann den anderen ... mit dem Erfolg, dass ein Schmerz heftig wie ein Gewittereinschlag durch seine Brust fuhr und ihm sekundenlang den Atem raubte.

»Wayland hatte viele Neider«, hämmerten Georgs gebrüllte Worte gegen das Getöse um sie herum an. »Aber meine Vorfahren gehörten nicht dazu. Sie waren es, denen die Beherrschung des Feuers eigentlich zustand, und sie empfanden keinen Neid. Für sie zählte nur der unzähmbare Wille, sich das zu holen, was ihnen gehörte.«

Die nächsten zwei, drei Atemzüge waren pure Qual. Will hatte das Gefühl, Glassplitter einzuatmen statt normaler Luft, und noch dazu *glühende* Glassplitter.

»Sie schickten den Besten und Stärksten der ihren aus, um das Erbe des Drachenfeuers zu fordern. Dazu bedienten sie sich einer List, die zu verwirklichen ihnen ausgerechnet Waylands Schwester Eimyrja half, die Hohepriesterin des Schmiedekults.« Georgs Stimme schwoll zu einem Donnern an, das mühelos die krachenden und berstenden Geräusche übertönte. »Eimyrja nämlich gehörte zum Kreis der Neider ihres Bruders, wenn auch aus ganz speziellen Gründen. Wayland hatte versprochen, ihren ältesten Sohn zu seinem Erben zu machen. Aber nun beharrte er gegen jede Tradition darauf, dass ihm seine Tochter nachfolgen sollte, und das mit vielen Befugnissen schon zu seinen Lebzeiten. Ohne Eimyrja wäre es

Wayland aber wohl kaum gelungen, sich das Drachenfeuer für seine Zwecke gefügig zu machen, denn nur sie verstand sich darauf, die elementaren Gewalten so weit zu zügeln, dass sich mit ihnen unbeschadet umgehen ließ. Kein Wunder also, dass Eimyrja sich auf den Handel einließ und Wayland unter einem Vorwand wegschickte, um uns selbst Tor und Tür zu öffnen.«

Es war erstaunlich: Noch einige Atemzüge weiter begann sich sein Atemzyklus zu normalisieren, und das, was er eben noch als unerträglich heiß empfunden hatte, erschien ihm nun mit einem Mal zwar nicht als kühl, aber zumindest doch als durchaus atembar. Will stützte sich an dem Felsvorsprung neben sich ab, so gut es ging, und warf einen Blick zu Duffy hinüber. Von hier aus sah er nichts weiter als einen Teil des Oberkörpers – festgezurrt von einer mattglänzenden Kette; die Beine und der Kopf wurden von Felsen verdeckt –, und auch den nur schemenhaft, denn die aufgewirbelten Dreck- und Rußpartikel machten es schwer, überhaupt etwas zu erkennen. Aber er glaubte etwas zu hören: einen dünnen, schrecklichen Schrei, der ihm durch Mark und Bein ging.

Vielleicht rief Duffy nach ihm, vielleicht schrie sie sich auch nur die Angst aus dem Leib. Aber viel wahrscheinlicher war, dass sie zunehmend unter der Hitze zu leiden begann. Außerdem, der Gedanke durchfuhr Will in jähem Schrecken, würde sich die sie fesselnde Kette in ihre Haut brennen wie eine feurige Schlange, wenn er sie nicht ganz schnell hier herausholte, ganz zu schweigen von der erhitzten, stickigen Luft, die ihr in ihrer unbequemen, starren Lage wahrscheinlich noch viel mehr zusetzte als ihm selbst und jederzeit ihren Kreislauf zusammenbrechen lassen konnte.

Er riss seinen Blick von ihr los und visierte die nächste Stufe an.

»Loki liebt den Verrat, aber nicht die Verräterin. Es wäre Eimyrja gelungen, ihren Sohn zum Begründer einer neuen Feuerdynastie zu machen, wenn nicht Wayland einen Trumpf im Ärmel gehabt hätte.«

Ja, jetzt, wo er sich abstützen konnte, wo er nicht mehr darauf angewiesen war, wie unten an der Senke frei balancierend die ersten beiden Stufen zu erklimmen, ging es wesentlich besser. Seine Beine konnten ihn kaum noch tragen, aber in seinen Armen war eine erstaunliche Kraft. Er mobilisierte alle Reserven, krallte sich mit der linken Hand in den bereits warmen, aber noch nicht unerträglich heißen Felsen und zog sich weiter auf eine Biegung zu.

»Der Trumpf war seine Tochter«, fuhr Georg fort. »Schon als Mädchen an der Grenze zur Frauwerdung war ihr mühelos alles Geheimwissen zugeflogen, das ihr Vater sich mit so viel mehr Aufwand hatte aneignen müssen. Das Entscheidende aber war, dass sie über die gleiche geheime Kraft verfügte, das Drachenfeuer zu wecken, wie er selbst. Deshalb blieb Wayland im Grunde auch gar nichts anderes übrig, als sie zu seiner Erbin einzusetzen – statt des Sohnes seiner Schwester.«

Hinter der Biegung würde er endlich wieder freien Blick auf Duffy haben, hoffte er. Allein die Vorstellung ließ ihn die Anstrengung vergessen, die ihn jede noch so kleine Bewegung kostete, und alles aus sich herausholen, was er noch an Reserven in sich fand.

»Es hat Ewigkeiten gedauert, bis meine Vorfahren herausbekamen, wie die Ambitionen der beiden Geschwister miteinander verstrickt waren.« Georgs Gebrüll hallte von den Wänden neben Will wider, so dass es fast schien, als stünde er direkt neben ihm. »In der Zwischenzeit wurde die Gilde der Schmiede mächtiger und mächtiger. Fast im Verborgenen dehnte sie ihre Macht und ihren Einfluss aus, profitierte von

Bränden und Verschwörungen, jahrtausendelang – bis vor wenigen Jahrzehnten in eine neue Art von Krieg hinein, bis zu einer entfesselten Feuersbrunst, die über die Alte Welt ging, als wollte sie in kürzester Zeit ganze Landstriche verheeren und auslöschen. Und diesmal waren es auch die Schmiede und ihre Verbündeten, die schlimme Verluste hinnehmen mussten. Uralte, geheime Dokumente, in Tierhaut geritzt und auf Pergament geschrieben, verbrannten genauso wie ihre Abschriften, und Männer und Frauen starben im Bombenhagel und in der vernichtenden feurigen Wut der Phosphorbomben. Nur die Kinder überlebten. Dein Vater war mit darunter, Will, ein kleiner Junge damals, letzter direkter Abkömmling von Eimyrjas Sohn, doch Waylands Linie erlosch vollständig. Und mein Vater begriff, dass das die Chance war, auf die er und die seinen die ganze Zeit über gewartet hatten.«

Ganz nah war jetzt der Knick, und Will wurde von Schritt zu Schritt sicherer. So etwas wie ein tiefer, wütender Triumph explodierte in ihm. Er war noch nicht geschlagen, noch lange nicht.

»Ich glaube, du hast mich nicht ganz verstanden«, donnerte Georg. »Du bist kein Abkömmling von Wayland, dem Schmied. Du bist ein Nachfahre der Verräterin Eimyrja.«

»Stirb!«, schrie Fenrir. »Und sei verdammt für alle Ewigkeit.«

Im ersten Moment verstand ich nicht im Geringsten, was er meinte. Ich war ganz eindeutig im Vorteil. Fenrirs Kurzschwert polterte zu Boden, schlug funkenschlagend auf dem Boden auf und schlitterte ein paar Schritte weiter; viel zu weit, als dass er es noch mit einer schnellen Bewegung hätte erreichen können. Ich riss beide Hände hoch, um den Hals des Wolfsgesichtigen mit meinen starken Schmiedehänden zu packen, um ihn so lange zu würgen, bis er mir Idas Versteck preisgab .... als die Wolfsköpfe auf den Schulteransätzen seines Fellumhangs von einem Moment auf den anderen zu grausigem Leben erwachten. In ihren Augenhöhlen brannte ein gieriges, rot leuchtendes Feuer, ihre Mäuler waren weit aufgesperrt, schnappten nach mir, ihre Gebisse schlugen aufeinander, dicht, haarscharf vor meinen Fingern, und dann drängte Fenrir vorwärts, und die beiden zum gespenstischen Leben erwachten Totenschädel, die Jungwölfe, setzten mir nach.

Die beiden Wolfsschädel schnappten nach Will. Das war keine Erinnerung an die Geschichten, die ihm sein Vater in frühen Jahren immer und immer wieder erzählt hatte, das war blanke, erschreckende Realität. Die Gebisse klappten direkt vor seinem Gesicht zusammen, schlugen so krachend aufeinander, dass Will gellend aufschrie und um ein Haar einen Schritt zurückgestolpert wäre. Das glosende Feuer in den Augenhöhlen der Wölfe veränderte sich, wurde zu etwas Gleißendem, zu einem abgrundtief bösen Funkeln, dem entfesselten Willen, zu töten und zu zerreißen. Im selben Moment setzten sie ihm auch schon nach, sprangen ihn an wie ausgehungerte, überreizte Raubtiere.

Der Anblick brachte Will um den letzten Rest klaren Verstandes. Er ruderte wild mit den Armen, um sein Gleichgewicht zu halten, um nicht hinabzustürzen in die kochende Glut in der Senke, in der einst die Schmiede gestanden hatte. Aber es war vergebens. Sein rechter Fuß hing plötzlich über dem Nichts …

»Feuer bekämpft man mit Kälte, mit Eis«, brüllte Georg. »Waylands Schwester Eimyrja hat das gewusst. Deshalb hat sie auf die kälteste, die härteste Zeit des Winters gewartet, um ihren Plan zu verwirklichen.«

Die zuschnappenden Wolfsgebisse verfehlten mich nur um Haaresbreite. Mein Hinterkopf prallte gegen das harte Ge-

stein des Ganges, und für die Dauer eines Lidschlags wurde mir schwarz vor Augen …

und dann erwachte meine Wut in einer einzigen, in einer schrecklichen Explosion. Ohne jeglichen Ansatz spürte ich die feurige Kraft, die in mir war, nur wenige Schritte von dem Drachenfeuer entfernt, das ich mir in meiner unterirdischen Schmiede nutzbar gemacht hatte …

Und Will durchzuckte ein Schreck, als er begriff, dass da gar nichts vor ihm war, jedenfalls nicht die Totenschädel zweier junger Wölfe, die nach ihm schnappten, sondern allenfalls außer Rand und Band geschlagener Funkenflug.

So plötzlich, wie die Wolfsschädel vor ihm aufgetaucht waren, waren sie nun auch wieder verschwunden, und vor ihm war nichts weiter als der felsige Aufstieg, der ihn zu Duffy bringen sollte.

Es war fast zu spät. Mit einer verzweifelten Anstrengung ließ er sich nach links fallen, in die Felswand hinein, weg von der Senke, weg von der Schmiede und dem Feuer, das darin kochte.

Die Waffe, die der Wolfsgesichtige plötzlich in der Hand hielt, war mit nichts vergleichbar, was ich bislang gesehen hatte. Kalt glitzernd, fast weiß, mit einer Klinge, geschliffen wie eine seiner besten Waffen und doch vollkommen anders.

»Ein Messer aus Eis!«, schrie Fenrir. »Das ist der Liebesgruß deiner Schwester.«

Ich riss die Hände herab, auf die Waffe zu, ich wollte das Handgelenk des Wolfsgesichtigen umklammern, wie es mir schon einmal gelungen war. Aber ich verfehlte es.

Das Messer aus Eis traf mich, durchstieß das Fell, das mich vor der unerbittlichen Kälte hatte schützen sollen, so tödlich scharf war es, und stieß in meinen Bauchraum vor. Ich stieß einen erstickten Schrei aus. Es war pure Kälte, die sich in meine Eingeweide fraß, unfassbar und unaufhaltbar. Ich sah Eimyrja vor mir, ihren höhnischen Blick und ihr langes, fast weißes Haar, das sie plötzlich wieder offen trug und ihr einen fast überirdischen Glanz verlieh, und es schien mir beinahe, als sei sie es, die die eisige Waffe führte, und nicht Fenrir, der Wolfsgesichtige.

Aber noch ging es mit mir nicht zu Ende. Und meine Rache würde fürchterlich sein. Das entfesselte Schmiedefeuer tobte heran, noch bevor sich die Schleier der endgültigen Nacht über mich senkten.

Will schrie auf. Er glaubte, die eisige Klinge zu spüren, er fühlte, wie sie sich in seine Eingeweide eingrub, wie sie seine Organe zerfetzte und die warme Lebensenergie unter ihrem Angriff zerstob. »Du bist kein Abkömmling von Wayland, dem Schmied«, hatte ihm Georg hinterhergebrüllt. »Du bist ein Nachfahre der Verräterin Eimyrja.«

Das konnte nicht sein. Er war Wayland, er spürte seinen Schmerz, sein Entsetzen – aber auch den Willen, sich zu rächen, und wenn es den Untergang aller bedeuten sollte, die ihm zu nahe gekommen waren.

»Verflucht seiest du, Eimyrja!« Blut lief aus meinen Mundwinkeln, und ich schmeckte es auf meiner Zunge. »Verflucht seiest du und deine Brut, für immer … und alle … Zeiten …« Ich spürte, wie die Kraft aus mir herauslief, ich spürte, wie die Kälte meinen Brustkorb eroberte und ihre eisigen Fühler auf meinen übrigen Körper ausstreckte. Aber noch war ich nicht fertig. »Dein Sohn … und all seine Nachkommen … sind dazu verdammt, meinen Schmerz zu fühlen … und …« Ich brach röchelnd ab. Der Schatten des Todes, von Hel auf mich hinabgesandt, ließ meine Umgebung verschwimmen und machte Fenrir zu einem dunklen Todesboten, aber noch war ich nicht fertig. »Und …«

»Dein Fluch nutzt dir nichts mehr«, unterbrach mich Fenrir dröhnend und triumphierend.

»Und dich und die deinen verfluche ich …«, murmelte ich mit dem Rest des Lebens in mir, der sich mit sturer Beharrlichkeit gegen Hels lockenden Ruf wehrte, solange nicht vollbracht war, was ich noch vollbringen musste. »Immer und immer wieder sollt ihr den Feuertod sterben.«

Fenrir legte den Kopf in den Nacken, wohl, um ein donnerndes Gelächter auszustoßen. Er kam nicht dazu. Die Feuersbrunst, aus der Schmiede aufgestiegen, jagte durch den Gang heran; das vernichtende, alles verschlingende Drachenfeuer war entfesselt, und seine Urgewalt würde alles vernichten, was …

sich hier in dieser Höhle befand und weit darüber hinaus. Während sich Will, röchelnd und vor Schmerzen stöhnend, in die Wand krallte, spürte er die schreckliche Gewissheit, dass er zu spät kommen würde, um Duffy noch zu retten. Aber das änderte nichts an seiner verzweifelten Entschlossenheit. Er stieß sich ab, kam taumelnd hoch und zog den Fuß des verletzten Beines an, stützte sich am nächsten Vorsprung ab. Der Stein war nicht mehr warm, er war jetzt so aufgeladen voll zerstörerischer Hitze, dass Will das Gefühl hatte, mitten in ein Funken schlagendes Feuer zu greifen. Der Schmerz, der durch seine Hand und seinen Arm jagte, war mörderisch und zerriss für einen winzigen Moment seine Konzentration, als er an Duffy dachte, die das, was er gerade empfand, tausendmal schlimmer erleben musste, und um ein Haar hätte er darüber den Halt verloren.

»Bleib stehen, verdammt noch mal!«, schrie ihm Georg hinterher. Als Will nicht reagierte, sondern sich ganz im Gegenteil nur an dem nächsten Vorsprung anklammerte, um sich weiter hochzuziehen, donnerte Georg: »Du solltest nicht vergessen, dass ich eine Pistole in der Hand halte. Ich kann dich jederzeit erschießen – dich oder auch Duffy.«

Es dauerte eine Weile, dann sickerte der Inhalt von Georgs Botschaft in sein Gehirn. Ja, es stimmte, Georg konnte Duffy jederzeit erschießen. Wie hatte er nur einen Moment die Waffe vergessen können, mit der ihn Georg bereits vorhin bedroht hatte?

Will verhielt mitten in der Bewegung. Sein Atem ging jetzt so rasend, dass er befürchten musste, dass er jeden Moment aussetzen würde, und die heiße Luft brannte wie Säure in seinen Lungen. Jede Richtungsänderung schien mehr zu sein, als er leisten konnte. Und doch drehte er sich so weit um, dass er zu Georg hinabsehen konnte.

Der kalte, dunkel glänzende Stahl der Waffe, die Georg in der Hand hielt, war das Erste, was er in der rußgeschwängerten Luft wahrnahm. Soweit er erkennen konnte, war ihr Lauf nicht auf ihn selbst gerichtet, sondern auf die Stelle, an der Duffy nach wie vor angekettet an dem Felsen hing und langsam durchgegart wurde wie ein Fisch auf einem heißen Stein.

»Das war's dann wohl«, rief Georg zu ihm herauf. »Und jetzt rück den Schlangenring heraus.«

»Das kann ich nicht«, schrie Will zurück. »Ich weiß nicht, wo er ist. Und wenn du es genau wissen willst: Ich habe ihn nie gehabt!«

»Red keinen Blödsinn.« Georg nahm die Pistole hoch, unterstützte die Waffenhand mit der anderen, der linken Hand und visierte Duffy an. »Ich weiß, dass es nicht einfach sein wird. Aber nach allem, was geschehen ist, müsstest du wissen, dass ich nicht mit mir scherzen lasse.«

Das wusste Will allerdings. Er war ein Narr gewesen, auch nur eine Sekunde zu glauben, dass Georg ihn unbeschadet hier hochklettern lassen würde, um Duffy zu retten. Verzweiflung und Panik jagten in Wellen über ihn hinweg. »Ich weiß wirklich nicht, wo er sein könnte«, krächzte er hilflos.

»Aber ich weiß es!« In Georgs Stimme war keine Kälte mehr, sondern Wut, ein so gewaltiger Zorn, dass Will sogar durch den verzerrenden, aufgewallten Hitzedunst sehen konnte, wie sich sein Gesichtsausdruck veränderte, und einen schrecklichen Herzschlag lang hatte er das Gefühl, nicht in das vertraute menschliche Gesicht zu blicken, sondern in die Fratze des Wolfsgesichtigen. »Ich werfe dir das Messer hoch. Und dann wirst du dir den Fuß abhacken.«

»Ich werde *was?«*

»Du wirst dir den Fuß abhacken!« Georgs Stimme überschlug sich fast vor Wut. »Du kannst auch daran herumsäbeln, wenn du willst. Aber denk daran: Duffy wird hier nicht mehr lange überleben. Die Zeit läuft dir davon, Will.«

Ein Gefühl eisiger Kälte breitete sich in Wills Magen aus, und seine Knie wurden weich. Er konnte gar nicht anders, er musste Georg gehorchen, zumindest was den ersten Teil seines Befehls anging. Die Hand, mit der er sich an dem Felsen abstützte, zitterte, und seine Beine drohten wegzuknicken. Doch dann hatte er es geschafft und saß auf der Stufe, die er eben noch mit so viel Mühe erklommen hatte.

Keine Sekunde länger hätte er stehen können. Aber das machte es nicht besser. Der Stein, auf dem er saß, war fast kochend heiß. Was das für Duffy bedeutete, die ein gutes Stück über ihm angekettet war, daran wagte Will überhaupt nicht zu denken.

»Ich habe die Wahrheit erst herausgefunden, bevor ich dir und Reimann hier hinab gefolgt bin.« Georg bewegte sich auf ihn zu, langsam und schon fast grotesk vorsichtig angesichts des Chaos, das um sie tobte. »Martina und Angela sind kurz nach dir angekommen, wenn auch nicht ganz aus freien

Stücken. Ich habe sie von Slavko herbringen lassen, um das Ganze etwas zu beschleunigen.«

Will hatte geglaubt, dass ihn nichts mehr würde erschüttern können. Aber das war eindeutig falsch gewesen. Martinas Name löste in ihm ein Entsetzen aus, das beinahe noch das übertraf, was er bereits empfunden hatte.

»Es war deine Schwester, die mich darauf gebracht hat, wie ich dich endgültig besiegen kann – und wie ich an den Schlangenring komme.«

»Meine *Schwester?«* Wills Stimme war fast nur noch ein kaum verständliches Krächzen.

»Allerdings.« Georg hatte jetzt die erste Stufe erreicht und sah zu ihm hoch. »Ich hätte ihr schon vorher die Beachtung schenken sollen, die sie verdient. Sie ist eine erstaunliche junge Frau.«

»Meine Schwester?«, wiederholte Will noch einmal.

»Angela, ja.« Georg hielt noch immer die Pistole in der Hand, aber jetzt ließ er sie plötzlich sinken, als sei es nicht mehr nötig, Will auf diese Weise unter Druck zu setzen. »Du bist der Sohn des alten Schmidt, genauso wie sie seine Tochter ist. Ich dachte, das hättest du mittlerweile begriffen.«

Das hätte er wohl begreifen müssen, nach allem, was ihm Georg von seiner Abstammung offenbart hatte, und vor allem, nachdem er sich wieder schemenhaft an seinen Vater und seine Herkunft erinnert hatte. Aber Tatsache war: Er war nicht darauf gekommen.

»Angela ist meine Schwester«, murmelte er.

»Ja. Eine äußerst tatkräftige Schwester. Es war alles andere als leicht, ihren Widerstand zu brechen.« Georg stieß ein düsteres Lachen aus. »Es gelang mir erst, als ich dich mit Reimann alleine ließ. Es war gut, dass ich mehr als nur ein Messer mitgenommen hatte. Als ich Martina meine Klinge an den

Hals setzte, spielte sie noch die Überlegene. Aber als ich dann Schritt für Schritt weiterging, brach ihr Widerstand sehr schnell zusammen.«

Georg steckte die Pistole weg und holte etwas silbern Glänzendes hervor. Winzige Feuerpartikel stoben auf, als er das Messer in die Höhe reckte, Will entgegen, und blutrotes Licht spiegelte sich auf der Klinge. »Eigentlich war es gar kein Problem. Ich war ja in Übung, sozusagen. Kaum hatte ich Martina das Herz aus dem Leib geschnitten, brach Angela endgültig zusammen.«

Will blieb vollkommen regungslos sitzen. Er starrte Georg an, wortlos, endlos. Das Begreifen schien zuerst in seine Fingerspitzen zu fließen und von dort aus wieder zurück in seinen Körper.

»Nimm dieses Messer und schneid dir den Fuß ab«, sagte Georg.

Seine Stimme war wieder leiser geworden, aber der böse Triumph war nicht daraus verschwunden. »Die Klinge ist so scharf, dass es dir keine große Mühe bereiten sollte.«

Will rührte sich immer noch nicht. Er dachte an Fred, an die ausgeweidete Leiche des Mannes, der Georg jahrelang treu ergeben gewesen war, und dabei sah er Martinas Gesicht vor sich. Er sah sie vor sich stehen, so wie er sie das erste Mal gesehen hatte, in der Wartehalle eines Autovermieters, er sah sie sich umdrehen und ihn anlächeln, scheu und stark zugleich, ein Lächeln, in das er sich gleich verliebt hatte. Er sah sich mit ihr Hand in Hand vom Bahnhof in Richtung Kölner Dom wandern, er sah sie sich gegenüber, mit einem Eisbecher in der Hand in einem Straßencafé in der Altstadt, er sah sie vor sich stehen und ihn spöttisch und doch gleichzeitig liebevoll mit einem temperamentvollen Funkeln in den Augen mustern und ihn im nächsten Moment spielerisch mit der Hand anstupsen und in Richtung Bett dirigieren, er sah sie, er spürte sie, er liebte sie …

Ein tiefer Schrei wollte sich seiner Brust entringen, aber er kam nicht. Es war so, als sei alles Gefühl in ihm erstorben, und als würde er nie wieder in der Lage sein, etwas zu empfinden.

»Dein Vater war wirklich ein bemerkenswerter Mann«, sagte Georg. »Er hat ganz anders für dich vorgesorgt, als ich das vermutet hatte. Und das Versteck für den Schlangenring ist wirklich genial.« Er machte einen weiteren Schritt nach oben, kickte etwas Brennendes davon, das ihm im Weg war, und hielt Will weiterhin das verfluchte Messer hin, noch mit der Klinge voran, als könne er sich nicht entscheiden, ob er damit Will bedrohen oder ob er es ihm wirklich aushändigen wollte. »Er hat den Ring über dein Fußgelenk geschoben, als du noch ein kleines, brabbelndes Kind warst. Du bist schnell gewachsen, und die ganze Zeit über war der filigrane, zartgliedrige Schlangenring da – bis er schließlich in dich eingewachsen ist. Aber ich denke, zumindest das weißt du. Eine ringförmige Geschwulst um das Fußgelenk ist ziemlich ungewöhnlich.«

Natürlich wusste Will, dass er da etwas hatte, was andere nicht hatten. Aber er hatte sich nie darüber Gedanken gemacht. Die Geschwulst war kaum zu sehen und noch nicht einmal bei medizinischen Untersuchungen aufgefallen, und im Laufe der Jahre hatte er sie einfach vergessen – bis auf die wenigen Momente, in denen ein scharfer Schmerz durch seine Wade direkt oberhalb des Knöchels gerast war und ihn zum Humpeln gebracht hatte.

»Ich hoffe, du wirst jetzt keinen Unsinn machen, wenn ich dir das Messer aushändige.« Georg wischte sich mit einer nachlässigen Bewegung der Hand Dreck und Ruß von der Schulter und machte einen weiteren Schritt auf Will zu. Sein Gesicht befand sich jetzt auf gleicher Ebene wie das Wills.

»Denk an Duffy. Noch ist sie am Leben. Wie lange das noch sein wird, hängt ganz von dir ab.«

Will versuchte etwas zu sagen, aber es kam nur ein krächzender Laut über seine Lippen.

»Ich würde ihr ungern das Gleiche antun wie Fred oder wie Martina.« Georg beugte sich vor, und sein Gesicht war jetzt ganz nah an dem Wills. »Es muss fürchterlich sein, zu spüren, wie sich die Messerspitze ins Gewebe bohrt, und bei vollem Bewusstsein mitzubekommen, wie die Klinge tiefer und tiefer in den Brustraum vorstößt.«

Will spürte, wie ihn etwas mit sich fortriss. Ein Beben ging durch ihn, eine Erschütterung, die ihn von den Füßen gerissen hätte, hätte er gestanden, und etwas in ihm bäumte sich auf, mit einer Urgewalt, auf die er keinen Einfluss hatte und die alles sprengte, was je an Skrupeln oder bewussten Gedanken in ihm gewesen war.

»Erinnerst du dich an das blutende Herz, das ich dir als Präsent mitgebracht habe? Und willst du wissen, warum ich das alles getan habe …«

In Georgs Augen war plötzlich ein dämonisches Funkeln, aber Will bemerkte das nur noch ganz am Rande. Alles in ihm spannte sich. »Ich musste den psychischen Druck auf dich und Duffy erhöhen. Waylands Geheimnis war, dass er schon sehr früh die Macht, die ihm ungerechtfertigterweise zugefallen ist, mit seiner Tochter geteilt hat. Er brachte ihr alles bei, was er selbst wusste, heimlich und so, dass es noch nicht einmal seine Schwester mitbekam. Schließlich war ihr Schicksal geteilt und doch vereint, und beide waren in der Lage, das Drachenfeuer zu rufen, wann immer sie wollten.«

Wills rechte Hand begann zu zittern wie unter großer Anspannung, und gleichzeitig spürte er, wie sich das Kältegefühl in seinem Magen auflöste und einer Feuerwoge Platz machte.

»Ihre Nachfahren – deine und Angelas Vorfahren, Will – haben nie wieder die vollständige Kontrolle über das Drachenfeuer erlangt, und immer wieder riss es sich von selbst von den Fesseln los und richtete fürchterliche Verheerungen an. Sie konnten das Drachenfeuer nutzen, um ihren Reichtum zu mehren, aber sie mussten sich vor zu großen Emotionen hüten. Denn diese konnten Feuersbrünste unvorstellbaren Ausmaßes auslösen, die sie selbst nicht mehr kontrollieren konnten.«

Die brennende Hitze strömte von seinem Magen in seine Arme und Beine, langsam und fast schlangengleich, so als ergriffe etwas ganz Anderes, Fremdes von Will Besitz.

»Dich und Duffy gemeinsam hierher zu bringen war ein großes Risiko, da hatte Reimann schon Recht. Aber es ist auch der einzige Weg, euch von dem Fluch des Drachenfeuers zu erlösen. Wenn all das hier der Vernichtung anheim fällt, und wenn du von dem Schlangenring befreit bist, dann könnt ihr frei und unbehelligt leben.«

Die Worte waren aus Georgs Mund reiner Hohn. Der Wolfsgesichtige war in seiner Gestalt zurückgekehrt, um sich das zu holen, was er für sein ureigenstes Eigentum hielt.

»Erinnerst du dich an das Herz, das du in der Hand hieltest und dann wie von Sinnen gegen die Wand geworfen hast, so dass es in seine kleinsten Bestandteile zerplatzte?« Georg hatte die Stimme so weit gesenkt, dass Will den Sinn der Worte mehr erriet, als dass er ihn wirklich hörte. »Es war nicht Freds Herz. Es war das Martinas.«

Einen Moment schien die Zeit selbst stillzustehen. Das Krachen und Bersten um sie herum setzte aus, genauso wie Wills Herzschlag und sein Atem.

Dann explodierte in Will die Kraft, die sich in ihm gesammelt hatte wie Wasser in einer Zisterne. Georg starrte ihn ungläubig an. Das Messer entfiel seiner Hand und polterte klappernd zu Boden. Er richtete sich auf und sprang zurück, alles in einer einzigen, fließenden Bewegung, der nichts von Überraschung anzusehen war oder von den Folgen der Hitze, die auch an ihm nicht spurlos vorbeigegangen war. Aber es war zu spät. Ein schmales, fast zwei Meter langes Felsstück stürzte funkensprühend von der Decke und krachte neben Georg auf dem Boden auf, mit so viel Kraft und Wucht, als hätte Surtr selbst Georg mit seinem Flammenschwert in zwei Teile schlagen wollen. Einen winzigen Augenblick sah es so aus, als wäre er noch einmal davongekommen, dann barst der schwertförmige, flammende Stein auf dem Felsen neben Georg in tausend Stücke. Ein Hagel winziger, rasiermesserscharfer Gesteinssplitter überschüttete sein Gesicht und biss wie mit rot glühenden Rattenzähnchen in seine Haut. Georg brüllte vor Schmerz auf und schlug in einer vollkommen sinnlosen Geste die Hände vor das Gesicht.

Will saß wie gelähmt da und starrte aus ungläubigen, geweiteten Augen auf das unglaubliche Bild. Die flammende Entladung war in ihm und um ihn. Sein ganzer Körper zuckte wie in einem epileptischen Anfall, und doch stieß er sich ab und kam taumelnd hoch. Irgendetwas in ihm trieb ihn an, irgendetwas ließ ihm nicht die geringste Ruhepause, sondern zwang ihn, weiterzustolpern. Seine Beine schienen nicht mehr ihm selbst zu gehören, aber sie fanden wie von selbst Absatz um Absatz.

»Bleib steeeehen!« Es war ein fürchterlicher Schrei hinter ihm, und Will brauchte sich gar nicht umzudrehen, um zu wissen, dass ihm Georg hinterherhetzte.

Duffy. Das war das Einzige, was noch zählte, und Will beschleunigte nochmals seine Schritte. Eigentlich hätten seine Lungen keinen Sauerstoff mehr in der kochenden Luft finden können, und seine Füße keinen sicheren Tritt, aber ein flammender Nachhall dessen, was gerade in einer fürchterlichen Entladung aus ihm herausgebrochen war, war nach wie vor in ihm.

Und dann, als er an einen Knick kam, eine Wendestelle zu einem weitaus steiler und enger aufsteigenden Bereich der Felstreppe, sah er sich trotzdem um. Georg war nur wenige Schritte hinter ihm. Sein Gesicht war nicht mehr das eines Menschen, es war das eines Monsters. Die glühend heißen Gesteinssplitter hatten klaffende Wunden in seine Haut gerissen. Sein rechtes Auge schien ebenfalls getroffen zu sein; eine mit Blut vermischte Flüssigkeit lief aus der Augenhöhle. Sein Mund war verzerrt wie der eines Wahnsinnigen, der mit der Axt auf seine eigene Familie losgehen will.

Aber er hatte weder eine Axt noch eine Pistole in den Händen. Dafür aber das verfluchte Messer.

Will stolperte auf den schmalen Stufen los, so schnell ihm das in seinem angeschlagenen Zustand noch möglich war. Aber dabei war er wohl etwas zu ungestüm. Sein Fuß stieß plötzlich ins Leere. Es blieb ihm nichts anderes übrig, als mitten in der Bewegung zu verharren und sich fest gegen die heiße Felswand zu pressen. Die Wand fiel senkrecht unter ihm in die Tiefe, zwanzig Meter weit auf das mittlerweile schäumende und sprudelnde Wasser, das die Schmiede bedeckte.

Für die Dauer von zwei, drei hämmernden Herzschlägen blieb Will reglos stehen, ehe er sich trotz der pochenden Schmerzen in seinen Beinen auf die Knie sinken ließ, gerade kontrolliert genug, dass er nicht umkippte und hinabstürzte. Währenddessen kam Georg unaufhaltsam näher. Seine waffenfreie Hand fischte Halt suchend durch die Luft. Seine Bewegungen wirkten plötzlich weitaus weniger koordiniert und zielgerichtet als noch vor wenigen Augenblicken, aber keineswegs weniger bedrohlich, zumal er mit der anderen Hand das Messer fest umklammert hielt.

Will ließ auch den letzten Rest von Vorsicht fahren und stolperte los. Die Stufen waren wie schmale glatte Spiegel unter seinen Füßen, und der Abgrund zerrte mit unsichtbaren Händen an ihm. Seine linke Hand, mit der er sich an der Wand abstützte, war nach Sekunden zerschunden und blutig. Und die Stufen wurden immer schmaler. Sein Fuß glitt erneut ins Nichts, rutschte ein Stück an der rauen Wand hinab, und gerade, als er schon zu stürzen glaubte, fand er den nächsten Absatz der stetig schmaler gewordenen Felstreppe.

Sein verletztes Bein reagierte mit einer wütenden Schmerzattacke, und Will biss die Zähne zusammen und versuchte, seinen rasenden Atem zu beruhigen. Er wusste selbst nicht, woher er noch die Energie nahm, aber irgendwie schaffte er es, das andere Bein von seinem sicheren Halt zu lösen und sich für einen Augenblick nur mit der Kraft seiner Arme an den dampfend heißen Fels zu klammern. Im selben Moment, in dem er sein Körpergewicht verlagerte und Halt auf der schmalen Steinstufe fand, stieß Georg einen schauerlichen Laut aus und sprang auf ihn zu. Das Messer in seiner Hand fuhr auf ihn herab und hackte nach seinem Gesicht. Will duckte sich, drohte das Gleichgewicht zu verlieren und warf sich mit einem verzweifelten Ruck zurück, so weit, dass er mit dem Kopf gegen einen Felsvorsprung knallte. Georgs Messer streifte seine Schulter und riss eine blutige Spur in seine Haut.

»Jetzt hack ich dir eben selbst den Fuß vom Körper«, zischte Georg. Er packte das Messer mit beiden Händen.

Will kroch rückwärts auf die nächste Stufe zu. Er wusste, dass er es nicht mehr schaffen würde, dass es jetzt nichts mehr gab, was er noch tun konnte, dass er versagt hatte, dass Martina tot war und auch Duffy sterben würde. Und doch versuchte er noch einmal alle Energie in einer Explosion zu entladen, wie es ihm vorhin gelungen war, nur diesmal willentlich, und in seinem Kopf schwirrten die ganzen Versatzstücke fremder Erinnerungen herum, die ihm sein Vater eingegeben hatte. Er musste es schaffen, das Drachenfeuer zu Hilfe zu rufen, er musste …

es ein letztes Mal gegen einen Feind wenden.

Aber es gelang mir nicht mehr. Ich starb. Ich spürte, wie die Energie aus meinem Körper entwich, wie das Feuer nach mir griff, das ich selbst gerufen hatte, und wie es sich mit der Kälte verband, die sich durch meine Eingeweide fraß.

Georg hatte das Messer erhoben, und in dem einen, unverletzten Auge flackerte pure Mordlust auf. Doch dann erstarrte er mitten in der Bewegung. Sein Blick wanderte von Will weg nach oben.

Obwohl er das gar nicht für möglich gehalten hatte, beschleunigte sich sein Herzschlag abermals. Dort oben stand jemand. Will konnte nicht mehr erkennen als strahlend weißes Haar, das in langen Wellen hinabfloss und ein ebenmäßiges, im Schatten liegendes Gesicht umrahmte. Er wusste dennoch sofort, wer es war. Angela. Sie stand über ihm wie ein Racheengel, gleichermaßen fern und nah. Natürlich hätte er nicht überrascht sein sollen, sie hier zu sehen, genauso wenig überrascht wie nach ihrer ersten Begegnung, als sie zu ihm nach Hause gekommen und ihn und Reimann mit dem Elektroschocker beinahe gegrillt hätte, und genauso wenig wie in Georgs Etablissement, in dem sie aufgetaucht war, kaum dass er seinen vermeintlichen *Freund* um Hilfe gebeten hatte. Er war es trotzdem, er war sogar maßlos überrascht, vielleicht aber weniger durch ihre bloße Anwesenheit, die einmal mehr ihre Vorliebe für dramatische Auftritte widerspiegelte, als vielmehr, dass er sich zum ersten Mal bewusst seiner Schwester gegenübersah.

Und er war nicht nur überrascht, er war auch beunruhigt. Er wusste nicht, wie Angela zu ihrer Nichte, zu Duffy stand, und erst recht wusste er nicht, wie sie zu ihm selbst stand – und was sie mit Georg verband. Der Besuch in Georgs Nachtklub, der Moment, in dem er sie über den Überwachungsmonitor in Georgs Refugium beobachtet hatte, ließ sich in vielfältiger Weise interpretieren; als der Versuch, Georg auf den Zahn zu fühlen, von dessen Gefährlichkeit sie irgendwie Wind bekommen hatte, als die Suche nach dem Bruder, den sie vielleicht zu diesem Zeitpunkt bereits in ihm vermutet hatte – oder auch als der erste Schritt zum Verrat, den sie an ihm, Duffy und Martina hatte begehen wollen. Bevor Will seine Verwirrung überwinden und irgendwie reagieren konnte, beugte sich Angela ein Stück vor, und Will sah eine weiße Zahnreihe aufblitzen; dann winkte sie ihm zu, legte den Finger auf die Lippen, schüttelte den Kopf und deutete auf einen felsigen Pfad auf der anderen Seite und war einen Moment später auch schon wieder hinter dem Felsvorsprung verschwunden.

Will hätte vielleicht irgendwie darauf reagiert, noch bevor ihn Georg eingeholt hätte, wenn sie es dabei belassen hätte, aber gerade als er sich wieder in Bewegung setzen wollte, erscholl hinter dem Felsen, hinter dem Angela verschwunden war, ein erschrockenes Keuchen, und dann hörte er sie voller Panik schreien: »Nein, nicht! Bleib stehen!«

Will gehorchte ganz instinktiv und ohne nachzudenken – und vor allem, bevor er auch nur im Entferntesten auf den Gedanken kam, dass Angela jemand anderen meinen konnte als ihn selbst. Das war mehr als ungünstig, denn dadurch bekam Georg die Gelegenheit, die letzten zwei unregelmäßig geformten Felsstufen zu überwinden, die sie noch voneinander trennten. Trotz des Krachens, Berstens und Donnerns um ihn herum glaubte Will ein Keuchen hinter sich zu hören, und als er herumfuhr, sah er ein grässlich entstelltes und vor Wut verzerrtes Gesicht direkt hinter sich – und die blitzende Klinge, mit der

Georg drohend herumfuchtelte, noch bevor er mit einem letzten Schritt die Distanz zwischen ihnen endgültig überwunden hatte.

Will war wie gelähmt, unfähig, auch nur irgendetwas zu tun, und er fühlte sich auf grausame Weise an das fürchterliche Unwetter erinnert, in dem er als noch ganz kleines Kind mitten im Gewitter die Gestalt eines Wesens vor sich im Fenster gesehen hatte, das halb Mensch und halb Wolf zu sein schien. Schon immer hatte er gewusst, dass ihn der Wolfsgesichtige eines Tages holen würde, und jetzt, dessen war er sich sicher, war genau dieser Moment gekommen.

Vielleicht hätte Will noch eine Abwehrbewegung machen können, um den ersten Messerangriff erfolgreich abzuwehren, aber er konnte es einfach nicht. Er war wieder zu dem kleinen Jungen geworden, der sich vor Wölfen und Ungeheuern fürchtete und den die Angst zu lähmen drohte, wenn sein Vater nicht in der Nähe war. Und das war auch kein Wunder. Das Gesicht, in das er blickte, hatte fast nichts Menschenähnliches mehr. In der Stirn klaffte ein gewaltiger, heftig blutender Riss, der den ganzen Knochen durchschlagen zu haben schien, und das rechte Auge verdiente diesen Namen nicht mehr; die Augenhöhle war fast leer, und ein Gemisch aus Blut und Sekreten lief die Wange hinab über aufgerissene, verbrannte Haut. Der Mund war kaum noch als solcher zu erkennen, die Oberlippe eingerissen und die Unterlippe geschwollen und aufgeplatzt, und in der oberen Zahnreihe fehlten fast alle Zähne. Nur in dem linken Auge war noch Leben, und dort funkelten Hass und Rachsucht und der unbedingte Wunsch, zu töten.

»Hier, Arschloch!«, schrie eine dünne Stimme über Will.

Georg verriss das Messer, und Will fuhr so heftig herum, dass er fast ausgeglitten und auf Georg hinabgestürzt wäre. Fassungslos starrte er auf die schmale, fast abgemagerte Gestalt, die nur wenige Schritte über ihm auf der Felsentreppe stand. Duffy! Also war sie es gewesen, die Angela mit ihrer geschrienen Warnung hatte aufhalten wollen, um zu verhindern, dass sie geradewegs in Georg hineinstolperte. Ein tödliches Missverständnis! Nichts und niemand konnte Georg jetzt noch aufhalten, und wenn Georg ihn erst einmal niedergestochen hatte, das schoss Will in dem schrecklichen Sekundenbruchteil durch den Kopf, als Georgs linke Hand in seine Richtung angelte, würde ihn auch Angela kaum noch daran hindern können, Duffy niederzumetzeln …

Das Gesicht der schmalen Gestalt, Duffys Gesicht, verzerrte sich vor Entsetzen und Furcht, als sie erkannte, was Georg im Begriff war zu tun. »Hier, Arschloch«, schrie sie noch einmal, als Georg das Messer zum tödlichen Stich hochriss, und im gleichen Moment bückte sie sich auch schon. Wills Gedanken zerstoben wie Wellen, die gegen ein Riff prallten, als er aus den Augenwinkeln Georgs tödliche Klinge auf sich zuzucken sah. Dann schleuderte Duffy den kindskopfgroßen flammenden Stein, den sie vom Boden aufgenommen und emporgerissen hatte. Der Felsbrocken sauste Funken sprühend wie ein Komet an Will vorbei, auf Georg zu und zerschmetterte ihm den Schädel, und Georg stieß einen dumpfen Schrei aus, ruderte wild mit den Armen und stürzte nach hinten ab.

Epilog

Schwäne füttern ist eigentlich nicht so mein Ding«, sagte Duffy. Sie deutete auf das Café, das sich direkt neben dem Eingang des Parks befand. »Aber da gibt es Eis. Wenn du mal einen Zehner für mich hättest?«

Will seufzte und kramte aus seiner Jackentasche einen Zehneuroschein hervor. Er starrte Duffy nach, wie sie mit lockeren, fast schon beschwingten Schritten auf das Café zulief, um sicherlich dort den größten Eisbecher zu bestellen, den sie auf der Karte finden konnte.

»Bewundernswerte Jugend«, sagte Angela und strich ihr langes, weißblondes Engelhaar zurück. »Sie wirkt so, als wäre das alles für sie schon längst vergessen.«

»Das ist es nicht«, sagte Will leise. »Und das wird es auch nie sein.«

Er wandte sich zum See um, an dem ein paar kleinere Kinder gerade mit großer Begeisterung die Schwäne fütterten, die sich hier an Land gewagt hatten, und humpelte los. Bei trockenem Wetter schmerzte sein Bein kaum noch, aber wenn er eine Weile gestanden hatte und dann losging, bereitete es ihm immer noch ziemliche Mühe. »Ich bin schon mehr als dankbar, dass man kaum noch etwas von den Brandverletzungen sieht, die sie sich zugezogen hat, bevor wir endlich aus dieser verfluchten Höhle herausgekommen sind.«

»In dieser Beziehung ist Duffy äußerst zäh«, sagte Angela. »Schließlich hat sie seit ihrer frühesten Jugend mit Feuer gespielt.«

»Und ich dachte schon, sie sei so etwas wie ein Feuerdämon.« Will starrte hinauf in den Himmel, in die spielerisch ineinander verwirbelten Wolken, die vom Wind träge vor sich hin getrieben wurden, und er spürte eine unendliche Sehnsucht in sich, es ihnen gleichzutun und alles hinter sich zu lassen, was in den letzten Wochen und Monaten passiert war. »Und dann musste ich feststellen, dass sie vollkommen unschuldig ist. So wie jeder von uns, der mit dem Drachenfeuer in Berührung gekommen ist.«

Er riss seinen Blick von den Wolken los und sah stattdessen Angela an. »Und dass ich genauso für manchen Feuerausbruch verantwortlich war wie sie selbst – ohne mir dessen auch nur im Geringsten bewusst zu sein.«

Angela kniff die Augen zusammen, und mit einem Mal erinnerte sie Will wieder an die temperamentvolle junge Frau, die ihn in den ersten Tagen ihrer Bekanntschaft an den Rand der Verzweiflung getrieben hatte – oder auch schon mal ein Stück darüber hinaus. »Das ist ein Thema, das wir jetzt vielleicht besser lassen sollten«, sagte sie, während sie ihre Schritte beschleunigte. »Schließlich ist genug passiert.«

»Aber es hätte schlimmer kommen können«, beharrte Will. Ein brennender Schmerz in seinem Bein war die Quittung dafür, dass er versuchte, mit Angela Schritt zu halten. Er wurde trotzdem nicht langsamer. »Was auch immer dort unten in der Höhle entfesselt worden ist – wäre es nach Georgs Tod nicht von selbst in sich zusammengebrochen, würden wir jetzt nicht hier stehen.«

»Und Köln hätte mehr erlebt als nur eine unerklärlich heftige Brandserie, ich weiß«, sagte Angela ernst. »Die Stadt ist haarscharf an einer verheerenden Katastrophe vorbeigeschrammt.«

Will stieß einen kleinen, fast verzweifelt klingenden Seufzer aus, schwankte einen Herzschlag hin und her, als sein Bein einmal mehr nachgeben wollte, und blieb stehen. »Was Georg kalt lächelnd in Kauf genommen hat in dem Glauben, meinen Willen mit Gewalt brechen zu müssen«, sagte er mit so viel Hass in der Stimme, dass er selbst darüber erschrak. Trotzdem fuhr er nicht minder heftig fort: »Es wäre diesem Idioten tatsächlich beinahe gelungen, mich und Duffy in den Wahnsinn zu treiben und damit das Drachenfeuer endgültig zu entfesseln. Und das nur, weil er glaubte, so selbst die Kontrolle über diese Urgewalt erlangen zu können!«

Angela ging – rannte, wie sich Will in Gedanken korrigierte – noch zwei, drei Schritte weiter, erkannte dann aber offenbar, dass er beim besten Willen nicht mithalten konnte, und blieb ebenfalls stehen. Als sie sich zu ihm umwandte, lächelte sie leicht, etwas, das sie in letzter Zeit erstaunlich oft tat. »Schon außer Puste?«, fragte sie mit leichtem Spott in der Stimme.

»Was machen wir jetzt mit unserem Wissen von dem Drachenfeuer?«, fragte Will leise zurück und ohne auf ihre Frage einzugehen.

»Mit welchem Wissen?« Angela schüttelte den Kopf. »Es ist vorbei, Will. Das Drachenfeuer hat unsere Familie lang genug tyrannisiert. Sei froh, dass ich die Wanze in dem Geldkoffer versteckt habe und euch so folgen konnte – denn wenn ich Duffy nicht rechtzeitig befreit hätte, wäre die ganze Sache wohl anders ausgegangen. Und jetzt will ich nichts weiter, als dass Duffy wie ein ganz normaler Teenager aufwächst – und auch wir unsere Ruhe haben.«

»Ja«, sagte Will, obwohl sich etwas in ihm bei dem Wort *Ruhe* zusammenzog, als wäre das etwas, was die Zukunft ganz bestimmt nicht für ihn bereithalten würde.

Und plötzlich sah er sich vor einem sturmumtosten Fenster stehen und mit kleiner Kinderhand nach dem Fenstergriff greifen, eine Szene, die ihn in jungen Jahren verfolgt und immer wieder schweißgebadet in der Nacht hatte hochschrecken lassen, bis er sie schließlich irgendwann einmal fast vollständig vergessen hatte …

Der Wolfsgesichtige schien ihn direkt anzusehen. In seinen Augen funkelte ein kaltes, gieriges Feuer.

Nur mit Mühe gelang es Will, die Erinnerung daran zurückzudrängen, und auch daran, was danach geschehen war; sein Vater, der ihn im letzten Moment vom Fenster weggezerrt hatte und den er zuvor noch nie so aufgeregt erlebt hatte, die unheimliche Gestalt mit Wolfsamulett, die ihnen nachgesetzt war, und das Chaos und Blitzen und Donnern … »Ich muss dich hier rausbringen«, hatte ihn sein Vater förmlich angeschrien, kaum dass sie aus dem Zimmer heraus waren, die schwere Eisentür hinter ihnen ins Schloss gefallen war und seine Männer hinaus in den Garten gestürzt waren. »Du kannst nicht mehr bei mir bleiben! Ich muss dich rausbringen, um dein Leben zu schützen – und unser Geheimnis zu wahren …«

»Es ist wichtig für mich, dass du mich in diesem Punkt verstehst«, sagte Angela so eindringlich, dass Wills Erinnerungen zerstoben, als wäre ein scharfer Windstoß in sie gefahren. »Ich will, dass Duffy ein ganz normales Teenagerleben führt.«

Fernab von Liebe und Geborgenheit, so wie das bei mir der Fall war?, dachte Will. Die Fenrirs-Sippe hatte mit Georg nicht nur ihren Kopf verloren, sondern auch ihren wohl mit Abstand aggressivsten Vertreter, wenn das stimmte, was Angela in den letzten Wochen herausbekommen hatte, aber das hieß nicht, dass aus dieser Richtung keine Gefahr mehr für ihn oder seine Tochter drohte. »Duffy soll ein normales Leben führen«, sagte er heftig. »Da bin ich ganz deiner Meinung. Aber ich werde es anders machen als mein eigener Vater. Ich werde bei ihr bleiben und sie beschützen, wann immer es nötig sein sollte.«

Angela warf ihm einen ganz merkwürdigen Blick zu. »Wundere dich nur nicht, wenn sie den Spieß einmal umdreht. Duffy ist etwas ganz Besonderes. Sie ist nicht nur stark und zäh …«

»So wie du«, unterbrach sie Will spöttisch.

»… sondern auch in der Lage, sich sehr schnell auf neue Situationen einzustellen«, fuhr Angela unbeeindruckt fort. »Oder anders ausgedrückt: Sie windet sich wie ein Aal aus jeder Gefahrensituation.«

»Was, um Gottes willen, meinst du denn damit?«, fragte Will alarmiert.

»Ich spreche von keiner konkreten Gefahr, wirklich nicht«, antwortete Angela überraschend sanft. »Dazu bestünde auch absolut kein Grund. Wir sollten die letzten Monate und Jahre und all das, was mit dem Drachenfeuer zusammenhängt, aus unserem Gedächtnis streichen. Und Duffy ihre kleinen Geheimnisse lassen, auch wenn sie den einen oder anderen damit vielleicht noch zur Weißglut reizen wird.«

»Was soll denn das nun wieder heißen?«

»Das könnte ich dir noch nicht einmal sagen.« Angela zuckte mit den Schultern. »Jeder von uns hat doch sein kleines Geheimnis. Und das ist doch auch gut so, oder?«

Will dachte an den filigranen Schlangenring, der sich fast unsichtbar ein kleines Stück über seinem Fußknöchel in seinem Gewebe eingegraben hatte. Fast widerstrebend nickte er. »Ganz unabhängig davon, dass wir uns bemühen, ganz unverdrossen Optimismus zu bewahren: Glaubst du wirklich, dass alles vorbei ist?«

»Was?«

Will zuckte unglücklich mit den Schultern. »Die Sache mit

der Fenrirs-Sippe, der Georg angehört hat und von der wir nach wie vor kaum etwas wissen. Es könnte doch durchaus sein, dass sie einen neuen Vorstoß wagen!« Als Angela nicht gleich antwortete, fuhr er fort: »Und nicht zu vergessen die Kraft des Drachenfeuers, die unsere Vorfahren geweckt oder entdeckt haben oder wie auch immer.«

Angela schwieg immer noch. Dann glitt ein Schatten über ihr Gesicht, als habe sie an etwas gedacht, das Will überhaupt nicht gefallen würde, und schüttelte rasch den Kopf. »Georg war der letzte starke Vertreter der Fenrirs-Sippe, und nach seinem Tod ist ihre Kraft endgültig gebrochen«, sagte sie rau. »Sie war sowieso ein Anachronismus, genauso wie wir selbst. In unserer Welt haben heidnische Rituale und wolfsgesichtige Meuchelmörder keinen Platz mehr, genauso wenig wie Menschen, die eine zu innige Beziehung zum Feuer pflegen.«

»Wenn ich dich richtig verstanden habe, standen die meisten Männer und Frauen, die sich für Fenrirs Erben hielten, sowieso nicht hinter Georg«, erinnerte sie Will. »Sie haben nichts weiter versucht, als das Drachenfeuer unter Kontrolle zu halten – und sei es mit Hilfe der Kältemaschinen.«

»Ganz genau.« Angela nickte bestätigend. »Georg war im Grunde unter seinen eigenen Leuten isoliert. Er hat versucht, sie zu benutzen und Reimann und den anderen dabei vorzuspielen, dass man uns ausschalten müsste, weil wir angeblich im Begriff waren, eine Apokalypse auszulösen.«

»Und deswegen hat Reimann mich beschattet und war bis zum Schluss der Meinung, mich aufhalten zu müssen«, sagte Will bitter.

»Und als er seinen Irrtum erkannt hatte, war es zu spät.« Angela fuhr sich mit einer gedankenverlorenen Geste durch ihr langes Haar. »Und außerdem darfst du eine ganz wichtige

Sache nicht vergessen: Das Drachenfeuer ist nach dem letzten Ausbruch endgültig erloschen, und ein Kampf um seine Macht damit vollkommen sinnlos geworden.« Als Will dazu nichts sagte, sondern sie nur zweifelnd ansah, ließ Angela ihre Hand wieder sinken und fügte hinzu: »Schließlich geht alles irgendwann einmal zu Ende. Und nun komm.«

Sie ergriff seine Hand und zog ihn ein Stück mit, etwas, das sie noch nie getan hatte und das ihn daran erinnerte, wie es hätte sein können, wenn sie ganz normal aufgewachsen wären wie zwei gewöhnliche Geschwister, die sich nicht nur stritten, sondern auch gute und wilde Zeiten miteinander teilten.

»Komm«, wiederholte sie mit bewusst gespielter Fröhlichkeit. »Sie wartet. Und du willst sie doch nicht warten lassen, oder?«

»Nein«, sagte Will, während er sich mühte, einen Schritt vor den anderen zu setzen. »Ganz gewiss nicht.«

Fast wäre er in einen Laufschritt verfallen, aber das ließ er dann doch lieber bleiben, und auch Angela entzog ihm schon nach wenigen Schritten ihre Hand. Das Haus, auf das sie zusteuerten, war im Fachwerkstil gebaut, und damit viel moderner als die Schmiede, die Will nach wie vor jede Nacht in seinen Träumen sah, wenn er sich wieder einmal schweißüberströmt in seinem Bett wälzte.

Die Schmiede, dachte er, wird mich wohl mein Lebtag lang nicht mehr loslassen.

Genauso wenig wie die Frau, die neben dem Eingang des kleinen Restaurants auf sie wartete.

»Hallo«, sagte Martina, als sie sie entdeckte. Sie lächelte ganz leicht, aber auf eine Art, die seltsam traurig und bedrückt wirkte. »Wo ist Duffy?«

»Dort drüben«, sagte Angela und deutete hinter sich, in

Richtung des Cafés. »Will meinte, dass es besser wäre, sie bekäme… bestimmte Dinge nicht mit.«

Martina seufzte. »Ich hoffe, ihr wollt den schönen Tag nicht mit ernsten Gesprächen verderben?«

»Nein«, sagte Angela. »Oder was meinst du, Will?«

Will zuckte zusammen. Er starrte Martina an wie ein Dreizehnjähriger seine erste große Liebe. Er fand sie nach wie vor wunderschön, er liebte den Ausdruck ihrer Augen, ihr Haar und selbst die Art, wie sie ihn jetzt mit einem leisen Anflug von Spott ansah. Das größte Wunder aber für ihn war, dass sie noch lebte. Georg war schon immer für einen guten Bluff zu haben gewesen, und diesmal war ihm Will nachträglich sogar dankbar dafür, dass er ihm nur einen zusätzlichen Schrecken hatte einjagen wollen, um ihn vollends mürbe zu klopfen, und dass es nicht wirklich Martinas Herz gewesen war, das er ihm dort unten in dem Tunnellabyrinth in die Hand gedrückt hatte …

»Bist du plötzlich stumm geworden?«, fragte Martina.

Will biss sich verlegen auf die Lippen und schüttelte den Kopf. Na prima, dachte er dabei. Jetzt mutiere ich endgültig zum dreizehnjährigen Schüler.

»Wir sollten reingehen«, sagte Martina, ohne den Blick von ihm zu wenden.

»Ja.« Will machte einen Schritt auf sie zu und verharrte dann wieder mitten im Schritt. »Es ist nur so … ich musste an uns denken. An die alten Zeiten.«

Martina seufzte. »Das haben wir alles schon gehabt«, sagte sie leise. »Ich möchte mit dir befreundet bleiben. Genauso wie mit Angela. Aber alles andere, alles, was mit Beziehungen zu tun hat, hat im Augenblick keinen Platz in meinem Leben.«

Als Will darauf nicht antwortete, fügte sie hinzu: »Duffy

und ich müssen erst einmal wieder in die Normalität zurückfinden. Und das allein ist schon eine gewaltige Herausforderung.«

Will nickte und versuchte, dabei ein möglichst unbeteiligtes Gesicht zu machen.

In Martinas Augen funkelte etwas. Eine Art Feuer. Etwas, das stärker war als bei gewöhnlichen Menschen … Will verscheuchte den Gedanken, beugte sich zu ihr vor und küsste sie auf die Stirn.

Dank

Mein Dank gebührt meinem Kollegen und Freund Dieter Winkler, der den Roman *Feuer* in ganz besonderer Weise begleitet hat.

Wolfgang Hohlbein

Wolfgang Hohlbein
Flut

Roman

Verheerende Naturkatastrophen verwüsten die Welt. Eine Sekte macht sich die Untergangsstimmung zu Nutze. Der Papst verheimlicht den Wortlaut einer uralten Prophezeiung. Droht eine neue Sintflut alles Leben zu vernichten? Währenddessen wird die junge Rachel von einem Strudel unerklärlicher Ereignisse erfasst: Ist sie bloß eine Schachfigur in einem apokalyptischen Spiel – oder die letzte Hoffnung der Menschheit?

»Temporeich geschrieben!
Überraschende Wendungen – atemloses Lesen!«
Bild am Sonntag

Knaur Taschenbuch Verlag